中国文学通史系列

先秦文学史

中国社会科学院文学研究所 ◎ 总纂

褚斌杰 谭家健 ◎ 主编

撰著人（按姓氏笔划为序）

王景琳 孙绿怡 李少雍 郑君华
章必功 褚斌杰 谭家健

The History of Literature Before the Qin Dynasty

人民文学出版社

图书在版编目(CIP)数据

先秦文学史 / 褚斌杰,谭家健主编. -- 北京:人民文学出版社,2024
(中国文学通史系列)
ISBN 978-7-02-018686-0

Ⅰ.①先… Ⅱ.①褚…②谭… Ⅲ.①中国文学-古代文学史-先秦时代 Ⅳ.①I209.2

中国国家版本馆 CIP 数据核字(2024)第 109946 号

责任编辑　李　昭
装帧设计　刘　静
责任印制　王重艺

出版发行　人民文学出版社
社　　址　北京市朝内大街 166 号
邮政编码　100705

印　　刷　河北博文科技印务有限公司
经　　销　全国新华书店等

字　　数　421 千字
开　　本　880 毫米×1230 毫米　1/32
印　　张　18.125　插页 3
印　　数　1—4000
版　　次　1998 年 11 月北京第 1 版
印　　次　2024 年 8 月第 1 次印刷

书　　号　978-7-02-018686-0
定　　价　66.00 元

如有印装质量问题,请与本社图书销售中心调换。电话:01065233595

目 录

编写说明 …………………………………………………… 001

先秦文学概说
    一　先秦文学蓬勃兴盛的历史契机 ………………………… 001
    二　先秦文学发展的历史阶段 ……………………………… 006
    三　先秦文学的地位和影响 ………………………………… 012

第一编　上古文学

第一章　文学艺术的起源和上古歌谣
    第一节　文学艺术的起源 …………………………………… 017
    第二节　上古歌谣 …………………………………………… 023
第二章　上古神话传说
    第一节　概述 ………………………………………………… 028
    第二节　上古神话传说的主要内容 ………………………… 031
    第三节　上古神话的基本特色 ……………………………… 039
    第四节　上古神话传说对后世文学的影响 ………………… 044
第三章　《山海经》和《穆天子传》
    第一节　《山海经》的成书时代和性质 …………………… 052

第二节 《山海经》中的神话 ······ 055

第三节 《山海经》神话的价值和影响 ······ 060

第四节 《穆天子传》及其文学成就 ······ 063

第二编 《诗经》

第四章 《诗经》概说
第一节 《诗经》的成书 ······ 073

第二节 《诗经》的分类 ······ 078

第三节 《诗经》的分期与作者 ······ 084

第四节 《诗经》的应用与传授 ······ 088

第五章 《诗经》的民间诗
第一节 苦难的劳役之歌 ······ 103

第二节 哀伤的士兵之歌 ······ 107

第三节 热烈的恋人之歌 ······ 111

第四节 悲戚的弃妇之歌 ······ 117

第五节 嘲讽荒淫的歌 ······ 121

第六节 劳动和战斗的歌 ······ 124

第六章 《诗经》的文人诗
第一节 赞美诗 ······ 127

第二节 民族史诗 ······ 134

第三节 政治讽喻诗 ······ 140

第四节 贵族生活诗 ······ 144

第七章 《诗经》的艺术成就
第一节 创作方法 ······ 151

第二节 艺术手法 ······ 154

第三节 语言、章法、体裁 ······ 165

第四节 《诗经》的地位和影响 ······ 170

第三编　历史散文

第八章　殷商和西周散文
第一节　甲骨卜辞和铜器铭文 …………………………… 177
第二节　《尚书》 …………………………………………… 183
第三节　《逸周书》 ………………………………………… 193

第九章　《春秋》和《左传》
第一节　《春秋》 …………………………………………… 198
第二节　《左传》的作者及成书年代 ……………………… 203
第三节　《左传》的思想倾向 ……………………………… 206
第四节　《左传》的文学成就 ……………………………… 209
第五节　《左传》在文学史上的地位 ……………………… 223

第十章　《国语》和《战国策》
第一节　《国语》的作者和思想倾向 ……………………… 231
第二节　《国语》的文学价值 ……………………………… 234
第三节　《战国策》的成书时代和其中的纵横家思想 …… 240
第四节　《战国策》的散文艺术 …………………………… 243
第五节　《战国策》的寓言故事 …………………………… 249

第十一章　其他先秦历史著作
第一节　《公羊传》、《穀梁传》 …………………………… 256
第二节　《汲冢琐语》、《竹书纪年》 ……………………… 265
第三节　《春秋事语》、《战国纵横家书》 ………………… 268

第四编　诸子散文

第十二章　《论语》和《孟子》
第一节　孔子及其教育思想和文艺思想 ………………… 277

第二节　《论语》的文学价值 …………………………… 281

　　第三节　孟子及其民本思想和文艺思想 …………………… 286

　　第四节　《孟子》的论辩艺术 ……………………………… 291

　　第五节　《孟子》的比喻和寓言 …………………………… 295

第十三章　《老子》和《庄子》

　　第一节　《老子》……………………………………………… 302

　　第二节　庄子及其哲学观、政治观和美学观 ……………… 309

　　第三节　《庄子》的寓言及其成就 ………………………… 315

　　第四节　《庄子》散文的风格特征 ………………………… 323

　　第五节　《庄子》散文在文学史上的地位和影响 ………… 330

第十四章　《荀子》和《韩非子》

　　第一节　荀子的哲学观和文艺思想 ………………………… 333

　　第二节　《成相》和《赋篇》 ……………………………… 336

　　第三节　《荀子》的议论散文 ……………………………… 339

　　第四节　韩非的政治思想和文艺思想 ……………………… 342

　　第五节　《韩非子》的政论散文 …………………………… 345

　　第六节　《韩非子》的寓言故事 …………………………… 348

第十五章　《晏子春秋》和《吕氏春秋》

　　第一节　《晏子春秋》及其民本思想 ……………………… 355

　　第二节　晏子艺术形象的塑造 ……………………………… 358

　　第三节　《吕氏春秋》及其杂家思想 ……………………… 363

　　第四节　《吕氏春秋》的故事和寓言 ……………………… 367

第十六章　《周易》、《礼记》、《孝经》

　　第一节　《周易》 …………………………………………… 373

　　第二节　《礼记》 …………………………………………… 381

　　第三节　《孝经》 …………………………………………… 388

第十七章　墨家、前期法家和其他道家著作

第一节　《墨子》 394

第二节　《管子》 400

第三节　《商君书》、《慎子》、《申子》 404

第四节　《鹖冠子》、《文子》、黄老帛书 410

第十八章　兵家、名家著作

第一节　《孙子兵法》、《孙膑兵法》 420

第二节　《吴子》、《尉缭子》、《六韬》 426

第三节　《尹文子》、《公孙龙子》、《尸子》 432

第五编　屈原和楚辞

第十九章　楚文化与楚辞的产生

第一节　楚人、楚国与楚文化 445

第二节　楚辞文体的来源、名称和结集 451

第二十章　屈原的生平和作品

第一节　屈原的时代和生平 465

第二节　屈原的作品 474

第三节　屈原在文学史上的地位和影响 521

第二十一章　宋玉和其他楚辞作家

第一节　宋玉的生平和创作 531

第二节　宋玉的楚辞体作品《九辩》 533

第三节　宋玉的赋体作品 540

第四节　唐勒赋的发现 548

附编　秦国文学

第二十二章　李斯和其他秦国散文

第一节　李斯的生平及其散文成就 555

第二节　石鼓文、诅楚文、新发现的秦国文书 …………… 560

后　记 ……………………………………………………… 569

编写说明

文学史是文学研究整体中的一门重要学科。新中国成立以来，由各大专院校、科研机构集体编写和专家个人编写出版的中国文学史各有特色，其中有些著作还发生过较大影响。但目前尚缺少一部论述较为详尽的多卷本文学史著作。为了弥补这种不足，按照全国哲学社会科学"六五"规划的安排，由中国社会科学院文学研究所主持组织有关单位和有关专家编写十四册的《中国文学通史》，以期作为文学研究工作、高等院校教学工作以及其他文化工作中的参考用书。

按照长期以来文学史研究的实际情况，为了有利于编写者发挥专长，同时考虑到读者的方便，本书按时代分为十种十四册，计为《先秦文学史》、《秦汉文学史》、《魏晋文学史》、《南北朝文学史》、《唐代文学史》（上下）、《宋代文学史》（上下）、《元代文学史》、《明代文学史》（上下）、《清代文学史》（上下）、《近代文学史》。各册自成起讫而互作适当照应，合则为文学通史，分则为断代文学史。

本书编写的总要求是，在马克思主义指导下，阐述我国古近代文学的基本面貌，要求材料比较丰富翔实，叙述比较准确充分，力图科学地、全面地评价作家、作品，从而阐明各种文学现象形成的历史过程及其继承和发展关系。限于主客观的种种条件，实际的工作必然和上述要求有所距离,书中的不当以致错误必然不可避免,敬希海内外的学者专家和读者不吝指正。

下面是对编写工作中一些具体问题的说明。

一、本书由中国社会科学院文学研究所负责总纂,北京大学、南京师范大学协作编纂。

二、本书各册的编写方式不取一致,采用主编或编著者负责制。

三、本书设立编纂委员会,负责协调各册的编写工作及组织质量审定的工作。编纂委员会设正、副主任委员,负责处理有关工作。

四、编纂委员会聘请各协作单位的著名专家三人担任全书的顾问。

五、各册的编写服从于统一的全书编写方针,但各册的内容、体例均相对独立。各册之间的分工、衔接以及内容中必要的互见都经过讨论、协商。

六、少数民族文学是中国文学史的重要组成部分之一。由于各种原因,本书中仅对少量用汉语写成的少数民族古典文学作家、作品作了论述。中国社会科学院少数民族文学研究所目前正组织编写《中国少数民族文学史丛书》,出版后将可和本书互参互补。待将来条件成熟而本书又有机会作较大的修订,自当酌增这方面的内容。

七、本书的编写得到国家社会科学基金会的资助,得到中国社会科学院和文学研究所负责同志和有关单位负责同志的支持和赞助,也得到国内外学者的鼓励;在出版工作中又承人民文学出版社古典文学编辑室大力支持,谨此一并致以谢忱。

中国文学通史编纂委员会

先秦文学概说

一　先秦文学蓬勃兴盛的历史契机

以黄土高原和黄河流域为摇篮的中华民族,在数千上万年的发展历程中,创造了独特的历史文化。中华民族创造的古老而璀璨的文化,是中华民族睿智和审美实践的结晶,是对世界文化宝库的特殊奉献。

文学是历史文化中的重要部分。按照我国文学历史的发生发展过程,从上古到秦统一以前(即所谓"先秦时期"),是我国古代文学发展的第一阶段。它产生在我国的原始社会、奴隶社会和秦以前的封建社会早期,是我国古代文学的发轫期。同时在诗歌和散文等方面,还出现了蓬勃发展的第一个高峰,为后世文学的发展奠下了基石。因此,了解和研究这一时期的文学,对于认识我国文学优良传统的形成,审美意识的历史起源,以及我国文学民族形式和民族风格的发生和发展,都具有特殊重要意义。

我国是古人类发祥地之一,中华民族是一个古老的民族。据近年考古成果揭示,距今约一百七十万年以前,就有原始人类活动在我国土地上,并已进入旧石器时代初期。早在六十九万年以前,北京猿人,已知用火。距今约一万八千年以前的山顶洞人,靠渔猎兼采集生存,已知人工取火,出土器物除石器、骨器外,还有石珠、穿孔砾石和兽牙等装饰品,表现了原始人类美学意识的萌生。约一万年以前,社会已开始进入新石器时代。华夏祖先在仰韶彩陶文化、北方细石器文化、南方大溪新石器文化中充分显示了大步改进了的文明技巧,标志着划时代的突破。仰韶文化是母系氏族时期以"彩陶"为代表的文化,距今六七千年。彩陶上彩绘着各种图案和线条。属于仰韶文化的陕西西安半坡遗址,形成时间约在六千三百年至六千八百年前,出土的彩陶除有图案外,已有类似原始文字的符号。形成于四千三百年至六千五百年前的山东大汶口文化,出土了灰陶、红陶、黑陶,陶器上也已有类似文字的符号。文字的发明创造,是人类文明发展的重要标志之一,证明早在六七千年以前,我国先民们已开始向文明社会演进。当时的原始人,用极其简陋的劳动工具顽强地改造着自然,争取生存,同时也开始创造着人类最初的远古文化。

大约公元前二十一世纪,传说夏禹创建了夏朝。在此之前,我国早已进入农业社会,从距今六七千年前的浙江河姆渡文化层已发掘出大量人工栽培稻谷的遗迹。到夏朝建立,已经是比较完整的农业社会了。从地下发掘来看,河南二里头文化一二期,约即夏文化,出土收割用的石刀甚多,证明当时农业已较发达;在其晚期已进入青铜时代。夏代已有激烈的政治斗争,如与有扈氏的战争,太康失政和少康复国的斗争等。《史记·夏本纪》说:"孔子正夏时,学者多传《夏小正》。"在夏朝中后期,夏、商族首领已用日干为名号,并早已用干支记日。墨子曾读过《夏书》,并把《禹誓》引出来(见《墨子·明鬼下》)。可见在传说中夏朝是有典籍文明的。《尚书·汤誓》引有夏代歌谣:"时日曷丧?予及汝皆亡!"记录了夏朝人民对暴桀统治的不满和反抗。

约公元前十六世纪,成汤灭夏建立了商朝。商代已是成熟的农业社会,据卜辞看,其时已用粪肥田,卜辞中有置闰月的资料,可见已注重农耕的季节。河南安阳殷墟出土的青铜器中酒器最多,证明粮食收成较高和酿酒业已发达。冶铜业、手工业已达到可观的水平,出土的青铜器浇铸和镂刻的图案已相当精致。

殷商的文化已相当可观。1899年,在殷墟发现了甲骨刻辞。从1928年以来,在殷墟多次发掘的结果,发现了大量甲骨、青铜器等,并有宫殿、作坊、陵墓遗址。甲骨文有刻划的,也有朱书、墨书的,证明已有书写工具毛笔。殷商的先王都"有册有典",现存《尚书》中《盘庚》等五篇,是比较可信的商代史料。殷商时代,极其崇尚巫鬼,巫风盛炽,引发歌乐、舞蹈的繁荣。其时贵族、巫觋常舞于宫中,"恒舞于宫,是谓巫风"(《墨子·非乐上》引《商书·官刑》)。遇事往往迷信鬼神,以卜筮决定吉凶。现存《周易》一书,据说遗存有商代谣谚。殷商时期的青铜器,有的有铭文,称为"铜器铭文"或"金文",是与甲骨文字同时并行而字体有异的特有工艺文化现象。

公元前十一世纪,周武王姬发率领诸侯攻灭商纣,建立了西周。西周是一个政治强大、经济发达的农业社会。西周前期,社会安定,经济繁荣,据说周公制定了周朝的典章制度,上层建筑已相当完善。

西周二百多年间,文化比殷商进一步发展。出土的甲骨文记事更长。出土青铜器的铭文也更完整,最长的已近五百字。王室设置专职的史官,左史记言,右史记事,把记下来的帝王之"言"编为《尚书》,"事"编成《春秋》。《尚书·周书》原有近百篇,分别记载帝王和贵族的文告、谈话等。早在西周成立以前,周人就创作了许多歌颂祖先的诗章;西周时又有采诗的制度,在朝廷宗庙举行仪式时加以歌唱,这就大大刺激了诗歌、音乐和舞蹈的兴旺。《诗经》中某些民歌和史诗,就是西周或西周以前的作品;另外,乐有"房中"、"雅"、"颂"之分,舞则有"大武"、"勺"、"象"之别,其中"大武"一次演出就有六场之多,其规模可见一斑。另外,研讨卜筮变化的《周易》一书虽有殷商资料,其补充写定实在西周。可见早在殷商西周,人们已经有了某些对于抽象哲理的深刻探究。

公元前 770 年,周平王东迁洛邑,历史进入大动荡大分化的春秋战国时代,历史和文学都掀开了厚重辉煌的一页。那是一个动乱的时代、变革的时代,也是一个收获丰硕的时代。从春秋开始,"天子微,诸侯力政,五伯代兴,更为主命。自是之后,众暴寡,大并小。秦、楚、吴、越,夷狄也,为强伯。田氏篡齐,三家分晋,并为战国。争于攻取,兵革更起,城邑数屠,因以饥馑疾疫焦苦,臣主共忧患"(《史记·天官书》)。号称"天下共主"的周王室已失去对各国的控制和尊严,统治地位、力量、权威急遽下降,以致实际上沦为附庸;诸侯、卿大夫的实力却不断膨胀。所谓"春秋五霸"和"战国七雄",事实上主宰着这个时代。各国的政治斗争和战争愈演愈烈,弑君亡国屡见不鲜;大国争霸,小国结盟,兼并不已,干戈不息,人民深受苦难。这种社会动乱,乃是中国农业社会发展到一定阶段后,生产力要求解放和寻找出路的必然结果。春秋后期,鲁国三分公室,郑人"铸刑书",晋国"铸刑鼎",就是政治体制变革的先兆。战国初年,田氏代齐,韩、魏、赵三家分晋,标志着依靠宗法制维系的旧有生产关系已走到它的终点,新的地主政权已经在我国大地上正式确立。

社会政治经济关系的剧变,要求人们从观念上适应这场深刻革命。政治、军事、外交上的复杂斗争,促使各国诸侯和卿大夫为了各自的利益,不断总结经验,分析当时的局势,交流思想观点,进行理论探讨,提出各种各样的政治主张。这时,出现了"士"的阶层。奴隶制的崩溃,使"世卿世禄"的宗法制度受到了冲击,各国贵族出现了分化,其中一部分人地位下降,沦落为"士"。同时,由于人身依附关系松弛了,大量奴隶变成了自由的平民,他们中的杰出人才脱颖而出,表现了高度的聪明智慧,构成了"士"的主流。他们是地位不同的知识分子,往往具有某种专门的学识与特长,积极参与政治、外交活动,到处游说诸侯,出谋献策,有的还著书立说,宣扬自己的主张。他们朝为布衣,暮为卿相,在政治舞台上具有非同寻常的影响。

从思想阵地及学术氛围看,春秋战国是一个大解放、大宽松的时代。学术的桎梏被打破了,风气比较自由,思想理论探讨没有受到压制。人们的主观意识随着时代的变化而进步,逐渐采取了与殷商西周不同的价值取向。从春秋末年起,文化逐渐下移,教育慢慢向平民开放。孔子开创了私人办学的先例,有弟子三千;墨子继起,最先与儒家并称"显学"。"孔墨之弟子、徒属充满天下,皆以仁义之术教导于天下。"(《吕氏春秋·有度》)战国中期以后,讲学从师和著述之风更盛,孟子、庄子、荀子、邹衍、慎到、公孙龙等都是既讲学,又著书。出现了九流十家,即儒、墨、道、法、名、阴阳、纵横、杂、农、小说家,另有兵家不在其内。每一家都有大批门人弟子。随着时间的推移,各家内部又不断分化融合成不同的派别和集团。如儒分为八,墨析为三,法家则融法、术、势三派为一。代表各派别的各种哲学、政治和学术思想极为活跃,蓬蓬勃勃,呈现出所谓"百家争鸣"的盛况。他们互相驳难,激烈辩论,唇枪舌剑,自由抒发己见,构成我国学术史上最令后人羡慕的黄金时代,也是我国哲学史上的第一个高峰。各种学术派别把自己的思想主张记录发表出来,涌现了大批文章和著作,不同体裁风格的各种散文著作都在这块土壤上繁盛起来。

战国后期,统一的趋势已经出现,大国加紧了兼并和统一的战争。楚、秦、齐是当时最强大的国家。秦国自战国中期以来,就一直贯彻商鞅开拓的改革路线；而楚国自吴起在战国初年试行改革被镇压下去以后，统治集团的腐朽生活一直陈陈相因，醉生梦死，每下愈况。代表楚国贵族中的革新势力的屈原首先是一个出色的政治家，他力图挽狂澜于既倒，革新政治，推行新政，反而遭到腐朽势力的不断迫害。屈原无力回天，怨怫与忿怒并作，他在学习中原文化的基础上，结合楚地的巫文化，写出了许多大放异彩的、具有爱国主义精神的诗篇。此后，宋玉、唐勒、景差等人相继有作，南方便成为"楚辞"这种新诗体的摇篮。

在遥远的先秦时代，特别是春秋战国五百年，社会政治生活的丰富多彩，为文学的全面繁盛提供了合宜的良机。

二　先秦文学发展的历史阶段

先秦文学从远古洪荒的时代走来，如同涓涓细流，及至战国而全面称盛，势同江海。从其发展看，大概可分为三个阶段：

第一阶段为西周以前和西周。这一时期是文学的萌芽和幼年期，时间相当久远。最先，是文学现象的出现：原始人在劳动和实际生活中，由于交流思想感情和主观认识的需要而产生了语言；有了语言就有可能产生文学。实际上，最早的文学作品是原始人类在劳动等活动中创作的口头歌谣，即节奏韵律都极简单的原始诗歌。先民们在与自然的斗争中，又将主客观相结合而按主观幻想创造出最早的叙事作品——神话。这些最原始的文学作品都产生于文字产生以前，是靠口耳传播的，绝大部分都在漫漫岁月中湮没了，只有极小部分流传并被后世的典籍记录下来。诗歌是对于语言的加工与类比，是通过音声的节律而表情的艺术。神话则是真与幻的结合，某些神话是对英雄业绩的歌颂,是对美好事物的憧憬,其中无疑蕴含了原始人的审美要求和审美意识。

数千年前出现了文字。文字产生以后,用以记事记言,就可产生散文。因此散文的出现也甚早。现在地下发掘所能看到的最早的散文片断是殷商的甲骨文和金文(铜器铭文)。但是甲骨文和金文已经是比较成熟的象形文字了。甲骨文原是商代帝王占卜时刻写在龟甲兽骨上的简短记录,几字至百馀字不等,内容多是预测祸福、判断吉凶之属。殷周铜器铭文是殷商和西周帝王、贵族镂刻在青铜器皿上的文字。墨子说古代帝王将他们的意见"琢之盘盂,镂之金石以重之"(《墨子·明鬼下》),道出了铜器铭文产生的缘由。铜器铭文主要记载贵族的功绩、论断、赏赐等。无论甲骨文或铜器铭文,都过于简括,缺乏文学的形象性,只能看做散文稚嫩的胚芽。

《周易》中的《卦辞》、《爻辞》是商、周时代专为卜筮所用的文字。有些地方记载了殷周或更久远的时代所发生的战争、祭祀和风俗等,表达了某种有普遍意义的生活经验和哲理。记事虽然也很简短,但比起甲骨卜辞更趋完整,并有某些生动的描述和形象显现。

《尚书》中现存《商书》五篇,是殷商史实的记录。其中有的篇章出现甚早,如《盘庚》上中下三篇,是殷王盘庚为迁都而作的三篇演说辞,时当商朝中期,与甲骨文、金文属同一时期。但《商书》比起甲骨卜辞和铜器铭文,篇制更完整,不是分散零碎的片段,而是初具规模的文章。其中有些语言已可看出一定的技巧,使人感受到当时的气氛和口气。《商书》证明了除甲骨卜辞和铜器铭文之外,商代还有篇幅和技巧都可观的实用性文体存在。

《尚书》中的《周书》原有八九十篇。在孔子生活的年代,《尚书》有一百篇,其中大部分为《周书》。经历代散轶,《周书》仅存十九篇。大部分是西周的作品,少量是东周所补。《周书》比《商书》篇制更为完整,记言记事更复杂,结构大都比较严谨,有些篇章手法娴熟,有条不紊,显示出散文的进步。无论《商书》或《周书》,大都表现了上古文字的特点,佶屈聱牙、古奥难懂,与春秋以后的散文差别甚大。

《诗经》是成于周朝的最伟大文学作品。《诗经》中的《商颂》,现在一般认为是周朝时宋国的作品,但即便如此,它也是依照其祖先商人的传统写下来的,而不是宋人才发明的。殷商庙堂就经常举行祭祀和歌舞,有歌即有辞,其辞就是"颂"体诗。事实上,现存《诗经》中某些篇章,就产生于西周建立以前,如周之先人的"史诗",时间也是商代。《诗经》的不少作品产生于西周,特别是《大雅》和《颂》诗;还有相当一部分写于春秋中前期,尤以《国风》、《小雅》为多。《诗经》是我国社会最早的百科全书,它包括了当时各个社会阶层以至不同性别和不同社会经历的作者的创作;人们从中可以窥见周代社会的方方面面。《国风》和《小雅》大多为中下层群众所歌唱,反映了他们的生活和精神面貌。这些诗具有浓烈的生活气息,风格淳朴自然,语言生动、形象,韵律和谐优美,已具有很高的艺术表现力。《颂》和《大雅》诗则多为庙堂和宫廷之乐,其中有一部分史诗性的作品,比较完整地勾画了先民们的发祥、创业和建国的历史,是我们古老民族的历史画卷。总之,《诗经》是我国文学发达很早的标志,从诗歌体裁上说,它包括了抒情、叙事、讽喻、颂赞以至史诗等各种文学样式。《诗经》是我国后世诗歌文学发展的基石和光辉的起点。

先秦文学发展的第二阶段为春秋末至战国初期。这一时期,以崭新面貌出现的散文开始崛起,产生了许多历史著作。现存的有《春秋》、《国语》、《左传》。此外,墨子曾言"吾见百国春秋",孟子所见的史籍有晋国的《乘》、楚国的《梼杌》等。

现存《春秋》是当时众多历史书中的一部,实为鲁史大事记,据说是孔子根据鲁国的历史资料编订而成的,是孔子教育学生的基本教材之一。系年纪事，寓有褒贬，简练精严。《国语》是一些国家记事的史书，记载史实起自西周穆王，讫于战国初年的鲁悼公，分载周、鲁、齐、晋、郑、楚、吴、越八国的历史。内容以记言为主，也有记事。最初的记录者可能是各国的史官，在春秋战国之际由晋国的史官编纂成书。所记史事比《春秋》详细生动得多，保存了许多宝贵的史料；不过，记事是片断性的，并不系统完备。《左传》与《国语》平行而稍后，是仿照《春秋》记事次序，博采当时官方史料和许多流传于民间的材料而写成的一部杰出的历史散文著作。全书规模宏大，近二十万言，内容比《国语》更为广阔繁富，比较系统周详地记录了春秋至战国初二百五十多年各国的政治、外交、军事及社会生活风情。叙事状物、镂刻人物、语言技巧和结构布局都达到相当高的水平，标志着历史散文已臻于成熟。

春秋末年到战国初年，"诸子散文"开始崭露头角，出现了《论语》、《老子》、《孙子兵法》等著作。《论语》是孔子的门徒追忆他们与孔子谈话的内容及场面的记录，侧重于社会、伦理及教育学。《老子》是一部哲学著作，论述"道"的属性及人们对"道"应采取的态度。《孙子兵法》则是春秋时代最杰出的军事著作，是探索战略战术原则的兵书。总之，这些著作都侧重于一定的专业，并非纯粹的文学。基本上以语录体、格言体为主要形式，文字简练质朴，篇章短小，长的几百字，短的才几个字。内容多具有哲理性、策略性、警策性，但是论述往往没能充分展开，还带有明显的片断性。说明这时的哲理散文还处于初创阶段。

先秦文学第三阶段为战国中后期。这一时期是先秦文学的大盛时期，著述迭出，名家涌现。在散文方面，哲理散文出现了《墨子》、《孟子》、《庄子》、《荀子》、《韩非子》、《吕氏春秋》等著作；历史散文则有《国策》、《国事》、《事语》、《长书》、《修书》、《短长》，后来到西汉时被刘向合并成《战国策》,又有《逸周书》、《竹书纪年》等书籍。

《墨子》一书的内容比较庞杂,大部分是墨翟与弟子讲学或谈话的记录,有一些是战国初年的原始材料,但其书则是由其门徒或后学在战国中期才辑录而成。重在宣扬墨家的"兼爱"、"非攻"、"节用"等所谓"十大主张",在一些观点上可以看出与儒家学说的明显对立。《孟子》一书的作者是孟轲及其门人,写于战国中期,主要以多譬善辩的特色表达了孟轲所主张的"仁政"等民本思想。《庄子》一书的出现与《孟子》同时或稍后,是庄周与其门人后学所写作品的合集。以汪洋恣肆、仪态万方的"无端崖之辞",继承和发挥老子"德"与"道"的学说于极致,形成了诡谲怪异的文章风格,极富浪漫主义的色彩和浓郁的诗情。《荀子》是先秦唯物主义思想家荀况的论文专集,成书于《孟子》、《庄子》之后。荀况以博大而严谨的文辞,阐明了唯物主义的天道观,推出了"礼诗合一"的政治思想体系,并写作了《成相》和《赋篇》等文艺作品。《韩非子》一书是荀子的学生韩非子所著,写成于战国后期。以凌厉峭拔的语言,发挥了商鞅"明法"、申不害"任术"、慎到"乘势"的学说,融汇成一种新颖的具有变革意义的富国强兵理论,是法家学说的集大成专著。《吕氏春秋》是战国后期秦国国相吕不韦主编、由其门客集体撰写的一部杂家著作,兼收并蓄,杂取儒墨道法等各家思想的长处,试图为大一统的封建帝国提供理论依据。

战国中后期,说理散文逐渐成熟。《墨子》、《孟子》、《庄子》的说理散文以论辩体为主要形式,在体制上已具有一定规模,语言生动活泼,表达自由酣畅,虽然还有语录体、对话体的痕迹,但有的篇章已向论说文过渡。而《荀子》、《韩非子》、《吕氏春秋》已是成熟的专题论著了。作者都不再局限于对话体的辩说,而是围绕某一中心进行专门探讨。文章结构严密,讲究逻辑和修辞,反映了先秦说理文的高度成就。

先秦散文著作繁多,还有一些书籍成书经过比较复杂,也有一定的重要性。《管子》是管仲的追随者、崇拜者所辑定的一部著作,其中有春秋时的一些史料,成书也在战国。《晏子春秋》是晏婴的传记资料汇编,其中资料有的来自民间传说,有的则来自春秋和战国中期的史书或私人著作,成书当也在战国。《国策》等书记写并讴歌游说诸侯的纵横家的活动及业绩,当系战国中期以后,出于苏秦张仪的门人宾客及其追随者之手。《礼记》中的某些著名篇章,例如《檀弓》、《礼运》等篇,曾产生广泛的社会影响,原是先秦儒家的论文集,当也成于战国儒者之手。此外,各家著作如《商君书》、《公孙龙子》、《申子》、《慎子》、《周礼》、《逸周书》、《竹书纪年》等,都从不同的视角观察和反映了那个伟大的时代。还有一批著作曾在近代疑古风气下被疑为伪作,如《六韬》、《文子》、《尉缭子》、《鹖冠子》、《尹文子》等等,近期经考古和考辨证明或并非伪书。这些著作中的大多数,也出现于战国中期以后。近年的地下考古获得了丰硕成果,新发现了一批古佚书籍,例如《春秋事语》、《战国纵横家书》、《十六经》、《相马经》以及睡虎地秦简《为吏之道》等,都已被确认为战国时期的著作,并具有一定的文学价值。所有以上这些,反映了战国中后期的著作潮、文化潮,显示了先秦散文的空前繁盛。

战国后期,在南方广袤的楚国,以屈原为代表,以宋玉、唐勒、景差等为追随者,创造并兴起了一种与《诗经》不同的新诗体——"楚辞"。楚国的伟大诗人屈原,企图以"美政"改造国家社会而反遭贵族腐朽势力的迫害,以致他上下求索,悲愤填膺,遂以诗句作抗争,为歌哭,写出了瑰丽的文学奇葩《离骚》、《天问》、《九歌》、《九章》等一系列诗章,抒发自己的崇高理想,表示了对真理、对富国强兵的不渝追求和对楚国的忠贞与厚爱,唱出了一曲曲热爱祖国的悲壮长歌。

屈原以强烈的抒情结合丰富的幻想、美妙的神话而创造出奇丽多姿的诗篇,形成了我国文学史上第一个浪漫主义的艺术高峰。稍后,宋玉的《九辩》,刻意学习《离骚》,而又匠心独运,在艺术上有开拓和创新。《汉书·艺文志》著录宋玉的赋有十六篇,《文选》所载其《高唐赋》、《神女赋》、《风赋》、《登徒子好色赋》、《对楚王问》等,是我国赋体文学的滥觞。

先秦时代的众多文学作品,如熠熠明珠般投射于文学史册,从不同角度表现了它们不同的价值和审美力度,在思想的深邃和艺术的成功方面,成为我国文学的第一个丰收的黄金季节。

三　先秦文学的地位和影响

先秦文学取得了伟大的成就,对后世的影响是难以估量的。它是我国古代文学的第一座里程碑,像巍巍山岳,令后世无数作家仰止。它是中国传统文化的本源,是整个中国古代文学的"根"。

先秦文学产生于动荡变革的伟大时代,是时代精神的折射。众多作品所共同表现的社会价值观念、政治理想、伦理意识、人文精神,最终都沉淀成为中华民族传统意识的重要组成部分。如《诗》、《书》的现实主义传统、政治经验,向来备受历代文学家、政治家珍视和称道。而众多的历史散文、诸子著作所表现的求实精神、民本思想、政治技巧、礼法主张、变革观念、哲理思辨,更为历代思想家、政治家、文学家所追慕、探讨和学习。伟大诗人屈原所表现的深挚的爱国主义、对真理坚贞不屈的追求精神,则从思想上哺育了一代又一代的志士与文人。总之,先秦文史哲著作所反映的博大精深的思想内容,一直滋润着中国社会的各层次的人群,在政治、经济、哲学、历史、教育、伦理、文学艺术等方面发挥着巨大的影响。

在文学流变史上,先秦文学的体裁风格和各种表现手段,一直被视为后世各类文体写作的楷模。北齐颜之推说:"夫文章者,原出五经。"(《颜氏家训·文章篇》)虽然并非一切文章体裁皆出于"五经",但他认为文章的根源深远,远在先秦,却是事实。清人章学诚说:"后世之文,其体皆备于战国。"(《文史通义·诗教上》)就文章的体制和写法而言,先秦时代确实在大部分领域已开后世先河,许多文体、手法都可以从先秦找到源头。后世许多新兴文体的产生和昌盛,往往受到先秦文学的启示。

就诗歌而言,从远古的原始诗歌而至《诗经》,达到一个现实主义诗歌的艺术高峰,其现实主义的创作方法和自然朴素的艺术风格,以及赋比兴的艺术手段,都为后世所珍视。发展而至"楚辞",登上了浪漫主义的艺术高峰,其在南方楚文化的基础上,兼采幻想、神话、传说、历史、巫歌入诗,奇文郁起,大放异彩,把诗歌的表现手法和领域推进到一个新的境界。从此,后世将"风"、"骚"并称,并视为我国文学优良传统的开端。

另外,先秦在上古丰富多彩的神话传说基础上,还出现了《山海经》、《穆天子传》这样宏大的地理神话故事集,实为后世志怪、传奇乃至古典小说的幼芽。而众多的寓言、史传性特写,有的已有"准小说"的特征。就散文而言,《左传》、《国语》、《战国策》无论体制或手法,都是后世文言散文的范本,并对后世小说、戏剧的创作启迪甚大。诸子散文表现的明显有异的风格个性,更是使后世学者、文章家获益匪浅。如《论语》雍容和顺、含蓄迂徐;《墨子》质朴平易、逻辑严密;《孟子》灵活善譬、多辞好辩;《庄子》想象丰富、诡异恣肆;《荀子》结构谨严、论断缜密;《韩非子》辞锋峻削、说理透辟等等,都足以供后代文学家学习借鉴。就辞赋和骈文而言,前者极盛于两汉,后者流行于六朝,并为后世的重要文体,而其源亦在先秦。

综上所述,先秦时代是我国古代文学产生发展、并取得辉煌成就的时代。它以四五千年前远古文化为开端,而结束于公元前221年秦统一以前。在这样一个离现在久远的年代,我国人民所创造的当时世界上所稀有的古代文明和灿烂文化,完全可以与古代欧洲的"古希腊文化"、"古罗马文化"相映媲美。这是中华民族的骄傲,也是全人类的瑰宝。

第一编

上古文学

第一章　文学艺术的起源和上古歌谣

第一节　文学艺术的起源

根据历史的考察,文学艺术的产生早于文字,它们在人类社会活动的最初阶段,即原始时期就已经出现了。历史资料表明,原始诗歌和原始神话,是最早出现的两种文学类型,它们是以口耳相传的方式流行的,从产生的先后说,诗歌应更早于神话。

文学艺术是怎样产生的,是什么样的原因推动了文学艺术的出现,这是世界各民族文学共同存在的一个需要探讨的科学问题。

关于文学艺术的起源,历史上曾经有过种种不同的解释,可以说自从文学艺术产生以来,人们就开始试图回答这个问题。在人类社会发展的早期阶段,世界各国就都出现过一些关于文艺来源的神话。例如,在我国古代《山海经》一书里,就有这样的记载:夏朝的开国君主夏禹的儿子夏后启,是一个神通广大的英雄。他曾三次乘飞龙上天,偷偷地把天乐《九辩》和《九歌》记录下来,带回到人间改编作《九招》,在"大穆之野"演奏。据说从这以后,人间才开始有了文艺作品,有了美妙动人的歌曲。在古希腊,也有关于文艺女神缪斯的传说:宇宙之王宙斯和"记忆"女神曼摩辛结婚,生了九个神女,这九个神女分别掌管着诗歌、音乐、戏剧、舞蹈等等,人间的诗人、艺术家们就是得到她们的启示和教导,才创造出各种各样的文艺作品来。把文学艺术的产生归之于上天神灵的创造和赐予,反映了原始人极为幼稚的观念。

随着社会历史的发展,各个时代的思想家、历史学家和文艺评论家,不断地就文学艺术的起源问题进行探讨,提出各种各样的解释。在众多解释中,影响较大的说法主要有游戏说、心灵表现说、巫术说和模仿说等等。主张游戏说者认为,人类有一种发泄剩馀精力的本能,游戏和文艺就都是由于这种本能的冲动而引起的。这是十八世纪欧洲席勒和斯宾塞首先提出的理论。实际上,作为单纯消遣性的游戏,只是后来才可能有的,在原始人那里,游戏并非没有功利性质,这从原始人游戏的内容就可以看出。普列汉诺夫曾举例说:"澳洲土人的儿童常常玩战争的游戏,而且这种游戏极受成年人的鼓励,因为它锻炼未来的战士的机警和敏捷。"(《论艺术》)原始人游戏的内容,或为战争,或为狩猎、采集,总是与他们的社会生活需要相联系的,实际上是对劳动过程的一种再体验和训练。如果说原始歌舞产生于游戏,是从游戏脱胎出来的,那么"游戏是劳动的产儿",也是无疑义的。主张心灵表现说(亦称感情说)者认为,人生来就有一种表现自己感情的要求,高兴了就要笑,痛苦了就要哭。这种要求进而从音乐、语言、形体上表现出来,就产生了音乐、诗歌、舞蹈等等。俄国作家列夫·托尔斯泰说:"艺术起源于一个人为了要把自己体验过的感情传达给别人。"他给艺术下的定义就是:"作者所体验过的感情感染了观众或听众,这就是艺术。"(《艺术论》)实际上这种理论在我国产生得更早,汉代《诗大序》上说:"情动于中而形于言,言之不足,故嗟叹之;嗟叹之不足,故永歌之。"《淮南子·本经》云:"心和欲则乐,乐斯动,动斯蹈,蹈斯荡,荡斯歌,歌斯舞。"这实际是后世对诗歌创作心理和经验的说明和总结,并不足以说明原始诗歌最初产生的具体动因。原始诗歌有它的特定的社会内容和形态,它的发生是不能单纯用表情这一动机来解释的。主张艺术起源于巫术者认为,诗歌渊源于原始巫术的咒语。原始时代生产力低下,生存困难,从而产生了企图用语言控制自然、支配自然的巫术,在巫术活动中产生了最早的诗歌、音乐和舞蹈等。原始人的某些艺术确实曾附丽于巫术的活动,但当时的原始信仰本身,却是出于人类物质生产需要,因此巫术本身并非文艺所由产生的最后根源。主张模仿说者认为,艺术起源于对自然和人生的模仿,这一说法始于古希腊的哲学家。如德谟克利特说:"在许多重要事情上,我们是模仿禽兽,作禽兽的小学生的。从蜘蛛我们学会了织布和缝补;从燕子学会了造房子,从天鹅和黄莺等歌唱的鸟学会了唱歌。"(《著作残编》)亚里士多德说:"人从孩提的时候起就有模仿的本能(人和禽兽的分别之一,就在于人最善于模仿,他们最初的知识就是从模仿得来的),人对于模仿的作品总是感到快感。"(《诗学》)类似的理论在中国古代也曾有过,如《吕氏春秋·古乐》载:"帝尧立,乃命质为乐。质乃效山林谿谷之音以歌。"这也是一种模仿论。这种说法与前面一些说法不同,它肯定了文学艺术来源于人对客观世界的模仿,成为后世"反映论"的基础。但事实上,即使是从原始的艺术活动(包括歌舞、绘画)看,模仿也只构成艺术的外观,是手段,并不就是艺术的创作动机或目的。总之,上述关于艺术起源的解释虽各有不同,但他们总企图从人类的所谓先天本能出发,或者根据后世文艺创作现象加以推测,结果并没有真正科学地回答出这个问题。因为很显然,上面提出的一些解释,它们都不能说明文学艺术为什么只是人类发展到某一历史时期的产物,而不是更早——从中国历史资料看,大约到了传说中的神农、黄帝、尧、舜等时代,可能已进入到氏族社会后期,正是相当于传说中的这个时期,我国产生了以绘有各种精美图案花纹的彩色陶器为标志的仰韶文化和龙山文化,有了相应的某些文学艺术萌芽。它们也不能说明原始的文学艺术为什么有它的特定的思想内容和形式,而不是其他。总之,以上种种说法,虽然都接触到文学艺术产生过程中的某些现象,但都是脱离了人们的社会实践,单纯从生物学角度的人和人的先天禀赋来回答这个问题,从而都没有能对文学艺术的起源做出科学的解释。

文学艺术发生的最终原因,只能从原始人类生存斗争的实际需要中去寻找。处在人类最初阶段的原始人,不可能离开求食和保存种族等的基本需要,而产生什么审美活动,而去从事什么艺术的创作。普列汉诺夫以唯物史观为指导,在研究了大量的历史资料后指出:"人最初是从功利观点来观察事物和现象,只是后来才站到审美观点来看待他们。"他说如果不认识到这一点,"那么我们将一点也不懂得原始艺术的历史"(《论艺术》),因而较为全面地论述了文学艺术起源于劳动的观点。认为最早的文艺作品产生于人类的劳动过程之中,它是根据劳动的实际需要而出现的。这一考察及其所取得的认识,才把艺术的起源问题从各种现象的、唯心论的认识移到了唯物史观的科学的基础之上。

根据历史的考察,在文学部门里,最初产生的文学样式——诗歌,就是人类在从事集体劳动中,依照着劳动时的节奏,因袭着劳动呼声的样式而产生的。原始人的劳动多是笨重的体力劳动,所谓劳动的呼声,就是当人们从事一项吃力的体力劳动的时候,为了减轻一些疲劳,或为了在集体劳动中,协调一下彼此的动作,自然而然地依照着劳动动作而发出的一种呼声。这种呼声具有一定的高低和间歇,因而形成一定的节奏,这种简单的节奏,正是诗歌韵律的起源。

关于这一情况,我国古人也做过一定的观察,例如《淮南子·道应训》说:"今夫举大木者,前呼'邪许',后亦应之,此举重劝力之歌也。""邪许",就是指人们集体劳动时,一倡一和,借以调整动作、减轻疲劳、加强工作效率的呼声。举重时是这样,从事其他劳动时,也会是这样。可以设想,最早的有节律的诗歌也正是伴随着劳动、因袭着这种劳动呼声的样式而产生出来的。

鲁迅在《且介亭杂文·门外文谈》中,论到文学的起源时曾经有这样一段话:

> 人类是在未有文字之前,就有了创作的,可惜没有人记下,也没有法子记下。我们的祖先的原始人,原是连话也不会说的,为了共同劳作,必需发表意见,才渐渐的练出复杂的声音来。假如那时大家抬木头,都觉得吃力了,却想不到发表,其中有一个叫道"杭育杭育",那么,这就是创作……倘若用什么记号留存了下来,这就是文学;他当然就是作家,也是文学家,是"杭育杭育"派。

这说明最早的文学创作,正是在集体劳动中根据劳动的需要产生的。当然,仅只是简单的"杭育杭育"的劳动呼声,也许还谈不上就是什么真正的诗歌作品,但它是原始人最初的歌唱,是后来有韵律、有节奏的诗歌赖以产生的基础。也就是说,当这种劳动中的呼声一旦被语言所代替或与一定的语词、语音相结合时,语言便有了它的歌唱形式,呼声也有了更丰富、确切的含意,于是一种具有节奏性、音乐性的语言艺术——诗歌,也就正式产生了。

诗歌的产生是这样,其实与原始诗歌产生于同一时代,并经常与原始诗歌结合在一起的原始乐舞,也无不是这样。原始的音乐,就是劳动音响的再现，最初的乐器几乎无不是从原始的劳动工具转化来的。例如我国古代的敲击乐器石磬和其他一些弦乐器，就都是由原始的劳动工具石刀、石斧和弓箭的弦索改装变化的。原始舞蹈的内容和舞姿，则更明显地表现出是某种生产动作的模仿或某一劳动过程的重演。由于劳动是有节奏的，因而再现劳动音响和动作的乐舞也是依从一定节奏的，而古时（中国的或外国的）舞蹈、音乐、诗歌之所以经常是三位一体的，也正是由劳动节奏的一致性所决定的。

上面说到，诗歌的产生是由于劳动的需要，是原始人组织劳动、鼓舞劳动的一种手段，而乐舞的产生，在原始时代也同样出于劳动的实际需要，有着明显的功利目的。原始人的乐舞，模仿劳动的音响、劳动的动作、重演劳动的过程，这或者是出于训练劳动技巧、总结劳动经验的需要，或者是为了教育本部落的成员，激发他们的劳动热情，以便更积极无畏地参加生产劳动。也就是说，它们也无不同劳动生活的实际需要有密切关系。

需要附带说明一下的是，所谓劳动或劳动生活的需要，在原始人那里也包括他们在原始宗教幼稚的观念支配下产生出来的某种幻想中的需要。原始人不认识自然的客观规律，往往以为周围的世界是可以用自己的意志随便改变的。因此，他们相信自己语言的力量，相信他们歌舞活动的作用，认为用它们可以影响自然界，可以影响神（自然力的化身），于是常常把诗歌当做"咒语"来使用，也把歌舞作为娱神的工具。但目的还是为了满足对现实的要求，即企图用它们来控制自然灾害，或在生产中获得丰收。

总之，如上所述，最初的一切文学艺术，都是来源于原始人的劳动实践和劳动实践中的需要。它们或者是在劳动生产过程中直接产生出来的，成为组织劳动、激发劳动热情（所谓"劝力"）的一种手段；或者是模仿和再现劳动生活情景，以巩固劳动经验，熟悉劳动技巧；

或者是出于某种幻想,企图用它来战胜自然,争取丰收。因此,文学艺术的起源,决不是由什么人类的生物本能冲动所引起的,最初的文学艺术创作,也决不是什么超功利的、不抱任何社会目的的活动。离开人类的社会性,离开人类的物质生活条件和他们最基本的社会实践——生产劳动,去探寻和解答文学艺术的起源问题,都只能是唯心主义的、片面的。

第二节 上古歌谣

原始时代的文学作品,由于年代久远,当时又没有文字可以记录,因此大都湮没不存,很少被保存下来,所谓"虞夏之前,遗文未睹"(《宋书·谢灵运传》),造成了后世研究的困难。我国古书中虽然记载了一些所谓尧、舜传说时代的歌谣,如《击壤歌》、《卿云歌》、《南风歌》等,但都是出于后人的伪托,不可信[1]。只是在某些古籍中偶尔保存下来一些质朴的歌谣,从它们的思想和形式上看,比较接近原始形态。如《吴越春秋》所载的一首《弹歌》[2]:

断竹,续竹,飞土,逐宍。(宍,古"肉"字)

这首短歌相传为黄帝时的作品,但被说成是什么"孝子不忍见父母(尸体)为禽兽所食,故作弹以守之",则显然是后世的附会。从其内容和形式看,这无疑是一首比较古老的猎歌。它反映了我国渔猎时代人民的劳动生活,描写了他们砍竹、接竹、制造出狩猎工具,然后用弹丸去追捕猎物的整个劳动过程。弓箭的发明,是人类摆脱原始蒙昧时代的重要标志。恩格斯曾经指出:"弓箭对于蒙昧时代,正如铁剑对于野蛮时代和火器对于文明时代一样，乃是决定性的武器。"（《家庭、私有制和国家的起源》）我国弓箭的发明很早，有所谓"少昊生般，是始为弓"（《山海经·海内经》）和"羿作弓"（《墨子·非儒》）的传说。当然，弓箭的发明，不可能归于个别人的创造，而是原始人在漫长时代中智慧和经验的积累。这首短歌无疑流露着原始人对自己学会制造灵巧猎具的自豪感和喜悦，也表现着他们获取更多猎物的无限渴望。诗很简短，但淳朴、自然，有很强的概括力，是一支原始型的优秀歌谣。

在《礼记·郊特牲》中，还记载着一篇相传为伊耆氏时代的《蜡辞》：

土反其宅，水归其壑，昆虫毋作，草木归其泽！

伊耆氏，一般指神农氏，一说指帝尧。蜡，是古代一种祭礼名称。周代在十二月，举行祭百神之礼，称为"蜡礼"，蜡礼上所用祭祷辞，即称"蜡辞"。这首短歌从它明显的命令口吻上看，实际是对自然的"咒语"。大水泛滥，土地被淹没，昆虫成灾，草木荒芜，眼看使他们的收获无望。在原始宗教意识的支配下，原始人企图靠着这种有韵律的语言，来指挥自然、改变自然，使它服从自己的愿望。这正如高尔基所曾说过的："古代劳动者们，渴望减轻自己的劳动，提高劳动效率，防御四脚和两脚的敌人，以及用语言的力量，即用'咒文'和咒语的手段来影响自发的害人的自然现象。最后一点特别重要，因为它表明人们是多么深刻地相信自己语言的力量，而这种信念之所以产生，是因为组织人们的相互关系和劳动过程的语言具有明显的和十分现实的用处。他们甚至企图用'咒语'去影响神。"（高尔基《论文学》）

与此性质相同的,在《山海经·大荒北经》中还记载着命令旱神——魃——北行的短歌:"魃不得复上,所居不雨……时亡之,所欲逐之者,令曰:'神,北行!'先除水道,决通沟渎。"所谓"神,北行"一句,显然是一句"咒语",大约是由当时的巫人依据一定的调子来唱念的。后两句则是写旱魃被逐、旱灾解除之后,就会下雨,因此要做好"除水道"、"通沟渎"的准备。原始人出于无知,把自然力加以形象化,而产生了神的观念。他们认为旱灾乃是旱神"魃"肆虐的结果,于是便幻想通过这种诗歌形式的语言,驱除旱神,以维护生存,为劳动生产创造条件。这类诗同样产生于原始人的生产斗争之中,是他们生产意识的延续,只不过是把人的能力、诗歌语言的作用理想化了。

另外,在古籍《周易》中,也保存了一些古老的歌谣。如《屯·六二》:

屯如,邅如;乘马,班如;匪寇,婚媾。

这是写抢婚的诗。一群男子骑在马上迂回绕道而来,原以为是敌寇,等到闯进门来把姑娘抢走,才知道是为了婚事。它反映了古代社会确实存在过的抢婚制度。这一短章仅十二个字,但写得曲折、形象,而音韵亦很和谐。

又《中孚·六三》:

得敌。或鼓,或罢,或泣,或歌。

这是写战争的,描写战争结束胜利归来的情景。战胜敌人以后,有的仍擂鼓示勇,有的坐卧休息,有的因失去亲人哭泣,有的在引吭高歌。

寥寥十个字,音节顿挫地写出了一个动人的场面。

诗歌起源于劳动,最初是与劳动动作相联系的,因而人们在劳动动作中产生的呼声,就自然而然地决定了诗歌的节奏。但这种有节奏性的语言形式一旦形成,就逐渐固定下来,成为反映生活、抒发情感的一种特有形式。因此,即使不在劳动场合,不作为劳动伴唱的时候,它也同样作为一种诗歌的形式(即诗体)而使用着。

我国原始型的诗歌大都是二言形式,这是由两方面的因素决定的。一是在原始社会,生产技术幼稚,从而劳动动作也很简单,而歌的拍子总是十分精确地适应于这种劳动所特有的生产动作的节奏。这时劳动的节奏是短促的、鲜明的、整齐的,因而伴随劳动动作产生出来的诗歌,它的句式也必然是极简短的。第二,诗歌是与本民族的语言特点紧密相联的。在远古时期,人们的思维和语言还都十分简单,在当时的汉语中,单音词比较多,即一个词是由一个音节所构成;但一个单词并不能构成句式,也就是说,至少要两个词才能表达出比较明确的或相对完整的意思。这样,由两个词构成一个短促的句式,以与由劳动动作所派生出来的节奏相配合,就是原始型的最早的诗歌形式。当然,随着社会和语言的向前发展,诗歌的内容和形式都会多样化起来,同时,诗歌创作中的单纯的功利目的,也会逐渐渗透进更多的审美需要和审美趣味,这时诗歌也就成为独立的精神产品了。如《周易》中《归妹·上六》的一首牧歌:

女承筐,无实;士刲羊,无血。

写牧场上男男女女在剪羊毛,拾羊毛。男的看起来在刲(割)羊,但不见有血;女的在承筐装着,但没有重量。这可能是男女双方边劳动边互相戏谑地对唱出来的。这首短歌有情有景,生动有趣。形式上看二三言各半。

在《吕氏春秋·音初》篇还载有一首一句之歌,后人称之谓《候人歌》:

候人兮猗!

传说大禹治水,娶涂山女为妻。禹省视南土,久不归,女乃唱出这支歌,渴盼禹的归来。从历史发展上看,比较稳定的夫妻关系和夫妻感情,只有在一夫一妻制婚姻出现以后才有可能,而这时已属私有制萌芽后的氏族社会晚期。这首歌以二字为句,后拖歌唱性语尾长音,从而取得了特殊的抒情效果。《吕氏春秋》说它"实始作为南音",它既是产生于我国南方的最古老的情诗,同时也开了诗歌以抒情为传统的先河。

原始氏族社会,是一个漫长的年代,作为当时的口头创作诗歌作品来说,其数量一定会是不少的,只可惜因为年代久远而湮没无闻。但从这仅存的少数孑遗来看,它们却闪烁着人类童年时期所特有的生动、活泼、天真的光彩,表现出我国先民们可贵的艺术创造力。同时为我国源远流长、丰富多彩的诗歌历史,奠定了基础。

〔1〕《击壤歌》据传为尧时八十老人所歌,始见于皇甫谧《帝王世纪》;《卿云歌》据传为舜所歌,始见于伏生《尚书大传》;《南风歌》亦传为舜歌,分别见于《尸子》与《孔子家语》等书。清沈德潜《古诗源》与清杜文澜《古谣谚》均辑录。关于这些诗的著录情况和真伪考辨,可参阅朱自清《古诗歌笺释三种·古逸歌谣集说》。

〔2〕《吴越春秋》,东汉赵晔撰。全书十卷,内容记述春秋时吴、越两国史实,并杂有各种异闻传说。《弹歌》见该书卷五。

第二章　上古神话传说

第一节　概述

　　神话传说是产生于氏族社会的口头艺术形式,它的历史非常古老。同世界上其他历史悠久的民族一样,我们中华民族在自己的童年时期,也曾创造过美丽、奇伟、丰富的神话传说故事。其中的一小部分散见于后世的典籍中,成为后人认识先民生活与思维方式的某种参照。

　　原始社会生产力水平极其低下。原始人在生存斗争中经常受到洪水、大旱、凶禽、恶兽等的侵袭,又因知识水平低下不能正确认识自然界种种复杂变化,于是他们以为宇宙间万物都有神灵主宰,对自然力加以幻想和神化,创造了日、月、风、云等自然神及其故事。如羲和"生十日"(《山海经·大荒南经》)、常羲"生月十有二"(《大荒西经》)、女娲"抟黄土作人"(应劭《风俗通》)等。他们对于自然界不只是简单地解释和探索,为了更好地生活,他们还要与自然做不屈的斗争,于是就创造了歌颂与自然做斗争的英雄的故事,如精卫填海、夸父逐日、鲧禹治水等。原始氏族或部落之间有时还要为争夺猎区、牧场或土地而进行残酷厮杀,于是便产生了诸如共工同颛顼争帝、黄帝与蚩尤之战一类神话。我们的祖先不仅常常对自然界感到迷惑或惊奇,要求做出解释,而且对民族始祖和人类文化的来源也希望得到说明,于是又有简狄吞燕卵而生商、姜嫄践巨人迹而生弃,以及羿发明弓箭、神农发明耕种和医药、伏羲氏观蜘蛛而造网罟、仓颉仰观天象俯察龟文鸟羽而创造文字等等神话传说被创造出来。

神话传说陆续产生后,就有一个长期口头流传的过程。在这一过程中,神话得到不断的补充、加工,内容逐渐丰富、系统,艺术上也日臻完美。但是,我国古代神话没有得到完整系统的记录和保存。现存先秦及汉代古籍中,除《诗经》、《尚书》、《易经》、《左传》、《国语》、《墨子》、《庄子》、《韩非子》和《吕氏春秋》等书各有少量片断记载外,以《山海经》、《楚辞》和《淮南子》保存较多。而《山海经》多记山川地理,《楚辞》是一部诗歌集,《淮南子》则以叙述刘安及其门客的哲学思想为主,都不是神话的专书,所以它们记述的故事都很简单零散,首尾完整者很少,缺乏应有的系统性。我国上古神话传说原来应是极丰富的,可是我们今天只看到很少一部分,它们如同无数零珠碎玉,嵌布于古代文学发展的宏伟画卷中,闪现着自己的光辉。

我国上古神话大量散亡的原因相当复杂。有人说我国文字繁难,记录不便,许多原先流传在人民口头的神话传说,未被记录保存下来。有人说,"孔子出,以修身齐家治国平天下等实用为教,不欲言鬼神,太古荒唐之说,俱为儒者所不道,故其后不特无所光大,而又有散亡"(《中国小说史略》)。有人说,没有人像荷马那样将上古神话传说的零星材料熔铸为鸿篇巨制。这些意见都有一定道理。但导致神话亡佚的根本原因,我们看来还在于"神话的历史化"[1]。

封建统治者为了利用神话传说中为人民所崇拜的神或英雄对人民施加某种影响,总喜欢把神话人物认作自己的祖宗。于是他们便

根据自己的需要,将神话中"不雅驯"的东西加以删削或窜改。例如:

> 子贡曰:"古者黄帝四面,信乎?"孔子曰:"黄帝取合己者四人,使治四方,不计而耦,不约而成,此之谓四面。"
>
> ——《太平御览》卷七十九引《尸子》

黄帝有四张脸的神话,被孔子解释为"黄帝取合己者四人,使治四方"的历史了。又如:

> (鲁)哀公问于孔子曰:"吾闻夔一足,信乎?"曰:"夔,人也,何故一足?彼其无他异,而独通于声。尧曰:'夔,一而足矣。'使为乐正。故君子曰:夔有一,足。非一足也。"
>
> ——《韩非子·外储说左下》

本来在神话里是一足怪兽的夔,又被孔子巧妙地解释为尧舜时代的乐官了。

上古神话虽大量散亡,却仍然得到了零星、部分的保存。诗人(如屈原)、哲学家(如先秦及汉初诸子)都对这种保存做出了贡献。而贡献更大、保存神话较忠实的则是巫师。鲁迅先生认为,《山海经》可能是古代巫师们的集体著述。其中所保存的神话资料,显然接近于原始状态而较少经过修琢。即使是那些把神话历史化的历史家,也通过自己的著作客观上保存了不少神话传说材料。只要将各种残缺、散碎以至扭曲过的资料加以搜集,作严肃认真的整理、缀合,我国上古神话的本来面貌还是可以得到一定程度的恢复的。

第二节　上古神话传说的主要内容

我国上古神话传说尽管没有得到完好保存,但从各种现存文字记载中,仍可窥见其内容的丰富性。

从天地开辟到部族战争的神话,以至奴隶制国家开国的传说,世界上其他民族所有的神话种类,几乎无不备具:有关于盘古的开辟神话[2];有关于日神羲和、月神常羲、风神飞廉(《离骚》)、雷神丰隆(同上)[3]、木神句芒(《山海经·海外东经》)、火神祝融(《海外南经》)、金神蓐收(《海外西经》)、水神禺强即玄冥(《海外北经》)、旱神魃(《大荒北经》)、潦神应龙(《大荒东经》)[4]、疫神伯强(《天问》)等等自然神话;有王亥牧牛(《世本》张澍稡集补注本)、宁封烧陶(《列仙传》)[5]、伯益作井即陷阱(《吕氏春秋·勿躬》)、敤手作画(《世本》张澍稡集补注本)以及蜂蜜(《中山经》)[6]、蚕桑(《海外北经》)等等关于人类文化起源的所谓人文神话。而《山海经》里大量关于殊方异域奇人怪物的神话,则是我国古代神话中一个独特的内容。

下面具体介绍几个比较著名的神话传说。

一　女娲补天

女娲是我国上古神话中最伟大的女神。她的伟大的、广为传诵的业绩是造人和补天。

女娲造人的神话始见于屈原的《天问》:

女娲有体,孰制匠之?

意谓:女娲亦有身体,她的身体又是谁制作的呢?诗句里隐含着女娲造人的大前提。女娲造人的完整故事见于《风俗通》:

> 俗说天地开辟,未有人民。女娲抟黄土作人,剧务,力不暇供,乃引绳絙于泥中,举以为人。

——《太平御览》卷七十八引

人由黄土塑成这一幻想虽然十分离奇荒诞,但仍然有一定的现实生活基础。我们的祖先生活在黄河流域的黄土地带,在发明制陶技术后,他们便容易从陶器用泥土作坯的制作过程中,产生关于人类也可能是用泥土捏塑的联想。女娲抟黄土作人的神话,就是这种现实的折光,也是当时人们对人类起源的一种幼稚的解释。

女娲补天的故事,是我国古代神话中最奇伟瑰丽、动人心魄的作品之一。它在古代典籍中得到了比较完好的记录和保存。其中以《淮南子·览冥》所载为最早:

> 往古之时,四极废,九州裂,天不兼覆,地不周载,火爁炎而不灭,水浩洋而不息,猛兽食颛民,鸷鸟攫老弱。于是女娲炼五色石以补苍天,断鳌足以立四极,杀黑龙以济冀州,积芦灰以止淫水。苍天补,四极正,淫水涸,冀州平,狡虫死,颛民生。背方州,抱圆天……当此之时,禽兽蝮蛇,无不匿其爪牙,藏其螫毒,无有攫噬之心。

这个故事,清楚地反映了原始人所遭受过的许许多多自然灾害,包括星坠和地震、火山和洪水、虫蛇虎豹横行等。补天的成功,则幻想地、形象化地反映了人对自然斗争的巨大胜利。女娲形象的意义即在于她体现了这个胜利,体现了人们战胜自然的信心和乐观精神,体现了我们祖先在争取生存的斗争中所显示的气魄、智慧和力量。

女娲既不辞辛苦地创造了人类,又以极大的勇气保护了人类。她一身而兼有两项如此伟大的功业,反映了原始人对人类母亲的爱戴和崇敬。这个神话当产生于原始社会早期的母系氏族时代。

二 夸父逐日

夸父逐日的神话,也是上古著名神话之一,最早见于《山海经》:

> 大荒之中,有山名曰成都载天。有人珥两黄蛇,把两黄蛇,名曰夸父。后土生信,信生夸父。夸父不量力,欲追日景,逮之于禺谷。将饮河而不足也,将走大泽,未至,死于此。
>
> ——《大荒北经》

> 夸父与日逐走,入日。渴欲得饮,饮于河、渭,河、渭不足,北饮大泽,未至,道渴而死。弃其杖,化为邓林。
>
> ——《海外北经》

太阳给大地带来光明和温暖,其施惠于人类可谓至大,但有时也会焦灼庄稼,造成干旱。原始人当然是很想了解和驾驭它的。屈原关于太阳"出自汤谷,次于蒙汜。自明及晦,所行几里"(《天问》)的提问,即反映了古人探索太阳运行规律的兴趣。夸父追赶太阳,可知也是为了观察、了解并进而控制太阳的目的。夸父以无比的英雄气概去追逐太阳,狂跑飞奔,忍受江河湖泽不足以消解的口渴,终于在一个叫"禺谷"(即虞渊,日落处)的地方赶上了太阳。尽管他后来渴死了,但他那崇高、雄伟的气魄和顽强的毅力,却一直令人神往。尤其是他那巨大的拄杖化作蓊郁茂盛的嘉树桃林,给后继者乘凉解渴之便,使其得以完成未竟的事业,则更令人振奋和鼓舞。夸父的形象体现了原始人了解太阳奥秘的强烈愿望,体现了他们征服自然的宏伟理想,整个神话充满积极乐观的浪漫主义精神。

三 羿射十日

在古代典籍里,"羿"本有两个:一个是帝尧时代以"射十日"著名的"神性的"羿,也称夷羿;另一个是夏朝太康时代的"人性的"羿,又叫"后羿"。两者从屈原起就已相混,但其实并非一人[7]。

神话里的羿,据说是帝俊派到大地上来帮助解除各种危难的:

> 帝俊赐羿彤弓素矰,以扶下国,羿是始去恤下地之百艰。
>
> ——《山海经·海内经》

羿为拯救下民主要做了哪些善事呢?《淮南子·本经》说:

> 尧之时,十日并出,焦禾稼,杀草木,而民无所食。猰貐、凿齿、九婴、大风、封豨、修蛇皆为民害。尧乃使羿诛凿齿于畴华之野,杀九婴于凶水之上,缴大风于青丘之泽,上射十日而下杀猰貐,断修蛇于洞庭,禽封豨于桑林。万民皆喜。

据这段记载,羿奉尧的指令先后完成了诛凿齿、杀九婴、缴大风、射十日、杀猰貐、断修蛇、禽封豨等七件大事。羿射十日之举颇为后世传诵,不仅因其最有利于"万民",而且其意境之壮大开阔,其想象之奇诡瑰丽，实为神话中罕见的佳品。羿之所作所为，都是为了拯救下民。要完成这一神圣使命，他向各种凶恶的敌人开战，表现了非凡的勇气和毅力。他确实是一位果敢无比、为民除害的英雄。羿之所以能建立如此伟大的功业，是由于他和别的神话英雄不同，他掌握着高明神异的射箭本领。而且，据说弓箭原本就是他发明的。墨子说："古者羿作弓。"(《墨子·非儒》)因此，这个神话不仅描写了羿的伟大业绩，是壮丽的英雄史诗，而且通过羿的形象赞扬了弓箭和射手，又是生产技术的热情颂歌。

四　精卫填海

精卫填海的神话虽然比较简短，但它却是一个内容非常深刻的著名神话：

> 发鸠之山，其上多柘木。有鸟焉，其状如乌，文首、白喙、赤足，名曰精卫，其鸣自詨。是炎帝之少女，名曰女娃。女娃游于东海，溺而不返，故为精卫。常衔西山之木石，以堙于东海。
>
> ——《山海经·北次三经》

精卫鸟长着花脑袋，白嘴壳，红脚爪，其外形十分可爱；它本是炎帝的小女儿，到东海游水，在那里淹死了，其遭遇非常不幸；它不过是一只小鸟，却要衔微木细石去填平广阔无边、渊深莫测的沧海，其志概是比沧海还要浩大的。在东海与精卫这大小强弱极端悬殊的对比中，更显出后者惊人的意志和毅力，悲壮感人的艺术力量也从这里产生出来。

精卫填海，并不只是为个人雪恨复仇。因为在上古时代，被无情的大海夺去生命的何止女娃一个。这个神话正反映了人们渴望填平大海、消除其威胁的普遍愿望。精卫就是这一美好愿望的体现者。

五　鲧禹治水

鲧禹治水的故事,是我国最著名、流传最广泛的神话传说。古籍中有关记载比较丰富,内容颇为复杂。重要资料有如下几则:

洪水滔天。鲧窃帝之息壤以堙洪水,不待帝命。帝命祝融杀鲧于羽郊。鲧复(腹)生禹。帝乃命禹卒布土以定九州。

——《山海经·海内经》

舜之时,共工振滔洪水,以薄空桑,龙门未开,吕梁未发,江淮通流,四海溟涬,民皆上丘陵,赴树木。

——《淮南子·本经》

阻穷西征,岩何越焉? 化为黄熊,巫何活焉? 咸播秬黍,莆雚是营。何由并投,而鲧疾修盈?

——《天问》

洪泉极深,何以窴之? 地方九则,何以坟之? 应龙何画,河海何历? 鲧何所营,禹何所成?

——同上

共工臣名曰相繇,九首蛇身,自环,食于九土,其所欹所尼,即为源泽,不辛乃苦,百兽莫能处。禹湮洪水,杀相繇。

——《山海经·大荒北经》

水兽好为害,禹锁于军山之下,其名曰无支奇(祁)。

——唐李肇《国史补》引《山海经》

禹治鸿水,通轩辕山,化为熊,谓涂山氏曰:"欲饷,闻鼓声乃来。"禹跳石,误中鼓,涂山氏往,见禹方作熊,惭而去,至嵩高山下,化为石。方生启,禹曰:"归我子。"石破北方而启生。

——《汉书·武帝纪》颜注引《淮南子》

此外,《尚书》、《孟子》等书中也有片断记载。如果整理缀合,神话传说的原貌可能是:

大禹在其父鲧死后,负起了治水重任。他也曾用"息壤"填塞过洪水,但主要是用疏导的办法。应龙在他前面用尾巴划地,帮助他疏通了九河。在治水过程中,他还杀死了共工之臣相繇,把水怪无支祁镇在军山之下。为了治水,他结婚后没几天就离开了家;在外八年,三次过家门,都不进去看看;他亲操治水工具,在狂风暴雨下工作,累得大腿上没有肉,小腿上的毛也掉光了。在凿通轩辕山时,他为了提高劳动效率,把自己变作一只大熊。由于一时误会,前来送饮的妻子看见丈夫变成熊,便惭愧离去,化为一块石头。在禹的要求下,石头裂开,生出了儿子启。

鲧禹治水的神话所反映的,是原始时代洪水为害以及人们与之做顽强斗争的现实。洪水泛滥本是当时一种极普遍的自然现象。原始人以为可怕的水灾定有神灵主使,于是幻想出共工、相繇、无支祁等洪水"振滔"者的形象。在原始人中,不仅有征服洪水的愿望,也确实涌现过不少勇于治水、善于治水的杰出人物,这些人物被怀念、传诵和神化,于是产生了像伯鲧和大禹那样的治水英雄的形象。

鲧所以不待帝命、冒着生命危险去偷息壤,是因为当时百姓正在洪水中挣扎,迫切需要有人拯救。他的治水工作也取得了一定成绩("咸播秬黍,葦菅是营")。"鲧复生禹"、"化为黄熊"的记载,更象征着后人对他的纪念。

禹的形象比鲧更崇高,也更丰满。首先,禹是在洪水仍在泛滥、百姓仍在洪水的深渊中挣扎、鲧治水尚未成功而惨遭杀戮的艰难形势下,勇敢地承担起他父亲未完成的重大使命的。其次,他不仅有治水的雄心壮志,而且讲究治水的方法。他吸取了鲧以息壤治水的经验,又接受了鲧单用这种方法未能把洪水完全治好的教训,从而采取了以疏导为主的方针。第三,在整个治水过程中,他表现得辛勤踏实,英勇无畏,专心致志,大公无私,把个人婚姻家庭置于治水事业之下,集中体现了原始时代抗御洪水者的优秀品质。

鲧禹治水的传说所以能得到广泛的传诵,根本原因就在于它成功地塑造了鲧和禹(特别是禹)的具有深刻教育意义的崇高形象。

六 黄帝与蚩尤之战

黄帝与蚩尤的战争,也是影响深远的神话传说。散见于古书中的有关资料非常繁杂,主要有以下几则:

> 蚩尤作兵,伐黄帝。黄帝乃令应龙攻之冀州之野。应龙蓄水。蚩尤请风伯、雨师,纵大风雨。黄帝乃下天女曰魃,雨止,遂杀蚩尤。
>
> ——《山海经·大荒北经》

蚩尤出自羊水,八肱,八趾,疏首。登九淖以伐空桑,黄帝杀之于青丘。

——《初学记》卷九引《归藏·启筮》

　　黄帝摄政前,有蚩尤兄弟八十一人,并兽身人语,铜头铁额,食沙、石子,造立兵杖、刀、戟、大弩,威振天下,诛杀无道,不仁不慈。万民欲令黄帝行天子事,黄帝仁义,不能禁止蚩尤,遂不敌。乃仰天而叹,天遣玄女下授黄帝兵信神符,制伏蚩尤,以制八方。

——《太平御览》卷七十九引《龙鱼河图》

　　黄帝与蚩尤之战的神话,反映的是原始社会末期两个部族间激烈战争的社会现实,属于人文神话的范畴。据记载,这场战争是蚩尤首先发动的。蚩尤"八肱,八趾,疏首","兽身人语,铜头铁额,食沙、石子",面目十分狰狞可怕。而黄帝头上长着四张脸,一共活了三百岁,并能逮住"入海七千里"、"出入水则必风雨"、狞猛异常的恶兽夔,以其皮作鼓,以雷兽之骨作鼓槌,使五百里外都听得到鼓声(《山海经·大荒东经》),是一位声威赫赫的天神形象。战争的结果,蚩尤遭到失败,黄帝取得了胜利。这一神话传说的情节及其善恶不同的两个形象,明白生动地反映了氏族社会晚期的社会斗争及记录者的爱憎倾向。神话的记录者不仅描述了种族间的战争,而且表现了中华民族在战争中的成长壮大。后来黄帝成为我们民族理想的祖先,当即发轫于此。

第三节　上古神话的基本特色

　　我国上古神话虽因历史化而大量亡佚,但就现存材料看,仍有着自己鲜明的特色。

在思想内容方面,我国神话传说首先是远古时代(主要指氏族社会)现实生活的反映,具有很强的现实性。从神话传说里随处可以看到当时先民们是如何为了生存而从事劳动创造的。那些著名的神或文化英雄,都是杰出的劳动者和创造者。如盘古开天辟地,女娲炼石补天,后稷教民稼穑[8],王亥驯养动物[9],舜在历山种田、在雷泽捕鱼、在河滨制陶(《史记·五帝本纪》),等等,都是劳动创造的生动记录。许多关于制作发明的神话,更是对劳动业绩和首创精神的赞美。从神话传说里,还可以经常看到我们的祖先如何同大自然进行斗争。面对各种自然灾害的威胁,他们决不退缩屈服,而是与之顽强搏斗。羿、禹等英雄形象,可以看做他们与自然力斗争并取得重大胜利的纪念碑。从神话传说里,也可以看到当时社会斗争的现实。如黄帝与蚩尤之战,反映了部族间的争斗;而围绕着汤伐桀、武王伐纣的神话传说[10],则是奴隶主贵族内部冲突的反映。

我国上古神话作为初民的口头创作,塑造了一系列代表他们自己的利益和愿望的艺术形象。这些形象尽管着墨不多,描写得比较简单、粗略,但却有着惊人的艺术魅力。其所以能如此,除了艺术手段上的原因,主要是因为不少神话人物身上都体现着珍贵的精神品质,体现着深刻的思想意义。女娲、精卫、夸父、羿、鲧、禹、黄帝等著名英雄形象是这样,其他一些神话传说人物也是这样。如断头英雄刑天就是其中的一个:

刑天与帝争神。帝断其首,葬之常羊之山。乃以乳为目,以脐为口,操干戚以舞。

——《山海经·海外西经》

为了反抗强暴势力,头被砍掉了,还以两乳作眼睛,用肚脐当嘴巴,手拿盾牌板斧,在那里挥舞不息。这是一种何等坚忍顽强、惊心动魄的抗暴精神!刑天的形象反映了先民反抗暴力的强烈要求,也是他们的斗争意志、乐观精神和必胜信念的艺术结晶。

我国上古神话传说的高度思想意义,还在于它们最早对我们的民族精神做了艺术的概括并因而带有鲜明的民族性。从神话传说里,可以看到我们祖先对真理的不断追求和对理想的热烈憧憬。在社会生产力极其低下、人类知识积累异常贫乏的时代,他们渴望了解大自然,了解宇宙间的万事万物。诸如天地的形成、人类的起源、日月的产生以及各种自然灾害的起因等,他们都要做出自己的解释。他们所以要不断地探索真理,是为了实现其征服自然的远大理想。上古神话传说还反映了我们民族坚忍顽强的斗争意志和奋发昂扬的乐观精神。鲧被杀了,还从肚子里生出禹来,继承其未竟的治水伟业;夸父渴死之后,他的手杖竟化作广阔的邓林;女娲淹死在东海里,她的冤魂却变为一只誓志填海的小鸟……这许多死而不已、奋斗不息的英雄形象,正是我们民族性格的化身。在我国上古神话里,死亡通常不是斗争的终结,而只是战斗的某一回合;它往往被战斗者的顽强意志和坚定信念所战胜,于是这个斗争便以新的形式继续下去。对死亡作如此的理解和描写,十分深刻地表明了我们民族性格的坚韧、乐观的特质。

在艺术形式方面,我国上古神话传说具有强烈的积极浪漫主义精神。原始社会和奴隶制时代多方面的现实,在上古神话里都得到不同程度的反映。但是,神话并非直接地、具体地对现实生活加以描绘和表现,它所反映的只是经原始人的幼稚幻想加工过的变态现实。如原始人的抗旱斗争,在神话里被幻想为羿射十日的故事;他们征服海洋的尝试,则被想象为精卫填海的壮举。我们的祖先一面把自然力加以神话,另一面又敢于同它进行斗争。在同自然力及社会恶势力的斗争中,他们积累了丰富的经验,创造了无数英雄业绩,逐渐形成了追求真理、富于理想、意志坚强、积极进取、乐观豪迈的民族性格。我国神话的积极浪漫主义精神,正是在这样的基础上产生的。

我国上古神话传说成功地运用了幻想、想象和夸张等浪漫主义手法。神话作者们对于害人的怪物,总是将其描写得异常凶恶,如人形而牙长五、六尺的凿齿,牛形、赤身、人面、马足的猰貐,九首蛇身、自环、遍体剧毒的相繇;而对于有功于人类的神或神性英雄,则将其神威与法力加以大胆夸张,如女娲、羿、禹、黄帝等都被描写得气魄宏大、威力无边。在这类奇特的幻想与大胆的夸张里,怪物和英雄的面貌一望即知,作者的爱憎褒贬判然不同,上古时代人们的思想感情和美学理想得到了鲜明的体现。

这种表现奇特幻想的例证还可以举出很多。如:共工一怒,头触不周山,就把天柱地维弄断,使天塌一方,地陷一角(《淮南子·天文》);简狄吞下一只燕卵,便孕育了商民族的始祖(《史记·殷本纪》);姜嫄踩了一下巨人的足迹,竟然"身动如孕",按期生下了后稷(《史记·周本纪》);后稷降生后,被"置之隘巷",而"马牛过者皆辟不践",被"弃渠中冰上",而"飞鸟以其翼覆荐之"(同上);等等。巨鳌戴山的神话,则是一个更为典型的实例:

渤海之东……有五山焉……其山高下周旋三万里,其顶平处九千里,山之中间相去七万里,以为邻居焉……所居之人皆仙圣之种,一日一夕飞相往来者,不可数焉。而五山之根无所连著,常随潮波上下往还,不得暂峙焉。仙圣毒之,诉之于帝。帝恐流于西极,失群仙圣之居。乃命禺强使巨鳌十五,举首而戴之,迭为三番,六万岁一交焉。五山始峙而不动。而龙伯之国有大人,举足不盈数步而暨五山之所,一钓而连六鳌,合负而趣,归其国,灼其骨以数焉。

——《列子·汤问篇》[11]

海上五座大山,竟是由巨鳌在下面背负顶戴着,这种想象已出人意表。而据《楚辞·天问》记载,巨鳌们并不以戴山为苦,反而愉快地手舞足蹈起来,颠簸得山上的仙人们惶惶不安("鳌戴山抃,何以安之"),则更是不可思议的幻想。头能把大山顶戴的巨鳌,已不易想见其庞大,然而,龙伯国的巨人"一钓而连六鳌",并把六只巨鳌合做一块儿放在自己的背上,背负着飞跑起来,其形体与气力之大,就更难于想象了。

《山海经》里种种关于殊方异物、奇人怪事的神话,也可说明我们民族是何等富于奇思妙想。书里描写羽民国人身上长满羽毛,讙头国人有翅膀和鸟嘴,厌火国人口中能吐火,贯胸国人胸部有一个前后穿通的大窟窿,反舌国人舌根生在前面而舌尖倒向咽喉(《海外南经》);还描写了一个头三个身子的三身国人,"一臂一目一鼻孔"的一臂国人,"一臂三目"的奇肱国人(《海外西经》),以至于"状如黄囊、赤如丹火、六足四翼、浑敦无面目"的神鸟帝江(《西次三经》),一堆净肉、形如牛肝、却长着小眼睛的怪物视肉(《海外南经》)……真是光怪陆离,万态纷呈。

我国上古神话体现了悲剧美和崇高美的美学特征。它的不少故事,而且又通常是那些主要的、著名的故事,带有悲剧色彩,甚至是悲剧性的。可以说,以悲剧形象为主人公的故事,构成了我国神话的基本内容。在这些故事里,一方面写了自然力的强大和人们的悲惨的死亡,另一方面又写了初民控制自然的信心、力量和最后胜利(尽管只是幻想的胜利),以及他们为了这个胜利所表现的自我牺牲精神。

上文述及的鲧禹治水、精卫填海、夸父逐日、刑天起舞、女娲补天等故事,都在不同程度上体现了先民的悲剧命运与英雄的崇高情怀。又如化蚕神话里的少女,以自己的身躯"化为蚕,食桑叶,吐丝成茧,用织罗绮衾被,以衣被于人间"(《墉城集仙录》卷六),为着给天下人以温暖而做出了极大的牺牲。因为这样的牺牲是出于崇高的目的,所以悲剧故事并不使人感到哀伤,而只是使人产生悲壮的感情,引起对牺牲者的崇敬,同时展示出光明和希望[12]。因此,这类神话形象不仅是悲剧性的,同时又是乐观主义的。而这种乐观精神,正是悲剧美的灵魂。

第四节 上古神话传说对后世文学的影响

上古神话虽然只是体现了当时人们对世界的一种幼稚的认识,它反映现实的方式也是幼稚的、主观幻想的,其思想内容与表现形式都带有原始的性质,但是,它作为人类童年时代这一永不复返的特定历史阶段的产物,仍然具有"永久的魅力"(马克思《〈政治经济学批判〉导言》)。而且,上古神话传说产生于我国文学史初始时期,在文学史上有开创作用。它的这种特殊地位,决定了它对后世文学的广泛而深刻的影响。

上古神话传说本是先民口头创作,植根于他们的劳动与斗争的生活,反映了他们的理想和愿望,对我国古代文学优良传统的形成有着不可磨灭的功绩。后世作家那种善善恶恶的褒贬精神,也当从体现先民爱憎感情的神话作品里受到过有益的启示。特别是被艺术地概括在神话传说里的优良的民族性格,对后世文学在思想性方面的积极影响则更为深刻。屈原对清明政治的追求,陶渊明对桃花源式的乐园的向往,李白"谈笑安黎元"的抱负,杜甫"安得广厦千万间,大庇天下寒士俱欢颜"的愿望,都与富于理想的民族性格一脉相通。干将、莫邪之子的头被楚王放在汤镬里煮了三天三夜还不烂,而且"踔出汤中,瞋目大怒"(《搜神记》卷十一),这种复仇抗暴的精神,同刑天反抗天帝的"猛志"就极其相似。六朝志怪小说、唐人传奇以及后来小说戏剧中关于死后变厉鬼报仇的故事,也在某种意义上再现了神话英雄死而不已、执着顽强的斗争意志。

上古神话传说往往是一些生动有趣的故事,有着丰富多样的内容,后世文人因而喜欢加以利用,作为自己的创作素材。历代以神话为题材的文学作品不胜枚举。从我国最早的诗歌总集《诗经》对禹、契、后稷等神话传说人物的讴歌,一直到清代小说《镜花缘》对《山海经》所记远国异人、奇禽怪兽的利用,在我国古代文学史上形成了一个很大的以神话为素材的作品系列。

神话给文学发展提供丰富的素材,当然是它影响后世文学的一个方面,但是,更有意义的影响则表现在创作方法上。

神话传说里固有的积极浪漫主义的因素,经后世文学艺术家反复提炼、加工之后,便逐渐构成了积极浪漫主义的创作方法。而在我国古典文学作品中,这种创作方法的主要特征,通常就是用神话形象及别的神话因素表达作者对现实生活的评价。这一特征表明,神话在我国文学史上的影响是何其深远。

最早以神话为素材,并在一定程度上体现了神话的积极浪漫主义精神的文学作品,当推作于战国中期的《穆天子传》。作品虽然只是描述了周穆王驾八骏远游的事,其重点又只是在穆王和西王母的关系上,但是它却在读者面前展开了一个广大、神奇的旅游天地,可以使人开阔心胸和眼界;而且它的一部分人物和故事,刚从上古神话脱胎而出,更能显出上古神话的影响。

广泛取材于神话,并继承、发展了神话的积极浪漫主义精神的作家,当首推屈原。《九歌》运用灵秀的笔触和优美的语言,细致地描绘了日神、云神、山神、水神、司命神等一系列神话人物的活动和思想感情,显示了诗人丰富的想象力及其对美好生活的执着追求。《离骚》所述屈原为了祖国和人民体解未变、九死不悔的决心,同神话英雄的斗争精神是相通的;诗人那种乘龙御风、使令诸神、上天入地、见重华、求神女、问卜于灵氛和巫咸等等奇特的幻想,也当得力于他对神话的喜爱和熟稔。《天问》所提一百七十多个问题中大多是关于神话传说的。其中"鸱龟曳衔"和"化为黄熊"(鲧神话)、"射夫河伯而妻彼雒嫔"和"献蒸肉之膏而后帝不若"(羿神话)等等故事,还是最早见于记录。诗人在这首长诗里所表现的主题,不是对神话传说的怀疑与否定,而是对现实的不满和对真理的探求。

战国时代,受神话影响较深的,还有《庄子》一书。书中不少寓言是根据上古神话改编的:《逍遥游》里的鲲和鹏,都是《山海经·大荒东经》所记黄帝的孙子、北海神而兼风神的禺强的化身;同篇藐姑射,就是《海内北经》所记的"姑射国";《应帝王》里的没有七窍的浑沌,即《西次三经》所记"浑敦无面目"的神鸟帝江;……这些神话材料的采用,使本来"恍洋自恣以适己"(《史记·老庄申韩列传》)的庄子散文,更加焕发出浪漫主义的光彩。

汉魏六朝的诗歌、小说及赋体作品(特别是从张衡的《二京赋》以后的作品)中,采用神话材料和形象的情况很普遍。如陶渊明《读山海经》组诗里的第九首("夸父诞宏志")和第十首("精卫衔微木"),不仅把古神话中斗争性最强的几个英雄的精神充分地表达出来,而且显示了诗人思想性格里"金刚怒目"的一面。至于《列女传·有虞二妃》里关于娥皇女英教舜穿鸟工龙裳,以免于涂廪浚井之难的故事(《楚辞·天问》洪兴祖补注引,今本《列女传》无),以及

《搜神记》里所记蚕马、盘瓠故事，都比较接近原始的神话材料。

唐代诗歌取材于神话者，为数相当多。如李白、卢仝、李贺、李商隐都喜欢以神话入诗。卢仝的《月蚀》和《与马异结交》二诗，几乎全用神话素材写成，颇富浪漫情调。李贺常常在自己的诗篇里运用"羲和敲日玻璃声"（《秦王饮酒》）、"七星贯断姮娥死"（《章和二年中》）一类神话形象，构成凄艳奇幻的浪漫主义特色。李商隐的诗作中则有许多巧用神话典故的佳句，如"蓬山此去无多路，青鸟殷勤为探看"（《无题》）等。李商隐尤其喜欢取嫦娥神话入诗。如《嫦娥》一诗即通篇皆以嫦娥为描写对象。

唐代诗歌中，浪漫主义手法和积极浪漫主义精神兼而有之的，首推李白的作品。作为浪漫主义的伟大诗人，李白同屈原一样，非常喜爱和熟悉神话，在他的诗作里随处可以欣赏到神话典故的活用与妙用。诗人大量驱遣神话典故以发泄心中的苦闷和忧愤，同屈原的作法也颇相近。如《梦游天姥吟留别》一诗，描绘烟缭云绕、电闪雷鸣、神仙遨游、熙来攘往的神话境界，以与庸俗、污浊的现实生活对立。又如在《蜀道难》里，诗人通过想象把五丁开山、六龙回日等神话传说编织起来，构成一幅蜀道险难的奇异图景，寄寓着对表面安稳而危机四伏的现实的讽刺。李白对当时黑暗现实的抨击，在《梁甫吟》一诗里表现得更加突出：

> 我欲攀龙见明主，雷公砰訇震天鼓，帝旁投壶多玉女。三时大笑开电光，倏烁晦冥起风雨。阊阖九门不可通，以额扣关阍者怒。

这里的几个句子，同屈原《离骚》、《天问》等诗中的相关语句，在化用神话典故及采用浪漫主义手法方面，也是一脉相通的，而描写更直露,感情更激越。

宋代以后,小说、戏曲、诗词等继续受着神话的积极浪漫主义精神的影响。这种影响特别明显地表现在小说作品里。宋人小说《大唐三藏取经诗话》,明代小说《开辟衍绎通俗志传》(六卷八十回,周游著)、《西游记》、《封神演义》,清代小说《镜花缘》,等等,都是取材于神话传说并且在不同程度上继承了神话的浪漫主义传统的。其中《西游记》是一部最成功地运用神话的浪漫主义手法并发扬其积极浪漫主义精神的伟大小说。孙悟空形象的塑造,乃直接移植唐传奇《古岳渎经》里的神话形象无支祁,而且间接受到过夔神话的影响。孙悟空大闹天宫及"玉帝轮流做,明年到我家"(第七回)的思想,同共工与颛顼争帝、刑天与帝争神的叛逆精神,有相通之处。孙悟空护送唐僧到西天取经,一路上斩妖锄魔,也有羿射十日、为民除害的遗风。

上古神话传说是浪漫主义的源头,在它的影响下,不仅产生了许多杰出的浪漫主义作家和作品,而且形成了我国文学史上声势浩大、奔腾不息的浪漫主义巨流。

上古神话的悲剧美和崇高美,及其众多文学形象,同样给后世文学以不少有益的启迪。在我国文学史上,悲剧艺术占有相当重要的地位。如《离骚》、《孔雀东南飞》、《窦娥冤》等伟大作品,都是悲剧艺术的代表。这些作品通过悲来表现崇高,借助主人公的不幸遭遇来预示希望和光明,同神话故事所体现的美学精神是一脉相承的。悲剧艺术传统的形成,同神话的影响有着密切的关系。

神话形象的影响,在肖像描写方面表现得较为明显。在神话传说(特别是纬书神话资料)中,对于主人公的形貌,已有极简古的描述。如写"东方句芒,鸟身人面,乘两龙"(《山海经·海外东经》)。又如写"庖牺氏、女娲氏、神农氏、夏后氏蛇身人面,牛首虎鼻"(《列子·黄帝篇》),"伏牺大目"(《艺文类聚》卷十七引《孝经援神契》),"庖羲须垂委地"(《天中记》卷二二引《帝王世纪》)。神话传说在肖像描写方面的最初尝试,给后世作家的影响很大。首先,神话英雄的肖像模式,是小说和戏剧中"脸谱化"的滥觞。其次,静态的、单纯正面的肖像描写,在我国古典小说中占有很大比重。尽管长篇章回小说开始有所突破,但它们的动态(或情态)的、多侧面的写法一直没有得到充分的发展。第三,小说里用以描绘人的外貌的动物特征,乃是人类始祖的图腾特征的残留。虽然肖像描写经历了一个由"动物形"向"动物人类形"进而向"完全人类形"的演变过程[13],但"龙颜"、"赤髯如虬"、"蝤首蛾眉"、"燕颔虎须"、"丹凤眼"等等刻画肖像的套语,作为神话的影响的标记,却长期被古典小说家们所沿用。

此外,神话传说在提供肖像模式的同时,还为后世作家提供了某些故事类型。从"叙事学"的角度来看,神话的影响同样是值得注意的。如应龙以尾画地助禹治水的故事(可以叫做"动物辅导建造型"),志怪、传奇的作者就仿效其类型写过许多作品。《搜神记》卷十三《龟化城》云:

> 秦惠王二十七年,使张仪筑成都城,屡颓。忽有大龟浮于江,至东子城东南隅而毙。仪以问巫。巫曰:"依龟筑之。"便就。故名"龟化城"。[14]

同书同卷的《马邑城》、卷十四的《撅儿》等皆属此型。又如"望夫型"的故事在小说和民间传说里颇多。《舆地纪胜》引无名氏《临海记》云:

> 五龙山脊,有石耸立,大可百围,上有丛木,如妇人危坐。俗

号"消夫人"。父老云：昔人渔于海滨不返,其妻携七子登此望焉,感而成石。下有石人七躯,盖其子也。

刘义庆《幽明录》里的望夫石的故事,也属此型。该型故事亦仿自洪水神话。《吕氏春秋·音初》载涂山氏女候禹于涂山之阳,并作《候人歌》。后人把这个情节同涂山氏因禹化为熊而感到惭愧,自己也变成石头的情节捏合在一起,种种很流行的望夫石的故事便逐渐产生出来。夸父的手杖化作邓林的情节,则孳乳而成后世民间文学中为数最多的所谓"遗物型"的故事。

〔1〕 茅盾《神话研究》(百花文艺出版社1981年版)。按：神话的历史化,是在许多民族中都曾发生过的一个比较普遍的现象。公元前四世纪希腊哲学家爱凡麦(Euhemerus)认为,神话是英雄史迹的夸大叙述,神话中的人物原来都是历史上的帝王或英雄。他的主张被称为爱凡麦主义(Euhemerism)。法国汉学家马伯乐(H. Maspero)所著《〈书经〉中的神话》(冯沅君译)一书于是又把"神话的历史化"称为"爱凡麦化"。

〔2〕 盘古开天辟地的故事,始见于三国时吴人徐整所著《三五历记》(《艺文类聚》卷一引佚文)。其见于记载虽稍晚,然其由来颇悠远。今人常任侠说："伏羲与槃瓠为双声,伏羲包犠盘古槃瓠可通,殆属一词。"(《沙坪坝出土之石棺画像研究》)更证以苗、瑶、侗等少数民族口头传诵的关于盘古或槃瓠的神话。并可见盘古神话源流之古。

〔3〕 《淮南子·天文》："季春三月,丰隆乃出,以将其雨。"高诱注："丰隆,雷也。"张衡《思玄赋》："丰隆轸其震霆兮,列缺晔其照夜。"(《文选》卷十五)李善注："丰隆,雷公也。"

〔4〕 茅盾说："应龙与水潦的关系,却大概可以决定了的。"(《神话研究》)当是。

〔5〕 《列仙传》一书,旧题刘向撰。《四库全书总目提要》疑是魏晋方士所

作。但汉末应劭《汉书音义》已引其文，可证旧题不误。

〔6〕 《山海经·中次六经》："缟羝山之首，曰平逢之山，南望伊、洛，东望谷城之山，无草木，无水，多沙石。有神焉，其状如人而二首，名曰骄虫，是为螫虫，实惟蜂蜜之庐。"蜜蜂有神来掌管，即是对养蜂业起源的一种解释。

〔7〕 茅盾《中国神话研究 ABC·帝俊及羿禹》，袁珂《中国古代神话·羿和嫦娥的故事》、《古神话选释·羿与嫦娥》，均主此说。

〔8〕 详见《山海经·海内经》及《史记·周本纪》。

〔9〕 《世本》(张澍稡集补注本)："胲作服牛。"胲即王亥，服牛即驯牛。《山海经·大荒东经》："王亥托于有易、河伯仆牛。"仆牛即服牛。《天问》："该秉季德，厥父是臧。胡终弊于有扈，牧夫牛羊？"

〔10〕 汤伐桀的神话，详见《墨子·非攻下》及《吕氏春秋·慎大》。武王伐纣的神话，详见《淮南子·览冥》及《韩诗外传》卷三。

〔11〕 袁珂说："巨鳌戴山的神话，虽然出于疑为后人伪作的《列子》，但实际上应当是一个相当古老的神话了。《楚辞·天问》即有'鳌戴山抃，何以安之'这样的问语，王逸注《列仙传》(今本无)亦云'有巨灵之鳌，背负蓬莱之山而抃舞戏沧海之中'，可见的确是一个源远流长的神话故事。"(《古神话选释》)当是。

〔12〕 请参看褚斌杰《中国古代神话中的悲剧美和崇高美》(《文史知识》1986 年第 6 期)。

〔13〕 参见李福清(Б. Л. Рифтин)《中国古典文学在苏联》(田大畏译，书目文献出版社 1987 年版)。

〔14〕 引文据中华书局汪绍楹校本。

第三章 《山海经》和《穆天子传》

第一节 《山海经》的成书时代和性质

《山海经》一书的内容,早在战国秦汉间即被广泛征引。但那时的著作如《楚辞》、《吕氏春秋》、《淮南子》等,只引其文字,未举书名。《山海经》书名最早见于《史记·大宛列传》:"故言九州山川,《尚书》近之矣,至《禹本纪》、《山海经》所有怪物,余不敢言之也。"稍后,《汉书·艺文志》著录"《山海经》十三篇"[1]。《汉书·艺文志》采自刘向《七略》,《山海经》属数术略,是成帝时太史令尹咸校定的。哀帝时刘向的儿子刘歆别据三十二篇本重加校理[2],改定为十八篇[3]。晋人郭璞注《山海经》时,把被刘歆删去而仍以别本流传的大荒东南西北各经及《海内经》共五篇一并收入,以一篇为一卷,定为二十三卷(《隋书·经籍志》)。这就是现行《山海经》的祖本。后来大概为了凑合刘歆十八篇之数,又另行编排为十八卷(《旧唐书·经籍志》有郭注十八卷本)。

今传十八卷本《山海经》,共三十九篇。其中包括《五藏山经》(简称《山经》)五卷二十六篇(南山经一卷三篇,西山经一卷四篇,北山经一卷三篇,东山经一卷四篇,中山经一卷十二篇),《海经》八卷八篇(海外南西北东经各一卷一篇,海内南西北东经各一卷一篇),以及大荒经以下五卷五篇(大荒东南西北经各一卷一篇,海内经一卷一篇)。

《山海经》成书的时代,《史记》和《汉书》都没有提到。刘歆(后改名秀)《上山海经表》才有说明:"《山海经》者,出于唐虞之际。昔洪水洋溢,漫衍中国……禹乘四载,随山刊木,定高山大川……禹别九州,任土作贡,而益等类物善恶,著《山海经》。"此后,王充、赵晔、颜之推等皆承袭其说[4]。朱熹、胡应麟等则认为,《山海经》是依据一种图画记述的[5]。杨慎、毕沅又肯定这种图画就是禹的"九鼎之图"[6]。禹益所记之说,显然不足信;整部《山海经》都是依据图画记述,也不可能;至于说出自百物兼备的禹鼎图,就更属臆测之辞了。

根据现代学者的研究,《山经》和《海经》(包括大荒经以下五篇)各成系统,成书时代也当有别[7]。一般认为,《山经》是战国初期或中期的作品。首先,《山经》认为中国四方都有海,较之只在东方才谈到海的《禹贡》,其地理观念更为幼稚和原始,如果说《禹贡》是战国末年的作品,则《山经》至晚当是战国中期的作品。其次,《山经》中共三十馀次记到铁的生产及使用[8],其语言也不像春秋以前典籍那样古奥,因而它的成书不能早于春秋末年。《海经》成书较《山经》稍晚,但也不会在秦统一以后。因为它所记载的神话同《山经》中的神话一样,大都呈原始状态,比较朴野粗犷,少有加工润饰的痕迹,如《大荒西经》里的西王母形象同《西次三经》所记就没有什么区别。从文字形式上说,它同《山经》也比较相近。至于其中有不少秦汉郡县名及个别神仙方术之言,则当是在流传过程中由后人羼入的。这只是就《山海经》写定的时代而言。至于它的胚胎期则要早得多,其神话较之《楚辞》等书中的神话资料更呈原始状态,即是明证。

《山海经》一书,司马迁已经注意到它谈"怪物"的性质。《汉书·艺文志》把它归入数术之书。刘歆《上山海经表》则把它看成是地理博物的真实记载。此后《隋书·经籍志》、《旧唐书·经籍志》、《新唐书·艺文志》、《宋史·艺文志》等便都把它列入史部。明代,胡应麟有"古今语怪之祖"(《四部正讹》)的异议。清代纪昀把它列入小说家类(《四库全书总目提要》卷一四二)。后来大多数学者普遍认为《山海经》是一部可信的地理著作[9]。这些说法都有片面性。鲁迅说:《山海经》"记海内外山川神祇异物及祭祀所宜……所载祠神之物多用糈(精米),与巫术合,盖古之巫书也,然秦汉间人亦有增益"(《中国小说史略》)。秦汉间人增益的内容,并没有改变整个《山海经》的巫书的性质[10]。这种说法比较恰当。

由于《山海经》多记鬼怪,同儒家经典比较起来"不雅驯",汉以后很少有人研究。晋郭璞始为作注,北魏郦道元继而取其材以注《水经》。此后久无继响。直到明代,杨慎作《山海经补注》,只是为郭注拾遗补阙。清初吴任臣作《山海经广注》,始博采群书成一新注。随后汪绂作《山海经存》,毕沅作《山海经新校正》,郝懿行作《山海经笺疏》,几经剔抉整理,此书才至于可读。《山海经》的版本很多,如毛扆校尤袤刻本、黄丕烈校宋本、明刻道藏本《山海经传》,光绪元年湖北崇文书局刻百子全书本《山海经补注》,灵岩山馆刻经训堂丛书本《山海经新校正》,嘉庆阮氏琅嬛仙馆刻本《山海经笺疏》等。以毛氏校尤袤刻本、琅嬛仙馆刻郝氏笺疏本为最佳。今人袁珂的《山海经校注》,以郝氏笺疏为底本,专从神话观点作诠解,是有参考价值的本子。

第二节 《山海经》中的神话

《山海经》是先秦时代保存神话资料最多的著作。不仅数量大，种类多，而且许多著名的神话仅见于《山海经》。尤其是《海经》部分，更可谓丰富的神话宝藏。上一章中提到的羲和生日、常羲生月、夸父逐日、精卫填海、刑天争神、鲧窃息壤、鲧复（腹）生禹、黄帝与蚩尤之战等神话，都出自或仅见于《山海经》。

如果按照"神"的形象来划分，《山海经》的神话可以分为下述类型：

关于天帝的神话。《山海经》里的帝，他们在地上有台、圃、都等活动场所及死后所葬的冢墓，他们的子孙在地上还建有国家，他们上天入地，支配一切，在神话世界里具有至高无上的智慧和权力。《山海经》里记载了炎帝、黄帝、帝喾、帝颛顼、白帝少昊、帝舜、帝尧、帝丹朱、帝俊等的神迹。如写少昊曾经养育年幼的颛顼，并把后者使用过的琴瑟扔在东海之外的"大壑"里（《大荒东经》）；颛顼死去后，又附在鱼的身上，因而获得新生，变成半人半鱼的"鱼妇"（《大荒西经》）；炎帝的后裔发明乐器，创作乐曲（《海内经》）；帝丹朱死后化为"状如鸱而人手"、"见则其县多放士"的鴸鸟（《南次二经》）；帝舜有名叫宵明和烛光的两个女儿，其灵"能照此所方百里"（《海内北经》）等等。其中神迹最著、记载最详的是帝俊和黄帝。黄帝杀蚩尤、得夔兽的事迹，上章已有叙述。帝俊在《山海经》中是一个极为显赫的天帝。他的子孙特别繁盛，他的氏族有许多重大发明：

> 帝俊生禺号，禺号生淫梁，淫梁生番禺，是始为舟。番禺生

> 奚仲,奚仲生吉光,吉光是始以木为车……帝俊生晏龙,晏龙是始为琴瑟。帝俊有子八人,是始为歌舞。帝俊生三身,三身生义钧,义钧是始为巧倕,是始作下民百巧。
>
> ——《海内经》

> 帝俊生后稷,稷降以百谷。稷之弟曰台玺,生叔均。叔均是代其父及稷播百谷,始作耕。
>
> ——《大荒西经》

帝俊的伟大之处还在于他同羲和生了十个太阳,同常羲生了十二个月亮。这说明他与天文历法有一定关系。他代表着上古人民的聪明才智,是一个典型的文化英雄。

关于神祇的神话。地位次于天帝者是神祇。他们受帝的支配,主司某种自然现象。如水神天吴,火神祝融,"龙身而人头,鼓其腹"的雷神,"鸟身人面,乘两龙"的木神,以及日神、月神、海神、风神、雨神、旱神等等。甚至昼夜节令都有神在主管:

> 钟山之神名曰烛阴,视为昼,瞑为夜,吹为冬,呼为夏。不饮,不食,不息,息为风。身长千里。在无脊之东。其为物,人面蛇身赤色,居钟山下。
>
> ——《海外北经》

把昼夜交替、冬夏变换解释为某个神的视瞑吹呼的活动,这种想象是颇为奇妙的。《山海经》中的神比帝多得多。有名的神祇就有英招、陆吾、长乘、䰠氏、红光、熏池、武罗、太逢、因因乎、不廷胡余等三十多个。更大量的神,书中不著其名,只言其状貌。如《山经》里每山都有一神主之:《南山经》及《中次十二经》的神是鸟身而龙首,《南次二经》的神是龙身而鸟首,《南次三经》及《中次十经》的神是龙身而人面,《东山经》的神是人身而龙首,《中次九经》的神是马身而龙首,《北次三经》的神是彘身而八足蛇尾,《东次三经》的神是人身而羊角,《西次四经》的神是人面兽身一足一手……呈现出一个光怪陆离、奇特无比的泛神世界。

关于人王的神话。《山海经》里还记载了鲧、禹、启、成汤、王亥等几个人王的神异事迹。如成汤伐夏桀、斩夏耕的神话很奇特,和刑天断首的神话有点相似:

> 有人无首,操戈盾立,名曰夏耕之尸。故成汤伐夏桀于章山,克之,斩耕厥前。耕既立,无首,走厥咎,乃降于巫山。
>
> ——《大荒西经》

夏耕的形象不如刑天高大,他为了躲避罪过逃窜到巫山去了;而成汤却似乎是一位天神。《大荒西经》里还有一段关于夏后开(启)的记载:

> 西南海之外,赤水之南,流沙之西,有人珥两青蛇,乘两龙,名曰夏后开。开上三嫔于天,得《九辩》与《九歌》以下,此天穆之野,高二千仞,开焉得始歌《九招》。

夏启几次去天帝那里做客,把天乐偷下来并据此制成新曲,在广阔的高原上演奏,这表明他大约是对于音乐颇有贡献的人物。又如发明畜牧而因骄淫亡身的王亥,《山海经》里也有所记载:

> 有人曰王亥,两手操鸟,方食其头。王亥托于有易、河伯仆牛。有易杀王亥,取仆牛。
>
> ——《大荒东经》
>
> 王子夜之尸,两手、两股、胸、首,皆断异处。
>
> ——《海内北经》[11]

郭璞注引《竹书》曰:"殷王子亥宾于有易而淫焉,有易之君'緜'臣杀而放之。"这位畜牧业的大发明家竟因私生活不检点而惨遭杀害,故事含有某种儆省和启示。

关于奇人怪物的神话。《山海经》不少篇幅是记载殊方异域的奇人怪物的。古人根据口耳传闻对中外奇异事物加以幻想和夸张,记录下这些有趣的内容,客观上成了一种特殊类型的神话。这些神话把异国人物描写得千奇百怪或具有特殊禀赋,表现了古人对于广大辽远的世界有着强烈的新奇感和迫切的求知欲望。《山海经》中的海外各经,记述了许多具有神话色彩的远方怪人。南方有结胸、羽民、贯胸、交胫、反舌、三首、长臂等十二国(《海外南经》)[12],西方有三身、一臂、奇肱、丈夫、女子、长股等十国(《海外西经》),北方有无䏿、一目、无肠、跂踵等九国(《海外北经》),东方有大人、黑齿、玄股、毛民等七国(《海外东经》)。从这些异乎寻常的名称,便可看出上述各种人物形体及禀赋之奇特。此外,《海内南经》的枭阳国、《海内北经》的犬封国和姑射国、《大荒南经》的蜮民国、《大荒西经》的寿麻国等,都是充满神异情景的地方。

如一臂国里的情景是这样的:

> 一臂国在其(三身国)北,一臂一目一鼻孔。有黄马,虎文,一目而一手。

在这个部族里,不仅人只有一条胳膊、一只眼睛和一个鼻孔,而且他们的马也只有一只眼睛和一只前脚,身上还长着虎一般的花纹。再看巫咸国:

> 巫咸国在女丑北,右手操青蛇,左手操赤蛇。在登葆山,群巫所从上下也。并封在巫咸东,其状如彘,前后皆有首,黑。
>
> ——《海外西经》

它是一群巫师组成的国家。巫师们两手操蛇,沿着登葆山上天下地。它的东边还有一个形状像猪、前后都有头的黑色怪物——并封。又如《大荒西经》里的沃之国:

> 西有王母之山、壑山、海山。有沃之国,沃民是处。沃之野,凤鸟之卵是食,甘露是饮。凡其所欲,其味尽存。爰有甘华、甘柤、白柳、视肉、三骓、璇瑰、瑶碧、白木、琅玕、白丹、青丹,多银、铁。鸾凤自歌,凤鸟自舞,爰有百兽,相群是处,是谓沃之野。

《海外西经》有类似的记载。在这块"沃野"上,有各种奇怪的物产,沃民有享不尽的口福,到处凤舞鸾歌,一派热闹欢快、如火如荼的景象,真有点人间乐土的味道。这种描写鲜明地反映了古人对美好生活的向往。

在奇人怪物的神话里,还有关于奇异的走兽、飞禽、麟介、草木等等的记载,几乎无所不包。这显示了古人无限丰富的幻想及想象力,反映了他们对世界的多方面的探索,对生活的丰富与广阔的朦胧认识,说明中华民族是一个眼界开阔、胸襟博大的民族。

第三节 《山海经》神话的价值和影响

《山海经》一书,有着地理、博物、历史及人类学等多方面的价值。在我国古代神话大量散亡和被历史家们加以历史化的情况下,它所记录和保存的大量几乎未经修饰的朴野质重的神话,显得特别珍贵。

《山海经》神话的价值,首先在于这种未经雕琢熔冶、犹如璞玉一般的原始性。它文字简短朴实,叙述质直,绝少文饰,通篇呈露出一种淳厚、朴野的气氛。从神话形象来说,《山海经》里的神都是比较奇异粗犷的,一般都具有神、兽、人三者结合的特征。如《西次三经》里的西王母是一个"豹尾虎齿而善啸,蓬发戴胜"的半人半兽的怪物,一个"司天之厉及五残"的恶煞;与《穆天子传》里雍穆文雅、彬彬有礼的人王有很大不同。又如《山海经》里的水伯或者是"八首人面,八足八尾"的奇形兽(《海外东经》),或者是"八首人面,虎身十尾"的神人(《大荒东经》),都是比较接近于原始人的思想的;而在《离骚》里水神则是一位具名"宓妃"的美人了。相比之下,《山海经》里的神话更能保持其原始的面目。

《山海经》里绝无希腊神话中那种举止优雅、风度翩翩的美女或美男子般的神祇形象,它所记叙的都是异形异禀、出人意表的奇人怪物,如一个脑袋三个身子(《海外西经》)或三个脑袋一个身子(《海外南经》)的奇人,形状像狐狸、九条尾巴、十个脑袋、老虎脚爪、叫声像婴儿的吃人怪兽(《东次二经》),以及形状像牛、皮像黄蛇、叶像绫罗而作为天梯的建木(《海内南经》)等等;它的记叙不以华美的形象著称,而以奇特大胆、令人惊叹的幻想取胜。这正是我国古代神话的特点,也是它原始性的证明,无论对于认识原始人的生活和思想,还是对于欣赏原始的艺术美,都是十分宝贵的财富。《山海经》神话尽管缺少细腻优美的形象描绘,但它以无比丰富的想象和极度奇特的幻想作为主要美学特征,依然具有相当的艺术价值。

《山海经》神话的价值还在于它有着丰富的内容和多种多样的形象。从上面的叙述可以看到,大而至于天地山川,小而至于昆虫草木,无不附会有关的神话。《山海经》中每一山岳、川泽都有相应的神主宰,或本身就具有一定的神性,甚至每一动植物都带有神异性或神话色彩。"万物有灵"的原始观念在这里反映得相当清楚。如一种名叫"羬"的怪兽,形状像羊,但没有嘴巴,而且是杀不死的(《南次二经》);一种名叫"凫徯"的怪鸟,形状像雄鸡,长着人一般的面孔,它出现的时候就要爆发战争(《西次二经》);肥蟥蛇有六只脚、四个翅膀,它出现时就会天下大旱(《西山经》);文鳐鱼能在夜里飞行,它的出现预示着天下大丰收;还有吃了永不饥饿的丹木(《西次三经》),作为黄帝御膳的玉膏(同前),为帝女瑶姬所化、吃了它便讨人喜爱的䔄草(《中次七经》)等等。《山海经》确实是一个蕴储丰富、极有开掘价值的神话宝藏。

《山海经》神话看似零散,却仍有某种"系统性"。书中的神话形象按其神权的大小,表现出一定的尊卑位次。在这个神话世界里,地位最高者为天帝,其次是神祇、人王、奇人、怪物等。《山经》里每山皆有一神主之,所以山的地位也随其主司之神的尊卑而不同。有的山称"冢",如华山(《西山经》)、历儿(《中山经》)等;有的山称"帝",如《中次十经》的骢山、《中次十一经》的禾山;有的山称"神",如《西山经》的䃌山、《中次五经》的首山等;还有不少名"岳"的山,然其地位远不如后世的"五岳"那样尊崇。其次,天帝们的活动基本上集中在西方或西北方。如《西次三经》所属的区域,简直可以看作是一个由天帝组成的国家。这里有帝之博兽之丘、帝之平圃、帝之下都、帝杀鼓及钦䲹之所、黄帝的轩辕之丘以及他食玉膏的峚山等场所。中山和北山诸经也有帝台、帝之密都、帝都之山等天帝踪迹的记载。而这个群帝往还的广大领域又是以昆仑山为其中心的,就像希腊诸神以奥林匹斯(Olympus)山为聚居地一样。在我国古代神话大量亡佚和缺乏系统性的情况下,《山海经》神话这种相对的"系统性"就显得特别有价值。

《山海经》神话对后世文学特别是小说产生过重要的影响。

我国第一部具有小说意味的作品《穆天子传》,它的一部分人物和故事,就是从《山海经》神话演绎而成。其主要人物之一西王母即出自《西次三经》等经的有关记载。其他如"河伯无夷",即《海内北经》所记的黄河神"冰夷";"长肱"即《海外南经》里的长臂国;《晋书·束皙传》称《穆天子传》有穆王见帝台事(今本无),而帝台也是见于《中次七经》和《中次十一经》的一个神人等等。《穆天子传》中还有许多地名如昆仑之丘、县圃、瑶池、黑水等,也是取自《山海经》的。

六朝人的《神异经》、《十洲记》等雏形小说,记述山川道里,炫耀奇人异物,显然模仿《山海经》。在以《搜神记》为代表的魏晋志怪小说里,可以看到不少《山海经》神话中的人物,如西王母、黄帝、炎帝、羿等。其中一部分故事甚至基本利用《山海经》的记载,而只略作增删。如《搜神记》卷十四"帝之女死,化为怪草"的故事,同《中次七经》关于䔄草的记载,故事梗概就是一致的。这些志怪小说,都从《山海经》神话的大胆奇特的幻想里受到某些启示,逐渐成熟地运用了浪漫主义的表现手法。神话小说《西游记》里孙悟空形象的塑造,就可能间接受到过《大荒东经》里夔神话的影响。《镜花缘》前四十回写主人公游历海外各国的见闻,几乎全取材于《山海经》所记远国异人及奇特动植物。作者在生动有趣的叙述中寄寓着自己民主主义的理想,其精神同《山海经》所表现的对于辽远世界的热切探求和强烈新奇感,颇有某些共通之处。

此外,《山海经》神话对寓言和诗歌等也产生过某些影响。如《庄子》寓言利用《山海经》里的神话材料(如帝江、黄帝、姑射国等神话),把自然及动植物拟人化,很明显是受了该书自然及动植物神话的幻想、夸张等浪漫主义手法的影响;陶渊明《读山海经》诗赞颂夸父、精卫、刑天等英雄的斗争精神,受《山海经》神话的影响也是显然的。

第四节 《穆天子传》及其文学成就

《穆天子传》一书,是西晋初年在今河南汲县地方一个古墓里发现的。据说当时有一个叫不准的人盗发这个古冢,"得竹书数十车"(《晋书·束晳传》),《穆天子传》就是其中的一种。

汲冢竹书(包括穆传)出土的时间,《晋书》里即已有三种不同的说法:咸宁五年(《武帝纪》)、太康元年(《律历志上》)和太康二年(《束晳传》)。这种分歧大约是因发掘、收藏、校理时间的不同而造成的。出书的时间可能是在咸宁五年(279)十月;而翌年(太康元年)政府始下令收集,藏于秘府;太康二年又命束晳、荀勖、和峤、卫恒等学者加以编校。出书的古冢,在《晋书·束晳传》里也有魏襄王墓和安釐王冢两说,已难确断[13]。

经过编校的汲冢书,至隋唐后大都佚亡。即使幸而存在的,也未能免脱后世人的窜变。只有《穆天子传》大体上还保持着西晋时的旧观。

《穆天子传》初名《周王游行》[14]，经荀勖等人考定后才改称《穆天子传》。《周王游行》本来只有五卷，《晋书·束皙传》也说"《穆天子传》五篇"（五篇就是五卷）。到了《隋书·经籍志》，才有郭璞注"《穆天子传》六卷"的记载。据《晋书·束皙传》，汲冢书有穆传五篇，言周穆王游行四海见帝台及西王母；杂书十九篇，其中一种记周穆王美人盛姬死事。大约是郭璞作注时，为迎合晋世淫靡风尚并出于个人兴趣（《晋书》本传称璞嗜酒好色），把同周穆王有关的盛姬事作为第六卷合入《穆天子传》。

关于《穆天子传》成书的时代，说法颇有分歧。明胡应麟以为"其文典则淳古，宛然三代范型，盖周穆王史官所记"（《四部正讹》）；清王谟说是战国时人依托（《〈穆天子传〉后识》）；清姚际恒《古今伪书考》以其体制像起居注判定它是后汉人所作（起居注始于明德马皇后）；今人童书业更疑它是"晋人杂先秦散简附益所成"（《中国古代地理考证论文集·穆天子传疑》）等等。但根据其书之出于魏王冢及其用语和内容（特别是后者）来判断，它的成书当在战国中期《山海经》（尤其是《山经》）成书后，而不会更早。从西王母、帝台的人化及多用《山海经》语看，作者显然利用了已经成书（就《山经》言）或口头流传（就《海经》言）的《山海经》神话材料。穆传出于汲冢，则它成书的时间最晚不能在公元前243年（安釐王卒年）以后[15]。

今本《穆天子传》由于经过晋人的编校附益，其内容明显地分为两大部分。原有的五卷记周穆王驾八骏西征的过程，为第一部分；由"杂书"组成的第六卷，记盛姬卒于途次以至返葬的情况，为第二部分。

前一部分叙述穆王北绝流沙、西登昆仑、游历殊方异国的经过与见闻,以及饮宴、赏赐、狩猎、占卜、博戏、铭题等活动,一般比较疏简平质,但其中也有不少生动、细致的描写。如卷一写穆王的自警和七萃之士的进谏,卷二写"清水出泉,温和无风"[16],"百兽之所聚,飞鸟之所栖"的春山的美盛景象,卷三写"宾于西王母",卷五写许男谒见及"日中大寒,北风雨雪,有冻人,天子作诗三章以哀民",都是很富于文学性的文字。穆王的三章"哀民"诗,运用重章叠句的形式,反复咏叹,很有抒情意味;"有皎者鵅,翩翩其飞"两句,写自鸣得意、不恤万民的公侯,比喻形象而贴切。穆王见西王母一段,更是写得文情并茂,意趣盎然:

> 吉日甲子,天子宾于西王母,乃执白圭玄璧以见西王母。好献锦组百纯、□组三百纯,西王母再拜受之。□乙丑,天子觞西王母于瑶池之上。西王母为天子谣,曰:"白云在天,山陵自出,道里悠远,山川间之,将子无死,尚能复来。"天子答之曰:"予归东土,和治诸夏,万民平均,吾顾见汝,比及三年,将复而野。"天子遂驱升于弇山,乃纪丌迹于弇山之石,而树之槐,眉曰西王母之山。

拜见、赠答、饮宴、赋诗、铭迹、题字,气氛典重而又和谐,极像是人君之间的友好交往。西王母文静而有礼貌,几乎脱净了它在神话中那副狰狞面目。周穆王在拜会和饮宴当中表现得更为彬彬有礼。他所致的答辞同西王母的欢迎辞比较起来,更文雅、得体、有分寸。他和西王母在性格上的细粗、文野的微小差异,也从其所赋诗句中表现出来。

后一部分专记殡葬盛姬之事,文采富赡,描绘细腻,同前一部分很不一样。如写哭丧场面时,运用一系列排比句,不仅加强了文字的气势,渲染出某种悲剧的气氛,而且比较细致而有层次地展露了众多哭丧者的不同动态:

内史读策而哭,曾祝捧馈而哭,御者□祈而哭,抗者觔夕而哭,佐者承斗而哭,佐者衣衾佩□而哭,乐□人陈琴瑟□竽籥笛筦而哭,百□众官人各□其职事以哭。

而对于送葬场面的描写则表现了更高的技巧:

丧出于门。丧主即位,周室父兄子孙倍之,诸侯属子、王吏倍之,外官王属、七萃之士倍之,姬姓子弟倍之,执职之人倍之,百官众人倍之,哭者七倍之……女主即位,嬖人群女倍之,王臣姬姓之女倍之。宫官人倍之,宫贤庶妾倍之,哭者五倍,踊者次从。

这里把浩浩荡荡的送葬队列描写得井然有条,手法相当细密。千餘人的送葬者被分为由丧主和女主分别率领的男、女两队,每队之下又按地位等级分为许多小的行列;各列依次叙完后,还有"哭者七倍"或"哭者五倍"的结语。浩大而有声势的哭丧与送葬的场面,都是运用这种有条不紊的铺排写法表现出来的。

《穆天子传》的文学成就主要在于它开始大量运用文学创作的手段,具有某些大型作品的特质,是我国文学史上第一部篇幅较大的具有小说意味的作品。尽管《穆天子传》把周穆王的种种经历叙述得似乎真有其事(有很具体的时间、地点),但它并不是实录,而是取材于神话(如西王母故事)并根据一些历史的传说随笔点染而成的萌芽状小说作品。它有意识地以神话素材创作文学作品，开了志怪与神魔小说的先河。

《穆天子传》的文学成就还在于，它是我国文学史上最早按时间先后顺序、集中记述一个人物的某段经历（尽管这种经历大半是出于虚构）的作品。与其时代相近的《晏子春秋》，虽然也以人物为中心，但后者偏重记言，书中各个小故事是相互独立的，不按时间顺序编排，人物活动不具有连续性。穆传这种首尾连贯地专记某一人物事迹的写法，对于我国小说的产生和发展是很有启示的。

《穆天子传》的版本，有天一阁刊本、古今逸史本、青莲阁刊本、汉魏丛书本等十余种。以传经堂丛书本（洪颐煊校《穆天子传》六卷）、五经岁遍斋校书三种本（翟云升《覆校穆天子传》六卷）为最佳。最近新注有郑杰文《穆天子传通释》等。

〔1〕 毕沅《山海经新校正·山海经古今本篇目考》认为"十三篇"包括五藏山经南西北东中五篇、海外经南西北东四篇及海内经南西北东四篇。

〔2〕 三十二篇本如何分篇，已不得其详。日本人小川琢治说：五藏山经之细目二十六篇，倘每二篇缀合成一篇（在使用竹简的时代，这样颇便于制本），则当成十三篇；海外海内两经每篇当各分为二篇（图文各占一篇），由是可得十六篇；再加上郭璞《水经》三卷（据《隋志》，海内东经之末有《水经》三卷），总共即得三十二篇之细目。（见江侠庵编译《先秦经籍考·山海经考》）

〔3〕 即山经十篇（张金吾《爱日精庐藏书续志》卷三所录宋本尤袤跋曰："继得道藏本：南山经、东山经各自为一卷，西山、北山各分为上下两卷，中山为上中下三卷，别以中山东北为一卷。"）、海外经四篇和海内经四篇。大荒各经及今本海内经皆被刘歆删去。

〔4〕 《论衡·别通篇》云："禹、益并治洪水，禹主治水，益主记异物，海外山表，无远不至，以所见闻，作《山海经》。"《吴越春秋》亦云："禹……到名山大泽，召其神而问之山川脉理、金玉所有、鸟兽昆虫之类，及八方之民俗、殊国异

域、土地里数,使益疏而记之,故名之曰《山海经》。"《颜氏家训·书证篇》以为《山海经》禹益所记,而有长沙、零陵、桂阳、诸暨,"由后人所羼,非本文也"。

〔5〕 朱熹说:"《山海经》记诸异物飞走之类,多云'东向'或云'东首',疑本依图画而述之。"(王应麟《周书王会补注》引)胡应麟也说:"意古先有斯图,撰者因而记之。"(《四部正讹》)

〔6〕 杨慎《山海经后序》说:"九鼎之图,其传固出于终古、孔甲之流也,谓之山海图,其它则谓之《山海经》。"毕沅认为,"《山海经》有古图,有汉所传图",海外经依禹鼎图,大荒经以下五篇则依汉时图(《山海经新校正·山海经古今本篇目考》)。

〔7〕 兹将现代学者关于《山海经》成书时代的论述摘要如下:

陆侃如以山经为战国时人作,海内外经为西汉人作,而大荒经及海内经为西汉后作。(《论山海经的著作年代》,《新月》杂志第一卷第五号)

沈雁冰认为,"(1)《五藏山经》在东周时,(2)《海内外经》在春秋战国之交,(3)《荒经》及《海内经》更后,然亦不会在秦统一以后(或许本是《海内外经》中文字,为后人分出者)"。(《中国神话研究 ABC》,1929 年版)

卫聚贤断言:"《山海经》是西元前三七二年左右,即战国中年的作品。"(《古史研究》第二集)

何观洲称:"五藏山经为驺衍所作,或驺派学者所作;五藏山经以下,则为汉以后之伪经。"(《山海经在科学上之批判及作者之时代考》,《燕京学报》第七期)

顾颉刚说:"总而论之,《禹贡》若出于战国之季,则《山经》之作其在战国之初或春秋之末乎?抑古人著书恒不出于一手,成于一时,《山经》定形之期或未必远早于《禹贡》,至其胚胎之期则断断高出数百年也。"(《五藏山经试探》,《史学论丛》第一册)

袁珂在《中国古代神话·导言》(1960 年版)里说:"五藏山经可信为东周时代的作品;海内外经八卷可能作成于春秋战国时代;荒经四卷及海内经一卷当系汉初人作。"后来在《古神话选释·女娲六》(1979 年版)注四里又说:"据近人考证:此书大体是战国时代楚国人的作品,其中《荒经》以下五篇作期较早,

《山经》五篇和《海外经》四篇次之,《海内经》四篇最迟,可能是汉代初年的作品。"

袁行霈认为,《五藏山经》大约在战国初期或中期成书,"秦汉之际又附益海外经和海内经共八篇(其中包括今传大荒经以下部分)"。(《山海经初探》,《中华文史论丛》1979 年第 3 辑)

〔8〕《五藏山经》末云,"出铁之山三千六百九十,此……戈矛之所发也",可见其时已知用铁制作武器。

〔9〕 毕沅《山海经新校正》和吴承志《山海经地理今释》力主此说。任元德《山海经为地理书说》(载江标《灵鹣阁丛书·沅湘通艺录》卷五)、高去寻《山海经的新评价》(载《禹贡》杂志第一卷第 1 期)也主此说。江绍原《中国古代旅行之研究》甚至认为《山海经》是"上层阶级的旅行指南"。孙文青《山海经时代的社会性质初探》说它是"第一部有科学价值的地理书"(《光明日报》1957 年 8 月 15 日)。日本小川琢治也认为"其于中国历史及地理之研究为唯一重要之典籍"。(《山海经篇目考》,《燕京学报》第七期何观洲《山海经在科学上之批判及作者之时代考》文引)

〔10〕 袁行霈认为,《海经》部分是"秦汉间的方士书"(《山海经初探》,《中华文史论丛》1979 年第 3 辑),此说可供参考。但《海经》中典型的方士之言并不多见,海外奇闻的记录也不一定就是在方士涌现之后,而且其中大谈神怪却不见有"仙"字的踪影。

〔11〕 引文从袁珂《古神话选释》。袁氏注云,王子夜疑即王亥,当是。

〔12〕 "反舌"原作"岐舌",从郝懿行校改。

〔13〕 近人朱希祖有《汲冢书考》(中华书局 1960 年版),对汲冢书的出土、文字、篇目及校理情况等均有考订,此处结论即据朱说。

〔14〕 王隐《晋书·束晳传》曰:"《周王游行》五卷,今谓之《穆天子传》。"(杜预《春秋集解后序》孔颖达正义引)据《郡斋读书志》云"《穆天子传》本谓之《周王游行记》","游行"之下似脱"记"字。

〔15〕 关于《穆天子传》成书时代,还有如下说法可供参考:

顾实说:"穆传何人所作,则周史也。何时所作,则穆王十三年及十四年西

征往还之际也。皆万无可疑者也。"(《穆天子传西征讲疏·读穆传十论》)

卫聚贤根据穆传用语习惯推测它是战国初年的作品(《穆天子传研究》,载作者所编《古史研究》第一集)。

王范之根据干支纪日和词语使用推测,穆传成书"大抵可能是在春秋成书之后,左传成书之前,也即是在春秋末到战国初的时代里"。(《穆天子传与所记古代地名和部族》,《文史哲》1963年第6期)

〔16〕 引文据海源阁藏黄丕烈校本(山东省立图书馆刊),下同。

第二编

《诗经》

第四章 《诗经》概说

从原始歌谣开始,我国诗歌经过漫长的发展,到周代,终于以成熟的体裁,深广的内容,精湛的艺术,鲜明的风格,创造出民族文学的一代大观——《诗经》。

第一节 《诗经》的成书

《诗经》是中国古代最早的诗歌总集,原称《诗》或《诗三百》。这部总集,共收作品三百零五篇。其时代,上起西周初期,下至春秋中叶。其作者,上及王公贵族,下及平民百姓。其地域,包括东之齐鲁,西之渭陕,北之燕冀,南之江汉,范围涵盖了今天河北、河南、山西、山东、陕西五省及湖北北部、安徽北部。以当时的条件,能够编成这样一部诗集,确实称得上一项了不起的文化工程。所以,关于它的成书,一直是后来学者热心探讨的课题。

一 《诗经》成书的年代

《诗经》这本书,出于孔子之前。

从《诗经》的分类结构看,孔子幼年,已经有了一部与今本《诗

经》分类相同、结构相同的诗乐。《左传·襄公二十九年》载,吴国公子季札聘问鲁国,请观周乐:

> 使工为之歌《周南》、《召南》,曰:"美哉! 始基之矣,犹未也,然勤而不怨矣。"为之歌《邶》、《鄘》、《卫》,曰:"美哉! 渊乎! 忧而不困者也。吾闻卫康叔、武公之德如是。是其《卫风》乎?"为之歌《王》,曰:"美哉! 思而不惧,其周之东乎?"为之歌《郑》,曰:"美哉! 其细已甚,民弗堪也,是其先亡乎?"为之歌《齐》,曰:"美哉! 泱泱乎,大风也哉! 表东海者,其大公乎? 国未可量也。"为之歌《豳》,曰:"美哉! 荡乎! 乐而不淫,其周公之东乎?"为之歌《秦》,曰:"此之谓夏声。夫能夏则大,大之至也,其周之旧乎?"为之歌《魏》,曰:"美哉! 沨沨乎! 大而婉,险而易行,以德辅此,则明主也。"为之歌《唐》,曰:"思深哉! 其有陶唐氏之遗民乎? 不然,何其忧之远也,非令德之后,谁能若是。"为之歌《陈》,曰:"国无主,其能久乎?"自《郐》以下无讥焉。为之歌《小雅》,曰:"美哉! 思而不贰,怨而不言,其周德之衰乎? 犹有先王之遗民焉。"为之歌《大雅》,曰:"广哉! 熙熙乎! 曲而有直体,其文王之德乎?"为之歌《颂》,曰:"至矣哉! ……五声和,八风平,节有度,守有序,盛德之所同也。"

季札依次鉴赏的正是与《诗经》一书分类相同的"十五《国风》"、"二《雅》"和"周《颂》"。当时,孔子八岁。

从《诗经》的篇数上看,孔子看到了一本与今本《诗经》篇数相当的诗集。孔子平生多次提到"诗三百"。《论语·为政》:《诗》三百,一言以蔽之,曰:思无邪。"《论语·子路》:"诵《诗》三百,授之以政,不达;使于四方,不能专对,虽多,亦奚以为?"

有人说孔子之前和孔子最初看到的《诗经》原来有三千多篇,今本《诗经》的三百多篇是孔子删削原本的结果。司马迁《史记·孔子世家》:

  古者《诗》三千馀篇,及至孔子,去其重,取可施于礼义……三百五篇,孔子皆弦歌之。

但是,"孔子删诗说"其实是靠不住的。孔子如果删诗,理当删其所恶,存其所爱。孔子所恶,莫过于郑国的诗乐。《论语·卫灵公》:"放郑声,远佞人。郑声淫,佞人殆。"《论语·阳货》:"恶紫之夺朱也,恶郑声之乱雅乐也。"则孔子删《诗》理应删掉"郑声",但在《诗经》的"十五《国风》"中,存留最多的偏偏是《郑风》。且孔子自称"述而不作,信而好古"(《论语·述而》),将三千多首古诗大砍大削,十去其九,不符合他的著述态度。孔子又标榜"郁郁乎文哉,吾从周"(《论语·八佾》),感叹古代"文献不足"(同上),若将三千多首古诗大砍大削,也不符合他对待文化遗产的态度。《论语·子罕》说孔子晚年,"自卫返鲁,然后乐正,《雅》、《颂》各得其所"。是说孔子不满诗乐的混乱,做了一番整理诗乐的工作,使"雅"乐归"雅"乐,"颂"乐归"颂"乐,并没有删诗的意思。特别是与孔子约略同时并在学派的声望、规模上能与孔子分庭抗礼的墨家宗师墨子,也称《诗》为"诗三百"。《墨子·公孟》篇:"诵《诗》三百,弦《诗》三百,歌《诗》三百,舞《诗》三百。"假如"诗三百"乃孔子所删,要想墨子袭称"诗三百",恐怕是不可能的。清人崔述说得很对,《诗经》一书,孔子之前,固已定量,"非自孔子删之,而后为三百也"(《洙泗考信录》)。

二 《诗经》作品的收集

《诗经》之所以能够收集到上下数百年、方圆数千里的诗歌,是由于周代朝廷对诗歌的重视并建立采诗、献诗以及礼乐制作的制度。

古人考周代制度,有"采诗"一说。西汉人写的《孔丛子·巡狩篇》:

> (古者天子)命史采民诗谣,以观其风。

西汉刘歆《与扬雄书》:

> 诏问三代,周、秦轩车使者、遒人使者,以岁八月巡路,求代语、童谣、歌戏。

东汉班固《汉书·艺文志》:

> 《书》曰:"诗言志,歌咏言。"故哀乐之心感,而歌咏之声发。诵其言谓之诗,咏其言谓之歌。故古有采诗之官,王者所以观风俗、知得失、自考正也。

《汉书·食货志上》:

> 孟春之月,群居者将散,行人振木铎徇于路以采诗,献之大师,比其音律,以闻于天子。故曰王者不窥牖户而知天下。

东汉何休《春秋公羊传解诂》:

> 男女有所怨恨，相从而歌。饥者歌其食，劳者歌其事。男年六十、女年五十无子者，官衣食之，使之民间求诗。乡移于邑，邑移于国，国以闻于天子。

汉人所说的这种以观风察政为目的的采诗制度，想来是比较可靠的。《孟子·离娄下》："王者之迹熄而《诗》亡，《诗》亡然后《春秋》作。"意思是说周天子巡狩天下的车辙马迹停止了，王业凋零了，《诗》的命运也就终止了；然后孔子作《春秋》，褒贬是非，维护周制，乱臣贼子因而忐忑惧怕。可以说明《诗》的存亡与周代礼乐制度的密切关系，也可以佐证采诗一事并非汉人的凭空臆测。《诗经》中的大量篇章就是由周王朝负责采集诗歌的官员从各地收集起来的。

按周代制度，王室的公卿大夫也有献诗的义务。《国语》"召公谏弭谤"：

> 故天子听政，使公卿至于列士献诗，瞽献曲，史献书，师箴，瞍赋，矇诵。

公卿大夫献诗，有的是献别人的诗，有的是献自己的诗。这也为《诗经》提供了某些作品。

按周代制度，"礼乐征伐自天子出"（《论语·季氏》），各国诸侯不能擅自制礼作乐。《诗·鲁颂·駉》题下，《毛诗故训传》说："季孙行父请命于周，而史克作是《颂》。"作一首颂诗要请示，则诸侯国公室所用的诗乐自然也要上报朝廷。这也是乐官编《诗》的一个渠道。

三 《诗经》的编者

周王室中最有可能编辑诗歌的当是王室乐官,"大师"者流。这些乐官既要教授诗歌,又要保管诗歌。《周礼·春官》:"大师……教六诗,曰风,曰赋,曰比,曰兴,曰雅,曰颂。""瞽矇……掌九德六诗之歌,以役大师。"既要采集诗歌,上陈诗歌,又要为诗歌合乐。《礼记·王制》:"天子五年一巡狩……命大师陈诗以观民风。"《汉书·食货志上》:"献之大师,比其音律。"如此,汇集到朝廷的"采诗"、"献诗",由这些王室乐官来汰选、加工和编辑,应是顺理成章的事。

王室乐官编辑《诗经》的过程是作品数量由少到多、不断积累的过程。到春秋中叶,周室衰微,王官失业,诗的采编与积累也就在三百篇的规模上停止了。当时称为《诗》,称为《诗经》当在战国以后。

第二节 《诗经》的分类

《诗经》,单看目录,有诗三百一十一篇,分为六类:《国风》、《小雅》、《大雅》、《周颂》、《鲁颂》、《商颂》。其中,《小雅》的六篇《南陔》、《白华》、《华黍》、《由庚》、《崇丘》、《由仪》,有目无辞[1]。实际上只有三百零五篇。

《国风》之下,又分十五个小类,《周南》十一篇,《召南》十四篇,《邶》十九篇,《鄘》十篇,《卫》十篇,《王》十篇,《郑》二十一篇,《齐》十一篇,《魏》七篇,《唐》十二篇,《秦》十篇,《陈》十篇,《桧》四篇,《曹》四篇,《豳》七篇,共一百六十篇。

《小雅》七十四篇。

《大雅》三十一篇。

《周颂》三十一篇。

《鲁颂》四篇。

《商颂》五篇。

将《诗经》中的诗作这样的分类，是出于何种考虑？后来学者仁者见仁，智者见智，"有腔调不同之说，有词气不同之说，有体制不同之说，或以时分，以地分，以所作之人分，诸说皆可参考"（南宋王柏《诗辨说》）。

风行汉唐的权威说法是《毛诗序》的"功用说"。《毛诗序》是汉人为毛亨所传《诗经》写作的序言[2]。《毛诗序》认为《诗经》的《国风》、《小雅》、《大雅》、《周颂》、《鲁颂》、《商颂》六类其实是《风》、《雅》、《颂》三大类，这三大类按诗的功用划分。

《风》的功用是教化："风，风也，教也。风以动之，教以化之。"为政者用之教化人民："上以风化下。"如《关雎》"所以风天下而正夫妇也，故用之乡人焉，用之邦国焉。"人民可用之劝谕为政者："下以风刺上，主文而谲谏，言之者无罪，闻之者足以戒。"

《雅》的功用是纠察王者的政治："雅者，正也。言王政之所由废兴也。"政事有大有小，《雅》也有大有小："政有小大，故有《小雅》焉，有《大雅》焉。"

《颂》的功用是赞美神灵、歌颂君王："颂者，美盛德之形容，以其成功告于神明者也。"

宋代以下，影响超过"功用说"的是宋人郑樵的"曲调说"。郑樵《通志》着眼音乐，指出"风"、"雅"、"颂"是三种不同的曲调：

风土之音曰"风"，朝廷之音曰"雅"，宗庙之音曰"颂"。

也就是说，"风"是地方乐曲，"雅"是朝廷乐曲，"颂"是宗庙乐曲。

《国风》收的是地方乐歌,二《雅》收的是朝廷乐歌,三《颂》收的是宗庙乐歌。这种见解,比《毛诗序》的"功用说"合理。"功用说"的明显缺憾是不能解释一些"言王政之所由废兴"按"功用说"应当归于二《雅》的诗为何出现在《国风》中,一些"以风刺上,主文而谲谏"按"功用说"应当归于《国风》的诗何以出现在《小雅》中。而用"曲调说"衡量,则《诗经》基本上没有说不通的地方。所以,"曲调说"一出,许多学者如朱熹、崔述、阮元、梁启超、王国维等,循声责实,沿着郑樵的思路继续开拓,使得《诗经》的分类问题日益明朗。

《诗经》的分类主要立足音乐,并考虑了音乐和地区的关系。

《诗经》本来就是一部乐辞,三百零五篇都可以合乐歌唱[3]。《大雅·卷阿》:"矢诗不多,维以遂歌。"《墨子·公孟》篇:"弦《诗》三百,歌《诗》三百。"《礼记·乐记》:"宽而静、柔而正者,宜歌《颂》。广大而静、疏达而信者,宜歌《大雅》。恭俭而好礼者,宜歌《小雅》。正直而静、廉而谦者,宜歌《风》。"《荀子》:"《诗》者,中声之所止也。"《史记·孔子世家》:"三百五篇,孔子皆弦歌之。"因此,一部乐辞按照乐曲分类是合乎常理的。

而且,《诗经》使用的分类名称"国风"的"风","小雅"和"大雅"的"雅","周颂"、"鲁颂"和"商颂"的"颂",原本就是音乐名称。它们不仅代表了三类不同曲调的音乐,也体现了这三类音乐的地区差和等级制。

"风",是先秦乐曲的通名。《左传·成公九年》记楚囚操琴:"乐操土风,不忘旧也。"是乡土之音可以称"风"。《左传·襄公十八年》记师旷说:"吾骤歌北风,又歌南风,南风不竞,多死声。"是四方之音可以称"风"。《左传·襄公二十九年》记季札观乐:"是其《卫风》乎?"是一国之音可以称"风"。《大雅·崧高》:"其诗孔硕,其风肆好。"是《大雅》之音,郑樵所谓"朝廷之音"也可以称"风"。《山海经·海内经》："鼓延是始为钟,为乐风。"是一切乐曲概可以称"风"。就此而言,郑樵说"风土之音曰'风'"是不够准确的,但郑樵所谓"风",其实是说"国风","国"是周天子分封于各地的诸侯国,"国风"即各国各地的乐曲,则郑樵说"风土之音曰'风'"又是十分精当的。《国风》收集的就是按国家和地区分成十五个小类的地方乐歌。

《国风》又称"十五《国风》",其实,"十五国"中只有十三国[4]。这十三国是,殷商故都朝歌(今河南淇县)北面的邶国,朝歌东面的鄘国,朝歌南面的卫国,苟存于东周京都洛邑(今河南洛阳洛水北岸、瀍水东西)的名为王室形同诸侯的"周王国",都于今河南新郑的郑国,都于今山东临淄的齐国,今山西芮城东北的魏国,今山西太原一带的唐国,今陕西和甘肃东北的秦国,今河南淮阳、安徽寿县地区的陈国,今河南新密市东北的桧国,今山东西南部菏泽的曹国,今陕西旬邑县、彬州市的豳国。十三国之外的"周南"和"召南"不是两个国家而是两个地区。"周"、"召"是陕西岐山之南的两个地名。周灭商,封"周"为姬旦的采邑,封"召"为姬奭的采邑,而"周"以南的统称"周南",位于"召"以南的统称"召南"[5]。"周南"、"召南"的地域相当于今河南南阳至湖北江陵一带,即今之江、汉流域。这就是《周南》和《召南》中的诗经常提到长江、汉水及汝水的缘故[6]。有人说《周南》、《召南》归于《国风》是秦火后传《诗》者的失误。"南"不是方位名,"周南"、"召南"之"南"犹"周颂"、"鲁颂"、"商颂"之"颂",和"小雅"、"大雅"之"雅",是乐调名,或诗体名。《诗经》的类别不是三大类而是四大类,即《南》、《风》、《雅》、《颂》[7]。但此说实难成立。《仪礼·燕礼》："遂歌乡乐,《周南》:《关雎》、《葛覃》、《卷耳》。《召南》:《鹊巢》、《采蘩》、《采蘋》。"这"乡乐"即"国风"的同义词。

"雅",是一类符合朝廷礼仪规范的乐曲的名称,孔子所谓"恶郑声之乱雅乐"。"雅"乐有两个特征:一是地区的确定性,一是音乐的正统性。"雅"的原产地在西周王室的所在地镐京一带。镐京(今陕西西安西)亦称宗周,地处周人发祥的渭水流域,这一流域古人习称为"夏"。"夏"是"大"的意思。汉人扬雄《方言》:"自关而西,秦、晋之间,凡物之壮大者而爱伟之,谓之夏。"这一地区的音乐,古人也称之为"夏声"。《左传·襄公二十九年》记季札观乐:"为之歌《秦》,曰:'此之谓夏声。夫能夏则大,大之至也,其周之旧乎?'"《秦》就是东周时秦国的乐歌。秦国原来地僻西戎,到周平王东迁洛邑后,始据有镐京地区,继承了镐京地区的音乐传统,所以季札说《秦》是周王室旧地的乐歌,是"大之至"的"夏声"。"夏"与"雅"古字通,《荀子·荣辱》篇:"越人安越,楚人安楚,君子安雅。"《荀子·儒效》篇:"居楚而楚,居越而越,居夏而夏。"则"夏"就是"雅","夏声"就是"雅声","夏"乐就是"雅"乐。在周代,"雅"乐因为是西周王室地区的音乐,又是周民族发祥地的音乐,因而成了正统的朝廷音乐。后来,一些地方诗乐如《周南》、《召南》等"乡乐"也被"雅"乐所吸收[8],"雅"乐就一定程度地突破了它原来的区域限制,但主体仍在镐京王畿。二《雅》收集的就是专门用于朝廷礼仪并且产生于镐京地区的乐歌。

《雅》分大、小,有两个可能。一是大、小《雅》之分可能根据"雅"乐歌曲的长、短。《大雅》中的诗一般较长,《小雅》中的诗一般较短,相应地,与长诗相配的曲子就比较长,相当于后世的"长调";与短诗相配的曲子就比较短,相当于后世的"短令"。大约因此,长者归《大雅》,短者归《小雅》,相当于后世的"长调"、"短令"。二是大、小《雅》之分可能基于乐辞的来源。《小雅》收有不少民间诗,这些诗大概是从民间采集上来的镐京"土风",故归之于《小雅》。《大雅》收的都是文人诗,是朝廷士大夫写作的"献诗",乐曲由王室乐官谱写,是纯粹的"朝廷之音",故归之《大雅》。但这两种可能究竟哪一种符合实际,究竟对不对,尚需进一步探讨。

"颂",是一类专门用于王室祭祀的"宗庙之音"。这类音乐往往合以舞蹈。"颂"的意思正是舞蹈的"形容",舞蹈的"模样"。《毛诗序》说"颂者,美盛德之形容,以其成功告于神明",不但说对了"颂"诗的表现内容及其功用是在王室祭祀场合为君王歌功颂德,并且触及了"颂"诗的表演形式是载歌载舞的"形容"。清人阮元《揅经室集·释颂》:

> "颂"之训为"美盛德"者,馀义也。"颂"之训为"形容"者,本义也。且"颂"字即"容"字也……惟三《颂》各章皆是舞容,故称为"颂"。若元以后戏曲,歌者、舞者与乐器全动作也。

近人王国维进而指出,"颂"乐的特点是"颂之声较风、雅为缓"(《观堂集林·说〈周颂〉》)。"缓"指"颂"的节奏,较之"风"、"雅",迂徐缓慢,庄严凝重。其歌辞当由朝廷官员奉命而作。《颂》收集的就是这一类庙堂乐歌。

《颂》分为三,《周颂》、《鲁颂》、《商颂》,是有特殊原因的。"颂"乐在周代的礼乐制度中是规格最高的诗乐,是天子祭祀的专用乐,一般诸侯,不能擅自制作使用。周代经天子特许,可以享有本国"颂"乐的只有两个邦国,鲁国和宋国。鲁国是周公旦儿子伯禽的封国,周公旦是周武王的弟弟,是周成王的辅弼重臣,是周初声名卓著、事功显赫的政治家。周王朝为此特别准许鲁国公室祭神祭祖,如天子之礼,制作使用庙堂"颂"歌,因此有《鲁颂》。宋国是商代王室后裔的封国,周王朝出于笼络的需要,也特别准许宋国公室制作使用本民族的"颂"歌,因此有《商颂》[9]。而周王室自己的"颂"歌就称之为

《周颂》。

《周颂》、《鲁颂》、《商颂》、《小雅》、《大雅》、《国风》是《诗经》分类目录上的实际分类,从汉代开始,人们在研究《诗经》的过程中,将这六类概括为三类,以《风》概称《国风》,以《雅》概称《小雅》、《大雅》,以《颂》概称《周颂》、《鲁颂》、《商颂》,这作为《诗经》分类的约定俗成,不失简洁明了。

第三节 《诗经》的分期与作者

《诗经》各篇的具体创作年代,由于岁月久远,资料缺乏,不可能一一确认了。大致说来,这部诗歌总集包含着三个不同时期的作品,西周前期、西周后期和东周前期。

西周前期,自周武王、周成王、周康王、周昭王,至周穆王,约公元前十一世纪至公元前十世纪。作于这一时期的诗,主要有《周颂》、部分《大雅》和少数《国风》。

《周颂》作于西周前期比较可靠。一则,《左传》明确记载《周颂》的《时迈》、《武》、《赉》、《桓》等,是武王克商之际创作的。《宣公十二年》:

> 武王克商,作《颂》,曰:"载戢干戈,载櫜弓矢。我求懿德,肆于时夏。允王保之。"又作《武》,其卒章曰:"耆定尔功。"其三曰:"铺时绎思,我徂维求定。"其六曰:"绥万邦,屡丰年。"

其中,所引《颂》是《周颂·时迈》。所引《武》是《周颂》中一组以"武"为总名的舞曲歌辞。所谓"其卒章"是《周颂·武》。所谓"其三"是《周颂·赉》。"其六"是《周颂·桓》。据此,则《周颂》至少还有三篇是武王时代的作品[10]。二则,《周颂》所提周王名号,有后稷、大王、文王、武王、成王、康王及昭王,而没有提及昭王以后的周王,且在提及的周王中,又以文王、武王出现最多,似能说明《周颂》出之昭、穆以前。三则,《周颂》的押韵很不规则。朱熹《诗集传》:"《周颂》多不押韵。"顾炎武《日知录》:"凡《周颂》之诗,多若韵若不韵者。"这种不规则的押韵和《风》、《雅》的流利韵调是大不相同的。原因在于创作时代有很大的差距,即《周颂》要比大多数《风》、《雅》时代古老。

《大雅》的一部分诗篇与《周颂》约略同时。如《生民》、《公刘》、《绵》、《皇矣》、《大明》,专记后稷、公刘、古公亶父、文王、武王的发家史迹,而无一字言及守业有成的成王和康王,似能确认上述诗篇是成、康以前的作品。他如《文王》、《行苇》、《旱麓》、《灵台》、《思齐》,一派升平气象,旧注说这些诗出在周成王的时候,大抵可信。

《国风》中的《豳风》至少有二篇是西周前期的诗。豳是周公旦的封地,平王东迁,豳地为秦国所有,所以《豳风》七篇都产生于西周,其中,《破斧》写士兵随周公东征,平定商纣王之子武庚和周武王之弟管叔、蔡叔以及原属商王的东方诸国的叛乱,侥幸生还。《东山》写士兵"我徂东山"、"于今三年"、"我来自东,零雨其濛"。东山即今山东曲阜的蒙山,正是周公的东征之地。这两篇作于周初,当无疑问。另有一篇《鸱鸮》,《尚书·金縢》和《史记·鲁世家》都说它是周公在东征平叛之后写给周成王的,可以考虑。

西周后期,自周懿王、周夷王、周厉王、周宣王,至周幽王,约公元前九世纪至公元前八世纪。作于这一时期的诗,主要有《小雅》和部分《大雅》。

《小雅》的某些诗所写时事,在西周后期信而有征。《十月之交》

说:"朔月辛卯,日有食之。"经科学推算,发生于公元前776年,周幽王六年。《采薇》《出车》《六月》记"薄伐猃狁",王国维详加考证,"周时用兵猃狁事,其见于书器者,大抵在宣王之世,而宣王以后即不见有猃狁事"(《观堂集林》卷十三《鬼方·昆夷·猃狁考》)。《小雅》的某些诗的作者及所写人物,也在西周后期有案可稽。《节南山》:"家父作诵,以究王凶。"家父,据《汉书·古今人表》,生当厉王、宣王朝。《黍苗》:"肃肃谢功,召伯营之。"召伯即厉王时的名臣召穆公。《常棣》的作者也见载于《左传》。《左传·僖公二十四年》:"召穆公思周德之不类,故纠合宗族于成周而作诗曰:'常棣之华,鄂不韡韡。凡今之人,莫如兄弟。'"《小雅》的某些诗的怨刺内容,如《小旻》《巧言》《大东》《巷伯》《雨无正》,非常切合懿王以下,尤其是厉王和幽王朝政治黑暗、民生凋敝的社会现实,可以相信是西周后期的诗。

《大雅》中怨刺政治的作品,有的能考知作者姓名,《崧高》:"吉甫作诵,其诗孔硕。"《烝民》:"吉甫作诵,穆如清风。"这吉甫就是周宣王的卿士尹吉甫。《桑柔》的作者,据《左传》,是周厉王的大臣芮良夫[11]。一些不能考知作者姓名的,如《民劳》《板》《荡》《抑》、《召旻》《瞻卬》等,从针砭的时政看,归于这一时期,也比较妥当。《大雅》中某些赞美时局的作品,如《江汉》赞美召武征淮夷,《常武》赞美南仲征徐方,其人其事均在周宣王时代。《韩奕》:"韩侯取妻,汾王之甥。"汾王就是公元前841年被国人暴动驱逐到山西汾水地带的周厉王,则这首诗当写于厉王之子宣王之世。

东周后期,自周平王、周桓王、周庄王、周釐王、周惠王、周襄王、周顷王、周匡王,至周定王,约公元前八世纪至公元前六世纪。作于这一时期的诗,主要有《国风》的大多数和《大雅》的一部分。

《国风》的大多数,看其内容、形式与风格,当是平王东迁至春秋中叶的作品。有些还能够通过先秦典籍找到年代标记。《左传·隐公三年》:"卫庄公娶于齐东宫得臣之妹,曰庄姜,美而无子。卫人所为赋《硕人》也。"则《卫风·硕人》作于公元前 720 年。《左传·闵公二年》:"冬十二月……狄人伐卫,许穆夫人赋《载驰》。"则《鄘风·载驰》作于公元前 660 年。《左传·闵公二年》:"郑人恶高克……高克奔陈。郑人为之赋《清人》。"则《郑风·清人》也作于公元前 660 年。《左传·文公六年》:"秦伯任好卒,以子车氏之三子,奄息、仲行、鍼虎为殉,皆秦之良也。国人哀之,为之赋《黄鸟》。"则《秦风·黄鸟》作于公元前 621 年。《左传·宣公九年》和《宣公十年》记载了陈灵公与夏南之母淫乱株林被夏南"射而杀之"的事,则描写"胡为乎株林?从夏南"的《陈风·株林》应作于公元前 600 年,是《国风》中,也是《诗经》中年代最晚的诗。

《鲁颂》四篇《駉》、《有駜》、《泮水》、《閟宫》,《毛诗序》说是史克为歌颂鲁僖公而创作的庙堂之音:"僖公能遵伯禽之法,俭以足用,宽以爱民,务农重谷,牧于坰野,鲁人尊之。于是季孙行父请命于周,而史克作是《颂》。"史克是东周鲁国大夫,姓名载于《左传·文公十八年》,生活年代约在公元前七世纪末至公元前六世纪初。不过,由于《毛诗序》的这段话系于《駉》的题下,有人说史克作的只是《駉》一篇而已[12]。又有人说《鲁颂·閟宫》的作者另有其人[13],但说来说去,总是东周作品。

《商颂》五篇《那》、《烈祖》、《玄鸟》、《长发》、《殷武》,是辅佐过宋戴公、宋武公、宋宣公的大夫正考父为宋国创作的祭祀商民族祖先的庙堂颂歌[14]。《国语·鲁语》:"昔正考父校商之名《颂》十二篇于周大师,以《那》为首,其辑之乱曰:自古在昔,先民有作。温恭朝夕,执事有恪。"意思是说正考父将自己所作的以《那》为首的十二篇《颂》诗拿到周大师那里审校音节[15]。汉人薛君《韩诗章句》也说:

"正考父,孔子之先也,作《商颂》十二篇。"(《后汉书·曹褒传》注引)但这十二篇,编诗的周大师可能只看中五篇,而舍去了七篇,所以《诗经》中的《商颂》不是十二篇。

在长达五百多年的岁月中积累的《诗三百》,绝大多数的作者已湮灭无考了。能够知道姓名的,只有三类七位:一类是写进诗篇的,《小雅·节南山》的作者家父,《小雅·巷伯》的作者孟子[16],《大雅·崧高》、《大雅·烝民》的作者尹吉甫。一类是先秦史传说的,《大雅·桑柔》的作者芮良夫,《鄘风·载驰》的作者许穆夫人,《商颂》五篇的作者正考父。另一类是秦汉注家说的,《鲁颂》四篇的作者史克。其馀二百九十篇只能归之无名氏。这些无名氏大率有两种人:一是地位不同的文人,一是成分复杂包含奴隶、士兵、平民的民间歌手。属于文人的诗主要有三《颂》、《大雅》和部分《小雅》、部分《国风》。属于民间的诗主要保存在《国风》和《小雅》中。

第四节 《诗经》的应用与传授

春秋中叶以前,《诗经》"掌之王朝,班之侯服"(清朱彝尊《诗论》一),有三种用途。

第一,它是周王朝观风知俗、考正得失的政治参考书。它的采集和编纂主要就是出于这个目的。

第二,它是周王朝推行礼乐制度的工具书。周代制礼作乐,礼乐兴隆。礼是典章法规、行为准则;乐为礼服务,因礼而设,因礼而动。周礼严密而繁缛,周乐也就复杂而精细。《诗经》就是适应礼乐需要,经周大师审定的合乎礼乐制度、用于礼乐制度的乐歌汇编,是周王朝的一部标准诗乐。

第三，它是周王朝规定的国学教科书。周代已办教育，《礼记·学记》说："家有塾，党有庠，术有序，国有学。"虽不免言过其实，但"国有学"还是靠得住的。所谓"国有学"是王室在京城及诸侯在国都所开设的学校，如"东胶"、"虞庠"、"辟雍"、"成均"、"瞽宗"、"泮宫"等。进入这些学校学习的学生谓之"国子"，《汉书·礼乐志》："国子者，卿大夫之子弟也。"教师则由大司乐为首的一批乐官担任，《周礼·春官》："大司乐掌成均之法，以治建国之学政，而合国之子弟焉。"教科书则有四本，《礼记·王制》："乐正崇四术，立四教，顺先王《诗》《书》《礼》《乐》以造士，春秋教以《礼》《乐》，冬夏教以《诗》《书》。"专门教《诗》的教官是大司乐手下的大师。《周礼·春官》：

  大师……教六诗，曰风，曰赋，曰比，曰兴，曰雅，曰颂。以六德为之本，以六律为之音。

这段话与《毛诗序》说的"诗有六义"是大不相同的[17]。《毛诗序》的"诗有六义"是针对《诗经》体制发挥《周礼》"六诗"，后被唐人孔颖达疏为"三体三用说"[18]。《周礼》的大师"教六诗"则是周代国学教授诗歌的教学纲领，反映了周代国学声义并重、声义并教的诗歌教授内容和由简单到复杂的诗歌教授过程[19]。这一过程可以按照"六诗"的排列次序循序渐进。"风"，乐曲。教"风"不是仅仅教唱《诗经·国风》的乐曲[20]，而是教唱《诗经》的全部乐曲和全部歌辞，使国子按曲而歌，"歌《诗》三百"（《墨子·公孟》），掌握诗的以声为用的表现形式。"赋"，朗诵，所谓"不歌而诵谓之赋"（《汉书·艺文志》）。教"赋"就是教国子朗诵诗，掌握诗的以义为用的表现形式。《毛诗故训传》："古者教以诗乐，诵之，歌之，弦之，舞之。"[21]

这"诵之"、"歌之"正分别落在"六诗"的"赋"与"风"上。教"风"教"赋"都是从表现形式上锻炼用诗的基本功,可以看做国学教《诗》的第一个阶段。"比",托事于诗,借诗言志。教"比"就是教国子如何用诗打比喻,如何用诗切类指事、断章取义。这是诗歌用于交际公关的基础。正是这个基础,使得《诗经》中的诗歌成了使于四方委婉致意的外交辞令。《左传·文公十三年》:

> 郑伯与公宴于棐。子家赋《鸿雁》,季文子曰:"寡君未免于此。"文子赋《四月》。子家赋《载驰》之四章,文子赋《采薇》之四章。郑伯拜,公答拜。

郑伯背晋事楚,得罪于晋,想请刚从晋国回来的鲁文公再到晋国替郑伯说情,但这个意思郑人不肯直说,而由郑大夫子家诵读了一首《鸿雁》,取义"之子于征,劬劳于野。爰及矜人,哀此鳏寡",暗示鲁文公不辞劳苦,为郑奔走。鲁大夫季文子诵《四月》,委婉拒绝,取义"四月维夏,六月徂暑。先祖匪人,胡宁忍予",暗示要回国祭祖,不能再走回头路。子家又诵《载驰》,取义"我行其野,芃芃其麦。控于大邦,谁因谁极",恳求鲁文公能像齐侯听《载驰》而救卫国一样,援助郑国。季文子遂诵《采薇》,取义"戎车既驾,四牡业业。岂敢定居,一月三捷",答应不负郑国的重托。于是,皆大欢喜。这是善于用诗打比喻,善于赋诗言志的例子。《左传·襄公十六年》:

> 晋侯与诸侯宴于温,使诸大夫舞,曰:"歌诗必类。"齐高厚之诗不类。荀偃怒,且曰:"诸侯有异志矣。"……高厚逃归。于是,叔孙豹、晋荀偃……盟,曰:"同讨不庭。"

这是用诗打错了比喻，触犯众怒，招致讨伐的例子。可见会不会"比"在那个古老的时代是何等重要。假使没有国学教"比"的基础，要形成"古者诸侯卿大夫交接邻国，以微言相感，当揖让之时，必称《诗》以谕其志"（《汉书·艺文志》）的热潮，实在是不可思议的。"兴"，起也，启发意志，"感发意志"[22]。《论语·八佾》有一个说明"兴"的好例子：

> 子夏问曰："'巧笑倩兮，美目盼兮，素以为绚兮'。何谓也？"子曰："绘事后素。"曰："礼后乎？"子曰："起予者商也，始可与言《诗》也哉。"

子夏当然明白这几句诗的本义是描写一位不施粉黛的女子楚楚动人，但他觉得可以引申，故问何谓也。孔子联系绘画，翻进一层，说绘画要先有白底子。子夏则联系修身，再翻进一层，说（先仁）后礼，人只有本质好才谈得上礼。孔子很高兴，说启发他的是子夏。像孔子和子夏所具有的这种善于翻进诗义的功夫就是"兴"。教"兴"就是教国子如何体察诗人的言外之旨，如何从诗本义感悟出引申义，以开启思想，锻炼意志。这是诗歌用于自身修为的基础。教"比"教"兴"旨在吃透诗的内容，可以看做国学教《诗》的第二个阶段。"雅"，指庙堂之外一切用于周礼的诗乐，它的主体虽然是《诗经》的《大雅》和《小雅》，但它并不等于《大雅》加《小雅》[23]。"颂"，指的仅仅是周王室的庙堂诗乐，也并不等于《诗经》的《周颂》、《鲁颂》加《商颂》[24]。"雅"、"颂"是配合周礼的正声诗乐，教"雅"教"颂"是行礼举乐的正规训练。周代，乐随礼动。《周礼·春官·大宗伯》："以吉礼事邦国之鬼神示……以宾射之礼亲故旧朋友，以飨燕之礼亲四方之宾客。"与此相应，不同的礼要求配不同的乐。假使不懂这些规矩,要参与组织宗庙会同、朝会宴享、迎宾送客,显然不能称职。国子学"雅"学"颂"就是学习如何正确地使用"雅"乐,如何正确地使用"颂"乐。过了这一关,《诗经》这本教科书也就讲授完了。

春秋中叶以后,天子名存实亡,列国争王争霸,礼崩乐坏,文化下移,朝廷乐官如鸟兽散,"大师挚适齐,亚饭干适楚,三饭缭适蔡,四饭缺适秦"(《论语·微子》)。《诗》、《书》、《礼》、《乐》等宫廷典籍也随着乐官流入社会,流进私门,变作私门招徒讲学、传道授业的教材。

先秦私学传《诗》以孔门最盛。孔子传《诗》,特别看重《诗》的社会功能。《论语·阳货》:

> 子曰:"小子何莫学夫《诗》?《诗》可以兴,可以观,可以群,可以怨。迩之事父,远之事君。多识于草木鸟兽之名。"

"观",观风知俗,考见得失;"怨",讽喻时事,怨刺朝政;以及事父、事君,讲《诗》的政治作用。由此,孔子传《诗》,强调经世致用。《论语·季氏》:"不学《诗》,无以言。"《论语·子路》:"诵《诗》三百,授之以政,不达;使于四方,不能专对,虽多,亦奚以为?""兴",启迪心胸,培养情操;"群",交朋结友,群居切磋;以及博物致知,讲《诗》的教化作用。由此,孔子传《诗》,强调《诗》的中正和平的情调,《论语·八佾》:"子曰:《关雎》乐而不淫,哀而不伤。"强调《诗》的合乎礼义的内容,《论语·为政》:"子曰:《诗》三百,一言以蔽之,曰:思无邪。"强调诗的修身养性的魅力,《论语·阳货》:"人而不为《周南》、《召南》,其犹正墙面而立也与?"《论语·泰伯》:"兴于《诗》,立于礼,成于乐。"《礼记·经解》孔子曰:"其为人也,温柔敦厚而不愚,则深于《诗》者也。"在孔子的大力提倡下,《诗经》的影响越来越大,地位也越来越高,到战国时代,被孔门后学尊为儒家经典,并位居儒家的"六经"之首[25]。

秦代,焚书坑儒,《诗经》竹帛烟消,化为灰烬。到西汉一统,时人靠着口头记诵,才使它幸而复活。汉人刘歆说汉武帝建元时的传《诗》者,"一人不能独尽其经,或为《雅》,或为《颂》,相合而成"(《移书让太常博士》)。可见复之困难,传之不易。

西汉传《诗》者有四大家。《后汉书·儒林传》载,诗有鲁、齐、韩、毛。鲁,指鲁人申培。齐,指齐人辕固生。韩,指燕人韩婴。毛,指鲁人大毛公毛亨和赵人小毛公毛苌(吴陆玑《毛诗草木鸟兽虫鱼疏》)。其时,汉武帝废黜百家,独尊儒术,设五经博士官,重今文经学,由汉代通行隶书写定的被称为今文经的鲁、齐、韩三家《诗》,跻身官学,同列争宠。而由战国古文字写定的被称为古文经的《毛诗》,即毛亨所传《诗经》,晚出于三家《诗》,"自谓子夏所传,而河间献王好之,未得立"(《汉书·艺文志》)。终两汉之世,一直被今文经排斥于官学之外,只能在民间私下传授。东汉后期,兼通今古文经的经学大师郑玄为《毛诗》作《笺》,才使《毛诗》声名鹊起。三家《诗》虽位列学官,却日趋没落,《齐诗》亡于三国,《鲁诗》亡于西晋,《韩诗》亡于北宋,唯《毛诗》长存不衰。今传《诗经》就是根据《毛诗》刊行的。

《诗经》的传授和研究,自汉以下,主要用于经学。经学是开始于汉代,绵延至清代的一门专攻儒家经典的学问,这门学问的宗旨是为封建社会的思想教育和理论建设服务,一般以"六经注我"的方式,阐发治学者的主观思想。《诗经》作为经学的一科,讲授和研究的主题,自然不是艺术形式而是思想内容。大致说来,"汉学"重"美、刺","宋学"重"义理",清代"汉学"重"考据"。

"汉学"是汉、唐经学研究的主流。"汉学"研究《诗经》的典型著作是《毛诗序》《毛诗郑笺》和《毛诗正义》。汉人在《毛诗》的每一篇题下写有一段类似题解的文字称为《毛诗序》或《诗序》。其中，系于《关雎》题下的序言，称《诗大序》，馀下的称《诗小序》。《诗大序》总论《诗经》，认为诗歌反映政治，"治世之音安以乐，其政和；乱世之音怨以怒，其政乖；亡国之音哀以思，其民困"。《诗小序》则以史解诗，以诗证史，具体指出各篇的政治背景，或因某事而"美"某人，或因某事而"刺"某人。其后，郑玄为《毛诗故训传》作《笺》，作《诗谱》，更加突出了《诗经》的政治意义，强调《诗经》"论功颂德，所以将顺其美；刺过讥失，所以匡救其恶……吉凶之所由，忧娱之萌渐，昭昭在斯，足作后王之鉴"。所以清人程廷祚《诗论》说："汉儒言《诗》，不过美、刺二端。"到唐代，孔颖达撰《毛诗正义》，集《诗经》"汉学"研究的大成。《毛诗正义》全面继承了以"美、刺"为纲的毛、郑《诗》学，广泛采纳了汉以来符合《毛传》《郑笺》的新见解、新成果，进一步肯定了《诗经》是一部美、刺时政的政治诗。

"汉学"讲"美、刺"，对于《诗经》的部分作品，是言之有理的；对于揭示诗歌与政治的关联，也是比较深刻的。但它篇篇讲"美、刺"，就不能实事求是，就要牵强附会，歪曲许多作品的思想。例如《关雎》明明是一篇男子唱的"窈窕淑女，君子好逑"的诗，但《诗序》却说作者是一位女的，是歌唱周文王的"后妃之德"。

"宋学"是宋、元、明经学研究的主流。"宋学"不满专讲"美、刺"的毛、郑《诗》学，集中批评《毛诗序》。首先，北宋苏辙著《诗集传》，怀疑《毛诗序》出于孔门嫡传的可靠性。接着，郑樵著《诗辨妄》，猛烈攻击《毛传》《郑笺》和《诗序》，斥责《诗序》是"村野妄人所作"。继而，王质著《诗总闻》，朱熹著《诗集传》，废《序》言《诗》，自由讨论，使《诗经》跳出了"汉学"的窠臼，讲出了"宋学"的特色。"宋学"以理说《诗》，主性情，主义理，说《诗经》"人事浃于下，天道备于上,而无一理之不具也"(朱熹《诗集传序》),能从正、反即善、恶两个方面,昭示天理,化育人性,"凡《诗》之言,善者可以感发人之善心,恶者可以惩创人之逸志,其用归于使人得其性情之正而已"(朱熹《四书集注》)。这样,《诗经》一书就由"汉学家"的"政治教科书"变成了"宋学家"的"理学教科书"。

"宋学"的功劳,在于正确指出《诗经》存在着大量的与"美、刺"无关的民间歌谣。朱熹《诗集传序》:"凡《诗》之所谓《风》者,多出于里巷歌谣之作,所谓男女相与咏歌,各言其情者也。""宋学"的弊端,在于它不仅指责这些民间诗是"恶为可戒"(《朱子语类》)的淫奔之诗,并且在以理说《诗》的时候,常常脱离训诂,随意穿凿,空洞而迂腐。

清代,"汉学"复兴,《诗经》研究,宗"毛"而攻"宋"。陈启源著《毛诗稽古编》,训诂准《尔雅》,释义准《诗序》和《毛传》而辅之以《郑笺》。胡承珙著《毛诗后笺》,陈奂著《毛诗传疏》,皆推崇《毛传》,"读《诗》不读《序》,无本之教也。读《诗》与《序》而不读《传》,失守之学也",称《毛传》"文简而义赡,语正而道精,洵乎为小学之津梁,群书之钤键"(陈奂《毛诗传疏序》)。清儒宗"毛"攻"宋"的武器,就是发扬汉代"汉学"重视考据的朴实学风,极其认真地做音韵、文字和词义的学问,所谓"经之至者道也,所以明道者其词也,所以成词者其字也,由字而通其词,由词而通其道"(戴震《与是仲明论学书》)。

清代"汉学"的专心考据,对于《诗经》训诂,良多贡献。其流弊在于只敢拿《诗经》作往古的学问,不敢拿《诗经》作当世的鞭策,背离了复兴"汉学","引古筹今",用之于"国家治乱之原,生民根本之计"(顾炎武《答李子德书》)的初衷。

《诗经》自汉以下,虽然离不开经学的牢笼,但是,本质上,《诗经》毕竟是一部文学总集,历代传授和研究《诗经》的经学家不可避免地要谈论它的艺术形式。如清人方玉润的《诗经原始》就比较注意分析《诗经》的形象和意境。其评《周南·芣苢》:"读者试平心静气,涵咏此诗,恍听田家妇女,三三五五,于平原绣野,风和日丽中群歌互答,馀音袅袅,若远若近,忽断忽续,不知情之何以移,而神之何以旷,则此诗可不必细绎而自得其妙焉。"品味切旨,鉴赏精当。

在古代,《诗经》不但是"经学"的一部经典和"经学"教科书,它的文学本质和文学成就,又决定了它是一部文学的经典和文学教科书。因而《诗经》的应用和传授,不但有"经学"的一途,也有文学的一途。

《诗经》是历代文学创作之士学习的楷模。同时,《诗经》又是历代文学理论家研究的典范。

古人探讨了《诗经》体裁。晋人挚虞《文章流别论》说《诗经》"有三言、四言、五言、六言、七言、九言",但"率以四言为体,而时有一句二句杂在四言之间,后世演之,遂以为篇"。比较准确地把握了《诗经》的句法体制。

古人探讨了《诗经》语言。刘勰《文心雕龙·物色》说《诗经》"写气图貌,既随物以宛转;属采附声,亦与心而徘徊。故灼灼状桃花之鲜,依依尽杨柳之貌,杲杲为日出之容,瀌瀌拟雨雪之状,喈喈逐黄鸟之声,喓喓学草虫之韵。皎日嘒星,一言穷理;参差沃若,两字穷形。并以少总多,情貌无遗矣。虽复思经千载,将何易夺?"就很好地概括了《诗经》善用叠字、双声叠韵和形容词的艺术特点。

《诗经》的表现手法,古人议论最多。自《毛诗故训传》在《诗经》某些篇章的首句,例如《周南·关雎》的首句"关关雎鸠,在河之洲",注明"兴也",及《毛诗序》提出"《诗》有六义焉,一曰风,二曰赋,三曰比,四曰兴,五曰雅,六曰颂",后来学者大率以"六义"之

"赋"、"比"、"兴"总结《诗经》的写作艺术。一般,古人把《诗经》中常用的直述手法称为"赋",把《诗经》中常用的比喻手法称为"比",把《诗经》中常用的借景起情、借物发端的手法称为"兴"。挚虞《文章流别论》:

> 赋者,敷陈之称也。比者,类喻之言也。兴者,有感之辞也。

钟嵘《诗品序》:

> 文已尽而意有馀,兴也。因物喻志,比也。直书其事,寓言写物,赋也。

朱熹《诗集传》:

> 赋者,敷陈其物而直言之者也。比者,以彼物比此物也。兴者,先言他物以引起所咏之词也。

有人受汉儒"美、刺"解《诗》的影响,把《诗经》的"比、兴"手法,看做讥时议政、忧国忧民的专用手法。刘勰《文心雕龙·比兴》:

> 诗文弘奥,包韫六义,毛公述传,独标兴体,岂不以风通而赋同,比显而兴隐哉。故比者,附也。兴者,起也。附理者切类以指事,起情者依微以拟议。起情故兴体以立,附理故比例以生。比则畜愤以斥言,兴则环譬以记讽。盖随时之义不一,故诗人之志有二也。观夫兴之托喻,婉而成章,称名也小,取类也大。关雎有别,故后妃方德;尸鸠贞一,故夫人象义。义取其贞,无从于

夷禽；德贵其别，不嫌于鸷鸟。明而未融，故发注而后见也。且何谓为比？盖写物以附意，扬言以切事者也。故"金锡"以喻明德，"圭璋"以譬秀民，"螟蛉"以类教诲，"蜩螗"以写号呼，"浣衣"以拟心忧，"席卷"以方志固。凡斯切象，皆比义也。

刘勰说《诗经》中的"比、兴"手法无一不有"美、刺"之义是不大妥当的，这实际上是将"比、兴"说成"美、刺"的特制工具了。后来如唐人陈子昂、李白、白居易都是从这一角度发挥《诗经》的"比、兴"的。

《诗经》的风神意境，古人亦发力开掘。清人潘德舆《养一斋诗话》："《三百篇》之体制音节，不必学，不能学。《三百篇》之神理意境，不可不学也。神理意境者何？有关系寄托，一也。直抒己见，二也。纯任天机，三也。言有尽而意无穷，四也。"所谓"关系寄托"是说《诗经》委婉致讽，系情现实。所谓"直抒己见"是说《诗经》情动于衷，缘情而发。所谓"纯任天机"是说《诗经》语调天然，文风纯朴。所谓"言有尽而意无穷"是说《诗经》诗味悠长，耐人寻绎。分析得相当中肯。

当代，《诗经》的应用与传授，不再有"经学"的纠缠，它作为一份极其宝贵的文化遗产，不但在学校和社会上得到了广泛传播，而且在文学、历史、美学、哲学、语言学等不同学科得到了全方位的深入研究，乃至形成了一门专门的学问——《诗经》学。

〔1〕 关于这六首有目无辞的"诗"，一说原本有辞，后来亡佚了。宋苏辙《诗集传》说其辞"历战国及秦，亡之"。一说原本无辞，有声而已。宋朱熹《诗集传》说是"有声无辞"的六首"笙诗"，即六支用笙演奏的曲子。

〔2〕 《毛诗序》是何人所作，近人胡朴安《诗经学》集有古人十三种说法，诸如孔子作，诗人自作，毛亨作，卫宏作，子夏作，史官作，子夏先作、毛亨续作

等。如《后汉书·儒林传下》："初,九江谢曼卿善《毛诗》,乃为其训。宏从曼卿受学,因作《毛诗序》。"

〔3〕 宋人程大昌《考古编》卷一《诗论》一："若夫《邶》、《鄘》、《卫》、《王》、《郑》、《齐》、《魏》、《唐》、《秦》、《陈》、《桧》、《曹》、《豳》,此十三国者,诗皆可采而声不入乐,则直以徒诗著之本土。"清人顾炎武《日知录》卷三"诗有入乐不入乐之分"："夫二《南》也,《豳》之《七月》也,《小雅》正十六篇,《大雅》正十八篇,《颂》也,《诗》之入乐者也。《邶》以下十二国之附于二《南》之后,而谓之'风';《鸱鸮》以下六篇之附于《豳》,而亦谓之'豳';《六月》以下五十八篇之附于《小雅》,《民劳》以下十三篇之附于《大雅》,而谓之'变雅',《诗》之不入乐者也。"近人章炳麟、梁启超等与程大昌观点类同。

〔4〕 有人说是十一国。清人魏源《诗古微》卷三《邶鄘卫义例篇》说"邶鄘卫"三字不可分割："《左氏》载季札观乐:为之歌《邶鄘卫》,曰:'美哉……是其卫风乎?'三名一贯,连而不分。视为之歌《魏》,为之歌《唐》,判然二国者殊例。是《邶鄘卫》之不可分,犹之曰殷商,曰荆楚。故北宫文子引今《邶风·柏舟》之语,以为《卫》诗。"王国维《北伯鼎跋》说"邶"、"鄘"二国虽有其名而名下无诗："余谓邶即燕,鄘即鲁也……而太师采诗之目尚存其故名,谓之邶、鄘,然皆有目无辞。季札观鲁乐,为之歌《邶鄘卫》时犹未分为三。后人以《卫》诗独多,遂分隶之于《邶》、《鄘》。"近人陆侃如承王说,《中国诗史》第二章四《十一国风》："《邶》、《鄘》二风既亡,我们便该把冒名的仍旧回到《卫风》内,故《国风》实存十一。"但这些说法不及《郑笺》通达。唐人颜师古《经典释文·毛诗音义》引郑玄说："邶、鄘、卫者,殷纣畿内地名,属古冀州。自纣城而北曰邶,南曰鄘,东曰卫。卫在汲郡朝歌县。时康叔正封于卫,其末子孙稍并兼彼二国,混其地而名之。作者各有所伤,从其本国而异之,故有《邶》、《鄘》、《卫》之诗。"

〔5〕 清人方玉润《诗经原始》："周,地名,在《禹贡》雍州岐山之阳。周大王始居之,故国号曰周。至武王有天下,又分其地以为弟旦采邑,故旦亦曰周公。而此时之周,则周初之地名,与旦无涉也。凡其时所采民间歌谣,得自周地者,均系之曰周……窃谓南者,周以南之地也。大略所采诗皆周南诗多,故命之曰《周南》。""召,地名,与周邑皆在岐山阳……武王得天下后,封旦于周,即封

奭于召,以为采邑。周、召二公之号由此起。其所采民间歌谣,有与公涉者,有与公无涉者,均谓之《召南》,盖皆召以南之诗,故亦'南'之而已。"

〔6〕 《周南》有《汉广》、《汝坟》,《召南》有《江有汜》。

〔7〕 宋人王质《诗总闻》:"南,乐歌名也。见《诗》:以雅以南。见《礼》:胥鼓南。""见《春秋传》:舞象箾南籥。"宋人程大昌《考古编》:"盖南、雅、颂,乐名也,若今之乐曲之在某宫者也。《南》有《周》、《召》,《颂》有《周》、《鲁》、《商》,本其所从得,而还以系其国土也。"清人顾炎武《日知录》卷三《四诗》:"《周南》、《召南》,《南》也,非《风》也。"

〔8〕《周礼·春官·大司乐》:"凡射,王以《驺虞》为节。"《驺虞》在《召南》。《仪礼·燕礼》:"遂歌乡乐,《周南》……《召南》……"这"乡乐"既用于周代仪礼,自为"雅"乐无疑。

〔9〕 《毛诗序》说《商颂》是商代的诗:"微子至于戴公,其间礼崩乐坏,有正考甫者,得《商颂》十二篇于周之大师。"

〔10〕 王国维《观堂集林》卷三《周大武乐章考》说这三篇是《周颂》的《昊天有成命》、《酌》、《般》。又,清人马瑞辰《毛诗传笺通释》卷二十九说《左传》所谓"武"乐的"其卒章"当是"首章之讹",其说是。这正是这组舞曲统称为"武"的缘故。

〔11〕《左传·文公元年》:"周芮良夫之诗曰:大风有隧,贪人败类。听言则对,诵言如醉。匪用其良,覆俾我悖。"所引芮良夫之诗在《大雅·桑柔》。

〔12〕《毛诗序》的这段文字系于《鲁颂》第一篇《駉》的题下,其实是《鲁颂》四篇的总序。

〔13〕 《文选》卷一《两都赋》注引汉人薛君《韩诗章句》释《鲁颂·閟宫》的"新庙奕奕,奚斯所作",说"奚斯,鲁公子也。言其新庙奕奕然盛,是诗公子奚斯所作也"。奚斯是略早于史克的鲁国大夫公子鱼,其人见于《左传·闵公二年》。但《毛诗序》说"奚斯所作"作的不是诗而是新庙。揣摩文义,应以毛说为长。

〔14〕 《史记·宋微子世家》:"(宋)襄公之时,修行仁义,欲为盟主。其大夫正考父美之,故追道契、汤、高宗,殷所以兴,作《商颂》。"司马迁说正考父作

《商颂》，固然说对了。但说正考父是宋襄王的大夫，却说错了。按《左传》，正考父生当宋国戴、武、宣三世，其子孔父嘉生当宋殇公之世，下距宋襄公尚有四世之遥。

〔15〕 魏源《古诗微》卷六释"校"为"审校音节"。王国维《观堂集林》卷二《说商颂》读"校"为"效"，释其义为"献"。若依王说，则《商颂》出于正考父之前。

〔16〕 《小雅·节南山》："寺人孟子，作为此诗。"寺人，宫中小臣。

〔17〕 《毛诗序》："诗有六义焉，一曰风，二曰赋，三曰比，四曰兴，五曰雅，六曰颂。"但《毛诗序》只释"风"、"雅"、"颂"，按"功用"把这三"义"分别等同于《诗经》的分类，而未释"赋"、"比"、"兴"。

〔18〕 《毛诗正义》："然则风、雅、颂者，诗篇之异体。赋、比、兴者，诗文之异辞耳。大小不同而得并为六义者，赋、比、兴是诗之所用，风、雅、颂是诗之成形，用彼三事，成此三事，是故同称为义，非别有篇卷也。"

〔19〕 参看章必功《六诗探故》，载中华书局《文史》二十二辑。

〔20〕 先秦典籍如《左传》、《国语》、《论语》、《墨子》、《孟子》，凡引《诗》从来不说"《风》曰"。其原因就在于"风"不是列国之音的专名，而是一切乐曲的通称。《左传》："君子曰：《风》有《采蘩》、《采蘋》。"这"君子曰"乃汉人所为，"风"在先秦不等于《国风》。所以《诗经》的分类标题不单标一个《风》而标明《国风》。

〔21〕 "弦之"是用乐器演奏诗乐，教"弦之"就是教乐器。"舞之"是用舞蹈表演诗乐，教"舞之"就是教合于诗乐的舞蹈。这两项教学任务在"大司乐"之属分别由"小师"和"乐师"承担，不是教"六诗"的"大师"之职。《周礼·春官》："乐师掌国学之政，以教国子小舞。""小师掌教鼓……箫、管、弦、歌。"此处"歌"指的是手与口并用的边演奏边歌唱。

〔22〕 宋人朱熹《四书集注》注《论语·阳货》"诗可以兴"。

〔23〕 《大戴礼记·投壶》："凡雅二十六篇，其八篇可歌：《鹿鸣》、《狸首》、《鹊巢》、《采蘩》、《采蘋》、《伐檀》、《白驹》、《驺虞》。八篇废不可歌，七篇《商》、《齐》可歌也。"其中，《狸首》逸，《鹿鸣》、《白驹》在《小雅》，《伐檀》在《魏

风》,馀下四篇在《召南》。《商》指《商颂》,《齐》指《齐风》。可知这里所谓"雅"显然要比《诗经》二《雅》内涵宽泛,是为"六诗"之"雅",也就是孔子"恶郑声之乱雅乐"的"雅"和"乐正,雅、颂各得其所"的"雅"的本义。而《商颂》之所以入于"雅",盖因《商颂》乃一国之音而非王室之"颂"也。

〔24〕 按《左传》、《国语》引诗,凡单称"《颂》曰",此诗必在《周颂》,若引《商颂》之诗,则必称"《商颂》曰"。季札观乐,《左传》如数家珍,将诸国名和《大雅》、《小雅》一一列出,却不称《周颂》、《鲁颂》、《商颂》,而只说为之歌《颂》,正是因为季札请观"周乐",《商颂》不得与耳。"六诗"之"颂"也就是"周乐"之《颂》,即《周颂》。

〔25〕 先秦典籍最早提到儒家"六经"的是《庄子·天运》:"丘治《诗》、《书》、《礼》、《乐》、《易》、《春秋》六经,自以为久矣。"到汉代,"六经"始以《易》为首。

第五章 《诗经》的民间诗

《诗经》的精华是《国风》和《小雅》中的民间诗。民间诗来自民众,大多出于民众的口头歌唱,是民众感情的自然宣泄,内容紧扣民众生活,基调健康真挚,风格淳朴厚实。

第一节 苦难的劳役之歌

西周至春秋,是奴隶制向封建制转变的农业社会。从事农业生产、担负官府徭役的主要是依附领主土地、缺少人身自由的底层劳动者。在残酷的压榨下,劳动者做牛做马、累死累活,长歌当哭,短歌告哀,唱出了一支支怨恨生活苦难、劳作艰辛的歌。《诗经》的《豳风·七月》、《魏风·硕鼠》、《伐檀》、《唐风·鸨羽》等就是这些劳役之歌的代表作。

《豳风·七月》,八章八十八句,三百八十三字,是《国风》中篇幅最长的诗。这篇诗专写底层人民的劳动和生活,又是《国风》中描写农民家常和农田农事最详尽、最切实的诗。它的作者,《毛诗序》推言周公,"陈后稷先公风化之所由,致王业之艰难也"。古人已有不相信者。方玉润《诗经原始》:

《七月》所言皆农桑稼穑之事,非躬耕农亩,久于其道,不能言之亲切有味也如是。周公生长世胄,位居冢宰,岂暇如此?

且诗中明言"采荼薪樗,食我农夫","与我妇子,馌彼南亩,田畯至喜",诗作描写的主人公当是西周豳地的劳动者。

七月流火,九月授衣。一之日觱发,二之日栗烈。无衣无褐,何以卒岁?三之日于耜,四之日举趾。同我妇子,馌彼南亩,田畯至喜。

七月流火,九月授衣。春日载阳,有鸣仓庚。女执懿筐,遵彼微行,爰求柔桑。春日迟迟,采蘩祁祁。女心伤悲,殆及公子同归。

七月流火,八月萑苇。蚕月条桑,取彼斧斨。以伐远扬,猗彼女桑。七月鸣鵙,八月载绩。载玄载黄,我朱孔阳,为公子裳。

四月秀葽,五月鸣蜩。八月其获,十月陨萚。一之日于貉,取彼狐狸,为公子裘。二之日其同,载缵武功。言私其豵,献豜于公。

五月斯螽动股,六月莎鸡振羽。七月在野,八月在宇,九月在户,十月蟋蟀入我床下。穹窒熏鼠,塞向墐户。嗟我妇子,曰为改岁,入此室处。

六月食郁及薁,七月亨葵及菽。八月剥枣,十月获稻。为此春酒,以介眉寿。七月食瓜,八月断壶,九月叔苴。采荼薪樗,食我农夫。

九月筑场圃,十月纳禾稼。黍稷重穋,禾麻菽麦,嗟我农夫。我稼既同,上入执宫功。昼尔于茅,宵尔索绹。亟其乘屋,其始播百谷。

二之日凿冰冲冲,三之日纳于凌阴。四之日其蚤,献羔祭韭。九月肃霜,十月涤场。朋酒斯飨,曰杀羔羊。跻彼公堂,称彼兕觥,万寿无疆。

全诗按季节和时令的转移,记叙了农夫一家,从春忙到夏,从秋忙到冬,一年四季,永无休止地为公室种田、采桑、养蚕、织布、染帛、裁衣、收割、打猎、筑场、盖屋、凿冰、造酒,自家却一无所获,没有一件粗布衣服御寒,只能堵起破旧的门窗;没有一口像样的饭菜果腹,只能吞食臭椿烧熟的苦菜叶;没有一天可以松松劲,岁末年终,仍要强笑为欢,向公室献酒拜寿;妻子、儿女也要参与劳作,野外采桑,心事重重,为裳为裘献给贵族公子。口气似老农叙家常,满腹辛酸,絮絮叨叨,所言景物,切合农时,是丰富的农村生活经验的自然流露,增强了诗歌直陈其事的美感和情景相映的氛围,逼真感人地描述了西周农民辛勤艰苦的劳动生活。

《唐风·鸨羽》,《毛诗序》说是"君子下从征役,不得养父母,而作是诗也",纯属张冠李戴。樊须问稼穑,孔子斥为"小人",则"君子"安能"艺稻粱"?《鸨羽》是劳动者厌徭役:

肃肃鸨羽,集于苞栩。王事靡盬,不能艺稷黍,父母何怙?悠悠苍天,曷其有所?

肃肃鸨翼,集于苞棘。王事靡盬,不能艺黍稷,父母何食?悠悠苍天,曷其有极?

肃肃鸨行,集于苞桑。王事靡盬,不能艺稻粱,父母何尝?悠悠苍天,曷其有常?

大雁飞啊飞,犹能歇歇脚;没完没了服徭役,何时才能回家乡?家中无劳力,庄稼无人种,父母靠谁养?老天爷啊老天爷,生活哪天才正常?发端自然贴切,叙事三言二语,问天哀愤悲凉,重章叠唱,尽吐徭役无止的痛苦。

苦难总要引起抗争。

《魏风·硕鼠》就是东周魏国的劳动者斥骂剥削,抗议现实,追求出路的歌:

> 硕鼠硕鼠,无食我黍。三岁贯女,莫我肯顾。逝将去女,适彼乐土。乐土乐土,爰得我所。
> 硕鼠硕鼠,无食我麦。三岁贯女,莫我肯德。逝将去女,适彼乐国。乐国乐国,爰得我直。
> 硕鼠硕鼠,无食我苗。三岁贯女,莫我肯劳。逝将去女,适彼乐郊。乐郊乐郊,谁之永号?

清人王先谦《诗三家义集疏》:"鲁说曰:履税亩而《硕鼠》作。齐说曰:周之末途,德惠塞而嗜欲众,君奢侈而上求多,民困于下,息于公事,是以有履亩之税,《硕鼠》之诗是也。"比较允当地说明了《硕鼠》一诗的历史背景。原来,田有"公"、"私"之分,所谓"雨及公田,遂及我私"(《小雅·大田》)。西周时,"公事毕,然后敢治私事"(《孟子·滕文公上》),种私田是不交税的,交的是养公田的力役地租。春秋,公田生产越来越糟,所谓"无田甫田,维莠骄骄"(《齐风·甫田》),各国相继废籍田以力为履亩而税,私田也得交实物地租。这位劳动者不堪重负,以大老鼠比喻剥削者,以大老鼠的贪得无厌斥责剥削者的黑心掠夺,以"逝将去女"企盼挣脱牢笼,以安居乐业、公平正直、无哭无啕的"乐土"、"乐国"、"乐郊"勾画新的生活环境,比喻形象,语调慷慨,爱憎鲜明,理想高尚,是忍无可忍、不平而鸣的呐喊。

《魏风·伐檀》是伐木工匠讽刺、鞭挞尸位素餐的贵族老爷:

坎坎伐檀兮,置之河之干兮,河水清且涟猗。不稼不穑,胡取禾三百廛兮?不狩不猎,胡瞻尔庭有县貆兮?彼君子兮,不素餐兮!

坎坎伐辐兮,置之河之侧兮,河水清且直猗。不稼不穑,胡取禾三百亿兮?不狩不猎,胡瞻尔庭有县特兮?彼君子兮,不素食兮!

坎坎伐轮兮,置之河之漘兮,河水清且沦猗。不稼不穑,胡取禾三百囷兮?不狩不猎,胡瞻尔庭有县鹑兮?彼君子兮,不素飧兮!

诗用杂言,每章的头三句以劳动起兴,写伐木造车,有音响,有场景,热热闹闹;中四句即事联想,由自己的劳而无获想到他人的不劳而获,事实确凿,质问深刻;后二句反话正说,冷嘲热讽,那班君子们不是白吃饭吧,语气辛辣,辞锋尖锐,如匕首投抢,戳穿了"肉食者"虚伪的面孔。

第二节 哀伤的士兵之歌

西周初年,内叛严重;西周后期,外患频仍;春秋,诸侯争霸,战端时开。大量的平民百姓被迫当兵打仗,致使田园荒芜、家庭分裂。士兵之歌多抒厌战思乡之情。

《豳风·东山》是一位西周士兵战后还乡的哀思。它以悲喜交集的情绪、忧伤的想象和美好的回忆,描写了战争和兵役的创伤。

> 我徂东山,慆慆不归。我来自东,零雨其濛。我东曰归,我心西悲。制彼裳衣,勿士行枚。蜎蜎者蠋,烝在桑野。敦彼独宿,亦在车下。

这是第一章。"慆慆不归",叹离家远征,旷日持久。"零雨其濛",记沐雨赶路,归家心切。"我心西悲",思家境未卜,忐忑不安。转而想到从今以后脱下军装,穿上农装,再不用衔枚行军,再不用蜷宿车底,"我东曰归",自有战后馀生的庆幸。

> 我徂东山,慆慆不归。我来自东,零雨其濛。果臝之实,亦施于宇。伊威在室,蟏蛸在户。町畽鹿场,熠耀宵行。不可畏也,伊可怀也。

这是第二章。生死阔别,家园如何？想必是野葫芦挂满了屋檐,地鳖虫爬满了堂屋,蜘蛛网结满了门窗;野鹿在田地奔跑,鬼火在户外闪烁。凸现兵役造成的家园破败。

> 我徂东山,慆慆不归。我来自东,零雨其濛。鹳鸣于垤,妇叹于室。洒扫穹窒,我征聿至。有敦瓜苦,烝在栗薪。自我不见,于今三年。

这是第三章。生死阔别,妻子如何？想必是独守空户,凄凉寂寞,天天等候征人归,日子过得苦又苦。诉说战争造成的家庭离散。

> 我徂东山，慆慆不归。我来自东，零雨其濛。仓庚于飞，熠耀其羽。之子于归，皇驳其马。亲结其缡，九十其仪。其新孔嘉，其旧如之何？

这是最后一章。回想当年新婚，黄莺儿拍打漂亮的翅膀，新娘子打扮得仪态万方，如今重逢，不知她怎生模样？渴望夫妻团圆，重过正常的家庭生活。

《小雅·采薇》也是士兵还乡之作。这位士兵参加抵御外侮的战争，出生入死，终可回家，途中，他唱出这支歌，倾吐郁结心头的感慨。

> 采薇采薇，薇亦作止。曰归曰归，岁亦莫止。靡室靡家，猃狁之故。不遑启居，猃狁之故。
> 采薇采薇，薇亦柔止。曰归曰归，心亦忧止。忧心烈烈，载饥载渴。我戍未定，靡使归聘。
> 采薇采薇，薇亦刚止。曰归曰归，岁亦阳止。王事靡盬，不遑启处。忧心孔疚，我行不来。

开头三章，追忆从军打仗无法回家又急盼回家的痛苦感受。野豌豆发芽了，冬天过去了，猃狁之战正紧张，有家不能归。野豌豆肥嫩了，春天过去了，我军疆场正拚杀，家书没人送。野豌豆变老了，夏天过去了，国家战事正忙碌，只怕今生难回家。借景抒情，把身在军营四季思归的忧思表露得至为深切。

> 彼尔维何？维常之华。彼路斯何？君子之车。戎车既驾，四牡业业。岂敢定居，一月三捷。

>　　驾彼四牡,四牡骙骙。君子所依,小人所腓。四牡翼翼,象弭鱼服。岂不日戒,狁孔棘。

第四、五章,追忆危急险恶的战斗。"岂敢定居,一月三捷",强调战斗节奏的急促和作战任务的艰巨。"岂不日戒,狁孔棘",强调战斗的一触即发和敌人的来势汹汹。说明他虽然思乡仍是勇敢杀敌的战士。

>　　昔我往矣,杨柳依依。今我来思,雨雪霏霏。行道迟迟,载渴载饥。我心伤悲,莫知我哀。

最后一章,借助景物,对比今昔,写得情景交融,蕴藉深厚。"昔我往矣,杨柳依依",借春风杨柳,衬托当兵时的惜别之情和当兵前生活的平和。"今我来思,雨雪霏霏",借寒冬雨雪,暗寓征战生还的不易和离乡数年家园未卜的忧虑。"行道迟迟,载渴载饥",实写乡关遥远,风餐露宿,跋涉艰难。"我心伤悲,莫知我哀",乡关遥远不怕,饥渴交加不怕,只怕赶回家已人事全非,只怕赶回家已无家可归,这种担忧,这种悲哀,世上有几人能知?有几人能解?情感的凄楚,哀伤的绵邈,为全诗留下了一串沉痛的尾声和浓重的阴霾。方玉润《诗经原始》盛赞《采薇》是"绝世文情,千古常新"。

《邶风·击鼓》和《卫风·伯兮》专写因战争离别的夫妻相思。《击鼓》写战地怀人,士兵怀念家中妻子。《伯兮》写闺阁怀人,妻子怀念军中丈夫。反映了外有征夫、内有怨妇的战争情结。

>　　击鼓其镗,踊跃用兵。土国城漕,我独南行。
>　　从孙子仲,平陈与宋。不我以归,忧心有忡。

爱居爱处,爱丧其马。于以求之?于林之下。
死生契阔,与子成说。执子之手,与子偕老。
于嗟阔兮,不我活兮。于嗟洵兮,不我信兮。

这篇《击鼓》,先写被迫从军,满腹牢骚;次写有家难回,忧心忡忡;继写丢东忘西,失魂落魄;以自己每下愈况的士气,突出愈熬愈烈的归心。当初,海誓山盟,音犹在耳;如今,团聚之日,遥遥无期;不由得长吁短叹,自怨自艾。抱恨战争与兵役拆散了和睦的家庭,拆散了恩爱的夫妻。

伯兮朅兮,邦之桀兮。伯也执殳,为王前驱。
自伯之东,首如飞蓬。岂无膏沐,谁适为容。
其雨其雨,杲杲日出。愿言思伯,甘心首疾。
焉得谖草,言树之背。愿言思伯,使我心痗。

这篇《伯兮》层层递进,首章写丈夫从军远征,次章写自己形容憔悴,三章写相思病痛心疾首,末章写相思病无药可医,毫不掩饰地倾吐了怀念丈夫的真情实感。

第三节 热烈的恋人之歌

周代,礼教初设,古风犹存,青年男女的自由恋爱尚少禁忌,所谓"中春之月,令会男女,于是时也,奔者不禁"(《周礼·地官·媒氏》)。谈情说爱的民间歌谣,在山乡田野、河畔溪边,时起时落。翻开《诗三百》,恋人之歌,集于《国风》,以丰富的篇章,热烈的恋情,优美的风采,展现了当时恋人的喜怒哀乐、音容笑貌。

恋情充满欢乐。《邶风·静女》描写情侣幽会的亲昵:

> 静女其姝,俟我于城隅。爱而不见,搔首踟蹰。
> 静女其娈,贻我彤管。彤管有炜,说怿女美。
> 自牧归荑,洵美且异。匪女之为美,美人之贻。

姑娘逗趣,小伙子惶恐;姑娘赠物,小伙子欢喜。调情的轻松,相会的愉快,令人忍俊不禁。《郑风·溱洧》描写情侣春游的欢快:

> 溱与洧,方涣涣兮。士与女,方秉蕑兮。女曰:"观乎?"士曰:"既且。""且往观乎!"洧之外,洵訏且乐。维士与女,伊其相谑,赠之以勺药。
> 溱与洧,浏其清矣。士与女,殷其盈矣。女曰:"观乎?"士曰:"既且。""且往观乎!"洧之外,洵訏且乐。维士与女,伊其将谑,赠之以勺药。

春水涣涣,春光融融,郊外水滨,游客如云。一对情侣相约相商:去过了再去一次吧。两个人嘻嘻哈哈,折花相送,情深意长。《召南·野有死麕》描写两情野合的欢娱:

> 野有死麕,白茅包之。有女怀春,吉士诱之。
> 林有朴樕,野有死鹿。白茅纯束,有女如玉。
> 舒而脱脱兮,无感我帨兮,无使尨也吠。

小伙子在森林里打猎,打到一头小鹿,又遇到了一位姑娘。他一见钟情,用小鹿讨取姑娘的欢心,也讨取了姑娘的爱情。姑娘半推半就,嘱咐他不要鲁莽。

恋情饱和着思念。《王风·采葛》是情哥哥想情妹子:

> 彼采葛兮,一日不见,如三月兮。
> 彼采萧兮,一日不见,如三秋兮。
> 彼采艾兮,一日不见,如三岁兮。

一天看不到那位采葛的姑娘,他就难过得不得了,想念得不得了,从"三月"、"三秋"到"三岁",心头的思绪越缠越重。《郑风·子衿》是有情女想有情郎:

> 青青子衿,悠悠我心。纵我不往,子宁不嗣音?
> 青青子佩,悠悠我思。纵我不往,子宁不来?
> 挑兮达兮,在城阙兮。一日不见,如三月兮。

一天不见就盼他、怨他、登上城头眺望他,徘徊不安,急不可待。

恋情少不了烦恼。《郑风·狡童》写情侣闹别扭:

> 彼狡童兮,不与我言兮。维子之故,使我不能餐兮。
> 彼狡童兮,不与我食兮。维子之故,使我不能息兮。

小伙子恼了,故意不来说话,不来吃饭,姑娘又气又急:小滑头,小滑头,你害得我吃不下,睡不着啊!《郑风·褰裳》写情侣闹矛盾:

> 子惠思我,褰裳涉溱。子不我思,岂无他人? 狂童之狂

也且。

　　子惠思我,褰裳涉洧。子不我思,岂无他士?狂童之狂也且。

小伙子几天没照面,姑娘生气发了火:要来就来,不来拉倒,还怕无人来找我?你那狂劲儿,实在狂得很!泼辣的责骂中自有一段情,一段爱。

恋情有时是绝望的空想。《周南·汉广》描写意中人不可求思的遗恨:

　　南有乔木,不可休息。汉有游女,不可求思。汉之广矣,不可泳思。江之永矣,不可方思。
　　翘翘错薪,言刈其楚。之子于归,言秣其马。汉之广矣,不可泳思。江之永矣,不可方思。
　　翘翘错薪,言刈其蒌。之子于归,言秣其驹。汉之广矣,不可泳思,江之永矣,不可方思。

配对成双,想是不可能了。但这相思之情却是砍不断、割不断的。砍柴的时候,想入非非;割草的时候,想入非非。《汉广》三叠,有"此情无计可消除"的伤感。

恋情有时是渺茫的思慕。《秦风·蒹葭》描写意中人难以亲近的愁绪:

　　蒹葭苍苍,白露为霜。所谓伊人,在水一方。溯洄从之,道阻且长。溯游从之,宛在水中央。
　　蒹葭萋萋,白露未晞。所谓伊人,在水之湄。溯洄从之,道阻且跻。溯游从之,宛在水中坻。
　　蒹葭采采,白露未已。所谓伊人,在水之涘。溯洄从之,道阻且右。溯游从之,宛在水中沚。

这篇诗歌,以萧萧秋色定下忧伤的背景,以朦胧的想象托出深切的期望,以"宛在"一辞寄托求之不得的无穷惆怅,一往情深,一唱三叹,是一篇极其出色的即景抒怀的爱情诗,它所歌唱的"秋水伊人",婉转缠绵,滋味隽永,世代相和。

恋情有时是苦涩的失恋。《召南·江有汜》:

　　江有汜,之子归,不我以。不我以,其后也悔。
　　江有渚,之子归,不我与。不我与,其后也处。
　　江有沱,之子归,不我过。不我过,其啸也歌。

男子的恋人嫁了别人,他苦闷难受,啸歌以自宽:汜水出江复回江,自你嫁了人,不把我思量。不思量,只怕将来要后悔。小洲总在江中间,自你嫁了人,不找我相伴。不相伴,将来慢慢也安处。沱水总归入长江,自你嫁了人,不与我来往。不来往,唱支悲歌解忧伤。

热恋中的人有的害怕家长的干涉。《郑风·将仲子》:

　　将仲子兮,无逾我里,无折我树杞。岂敢爱之?畏我父母。仲可怀也,父母之言,亦可畏也。
　　将仲子兮,无逾我墙,无折我树桑。岂敢爱之?畏我诸兄。仲可怀也,诸兄之言,亦可畏也。
　　将仲子兮,无逾我园,无折我树檀。岂敢爱之?畏人之多言。仲可怀也,人之多言,亦可畏也。

姑娘在爱情和父母的冲突中进退两难。周代初设的"娶妻如之何？必告父母"(《齐风·南山》)的父母之命和"娶妻如何？匪媒不得"(《豳风·伐柯》)的媒妁之言已经不同程度地插手自由恋爱了。

热恋中的人有的怨恨家长的干涉。《鄘风·柏舟》：

> 泛彼柏舟,在彼中河。髧彼两髦,实维我仪。之死矢靡它!
> 母也天只,不谅人只!
> 泛彼柏舟,在彼河侧。髧彼两髦,实维我特。之死矢靡慝!
> 母也天只,不谅人只!

爱他爱到死,除他不爱人。以坚贞的情感和鲜明的态度,抗议父母干涉自己的爱情。

热恋中的人有的要以行动来反抗阻力。《王风·大车》：

> 大车槛槛,毳衣如菼。岂不尔思,畏子不敢。
> 大车啍啍,毳衣如璊。岂不尔思,畏子不奔。
> 穀则异室,死则同穴。谓予不信,有如皦日。

爱情受到阻挠,女子宁愿私奔,而男子却犹犹豫豫。她埋怨情人胆子小,鼓动情人和她一道远走高飞,假使不成功,她也至死不渝,誓与他生不同床死同穴。

《诗经》中的恋歌有些可能并不是恋人唱的歌,而似民间流行的小调,多半是劳动者在干活时唱起来提神的。如《鄘风·桑中》：

> 爰采唐矣,沫之乡矣。云谁之思,美孟姜矣。期我乎桑中,

要我乎上官,送我乎淇之上矣。

爱采麦矣,沬之北矣。云谁之思,美孟弋矣。期我乎桑中,要我乎上官,送我乎淇之上矣。

爱采葑矣,沬之东矣。云谁之思,美孟庸矣。期我乎桑中,要我乎上官,送我乎淇之上矣。

"孟姜"、"孟弋"、"孟庸",都泛指美女,犹言姜家大妹子、弋家大妹子、庸家大妹子。"桑中"、"上宫"、"淇之上",皆泛指情侣幽会之所。曰"期"、曰"要"、曰"送",是夸说美女钟情于己的炫耀之辞。假如劳动时有姑娘在场,唱着它就有调情调侃的乐趣。现今我国农村仍有不少地方爱唱这类情歌为劳动助兴。

第四节 悲戚的弃妇之歌

周代,已婚妇女地位卑下,婚姻关系能否维系取决于丈夫的好恶。丈夫愿意维系,她是丈夫的附庸;丈夫不愿维系,就要被丈夫扫地出门。这样一种不合理的婚姻制度使得很多妇女难逃休弃的厄运。《诗经》中的一些诗,如以叙事为主的《邶风·谷风》、《卫风·氓》,以抒情为主的《邶风·日月》、《王风·中谷有蓷》,就是当时弃妇的悲戚之声。

《邶风·谷风》的主人公是一位勤劳善良的民女。她因丈夫变心,遭受欺凌和抛弃。在被迫离家的路上,她唱出这支歌,哀诉不幸的婚变:

习习谷风,以阴以雨。黾勉同心,不宜有怒。采葑采菲,无以下体。德音莫违,及尔同死。

她思前想后,深感丈夫的休弃是极不公道的。夫妻之间本应努力同心,哪能恩爱轻绝。何况她本无差错,只不过容颜将老吧。难道丈夫对妻子的要求仅仅在于容貌的艳丽吗？好比"采葑采菲",难道只要华而不实的叶,不要可以食用的根？初婚的甜言蜜语,她记忆犹新,什么生生死死不分离,原来统统是谎话。

行道迟迟,中心有违。不远伊迩,薄送我畿。谁谓荼苦？其甘如荠。宴尔新昏,如兄如弟。

他哪有一点夫妻情分,就说这次永别离,他送别不肯出门槛。想起来,真是满腹苦水,吃根苦菜也同荠菜一样甜啊。这时刻,那负心汉正在与他的新婚妻子亲亲热热呢。

泾以渭浊,湜湜其沚。宴尔新昏,不我屑以。毋逝我梁,毋发我笱。我躬不阅,遑恤我后。

泾水因渭水变浊,旧人因新人变丑。但是新人能像旧人那样操持家务吗？她不禁挂念起捕鱼的河梁,担心新人随意乱动。转而一想,自身都保不住了,哪能管着这些事？

就其深矣,方之舟之。就其浅矣,泳之游之。何有何亡,黾勉求之。凡民有丧,匍匐救之。

她是对得起这个家的。前些年,过日子缺东少西,她千方百计补足之；邻居家有了困难,她想方设法帮助之。

　　不我能慉,反以我为雠。既阻我德,贾用不售。昔育恐育鞠,及尔颠覆。既生既育,比予于毒。

谁料他以怨报德,反目成仇,妻子的美德如破烂。想当初,家境贫穷,他拉着她相依为命;而今,家境好转了,他将她看做眼中毒刺。

　　我有旨蓄,亦以御冬。宴尔新昏,以我御穷。有洸有溃,既诒我肄。不念昔者,伊余来墍。

正好比家中腌菜为过冬,丈夫娶她为抵穷,挨打挨骂受折磨,这狠心人早就不念昔日的恩爱了。

　　《谷风》以具体的事实诉说了自己的劳苦贤淑和丈夫的薄情寡义,指责了丈夫喜新厌旧、得新捐故的恶劣行为,客观地反映了夫权社会中家庭妇女的悲惨命运。

　　《卫风·氓》所描写的弃妇遭遇比《邶风·谷风》更为惨痛。《氓》的婚姻是在男方的追求下使女方坠入情网、许以终身的。本来,自主的婚姻因有恋爱的基础要好过包办的婚姻,但是,自主的婚姻一旦因男方而破裂,被男子抛弃的女子所遭受的身心打击就会格外沉重,所面临的生活困境就会格外凄苦,所刺激的怨恨之情就会格外悲愤。

　　氓之蚩蚩,抱布贸丝。匪来贸丝,来即我谋。送子涉淇,至于顿丘。匪我愆期,子无良媒。将子无怒,秋以为期。
　　乘彼垝垣,以望复关。不见复关,泣涕涟涟。既见复关,载笑载言。尔卜尔筮,体无咎言。以尔车来,以我贿迁。

桑之未落,其叶沃若。于嗟鸠兮,无食桑葚。于嗟女兮,无与士耽。士之耽兮,犹可说也。女之耽兮,不可说也。

桑之落矣,其黄而陨。自我徂尔,三岁食贫。淇水汤汤,渐车帷裳。女也不爽,士贰其行。士也罔极,二三其德。

三岁为妇,靡室劳矣。夙兴夜寐,靡有朝矣。言既遂矣,至于暴矣。兄弟不知,咥其笑矣。静言思之,躬自悼矣。

及尔偕老,老使我怨。淇则有岸,隰则有泮。总角之宴,言笑晏晏。信誓旦旦,不思其反。反是不思,亦已焉哉。

这位弃妇痛定思痛,往事从头说。她先以开头两章追忆恋爱到结婚的经过,将男方如何积极地找她谈情说爱,如何急迫地催她过门成亲,说得清清楚楚。接着,她以一章议论,告诫少女莫要轻信男人的求爱,使人立感这门婚事的不幸。紧跟着,她又以两章叙说了结婚之后她在夫家的吃苦耐劳,叙说了丈夫的变心、虐待和休弃,料想休归娘家将要受到的嘲笑与歧视,深感自己孤立无助,只能自伤自悼、自尊自重。这时,她再度想起丈夫当年的爱情誓言,愤恨不已地表明了自己的态度:既然他背信弃义,那就从今之后,一刀两断。其性格要比《谷风》的女主人公坚强刚毅,其感受也比《谷风》的女主人公醒悟深透。

《氓》不仅记述了一场惨遭夫权蹂躏的爱情婚姻悲剧,而且直截了当地指出了男人爱情的不可靠和婚姻的不平等,是对男尊女卑的婚姻制度的控诉和挞伐。

《邶风·日月》、《王风·中谷有蓷》是篇幅较短的弃妇诗。《日月》抒发弃妇茕茕独处的长恨:"日居月诸,照临下土。乃如之人兮,逝不古处。胡能有定,宁不我顾。"《中谷有蓷》抒发弃妇走投无路的哀恸:"中谷有蓷,暵其湿矣。有女仳离,啜其泣矣。啜其泣矣,何嗟及矣。"

《诗经》中还有一些诗虽然不是弃妇之作,却同样抨击了不合理的婚姻制度。如《召南·行露》是一位姑娘拒做小妾的诗:

> 厌浥行露,岂不夙夜?谓行多露。
> 谁谓雀无角,何以穿我屋?谁谓女无家,何以速我狱?虽速我狱,室家不足。
> 谁谓鼠无牙,何以穿我墉?谁谓女无家,何以速我讼?虽速我讼,亦不女从。

一位已婚男子看上了一位未婚姑娘,就谎称自己没有家室,想骗她做妾。姑娘不答应,他就扬言威胁,要到官府告发姑娘逾龄未嫁,企图迫她就范。姑娘非常气愤:"不愿走早路,是因露水多(不愿上你家,因你谎话多)。谁说雀子没长角,它怎能钻进茅草屋?谁说你没有讨老婆,好比雀子没长角。凭什么到公堂去告我?告了我,也绝不上你家跟你过。谁说老鼠没长牙,它怎能破墙进我家?谁说你没有讨老婆,好比老鼠没长牙。凭什么拉我上公堂,上公堂,也休想我嫁你做偏房。"义正辞严,斩钉截铁。

第五节 嘲讽荒淫的歌

春秋时代,宫廷的秽闻恶行,史不绝书。《诗经》中也有一些专门讽刺这些秽闻恶行的里巷歌谣。

《邶风·新台》讽刺卫宣公强夺儿媳妇。卫宣公原来为自己的儿子迎娶齐国的女子,但他听说儿媳妇长得漂亮,就半途截留,占为己有,并在黄河边建了一座新台做起居之所。人民憎恨宣公的寡廉鲜耻,就唱出了这支《新台》:

> 新台有泚,河水浼浼。燕婉之求,籧篨不鲜。
> 新台有洒,河水浼浼。燕婉之求,籧篨不殄。
> 鱼网之设,鸿则离之。燕婉之求,得此戚施。

大意是,新台亮,河水涨。本想找个好男人,谁知找个臭蛤蟆。新台高,河水平。本想找个好男人,谁知找个丑蛤蟆。撒下渔网来捕鱼,不期捕到一只鸟。本想找个好男人,谁知找个癞蛤蟆。作者从惋惜齐女所嫁非人的角度,以癞蛤蟆作比喻,揭露了卫宣公的丑恶嘴脸。

《鄘风·墙有茨》讽刺卫宣公父子的乱伦。卫宣公抢了儿媳宣姜,宣公死,其庶长子公子顽又与宣姜私通,生下三子二女。人民耻笑,作《墙有茨》:

> 墙有茨,不可扫也。中冓之言,不可道也。所可道也,言之丑也。
> 墙有茨,不可襄也。中冓之言,不可详也。所可详也,言之长也。
> 墙有茨,不可束也。中冓之言,不可读也。所可读也,言之辱也。

宫闱丑事不能提,提起来太丑恶。宫闱丑事不能谈,谈起来话太长。宫闱丑事不能传,传起来太丢人。

《陈风·株林》讽刺陈灵公君臣与臣下之妻淫乱。陈灵公与大夫孔宁、仪行父共同私通朝官夏御叔的妻子、夏南的母亲夏姬。当时,夏姬住在夏氏的封邑株林,陈灵公等常常高马轩车,招摇过市,到株林和夏姬寻欢作乐。陈国人民遂歌以刺之。全诗两章八句,短小辛辣。

  胡为乎株林?从夏南?匪适株林,从夏南。

首章,作者巧设问答。首两句,明知故问,连发两问。"胡为乎株林?"启人疑窦。国君和大臣不在朝廷尽职,总是到夏氏封邑,究竟为何公干?"从夏南?"则诱人猜测。夏南年轻资浅,又非朝廷要员,陈灵公岂能为他不厌其烦地奔走株林?这一问,实乃移花接木,诱导人们由子及母,想到封邑的女主人夏姬。之后两句,作者故作肯定,"他们到株林,真是找夏南!"其实是说,"他们到株林,哪里是找夏南!"指桑骂槐地影射了陈灵公君臣与夏姬的暧昧关系。次章,作者直陈其事:

  驾我乘马,说于株林。乘我乘驹,朝食于株。

"乘马"、"乘驹"的更迭,点明陈灵公君臣往来株林的频繁。"朝食"是先秦男女交欢的隐语。四句意谓:"他们驾着马车,到株林过夜呢。他们驾着马车,到株林淫媾呢。"

  《齐风·南山》讽刺齐襄公与妹通奸。齐襄公的同父异母妹文姜嫁给了鲁桓公,齐襄公竟然在文姜回国省亲时与她偷情偷宿。齐国人民因此作《南山》诗抨击之。《南山》四章二十四句,前两章道破淫乱的事实,责骂齐襄公是南山一条雄狐狸:"南山崔崔,雄狐绥绥。

鲁道有荡,齐子由归。既曰归止,曷又怀止?"后两章摆出礼法,责问齐襄公为什么阳奉阴违?"蓺麻如之何?衡纵其亩。娶妻如之何?必告父母。既曰告止,曷又鞠止?"

这些诗嬉笑怒骂,像鞭子,抽打着男盗女娼的王公贵族。

《秦风·黄鸟》则暴露了惨无人道的宫廷人殉:

> 交交黄鸟,止于棘。谁从穆公?子车奄息。维此奄息,百夫之特。临其穴,惴惴其栗。彼苍者天,歼我良人。如可赎兮,人百其身。

秦穆公死,以一百七十七个活人陪葬,子车氏的三个儿子也充数其中。这三兄弟很有才干,观看殉葬的民众特别怜悯他们,以《黄鸟》三章哀悼之。这是第一章,哀悼长子奄息。"谁从穆公"写死的缘故,"惴惴如栗"写死的恐怖,"歼我良人"写死的冤枉,"人百其身"写死的可惜。《黄鸟》既是同情的挽歌,也是悲愤的控诉,控诉秦国君主暴殄人命。

第六节　劳动和战斗的歌

《诗经》民歌还歌唱正常的劳动和正义的战斗,表现了人民群众勤劳、勇敢的优良品质。

《周南·芣苢》是妇女采集药草的唱和:

> 采采芣苢,薄言采之。采采芣苢,薄言有之。
> 采采芣苢,薄言掇之。采采芣苢,薄言捋之。

采采芣苢,薄言袺之。采采芣苢,薄言襭之。

这首歌以复沓的章句,明快的节奏,轻松的旋律,精确的字眼,"采"、"有"、"掇"、"捋"、"袺"、"襭",刻画了妇女的劳动动作和劳动技巧,抒发了妇女采集芣苢的兴致和喜悦。

《魏风·十亩之间》是采桑妇女的唱和:

　　十亩之间兮,桑者闲闲兮。行与子还兮。
　　十亩之外兮,桑者泄泄兮。行与子逝兮。

在一片开阔的桑林里,一群采桑女收工回家,她们亲亲热热,结伴同行,桑间小路上飞起了一阵阵欢声笑语。斯情斯景,仿佛唐人诗的"竹喧归浣女"(王维《山居秋暝》)。

《召南·驺虞》是猎手赞美猎手。"彼茁者葭,壹发五豝。于嗟乎驺虞!"惊叹一位猎人一箭射中五只野猪的高超箭法。《齐风·还》也是猎手赞美猎手。"子之昌兮,遭我乎峱之阳兮。并驱从两狼兮,揖我谓我臧兮。"两个猎人各显其能,互相夸奖,自豪得意。

诸如此类的劳动歌谣是劳动人民在正常的劳动生活中,对劳动创造力的一种情不自禁的自我激赏,洋溢着劳动人民勤劳勤奋、热爱生活的精神。

《秦风·无衣》是秦国民众保家卫国、同仇敌忾的战斗召唤。

　　岂曰无衣? 与子同袍。王于兴师,修我戈矛,与子同仇。
　　岂曰无衣? 与子同泽。王于兴师,修我矛戟,与子偕作。
　　岂曰无衣? 与子同裳。王于兴师,修我甲兵,与子偕行。

这场战争的背景是"周之民苦戎久矣,逮秦始以御戎有功,其父老弟子欲修敌忾,同仇怨于戎"(方玉润《诗经原始》)。诗以问句发端,一气呵成。"与子同袍",是激励伙伴同舟共济赴国难;"修我戈矛",是拿起刀枪斗志昂扬上战场;"与子同仇",是同心同德同生同死斗敌寇。掷地铿锵,豪气干云,是燃烧着爱国激情的战斗进行曲。

《诗经》的民间诗非常丰富,以上几类是举其大端。其他如《周南·桃夭》送新娘,《唐风·绸缪》贺新婚,《邶风·凯风》慰劳母亲,《邶风·二子乘舟》远行送别,《王风·葛藟》流离怀乡,《小雅·苕之华》灾年饥荒,《邶风·绿衣》悼念亡妻,《郑风·羔裘》称颂清官等,均有助于我们了解当时的民风民情。

第六章 《诗经》的文人诗

春秋以前,学在官府,贵族阶级独享教育,独占文化。所谓《诗经》文人诗指的就是贵族及官宦人士创作的诗。《诗经》文人诗或评论王朝政治,或叙述氏族历史,或反映社会现实,或描写贵族生活,既有忧国忧民的热忱,又有粉饰太平的鼓噪;既有艰难创业的缅怀,又有醉生梦死的狂欢;既有怨天尤人的牢骚,又有鬼神天命的礼赞;美刺并出,精芜杂糅,多角度、多层次地表现了统治阶级的精神面貌和国计民生的苦乐安危,具有很高的思想价值和史料价值。而其文辞的典雅,格调的庄重,章法的严谨,也有独特的艺术成就。

第一节 赞美诗

文人写的赞美神权、赞美王权、赞美贵族的诗,集中于二《雅》三《颂》。《周颂》是作于西周前期的周王室庙堂祭歌。有些祭先祖先王,如《思文》祭后稷,《清庙》祭周文王,《执竞》祭周武王,《昊天有成命》祭周成王。有些祭天地鬼神,如《时迈》祭山川,《天作》祭岐山,《我将》祭天帝,《载芟》祭土神谷神。所祭对象虽然不同,各篇大旨却一以贯之,都以诚惶诚恐的态度,颂扬祖先的功德和鬼神的恩典。一般文字简短,辞义古奥,刻板滞重,颂圣的口号极多,叙事的成分极少,缺乏文采与情感,可读性较差。写得较有声色的是几篇祭祀土神、谷神而述及农业生产的诗,如《载芟》描写王室公田的春耕大忙:

> 载芟载柞,其耕泽泽。千耦其耘,徂隰徂畛。侯主侯伯,侯亚侯旅,侯强侯以。有嗿其馌,思媚其妇。有依其士,有略其耜,俶载南亩。

《良耜》描写秋收场景:

> 荼蓼朽止,黍稷茂止。获之挃挃,积之栗栗。其崇如墉,其比如栉。以开百室,百室盈止,妇子宁止。

语言是活泼的,铺陈是流畅的,"有嗿其馌,思媚其妇",耕地的男人吃饭吃得津津有声,让送饭下田的妻子看了高兴,细节也是生动的。

《大雅》中作于周初的赞美诗,有《文王》、《大明》、《皇矣》、《思齐》、《棫朴》、《旱麓》、《灵台》、《下武》、《文王有声》等。这些诗主要歌颂周文王、周武王、上帝和天命,但写法与《周颂》不同。《周颂》篇幅短小,大多颂而不述,而《文王》诸篇篇幅长大,不但颂其功德,而且述其功德,因而内容比《周颂》充实。其中有两处最值得重视。

一是在歌颂文王姬昌、武王姬发的时候,记述了某些历史事件。如《大明》写文王的婚娶:

> 文王初载,天作之合。在洽之阳,在渭之涘。文王嘉止,大邦有子。大邦有子,伣天之妹。文定厥祥,亲迎于渭。造舟为

梁,不显其光。

新娘子太姒是莘国的姑娘。文王从岐山南下,"造舟为梁",横渡渭水,迎接女方。新人之般配,气氛之祥和,排场之隆重,被作者写得简洁而明快。又如《大明》写武王的牧野大战:

殷商之旅,其会如林。矢于牧野,维予侯兴。上帝临女,无贰尔心。
牧野洋洋,檀车煌煌,驷騵彭彭。维师尚父,时维鹰扬。凉彼武王,肆伐大商,会朝清明。

在辽阔的牧野,殷商的军队像森林一样稠密。然而武王的将士不畏不惧,临阵宣誓:兴我周邦,同心勠力。于是高大铮亮的战车滚滚向前,强健剽悍的战马冲锋陷阵,元帅尚父如雄鹰展翅,辅弼武王,征讨殷商,大获全胜。以生龙活虎的笔调,叱咤风云的气势,为后人录制了这场历史大搏斗的壮阔画卷。

二是在歌颂上帝、天命的时候,表达了周初的宗教哲学——周初天命观的主要思想,提出了一系列比商代进步的神学观点,用以解释周革殷命,维护周室统治。

第一个重要观点是《文王》提出的"天命靡常"。本来,按照殷商的宗教神学,上帝是主宰一切的,上帝的意志是不可更改的,殷商尊奉上帝的旨意拥有天下,君权神授,不可冒犯。周人推翻殷商,岂不是违抗上帝,大逆不道?《文王》回答了这个事关周人统治是否合法、殷商遗民是否服气的大问题。答案是"天命靡常":

周虽旧邦,其命维新……假哉天命,有商孙子。商之孙子,

> 其丽不亿。上帝既命，侯于周服。侯服于周，天命靡常……王之荩臣，无念尔祖……殷之未丧师，克配上帝。宜鉴于殷，骏命不易。

我们周人虽然是殷商的旧属，上帝却命令我们干一番崭新的占有殷商的大事业。所以你们商人尽管有亿万之众，也不得不向我们周人俯首称臣。过去，你们商人也享受过统治天下的天命，可惜你们不明白天命无常的道理，自以为天命是永恒不变的。现在，你们商人要安于天命的改变，不要再怀念祖宗的旧业。我们周人也要接受你们商人的教训，巩固上帝的欢心，确保天命的有常。这一"天命靡常"的观点修正了殷商"有命在天"、天命不变的上帝崇拜[1]，说明了上帝之命变化无常，天命得而可失，江山取而可丢的危险性。是春秋时代"社稷无常奉，君臣无常位"（《孟子·尽心下》）思想的滥觞。

第二个重要观点是《皇矣》提出的"求民之莫"[2]。天命为什么无常？怎么样才能有常？《皇矣》说：

> 皇矣上帝，临下有赫。监观四方，求民之莫。

天命的有常还是无常，不是上帝的恶作剧。上帝把人世交托王者是有期望的。这个期望就是"求民之莫"，就是要求王者的政治能使人民安居乐业。因此，那光辉的上帝，高高在上，俯视人间，监察四方，观看人民是否安定。《皇矣》在下文进而指出，商人之所以失去上帝的天命，是因为"其政不获"，不得人心；而周人之所以能赢得天命，是因为"其德克明"，"克顺克比"，上下和顺，人心思附，堪作"万邦之方，下民之王"。这就清楚地说明，上帝以保护人民为宗旨，人民不安定，天命就会改变，人民安定了，天命就会长久。这一"求民之莫"

的观点,与《尚书·多方》的"天惟时求民主"是完全一致的,是周人对商周兴亡的正确思考和经验总结,开春秋战国"民本"思想的端倪。

第三个重要观点是《文王》提出的"自求多福"。既然上帝的好恶、天命的去留,取决于王者的政治能否安定人民,那么,要取得上天的福祐,王者只能依靠自己的好自为之了。《文王》说:

聿修厥德,永言配命,自求多福。

"修德"是"自求"的途径,"配命"是"自求"的目标,"多福"是"自求"的结果,而"自求"则是"修德"、"配命"、"多福"的前提。王者必须自我奋发,明德惟馨,才能感动上帝,求来多福。这一观点强调人的主观努力,倡导"敬鬼神,重人事"和谋事在人的精神,并在理论上为统治者加上了一道"紧箍咒"。

"天命靡常"、"求民之莫"、"自求多福",体现了周初天命观的主要内容:天命是伟大的,天命又是无常的;天命的变与不变,在于人民的安与不安;要保住天命,王者就必须清明政治,安定人民,以德配天。这一内容使《大雅》赞美诗如《文王》、《皇矣》等含有了较高的思想价值,反映了周初思想家顺应商周变革的历史潮流,顺应新兴王朝的政治需要,在意识形态方面做出了富有创新的理论建设,是我们了解商周宗教哲学的宝贵资料。

论基调,作于周初的《大雅》赞美诗和《周颂》,合乎周人建国初期励精图治的上升旋律。汉人说这些诗是"治世之音安以乐,其政和"(《毛诗序》),是不错的。

《大雅》的赞美诗也有几篇作于西周后期王室转衰而宣王一度中兴的时候。这几篇诗专门歌颂周宣王,如《江汉》颂扬宣殇王讨伐淮夷,《常武》颂扬宣王戡乱徐国,长处均在于善写征战。

> 江汉浮浮,武夫滔滔。匪安匪游,淮夷来求。既出我车,既设我旟。匪安匪舒,淮夷来铺。
> 江汉汤汤,武夫洸洸。经营四方,告成于王。四方既平,王国庶定。时靡有争,王心载宁。

这两章取自《江汉》,从出征写到凯旋,雄赳赳,气昂昂,开头二句,尤其威风。

> 赫赫业业,有严天子。王舒保作,匪绍匪游。徐方绎骚,震惊徐方。如雷如霆,徐方震惊。
> 王奋厥武,如震如怒。进厥虎臣,阚如虓虎。铺敦淮濆,仍执丑虏。载彼淮浦,王师之所。
> 王旅啴啴,如飞如翰,如江如汉,如山之苞,如川之流。绵绵翼翼,不测不克,濯征徐国。

这三章取自《常武》,首写宣王之师,师出有名,声震敌胆。次写宣王之师,勇猛杀敌,所向披靡。继写宣王之师,疾如飞鸟,壮如江汉,势如川流。文笔铺张扬厉,挥斥方遒。

《小雅》中的《六月》、《车攻》、《采芑》等是与《江汉》、《常武》同一时期的赞美诗。内容不离宣王武功,语言风格也比较畅快。

东周,王朝事业,江河日下,庙堂宫廷,雅颂寝声。唯《商颂》奏于宋国,《鲁颂》唱于鲁国。《商颂》是纯粹的祭祖诗,歌唱商民族的列祖列宗,述及商民族的一些神话传闻和历史事迹。如《玄鸟》"天生玄鸟,降而生商",说到了有娀氏之女简狄吞下燕卵而生下商人始祖契的神话故事。《长发》专写商代先王契、相土和成汤的创业：

> 濬哲维商,长发其祥。洪水芒芒,禹敷下土方。外大国是疆,幅陨既长。有娀方将,帝立子生商。

聪明睿智的商氏族源远流长,大禹治水,封疆拓土,有娀兴旺,上帝关怀,生下商始祖,建立商民族。

> 玄王桓拨,受小国是达,受大国是达。率履不越,遂视既发。相土烈烈,海外有截。

契威武英明,治国有方,令行禁止,严守法度。契的孙子相土,承其祖风,成就辉煌,赢得了威震海外的声誉。

> 帝命不违,至于汤齐。汤降不迟,圣敬日跻。昭假迟迟,上帝是祗。帝命式于九围。
> 受小球大球,为下国缀旒,何天之休。不竞不絿,不刚不柔。敷政优优,百禄是遒。
> 受小共大共,为下国骏厖,何天之龙。敷奏其勇,不震不动。不戁不竦,百禄是总。
> 武王载旆,有虔秉钺。如火烈烈,则莫我敢曷。苞有三蘖,莫遂莫达,九有有截。韦顾既伐,昆吾夏桀。

商王成汤应运而生,敬奉上帝,励精图治,立下了剪除韦国、荡平顾国、击溃昆吾、推翻夏桀的丰功伟绩。

> 昔在中叶,有震且业。允也天子,降予卿士。实维阿衡,实左右商王。

商氏族灭夏兴商,归功于成汤的大智大勇,也有赖于臣下的辅佐,特别是阿衡的辅佐。全诗通过契、相土、成汤三位先王的成就,勾勒了商氏族从立族、立国到王天下的历史轮廓,但它所说的成就不甚具体,太多空洞的颂扬,较少事实的记叙。《商颂》,在文辞、篇幅、风格上,远乎《周颂》,近乎《大雅》。

《鲁颂》歌唱鲁僖公治国有道,写法也接近《大雅》的赞美诗,而格调比较轻松,娱乐庙堂的味道比较突出,所谓"振振鹭,鹭于飞。鼓咽咽,醉言归。于胥乐兮"(《鲁颂·有驳》)。

第二节　民族史诗

在《诗经》的赞美诗中,有三篇专记周人古史而堪称史诗的作品,《大雅·生民》、《公刘》、《緜》。

推翻殷商王朝的姬姓周人本是渭水流域一个历史悠久的氏族。有关它发祥发达的古史传闻,远古以来,一直在民间口耳相传。西周初年,周王朝的史官根据古史传闻,加工编写了三篇专记先祖史迹的诗——《生民》、《公刘》、《緜》。

恩格斯在《自然辩证法》导言中说:"有了人,我们就开始有了历史。"(《马克思恩格斯选集》第三卷)《生民》就是描写周人初生的作品,是献给周氏族"第一个男人"后稷的颂歌。

> 厥初生民,时维姜嫄。生民如何?克禋克祀,以弗无子。履

帝武敏歆,攸介攸止。载震载夙,载生载育,时维后稷。

诞弥厥月,先生如达。不坼不副,无灾无害。以赫厥灵,上帝不宁。不康禋祀,居然生子。

神秘神奇,怪异怪诞,踩了踩上帝的大脚趾印,姜嫄就怀孕了,后稷就出生了。

诞寘之隘巷,牛羊腓字之。诞寘之平林,会伐平林。诞寘之寒冰,鸟覆翼之。鸟乃去矣,后稷呱矣。实覃实訏,厥声载路。

谁也没有他的命大造化大,还是个婴儿,后稷就能逢凶化吉,经受了种种危难。

诞实匍匐,克岐克嶷,以就口食。蓺之荏菽,荏菽旆旆,禾役穟穟。麻麦幪幪,瓜瓞唪唪。

谁也没有他的天资聪颖,天才超越,仅仅是个幼儿,后稷就能种瓜得瓜,种豆得豆。

诞后稷之穑,有相之道。茀厥丰草,种之黄茂。实方实苞,实种实褎。实发实秀,实坚实好。实颖实栗,即有邰家室。

长大了,青年后稷精通稼穑。除杂草,播良种,禾苗茁壮成长,谷穗沉沉甸甸,足以迁居有邰,成家立业,养育子孙了。

诞降嘉种,维秬维秠,维穈维芑。恒之秬秠,是获是亩。恒之糜芑,是任是负。以归肇祀。

诞我祀如何？或舂或揄,或簸或蹂。释之叟叟,烝之浮浮。
载谋载惟,取萧祭脂。取羝以軷,载燔载烈。以兴嗣岁。

后稷教子孙种百谷,后稷教子孙祭鬼神,后稷教子孙祈丰年。

卬盛于豆,于豆于登。其香始升,上帝居歆。胡臭亶时,后
稷肇祀。庶无罪悔,以迄于今。

贡品摆好了,香气升腾了,上帝高兴了。后稷开创的祭祀,消除了子孙的灾祸,保佑了后代的福祉。

《生民》是一部神话浸透的传奇,也是一段神话包裹的历史。它所记载的姜嫄履迹怀孕、无夫生子的奇迹,隐含着母系氏族社会婚姻杂交、原始野合、知其母不知其父以及图腾崇拜的史实。它所记载的后稷初生即履险不惊、大难不死的神异,隐含着原始氏族使用巫术考验儿童的史实。它所记载的周人始祖后稷是一个天生的"庄稼汉"的形象,符合考古发现的周氏族本是农业氏族的史实。后稷其实就是周氏族由母系氏族进入父系氏族时,率领族人定居有邰(今陕西武功地区),经营农业的最初几代男性的化身。

"后稷"之后数百年,周氏族举族迁徙,从有邰迁往豳地(今陕西旬邑县、彬州市一带)。这次迁移为周氏族的发展开辟了一个新的环境,事关重大,福泽深远。而领导周人完成这次迁徙壮举的领袖史称公刘[3]。《公刘》一诗描写的就是这次迁徙,赞颂的就是这位领袖。

笃公刘,匪居匪康。乃场乃疆,乃积乃仓。乃裹餱粮,于橐
于囊,思辑用光。弓矢斯张,干戈戚扬,爰方启行。

迁徙的决策是英明的,迁徙的准备是周密的,粮食充足,人心振奋,军容雄壮,靠的是公刘不图安逸,靠的是公刘精心筹划。

  笃公刘,于胥斯原。既庶既繁,既顺乃宣,而无永叹。陟则在巘,复降在原。何以舟之?维玉及瑶,鞞琫容刀。
  笃公刘,逝彼百泉,瞻彼溥原。乃陟南冈,乃觏于京。京师之野,于时处处,于时庐旅,于时言言,于时语语。

队伍来到豳原,泉水纵横交错,土地肥沃平坦,山峦远近起伏。公刘上上下下地察看,确认它是安居乐业的好地方。顿时,未开垦的处女地上欢声雷动、笑语喧哗——真是英明的公刘,伟大的公刘!

  笃公刘,于京斯依。跄跄济济,俾筵俾几,既登乃依,乃造其曹。执豕于牢,酌之用匏。食之饮之,君之宗之。

一边饮酒,一边开会,拥戴公刘为君为宗。

  笃公刘,既溥既长。既景乃冈,相其阴阳。观其流泉,其军三单。度其隰原,彻田为粮。度其夕阳,豳居允荒。

公刘运用才智,测量土地;指挥三军,拓垦荒野。

  笃公刘,于豳斯馆。涉渭为乱,取厉取锻。止基乃理,爰众爰有。夹其皇涧,溯其过涧。止旅乃密,芮鞫之即。

房屋盖好了,财用富足了,人口稠密了,氏族兴旺了。忠诚的公刘是周氏族的英雄。

《公刘》塑造的公刘形象,具体可感。写勤劳,则"陟则在巘,复降在原";写智慧,则"相其阴阳"、"度其夕阳";写谋略,则"匪居匪康"、"其军三单";写英武,则"维玉及瑶,鞞琫容刀"。《公刘》描写的迁徙场景,也景象生动。写军容,则"弓矢斯张,干戈戚扬";写选中豳原的欢乐,则"于时处处,于时庐旅,于时言言,于时语语"。这首诗的感情色彩也相当浓厚,每章开头的"笃公刘",先声夺人,是呼唤,是景仰,是缅怀。

《公刘》言人事而不言鬼神,史迹比《生民》清楚。从中可以看出,公刘时代的周民族已经演进为一个农业军事部落。这个部落的首领由族人推举,族人皆兵,按军事组织从事生产,生产技术已有一定水平,既能分清土地的燥湿、丈量土地的方圆、摸清水流的分布,又能利用太阳测定方向,还能搞一点"取厉取锻"的手工制作,文明程度和社会形态均高于后稷时代。

公刘之后数百年,周氏族又一次举族迁徙,从豳地迁至周原(今陕西岐山县),并在周原建立了家天下的周王国。领导迁徙和建国的领袖是周文王的祖父古公亶父。《绵》记载称颂的正是古公亶父的功业。

> 绵绵瓜瓞,民之初生,自土沮漆。古公亶父,陶复陶穴,未有家室。
>
> 古公亶父,来朝走马。率西水浒,至于岐下。爰及姜女,聿来胥宇。
>
> 周原膴膴,堇荼如饴。爰始爰谋,爰契我龟。曰止曰时,筑室于兹。

> 乃慰乃止,乃左乃右。乃疆乃理,乃宣乃亩。自西徂东,周爰执事。
>
> 乃召司空,乃召司徒。俾立室家,其绳则直。缩版以载,作庙翼翼。
>
> 捄之陾陾,度之薨薨。筑之登登,削屡冯冯。百堵皆兴,鼛鼓弗胜。
>
> 乃立皋门,皋门有伉。乃立应门,应门将将。乃立冢土,戎丑攸行。
>
> 肆不殄厥愠,亦不陨厥问。柞棫拔矣,行道兑矣。混夷駾矣,维其喙矣。
>
> 虞芮质厥成,文王蹶厥生。予曰有疏附,予曰有先后,予曰有奔奏,予曰有御侮。

诗共九章。前四章描述古公亶父率领族人找到了周原这块土肥水美的一马平川,指挥族人兴修农田,种植庄稼。中三章描述古公亶父在周原大兴土木,建造宫室。第八章描述古公对待外族,不卑不亢,修通道路,夷狄逃遁。末一章描述古公亶父修好邻邦,虞、芮归顺;文王出世,后继有人;满朝文武,各司其职。

《緜》显示,古公亶父时代周氏族已由农业军事部落进化为周王国。"乃召司空,乃召司徒",官制有了。"乃立应门,应门将将"[4],宫廷有了。"乃立冢土,戎丑攸行"[5],专门的军队有了。"爰及姜女,聿来胥宇"——后稷的妻子《生民》不提,公刘的妻子《公刘》不提,古公亶父的妻子却不免一提,可见她的身份和地位已不同凡响了。"文王蹶厥生"——文王出生,特书一笔,则王位世袭的消息也显而易见了。古公亶父是周朝王业的奠基人。

《生民》、《公刘》、《緜》可以看做周氏族早期发展的"三部曲"——由父系农业氏族到农业军事部落再到周王国的"三部曲"。史诗作者有这种合乎社会形态发展逻辑的"史"的认识,所以他们能较为忠实地客观记录古史传闻。

第三节 政治讽喻诗

悯时伤政、怨天尤人的政治讽喻诗是《诗经》文人诗中最能结合社会现实、反映国计民生的作品,也是最有思想深度和批判力度的作品。这些作品大多产生于西周后期,主要见载于《大雅》、《小雅》。古人因这些讽喻诗的特征是"乱世之音怨以怒"(《毛诗序》),和作于盛世的二《雅》赞美诗迥然有别,又称之为"变雅"[6]。

《诗经》上说:"靡不有初,鲜克有终。"(《大雅·荡》)西周后期,自懿王执政,内外矛盾交织,衰败之象显著。到周厉王,对内暴政虐民,封杀言路,对外又轻启战端,民不聊生,终于在公元前841年,激发了"国人暴动",厉王被流放,朝政由召穆公、周定公共管,史称"共和行政"。尔后,宣王上台,一度中兴。到周幽王,政治复归黑暗,民生日益艰难,加上天灾频繁,外族入侵,社会剧烈动荡。公元前771年,犬戎乘虚而入,攻占镐京,杀死幽王,西周灭。是为士大夫文人大量创作二《雅》政治讽喻诗的历史背景。

《桑柔》是《大雅》政治讽喻诗的代表作。作者是厉王的大臣芮良夫。诗十六章,一百一十二句。开篇伊始,作者用桑树的荣枯比喻周王朝的盛衰:"菀彼桑柔,其下侯旬。捋采其刘,瘼此下民。"想当初,王朝发达时,犹如枝叶繁茂的桑树,而今衰落了,恰似摘光了叶子的秃树干,人民再也不能依靠这棵桑树了,只能听任天灾人祸的蹂躏。进而,作者陈述现实:"乱生不夷,靡国不泯。民靡有黎,具祸以烬。"到处是动乱,到处是横祸,到处是死亡。指出危险:"国步灭资,天不我将。"整个国家已经到了天人共弃的地步。究其原因,作者怒火中烧:"谁生厉阶,至今为梗?"愤然声讨朝廷上一班为非作歹的奸臣。恨恨地叹息生不逢时,生此乱世:"我生不辰,逢天僤怒。自西徂东,靡所定处。"严肃地告诫周厉王要慎重谋划,举贤授能:"为谋为毖,乱况斯削。告尔忧恤,诲尔序爵。"要顺乎民心,以农为本:"好是稼穑,力民代食。稼穑维宝,代食维好。"以下,作者由农事想到天灾,怨恨老天爷:"天降丧乱,灭我立王。降此蟊贼,稼穑卒痒。"由天灾想到人祸,指责周厉王:"维彼不顺,自独俾臧。自有肺肠,俾民卒狂。"指责朝廷权贵是"为民不利"的"贪人败类",是"民之贪乱,宁为荼毒"、"进退维谷"、"职盗为寇"的祸根。《桑柔》揭露了厉王统治的水深火热,揭示了国人暴动、官逼民反的阶级矛盾。

《正月》是《小雅》政治讽喻诗的代表作。作者是幽王朝的一位不知姓名的大夫。诗共十三章,九十四句。一开头,作者以时令失调的"正月繁霜"起兴,勾出王朝命运的垂危和国家气数的殆尽。"正月",不是我们通常说的阴历一月,而是阴历四月。朱熹说:"夏之四月,谓之正月者,以纯阳用事,为正阳之月也。"(朱熹《诗集传》)正阳之月理应无霜,却霜凝大地,是一种罕见的异常气候。当时人认为,这类异常及各种自然灾害都是上帝因不满人间王权而发出的警告,警告王者要改弦更张,否则,天命就要改易,江山就要更迭。所以,作者目睹"正月繁霜"的不祥之兆,痛感形势险恶,前途惨淡,痛感满朝文武,浑浑噩噩:"念我独兮,忧心京京。哀我小心,瘋忧以痒。"表达了作者"众人皆醉我独醒"、人不忧国我忧国的态度和孤立无援的处境。二章、三章,作者痛心疾首地自怨自艾:"父母生我,胡俾我瘉?不自我先,不自我后。"悔恨自己不早不迟,偏偏出生在这个奸佞横行的世道。他的一腔"忧心愈愈"的爱国热忱,招来的竟是"莠言"的诽谤和无情的处罚,爵禄被朝廷剥夺,臣仆被奸人霸占,"哀我人斯,于何从禄?瞻乌爰止,于谁之屋?"哀叹报国无门,犹如一只孤零零漫无归宿的乌鸦。四章至八章,作者一改自怜自悯的口气,激烈地抨击上帝,抨击天子:

> 瞻彼中林,侯薪侯蒸。民今方殆,视天梦梦。既克有定,靡人弗胜。有皇上帝,伊谁云憎?
> 谓山盖卑,为冈为陵。民之讹言,宁莫之惩。召彼故老,讯之占梦。具曰予圣,谁知乌之雌雄?

意思是说,遥望树林,大树、小树清清楚楚;仰视上天,它的面孔却混混沌沌。主宰一切的上帝,你究竟爱谁恨谁?那些巧言如簧的奸人,能将高山峻岭说成低矮的小丘,这一派胡言,竟无人明辨,无人制止。自以为是的天子,自以为是的谋臣,其实是一班连乌鸦的雌雄也分不清楚的糊涂虫。如此政治、如此朝廷、如此君主、如此环境,让人怎么谋生、怎么生存?作者仰天长叹:

> 谓天盖高,不敢不局。谓地盖厚,不敢不蹐。

天空高又高,人们不敢不弯着腰过活;大地厚又厚,人们不敢不蹐着脚走路。短短四句,极为形象地揭露了幽王统治的残暴。接下去,作者直言不讳地谴责周王不但外亲奸邪,而且内宠嬖妾,预言"燎之方扬,宁或灭之。赫赫宗周,褒姒灭之"。这一预言后来果真实现。史载幽王嬖爱褒姒,废申后及太子宜臼,引发申侯叛乱,乃至引进犬戎,杀幽王于骊山之下。九章、十章,作者希望当权者悬崖勒马,亡羊补牢。他用"其车既载,乃弃尔辅"的比喻,说明幽王治国犹如驾驶着装满货物的大车,却不断拆散车上装货的夹板,这样,其车必危,其国必危。要求幽王"无弃尔辅,员于尔辐,屡顾尔仆",才能保证大车"不输尔载","终逾绝险"。第十一、十二章,作者又用"鱼在于沼,亦匪克乐。潜虽伏矣,亦孔之炤"的比喻,说明贪图享受,不思悔改,则祸乱一至,无所逃遁。末了一章,作者满怀同情地陈述了人民"今之无禄,天夭是椓"的灾年穷困,恳请"彼有旨酒,又有嘉肴"的统治者,发发善心,做做好事,"哀此惸独",可怜可怜天底下无依无靠、无衣无食的平民百姓。《正月》描绘了西周末年一团漆黑的王朝政治,倾吐了作者对当权人物的憎恶与怨恨,表达了作者扶正祛邪、挽救残局的迫切愿望。

他如《大雅》的《民劳》、《板》、《荡》、《抑》、《瞻卬》、《召旻》,《小雅》的《节南山》、《雨无正》、《十月之交》、《巧言》、《巷伯》等也都是讽喻强烈的作品。这些诗有的侧重哀怜人民的劳苦,"民亦劳止,汔可小康"(《民劳》)。有的侧重悲叹国力的衰落,国土的沦亡,"今也日蹙国百里"(《召旻》)。有的侧重劝诫统治者自我惕惧,自我约束,"敬天之怒,无敢戏豫。敬天之渝,无敢驰驱"(《板》)。有的侧重批评朝廷官僚好逸恶劳,敷衍塞责,"三事大夫,莫肯夙夜。邦君诸侯,莫肯朝夕"(《雨无正》)。有的侧重指责"百川沸腾,山冢崒崩。高岸为谷,深谷为陵"的自然灾异是统治者的咎由自取,"下民之孽,匪降自天。噂沓背憎,职竞由人"(《十月之交》)。有的侧重抨击奸臣的横行霸道,"赫赫师尹,不平谓何?""方茂而恶,相尔矛矣"(《节南山》)。有的侧重讽刺奸臣的花言巧语,招摇撞骗,"巧言如簧,颜之厚矣"(《巧言》)。有的则咒骂奸臣不得好死,"取彼谮人,投畀豺虎。豺虎不食,投畀有北。有北不受,投畀有昊"(《巷伯》)。并且,所有这些讽喻诗都把怨愤的怒火喷向上帝,喷向天命。《雨无正》骂它缺德少德,"浩浩昊天,不骏其德"。《节南山》骂它不良不善,"昊天不傭","昊天不惠"。《板》骂它出尔反尔,"上帝板板,下民卒瘅"。《荡》骂它乖张奸诈,"疾威上帝,其命多辟"。《召旻》骂它穷凶极恶,涂炭生灵,"旻天疾威,天笃降丧。瘨我饥馑,民卒流亡。我居圉卒荒"。《瞻卬》骂它形象丑陋,"威仪不类",没有一点正经的样子,连它生下来的人都是不正经、不老实的伪君子,"天生烝民,其命匪谌"(《荡》)。听听这些连珠炮似的怨天尤人的歌声,我们分明感受到,西周后期,不但统治阶级的王权病入膏肓,行将就木;统治阶级的神权也开始威信扫地,任人唾骂了。《毛诗序》所谓"乱世之音怨以怒,其政乖",确实切中了这一类诗歌的创作背景和主题思想。

二《雅》讽喻诗是《诗经》文人诗的精粹,是周代一批具忧世之怀、具忧生之意的正直文人,出于维护本阶级的统治和本阶级的利益,维护国家、社会和人民的安定的目的,以诗歌干预政治,针砭时局,规劝王者革面洗心,重振朝纲的肺腑之言。它所蕴含的强烈的政治性和浓厚的人民性,与"饥者歌其食,劳者歌其事"的《国风》民歌,互为表里,共同构筑了《诗经》正视现实、描写现实、揭露现实、批判现实的现实主义精神。后人论《诗》,每每《风》、《雅》并举,就是由此出发的。

第四节　贵族生活诗

以贵族生活为题材的文人诗,《小雅》最多,《大雅》和《国风》也有一些。

贵族生活诗,内容比较复杂。

有些反映了贵族的生活状况。《小雅》的《斯干》、《无羊》炫耀贵族宽敞的家居和盈实的产业:"筑室百堵,西南其户。爰居爰处,爱笑爱语。""谁谓尔无羊？三百维群。谁谓尔无牛？九十其犉。"《斯干》还铺陈贵族之家的生儿育女和重男轻女：

  乃生男子，载寝之床。载衣之裳，载弄之璋。其泣喤喤，朱芾斯皇，室家君王。
  乃生女子，载寝之地。载衣之裼，载弄之瓦。无非无仪，唯酒食是议，无父母诒罹。

《小雅·鱼丽》夸说贵族饮食的甘美："君子有酒，旨且多。""物其多矣，维其嘉矣。"《小雅·宾之初筵》笑话贵族醉酒的失态："宾既醉止，载号载呶。乱我笾豆，屡舞僛僛。"《秦风·驷驖》称道贵族狩猎的排场："驷驖孔阜，六辔在手。公之媚子，从公于狩。"

有些反映了贵族的生活情调。《小雅·鹿鸣》歌唱欢迎来客、款待嘉宾的热情：

  呦呦鹿鸣，食野之苹。我有嘉宾，鼓瑟吹笙。吹笙鼓簧，承筐是将。人之好我，示我周行。
  呦呦鹿鸣，食野之蒿。我有嘉宾，德音孔昭。视民不恌，君子是则是傚。我有旨酒，嘉宾式燕以敖。
  呦呦鹿鸣，食野之芩。我有嘉宾，鼓瑟鼓琴。鼓瑟鼓琴，和乐且湛。我有旨酒，以燕乐嘉宾之心。

《鹿鸣》是一支优美的迎宾曲，被古人称为《诗》的"四始"之一。所谓"四始"指的是《国风》的第一篇《关雎》，《小雅》的第一篇《鹿鸣》，《大雅》的第一篇《文王》，《周颂》的第一篇《清庙》[7]。古人认为这四篇打头的诗分别是这四类诗的典范，是"洋洋乎盈耳"的中和安乐之音。《鹿鸣》三章，确实抑扬顿挫，从容不迫。尤其是第一章，发语自然，情调欢畅，极好地表现了宾主之间的融洽与欢快。汉末曹操的名篇《短歌行》就借用这一章的头四句烘托礼贤下士、求贤若渴的气氛。《小雅·白驹》寄托怀念好友的友情："皎皎白驹，在彼空谷。生刍一束，其人如玉。毋金玉尔音，而有遐心。"《小雅·伐木》传递交朋结友的心情：

> 伐木丁丁，鸟鸣嘤嘤。出于幽谷，迁于乔木。嘤其鸣矣，求其友声。相彼鸟矣，犹求友声。矧伊人矣，不求友声？神之听之，终和且平。

《小雅·蓼莪》痛陈悼亡父母的哀情："无父何怙？无母何恃？出则衔恤，入则靡至。"《周南·关雎》倾诉一位贵族青年对意中人的爱情：

> 关关雎鸠，在河之洲。窈窕淑女，君子好逑。
> 参差荇菜，左右流之。窈窕淑女，寤寐求之。
> 求之不得，寤寐思服。悠哉悠哉，辗转反侧。
> 参差荇菜，左右采之。窈窕淑女，琴瑟友之。
> 参差荇菜，左右芼之。窈窕淑女，钟鼓乐之。

在一个鸟语花香的河中小洲上，他遇上了一位漂亮灵巧的采荇女，一见之下，朝思暮想。他想得很美，"窈窕淑女，君子好逑"。也想得很苦，"寤寐思服"、"辗转反侧"。他想得很积极，"琴瑟友之"，去亲近她。他想得很乐观，"钟鼓乐之"，要娶回她。爱慕是由衷的，思念是强烈的，襟怀是坦诚的。所以孔子读《关雎》称其"乐而不淫，哀而不伤"(《论语·八佾》)。(《小雅·车舝》)赞美新婚的燕尔欢情:"高山仰止,景行行止。四牡騑騑,六辔如琴。觏尔新昏,以慰我心。"《齐风·鸡鸣》刻画夫妻的缠绵之情。妻子说:"鸡既鸣矣,朝既盈矣。"男子流连床笫,说:"匪鸡则鸣,苍蝇之声。"又说:"虫飞薨薨,甘与子同梦。"妻子作色,说:"会且归矣,无庶予子憎。"朝廷的早朝就要散了,莫要因为我,使你招人恨。

有些反映了贵族的生活态度。《小雅·頍弁》是生当乱世的忧虑,态度悲观消沉。他胆战心惊地告诉兄弟甥舅:

> 未见君子,忧心奕奕。既见君子,庶几说怿……如彼雨雪,先集维霰。死丧无日,无几相见。乐酒今夕,君子维宴。

意思是,没有见到你,我非常担忧,怕你出了什么事呢。如今见着你,我可以宽心了。可叹人生在世,仿佛飘飘的雨雪,集了一地,转眼又化为乌有。生命无常,保不定哪一天就要死掉哩。活在这样的世界上,相见的机会怕是十分难得了。来来来,乐酒今夕,莫问明朝呵。《秦风·权舆》是破落贵族抚今追昔的怨恨,态度近乎绝望:

> 於我乎!夏屋渠渠,今也每食无馀。于嗟乎!不承权舆。
> 於我乎!每食四簋,今也每食不饱。于嗟乎!不承权舆。

《陈风·衡门》是家业凋零之后尚能安贫乐道的慰藉,态度比较旷达:

> 衡门之下,可以栖迟。泌之洋洋,可以乐饥。
> 岂其食鱼,必河之鲂?岂其娶妻,必齐之姜?

岂其食鱼,必河之鲤?岂其娶妻,必宋之子?

《卫风·考槃》是远离市朝、隐居山野的隐士之乐,态度非常超脱:

考槃在涧,硕人之宽。独寐寤言,永矢弗谖。
考槃在阿,硕人之薖。独寐寤歌,永矢弗过。
考槃在陆,硕人之轴。独寐寤宿,永矢弗告。

"考槃"就是"敲盘"。你看他躲在大山里,敲敲盘子,睡睡大觉,发发牢骚,何等悠闲,何等自在,真是"是非不向门前惹,青山正补墙头缺"了。这位诗人大约算得上古今隐逸诗人之宗,他的人生哲学似乎也算得上老庄思想的滥觞。

贵族生活诗的内容,对于我们认识周代统治阶级的日常生活和精神面貌,很有作用。在艺术上,这类诗大多音韵和谐,文辞流丽,清新可读,与赞美诗的典重是大不相同的。

《诗经》文人诗中还有一篇特别值得一读的作品——《鄘风·载驰》。它是中国文学史上第一篇有主名的女性作者的创作。这位女诗人就是卫宣公的儿子公子顽与后母宣姜私通所生的女儿、许穆公的妻子许穆夫人。她嫁许之后约十年,狄人侵卫,卫懿公战死,她的姐夫宋襄公接纳卫国之民于漕邑。消息传到许国,她立刻赶往漕邑慰问卫国君臣,商讨复国大计。而许国的一些大夫反对她的做法,也赶到漕邑追她回去。她便写下《载驰》,歌以言志:

载驰载驱,归唁卫侯。驱马悠悠,言至于漕。大夫跋涉,我心则忧。

既不我嘉,不能旋反。视尔不臧,我思不远。既不我嘉,不能旋济。视尔不臧,我思不閟。

陟彼阿丘,言采其蝱。女子善怀,亦各有行。许人尤之,众稚且狂。

我行其野,芃芃其麦。控于大邦,谁因谁极。大夫君子,无我有尤。百尔所思,不如我所之。

首章前四句写归心急迫,马不停蹄;后二句写许人阻拦,心头忧怒。次章直截了当地告诉许人,我意已决,不能回头;你们的归去之法不妥不善,我的救卫之法切实通达。三章抒发自己的情怀,我们女子虽然多愁善感,但为人做事自有一定的道理;你们对我说三道四,实在是幼稚狂妄。末章说出复国之策:我将不辞劳苦,游说大邦,联手抗狄,拯救祖国。你们那些众说纷纭的空话能抵得上我百折不回的实干吗?爱国之情感,坚定激越;救国之胆识,压倒须眉。此后,齐桓公果然出兵相助,重建卫国。事在鲁闵公二年,公元前660年(见《左传》)。

〔1〕《尚书·西伯戡黎》:"(商纣)王曰:'呜呼!我生不有命在天。'"
〔2〕《毛传》:"莫,定也。"
〔3〕《史记·刘敬传》:"公刘避桀居豳。"
〔4〕《毛诗故训传》:"王之正门曰应门。"
〔5〕《毛诗正义》:"国家起发军旅之大事以兴动其大众,必先有祭事于此社而后出行。"
〔6〕 东汉郑玄《诗谱序》:"至于大王、王季,克堪顾天。文武之德,光熙前绪……其时诗,《风》有《周南》、《召南》,《雅》有《鹿鸣》、《文王》之属。及成王、周公致太平,制礼作乐,而有《颂》声兴焉,盛之至也。本之由此,《风》、《雅》而来,故皆录之,谓之《诗》之正经。后王稍更陵迟,懿王始受谮亨……自是而下,

厉也、幽也,政教尤衰,周室大坏,《十月之交》、《民劳》、《板》、《荡》,勃而俱作,众国纷然,刺怨相寻……故孔子录懿王、夷王时诗,迄于陈灵公淫乱之事,谓之变风、变雅。"

〔7〕《史记·孔子世家》:"《关雎》之乱,以为《风》始,《鹿鸣》为《小雅》始,《文王》为《大雅》始,《清庙》为《颂》始。"《毛诗序》说《风》、《小雅》、《大雅》和《颂》"是谓四始,诗之至也"。今取《史记》说。

第七章 《诗经》的艺术成就

《诗经》不但包含了深厚广博的内容,并且创造了精湛卓越的艺术。它的创作方法、表现技巧、体裁、章法、语言、风格,都有引人注目的成就。

第一节 创作方法

立足生活实际,观察生活现象,描写生活画面,抒发生活感受,是《诗经》的基本创作方法。这一方法,近人或称为"写实"的创作方法,或称为"现实主义"的创作方法。

《诗经》运用现实主义创作方法的主要特征是:善于描写日常生活中的具体事物,刻画日常生活的具体细节,塑造日常生活的具体场景,并通过这些生动可感的事物、细节和场景,抒情写意,自然而然地表达内心的喜怒哀乐。

这一特征在《国风》中极为突出。《豳风·七月》、《东山》、《唐风·鸨羽》、《魏风·伐檀》都是众所周知的"感于哀乐,缘事而发","饥者歌其食,劳者歌其事"的作品。且举《魏风·葛屦》:

纠纠葛屦,可以履霜。掺掺女手,可以缝裳。要之襋之,好人服之。

好人提提,宛然左辟,佩其象揥。维是褊心,是以为刺。

这首诗取材女奴生活,描写女奴为女主人制衣、穿衣的劳作,刻画试穿新衣时,那位女主人在女奴的服侍下扭来扭去、装模作样的姿态,以生动可感的画面揭示劳动与占有的不平等,引出"是以为刺"的哀怨。《召南·小星》:

嘒彼小星,三五在东。肃肃宵征,夙夜在公。寔命不同。

嘒彼小星,维参与昴。肃肃宵征,抱衾与裯。寔命不犹。

这首诗取材小吏生活,微弱的星光下,一位小官吏抱着行李匆匆赶路,他想到此时此刻别人正在家里睡大觉,不由哀叹自己命不如人。以"肃肃宵征"的切身遭遇勾出"寔命不同"的内心牢骚。《王风·君子于役》:

君子于役,不知其期。曷至哉?鸡栖于埘,日之夕矣,羊牛下来。君子于役,如之何勿思?

君子于役,不日不月。曷其有佸?鸡栖于桀,日之夕矣,羊牛下括。君子于役,苟无饥渴?

这首诗取材思妇生活:暮色苍茫,一位乡村妇女倚门眺望,她望见太阳下山了,鸡儿归巢了,牛羊入圈了,外出的男人应该回家了,但她左看右看,就是看不见男人的身影,"君子于役,如之何勿思"脱口而出,"君子于役,苟无饥渴"脱口而出。以真实的怀人场景托出真实的怀人情感。

二《雅》中的许多诗也能体现这一特征。氏族史诗《生民》、《公刘》虽然是古史传闻,像《生民》又是神话了的古史传闻,但作者依然将笔墨重重地落在日常生活和日常事物上。诗中关于后稷种植庄稼、公刘勘察周原的描写都是实实在在的人间事务而不是虚幻的天方夜谭。政治讽喻诗《节南山》、《十月之交》、《桑柔》等,指呵时弊,总要描写天灾人祸的种种事例,以生活事实作为政治讽喻的基础。个人感遇诗《小雅·北山》也是让现实说话:

  陟彼北山,言采其杞。偕偕士子,朝夕从事。王事靡盬,忧我父母。
  溥天之下,莫非王土。率土之滨,莫非王臣。大夫不均,我从事独贤。
  四牡彭彭,王事傍傍。嘉我未老,鲜我方将。旅力方刚,经营四方。
  或燕燕居息,或尽瘁事国。或息偃在床,或不已于行。
  或不知叫号,或惨惨劬劳。或栖迟偃仰,或王事鞅掌。
  或湛乐饮酒,或惨惨畏咎。或出入风议,或靡事不为。

这首诗取材王官生活,头三章叙说自己"朝夕从事"的劳累,后三章历诉劳逸不均的差别,对比形容,相当具体:有的人悠闲轻松地安享家庭快乐,有的人心力交瘁地服务国家大事;有的人饱食终日,高枕无忧,有的人来回奔波,无暇稍息;有的人清闲得不知什么是苦,什么是痛,有的人操劳至累坏了心神,累断了筋骨;有的人专门享福,有的人专门忙碌;有的人,不干事,花天酒地,无忧无虑,有的人,干着事,却提心吊胆,担心暗算;有的人只会说三道四,夸夸其谈,有的人却要事无大小,样样动手。由此,作者发泄"大夫不均,我从事独贤"的怨恨也就是理所当然的了。

正是这种缘事而发、取事而写、即事抒情的现实主义创作方法,使《诗经》成了观照西周初期至春秋中叶这五百年间社会生活的一面镜子。这种创作方法的形成与中原文化重人事而敬鬼神、亲人事而远鬼神的传统具有密切的因果联系。

第二节 艺术手法

《诗经》在创作实践中形成了与现实主义创作方法相适应的表现艺术。《诗经》的表现艺术高超地解决了三大难题:如何在诗歌中形象地展示生活,如何在诗歌中形象地讲道理、说感受,如何在诗歌的开头形象地创作一个情景交融的氛围。

直接地描述事件、景物和人物是《诗经》展示生活的基本手法,利用事物作比喻是《诗经》讲道理、说感受的基本手法,借用与所述事件或所抒情感密切关联的景物、事物为诗歌开头是《诗经》为全诗创作一个情景交融的氛围的基本手法。这三种手法,简言之,就是描述,比喻,发端起情。古人谓之"赋"、"比"、"兴"。挚虞说"赋者,敷陈之称","敷陈"就是描述。又说"比者,喻类之言","喻类"就是比喻。又说"兴者,有感之辞",说的不大明确;不如朱熹的"兴者先言他物以引起所咏之辞","兴"就是先言他物、发端起情。

描述的手法即"赋"的手法是《诗经》最常用、最有用的手法。有的用于状景。《陈风·东门之杨》:

东门之杨,其叶牂牂。昏以为期,明星煌煌。

东门之杨,其叶肺肺。昏以为期,明星晢晢。

每章四句,三句用"赋",描述约会场景。《唐风·绸缪》:

绸缪束薪,三星在天。今夕何夕,见此良人?子兮子兮,如此良人何?

头二句用"赋",描述"见此良人"的夜景。有的用于状物。《小雅·无羊》描述牛羊活蹦乱跳的形态:

尔羊来思,其角濈濈。尔牛来思,其耳湿湿。或降于阿,或饮于池,或寝或讹。

《鲁颂·閟宫》描述宫殿建筑:

徂来之松,新甫之柏。是断是度,是寻是尺。松桷有舄,路寝孔硕。

有的用于写人。《郑风·大叔于田》:

叔于田,乘乘马。执辔如组,两骖如舞。

描述大叔乘马打猎的英武。《鄘风·君子偕老》:

君子偕老,副笄六珈。委委佗佗,如山如河,象服是宜。子之不淑,云如之何?

> 玼兮玼兮,其之翟也。鬒发如云,不屑髢也。玉之瑱也,象之揥也。扬且之皙也。胡然而天也?胡然而帝也?

所引首章的第二至第五句和次章的前七句,描述贵族妇人的华贵仪表。"赋",更多地用于描述生活的片段。《齐风·东方之日》:

> 东方之日兮,彼姝者子,在我室兮。在我室兮,履我即兮。
> 东方之月兮,彼姝者子,在我闼兮。在我闼兮,履我发兮。

这首诗通篇用"赋",描述一对男女不分昼夜,相会于家,卿卿我我。《郑风·女曰鸡鸣》:

> 女曰:"鸡鸣。"士曰:"昧旦。""子兴视夜,明星有烂。""将翱将翔,弋凫与雁。"
> "弋言加之,与子宜之。宜言饮酒,与子偕老。琴瑟在御,莫不静好。"
> "知子之来之,杂佩以赠之。知子之顺之,杂佩以问之。知子之好之,杂佩以报之。"

这首诗也是通篇用"赋",描述一对夫妻的清晨对话。还有一些诗则描述了大体完整的事情。如《卫风·氓》、《大雅》的《生民》、《公刘》等,基本上可以看做叙事诗了。

《诗经》用来叙事写景状物的描述手法既富于变化,又精当老练。有时追叙,《卫风·氓》一开篇就追述"氓之蚩蚩,抱布贸丝。匪来贸丝,来即我谋"的往事。有时插叙,《王风·君子于役》共二章,每一章的前三句和后二句写感叹,中间三句插入"鸡栖于埘(桀),日之夕矣,羊牛下来(括)"的场景描述。有时注重人物对话,如《齐风·鸡鸣》、《郑风·女曰鸡鸣》。有时注重描述人物动作,如《魏风·葛屦》的"好人提提,宛然左辟,佩其象揥"。有时注意刻画人物和事物的某种特点,如《秦风·黄鸟》注意到殉葬之人的恐惧心理,刻画了子车氏三子"临其穴,惴惴其栗"的可怖神情。《豳风·七月》注意到蟋蟀的生活习性,刻画了"七月在野,八月在宇,九月在户,十月蟋蟀入我床下",形象地描述了时令物候的转移。《诗经》又善于融合情感赋景叙事。《小雅·车舝》描述新婚夫妻"高山仰止,景行行止。四牡騑騑,六辔如琴",饱含新郎新娘如坐春风的快乐。《小雅·采薇》:"昔我往矣,杨柳依依。今我来思,雨雪霏霏。"《豳风·东山》:"我徂东山,慆慆不归。我来自东,零雨其濛。"也是情与景、情与事的妙合而凝。《诗经》的作者,特别是《雅》、《颂》的作者,长于用铺张扬厉、铺采摛文的笔锋描述事态、物态。如《小雅·车攻》铺陈贵族田猎的壮观:

> 驾彼四牡,四牡奕奕。赤芾金舄,会同有绎。
> 决拾既佽,弓矢既调。射夫既同,助我举柴。
> 四黄既驾,两骖不猗。不失其驰,舍矢如破。
> 萧萧马鸣,悠悠旆旌。徒御不惊,大庖不盈。

将狩猎的车骑、猎人的服装、箭术的高明、猎马的嘶叫、旌旗的飘扬、猎物的丰盛,做了周到的描绘和得意的称颂。这些都能说明《诗经》的描述手法已达到了比较成熟的水准。

比喻即"比"的手法也是《诗经》最常用、最有用的手法。据明人谢榛《四溟诗话》的统计,《诗经》所用比喻共有一百一十处。有些作者用"比"形容人物、事物。《卫风·淇奥》:"有匪君子,如切如磋,如琢如磨。"以象牙的切磋、美玉的琢磨,形容君子高雅的仪表。《陈风·出其东门》:"出其东门,有女如云。"以云彩之喻,形容女子的众多。《大雅·常武》:"如雷如霆,徐方震惊。"以雷霆之喻,形容周宣王的军威。《郑风·大叔于田》:"执辔如组,两骖如舞。"前一句比喻,形容人的孔武有力;后一句比喻,形容马的奔腾自如。《大雅·烝民》:"吉甫作诵,穆如清风。"以和煦的清风比喻、形容动听的诗歌。有些作者用"比"说明道理和感受。《召南·行露》:"谁谓雀无角,何以穿我屋?谁谓女无家,何以速我狱?"用雀子有角说明男子有家。《周南·汝坟》:"未见君子,惄如调饥。"用饥饿说明思念的心情。

《诗经》的比喻,手法多样。有明喻,有暗喻,有借喻,有博喻。明喻是"比"句中既有"彼物",又有"此物",两者之间还有一个关联词"如"字充作比喻的标志。《秦风·小戎》:"言念君子,温其如玉。"《小雅·常棣》:"妻子好合,如鼓瑟琴。"所以孔颖达说:"诸言如者,皆比辞也。"(《毛诗正义》)暗喻是"彼物"与"此物"之间没有"如"一类的关联词。《卫风·氓》:"于嗟鸠兮,无食桑葚。于嗟女兮,无与士耽。"《小雅·正月》:"哀今之人,胡为虺蜴?"《小雅·何草不黄》:"匪兕匪虎,率彼旷野。哀我征夫,朝夕不暇。"《小雅·小宛》:"螟蛉有子,蜾蠃负之。教诲尔子,式榖似之。"借喻是只说"彼物",不说"此物"。《卫风·氓》:

桑之落矣,其黄而陨。自我徂尔,三岁食贫。

头两句和后两句虽非直接的比喻关系,但头两句却暗含比喻,是作者借用桑树的枯黄比喻男子态度的改变。《小雅·正月》的第九章:

> 终其永怀,又窘阴雨。其车既载,乃弃尔辅。载输尔载,将伯助予。

这首诗是政治讽喻诗,这一章却专写一个笨车夫在雨天赶货车,扔掉车箱板的愚蠢行为。但看一看上下文,就知道这是借以比喻朝廷政治的糊涂。博喻是用一连串的"彼物"来比喻一个"此物"。《小雅·斯干》:

> 如竹苞矣,如松茂矣。兄及弟也,式相好矣。

连出两个比喻,比喻兄弟的友爱。《小雅·小宛》:

> 温温恭人,如集于木。惴惴小心,如临于谷。战战兢兢,如履薄冰。

连出三个比喻,比喻其人的惊恐。《小雅·天保》:

> 如山如阜,如冈如陵,如川之方至,以莫不增。

连出五个比喻,比喻事业的蒸蒸日上。《大雅·板》:

> 天之牖民,如埙如篪,如璋如圭,如取如携。

连出六个比喻,比喻上天帮助下民。有的诗是通篇用"比"。如《魏风·硕鼠》、《豳风·鸱鸮》。《鸱鸮》写一只母鸟诉说猫头鹰抓走了它的小鸟,它亡羊补牢,修补鸟巢,抵御猫头鹰,辛苦劳累,处境危殆

的故事。喻义似和周初的内乱有关。《小雅·鹤鸣》:

> 鹤鸣于九皋,声闻于野。鱼潜在渊,或在于渚。乐彼之园,爰有树檀,其下维萚。它山之石,可以为错。
>
> 鹤鸣于九皋,声闻于天。鱼在于渚,或潜在渊。乐彼之园,爰有树檀,其下维榖。它山之石,可以攻玉。

全诗集比成篇,叠喻为章,寓意野有遗贤,招之可用。是《雅》、《颂》中独一无二的比体诗。

《诗经》的比喻,明快通俗。作者用作比喻的"彼物"都是家喻户晓的事物。"我心匪石,不可转也。我心匪席,不可卷也。"(《邶风·柏舟》)用的是石头和席子;"泾以渭浊,湜湜其沚。"(《邶风·谷风》)用的是泾水、渭水;"何彼襛矣,华如桃李。"(《召南·何彼襛矣》)用的是桃花、李花。

《诗经》的比喻,精当妥帖。作者能够生动地把握"彼物"与"此物"的形似和神似,比喻女子的美好,用晶莹的美玉,所谓"有女如玉"(《召南·野有死麕》);比喻男子的强壮,用勇猛的老虎,所谓"有力如虎"(《邶风·简兮》)。又能以善比善,以恶比恶,比喻君子,用金锡,所谓"如金如锡"(《卫风·淇奥》);比喻丑八怪,用癞蛤蟆,所谓"得此戚施"(《邶风·新台》);比喻奸臣,用鬼魅,所谓"为鬼为蜮"(《小雅·何人斯》)。皆拟容取心,巧譬成喻。

先言他物、发端起情,即"兴"的手法,是《诗经》最有滋味、最具魅力的手法。先言他物是"兴"的手段,发端起情是"兴"的目的。

"兴"既要发端,先言之物一定位于诗篇的篇首或某章的章首。这有三种情况。一种是只用于篇首,即只用于第一章的章首。如《邶风·泉水》共四章,第一章用"兴":

毖彼泉水,亦流于淇。有怀于卫,靡日不思。娈彼诸姬,聊
与之谋。

以泉水的涌流不息,兴起怀卫之思。一种是用于第一章和某一章的
章首。如《邶风·雄雉》共四章,第一章、第二章用"兴":

雄雉于飞,泄泄其羽。我之怀矣,自诒伊阻。
雄雉于飞,下上其音。展矣君子,实劳我心。

以雄雉于飞兴起思绪的悠远。另一种是用于每一章的章首。如《王
风·兔爰》共三章,章章用"兴":

有兔爰爰,雉离于罗。我生之初,尚无为。我生之后,逢此
百罹。尚寐无吡。
有兔爰爰,雉离于罦。我生之初,尚无造。我生之后,逢此
百忧。尚寐无觉。
有兔爰爰,雉离于罿。我生之初,尚无庸。我生之后,逢此
百凶。尚寐无聪。

以兔子的自由和野鸡的落网,兴起作者对初生时好时光的羡慕和初
生后坏日子的伤感。还有一种是不用于第一章而用于其他某章的章
首。如《邶风·简兮》共四章,第四章用"兴":

山有榛,隰有苓。云谁之思,西方美人。彼美人兮,西方之
人兮。

以榛树在山、甘草在隰，兴起所思美人在西方。《小雅·出车》共六章，第五章用"兴"：

> 喓喓草虫，趯趯阜螽。未见君子，忧心忡忡。既见君子，我心则降。赫赫南仲，薄伐西戎。

以蝈蝈叫、蚱蜢跳，兴起未见君子的焦急。

"兴"既要起情，先言之物一定要与下文有某种意义上的联系。这种联系或者表现为先言之物能隐喻下文，或者表现为先言之物能渲染气氛烘托下文，或者兼而有之，既能隐喻下文，又能烘托下文。在《诗经》中，"兴"一般能隐喻下文。《周南·螽斯》：

> 螽斯羽，诜诜兮。宜尔子孙，振振兮。

蝗虫展翅，成群结队，隐喻多子多孙。《周南·樛木》：

> 南有樛木，葛藟累之。乐只君子，福履绥之。

野葡萄缠在弯曲的树上，隐喻福禄降在君子身上。《齐风·甫田》：

> 无田甫田，维莠骄骄。无思远人，劳心忉忉。

莫耕大田，大田荒芜，隐喻莫思远方之人，思之内心伤痛。也有不能隐喻下文却能塑造场景、增强情绪、渲染气氛、烘托下文的。《周南·桃夭》：

> 桃之夭夭,灼灼其华。之子于归,宜其室家。

桃花盛开,春景火红,烘托姑娘出嫁的喜气洋洋。《秦风·蒹葭》:

> 蒹葭苍苍,白露为霜。所谓伊人,在水一方。

霜重芦苇,秋色苍凉,烘托爱心难遂的深长愁苦。也有既能隐喻又能烘托下文的。《周南·关雎》:

> 关关雎鸠,在河之洲。窈窕淑女,君子好逑。

雎鸠乃挚鸟,挚鸟和鸣,隐喻下文的君子求淑女。河心小洲鸟儿叫,又为下一章的淑女采荇烘托了环境。《邶风·燕燕》:

> 燕燕于飞,差池其羽。之子于归,远送于野。瞻望弗及,泣涕如雨。

燕子双飞,隐喻嫁到远方的姑娘,也为下文的"远送于野"烘托出难舍难分的气氛。

《诗经》中用来发端起情的事物,来于两个途径。一是作者的眼中所见。作者触景生情,应物斯感,乃藉以起兴,歌以咏之。如《关雎》、《燕燕》之类。又如《王风·黍离》:

> 彼黍离离,彼稷之苗。行迈靡靡,中心摇摇。知我者谓我心忧,不知我者谓我何求?悠悠苍天,此何人哉。

>   彼黍离离,彼稷之穗。行迈靡靡,中心如醉。知我者谓我心忧,不知我者谓我何求?悠悠苍天,此何人哉。
>
>   彼黍离离,彼稷之实。行迈靡靡,中心如噎。知我者谓我心忧,不知我者谓我何求?悠悠苍天,此何人哉。

这是一位行役者的歌。路边,庄稼茂盛了,高粱长苗了,他在行役;高粱抽穗了,他仍在行役;高粱结实了,他还在行役。不由引发了时光流逝,行役无期的悲伤,遂即景发端,唱出全诗。二是用来起兴的事物不是作者眼中所见而是作者心中所存。作者有了感受想唱歌,就因情设景,因事借物,在心中选择一个与诗义相关的事物为诗歌开个头。如《召南·鹊巢》:

>   维鹊有巢,维鸠居之。之子于归,百两御之。

鹊巢鸠居很可能不是当时实景。作者观看"之子于归",情动于衷,便托事于物,借用平时所知的鹊巢鸠居,隐喻女子嫁人,引出所咏之词。可以说,《诗经》中不存在与下文没有联系的"兴"。只不过这种联系有时明显,有时隐蔽,所谓"明而未融,故发注而后见也"(《文心雕龙·比兴》)。

"兴"的艺术滋味与艺术魅力主要在于它通过触景生情、睹物有感或因情设景、因事借物往往为诗歌创造出生动形象、画面鲜明、情景交融、自然委婉、蕴藉深厚的意境。"兴"本来就是民间技法,被《诗经》民歌运用得最多最好。这正是《诗经》民间诗的意境总比《诗经》文人诗优美的一个主要原因。

但是一首诗,单用"兴"是写不好的,单用"比"也是写不好的,单用"赋"还是难以写好的。钟嵘《诗品序》:"若专用比、兴,患在意深,意深则词踬。若但用赋体,患在意浮,意浮则文散,嬉成流移,文无止泊,有芜漫之累矣。"这一分寸,《诗经》的作者,特别是民歌的作者,掌握得较为适当,较为灵活。有的"赋"兼"比"、"兴",如《邶风·谷风》。有的"赋"兼"比",如《郑风·大叔于田》。有的"赋"兼"兴",如《周南·关雎》。由此也可以看出,"赋"、"比"、"兴"三者之间存在着为主为辅的关系。"赋"是主,"比"、"兴"是辅;"赋"是干,"比"、"兴"是枝;"赋"是锦,"比"、"兴"是锦上添花。"赋"用以叙事状物,长于造篇;"比"用以比喻形容,长于说明;"兴"用以发端起情,长于意境。"弘斯三义,酌而用之,干之以风力,润之以丹彩,始味之者无极,闻之者动心,是诗之至也。"(钟嵘《诗品序》)

第三节　语言、章法、体裁

《诗经》的语言,总的说来,朴素简洁,精练准确,绘声绘色。

朴素简洁是《诗经》语言的基本风格。《诗经》本是一部乐歌,是要唱给别人听的,歌辞理应明快易懂。且《诗经》的多数作品出于人民的口头歌唱,语言更是新鲜活泼,通俗流畅。如《卫风·木瓜》:

投我以木瓜,报之以琼琚。匪报也,永以为好也。
投我以木桃,报之以琼瑶。匪报也,永以为好也。
投我以木李,报之以琼玖。匪报也,永以为好也。

完全是明白如话的日常口语,质朴无华,音韵和谐,诚然是"动乎天机,不费雕刻"(明陈第《读诗拙言》)。《诗经》用词,又精练准确。这一长处源于《诗经》作者对生活的悉心观察。如描写手的动作,就使用了"采"、"掇"、"捋"、"撷"、"按"、"握"、"拾"、"抽"、"折"、"授"、"携"、"执"、"拔"、"招"、"拊"、"捣"、"提"、"指"、"挠"、"掺"、"抱"、"揭"等各式各样的动词,将手的动作刻画得十分精致。又如描写营造房屋的劳动方式,铲土用"捄",倒土用"度",捣土用"筑",刮土用"削",善于使用不同的字眼来形容不同的行为。许多词语如"休息"、"邂逅"、"栖迟"、"拮据"、"艰难"、"怀春"、"经营"、"伊人"、"绸缪"、"颠倒"等,都因为极富表现力而沿用至今。《诗经》又大量使用重言叠字和双声叠韵来增强语言绘声绘色的效果。重言叠字,如"关关"、"坎坎"、"嘤嘤"、"肃肃"、"悠悠"、"萧萧",信手拈来,举不胜举。双声,如"参差"、"玄黄"、"踟蹰";叠韵,如"窈窕"、"辗转"、"崔嵬",也是随处可见,屡见不鲜。这些词音乐性强,形象性强,象声状物,惟妙惟肖,表现了高度的修辞技巧。

《诗经》的章法特征是重章叠句。

章,音乐名称。"乐竟为一章"(许慎《说文解字》),即乐曲奏一遍为一章。《诗经》中的诗是合乐歌唱的,所以每一篇诗都被作者分为若干章,犹今天歌词的分段。章与章往往句型重复,字面也大体相同,只在关键处更换个别字。这一章法叫做重章叠句,或联章复沓。《诗经》的重章叠句有多种形式。章章重叠的是"完全重叠式",如《周南·芣苢》。几章重叠、几章不重叠的是"不完全重叠式",如《邶风·绿衣》共四章,前二章重叠;《陈风·衡门》共三章,后二章重叠;《曹风·候人》共四章,中间二章重叠。有的诗只重叠每一章的开头几句,如《豳风·东山》共四章,每一章的头四句重叠。重章叠句的好处:一是有利于歌唱记诵;二是有利于情感抒发的回旋跌宕;三是有利于突出主题。如《卫风·木瓜》三章复沓,反复强调的是"永以为好"。《魏风·伐檀》三章复沓,反复强调的是"君子"之不素餐。在重章中,个别字的更换也是很有讲究的。《王风·采葛》:

彼采葛兮,一日不见,如三月兮。
彼采萧兮,一日不见,如三秋兮。
彼采艾兮,一日不见,如三岁兮。

一首诗虽重点只换了"月"、"秋"、"岁"三个字,但正是这三个字的更换,体现了相思的递进,相见的迫切。《郑风·将仲子》第一章说:"仲可怀也,父母之言,亦可畏也。"第二章说:"仲可怀也,兄弟之言,亦可畏也。"第三章说:"仲可怀也,人之多言,亦可畏也。"这几个字的更换表现了自由恋爱的阻力不断增大,既来自父母,也来自兄弟,又来自社会,进而增加了作品的思想内涵。

《诗经》的体裁有两种。主要是四言体,其次是杂言体。

均衡对称的四言体是周代人民的创造。《诗经》以前,原始的二言体如《弹歌》"断竹,续竹。飞土,逐宍",虽然匀称却过于简单。四言体的句型较之二言体,则在节奏、文字上翻了一番。篇幅也比二言体扩大了几倍、几十倍。它的某些句子,如"何其处也,必有与也。何其久也,必有以也"(《邶风·旄丘》),"昔我往矣,杨柳依依。今我来思,雨雪霏霏"(《小雅·采薇》),"恒之秬秠,是获是亩。恒之穈芑,是任是负"(《大雅·生民》),"溥天之下,莫非王土。率土之滨,莫非王臣"(《小雅·北山》),已初具对仗的形式和骈偶的味道。

参差不齐的杂言体在《诗经》中也有一定数目。其句型的搭配灵活机动。《郑风·缁衣》杂用一言、五言、六言句:

缁衣之宜兮,敝,予又改为兮。适子之馆兮,还,予授子之粲兮。

《王风·君子阳阳》杂用三言、四言、五言句：

> 君子阳阳,左执簧,右招我由房,其乐只且。

《周颂·小毖》杂用七言、四言、五言句：

> 予其惩而毖后患,莫予荓蜂,自求辛螫。肇允彼桃虫,拚飞维鸟。未堪家多难,予又集于蓼。

《邶风·式微》杂用三言、四言、五言句：

> 式微式微,胡不归？微君之故,胡为乎中露？

有的杂言体在参差中求整饬,常常连续使用某一句型。《召南·行露》：

> 谁谓雀无角,何以穿我屋？谁谓女无家,何以速我狱？虽速我狱,室家不足。

其中,四句五言,刘勰说是半章五言体(《文心雕龙·明诗》)。《召南·江有汜》：

> 江有汜,之子归,不我以。不我以,其后也悔。

差不多可以看做一首三言体的诗。

《诗经》的押韵,不拘一格。《郑风·清人》是句句押韵,一韵到底：

> 清人在彭，驷介旁旁。二矛重英，河上乎翱翔。

《邶风·静女》的第二章是句句押韵，中间换韵，前二句押一韵，后二句又押一韵：

> 静女其娈，贻我彤管。彤管有炜，说怿女美。

《周南·关雎》是隔句押韵，逢双押韵，首句也押韵：

> 关关雎鸠，在河之洲。窈窕淑女，君子好逑。

《大雅·大明》是隔句押韵，逢双押韵，首句不押韵：

> 明明在下，赫赫在上。天难忱斯，不易维王。天位殷适，使不挟四方。

《周南·芣苢》则押句中韵，韵脚都在"之"字之前：

> 采采芣苢，薄言采之。采采芣苢，薄言有之。

《卫风·河广》又合押句中、句尾韵，"广"、"远"在句尾，"杭"、"望"在句中：

> 谁谓河广，一苇杭之。谁谓宋远，跂予望之。

此外,还有奇句与奇句、偶句与偶句相押等方式,但主要是三种方式:一是首句入韵的隔句韵,一是首句不入韵的隔句韵,一是句句用韵。后代诗歌的押韵也大率如此。

第四节 《诗经》的地位和影响

《诗经》是先秦时期北方中原文化的辉煌结晶。它的深厚的思想内容和精湛的艺术成就标志着中国文学早在公元前六世纪前业已发达。数千年来,极大地影响了古典诗歌的创作,是历代作家学习、借鉴、推崇的典范,在中国文学史上占有非常崇高的地位。

(一)《诗经》的最大影响是以民间诗的"饥者歌其食,劳者歌其事"和文人讽喻诗的悯时伤政、忧国忧民的创作精神,以描写具体生活、抒发切身感受的现实主义创作方法,奠定了现实主义诗歌创作的优良传统。这一传统,古代的诗歌评论家或因民间诗和文人讽喻诗都在《风》、《雅》之中,称之为"风雅",杜甫《戏题六绝句》"别裁伪体亲风雅";或将"比"、"兴"看做美刺政治的专用手段,视"比"、"兴"为美刺的同义词,而称之为"比兴",白居易《读张籍古乐府》:"风雅比兴外,未尝著空文。"

古代直承"风雅"传统的是两汉乐府民歌。"感于哀乐,缘事而发"(《汉书·艺文志》)的两汉民歌,描写社会上的各种矛盾、各种现象,与《诗经》民间诗的"心之忧矣,我歌且谣"(《魏风·园有桃》)一脉相通。建安、曹魏时代,以"三曹七子"为代表的一批诗人,描叙"世积乱离,风衰俗怨"(《文心雕龙·明诗》)的现实,倾吐"流惠下民,建永世之业,流金石之功"(曹植《与杨德祖书》)的怀抱,志深笔长,梗概多气,人称"汉魏风骨"。这"汉魏风骨"就是"风雅"传统。南北朝时的北朝民歌酷似汉乐府,也是《诗经》民间诗的嫡传。唐代,陈子昂、杜甫、白居易都是高举"风雅比兴"的旗手。陈子昂针对六朝文坛的绮靡诗风,批评"文章道弊五百年矣,汉魏风骨,晋宋莫传","齐梁间诗,彩丽竞繁,而兴寄都绝"(《与东方左史虬修竹篇序》)。杜甫遭遇乱世,以爱国爱民的一腔热忱,万方多难的社会内容,写出了"史诗"般的篇章,使"风雅"传统达到了一个新的高度。白居易则倡导"惟歌生民病"(《寄唐生》)、"但伤民病痛"(《伤唐衢》)的新乐府运动,从理论和实践两个方面光大发扬了"风雅比兴"。宋以下,"风雅"一直是不可动摇的诗坛圭臬,凡重视国计民生的诗人如王禹偁、范成大,无不在创作中联系实际、反映现实。

(二)《诗经》的表现手法,特别是"比"、"兴",愈传愈新,愈用愈妙。清人魏源论作家屈原、荀况,说:"《离骚》之文,依《诗》取兴,引类譬喻。词不可径也,故有曲而达;情不可激也,故有譬而喻焉。善鸟、香草以配忠贞,恶禽、臭物以比谗佞,灵修、美人以媲君王,宓妃、佚女以譬贤臣,虬龙、鸾凤以托君子,飘风、雷电以喻小人,以珍宝为仁义,以水深雪雾为谗构。荀卿赋蚕非赋蚕也,赋云非赋云也。"(《诗比兴笺序》)屈原不仅继承了《诗经》以恶比恶、以善比善的"比"、"兴"原则,而且突破了《诗经》的"比"、"兴"材料不出日常事物的范围,为"比"、"兴"引进了诸如虬龙鸾凤、桂棹兰枻、荷衣芰裳、天帝神女等光怪陆离的虚拟之物。曹魏正始年间的阮籍则在《诗经》之"兴""称名也小,取类也大"(《文心雕龙·比兴》)的基础上,大做"言在耳目之内,情寄八荒之表"、"厥旨渊放,归趣难求"(钟嵘《诗品》)的《咏怀》诗。李白、李商隐、李贺的"比"、"兴",也推陈出新,各有千秋。如李白的"君不见黄河之水天上来,奔流到海不复回。君不见高堂明镜悲白发,朝如青丝暮成雪"(《将进酒》),发端豪迈。李商隐的"锦瑟无端五十弦,一弦一柱思华年。庄生晓梦迷蝴蝶,望帝春心托杜鹃"(《锦瑟》),托物迷离。李贺的"幽兰露,如啼眼。无物结同心,烟花不堪剪"(《苏小小墓》),比喻怪异。这些都是《诗经》"比"、"兴"的绵绵瓜瓞,一花五叶。

(三)《诗经》的四言体,虽体漫于战国,却流行于汉魏六朝。"汉初四言,韦孟首唱。匡谏之义,继轨周人。"(《文心雕龙·明诗》)汉末,曹操作诗,尤工四言。他的最著名的作品如《短歌行》、《龟虽寿》、《观沧海》,都是四言体。魏末嵇康也以四言见长,一向被人称道的《赠秀才入军》十八首,没有一首不是四言。东晋诗人普遍写作四言诗,陶渊明的《时运》就是一首四言佳制。唐以下,四言体仍有人作,如王维、柳宗元的诗集中均有四言留存。《诗经》四言体还影响了其他文体,如赋、颂、赞、诔、碑、箴、铭、序等。东汉张衡《归田赋》、战国屈原《橘颂》、东晋郭璞《山海经图赞》、东汉傅毅《明帝诔》、秦始皇《会稽刻石》、《左传·襄公四年》所引《虞人之箴》、东汉李尤《围棋铭》,大抵祖承《诗经》,袭用四言。又,历代皇室、朝廷用于祭神祭祖的乐歌,从体裁到神气,一般亦模拟四言《雅》、《颂》。

《诗经》的杂言体,也有不小的蕃衍力。两汉乐府民歌以杂言为主要体裁,就是对《诗经》杂言体的继承和发展。汉代五言民歌的渊源也可以上溯到"《召南·行露》,始肇半章"(《文心雕龙·明诗》)。挚虞《文章流别论》说:"古诗之三言者,'振振鹭,鹭于飞'之属是也。汉郊庙歌多用之。"谢榛《四溟诗话》论三言体,说:"《江有汜》乃三言之始,迨《天马歌》,体制备也。"

此外,《诗经》的词汇、押韵等,后人也每每习而用之。如诗用叠字,从《楚辞》的"袅袅兮秋风"(屈原《九歌·湘夫人》),到汉诗的"迢迢牵牛星,皎皎河汉女"(《古诗十九首》),唐诗的"无边落木萧萧下,不尽长江滚滚来"(杜甫《登高》),宋词的"寻寻觅觅,冷冷清清,凄凄惨惨戚戚"(李清照《声声慢》),皆张本《诗经》。顾炎武《日知录·论古诗用韵之法》:"古句用韵之法,大约有三。首句次句连用韵……《关雎》之首章是也,凡汉以下诗及唐人律诗之首句用韵者源于此。一起即隔句用韵者,《卷耳》之首章是也,凡汉以下诗及唐人律诗之首句不用韵者源于此。自首至末,句句用韵者,若《考槃》、《清人》、《还》、《著》、《十亩之间》、《月出》、《素冠》诸篇……凡汉以下诗若魏文帝《燕歌行》之类源于此。"

在我国文学的百花园中,《诗经》是东风第一枝,展示了欣欣向荣的无边春色。《诗经》是千年常青树,永远蔚秀于中华文学之林和世界文学之林。

第三编

历史散文

第八章　殷商和西周散文

第一节　甲骨卜辞和铜器铭文

我国古代散文在邈远的上古时代即已萌芽,经过漫长复杂的衍化,到殷商西周时期(前16世纪—前770年),甲骨卜辞和铜器铭文的出现,标志着散文已走出远古时期的原始状态,而踏入其幼年时代。

远古散文是伴随着文字的发明而产生的。相传在没有文字以前,人们行"结绳之政"。伏羲氏始画八卦,炎帝时曾作"穗书",黄帝曾作"云书";黄帝时的史官苍颉创制"古文",才有正式定型文字(明陶宗仪《书史会要》)。这些传说是否属实,已不得而知。不过文字学家确认中国文字的出现甚早。唐兰认为"至少在四五千年前",华夏就有了发达的文字[1];马叙伦认为原始文字经过长期演化,先为"图画文字",然后再由"很具体的图画文字变成比较抽象的象形文字"[2]。从出土的远古文物考察,有的陶器已描绘出一些类似文字的图案。1986年冬,在陕西省长安县(今西安市)花园村西镐河故道南岸出土了一批原始甲骨文,有的已是进化了的象形文字,时间为公元前二十五世纪以前,证实早在夏朝初年或更前,我们的祖先就已经创造和使用甲骨文。

甲骨卜辞作为史学与文学的珍贵资料,其发现与研究已经历近百年的历程。1899年,首次在河南安阳小屯村殷墟遗址出土了一些"龙骨",即第一批甲骨文。其后数十年间,黄河流域的河南、陕西、甘肃等地陆续出土大批甲骨文,至今总数已有十九万片左右,单字约计四千五百多个。第一个发现甲骨文的是古文字学家王懿荣,他准确地将小屯村出土的甲骨文年代确定为殷商,断言甲骨文字确在篆籀之前。20世纪初以来,刘鹗、孙诒让、罗振玉、王国维、郭沫若等不少专家先后对出土甲骨文进行收集研究。刘鹗著第一部甲骨文书籍《铁云藏龟》,孙诒让著《契文举例》,罗振玉著《殷虚书契》,均为早期研究专著,其后中外研究者越来越多。到目前可逮定的甲骨文字已有九百个以上,约占出土甲骨单字的五分之一。

殷商西周的甲骨卜辞,原是商代和西周帝王、贵族占卜时简短的记录,刻写在龟甲、兽骨和人骨上,一般只有几个到十几个字,长的百多字。由于文字难懂和甲骨的破损缺蚀,至今许多文句不能理解。卜辞的内容,多为预测祸福、判断吉凶之类,也有其他记事文字。有的记述邦国先公先王,有的反映气象历法,有的记录农业生产和田猎,有的记载政治和军事活动,也有表现日常生活的,庞杂而丰富,使得人们可以窥见殷周时代社会生活的一些痕迹。

少量甲骨卜辞较为完整可读,记事顺畅明晰,初步具有了散文的某些因素。例如:

癸卯卜,今日雨。其自西来雨?其自东来雨?其自北来雨?其自南来雨?

——郭沫若《卜辞通纂》

这是癸卯日卜定今日要下雨,再进而卜问降雨来自何方的卜辞,可以窥见人们在蒙昧意识驱使下一切取决于卜筮的浓重迷信状貌。文字清晰,句意明显,先叙述后发问,卜问雨将来自东、南、西、北哪一方向,完整周到,可以说是记叙散文的胚芽。

有的卜辞蕴含丰富,简短集中,只须简略几句,一二十字,就概括出一幕重大历史事件。例如:

乙未〔卜〕,贞:立事〔于〕南,右从〔我〕,中从舆,左从曾。

——胡厚宣《战后南北所见甲骨录》

这里记录了商王武丁亲率大军参加对南方的一场战争,商军与"我"、"舆"、"曾"三个方国的部队配合作战。文字极其简括,仅十馀字,却从宏观角度记录了帝王的亲征及军力的配置,交代了主力与协从部队:商军右师由"我"国协助,中军由"舆"国协助,左师由"曾"国协助。全文采用粗线条、广概括手法,围绕武丁这次重要的军事活动,叙写比较完整有力。优秀的记事性卜辞多表现出这类特征。

还有少数卜辞集中记述人的活动,叙写比较丰富,文字也增长而不显单调,并已能通过情节表现人的状态。如:

癸巳卜,殻,贞:旬亡田(祸)。王固(占)曰:乃丝(兹)亦业(有)希(祟),若偁。甲午,王生(往)逐兕,小臣㞢车,马硪,驭王车,子央亦队。

——罗振玉《殷墟书契菁华》第一片

商王在出去打猎前,通过卜龟显示无祸,通过筮占却有祸祟,但还是准备出发。甲午那天,商王去逐猎兕牛,由小臣驾车,因马有失,王的车子出了毛病,子央也从车上摔下来。用意不外通过这次偶发事件来记录筮占的灵验和卜龟的失误,反映了那个时代的社会认识水平。围绕人的田猎,写出某些有趣的情节,反映了若干人的行为动态。商王信卜不信占,终至闹出乱子,记录事情首尾完整,已是一个简单的故事雏形。不过,卜辞类似这样精彩的片断较少。大部分甲骨文零碎或过简,停留于极为概括的记述状态,还谈不上文学技巧的运用,缺乏使人感到优美和有趣的审美特征。又由于约五分之四的文字未能逮定,所以许多卜辞依然披着一层神秘的面纱,有待研究者进一步探寻与披露。

关于甲骨文字和卜辞的参考书籍有前中央研究院《殷虚文字》甲、乙编,是四十年代的甲骨文总集。近年中国社会科学院历史研究所编辑的《甲骨文合集》,则是更加完善的总集。还可参考罗振玉《殷墟书契菁华》,郭沫若《卜辞通纂》、《甲骨文研究》,胡厚宣《甲骨探史录》、《甲骨续存》,吴浩坤、潘悠《中国甲骨学史》,中国社会科学院考古所《甲骨文编》等。普及本有李圃《甲骨文选读》、王宇信《建国以来甲骨文研究》等可供参阅。

殷周铜器铭文是殷商和西周帝王、贵族镂刻在青铜器皿上的文字。我国发明铸造青铜器工艺的时间极早。据《左传》和《史记》记载,禹时就曾"收九牧之金,铸九鼎",以象征统治九州的国家权力。殷周的帝王为政治的需要而铸造了许多大鼎。《诗经·周颂·丝衣》说:"鼐鼎及鼒,不吴不敖,胡考之休。"帝王们为了祭祀祖先、炫耀政绩、教化后昆,将文字镂刻在盘盂上。战国初年墨子说先王把天意书于竹帛,"镂之金石,琢之盘盂",传给后世子孙(《墨子·天志中》),反映了这种工艺与书体互为依存的原始史实。现已出土的大量殷代青铜器,不少制作相当精美,有的刻有铭文;出土周代青铜器数量更多。

殷周青铜器至迟从北宋即陆续出土,并见于著录。当时与石刻合称为金石学,南宋初赵明诚《金石录》就是这方面一部代表作。稍后,薛尚功专门搜集铜器铭文,著《历代钟鼎彝器款识》,成为专著,这样钟鼎彝器才独立分离出来。到清朝嘉庆、道光年间,金文的搜集研究更趋活跃,出现了许多名家。解放后,出土的青铜器越来越多,有铭文并已发表的已有近千件。历代出土青铜器已逾万件,为铜器铭文的研究提供了丰富的第一手资料。

殷商青铜器铭文大都比较简短,多者四五十字;周代铭文有所扩展,最长的《毛公鼎铭》近五百字。铭文的内容,多为记载殷周帝王和贵族的功绩、讼断、赏赐等,是那个时代认为有意义的事件,从中可以看见社会上层某些政治生活的片断。铭文属于当时的官方语言,风格多庄重典正,文句古拙板滞,缺乏感情与文采。大部分是散体,少数有韵。文字艰涩古奥,又多缺蚀,几乎与甲骨卜辞同样难懂。不过,也有某些铜器铭文叙述完整的事件,写人的行为言论,已有一定文学性。记述的篇制与内容,都比甲骨卜辞更为周详。例如《令鼎铭》:

> 王大耤(耤)农于谋田,饧(饬)。王射,有䢼(司)眔(暨)师氏小子䢼射。王归自谋田,王骏(驭),溓仲僕(仆)。令眔奋先马走。王曰:"令眔奋乃克至,仐(余)其舍女(汝)臣十家。"王至于溓宫,啟(䎽)。令拜頡(稽)首,曰:"小□乃学。"令对眡(扬)王休。

铭文记录了王的耤田与射箭,在回去的路上,王自己驾车,有叫做令和奋的人两个跑在马前面,王说如果他们能先回到家,就送给他们奴隶十家。结果王回去之后,就发布了赏赐的命令。令拜谢时又谦虚地说:"我不过是学习罢了。"并且颂扬王的美好恩德。虽是写实性记录,却有过程,有行动,有对话,显得有趣,王和令的形象都依稀可见。

有的铭文还记录了场面和人物言论,出现复杂化趋向。例如《训匜铭》:

> 隹(惟)三月既死霸(魄)甲申,王才(在)莽上宫,白(伯)𢾅(扬)父迺成𩛥,曰:"牧牛,戠乃可湛,女(汝)敢弖(以)乃师讼,女上𢍰先誓。今女既又(有)𢦏誓,尃𧧼啬觏儵㝛,亦兹五夫亦既𢍰乃誓,女亦既从讞(辞)从誓,卡可。我义(宜)便(鞭)女千,䉛𢧵女,今我赦(赦)女。义便女千,鼃𢧵女,今大赦女便女五百,罚三百爰(锾)。"白𢾅父迺或吏(使)牧牛誓曰:"自今余敢夒(扰)乃小大史(事)。""乃师或曰女告,则侄(致)乃便千、䉛𢧵。"牧牛则誓。埒(厥)𢍰告吏𩛥、吏𩛥于会。牧牛𪚔(辞)誓成,罚金,儵(训)用乍(作)旅盉[3]。

记录一个为王室掌六牲的牧人受审判的一场狱断。场面上有周王、司寇伯扬父、牧牛和五位证人,伯扬父正告牧牛:只有恪守誓言,才能再去任职事;又宣布对他实行"大赦",免去五百鞭,其馀五百鞭和墨刑折合罚金三百锾。牧牛发誓不敢再出事端,伯扬父还是严厉警告他:"要是你的官长再控告你,就一定鞭笞一千并执行墨刑!"铭文大部为对话,司寇伯扬父的严峻、被告牧牛的畏怯,神态和语气依稀可辨,场面人物也近在目前。以大部篇幅记言,为甲骨卜辞所罕见。

商代铭文主要用散语,周代铭文有不少韵语。如西周后期的虢季子白盘即是。该盘铭文说:

> 隹十又二年,正月初吉丁亥,虢季子白乍宝盘。丕显子曰:壮武于戎工,经䋣四方,博伐严狁,于洛之阳,折首五百,执嚻五十,是以先行。趩趩子白,献馘于王。王孔嘉子白义,王格周庙宣榭,爰飨。王曰伯父,孔显有光。王锡乘马,是用佐王。锡用弓、彤矢其央。锡用钺,用征蛮方。子子孙孙,万年无疆。

前半段记事,后半段记言,风格与《尚书》有些相近。

总的看来,铭文旨在直录,缺少修饰,典重有馀,鲜活不足。作者唯求雅正地显示王权的庄严,还不可能考虑到铭文本身的文采。

数百年来研究铜器铭文的中外著作甚多。清人阮元《积古斋钟鼎彝器款识》,方濬《缀遗斋彝器款识》,近人罗振玉《三代吉金文存》,以及容庚《金文编》,郭沫若《两周金文辞大系》、《殷周青铜器铭文研究》,徐中舒《殷周金文集录》和文物出版社出版的《商周青铜器铭文选》等均可参阅。金文目录可参考中华书局出版、孙稚雏所编《金文著录简目》以及中国社会科学院考古研究所编辑的《新出土金文分域简目》等。

第二节 《尚书》

《尚书》意即上古之书,是我国现存最早的散文总集。先秦称《书》,汉以后称《尚书》或《书经》,原为夏商周原始历史文献,主要是记载帝王的命令和言论,后来成为儒家的主要经典之一。

《尚书》的来源非常古远。《周易》有"河出《图》,洛出《书》,圣人则之"之说。墨子多次说尧舜禹汤文武把他们的政绩书于竹帛,又说他看过《夏书》。《尚书·多士》也说:"殷先人有典有册。"推知在殷商时期,可能已经有了辑成《尚书》的文献。这些文献的作者,多为各个时代的史官。上古中央王朝设有大史、小史、左史、右史等职,帝王的重要言行均有所记录,所谓"君举必书……左史记言,右史记事;事为《春秋》,言为《尚书》"[4]。左史将帝王、大臣的言论记录下来,就形成了原始的《尚书》。

　　今传《尚书》的结集和流传经历了曲折复杂的过程。起初《夏书》、《商书》、《周书》等当是单独成书的,《尚书》结成总集大约在西周后期。《左传》记述春秋人物称引《尚书》已屡见不鲜。春秋末年,据说孔子编订过《尚书》,最初有一百篇,孔子曾用作教材传授门徒。战国诸子引《书》甚为普遍。到暴秦专制,秦始皇焚书灭学,《尚书》遭到焚禁,"天下敢有藏《诗》、《书》、百家语者,悉诣守尉杂烧之。有敢偶语《诗》、《书》,弃市"(《史记·秦始皇本纪》)。济南伏胜在夹墙里藏了一部《尚书》。汉兴,伏胜取出所藏之书,已散佚大半,只剩二十八篇[5],在齐鲁一带授徒讲学。汉文帝刘恒听说伏胜能治《尚书》,欲召见他。伏胜已九十多岁,无法应召,文帝就派太常掌故晁错去向伏胜学习《尚书》。伏胜所传《尚书》二十八篇,因用汉代流行的隶字书写,称为《今文尚书》。汉景帝末年,山东曲阜的鲁恭王刘馀,在孔子旧宅壁间又发现了一部《尚书》,比伏胜所传多十六篇。这些壁中书据说是孔子后人孔惠(也有说孔鲋、孔腾)收藏的[6],因用战国时山东六国文字"古文"书写,汉人用"隶古"字重抄,称为《古文尚书》。《古文尚书》由孔子的后代孔安国保存。汉代经学分为今文经学和古文经学,两派曾经激烈斗争。西汉时,中央王朝只重视今文经学,其时立于学官的欧阳高的《欧阳尚书》、夏侯胜和夏侯建的大小《夏侯尚书》，都属于今文经学。《古文尚书》直到西汉末年刘歆提倡和力争才立于学官。东汉时，古文经学逐渐兴盛，有取代今文经学之势，《古文尚书》也受到充分重视和研究。不过，《古文尚书》流传到西晋末年，由于永嘉之乱，中原板荡，就丢失了。东晋初年，豫章内史梅赜说他有一部《古文尚书》，共五十八篇，呈献给朝廷。从此，这部《尚书》就一直流传下来。

但是，梅赜的《古文尚书》许多是采撷古籍辑成的伪篇。对此，唐人李汉就有怀疑，宋代吴棫、朱熹进一步提出许多疑问。朱熹看出"今文多艰涩，而古文反平易"的矛盾现象。明人梅鷟已指出《古文尚书》中许多伪迹。到清代，阎若璩著《尚书古文疏证》，列出一百二十八条证据，指出梅赜本《古文尚书》与古籍、史例、古史、典礼、历法、地理、训诂、义理均不合，终于揭示出梅赜《古文尚书》基本上是一部伪书[7]，只有与伏胜二十八篇《今文尚书》相同的才是真《尚书》，这二十八篇在梅赜所献的《古文尚书》中被分解成三十三篇。

《尚书》二十八篇包括《虞书》二篇：《尧典》、《皋陶谟》；《夏书》二篇：《禹贡》、《甘誓》；《商书》五篇：《汤誓》、《盘庚》、《高宗肜日》、《西伯戡黎》、《微子》；《周书》十九篇：《牧誓》、《洪范》、《金縢》、《大诰》、《康诰》、《酒诰》、《梓材》、《召诰》、《洛诰》、《多士》、《无逸》、《君奭》、《多方》、《立政》、《顾命》、《吕刑》、《文侯之命》、《费誓》、《秦誓》。其中《虞书》二篇，开头都有"曰若稽古"字样，是后人根据古代传闻和史料追记的，但根据现代科学家对四仲中星的研究，认为确是上古天文记录，可见其内容并非全无事实为据，确实保存了一些上古历史资料。《夏书》中的《禹贡》，是古老的地理著作；《甘誓》全文曾为墨子所引[8]，其来源也相当古远。《商书》中的《盘庚》、《高宗肜日》、《西伯戡黎》等篇，公认是可靠的商代文献。《周书》除《文侯之命》和《秦誓》为春秋时文，大都是西周初期的历史资料。梅赜所献《古文尚书》中多出的二十五篇,原是捃摭《尚书》逸句或片断缀集而成,整篇看来是伪作,但里面也保存不少殷周文献的佚文,有些文句在流传的一千多年中实际影响极大。如伪《五子之歌》"民惟邦本,本固邦宁",伪《大禹谟》"野无遗贤,万邦咸宁"等,为历代帝王文告和庙堂匾联经常化用,成为封建统治术语和座右铭。

《尚书》作为政治历史文献,集中汇聚了上古时代的统治意识和施政经验。《虞书》的《尧典》和《皋陶谟》,反映了传说中的尧、舜、禹、皋陶等著名政治家孜孜不倦、忧劳治国的奋勉精神,包括禅让、巡视天下、治水、选用贤才等事迹。《禹贡》记述禹划定九州,疏浚河道,规定贡赋。这些篇章都总结了早期治国理民的粗略经验[9]。

《商书》和《周书》表现了殷周时代的神权政治观,以及这种观念的演变。强调天命神授、君权天授,正是后世历代封建皇权政治的基石。在殷商时代,极端崇尚天帝神权而菲薄人事。殷人认为至高无上的"天"把治理天下的权力给予"天子"。《尚书·西伯戡黎》记载纣王十分迷信天命,说:"呜呼!我生不有命在天!(唉!我是从上天那里接受大命的!)"认为自己受命于天,是天赋予他以神权意志并以此威服百姓。殷商统治者把"天"说成是"民"的监督者、惩罚者。《高宗肜日》说:"惟天监下民,典厥义。"又说:"民有不若德,不听罪,天既孚(罚)命正厥德。""天"俨然一个威严冷酷的绝对权威。商代的统治意识几乎全部为天命神权所笼罩。

《周书》显示周初统治者的意识为以尊天、敬德、重农、保民为主导。一方面,西周统治者继承了殷商的尊天思想,同时,又汲取殷商败亡的教训,认为仅仅尊天还不够,必须加倍重视人事。他们把"天"解释为"民"的生育和保护者。《洪范》说:"惟天阴骘下民。"《大诰》说:"天棐忱辞,其考(成就)我民。"有的政治家把民事看得较重,对天的作用已提出怀疑。周公虽一再表示要"念天威",但在

《君奭》篇里他又讲:"天不可信。"又说:"我民罔尤违,惟人。(人民不会无缘无故怨恨,一切都在人为。)"周统治者倡行德政,提出"敬德"。《召诰》呼吁"王其疾敬德。王其德之用,祈天永命"。把"敬德"与巩固政权联系起来,这不能不说是一大进步。

周人的祖先弃,相传为虞舜时代的后稷(农官),《周书》反映了周人重农的传统。《梓材》篇可以窥见周代农业生产的规模:"若稽田,既勤敷菑,惟其陈修,为厥疆畎。(好比种田,既然辛勤地把土地耕起来并播上种子,那就应该考虑修治疆界和田间水渠。)"《无逸》篇提出要"先知稼穑之艰难",批评某些人"厥父母勤劳稼穑,厥子乃不知稼穑之艰难"。这些记载与《诗经·周颂》的《噫嘻》、《丰年》等篇反映的周代农业生产情况互为印证,说明周人已把重农由实际经验上升为一种统治思想,农业生产受到从王朝上层到百姓的普遍重视。

《周书》中许多篇章反映了西周统治者汲取历史教训,明确提出"保民"的口号。周初统治者多次提到"夏鉴"、"殷鉴",夏、殷统治者都因为对百姓过于暴虐而自掘坟墓,西周统治者自我示警,认为必须以他们为鉴诫,对人民采取较宽松的怀柔方针,提出"保民",这又是施政意识的一大进步。如《康诰》篇说"用康保民",并说要"若保赤子";《梓材》篇说:"欲至于万年,惟王子子孙孙永保民。"直言不讳地把延长王权寿命与"保民"联系起来,并出现了重视人民情绪与意志的意识。《康诰》说:"天畏棐忱,民情大可见。"《酒诰》进而说:"人无于水监,当于民监。"提出以人民作为得失鉴镜。这些意识,表现了对"民"的地位的具有历史意义的新评价,实为春秋战国"民本"思潮的本源。

《尚书》还概括了上古时代多方面的统治经验与教训,如治国要兢兢业业,勤勉谨慎;要知人善任,举用贤才;要明德慎罚,不能诛杀无辜；要懂得艰难，不能贪图安逸等。这些多层意识和经验既作纵向传递又向横向扩展，长期为中国历代各朝统治者所承袭，成为他们敷政理民所标榜的主要宗旨。

《尚书》文体包括典、谟、誓、训、诰、命等，即帝王和诸侯的文告、誓词、命令、谈话记录之类。大多为上古记言体散文，文字艰深，古奥拙朴，晦涩难懂。这是因为各王朝史官记录这些文章时，普遍使用当时的官方语言，力求写得雍容雅正，并尽量简短扼要。文中用了许多上古常用词汇，如"迪"、"诞"、"攸"、"台（怡）"、"厎"、"剢"、"乂"等，与秦汉古文不同，汉人阅读起来已感到生僻。语法顺序和后世也不太一样，虚词较少使用，特别是关联词常被省略，加上年代久远，典章名物、政治术语与后世不同，又由于错简、残简所造成的讹误，因而读起来尤其扞格不畅，十分费解。连韩愈也说："周《诰》殷《盘》，佶屈聱牙。"（《进学解》）

在风格上，《尚书》各篇大都显得质直，往往直抒命令或意见，很少藻饰。例如《汤誓》篇记载商汤发布攻击夏桀的命令，就径直向部下宣布：

> 尔尚辅予一人，致天之罚，予其大赉汝。尔无不信，朕不食言。尔不从誓言，予则孥戮汝，罔有攸赦！

《尚书》中不少篇章属于谈话记录，也有一些是在谈话记录的基础上加以整理而成的，因此，还保留着某些通俗性，使用了"呜呼"、"噫"、"嗟"等感叹词，使人可以领略出当时的语气，同时体现了较为浓郁的感情色彩。尤其是周公的诰誓之文，有着强烈的感情色彩。《多士》篇是周公平定武庚和三监叛乱之后，将殷商顽民西迁洛邑时，对殷顽民的讲话记录，俨然长官训斥臣民的口吻，劝谕里面有很严厉的警告。《康诰》、《君奭》等篇,分别是周公告诫康叔、召公的,口气表现为诚恳、庄重。周公是西周初年举足轻重的大臣,肩负着扶助幼王治理朝政的重任。他对君王是谆谆教诲,劝诫君主敬德保民、勤勉治国。对臣下则坦诚相见,诚心诚意希望联手共创周朝的美好前景,并使之千秋万代。《尚书》中的周公是一位有着浓烈忧患意识的忠厚之臣,他的言谈之中处处流露出浓郁的忧国忧民的情绪。尤其《无逸》篇,记周公劝诫成王勤劳政事,不可豫逸,历来为人们推重。篇中各段均以"呜呼"起首,然后引用殷中宗、殷高宗、祖甲、周太王、王季、文王以及殷纣王等正反面经验教训,告诫周成王不可"生则逸",要懂得人民的痛苦和稼穑的艰难。

  周公曰:"呜呼!继自今嗣王,则其无淫于观,于逸,于游,于田,以万民惟正之供。无皇曰:'今日耽乐。'乃非民攸训,非天攸若。时人丕则有愆。无若殷王受(纣)之迷乱,酗于酒德哉!"

高瞻远瞩,关怀备至,反复叮咛,期望殷切,语气极其诚恳。尤其是每段首起的感叹词,将自己的担心、期盼、寄托,以无言的方式通过特定的谈话环境表达得淋漓尽致,不仅使受话者感受到其中丰富的涵义,也使旁观者掂量出厚厚的分量,为他的情绪所感染。《无逸》通篇首尾连贯、结构完整、内容丰富、证据充足,已经是较成功的说理文。

  作于东周时期的《秦誓》,以情真意切取胜,是《尚书》里面最富于个人感情的作品。由于秦穆公的失误,在殽之战中秦国遭到惨败,《秦誓》是秦穆公沉痛检讨导致战败的自我批评,整篇誓辞虽短,但作者根据表达思想感情的需要而起讫自如,而且随着感情的起伏,极尽屈曲。通篇的主要特色在于直抒情怀、懊悔沉重的心情倾泻无碍。

"我之心忧,日月逾迈,若弗云来!""番番良士,旅力既愆,我尚有之;仡仡勇夫,射御不违,我尚不欲。"整饬的文句,与其他句式交错运用,更有利于个人感情的奔泻。

《尚书》中经常可以看到整齐有韵之文。例如《洪范》所记九条治国大法,第五条有这样一段文字:

> 无偏无陂,遵王之义;无有作好,遵王之道;无有作恶,遵王之路。无偏无党,王道荡荡;无党无偏,王道平平;无反无侧,王道正直。

这段文字音韵谐协,颇近诗歌。我们不妨称之为"王道颂"。又如《盘庚》篇的:

> 先王有服,恪谨天命,兹犹不常宁。不常厥邑,于今五邦。今不承于古,罔知天之断命,矧曰其克从先王之烈。若颠木之有由蘖,天其永我命于兹新邑,绍复先王之大业,厎绥四方。

这段文字韵散相间,其中,"命"、"宁"为韵;"烈"、"蘖"为韵,这样把韵文杂在散文中间,错落有致,颇具韵味。

大量运用比喻说明问题,是《尚书》语言艺术的一个重要特点。《盘庚》篇记载商代君主盘庚打算迁都,遭到来自各方的反对,为了说服他们,必须将迁都的理由说清楚。《盘庚》篇运用了一系列的比喻,将迁都比喻为"若颠木之有由蘖",如同那被伐倒的树木,干枯的地方可以冒出新芽来。以死亡的"颠木"比喻旧都,以新生的充满生机的"由蘖"比喻新都。形象鲜明,同时又包含暗喻与对比:固守旧都只能坐以待毙,自取灭亡;迁徙新都则可以获得新生,重振雄风。

盘庚在讲述自己的威严时,也使用了比喻"予若观火",以火的暴烈与无情,喻君王的威势,以使臣民畏服。将君臣关系比喻为"若网在纲,有条而不紊",说明臣民只有顺服君王,令行禁止,整个国家政务的处理才会纲举目张。以"若农服田力穑,乃亦有秋",像农民付出艰难的劳动,才会有秋天的好收成,比喻只有艰苦奋斗,才能将国家建设好。"若乘舟,汝弗济,臭厥载",如同乘船渡河,但登上船后却不愿过河,坐待船的朽烂而自取灭亡,比喻不听劝告,不诚心合作只会将事情搞坏。说明反对迁都实在愚蠢可笑。他警告贵族不要散布浮言惑众,因为罪恶一经煽动,就像大火在草原上燃烧,不可控制。"若火之燎于原,不可向迩,其犹可扑灭?"又说我把迁居的困难告诉你们,是为了心中有数,就像射箭要有靶子一样。"予告汝于难,若射之有志。"这些比喻都用得贴切允当,使文章显得生动平易,增强了说服力。另外,《牧誓》中周武王用"牝鸡司晨"比喻商纣王"惟妇言之用";《梓材》篇一连用种田、盖房、制作家具等作喻,说明实行宽大政策是在前人取得成就基础上的发展提高;《君奭》篇记周公旦告诫召公奭,认为他们二人辅佐周成王就像在一起涉过黄河一样艰危。这些比喻使文句显现出形象性,以形见意,具有一定的审美特征。

《尚书》用喻取材十分朴素,多为日常生活中习见之事,如盖房、耕地、乘船等,以这样简单的事情作比喻,很容易使对方明白自己的意思,并产生共鸣,同时又诱使对方自然地赞同喻中设定的显而易见的结论,进而不自觉地赞同自己的观点,从而很快地被说服,起到较好的效果。

在少数地方,《尚书》记叙人的活动,成功地描绘了情节与场面。《金縢》篇所记是一个传奇性故事:武王克商不久,得了重病,周公向祖先祷告,愿意代武王死。第二天,武王病愈,周公也没有死,史官把这件事和祷告辞记录收藏在金属柜子里。后来周成王执政,管叔等人挑拨说周公想篡夺政权,成王对周公产生怀疑,周公只好避居到奄国去。秋天出现了狂风雷电的可怖天灾,成王打开文件柜,看到了周公当年愿意为武王代死的祷告辞,周公的忠贞使成王感动落泪,于是亲自到郊外迎接周公归朝,消除了误会。这时,天灾也消除了,"禾则尽起","岁则大熟"。记载的是事件的完整过程,形成比较曲折有味的故事,情节丰富,并初步展示了人物的面貌、气质及心理,以记事为主,已具有叙事散文的特点。《顾命》描写周康王即位大典的场面,极其细致详赡:

> 越玉五重,陈宝,赤刀、大训、弘璧、琬琰在西序。大玉、夷玉、天球、河图在东序。胤之舞衣、大贝、鼖鼓在西房。兑之戈、和之弓、垂之竹矢在东房。大辂在宾阶面,缀辂在阼阶面,先辂在左塾之前,次辂在右塾之前。二人雀弁,执惠,立于毕门之内。四人綦弁,执戈上刃,夹两阶戺。一人冕,执刘,立于东堂。一人冕,执钺,立于西堂。一人冕,执戣,立于东垂。一人冕,执瞿,立于西垂。一人冕,执锐,立于侧阶。王麻冕黼裳,由宾阶隮。卿士邦君,麻冕蚁裳,入即位。太保、太史、太宗皆麻冕彤裳。太保承介圭,上宗奉同瑁,由阼阶隮。太史秉书,由宾阶隮,御王册命。

下面写太史宣读册命之辞,康王致答辞,大臣和康王互相行礼,并接受诸侯朝拜等等。写出宏大的场面,肃穆的气氛,众多的人物,繁缛的礼节,琳琅满目的摆设,头绪清晰,井然有序,已经是一篇复杂的叙事散文。

《尚书》这种庄重典正的文体有其局限性,大抵只能作为政府的文告,却不便于人们思想感情的交流,因此,自春秋末年以后就很少在社会上流行了。不过，汉以后历代皇室文告往往还要模仿它，以表示威严与庄重。刘勰说："诏、策、章、奏，则《书》发其源。"（《文心雕龙·宗经》）从汉武帝的《策封燕王旦》、《策封齐王闳》到明清某些诏告，常要用堂而皇之的"尚书体"来撰写。它也是历代企望登上仕途的读书人学习和应试的课题之一。《尚书》对后世特别是对官方文告的影响，是十分邃远的。

今存十三经注疏本《尚书注疏》、四部丛刊本《尚书》都是真伪相糅的传统版本。今文尚书可参阅孙星衍《尚书今古文疏证》、曾运乾《尚书正读》、王世舜《尚书译注》以及刘起釪《尚书学史》等。

第三节 《逸周书》

《逸周书》旧题《汲冢周书》，原称《周书》，是一部记述周代政治和思想观念的历史文献。

《逸周书》记录了许多西周和春秋史实，汉刘向说是孔子删定《尚书》时所剩馀的资料[10]。宋李焘认为"抑战国处士私相缀续，托周为名，孔子亦未见"（李焘《汲冢周书序》）。清朱右曾力主不得晚于春秋[11]。今人刘起釪认为其中一部分是西周文献，一部分近于战国文字，少数作于汉代[12]。春秋战国时代解经文体兴起，《逸周书》各篇都题为"解"，也许原先是解说《周书》的著作。不过，与现存《尚书·周书》十九篇没有联系。此书流传到西汉，王室中秘藏书里就有。司马迁《史记》记述武王克殷等事迹与之相合；东汉班固《汉书·艺文志》载录《书》九家，其中就有《周书》七十一篇。不过，此书后来散佚不全。到西晋咸宁五年（279），汲郡名不准者盗掘战国魏安釐王（一说魏襄王）墓，得竹书数十车，《逸周书》和《穆天传》等先秦古籍同时出土。晋人孔晁为《逸周书》作注,得以流传下来[13]。

今本《逸周书》共七十一篇,有的有目无文,实际只存五十九篇。全书内容繁芜。有些篇章保存了一些珍贵的上古史料。如《史记解》记载了大批远古诸侯的兴亡,其中许多国家及其政迹为其他史籍所未载。《王会解》、《酆保解》、《程典解》、《世俘解》等,则从总结政治经验出发,记载了殷商西周及周围许多民族的远古状况。有些篇章阐发政治理论,如《度训解》、《常训解》、《文酌解》等,研究统治者与人民之间的复杂关系,包括制度、人性、礼乐、赏罚等,许多命题不同于后来的儒家轨范,表现了意识在未受儒学教条羁縻前的自由与丰富性。还有一批是军事论文,探讨战略战术原则,如《大武解》、《大明武解》、《小明武解》等;有的是历书,讲节气月令,如《时训解》、《周月解》等;有的讲谥法,讲器服,讲地理山川,十分广泛。而记载西周文、武、周公等历史人物活动的内容最多,较为集中,从一定的点与面反映了周代的政治与社会面貌。

《逸周书》大多数篇章属于议论文或记言文。文章比较简短,一般只有几百字,最短的才七十馀字。有些文章像《尚书·周书》一样使用感叹词"呜呼",有些文章开头有"曰若稽古"字样。文章风格,介乎《尚书》与战国秦汉散文之间。有的比较古拙,但又不像"周《诰》殷《盘》"那样艰涩板重。有的地方采用了多种艺术手段,使文章显示出辞采与形象美,表现了语言技巧的演进。例如《周祝解》中的一段:

> 故木之伐也而木为斧,贼难而起者自近者。二人同术,谁昭谁暝;二虎同穴,谁死谁生?故虎之猛也而陷于获,人之智也而陷于诈。叶之美也解其柯,柯之美也离其枝,枝之美也拔其本。

俨矢将至,不可以无盾。故泽有兽而焚其草木,大威将至,不可为巧;焚其草木则无种,大威将至,不可以为勇。

是当时成语俗谚的汇集,词句具有形象美和韵律感,春秋时不多见,只有在战国时期的优秀散文中才能找到。

《逸周书》中有一些记叙散文,记述了重要的历史事件,叙事完整生动,写得相当成功。如《克殷解》写周武王克殷杀纣一段,就十分精彩:

> 周车三百五十乘,陈于牧野,帝辛从。武王使尚父与伯夫致师。王既以虎贲戎车驰商师,商师大败。商辛奔内,登于廪台之上,屏遮而自燔于火。武王乃手太白以麾诸侯,诸侯毕拜,遂揖之。商庶百姓咸俟于郊。群宾佥进曰:"上天降休!"再拜稽首。武王答拜,先入适王所,乃克射之三发,而后下车,而击之以轻吕,斩之以黄钺,拆悬诸太白。适二女之所,乃既缢。王又射之三发,乃右击之以轻吕,斩之以玄钺,悬诸小白。

下面写武王如何即位,释箕子之囚,释放百姓,并用财粟散赈人民,做了许多好事,然后班师。描写事件首尾完整,曲折起伏,情节生动,人物可见。后来司马迁撰写《史记》,显然参考过这些记载。另外如《王会解》《殷祝解》《太子晋解》等,叙事中竟又掺杂某些虚构成分,如怪诞的珍禽异兽和神话传说等,使叙事散文进一步艺术化。《太子晋解》描写了一个神异的故事:周灵王的太子晋只有十五岁,却表现出特有的才智,晋平公派师旷去试探,经过一番互相问难之后,师旷十分佩服:

> 师旷见太子,称曰:"吾闻王子之语,高于泰山。夜寝不寐,昼居不安。不远长道,而求一言。"王子应之曰:"吾闻太师将来,甚喜而又惧。吾年甚少,见子而慑,尽忘吾其度。"师旷曰:"吾闻王子,古之君子,甚成不骄。自晋始如周,行不知劳。"王子应之曰:"古之君子,其行至慎,委积施关(疑作"惠")。道路无限,百姓说之。相将而远,远人来欢,视道如尺。"师旷告善。

接着写师旷与他谈论一些历史人物,以及对"王侯君公"价值的理解,太子晋都出语不凡,使师旷连连称善,高兴得跺起脚来,甚至有"戏问""戏答"。并一道入席奏乐,赋诗明志。师旷要走的时候,又试探太子晋"将为天下宗乎?"太子晋表示决心不作天子,并自知三年后将"上宾于帝所"。后来果然应验。文章言语平易,提问委婉,多用韵语,表达思想精确含蓄。太子晋的谦虚机敏、见识非凡,师旷的老练深沉、幽默多智,形象独特,生动鲜明。这些,说明《逸周书》既受《尚书》的沾溉,又有了一定的艺术演进。

总的看来,《逸周书》既有真实的历史事迹,又有夸张的民间传说,其语言形式不一,既有参差的散文,也有整齐的韵语,还有杂采的谣谚。表现出先秦时期书面语言发展的不同轨迹,可以看出从艰涩的《尚书》体到通畅的战国文风并存杂糅的现象和逐渐演进的过程[14]。

关于《逸周书》的参考书,有朱右曾《逸周书集训校释》、丁宗洛《逸周书管笺》、陈逢衡《逸周书补注》等。最新注本是黄怀信等的《逸周书集校汇注》。

[1] 详见唐兰《中国文字学·文字发生的时代》。
[2] 详见马叙伦《马叙伦学术论文集·中国文字之原流与研究方法之新

倾向》。

〔3〕 李学勤《岐山董家村训匜考释》,《古文字研究》第一辑,中华书局1979年版。

〔4〕 《汉书·艺文志》。又见《礼记·玉藻》,文字稍异。

〔5〕 《史记》、《汉书》均记伏胜得残书二十九篇,王充主张伏胜残本为二十八篇,后有河内女子发老屋得逸书一篇,二十九篇之数始定。

〔6〕 见唐陆德明《经典释文》。

〔7〕 继阎若璩之后,惠栋作《古文尚书序》、程廷祚著《晚书订疑》、王鸣盛、江声、丁晏、戴震、段玉裁、孙星衍、焦循等陆续著书补充阎说。也有个别学者如毛奇龄仍坚持《古文尚书》不伪。

〔8〕 《墨子·明鬼下》引《甘誓》文云出《禹誓》,实为一篇。

〔9〕 《尧典》、《皋陶谟》和《禹贡》,近代学者有的认为作于战国。如顾颉刚为首的"古史辨派"即是。

〔10〕 《汉书·艺文志》颜师古注引。

〔11〕 见其所作《逸周书集训校释》序。

〔12〕 见《中国古代史料学》,北京出版社1988年版。

〔13〕 也有人(如宋王应麟、明杨慎)认为,所谓《逸周书》并非首次发现于汲冢,而是早就存在,刘向已经提到,班固《汉书·艺文志》已著录,均称《周书》,而汲冢出土古籍并不包括它。此说得到许多人赞同。也有人认为,此书虽然著录于汉代,但后来散佚不全,由晋初出于汲冢者补足,所以"系汲冢亦可,不系汲冢亦可"(明胡应麟《三坟补遗》)。

〔14〕 参看谭家健《〈逸周书〉与先秦文学》,《文史哲》1991年第3期。

第九章 《春秋》和《左传》

第一节 《春秋》

我国很早就有以文字记载的历史著作。《汉书·艺文志》说,古代史官记录帝王言行,"左史记言,右史记事,事为《春秋》,言为《尚书》";《礼记·玉藻》说:"天子玄端而居,动则左史书之,言则右史书之。"事实上"君举必书"是不可能的,但是古代确有史官制度以保证文字记载的历史的连续性。据现今所见文献资料来看,"事为'春秋'"的"春秋",即记录各国重大事件的纪年史或年代记。其所以名为"春秋",是取春秋代序为一年的意思,后来就成为纪年史的专名。春秋战国时期各诸侯国都有"春秋"。据《墨子》等书记载,墨子曾见过"周之春秋"、"燕之春秋"、"宋之春秋"、"齐之春秋"等"百国春秋"[1]。据《国语》记录,当时楚国、晋国也都各有"春秋",只是名称不同,楚称为"梼杌",晋称为"乘"[2]。岁月久远,这些"春秋"大多已经亡佚,保留至今的只有鲁国的"鲁春秋",这就是我们现今所看到的《春秋》的原本。此外还有《竹书纪年》的一部分,"盖魏国之史书,大略与'春秋'皆多相应"(《晋书·束晳传》)。

《春秋》是鲁国的纪年史，它以记录鲁国的历史事件为主，同时兼及周王室和其他诸侯。它的作者，据《孟子·滕文公下》说应为孔子，因春秋时代"世衰道微，邪说暴行有作，臣弑其君者有之，子弑其父者有之。孔子惧，作《春秋》"。《史记·太史公自序》也说："孔子厄陈蔡，作《春秋》。"自古以来，孔子作《春秋》的说法一直占有重要地位。但是客观地考察先秦典籍，完全可以证明《春秋》毕竟不是由孔子一人撰写而成，也不是孔子时才出现的著作。《左传》昭公二年记：晋大夫韩起聘鲁，"观书于太史氏，见《易象》与《鲁春秋》"。这里的《鲁春秋》当为现今《春秋》之原本。此时为公元前540年，孔子年仅十馀岁。另有汉严彭祖《严氏春秋》引古本《孔子家语·观周篇》曰："孔子将修《春秋》，与左丘明乘，如周，观书于周史，归而修《春秋》之经，丘明为之传，共相表里。"（严书已佚，此引自孔颖达《春秋左氏传正义》）《左传》中也不止一次提到孔子修《春秋》的情形，如僖公二十八年："是会也，晋侯召王，以诸侯见，且使王狩。仲尼曰：'以臣召君，不可以训。'故书曰：'天王狩于河阳。'"成公十四年："君子曰：《春秋》之称，微而显，志而晦，婉而成章，尽而不汙，惩恶而劝善，非圣人，谁能修之？"[3]因此较为传统的说法是，孔子及其弟子曾经对"鲁春秋"做了一定的删改，修正其中的谬误，提炼其文字，并按照统一的体例进行了加工，最终使它成为一部典范的编年史著作。至于"鲁春秋"的原始作者，可能是鲁国世代相承的史官，我们只能作这样的推测。

《春秋》的主要内容，是记载鲁隐公元年（前722）至鲁哀公十四年（前481）间[4]，发生在鲁国和王朝及其他诸侯中的重大事件。其中有国家重要的祭典、盟会，国君的嗣立、丧葬，各诸侯间的交往和互访，以及大量有关军事行动的记录。春秋是我国历史上征战、兼并的时代，据《春秋》记载，二百四十二年中就有战争七百三十多次。

《春秋》记事,基本以某年、某月、某日于某地、某人发生某事的格式记写。记录是提纲式的,但条陈清晰,言简意赅。如隐公元年:"春王正月。三月,公及邾仪父盟于蔑。夏五月,郑伯克段于鄢。秋七月,天王使宰咺来归惠公、仲子之赗。九月,及宋人盟于宿。冬十有二月,祭伯来。公子益师卒。"记录不同的事件有不同的用语和体例,但皆按照自然时间的顺序依次叙写。全书约一万六千五百馀字[5]。

　　在春秋时代,诸侯国的"春秋"都是贵族子弟日常学习的课本。据《国语·楚语》记,申叔时认为"春秋"是太子必须首先学习的科目,"为之耸善而抑恶,以戒劝其心";《晋语》记叔向之所以被荐为世子彪傅,正是由于他"习于'春秋'"。鲁国的《春秋》也是被传授的一门课程。孔子教授弟子,《春秋》是"六艺"之一,是历史的教科书。至战国时期,《春秋》大行于世。在汉代,它已成为封建教育的经典"五经"之一。司马迁说:"有国者不可以不知《春秋》,前有谗而弗见,后有贼而不知。为人臣者不可以不知《春秋》,守经事而不知其宜,遭变事而不知其权……故《春秋》者,礼义之大宗也。"(《史记·太史公自序》)可见《春秋》在礼教中的重要地位。当时传习《春秋》的有公羊氏、穀梁氏、邹氏和夹氏。《公羊传》和《穀梁传》皆流传至今,"邹氏无师,夹氏未有书"(《汉书·艺文志》)。后世以《公羊传》、《穀梁传》和《左氏春秋》(即《左传》)合称为"《春秋》三传"。

　　从文学的角度看,《春秋》的语言简练、准确,用词谨严。《史记·孔子世家》说:孔子"为《春秋》,笔则笔,削则削,子夏之徒不能赞一辞"。这可能是指孔子修改《春秋》的情形,但亦可知其文字的精练达到不可删易一字的程度,显然是经过精心推敲的。《春秋》中没有语意不明、不合逻辑的语句,它为人们提供了提炼语言的方法。如僖公十六年:"春王正月戊申朔,陨石于宋五;是月,六鹢退飞过宋都。"《春秋》用前后不同的句法,简明地叙述了自然界的两件怪事。《公羊传》解释说:"曷为先言陨而后言石?陨石,记闻,闻其磌然。视之则石,察之则五。""曷为先言六而后言鹢?六鹢退飞,记见也。视之则六,察之则鹢,徐而察之则退飞。"《春秋》作者随其闻见观察的先后,准确地选择词语并确定它们在句中的次序。

《春秋》中词语的选用是极为严格的。以书中的动词为例:盟、会、遇;卒、薨、崩;如、奔、逊;杀、弑;筑、城,各组近义词的含义皆有细微的差别,用以区分同一行为中不同的社会内涵及作者的评价,或区别人的等级。《春秋》记录战事的词汇尤其丰富,由于战争的性质不同、交战情况的差异,《春秋》专有各种词语分别进行描述。仍以动词为例,如表现征伐、侵入的有伐、侵、袭、入,表现取胜程度的有克、平、灭、取,表现战事状态的有战、围、歼、迁、次、救、还、追,表现战争结果的有降、获、执、败、败绩,等等。这一方面反映了频繁的战争过多地占有了当时人们的生活,另一方面也表现出人们对于战争的重视和对战略、战术深入的研究。

《春秋》的语言简洁而谨严,同时它的含意又是极为富赡的,作者的思想倾向皆蕴含其中。例如隐公元年"郑伯克段于鄢"一句,按《左传》所说:"段不弟,故不言弟;如二君,故曰克;称郑伯,讥失教也……不言出奔,难之也。"虽然只有六个字,但是用什么字、不用什么字,都是经过反复推敲、严格划定的,字字皆有潜在的含义。又如宣公二年"晋赵盾弑其君夷皋"一句,因为是臣杀君故用"弑";因为晋灵公不君故直书其名。"三传"记录的事件的详细经过恰好证明了这些含意。古人对《春秋》历来有"一字褒贬"之说,后世或称为"春秋笔法"(又有"皮里春秋"或"皮里阳秋"之说),这正是总结《春秋》的语言特点而得来的说法。这种言简意丰、隐含褒贬的笔法对后代的文学创作产生了不可忽视的影响。

由于孔子与《春秋》的密切关系，一般认为"《春秋》采善贬恶"（《史记·太史公自序》）是表现孔子的政治主张：反对诸侯兼并，反对篡位夺权、犯上作乱。而实际上这种主张或思想倾向并非孔子所独有，鲁国的史官又何尝不是如此？孔子不能修改《春秋》的全部记事，他只是认为："我欲载之空言，不如见之于行事之深切著明也。"（《史记·太史公自序》）这种"见之于行事"或称"属辞比事"的写法，正是"春秋笔法"的显著特点，用朱熹的话说即"直书其事，善恶自见"[6]。

　　《春秋》记事与《竹书纪年》中"魏国之史书"的内容基本是一致的[7]。但就语言文字将二者作一比较，显然有精粗高下之分。《竹书纪年》以年系事，而多有缺漏，远不及《春秋》编年、书法体例之详备；《竹书纪年》虽亦使用史官的记述语，但远不及《春秋》的准确和规范。例如《竹书纪年》记："平王四十九年鲁隐公及邾庄公盟于姑蔑。"《春秋》隐公元年则记："公及邾仪父盟于蔑。"按《春秋》"义法"，《春秋》中单称"公"者皆指鲁君；因邾初为鲁之附庸，故对邾君仅称其字"仪父"；又因鲁隐公名姑息，故讳称鲁地姑蔑为"蔑"[8]。相比之下，《春秋》行文之严谨可见一斑。

　　但也应指出，由于《春秋》的记事过于简质，一般仅记录事件的结局，缺少对具体过程的细致描写，因此使人很难了解历史事件的原貌，并为后代士人诠释《春秋》留有极大的余地，究诘《春秋》之"微言大义"，适开了经学"穿凿附会"之先例。

　　《春秋》在古代史学史、思想史、经学史上都有重要的地位。它是现存的中国第一部编年史著作；是春秋时期儒家政治思想的具体体现；在经学中无论讲哪一派，都还要从孔子删定"六经"说起。因此《春秋》在这些学术领域的历史地位是不容置疑的。《春秋》虽然不是文学作品，但是它对我国古代书面表达语言的发展起过重大的作用,它与散文写作讲求文辞简洁、含蓄蕴藉的传统有密切的关系。由于世代传习,人们在学习、研究《春秋》的同时,也学习和继承了它的语言特点和行文笔法。

第二节 《左传》的作者及成书年代

《左传》是《春秋左氏传》的简称,又名《左氏春秋》,汉人也有称为《春秋古文》的。《左传》之名始见于东汉班固《汉书·艺文志》:"左氏传三十卷。"班固自注作者是:"鲁太史左丘明。"司马迁说:"鲁君子左丘明……因孔子史记具论其语,成《左氏春秋》。"(《史记·十二诸侯年表》)但是长期以来,《左传》的作者和成书年代一直是聚讼纷纭的问题,这场争论自古延续至今。各种歧异的意见归纳起来大致有三类。

一、承袭司马迁、班固说,认为左丘明因孔子《春秋》成《左氏春秋》。左丘明是与孔子同时的鲁人。古本《孔子家语·观周篇》说:"孔子将修《春秋》,与左丘明乘,如周,观书于周史,归而修《春秋》之经,丘明为之传,共为表里。"《论语·公冶长》记:"子曰:巧言、令色、足恭,左丘明耻之,丘亦耻之;匿怨而友其人,左丘明耻之,丘亦耻之。"从这些有关左丘明生平言行的记载中,后人可略知其品格和为人。即是左丘明"惧弟子人人异端,各安其意,失其真,故因孔子史记具论其语,成《左氏春秋》"(《史记·十二诸侯年表》),所以《左传》成书大约在春秋末年。

二、认为左氏非丘明,作传人不受经于孔子,《左传》不传《春秋》。这一说法由唐赵匡首次提出[9]。宋王安石有《左氏解》,证左氏非丘明者十一事[10]。朱熹提出"左氏谓'虞不腊矣',是秦时文字分明"。他认为"秦时始有腊祭",《左传》作者应为秦人[11]。叶梦得谓《左传》记事"辞及韩魏知伯赵襄子事,而名鲁悼公、楚惠王",故以为"左氏应赵襄子之后"[12]。郑樵则列举八条理由证明左氏为六国人[13]。这些学者多认定《左传》为战国时著作,其主要依据是:《左传》记录了三家分晋等一些战国史实;《左传》里有部分预言的应验发生在战国时期;《左传》有岁星纪事,但各年岁星所在之次不是据当时实际现象观察所得,而是战国人根据当时元始甲寅之年逆推的;此外《左传》所用助词不同于"鲁语",作者也不可能是鲁人[14]。

三、认为《左传》是刘歆伪作,成书于西汉末年。康有为《新学伪经考》提出,《左传》是刘歆将不编年的《国语》系上年月,和《春秋》比附、改编而成,《史记·太史公自序》、《报任安书》俱言"左丘失明,厥有《国语》",故此左氏所作为《国语》,并非《左传》[15]。后来崔适在《史记探源》和《春秋复始》等书中又对康说做了补充[16]。

以上诸说中第一种始终占有主导地位,其他各说缺少充足的根据。第三说实际上已为绝大多数研究者否定。

先秦时代早已有解经体文字产生,称为"解"或"传"。"传"是阐释经义的意思。《左传》在唐代"九经"、宋代"十三经"中都被列为"《春秋》三传"之一。然而《左传》是否为《春秋》作传,这个问题却在很长时间里存在争议。汉宣帝时,《春秋公羊传》、《春秋穀梁传》皆列于学官,立有博士,而属于古文经的《春秋左氏传》未能立于学官。至西汉末年,刘歆正式向朝廷提出将以古文写本在民间流传的《左传》列于学官,虽据理力争,但仍遭到今文学家的反对。汉哀帝"令歆与五经博士讲论其义,诸博士或不肯置对","谓《左氏》为不传《春秋》"[17]。论争持续到东汉初年,光武帝刘秀时再次讨论《左氏》"立学官"的问题。范升反对,认为《左氏》不祖孔子,而出自丘明;李育指摘左丘明"不得圣人深意",写了四十一条意见非难《左传》。但由于陈元等人竭力争辩，"卒立左氏学"[18]。时隔不久，随着所立博士李封的去世，左氏学也就废弃了。其后贾逵用图谶附会《左传》，才使《左传》又"行于世"[19]。东汉著名学者桓谭、王充、班固都在自己的著作中肯定了《左传》。班固说："丘明恐弟子各安其意，以失其真，故论本事而作《传》，明夫子不以空言说经也。"(《汉书·艺文志》)王充说："公羊高、穀梁寘、胡母氏皆传《春秋》，各门异户，独《左氏传》为近得实。"(《论衡·案书篇》)桓谭《新论》说："《左氏》经之与传，犹衣之表里，相待而成。经而无传，使圣人闭门思之，十年不能知也。"原本《春秋》与《左传》是各自单行的史书，至晋杜预"分经之年与传之年相附"[20]，将二者合著，成为《春秋经传集解》，最终使《左传》与《春秋经》紧密地联系在一起了。

《左传》是一部杰出的史学著作，其价值是客观存在的，并不需要依仗《春秋经》才实现，它与《公羊》、《穀梁》有根本的不同。《公羊》和《穀梁》皆依经立传，是对《春秋》逐字逐句进行阐释，间或有一些叙事的段落。但若抽去解经的文字，它们就不能独立存在了。《左传》则不然。《左传》中有解经的文字，如五十"凡"，或称"书法"、"义例"，但它们大多游离于《左传》叙事之外，即使将其抽去，《左传》仍可独自成书。有人怀疑这些讲"义例"的文字是后人陆续窜入的，并经过精心弥缝，这种判断可备一说[21]。有些"义例"文字本身就存在前后抵牾的现象，"质诸此而彼碍，证诸前而后违"，因此唐宋以后的许多学者纷纷提出辩驳[22]。

应该指出，作为一部单行独立的先秦历史著作，《左传》的出现并不是孤立的现象，它是特定历史时代的产物。在《左传》产生的前后，数十部杰出的著作先后问世，如《论语》、《老子》、《孙子兵法》、《国语》、《墨子》、《管子》、《晏子春秋》、《庄子》、《孟子》、《荀子》、《韩非子》、《战国策》等都撰著出来了。面对急剧变化的社会现实，

《左传》的作者与"诸子"不同的是,作为一名历史学家,他不是用思辨的形式申明自己的观点和主张,而是通过具体地记录历史事件,"历记成败存亡祸福古今之道",为统治者提供经验和借鉴。晋人王接曾说:"《左氏》辞义赡富,自是一家书,不主为经发。"(《晋书·王接传》)宋刘安世说:"读《左氏》者,当经自为经,传自为传,不可合而为一也,然后通矣。"[23]

根据《左传》自身提供的证据[24],可以大略确定:《左传》的成书年代在春秋末至战国初,它的作者是鲁人左丘明,但书中掺有一些后人的附益。这是本章论述《左传》的基本前提。

第三节 《左传》的思想倾向

《左传》自公元前五世纪问世以来,已有无数学者世代相承地对它进行了整理、考证和研究[25]。在各类著述中,有注疏、训释类的著作,有事纬和记事本末体的著作,还有许多阅读《左传》的笔记、随感、短评和简论。《左传》之所以能在古代长期流传并获得崇高的地位,不仅因为它的文字好、文学性强,而且首先因为它确实为统治阶级提供了政治的借鉴,以历史上的成败得失总结统治的经验和教训,成为一部有丰富思想内涵的历史教科书。作为一部历史著作,《左传》直言不讳地记事所表现出来的思想倾向是十分鲜明的。

《左传》有丰富的记事,著录了春秋时期各国诸侯的历史业绩,也记述了统治阶级残暴、荒淫的行为。春秋时代的齐桓公、晋文公、楚庄王、吴王阖闾、越王勾践都是政绩卓著的国君,世称"春秋五霸"[26],他们的事迹在《左传》中有较为详细的记载。晋文公在位九年,有关他的经历、政务活动的记事却延续了三十八年。重耳出亡,在外流落十九年,周游列国,备尝险阻艰难,后在秦穆公的帮助下重返晋国;他在政治上采取了一系列安民强国的措施,终于在城濮一战取得霸主地位。其他如春秋初期的枭雄郑庄公、中兴复霸的晋悼公以及思想迂腐顽固的宋襄公,在《左传》中也都有较详细的介绍。另一方面,《左传》又以史家直笔,揭露了统治集团内部的残暴和腐败。如宣公二年所记:"晋灵公不君,厚敛以雕墙;从台上弹人而观其辟丸也;宰夫䏰熊蹯不熟,杀之,置诸畚,使妇人载以过朝。"陈灵公与其臣孔宁、仪行父"通于夏姬,皆衷其衵服,以戏于朝"(宣公九年)。齐庄公骤通于姜氏,最后在他"拊楹而歌"时为崔杼所杀(襄公二十五年)。作者认为这是一些贵族统治者必然覆亡的原因。

对于具有远见卓识、富于改革精神的政治人物,《左传》作者予以热情的赞扬。其中有上层贵族、国家重臣,如晋国的叔向、齐国的晏婴、郑国的子产等;也有下层的平民,如曹刿、弦高、烛之武等。他们都有敏锐的政治眼光,能够正确地预见政局的发展和国家的前途,并为之竭尽自己的努力。昭公三年记载的晏婴的一番话,清楚地讲述了齐国"季世"的情形:"公弃其民,而归于陈氏……民参其力,二入于公,而衣食其一。公聚朽蠹而三老冻馁,国之诸市,屦贱踊贵。民人痛疾,而或燠休之。其爱之如父母,而归之如流水。欲无获民,将焉辟之?"他的分析和预言皆为后来局势的发展所证明。对那些勇于改革现状的政治家,《左传》更是给予特别重视。比如子产执政期间所采取的各种果断的政治措施,在《左传》里有多处记载:襄公三十年:"使都鄙有章,上下有服,田有封洫,庐井有伍。大人之忠俭者从而与之,泰侈者因而毙之。"襄公三十一年:"子产之从政也,择能而使之";不毁乡校,以百姓的意见作药石。昭公四年"作丘赋",六年"铸刑书",十三年在平丘之会"争承"等等。

重视民众的力量,以民为本,是《左传》一以贯之的基本思想。

借所记录的历史人物之口,《左传》反复强调了"民"在封建贵族统治中的重要地位和作用。随季梁说:"夫民,神之主也,是以圣王先成民而后致力于神。"(桓公六年)宋司马子鱼曰:"民,神之主也。"(僖公十九年)周史嚚曰:"国将兴,听于民;将亡,听于神。"(庄公三十二年)郑然明告诫子产为政首先要做到的是"视民如子"(襄公二十五年)。逢滑对陈怀公说:"国之兴也,视民如伤,是其福也;其亡也,以民为土芥,是其祸也。"(哀公元年)又如晏婴、叔向论齐晋季世,无不考虑到"民"的情绪和意愿。而诸侯发动战争,必先"抚民"(昭公十九年),首先顾虑到民心向背,"小惠未遍,民弗从也。"(庄公十年曹刿语)"无民,孰战?"(成公十五年韩献子语)《左传》中记录了许多生动的事例,说明"民"在国家经济、军事、政治中举足轻重的作用。《左传》所表述的"以民为本"的思想较之《国语》更为具体和明确。

《左传》在对战争的记写中表现出先进的军事思想,是当时丰富的战争实践经验的总结。春秋是战事频繁的时代,在全书记录的上百次战役中,可以清楚地得知那个时代的战略、战术都已达到相当高的水平。一方面,重视战争的性质,重视人(将帅、士兵)在战争中的作用;另一方面,讲求克敌制胜的战略和战术。诱敌设伏、围点打援、避实击虚、兼弱攻昧、先声夺人,以及连环计、激将法等,在《左传》中皆有生动的战例。如果说《孙子兵法》是春秋时期战争经验理论性的阐述,那么《左传》就可视为记录具体战例的军事教科书[27]。

此外,《左传》中有关灾祥、卜筮的记事,是那个时代人们认识能力的标志。关于占卜、奇异的灾祥、梦呓、星象以及鬼神,在《左传》里占有不少文字,它们大多数与作者记述的政治事件有关。"有神降于莘",据内史过的解释是"国之将兴,明神降之,监其德也;将亡,神又降之,观其恶也",这里是虢国将亡的先兆(庄公三十二年)。"石言于晋魏榆",师旷说这是因为"作事不时,怨讟动于民,则有非言之物而言"(昭公八年)。又如"郑伯有为鬼"的时间正是在郑国"铸刑书之岁二月"(昭公七年),这从一个侧面写出当时国人因铸刑书惶惶不安的情形。在《左传》中因做梦而应验的事更是不计其数。将一些尚未可知的自然现象或人自身的生理现象,与社会生活中的政治事件或偶然、突发事件联系在一起,这是当时人们认识客观世界的方式,是时代的局限。这种局限性的存在是必然的。书中这些今天看来是迷信的内容,对于我们了解春秋时代人们的认识能力还是有用的。

《左传》的思想倾向是在它丰富而详备的记事中自然地流露的。虽然作者也借助"君子曰"、"仲尼曰"直接讲论一些事物,做出"礼也"、"非礼也"的评断,但在多数情况下,《左传》作者的爱憎、是非及其历史观是通过生动具体的记事和对历史人物形象的描写表现出来的。"君子曰"作为表达作者思想倾向的一种方式,对后代史书和小说的写作都有影响。

第四节 《左传》的文学成就

《左传》详尽地记录了春秋时代二百五十四年间(前722—前468)发生的重大历史事件,是一部伟大的历史著作,同时因为它的写作具有形象化的美学特征,它又是一部杰出的散文巨著,显示了突出的艺术成就。

在古代,已有一些学者注意到《左传》叙事的文学色彩。如唐人刘知几说:"左氏之叙事也,述行师则簿领盈视,哤聒沸腾;论备火则区分在目,修饰峻整;言胜捷则收获都尽,记奔败则披靡横前;申盟誓则慷慨有馀,称谲诈则欺诬可见;谈恩惠则煦如春日,纪严切则凛若秋霜;叙兴邦则滋味无量,陈亡国则凄凉可悯。或腴辞润简牍,或美句入咏歌。跌宕而不群,纵横而自得。若斯才者,殆将工侔造化,思涉鬼神,著述罕闻,古今卓绝。"(《史通·杂说上》)唐人啖助谓《左传》:"叙事尤备,能令百代之下,颇见本末。"(《春秋啖赵集传纂例》卷一)他们凭直觉,肯定了《左传》记事的生动性和形象性。明清时期,从辞章方面评点《左传》的书又有数十部。但真正全面地评价《左传》的文学成就,从文学的角度来认识《左传》,还是近几十年的事。

《左传》在叙事、写人和语言三个方面都创造了许多成功的经验,较之《尚书》和《春秋》,《左传》在诸方面都有新的发展和独到的成就。

一 《左传》的叙事

《左传》记事的内容是丰盈而富赡的。它记录了春秋时期诸侯政治上的动荡和变故,君王的生卒和更替,强宗大族间的争权夺势以及执政者的阴谋权术等等。诸侯间频仍的战争、重大的盟会常常是作者叙写的重点,日常的朝觐聘问、与国往来在书里也有翔实的记录。在记事中,作者又对春秋时代人们的生活方式、风俗习惯和心理意识做了多角度的记载。从祭典、燕享、宗法、礼制、婚丧嫁娶,到名目繁多的奉祀、禁忌,都在作者的记录范围之内。并且对于节气时令、天灾水害、星象历法、地理沿革等,《左传》也有可靠的著录。就其内容的丰富多彩、包罗万象,若称之为春秋时代的"百科全书",是当之无愧的。

《左传》记事,提供的是一部形象的春秋史。作者不仅对历史事件、社会生活做了如实的记录,而且进行真切、具体的描绘;不仅记叙事件发生的前因后果,而且重视人与事的联系,在探寻人们得失成败的原因中对历史进行生动形象的加工,艺术地再现了生活。如果说读《春秋》,我们仅能得到二百馀年间历史事件的"纲目",那么《左传》中大量的描述,使我们看到的是一幅幅精描细绘的生活画图。

《左传》叙事的特点首先是:善于描述错综复杂的社会矛盾和历史事件,运用白描的手法叙述事件的始末由来。这种白描手法的基本特征可以归纳为:遵循严格的时空观念,每一事件的记录必定以极简明的文字交代事情发生的时间、地点和参与的人物,叙述事件按照自然时间的顺序进行;重视事件发展的全过程,记叙每一事必详其发生(起因)、发展(冲突)和结局,尤其注重前因后果;描述事件的经过或重大场面,较少渲染和烘托,往往通过记录其中几个人物的言行,写出事情发展的过程,或写活一个场面。

《左传》描述的是一个纷杂、动乱的社会,因此怎样将矛盾对峙的政治、军事形势,错综繁复的王侯、宗族关系以及诸多异常的变乱表述得条理分明、井然有序,如何使种种不可言告的颠覆活动、密谋暗算昭然若揭,就成为作者行文记事首先力求达到的目标。整个社会的政权变更与政治关系的变化,是《左传》用以描述社会的主要矛盾线索。作者以其敏锐的观察力追寻着这一线索,这使他如掌握了一把批隙导窾的利刃,将春秋时代纷繁复杂、牵一动百的社会矛盾做出了极明晰的分析。尤其是在记叙谋杀、行刺、政变及战争一类冲突急剧变化的事件中,作者的叙述才能更加得到充分的发挥。例如齐连称、管至父弑襄公(庄公八年)、晋灵公谋杀赵盾(宣公二年)、郑西宫之难(襄公十年)、齐崔杼之乱(襄公二十五年)、齐人杀庆舍(襄公二十八年)、楚灵王之死(昭公十三年)、吴公子光刺王僚(昭公二十七年)、宋桓魋之乱(哀公十四年)等等,这些重大事件的记叙都证明了《左传》作者的成功。

以庄公八年齐连称、管至父弑齐襄公一事为例:

齐侯使连称、管至父戍葵丘,瓜时而往,曰:"及瓜而代。"期戍,公问不至。请代,弗许。故谋作乱。僖公之母弟曰夷仲年,生公孙无知,有宠于僖公,衣服礼秩如适。襄公绌之。二人因之以作乱。连称有从妹在公宫,无宠,使间公。曰:"捷,吾以汝为夫人。"冬十二月,齐侯游于姑棼,遂田于贝丘。见大豕。从者曰:"公子彭生也。"公怒,曰:"彭生敢见!"射之,豕人立而啼。公惧,队于车。伤足,丧屦。反,诛屦于徒人费。弗得,鞭之,见血。走出,遇贼于门。劫而束之,费曰:"我奚御哉?"袒而示之背。信之,费请先入。伏公而出,斗,死于门中。石之纷如死于阶下。遂入,杀孟阳于床。曰:"非君也,不类。"见公之足于户下,遂弑之,而立无知。

作者运用白描的手法,从事件发生的起因叙起,在事变之前将参与谋杀的三方面(连管、公孙无知、连称之从妹)之所以谋反的原因做了明确交代;然后通过三个小人物(徒人费、石之纷如、孟阳)的故事完成事变经过的描述。像其他许多事件的记叙一样,作者特别重视事件发生、发展至结局的完整过程;事情进行的时间顺序、地点和人物都有最简明的记录;并且"百忙事叙得极清晰又极变换","摆布之妙如千军万马坐作进退"(《左绣》卷三),使作品极富文学色彩。

就全书来看,《左传》中"初"字的使用频率特别高,凡八十六见。以"初"引出的内容,有人物的身世、遗闻轶事,也有事件发生的起因和预兆。它作为倒叙、追叙、补记各类内容的领起语被频繁使用。"初"字的运用充分表现出《左传》作者在剪裁、组织素材方面的独具匠心。林琴南在论及《左传》的插叙笔法时曾说过:"又或一事之中,斗出一人,此人为全篇关键,而偏不得其出处,乃于间间中补入数行,即为其人之小传,却穿插在恰好地步,如天衣无缝。"(《左传撷华·自序》)可以说,这就是后代小说创作中常用的"倒插笔"手法。

《左传》叙事的又一特点是:长于将史实与神话传说、历史传闻有机地融合在一起,通过作者丰富的想象,使历史的记叙故事化。作者在严格记录历史事件的同时,大量采撷民间的传说和传闻,以丰富历史的内容。

如宣公十五年"魏颗受结草之报"一段:

> 魏颗败秦师于辅氏,获杜回,秦之力人也。初,魏武子有嬖妾,无子。武子疾,命颗曰:"必嫁是。"疾病,则曰:"必以为殉!"及卒,颗嫁之,曰:"疾病则乱,吾从其治也。"及辅氏之役,颗见老人结草以亢杜回。杜回踬而颠,故获之。夜梦之曰:"余,而所嫁妇人之父也。尔用先人之治命,余是以报。"

晋将魏颗在一次对秦的战役中俘获了秦国大力士杜回,这在人力就是战斗力、个人的武艺和膂力在搏战中起重要作用的时代可算是一大战功。但是魏颗是怎样俘获大力士的,作者并没有直接交代,而是引出战前一件看来毫不相干的事,追叙了魏武子病重、留遗嘱及死后的情形。事实上,结草亢杜回的老人是否就是那嬖妾的父亲,根本无从得知;魏颗"夜梦之曰"如何如何,又有谁能与其同梦?因此这只能是一则伴随魏颗立功捷报的传闻,《左传》作者将其记录下来,恰恰丰富了历史的记事。

类似的例子在《左传》中还很多,如各次重大战役的描写、伴随国君废立而发生的事件的描写。《春秋经》只有像"晋荀林父帅师及楚子战于邲"、"齐无知弑其君诸儿"那样"使圣人闭门思之,十年不能知"的记录,而《左传》则将它们做了故事性的叙述。尤其是对国君、卿大夫死亡原因的记叙,作者讲述了许多有趣的传说故事。如僖公十年狐突路遇太子申生,僖公二十八年记楚子玉自为琼弁、玉缨,宣公三年郑穆公刈兰而卒,成公十年晋景公梦大厉等等,无不充满传奇的色彩。以襄公十九年晋国大将荀偃之死为例:

> 荀偃瘅疽,生疡于头。济河,及著雍,病,目出……二月甲寅,卒,而视,不可含。宣子盥而抚之,曰:"事吴敢不如事主!"犹视。栾怀子曰:"其为未卒事于齐故也乎?"乃复抚之曰:"主苟终,所不嗣事于齐者,有如河!"乃暝,受含。宣子出,曰:"吾浅之为丈夫也。"

荀偃头生瘤疽,死不瞑目、不纳含,这是患恶疾而死的人的一种生理现象,但是作者却绘声绘色地记录了这段故事。对于这位在晋悼公复霸时期建立赫赫武功的大将,作者不仅以这段传说表现他"战志未酬"、"含恨而终"的坚贞精神,而且也反映了人们对他的赞美和哀思。

《左传》叙事中还有许多关于卜筮和灾祥的记录,作者在曲折地反照春秋时代人们对自然、社会及自身认识的同时,增添了历史记事的趣味性。人们以龟、筮占卜,或用于裁断重大的军事行动,或依此对婚嫁做出抉择,或预测官运仕途,或排除某种疑虑,《左传》每每详细地采录其卦象和繇辞,并附带记述事件。

书中对各种灾祥、物兆及梦呓的记录更是不可胜数,如蛇相斗、龙见、石头说话、雄鸡断尾、神降于某地等等。这些掺杂于史实记录中的"虚妄"的奇闻异事,在当时,显然都是被作为"信史"记写下来的,而在今天看来,从历史的角度说,是作者记下了许多他理解或并不理解的事情发展的偶然因素;从文学的角度来说,则每一次占卜、物兆的记录都引出一段生动的记事,它们穿插在历史记叙中,增加了历史事件的神秘、新奇的色彩,这无疑是极富故事趣味的。

因《左传》记事大量采用传说和传闻,对历史做了较多的加工,为此它也受到不少非议。古代学者常常在肯定《左传》经传地位的同时,指出它的"疏失"。如范宁说:"左氏艳而富,其失也诬。"(《春秋穀梁传集解·自序》)韩愈说:"《春秋》谨严,《左氏》浮夸。"(《进学解》)又有些人认为:"左氏失之浅"(崔之方《春秋经解》),"左氏之失专而纵"(晁说之《三传说》),"事莫备于左氏……失之诬"(《困学纪闻》卷六引胡安国语),"浅于《公》、《穀》,诬谬实繁"(赵匡《春秋啖赵集传纂例》),"左氏传事不传义,是以详于史,而事未必实"(叶梦得《春秋传·自序》)。事实上所谓"诬"或"浮夸",一是指《左传》记了不真实的事,一是指《左传》对一些事件的描述有虚构夸大的现象。这不符合经学家的要求,但却恰恰从一个侧面显现了《左传》的文学特征。"艳而富",说明《左传》记事的丰富且多彩;"浮夸"、"专而纵",说明它的描写有合理的夸张和形象的创造;"浅",则是比较通俗的标志。

二 《左传》的写人

《左传》记录的历史人物,大约有一千四百多个。其中有天子、诸侯、卿士、大夫,有将相、武士、学者、说客、祝史、良医、商贾、娼优,也有宰竖、役人、盗贼、侠勇等。这些人物中有较详细的事迹、或形象较为鲜明者,约占三分之一。

统治集团的成员是《左传》描写的主要对象。特别是成就卓著的霸主国君、执政大臣,在他们称霸、当政或任职的若干年内,《左传》留下了他们所作所为的生动记录。书中可以举出十数位赫赫有名的国君:春秋初期的枭雄郑庄公,世称春秋霸主的齐桓公、晋文公、楚庄公、秦穆公,中兴复霸的晋悼公,逐鹿争霸的阖闾、夫差、勾践,以及因昏聩或奢侈闻名的宋襄公、楚灵王、齐襄公、齐景公、鲁昭公等。书中还有几十位形象丰满、事迹显著的卿士大夫:在晋国,有跟随重耳颠沛流离、历尽艰辛的狐偃、赵衰、先轸,辅助晋悼公复霸的韩厥、荀偃、士匄、魏绛、韩起,尽忠极谏的赵盾,深孚众望的叔向;在鲁国,季氏的三位宗主都是出众的要人,始祖季友、连相三君的季文子,实专鲁政的季武子,逐昭公而主朝政的季平子,还有臧文仲、臧武仲、叔孙豹、叔孙诺等一些举足轻重的要人;在齐国,有显赫的管仲、谨慎的晏婴以及弑君乱臣的崔杼;在楚国,有子文、子玉、子西、子反和子重。郑国的子产,宋国的华元、子罕、向戌,都是小国执政中的佼佼者。

由于受编年体结构、分年记事的局限,《左传》人物形象的"塑造"主要是通过分散在各年的记事融合而成的。其中一种是由分年记事逐渐展示某一人物的性格,从而构成完整的形象,属于"累积型";另一种是仅记写一件事就勾勒出人物的形象或表现其性格特征,或可称为"闪现型"[28]。前者的典型人物如晋文公、郑庄公、楚灵王、晏婴、子产等。有关他们每人事迹的描述,往往在《左传》中延续数年或数十年。

晋文公重耳的形象是诸多国君中较突出的一个。他的生平事迹和活动,在庄公二十八年至僖公三十二年的记事中,大致分为三个阶段:遇难出奔,周游列国;复国即位,励精图治;功成业就,称霸中原。作者以倒叙的笔法记叙了重耳遇难的完整经过。书中以"晋公子重耳之及于难也"一语提起,陆续写到他在秦国受到秦穆公的款待。这段文字可谓"在记事中写人"的精彩段落。流亡期间,重耳"处狄十二年"、"过卫"、"及齐"、"及曹"、"及宋"、"及郑"、"及楚"、"送诸秦",千里行程中每到一地,作者就有选择地记下一两件事,以表现重耳经过生活的磨炼,正在逐渐成熟,最后终于具备了一国最高统治者应有的品格。晋文公是《左传》所描写的霸主形象中最完美的一位国君。

《左传》所描写的卿士、大夫一类人物中,郑国子产是作者笔下最光彩照人的形象。如近人所言:"左传载列国名卿言行多矣,未有详如子产者也。子产乃终春秋第一人,亦左氏心折之第一人。"(王源《文章练要·左传评》)与管仲、晏婴、叔向、狐偃等相比,子产是尽善尽美的贵族执政的典范。他博学多闻,有丰富的历史知识和社会知识,能在应对大国征朝或论辩时侃侃叙述本国的历史;有很强的社会活动能力,在各种朝聘、盟会的场合,左右周旋、应对自如;有强烈的政治责任感和坚定的志节,为捍卫国家利益必与大国据理力争;擅长管理,知人善任,有一整套理政用人的经验。《左传》记其行事七十条(自襄公八年至昭公二十年),从他少年时代第一次对国家政事发表见解到因病逝世,一生"鲜有败事"。虽然只是一个小国的执政,然而在治理国家方面的卓著功绩,在国际间产生的政治影响,不亚于大国重臣。子产作为春秋时代的政治家、思想家,他的性格特征是很鲜明的,"读其文,连性情、心术、声音、笑貌,千载如生。"(冯李骅《左绣·读左卮言》)。

《左传》中绝大多数的人物形象是只通过一时一事来表现性格特点的。他们的出现虽然一纵即逝、一闪而过,但却给人留下深刻的印象。这好像绘画艺术中的速写,作者几笔便勾勒出人物的生动形象。这类"闪现型"人物中有一大批是"士"的典型,他们性格的基本特点是真诚、尚公、忠于职守、信守誓言。例如《左传》中对石碏(隐公四年)、原繁(庄公十四年)、荀息(僖公九年)、解扬(宣公十五年)、华还(襄公二十三年)、狼瞫(文公二年)、臾骈(文公六年)、臧坚(襄公十七年)等人物的描写,都选取了他们在国家政治活动中最感人的事迹,以其灿烂的闪现留在历史的记录中。请读有关晋臣解扬的一段记事：

> 使解扬如宋,使无降楚,曰:"晋师悉起,将至矣。"郑人囚而献诸楚。楚子厚赂之,使反其言。不许。三而许之。登诸楼车,使呼宋人而告之。遂致其君命。楚子将杀之,使与之言曰:"尔既许不穀,而反之,何故? 非我无信,女则弃之。速即尔刑!"对曰:"臣闻之,君能制命为义,臣能承命为信,信载义而行之为利……臣之许君,以成命也。死而成命,臣之禄也。寡君有信臣,下臣获考死,又何求?"

"闪现型"人物中也有许多地位低下的小人物,如寺人、阍人、庖厨、乐师、卜人及刺客等。还有一些女性形象,如郑庄公之母武姜(隐公元年)、楚武王夫人邓曼(桓公十三年)、晋献公宠姬骊姬(庄公二十八年)、息妫(庄公十四年)、杞梁妻(襄公二十三年)等。凡是在社会生活中起过某种作用、或在国家存亡的斗争中发挥过能力的人,作者或褒或贬,都在史册上给他留下一笔。因为这些人物只展示了性格的某一方面,所以大部分形象显得单一而缺乏丰富的内涵,并且受到当时道德规范的局限,呈现出明显的伦理化倾向。如其中一些人物便成为"孝"、"忠"、"信"、"义"等封建道德规范的象征。

《左传》写人,如同现代的人物特写,开始使用了描写情节和细节的手段。细节描写是《左传》写人的主要手法。在记写人物事迹或刻画人物性格时,作者大量运用了细节描绘的手法。

城濮之战晋国告捷,在举国庆贺、朝野欢欣的时候,晋文公并没有乐而忘忧,直到子玉自杀,他才"闻之而后喜可知也"。这一情态细节是人物性格的特征性行为,表现出晋文公身为霸主、深谋远虑的性格特点。先轸怒晋襄公听信妇人之言,"不顾而唾"。这一细节与他激烈的言辞相接，充分表现了他刚烈、耿直的个性。卫献公恃权傲下、得意忘形的形象是由他重新返国时的一个细节表现的："大夫逆于竟者，执其手而与之言；道逆者，自车揖之；逆于门者，颔之而已。"从进入国境到城门的一段路程，卫献公对在不同地点迎接他的大夫做出不同的反应，从他态度的微妙变化，也足见这位言如"粪土"的国君的修养水平。宋华父督好色，《左传》仅记了他一个细节："见孔父之妻于路，目逆而送之，曰：'美而艳。'"寺人柳精于侍奉主子，先有宠于宋平公，平公死又求媚于太子佐，在极短的时间里又得到主人的宠信，作者只记了一个细节："及丧，柳炽炭于位，将至，则去之。比葬，又有宠。"同时，《左传》也通过细节描写交代人物所处的环境以及事件发生的背景。《左传》中没有对人物直接的容貌和心理的描写，人的外貌和心理活动也是以行动性的细节来表现的。

总之，《左传》在人物描写方面取得的成就是空前的。在先秦著作中，是它第一次提供了如此众多生动可感的人物形象，并开创了描写人物的基本方法。概括地说，《左传》善于通过具体的记事描写人，在记事中写人，在写人中记事；描写人物事迹时，特别注意选取最有代表性的事例；人物性格与时代的政治标准（"礼"）密切相关，表现为明显的伦理倾向。这些特点对于后来的文学创作和人们的审美观念产生了深远的影响。

三　《左传》的语言特色

《左传》的语言，是历代文人学者推崇的典范。从唐宋至明清，如刘知几、陈骙、苏轼、刘熙载、冯李骅等都有过许多精当的评论。《左传》叙述语言的特点是准确和精练，生动而富于色彩，同时因简洁凝炼而蕴藉含蓄。苏轼说："意尽而言止者，天下之至言也。然而言止而意不尽，尤为极致，如《礼记》、《左传》可见。"（《苏文忠公全集》)刘知几的评论是:"言近而旨远,辞浅而义深,虽发语已殚,而含意未尽,使夫读者望表而知里,扪毛而辨骨,睹一事于句中,反三隅于字外。"(《史通·叙事》)《左传》叙述语言的这些特点,说明它在语言方面已获得了超越于当时许多经典著作的成就,达到了炉火纯青的境界。

《左传》人物语言同样富有文学特色。《左传》所记之"言",主要为人物对话、外交辞令和谏说、议论之辞。人物的对话具有鲜明的个性特征。作者常常通过记录一两句性格化的语言,以突现人物的形象。例如郑庄公在制胜共叔段的过程中,说了三句有典型特征的话:"多行不义必自毙,子姑待之;""无庸,将自及;""可矣。"在作者笔下,郑庄公老谋深算、虚伪阴险的个性特点跃然纸上,在整个事件中他复杂的心理活动亦昭然可辨。僖公二十三年所记重耳避难至楚,与楚成王的一段对话,将楚成王施恩望报、乘机敲索的心理和重耳自重自信、不卑不亢的态度,都表现得淋漓尽致。

《左传》中的外交辞令和议论、谏说之辞,是历来为人们称道的。记写行人辞令,尤为《左传》独擅之处。例如书中有许多脍炙人口的篇章:僖公四年屈完对齐侯,僖公二十六年展喜犒齐师,僖公三十年烛之武退秦师,宣公三年王孙满论鼎之轻重,成公二年国佐对郤克,成公三年知罃对楚王,成公十三年吕相绝秦,襄公二十二年子产对晋人征朝,襄公三十一年子产毁馆垣答士文伯等等。它们有的委曲婉转,陈述利害;有的辞气激切、语挟风霜。能够紧紧抓住矛盾的焦点,从分析利害入手,说理透辟、用辞雅正,是这些辞令的共同特点。特别是一些小国使者应对大国的言辞,更是充满机警和智慧。如子产献捷于晋,晋人三问,子产三答,"士庄伯不能诘";子产坏晋馆垣,但他理直气壮的回答使士文伯无言以对,只好"谢不敏焉";烛之武对秦穆公晓以利害的一番话,终于解除了郑国的危难,这些文字已是千载传诵。

刘知几说："寻左氏载诸大夫词令,行人应答,其文典而美,其语博而奥。述远古则委曲如存,征近代则循环可覆。必料其功用厚薄,指意深浅。谅非经营草创,出自一时,琢磨润色,独成一手。"(《史通·申左》)《左传》中富有文采的行人辞令,显然是经过精心加工和润色的,与《国语》中所记大段辞令相比,论理的逻辑更为严密,已经有剪裁和选择性,用词洗炼,更有说服力和感染力。《左传》的行人辞令开启了战国时代纵横驰骤、酣畅淋漓的文风,是历代文人讽诵和学习的楷模。

在《左传》一书中,无论是叙述语言还是人物语言,于修辞方面都大量地运用了比喻的手法,并采用生动的俗语、谚语和民谣。其中许多语言具有警句的性质,后世演化为成语。现代语言中的"唇亡齿寒"、"贪天之功"、"数典忘祖"、"退避三舍"、"政出多门"、"馀勇可贾"、"一鼓作气"、"上下其手"、"食肉寝皮"、"欲加之罪,何患无辞"、"皮之不存,毛将焉附"、"风马牛不相及"等皆源于《左传》。

四　《左传》的战争描写

《左传》在叙事、写人和语言三方面的文学特点,综合起来看,全书中表现得最集中、最充分的部分即是有关战争的描写。《左传》长于描写战争,历来为人们所称道,书中有许多精彩而动人的片段。

春秋时期有数百次军事行动,《左传》详细地描述了其中十三次比较重要的战争。它们是桓公五年繻葛之战,庄公十年长勺之战,僖公十五年韩之战,僖公二十二年泓之战,僖公二十八年城濮之战,僖公三十二年殽之战,文公十二年河曲之战,宣公十二年邲之战,成公二年鞌之战,成公十六年鄢陵之战,襄公十八年平阴之战,定公四年柏举之战,哀公十一年艾陵之战。

《左传》作者调动各种表现手法记下了丰富的战争实例,力图从中探求得失成败的经验,对各次大战不同侧重面的描写,反映了他对每次战事成败原因的看法。在记载战争全过程的前提下,战事在哪个阶段上失误、在哪个阶段上取胜,这一阶段就成为作者描写的重点。冯李骅说:"左氏极工于叙战,长短各极其妙……篇篇换局,各各争新。"(《左绣·读左卮言》)《左传》描写战争之所以精彩生动、各不雷同,其奥妙正在于此。晋楚城濮之战,《左传》重在描写战前酝酿的过程。从晋伐曹、卫的外围战写起,继而宋国告急、晋设连环计、子玉治兵、晋师退避三舍,直写到重耳占梦坚定了出战的信心,两国才开始正式交锋。因为此战胜利的关键是晋文公和将帅谋划的结果。秦国在殽之战中的失策,并非在秦军经过殽之两陵的时候,战争自冬至春持续了三个月,而秦三帅出征时蹇叔、王孙满就预见到它的败局,所以作者记写的重点是描述战前的情况。还有许多战役的记叙,表现了作者先进的军事思想。

《左传》作者还善于抓住战争中的主要矛盾,通过个别场面和情节的描写来反映战争的全貌。描写角度的不断变换,充分展示了战争的多样性和复杂性。例如齐鲁长勺之战,战事的发动到结束是围绕曹刿的言行来写的。通过曹刿请见、与鲁庄公论战、同乘指挥战斗的前前后后,将这次战事的全过程展现出来。楚宋泓之战只记了宋国一方,宋襄公与大司马争论的情节贯穿了记叙的始终。宋郑大棘之战,作者在直截了当地记录了战事的胜败之后,仅补叙了狂狡被俘和羊斟阵前为乱两个小故事。而只是这两件极有意义的小事,把宋国之所以惨败的原因交代清楚了。又如晋楚邲之战,作者采用交叉记录的方式,在战争酝酿阶段,轮番记录敌对双方将帅议战的内幕;在交战阶段,又通过交叉互进的叙述及细节描写,把双方势均力敌、步步相逼的情形表现出来:致师挑战,设覆具舟,夜窥敌营,疾进骤退,"车驰、卒奔","舟中之指可掬","马还"。乙卯一日从破晓激战到黄昏的情景,有如一幅逼真的画卷,作者简括、生动的描述,大有"尺幅千里"的效果。

《左传》重视人在战争中的作用,用了大量笔墨描写战争中的人。《左传》中的一些重要人物,往往在战争中大显身手。这些人物形象,有的足智多谋,运筹帷幄;有的优柔寡断,坐失戎机;有的英勇善战,视死如归;有的轻狂骄纵,败死敌手。作者善于在差别中写人,例如同样是英勇善战的武士,或同样是足智多谋的将帅,书中通过种种细节的描绘写出不同人物的不同表现;即使是类似的情节,作者也注意到不同性格人物所持态度的细微差别。正是这数以百计栩栩如生、千差万别的人物形象,给《左传》的战争描写增添了无穷的艺术魅力。

《左传》的战争描写是全书中最为精彩的部分,对后代以战争为题材的小说,以及历史演义等其他小说中有关战争的描写,产生了深远的影响。

第五节 《左传》在文学史上的地位

《左传》是公元前五世纪的一部伟大著作。它包罗万象,以古代人类知识的综合形式出现,因此它的价值是多方面的。《左传》在中国史学和文学发展中具有重大的开创和奠基意义,同时对于军事学、天文学、地理学、语言学、民俗学以及古代典章制度、占卜术等文化领域的研究,都有重要的文献价值。后人根据它所提供的丰富知识,开拓了各种学科的专题研究。不必说现代各专题研究的情况,早在汲冢出土的文献中就有《左传卜筮书》;在《武经七书汇纂》中就引有《左氏兵法测要》;汉初贾谊有《左氏传训故》见于《汉书》本传。

在史学领域,《左传》是中国最早的、叙事详细的完整著作,它发展了《春秋》的编年体,成为第一部完备的编年史。它的创新对后代史学产生深远的影响,为古代历史著作的撰写奠定了基础。较之《春秋》和《尚书》,《左传》有长足的进步。汉代《史记》纪传体的开创是继承和发展《左传》记写形式的结果,其"本纪"或"世家"即某国或某人的编年纪事;其"列传",大多数就是将人物分散的事迹集中起来,按纪年排列成篇。后来各朝的正史多为纪传体。编年体作为正史的补充仍不乏著述,如《左传》之后最早的东汉荀悦《汉纪》,《隋书·经籍志》著录的《后汉纪》、《魏纪》、《晋纪》等三十余种,宋司马光《资治通鉴》、清毕沅《续资治通鉴》皆为编年体历史巨著。自《左传》和《史记》起,编年叙事和纪传叙事成为我国历史著作的两种最基本的体裁。

中国是历史悠久的古国,上下五千年有着世界上体例最完备、内容最详尽、且连续不断的历史记录。在中国史学的优良传统中,诸如"直书"的笔法,注重研究和总结历史的得失成败,为现实提供借鉴,重视人的行为的评价和社会效果,要求史家"博闻强识,疏通知远",历史著作讲求文字表述的艺术性等等,都是与《左传》的影响分不开的。自然,重视口述的历史,广泛采撷民间的传说轶闻,也影响了后来史书的撰写,许多正史中或多或少地记述了神怪的故事。

在文学发展的历程上,《左传》有着更为重要的地位。正如荷马史诗之于西方文学,《左传》对后世文学产生的影响,是先秦同时期的其他历史著作无法相比的。这主要表现在散文和小说发展两大方面。

一　对于散文

战国以后的历史散文直接受《左传》的影响。撰述历史，而注重叙事的形象生动和人物描写刻画的作品，后来被人们称为"史传文学"。有些历史著作中的纪传文字，往往也是优秀的文学作品。《史记》首创"列传"体，其中的人物传记，主要是有选择地记录人物一生中有代表性的事件及其言行，通过性格化的语言和富有性格特征的行动表现人物，突出并活化形象。例如司马迁从《左传》中汲取了丰富的营养，使《史记》不少篇章结构严整、情节安排独具匠心；有些传记则大量运用细节描写的手法，几笔写活一个人，勾画出一个场面。在《史记》中处处可见司马迁学习《左传》的痕迹。有学者说："六经而下，左丘明传《春秋》，而千万世文章实祖于此。继丘明者，司马子长。子长为《史记》，而力量过之，在汉为文中之雄。"（叶盛《水东日记》卷二十三）章学诚认为："记事出左氏，记人原史迁。"（《湖北通志·凡例》）史传文学的发展从《左传》到《史记》是重要的弘扬与飞跃。

史家记事是中国散文发展的重要原因之一。《左传》对后代散文写作的影响是极其深远的。如刘知几所说："盖左氏为书，叙事之最。自晋已降，景慕者多。"《（史通·模拟》）尤其是唐宋散文诸家，无不视《左传》为学习楷模，朝夕诵读，把玩揣摩。陆游曾说："前辈于《左氏传》、《太史公书》、韩文、杜诗，皆熟读暗诵。虽支枕据鞍间，与对卷无异。久之，乃能超然自得。"（《杨梦锡集句杜诗序》）《左传》虽在经书之列，但是人们同时也把它当做文学范本来学习和取鉴。

唐代韩愈、柳宗元倡导古文运动，以上继先秦两汉文体者为古文，此后古文家多取法于先秦，崇尚《左传》等著作。南宋真德秀第一次选录《左传》文字列入《文章正宗》一书,于"辞命"、"议论"、"叙事"三目中,《左传》都占有重要的地位。清人方苞总结《左传》的"义法",归纳为:"言有物"为"义","言有序"为"法";作文章要讲求内容、结构、层次、谋篇和布局。他认为"义""法"俱备即为"成体之文","夫纪事之文,成体者莫如《左氏》,又其后则昌黎韩子,然其义法,皆显然可寻。"(《方望溪先生文集》卷二)方苞的说法代表"桐城派"的主要观点。程廷祚说:"《左氏》不独修饰安顿有痕迹,且有腔调蹊径,于三代之文,特为近时。"(《青溪集》卷十)明清有许多评点《左传》的读本,专讲辞章之学,较重要的如《左绣》、《左传快读》、《左传微》、《左传评》、《左传撷华》等等,从中更可了解到人们以《左传》为写作典范的情况。

此外,中国古代散文的政治色彩和讲究情致韵味的传统,其形成都与《左传》的写作特点有关。

二　对于小说

史传文学是中国古典小说的前身。由《左传》形成的史传文学在作品思想内容、结构形式和表现手法等方面,都对古代小说的发展产生了重大影响。无论是魏晋志人、志怪小说,唐宋传奇、话本小说,还是明清长篇白话小说,在发展的每一阶段都可看到源自《左传》的影响。

中国古典小说的创作,在作品结构方面基本继承了《左传》编年记事的形式,时间的推移是串联作品事件的基本线索,所记事件往往有明显的时间标志。所有作品都重视故事发展的全过程,讲求事件发展的因果关系。从作品内容来说,古代小说取材于历史事件和历史人物的极多,即使是虚构的极其荒诞的故事,也会与史实有千丝万缕的联系。许多小说作者习惯于从历史中选取事件和人物,构成作品的骨干,或者直接取材于野史逸闻、民间传说。故中国小说以"史"或"传"命名的特别多。

《左传》人物描写有明显的伦理化倾向,作者以封建时代的政治标准"礼"来衡量人物行为的得失。这一审美原则也影响到古典小说人物典型的塑造,形成中国小说特别重视作品社会效果的传统。《左传》有"君子曰",《史记》有"太史公曰",古代小说也常有类似"史评"的议论性文字,如《聊斋志异》中的"异史氏曰"等,表达作者对人物形象的褒贬臧否,并以道德品质的规范(如忠、信、仁、义)概括人物形象的特征。这一特点,无论是文言小说还是白话小说,都普遍存在。

《左传》是"左史记言,右史记事"的结合,开创了以言和行表现人物的基本方法,这些手法为古典小说的创作所继承。中国小说的人物描写着重记录人物性格富有行动性、直观性的特征,而绝少作主观静态的刻画;以人物本身的言行来表现其形象,"不待贬绝而罪恶见"的"春秋"笔法处处可见。同时,细节描写的手法也已成为古代小说塑造人物、展开情节不可缺少的艺术手段。

《左传》为后代文学创作提供了丰富的可资借鉴的经验,无论在体制、容量、手段诸方面,它都具备了长篇叙事文学的雏形。这部伟大著作的艺术成就是开创性的,具有重大的奠基意义,因此它在中国文学史上占有重要而突出的地位。

历代注释和研究《左传》的著作不可胜数。自西汉刘歆创始《左传》之学,晋杜预《春秋左传集解》是现存最早的《左传》注本全帙。唐孔颖达《春秋左传正义》在总结前代注疏的基础上,又做了疏通发挥。其后以清人的成就较为显著,如顾炎武《左传杜解补正》、惠栋《左传补注》、洪亮吉《春秋左传诂》、李贻德《左传贾服注辑述》、刘文淇《春秋左氏传旧注疏证》以及马骕《左传事纬》、高士奇《左传纪事本末》、顾栋高《春秋大事表》等。在现代注释整理的著作中,以杨伯峻《春秋左传注》(中华书局 1981 年 3 月第一版)最为翔实,并辅以《左传译文》及《春秋左传词典》。沈玉成《春秋左传学史稿》,对历代研究《左传》的材料和成果进行了叙述和评论[29]。

〔1〕 见《墨子·明鬼下》。又《史通·六家》及《隋书·李德林传》引墨子云:"吾见百国春秋。"

〔2〕 《楚语》:"庄王使士亹傅太子箴……问于申叔时,叔时曰:'教之《春秋》,而为之耸善而抑恶焉,以戒劝其心……'"此所言"春秋"当为楚之《春秋》。《晋语》:"羊舌肸习于《春秋》。乃召叔向使傅太子彪。"此所言"春秋"当为晋之《春秋》。自然晋、楚史书又各有专名,如孟子所说:"晋谓之《乘》,楚谓之《梼杌》,而鲁谓之《春秋》,其实一也。"

〔3〕 又《史记·十二诸侯年表》记:"鲁君子左丘明……因孔子史记具论其语,成《左氏春秋》。"此处所谓孔子的"史记",当为《春秋》的别称。

〔4〕 《春秋》记事截止年代当为鲁哀公十四年,《公羊传》、《穀梁传》、《史记·孔子世家》均同。《左传》的经文多出二年,《左氏经》至鲁哀公十六年,后人习惯上称为"续经"。

〔5〕 古今文籍中所载《春秋》的字数差距较大。《史记·太史公自序》集解引张晏说,《春秋》为一万八千字;《公羊传》昭公十二年"其词则丘有罪焉耳"下徐彦疏引《春秋说》:"《春秋》一万八千字。"而南宋王观国《学林》:"今世所传《春秋经》一万六千五百馀字。"李焘为谢畴作《春秋古经序》说:"张晏云《春秋》万八千字,误也。今细数之,更缺一千四百二十八字。"张晏为曹魏时人,至南宋间隔九百馀年,辗转传抄过程中文字难免有脱漏。据汪汲《十三经纪字》,依清乾隆甲寅(1734)刻本,《春秋》为一万六千五百十二字,此较李焘所数又少六十字。

〔6〕 朱彝尊《经义考》引朱熹说:"圣人作《春秋》,不过直书其事,善恶自见。"

〔7〕 刘知几《史通·惑经篇》曰:"《竹书纪年》,其所记事,皆与鲁春

秋同。"

〔8〕 参见惠栋《左传补注》。

〔9〕 见陆淳《春秋啖赵集传纂例》。《四库全书总目·春秋左传正义》说："自刘向、刘歆、桓谭、班固皆以《春秋传》出左丘明,左丘明受经于孔子。魏晋以来儒者,更无异议。"

〔10〕 王安石《左氏解》,已佚。据宋陈振孙《直斋书录解题》所说："专辨左氏为六国时人,其明验十有一事。题王安石撰,实非也。"

〔11〕 详见《朱子语类》卷八十三。

〔12〕 详见叶梦得《春秋考》卷三"统论"。

〔13〕 见郑樵《六经奥论》卷四"左氏非丘明辨"。

〔14〕 提出这一证据的主要是瑞典学者高本汉,详见其著作《左传真伪考》。

〔15〕 详见康有为《新学伪经考》"《汉书·艺文志》辨伪"第三上。

〔16〕 其后持此说者尚有钱玄同、徐仁甫等。论述见钱玄同《重论经今古文学问题》(《古史辨》第五册上编)、徐仁甫《左传疏证》。

〔17〕 见《汉书·刘歆传》及刘歆《移书让太常博士》。

〔18〕 见《后汉书·范升传》、《儒林传》、《陈元传》。

〔19〕 见《后汉书·贾逵传》。

〔20〕 杜预《春秋序》："左丘明受经于仲尼,以为经者不刊之书也。故传或先经以始事,或后经以终义,或依经以辨理,或错经以合并,随义而发。"

〔21〕 参见清皮锡瑞《经学通论》"春秋"部分。另刘逢禄《〈左氏春秋〉考证》认为《左传》中"书法"、"义例"的文字都是刘歆伪造的,郑兴"亦有所附益"。这是今文学家的见解。

〔22〕 可参见黄仲炎《春秋通说》、刘敞《春秋权衡》、叶梦得《左传谳》、程端学《春秋三传辨疑》、郝敬《春秋非左》等。

〔23〕 见刘安世《元城语录》卷中。关于《左传》自为一书的论述,还可以举出顾炎武、黄震等人的著作。今人赵光贤《〈左传〉编撰考》、胡念贻《论〈左传〉》中也有论证。

〔24〕 主要依据为:《左传》叙事以鲁国为中心,称鲁国为"我",称鲁君为"公";记事止于鲁哀公二十七年,后仅补记悼公四年事;卜筮梦占所作预言,发生在春秋内的事皆应验,发生于战国的事则多不验。

〔25〕 注疏类著作如:晋杜预《春秋左传集解》、唐孔颖达《春秋左传正义》、清刘文淇《春秋左氏传旧注疏证》等;事纬、本末体著作如:马骕《左传事纬》、高士奇《左传记事本末》、顾栋高《春秋大事表》等。详见沈玉成、刘宁《春秋左传学史稿》,江苏古籍出版社1992年6月第一版。

〔26〕 "春秋五霸"凡三说:《孟子·告子下》赵注、《吕氏春秋·当务》高注皆以齐桓、晋文、秦穆、宋襄、楚庄为五霸。《白虎通义》列齐桓、晋文、秦穆、楚庄、吴阖闾为五霸。《荀子·王霸》列齐桓、晋文、楚庄、吴阖闾、越勾践为五霸。本文从《荀子·王霸》所言。

〔27〕 清李元春评辑《左氏兵法》,其序言曰:"左氏固兵法之祖也……孙、吴所言,空言也,左氏所言,验之于事者也。"

〔28〕 关于《左传》人物形象分为"累积型"和"闪现型"两大类的说法,详见孙绿怡《〈左传〉与中国古典小说》,北京大学出版社1992年4月第一版。

〔29〕 近年台、港学者及西方汉学研究者论述《左传》的专著多有交流,如张高评《左传之文学价值》(台北:文史哲出版社,1982年10月初版)、王靖宇《〈左传〉与传统小说论集》(北京大学出版社1989年版)等。1994年6月由香港大学和美国斯坦福大学联合举办"第一届《左传》国际学术研讨会",有论文集出版。

第十章 《国语》和《战国策》

第一节 《国语》的作者和思想倾向

《国语》是汇集西周至春秋时代各国史料的一部著作。

关于《国语》的作者,历来说法不一。司马迁《史记·太史公自序》首次提出:"左丘失明,厥有《国语》。"班固《汉书·艺文志》著录:"《国语》十三篇,左丘明撰。"王充《论衡·案书篇》说:"《国语》,《左氏》之外传也。《左氏》传经,辞语尚略,故复选录《国语》之辞以实。"从西晋开始,有人对此提出怀疑,唐宋明清继续争论[1]。近代康有为认为左丘明作《国语》,而《左传》乃刘歆割裂《国语》所成。崔适、梁启超、钱玄同、胡适、林语堂等程度不等地表示赞成。反对康说的人很多,主要代表是章太炎、钱穆[2]。抗战时期,郭沫若著《述吴起》,怀疑《国语》为春秋时楚国左史倚相所作,左史即左丘明。但又说《国语》不必左氏一人所作,其作或者仅限于《楚语》,即所谓"梼杌"之一部分。解放以后,各种意见依然存在分歧[3]。

我们认为,《左传》和《国语》不像出自一人之手。《左传》的作者是左丘明,《国语》的编者当另是一人,其成书时代可能略早于《左传》。

从编写体例看,《国语》不同于《左传》的编年体,而首创分国体;不像《左传》那样以记事为主,有完整的系统性、连贯性,而是以记言为主,记事仅有一个个相对独立的故事,彼此并无密切的联系。今本《国语》二十一卷,分记周、鲁、齐、晋、郑、楚、吴、越八国事迹,其中《周语》历时最长,记事时断时续,多数是记言论政之文。《鲁语》多一事一议的小故事,并非完整的历史记录。《齐语》仅记齐桓公与管仲的几次谈话。《晋语》最详,共九卷,起自晋武公,讫于智伯之亡,记叙成分较多,但也不连贯。《越语》仅记勾践,《吴语》仅记夫差,《楚语》仅记楚灵王、昭王二君。《郑语》只是一篇谈话。这种现象说明《国语》属于列国史料汇编性质。由于编者所掌握的史料有多有少,所以有详有略。各国的最早记录者也许不止一人,《晋语》采用晋君纪年,而且每每讳其谥号,简称"君"、"公",有时称"来奔"、"来",作者俨然晋国史官口气。《国语》不可能是左丘明作《左传》之后的剩余或补充,因为二书记事有大量重复,而于同一事件,其人物、时间、地点往往差异,很难设想出于同一作者之手。所谓《春秋》外传之说亦难以成立。

从语言风格和文字特点看,《左传》全书一致,上下贯通,自成体系。《国语》各卷,风格不同。周、齐、郑之语,理论性强,颇类战国子书。《鲁语》接近后来的《礼记·檀弓》。楚、吴、越之语,讲究修辞,富于气势,近乎《战国策》[4]。这表明,《国语》素材来源不同,写作时间不一,编者尚未作统一的加工。如果把《左传》与《国语》相同的篇章加以比较,不难看出《左传》在《国语》基础上进行提炼修改的痕迹。如《周语》"王孙满论秦师","原人不服晋",《鲁语》"叔孙穆子论楚公子围先执戈",《齐语》"齐桓公下拜受胙",《晋语》"寺人勃鞮见文公"等,《左传》比《国语》显得更为精当,艺术性有所提高。

从思想体系看，《国语》虽有不少地方符合儒家观念，但同时也有不少近似其他各家的思想。如鲁国公父文伯之母论劳逸之于墨家，管仲教齐桓公求霸之于法家，秦公子縶教秦穆公采用权谋诈术，重馆人告臧文仲投机取巧，有类战国纵横家，范蠡说勾践讲阴阳刚柔、持盈定倾颇似黄老道家等。这种兼容并存的现象，与《左传》处处依据孔子思想及其礼义观念来判断历史人物之是非功过，显然有所不同，亦可以从一个方面说明《国语》不出于左丘明。

《国语》所记内容，大都是编者认为值得肯定的言论和行为。全书强调和推重的基本观点是"重民"、"忠恕"、"天命"等等。其中比较可贵之处，是对人民群众的地位和作用的重视。例如，晋人杀厉公，鲁国里克评论说，这不是臣的责任，而是"君之过也"，君主如果只图私利，不能体恤臣民，臣民就不需要他，有理由驱逐他（见《鲁语下》）。又如，楚国鬥且认为，执政者的责任在于保护人民，统治者积聚财富不能妨害人民的生活，"夫从政者，以庇民也"，"聚货不妨民衣食之利"；如果"蓄聚不厌"，"民多阙则有叛离之心"，"不亡何待？"（《楚语下》）这些观点与《左传》基本一致。再如，邵公谏周厉王弭谤，主张要让人讲话，而不应当压制。"防民之口，甚于防川。川壅而溃，伤人必多，民亦如之。是故为川者决之使导，为民者宣之使言"（《周语上》）。虽然从维护统治者根本利益出发，但也表现出对民意的一定程度的尊重。

《国语》不少地方反映出对农业生产的重视。《周语上》虢文公谏周宣王不籍田，提出"夫民之大事在农"的命题，是一篇重要的农业史料。《周语》所记伯阳父论地震，是我国历史上关于阴阳学说的较早文献之一。他认为，"阳伏而不能出，阴迫而不能蒸，于是有地震"，这是原始唯物主义意识的萌芽。《郑语》所记史伯论五材，是古代五行学说较早的记录。史伯明确提出，世界上的事物由水、火、木、金、土五种基本物质组成,认为只有不同性质的东西相结合,事物才能生长、发展,"和实生物,同则不继"。这是一种原始的唯物主义自然观,包含着朴素的辩证法因素。

《国语》处处强调天命,重视占卜,有不少篇幅预言吉凶祸福,大至国家,小到个人,无不应验,表现出明显的宿命论。有时竟以貌测人,甚至从小孩出生时的哭声和体型判断后来的结局。《晋语八》记,"叔鱼生,其母视之,曰:'是虎目而豕喙,鸢肩而牛腹;谿壑可盈,是不可餍也,必以贿死。'遂不视。杨食我生,叔向之母闻之,往,及堂,闻其号也,乃还,曰:'其声,豺狼之声也,终灭羊舌氏之宗者,必是子也。'"这是古代巫术迷信的残馀。在民神关系上,编者的指导思想大体上是民神并重,强调国君要"和于民神",使"民神无怨"。与殷商时期和西周初期神重于民的观念相比,是一个进步。但较之《左传》的"民重于神"就显得未免逊色。

后世对《国语》的思想评价不一。柳宗元曾作《非国语》,专门批驳《国语》中的错误,体现了古代唯物主义者的战斗精神,但也有些失之偏颇。后来又有不少人著文为《国语》辩护[5]。

第二节 《国语》的文学价值

《国语》虽以记言为主,记事为辅,但书中先后记述了近百个人物,有的已相当生动,性格颇为鲜明,形象较为突出,为后世以写人为主的传记文学提供了可贵的经验。

《国语》已有将某个人的言行集中在一起,向人物小传过渡的趋势。如《鲁语下》第一至七章皆为叔孙穆子言行,《晋语三》共八章专记惠公事迹,《晋语四》共二十四章专记文公事迹,《晋语七》共九章专记悼公事迹,《晋语九》第五至十六章皆为赵简子活动等,这可能是编者有意安排的。通过围绕某个人的若干小故事,这个人的主要政治表现、思想品格,乃至某些个性特征,便凸现在读者面前。当然,这些小故事是各自独立的,没有融汇成有机整体。所以只能算一组,不能算一篇。可见编者尚未把以人辑事作为普遍原则,在他心目中,记言仍是重点,集中记人只是一种初步的尝试。

《国语》通过一连串的小故事,已经能够在矛盾中揭示人物的性格及其发展,并运用对比来体现作者的爱憎。例如晋文公重耳与晋惠公夷吾,骊姬与太子申生,吴王夫差与越王勾践,都是在对比中描写的。作者虽然很少直接加以褒贬,但从客观叙述或第三者的评论中,鲜明地表示了自己的倾向性。有时还通过对同一事件的不同态度,展示一群人的不同思想和个性。如《晋语六》记,赵文子冠,栾武子等九人分别向他祝贺,各人言辞详略不等,语气措辞不一,生动地反映出九个人的不同品德修养。《晋语八》记,范宣子与人争田,征求十个人的意见,十个人的不同回答反映出他们不同的身份和地位,乃至脾气个性。这种描写人物的方法,被后人称之为"丛见法"。

围绕若干中心人物,《国语》写了一些次要人物作陪衬。例如晋文公身边足智多谋的子犯,晋惠公手下娴于辞令的吕甥,吴王夫差的诤臣伍子胥,越王勾践的智囊范蠡,齐桓公的宰辅管仲等等。他们是对中心人物的补充,犹如花之与叶,不可或缺。书中还有许多零散的片断,记述一些嘉言善政、远见卓识、奇行异举,虽为只鳞半爪,吉光片羽,却可以看出一定的人物面貌,足以感人。不过,《国语》描写的人物除少数外,大多只有粗略的勾勒,尚缺少有血有肉的描绘。

《国语》全书由二百四十多个大小故事组成,很少单纯的议论文,最简单的片段是一问一答的对话。有些故事,在叙述技巧和情节构思上比前人有不少新创造。

《国语》已能够在历史真实的基础上进行合理的想象和虚构。例如《晋语五》记,晋灵公使钼麑刺赵宣子,"晨往,则寝门辟矣。盛服将朝,早而假寐。麑退,叹而言曰:'赵孟敬哉!夫不忘恭敬,社稷之镇也。贼国之镇,不忠;受命而废之,不信。享一名于此,不如死。'触庭槐而死。"这段话属于自言自语,当时没有别人在场,可谓死无对证,古人于是责备作者不实[6]。其实这就是艺术虚构。同一情节又见于《左传》,显然在《国语》基础上加以艺术提炼。又如《晋语一》记,骊姬半夜对献公哭诉申生如何如何不好,极尽挑拨离间之能事。这段描写也有人怀疑。《孔丛子·答问》记陈涉读《国语》至此,谓博士曰:"人之夫妇,夜处幽室之中,莫能知其私焉,虽黔首犹然,况国君乎?余是以知其不信,乃好事者为之词。"陈涉已看出,这是作者的想象。钱锺书认为,这就叫做"代言法"或"拟言法"[7]。

《国语》有些故事,运用幽默或滑稽的手法,达到批评讽刺的目的,写得活泼有趣。例如《晋语九》记:

> 董叔将娶于范氏。叔向曰:"范氏富,盍已乎?"曰:"欲为系援焉。"他日,董祁(即范氏女)愬于范献子曰:"不吾敬也。"献子执(董叔)而纺于庭之槐。叔向过之。曰:"子盍为我请(求情)乎?"叔向曰:"求系,既系矣;求援,既援矣。欲而得之,又何请焉。"

董叔不听劝告,高攀豪门,结果得罪娇妻,被大舅子吊在树上。叔向利用"系援"既指拉关系又指吊绑的一词多义特点,妙语双关地嘲笑他自作自受,实在一针见血。整个故事仅仅几十个字,写得妙趣横生,讽刺人情世态,已是入木三分。

又如,《晋语四》记,重耳安于齐,妻子姜氏与子犯定计,"醉而载之以行。醒，以戈逐子犯，曰：'若无所济，吾食舅氏之肉，其知饜乎？'舅犯走且对曰：'若无所济，余未知死所，谁能与豺狼争食？若克有成，公子亦无晋之柔嘉是以甘食，偃之肉腥臊，将焉用之？'遂行。"情节滑稽可笑，对话富于戏剧性。二人相逐且骂时的情形动作尤其活灵活现。这个小插曲是重耳生活和思想变化的重要转折点。子犯的话，貌似戏谑，实际上是对他们这个流亡集团两种命运的形象概括，事情虽小，却关系重大。《左传》只写到"以戈逐子犯"，而没有对话。

《国语》有些场面描写，采用夸张渲染手法，着意制造气氛，显得十分热火。例如《吴语》记：

> 吴王昏乃戒，令秣马食士。夜中，乃令服兵擐甲，系马舌，出火灶，阵士卒百人，以为彻行百行，行头皆官师。拥铎拱稽，建肥胡，奉文犀之渠。十行一嬖大夫，建旌提鼓，挟经秉枹。十旌一将军，载常建鼓，挟经秉枹。万人以为方阵，皆白裳、白旂、素甲、白羽之矰，望之如荼。王亲秉钺，载白旗以中阵而立。左军亦如之，皆赤裳、赤旟、丹甲、朱羽之矰，望之如火。右军亦如之，皆玄裳、玄旗、黑甲、乌羽之矰，望之如墨。为带甲三万，以势攻，鸡鸣乃定。既阵，去晋军一里，昧明，王乃秉枹，亲就鸣钟鼓，丁宁，錞于，振铎。勇怯尽应，三军皆哗钔以振旅，其声动天地。晋师大骇，不出。

气象宏伟，视野开阔，有声有色。用的是浓墨重彩，显然有意铺排。这种场面，在先秦散文中较为罕见。

《国语》的语言特点是通俗化、口语化。据《楚语》记载，当时教诲太子的教材有"语"一类，当是口头传说资料，有别于史官的正式记录。《国语》的素材可能就是来源于口头传说,属于"语"一类。因而其中有大量的语气词、助词、连词。大部分名词、动词、形容词明白易懂,文句比较畅达流利。像:"居!吾语汝!"这是长者对晚辈命令的口气。"我王者也乎哉?"用语气词"也乎哉"以示反诘。"美矣夫!""乐夫哉!""今是何神也?""然则何为?""吾其若之何?"等,这样口吻毕现的句子,书中俯拾即是。风格颇接近《论语》,和《尚书》则相距甚大。

《国语》有许多精彩的外交辞令。如越王勾践求成于吴,卑躬屈膝,低声下气。子服景伯请晋人释季平子,剖析利害,比较得失。周襄王不许晋文公请隧,坚持原则,而又婉转得体。三人均以弱对强,由于环境、地位不同,说理角度、手法也迥然各异。展喜犒齐师,齐侯傲慢地提出:"鲁国恐乎?"答以"小人恐矣,君子则否",然后再从齐鲁历史关系论证,有礼有节,不卑不亢。吕甥对秦伯送回晋惠公与否的试探,同样先说"小人曰不免,君子则否",进而示以战斗实力,争取和平解决,软中有硬。二人在强敌面前都能从容应对,不为所屈,充分表现了辞令的作用。

《国语》的一些长篇议论文字,说理细密,分析精辟,层次清晰,章法严谨,向来为古文家所称道。如《晋语八》记,韩宣子忧贫,叔向反而祝贺。他列举晋国近期的历史教训,通过栾郤两家正反经验的对比以为借鉴,立意剀切,利害分明。古人评论说:"从来贺字不与忧字为类。叔向故出一奇,以耸宣子之听,及至说来,俱极平实道理。可悟小题文字化平为奇之法。"(见倪承茂《古文约编》)后来柳宗元作《贺王进士失火书》,即仿其意而用之。又如,《楚语下》记王孙圉论楚宝,认为有贤能之人利于国家,是以为宝;白珩之类器玩实不足为宝。用两种不同的价值观驳斥赵简子的炫耀。《鲁语下》记敬姜论劳逸,主张劳则思善,逸则思恶,并援引古代政治制度加以考察,步步说来，最后落脚到修德敬业，不然就会丧家亡国。类似的精彩篇章很多。

《国语》所开创的分国体，后世不断有人效法。七十年代长沙马王堆汉墓出土的帛书中有《春秋事语》残卷十六篇，全部为短篇故事，一事一议，体例与《国语》相近。至于《战国策》，编排体例完全脱胎于《国语》。后来，东晋孔衍有《春秋后语》，摹仿《国语》尤为明显。北魏崔鸿《十六国春秋》，北宋路振《九国志》，清吴任臣《十国春秋》，皆受《国语》分国体的启发。不过，后面这几部书均不再以记言为主，而以记事为重点。

《国语》的文学价值虽然不及《左传》，但在文学史上也有一定的地位，经常受到评论家的称赞。即如柳宗元，虽然批评《国语》的某些错误思想，但也肯定"其文深闳杰异，固世之所耽嗜而不已也"（《非国语序》）。他自己写文章仍然要"参之《国语》以博其趣"（《与韦中立论师道书》）。明人黄省曾说："外传（指《国语》）是多先王之明训，自张苍、贾生、马迁综表以来，千数百年，播诵于艺林不衰。世儒虽以浮夸阔诞者为病，然而文辞高妙精理，非后之操觚者可及"（《左粹类纂序》）。明王世贞评价更高："其所著记，盖列国辞命载书训诫谏说之辞也。商略帝王，包括宇宙，该治乱，迹善败，按籍而索之，班班详核，奚啻二百四十二年之行事，其论古今天道人事备矣。即寥寥数语，靡不悉张弛之义，畅彼我之怀，极组织之工，鼓陶铸之巧，学者稍稍掇拾芬艳，犹足以文藻群流，黼黻当代，信文章之巨丽也。"（《经义考》引）

最早注《国语》者是三国韦昭，清人董增龄有《国语正义》，近人徐元浩有《国语集解》、黄模有《国语补韦》。文学评点本有明汤宾尹辑评《国语狐白》、吕邦耀《国语髓析》、穆文熙《国语钞评》，清高嵝《国语集评》、储欣《国语选评》，民初秦同培《国语评注读本》。近人傅庚生有《国语选》。注本有董立安《国语译注辨析》(暨南大学出版社1993年第一版),其"辨析"部分甚有见地。

第三节 《战国策》的成书时代和其中的纵横家思想

《战国策》是一部记录战国纵横家言行的史料集。其最初作者,可能是各国策士。战国中期以后,纵横家在政治舞台上十分活跃,影响巨大,"一怒而诸侯惧,安居而天下熄"(《孟子·滕文公下》)。他们的门徒自然要把老师的成功经验,失败教训,机智的谋略,精辟的言论,动人的事迹写下来,以供学习揣摩。后来又有人将分散的单篇文章或谈话记录,加工汇集成书,有的叫《国策》,还有的叫《国别》、《国事》、《事语》、《长书》、《修书》、《短长》。西汉后期,刘向整理国家图籍,将上述各书综合编辑,除去重复,依国别分为东周、西周、秦、齐、楚、赵、魏、韩、燕、宋、卫、中山十二策,三十三篇,并定名为《战国策》。东汉末年,高诱曾为之作注,后来渐有散佚,到了北宋,曾巩重新加以整理,遂流传至今。

《战国策》体例与《国语》大致相近,基本上以记言为主,记事为辅。所涉史实,上自三家分智氏,下至秦灭六国,凡二百四十馀年。但全书并无贯穿始终的完整线索,多数年代模糊,人物事迹往往前后抵牾,少数篇章残缺不全,属于资料汇编性质。

关于《战国策》的作者,历代都有猜测和争论。宋晁公武认为"其纪事不皆实录,难尽信,盖出于学纵横者所著"(《郡斋读书志》卷十一),于是把它从史部改隶子部。清纪昀认为作者既非一人,何所谓"子"?又改归史部。清末牟廷相提出,《战国策》为汉初蒯通所作(见《雪泥书屋杂志》卷二)。二十年代,罗根泽作《战国策作于蒯通考》,根据《史记·田儋列传》"蒯通善为长短说"和《汉书·蒯通传》"自序其说……号曰隽永",便认为那就是《战国策》。金德建作《战国策作者之推测》,主张今本《战国策》三十三篇,即《汉书·艺文志》所录《蒯子》八篇加上《主父偃》二十五篇拼合而成。这些说法基本属于猜测,并没有得到多数学者信从。

关于《战国策》的编定经过,刘向《战国策叙录》已经说得很清楚。他所依据的资料,就是《国策》等七种书,其中并无《蒯子》,没有理由把凡是涉及战国权变短长的书都当成《战国策》。1973年长沙马王堆汉墓发现有《战国纵横家书》,其中有一部分与今本《战国策》相同,有一部分为今本所无。后者连刘向也没有见过,可见当时这类书很多,流传甚广,影响较大,且已入藏公侯之家,其写定必较蒯通为早。再从《吕氏春秋》、《韩非子》看,其中不少故事显然是从《战国策》的素材中摘抄的,可见它们的写定当在吕不韦、韩非之前。当然,个别篇章的增补,或许在秦灭六国之后[8]。

《战国策》主要反映纵横家的思想。所谓"纵横家",成分比较复杂。其中不少是有才能、有见识的政治家、外交家,他们知识渊博,十分注意了解和分析研究当时各国形势及国与国之间的利害关系,然后根据不同情况和特点,提出不同对策。他们像高明的棋师,善于利用矛盾,趋利避害,变被动为主动,"扶急持倾","转危为安,运亡为存"(刘向《战国策叙录》),有的能从长远和大局出发,用三寸不烂之舌制止诸侯之间的不义之战,客观上反映了人民群众反对战乱、渴望和平的愿望。像《齐策五》"苏子说齐闵王",就明确提出不要主动挑起战争,战争乃是一场大灾难。对于秦国的武力征服天下,"权使其士,虏使其民",破城略地、屠杀无辜的行为,《战国策》表示强烈谴责。对六国中不畏强暴的英雄予以热情赞扬。对宣扬苟安投降,割地媚敌的错误意见,提出尖锐批评。这种思想倾向,在一定程度上体现了当时大多数群众的爱憎。

《战国策》有些文章表现出对民众的重视。如《齐策四》"赵威后问齐使",把民的地位放在君之上,认为"苟无民,何以有君?"对于那些残民以逞,杀戮忠良,荒淫无耻的反动统治者,书中多有揭露。如对宋康王、齐闵王等暴君,作者都持鲜明的否定态度,表现出一定的正义感。

《战国策》有明显的"贵士"倾向,例如颜斶见齐宣王,宣称,"士贵耳,王者不贵","生王之头,曾不若死士之垄"。燕昭王筑黄金台,尊郭隗为师,礼贤下士,"士争凑燕",终于破齐复国,报仇雪耻。这些思想,对当时严重束缚人才的世卿世禄制度是一个冲击。

书中记录了战国中后期一些新颖的社会意识。对锐意革新、励精图治的国君,《战国策》给予充分肯定。如赵武灵王推行胡服骑射,遭到保守派的反对。他毫不动摇,同他们反复辩论,坚持到底。多次宣称:"反古未可非,循礼未足多","便国不必法古",礼、法、政、教都要从实际出发。明确表示,儒家的一套不合时宜,不足取法,"仁义道德,不可以来朝"(均见《赵策二》)。这正是当时观念形态变化的真实反映。

从思想体系看,《战国策》基本上属于纵横家。而其道德哲学观则多取道家,社会政治观接近法家,独与儒家相合者少而相悖者多,因而为后世儒士所诟病。刘向已指出《战国策》的这种倾向,但尚表示谅解。三国时秦宓则持严厉批评态度,"战国反复,仪秦之术,杀人自生,亡人自存,经之所疾。"(《三国志·蜀书·秦宓传》)北宋曾巩指责它是"邪说害正",要"放而绝之"。南宋鲍彪不同意曾巩之说,举出书中若干儒家成分,谓"皆有合于先王之道,孔孟之所不能建也,若之何置之?"(《战国策序》)元人吴师道又批评鲍彪,认为"是书善恶无所是非","善言之少,不足以胜不善之多"(《战国策序》)。类似的争论,明清时期还在继续[9]。用今天的观点来衡量,应该看到,《战国策》中积极有益的成分还是主流。当然,也有一些应该剔除的糟粕。如鼓吹权谋欺诈,不讲信义,甚至宣扬行贿受赂有功,造谣言说假话有理,突出利己主义意识等等。但这些并不占主要地位。

第四节 《战国策》的散文艺术

《战国策》的散文艺术,古人曾一致给予肯定。宋李格非欣赏"其说之工","文辞之胜"(《书战国策后》),王觉说它"辩丽横肆,亦文辞之最"(《题战国策》)。鲍彪认为:"其文辩博,有焕而明,有婉而微,有约而深,太史公之所考本也。"(《战国策序》)[10]其艺术水准确实较之前人有所拓新。

第一、机智灵活的论说方法。

《战国策》的文章,许多是当时游说之辞的记录,由于社会风气的变化,春秋时期从容辞令的行人,演变而为剧谈雄辩的说士。他们以出谋划策为主要职业,善于权衡利病,根据不同对象的不同身份地位,揣摸其不同心理个性,适应其不同嗜欲爱好,采取不同的说理方法。或因其所好,避其所忌;或以小见大,由近及远,曲折而有效地说明问题。不少文章,观察敏锐,见解深刻,方式巧妙,语言机敏,一直被认为是古典散文中的典范。

例如"触龙说赵太后"(《赵策一》)[11],触龙没有直接陈述长安君出质对于赵国安危的意义,而是采取侧面迂回战术,以老年人之间互相寒暄为话头,从饮食起居谈起,先释其怒,再动以情:请求以少子为王宫卫队,给太后以"丈夫亦爱其少子"的印象。进而提出太后爱长安君不如爱长女燕后这样明显不符合实际的问题,引起太后的好奇而准备听他的高见。这时他还不亮明观点,而是通过回忆对比,从太后送燕后的心情说到三世以前赵王之子孙侯者的近况,最后用事实说明利害:人主之爱子,必令有功于国,才是长久之计。自始至终,以情感人,寓危言警语于家常琐谈之中。明人钟惺说:"左师悟太后不当在言语上看,全在举止进退有关目,有节奏,一段迂态闲情,与本事全不相拈,而意思正自婉入。尤妙在从妇人性情体贴探讨,使人不觉入其彀中。"(《周文归》引)

再如"邹忌讽齐王纳谏"(《齐策一》),主旨是防止佞臣蔽君。邹忌没有正面讲大道理,只是从自己家庭小事发端,现身说法,由情入理,发人深思。手法新颖别致,摹写细腻入微,文字轻灵活泼。明人茅坤评论说:"通篇俱用三迭凡七层而文法变换,令人不觉。如水上波文,起伏变幻……文章之妙极矣。"(《周文归》引)后来不少人采用此法说理,如《吕氏春秋·达郁》的"列精子高见齐湣王",《韩诗外传》卷六"宋昭公谓其御曰",《新序》"田巴先生见齐王"等[12]。

有些策士互相驳难的文字,双方骋辞竞说,唇剑舌枪,锋芒毕露,尖锐激烈。像《赵策三》的"鲁仲连义不帝秦":在秦国大军围困邯郸、赵国上下人心惶惶的严重关头,鲁仲连力主抗战,反对投降,同魏国派来劝赵尊秦王为帝的使者辛垣衍作针锋相对的争辩。他用层层剥笋之法,首先晓以大义,继而动以利害,中间有许多地方短兵相接。如辛垣衍把帝秦比作仆人对主人不得已的服从,鲁仲连立即逼得他承认"梁之比秦若仆耶"?接着单刀直入,"吾将使秦王烹醢梁王",使对方突然感到问题的严重性。然后进而指出,历史上殷纣王曾醢鬼侯,脯鄂侯,说明暴君对臣民是极其残忍的。再举过去鲁国和邹国坚决不承认齐王自称天子,齐国不能使之屈服;今天三晋的大臣,难道不如邹鲁之仆妾吗?最后警告说,如果真的帝秦,不但梁王不得安然，你辛垣衍也必然没有好结果。在大量的事实和利害得失面前，辛垣衍不得不认输。作者热情赞扬鲁仲连超人的见识，无畏的气概和无私的品质，使他赢得了千古文人的颂扬。如李白歌唱道"齐有倜傥生，鲁连特高妙"，"所冀庑头灭，功成追鲁连"。高适称赞"鲁连真义士"，钱起感叹"何敌能当鲁连啸"，例子不胜枚举。《战国策》此文笔力健举，长于气势，精于驳辩，向来为古文家所欣赏。

第二、丰富多彩的修辞手段。

《战国策》的修辞，最值得注意的是铺陈和夸饰的熟练运用。铺陈，就是把事物的有关方面尽可能全面而广泛地论列陈述。夸饰，就是把事物的某种属性故意过甚其辞地夸大强调。这在《战国策》中是经常而普遍的修辞手段。像苏秦、张仪等人游说诸侯，述其地理，都爱东西南北，山河湖海；追溯历史，总是三王五霸，从古至今；谈政治，则君臣内外，法术权势；论军事，则攻守进退，固险扼塞，中间每每结合一连串夸张形容，把各种情势强调到了极致。如《齐策一》"苏秦说齐宣王"：

> 齐南有太山，东有琅琊，西有清河，北有渤海，此所谓四塞之国也。齐地方二千里，带甲数十万，粟如丘山。齐军之良，五家之兵，疾如锥矢，战如雷电，解如风雨。即有军役，未尝倍太山，绝清河，涉渤海也……临淄甚富而实，其民无不吹竽、鼓瑟、击筑、弹琴、斗鸡、走犬、六博、蹹踘者。临淄之途，车毂击，人肩摩，连衽成帷，举袂成幕，挥汗成雨，家殷而富，志高而扬。

通过这样的铺陈，使人感到他对齐国情况和天下大势了如指掌。文章雄肆而气势充沛，赅备而不显得罗列过甚，辞藻绚丽，琳琅满目，而不显得堆砌。其中言齐军之精良，临淄之富庶，未必属实，而是出于艺术夸饰,但并不使人感到虚张声势。这种手法,直接影响到汉代的政论文。

排比句法,《国语》、《左传》已经使用,《战国策》则更为恣纵,句型趋于多样化,技巧更加成熟。如"毛羽不丰满者不可以高飞,文章不成者不可以诛罚,道德不厚者不可以使民,政教不顺者不可以烦大臣"(《秦策一》)。一连四个十徐字长句,层层推进,有波浪滚滚之势。"今欲并天下,凌万乘,诎敌国,制海内,子元元,臣诸侯,非兵不可。今之嗣主,忽于至道,皆惛于教,乱于治,迷于言,惑于语,沉于辩,溺于辞。以此论之,王固不能行也。"(同上)正反两扇,上锁下开;句子短促有力,不用语助词,反而显得感情激越。

爱用比喻是先秦散文的共同特点,《战国策》尤为突出。轻便灵活,贴切工巧,有时信手拈来,看似随便;有时连举数例,引譬骗跹。如"庄辛说楚王"(《楚策四》),几乎通篇用喻,从蜻蜓而黄雀而黄鹄而蔡灵侯,最后说到楚王,以自然界和历史上一系列具体现象说明,只顾眼前舒适而不顾后患,必然落得可悲的结局。这个比喻,可能来源于《庄子·山木》之螳螂捕蝉,异鹊在后,经《战国策》再创作之后,《说苑·正谏》又发展为完整的寓言故事。柳宗元《设渔者对智伯》亦仿效其手法。

第三、细致传神的描写技巧。

《战国策》的记事文字在书中不占主要篇幅,却相当精彩,较其记言文更富于文学性,其艺术技巧代表先秦记叙散文的最高成就,在《国语》、《左传》基础上有所发展。

像著名的"荆轲刺秦王"(《燕策三》),就极尽腾挪跌宕之能事。故事先从燕太子丹质秦亡归写起,为了报仇救国,他向太傅鞠武求教,鞠武劝他不要批逆鳞。他却甘冒风险收留秦亡将樊於期,然后因鞠武而见田光。田光以年老不能当大事,转而推荐荆轲,并自杀以激荆轲,且使太子释疑。围绕如何报仇,一连四折,迭起波澜。接着,写太子丹向荆轲求助,荆轲先借樊於期之头以求取秦王信任,又求匕首,约秦武阳为助手。易水送别是前半部的最高潮,又是后半部的大铺垫,写得慷慨悲凉。荆轲见秦王,秦武阳色变,是小铺垫;殿上行刺是全文最精彩的场面:

秦王谓轲曰:"起,取武阳所持图。"轲既取图奉之,发图,图穷而匕首见。因左手把秦王之袖,而右手持匕首揕之。未至身,秦王惊,自引而起,绝袖;拔剑,剑长,摻其室。时恐急,剑坚,故不可立拔。荆轲逐秦王,秦王还柱而走。群臣惊愕,卒起不意,尽失其度。而秦法,群臣侍殿上者,不得持尺兵;诸郎中执兵,皆陈殿下,非有诏,不得上。方急时,不及召下兵,以故荆轲逐秦王,而卒惶急,无以击轲,而乃以手共搏之。是时侍医夏无且以其所奉药囊提轲。秦王之方还柱走,卒惶急,不知所为。左右乃曰:"王负剑!"王负剑,遂拔,以击荆轲,断其左股。荆轲废,乃引其匕首提秦王,不中,中柱。秦王复击轲,被八创。轲自知事不就,倚柱而笑,箕踞以骂曰:"事所以不成者,乃欲以生劫之,必得约契以报太子也。"左右既前,斩荆轲。

这场生死搏斗,紧张激烈,目不暇瞬。作者妙笔写来,却那样从容不迫。双方动作,攻防进退,巨细毕现,历历如见。"形状声色,一齐活现,如走马灯相似,真传神大手笔也。"(顾广圻评,见《策语选评》引)最后还有高渐离击筑刺秦王,为荆轲报仇的尾声,表明斗争并未结束,馀音袅袅,不绝如缕。这篇文章曾被钟惺誉为"古今第一"文字。司马迁写《史记》,把它全文抄入《刺客列传》。

《战国策》既注意人物外貌的传神写态,又能深入剖析揣摩内心活动。不限于一鳞半爪地点染感情色彩,且能多角度多层次地透视人物思想的发展过程。像"冯谖客孟尝君"的三次弹铗而歌,从不同的歌词、动作,一层层揭示出冯谖寄人篱下怀才不遇的苦闷和逐渐得到慰藉的变化。而左右的平庸和孟尝君的大度更衬托出冯谖的曲高和寡,难为人知。再继之以市义,使梁,庙薛,三窟成而英雄出,冯谖的形象和性格一步步走向完美。

《战国策》能熟练地使用旁白和代言法,表现人物的潜意识和个性思维。如苏秦说秦王不成而归,半夜刻苦读书,引锥刺股,自言自语:"安有说人主不能出其金玉锦绣,取卿相之尊者乎?"这种见不得人的内心隐秘,本人绝不会公开,显系作者想象之辞。又如邹忌见徐公,"孰视之,自以为不如。窥镜而自视,又弗如远甚。暮寝而思之曰:'吾妻之美我者,私我也。妾之美我者,畏我也。客之美我者,欲有求于我也。'于是入朝见威王。"这已经属于个性心理描写了。

有时采取对照法,把不同环境的各种不同反映加以比较,更深入地体现作者的倾向性。如苏秦倒霉时的情况是:"黑貂之裘弊,黄金百镒尽,资用乏绝,去秦而归。羸縢履蹻,负书担囊,形容枯槁,面目犁黑,状有愧色。归至家,妻不下纴,嫂不为炊,父母不与言。"后来得志,一切遂皆大变。"路过洛阳,父母闻之,清宫除道,张乐设饮,郊迎三十里。妻侧目而视,侧耳而听;嫂蛇行匍伏,四拜自跪而谢。苏秦曰:'嫂,何前倨而后卑也?'嫂曰:'以季子位尊而多金。'"这里,指责的着重点已不限于某一个人,而是整个社会风气。人情冷暖,世态炎凉,真是写得镂心刻骨,淋漓尽致。元末明初剧作家苏复之编写的南戏剧本《金印记》,正是在《战国策》这个故事基础上的发挥。

第五节 《战国策》的寓言故事

《战国策》的寓言故事丰富多彩,大致可以分为动物寓言、社会寓言和历史寓言三大类。

《战国策》的动物寓言,主要通过拟人化的方法,把动物的兽性特征和某些人的社会意识有机结合起来,含蓄地体现某种政见和哲理,自然贴切而又意味深长。例如"鹬蚌相持"(《燕策二》):

> 赵且伐燕,苏代为燕谓惠王曰:"今者臣来过易水,蚌方出曝,而鹬啄其肉,蚌合而钳其喙。鹬曰:'今日不雨,明日不雨,即有死蚌。'蚌亦谓鹬曰:'今日不出,明日不出,即有死鹬。'两者不肯相舍,渔者得而并禽之。今赵且伐燕,燕赵久相支,以弊大众,臣恐强秦之为渔父也。"

鹬和蚌互相抓住对方的弱点,死死咬住不放,都只看到自己有利一面,而不顾后果。通过这样的想象,人们可以从一般动物争斗中得到可供人类社会借鉴的经验教训。再如"狐假虎威"(《楚策一》),狡猾的狐狸借助老虎的淫威,吓得山中百兽望风而逃,竟使得老虎误以为狐狸真是天帝"使其长百兽"而不敢吃它。《战国策》用来说明诸侯之所以害怕楚将昭奚恤,是因为他背后有楚王的强大力量。到了后世,引申而为成语,讽刺豪奴悍婢依仗主子势力欺凌百姓的恶霸行为。

还有些寓言,虽然不是动物,但也运用了拟人手法。如"土偶与桃偶"(《齐策四》),作者抓住土偶遇水虽然分解终究复归本土,桃偶遇水则漂浮四方不知所归的特点,说明一个人(尤其是统治者)在政治上不能离开根本之地,否则流浪异国将无所依托,意味深长,可能是当时的民间传说。

社会寓言是把社会上某一类型人物的愚蠢可笑或异乎寻常的行为用漫画化手法加以夸张,异常荒谬,使之更集中更突出更具有典型性,从而寄寓深刻的教育意义。故事主角无姓名,只是"某人"、"有人"或"宋人"、"楚人";也未必实有其事,但生活中的确存在类似现象。它包含的讥讽作用与笑话同,但它影射比喻较为普遍的社会问题,故又别于一般生活趣谈和浅薄笑料。更高级的社会寓言,除体现作者当时所要说明的事理外,往往还具备一定哲学意味。

如《齐策二》"画蛇添足":

> 楚有祠者,赐其舍人卮酒。舍人相谓曰:"数人饮之不足,一人饮之有余。请画地为蛇,先成者饮酒。"一人蛇先成,引酒且饮之,乃左手持卮,右手画蛇曰:"吾能为之足。"未成,一人之蛇成,夺其卮曰:"蛇固无足,子安能为之足?"遂饮其酒。为蛇足者,终亡其酒。

寓言的本旨是陈轸劝说楚将昭阳,位高爵重,无以复加,必须知足,不然会有爵夺身亡的危险。然而其客观意义更为普遍。它讽刺了那种不顾客观实际而做出多余举动的蠢人,提示人们,世界上的各种事物都有具体的规定性,不能随意超越,不然就可能弄巧成拙。

又如"南辕北辙"(《魏策四》):

> 今者臣来,见人于大行,方北面而持其驾。告臣曰:"我欲之楚。"臣曰:"君之楚,将奚为北面?"曰:"吾马良。"臣曰:"马

虽良,此非楚之路也。"曰:"吾用多。"臣曰:"用虽多,此非楚之路也。"曰:"吾御者善。"此数者愈善,而离楚愈远耳。

故事本意是反对魏王以武力征服天下,读者却可以从中体会到,做任何事情必须有正确的方向,否则主观努力愈大,距离所要达到的目的愈远。

再如《宋卫策》所记新妇进门出丑的故事:

> 卫人迎新妇。妇上车,问骖马,"谁马也?"御者曰:"借之。"新妇谓仆曰:"拊骖,无笞服。"车至门,扶,教送母曰:"灭灶,将失火。"入室见臼,曰:"徙之牖下,妨往来者。"主人笑之。此三言者,皆要言也;然而不免为笑者,早晚之时失也。

嘲笑对象是个快嘴新媳妇,但人们却可以从中得到说话做事必须选择适当时机的启示,哲理意味同样是浓郁的。

我们把利用某些真实历史人物的言行,附会以虚构的情节,从而寄寓更深刻道理的故事叫做历史寓言。它不同于确凿可靠的信史,因为某些情节可能是后人捏合改造的,显然靠不住。但又不同于一般民间传说,其重点不在故事本身,而是作者所要进一步阐明的某种见解,言在此而意在彼。其作用不在于寻找论证的历史根据,而是充当说理的形象比喻。例如《秦策二》的"曾参杀人",作者编造这个故事,目的并非替曾参辩诬,而是要说明,流言可畏,众口铄金,提醒人们特别是统治者对舆论不可轻信。再如《燕策二》的"伯乐一顾而马价十倍",伯乐是出名的相马专家,引起他注意的马一定是好马。故事说伯乐接受卖马者的贿赂而故意回顾以提高马价,很可能并不符合伯乐的真实个性。但作者的用意并非批评伯乐或揭露卖马者,而在于说明有了名人推荐,庸才也会身价倍增。当然,读者也可以从中吸取不要崇拜虚名,不能认人不认货的教训。《楚策四》的"惊弓之鸟",目的不是赞扬神箭手更羸的绝技,而是以负了重伤的鸟不能再受惊吓,比喻心有馀悸的失败者不堪委以重任。《西周策》记名将养由基百发百中,人皆称善,一过路人只说"可教射"。养由基不高兴,求他教射。那人说,我不能教你如何射箭,但是知道如果不停地射,不知休息,一会儿筋疲力尽,一发不中,就前功尽弃了。主旨是告诉人们做事要留有馀地。

《战国策》的寓言,大部分情节完整,首尾清楚,具有相对的独立性,而不仅是作为比拟的修辞手段。其所反映的思想皆能切情入理,贴近社会生活,具有较强的现实性,主题鲜明,使人一看就明白,不像《庄子》寓言那样洸洋恣肆,不易捉摸。《战国策》寓言多用于口头陈说,所以保留着某些口语的痕迹,浅近朴素,不加修饰,明白晓畅。许多寓言在后世演变为成语,至今仍在使用。

《战国策》较早的注本有汉代的高诱注、南宋鲍彪注,其后有元吴师道的《战国策校注补正》、金正炜《战国策补释》等。近年新注有诸祖耿《战国策集注汇考》、缪文远《战国策新校注》和《战国策考辨》、郭人民《战国策校注系年》等。近年新版研究著作以郑杰文《古代纵横家论》为较系统全面。历代文人评点本有明焦竑等辑《战国策玉壶冰》、阮宗礼《战国策钞》、张文爟《战国策谈棷》、穆文熙《战国策评苑》、陈继儒《战国策龙骧》、清张星徽《国策评林》、储欣《战国策选评》、高嶙《战国策钞》等。

〔1〕 晋傅玄认为:"《国语》非丘明所作。凡有共说一事,而二文不同,必《国语》虚而《左传》实,其言相反不可强合也。"(见《春秋左传正义》哀公十三年"乃先晋人"句下孔颖达疏引)隋刘炫也说:"《国语》非丘明所作。为有此类

往往与《左传》不同故也。"（见《春秋左传正义》襄公二十六年"栾范易行以诱之"句下孔颖达疏引）唐赵匡认为："《左传》、《国语》文体不伦，序事又多乖剌，定非一人所为也。盖左氏广集诸国之史以释《春秋》，传成之后，盖其家子弟及门人，见嘉谋善迹，多不入传，或有虽入传而复不同，故各随国编之，而成此书，以广异闻耳。"（《春秋啖赵集传纂例》卷一《赵氏损益义》第五）宋梦得说："古有左氏，左丘氏。太史公称'左丘失明，厥有《国语》'。今《春秋传》作左氏，而《国语》为左丘氏，则不得为一家。文体亦不同，其非一家明甚。"（《春秋考》卷三"统论"）持相似看法的还有陈振孙、叶适等。坚持二书同出左氏的则有晁公武、李焘、陈造、王应麟等。元人认为非左氏所作的有郝经、戴表元，清人有汪之昌、高嶝、姚𩇕等。

〔2〕 章太炎在《春秋左氏疑义答问》中认为，《左传》是左丘明一人所作，与《国语》不相干。钱穆有《刘向、歆父子年谱》，驳康有为的论断不可通者有二十八条。

〔3〕 参看谭家健《关于〈国语〉的时代和作者问题》（《河北师范学院学报》1985 年第 2 期）；沈长云《国语编撰考》（该刊 1987 年第 3 期）。

〔4〕 古人早已注意《国语》文风不一致。陶望龄说："《国语》一书，深厚浑朴，周、鲁尚矣。《周语》辞胜事，《晋语》事胜辞，《齐语》单记桓公霸业，大略与《管子》同。如其妙理玮辞，骤读而心惊，潜玩之而味永，还须以《越语》压卷。"（朱彝尊《经义考》卷二百九引）崔述说："《国语》周、鲁多平衍，晋、楚多尖颖，吴、越多恣放。"（《洙泗考信录馀录》卷三）刘熙载说："《国语》周、鲁多掌故，齐多制，晋、越多谋。其文有甚厚甚精处，亦有剪裁疏漏处，读者宜别而取之。"（《艺概·文概》）

〔5〕 宋人刘章、江端礼、曾于乾，元人虞槃，均有《非〈非国语〉》（皆已亡佚），元人戴仔有《非〈非国语〉辨》，元人叶真有《是国语》（佚）。

〔6〕 如纪昀《阅微草堂笔记》卷一一："钮麂槐下之词，浑良夫梦中之噪，谁闻之与？"李元度《天岳山房文钞》卷一《钮麂论》："又谁闻之而谁述之耶？"林琴南《左传撷华》卷上说："初未计此二语是谁闻之。宣子假寐，必不之闻。果为舍人所闻，则钮麂之臂久已反翦，何由有暇工夫说话，且从容以首触槐而

死……想来钼麑之来,怀中必带匕首,触槐之事,确也。因匕首而知其为刺客,因触槐而知其为不忍。故随笔妆点出数句慷慨之言,令读者不觉耳。"

〔7〕 钱锺书《管锥编》第一册认为:"盖非记言也,乃代言也。如后世小说、剧本中之对话独白也……史家追叙真人实事,每须遥体人情,悬想事势,设身局中,潜心腔内,忖之度之,以揣以摩,庶几入情合理。盖与小说、院本之臆造人物、虚构境地,不尽相同而可通,记言特其一端。"

〔8〕 香港中文大学中文系郑良树教授在其所著《战国策研究》第九章《来源及作成时代之蠡测》中推测,《战国策》中的以记事为主的,可能来源于《国别》、《国策》、《国事》,以记言为主的,可能来源于《事语》、《长语》、《修书》,还有一类可能来源于《短长》,以策略为主,可能是学纵横者的习作。郑教授根据《战国策》的佚文,推测其成书下限当在汉初淮南王英布之后。其说可以备考。

〔9〕 刘向《战国策书录》说:"战国之时,君德浅薄,为之谋策者,不得不因势而为资,据时而为(脱字)。故其谋扶急持倾,为一切之权,虽不可以临教化兵革,救急之势也。皆高才秀士,度时君之所能行,出奇策异智,转危为安,运亡为存。亦可喜,皆可观。"曾巩《战国策目录序》说:"战国之游士则不然,不知道之可信而乐于说之易合,其设心注意,偷为一切之计而已……君子之禁邪说也,固将明其说于天下。使当世之人皆知其说之不可从,然后以禁则齐;使后世之人皆知其说之不可为,然后以戒则明。岂必灭其籍哉?放而绝之,莫善于是。"朱鹤龄《战国策钞序》说:"嗟乎!吾读《短长》之书,然后信子舆氏之以仁义说齐梁,为深切事情而不可易也。夫战国之亡以策士,策士之亡战国则以利也。"陆陇其《战国策去毒跋》说:"《战国策》一书,大抵皆纵横家言也。其文章之奇,足以悦人耳目;而其机变之巧,足以坏人心术。"

〔10〕 古人对《战国策》文章赞誉之词甚多。如:耿延禧《战国策括苍刊本序》:"此先秦古书,其叙事之备,太史公取以著《史记》,而文辞高古,子长实取法焉。学者不可不家有而日诵之。"张士元《书〈战国策〉后》:"《左传》文采甚盛,《战国策》变而质健,实乃《史记》权舆……盖子长《史记》实学《国策》,其格法时相出入。"阮宗礼《战国策钞后跋》说:"今读是策也,其体简,其意沉,其讽谕微婉,而解纷纾急,转移在飘忽间。其陈说利害,历历如队列棋布,并文章之

上诠也。"李梦阳《刻〈战国策〉序》说:"是策也,国列政具,巨盱细旳,人详物丛。采之足以备史,资之足以弘识,记之博洽,谈之奇诡。"储欣《战国策选例言》说:"《左传》章法浑沦,颇无辙迹,《国策》一书,纵横恣肆,而行文始立间架。龙门《史记》,从此脱胎。"谭献《复堂日记》二说:"姜西溟言周秦之文,莫衰于《左传》,莫盛于《国策》。人以为诡激,吾以为知言。"

〔11〕 触龙,旧本作触詟(读折)。黄丕烈云:"当作龙。《古今人表》中云:'左师触龙。'即此。言字本下属愿见读,误合为一。《史记》云'触龙言愿见',不误。"王念孙曰:"此策及《赵世家》皆作'左师触龙言愿见太后',今本'龙言'二字,误合为詟耳。"七十年代长沙马王堆汉墓出土帛书《战国纵横家书》作"触龙",更证明《史记》不误。诸祖耿《战国策集注汇考》有详细考证。

〔12〕 今本《新序》无"田巴先生见齐王"事,见《群书治要》卷四十二引。

第十一章　其他先秦历史著作

第一节　《公羊传》、《穀梁传》

《公羊传》、《穀梁传》与《左传》合称《春秋》三传,旧说认为都是为解释《春秋》而作。其实《左传》是一部独立的叙事体著作,解释《春秋》"书法"的话很少;"公""穀"二传以阐扬《春秋》的微言大义为主,叙事成分不多,虽然按照《春秋》所记时代先后,依其记事而生发议论,却不是系统连贯的编年史,文体近于史论。不过,两传中也穿插了一些历史故事,议论文字亦颇具特色,故常为后世文章家所称道。

《公羊传》的作者,班固《汉书·艺文志》说是"公羊子,齐人",唐颜师古注说他名高。东汉何休《公羊解诂》说:"其说口授相传,至汉,公羊氏及弟子胡母生等乃始记于竹帛。"唐徐彦《公羊传疏》引戴宏序说:"子夏传与公羊高,高传与其子平,平传与其子地,地传与其子敢,敢传与其子寿。至汉景帝时,寿乃与齐人胡母子都著于竹帛。"近代学者对传自子夏说表示怀疑,认为那不过是后学托名先贤以自重。有人根据书中有"大一统"思想,推论可能作于秦汉时期;

有人干脆主张就是公羊寿和胡母生撰写的。我们认为，公羊之学在汉初业已大盛，如果汉景帝时才出现，不可能发展得那么迅速，使那么多人信从。其渊源应当是较早的，虽然不一定出于子夏，却可能是战国时公羊氏几代人在传授中不断补充修改形成的，其间还吸收了其他经师的意见，如传中提到的沈子、司马子、北宫子等。"大一统"思想可能是战国后期所增加，不能据此认定全书皆作于汉初。

西汉时期，《公羊传》的影响比《左传》大，很早就立于学官。胡母生、董仲舒、公孙弘等都是名著一时的公羊大师。《公羊传》的一些观点，是董仲舒政治理论的支柱，常被援引作为衡量政治得失的准绳，甚至被用来判断官司。它是用汉初通行的隶书写的，属于"今文经学"，与用六国文字记录的"古文经学"曾严重对立。魏晋以后，今文经学的影响逐渐削弱；到了清代中期，又重新引起重视，倡导者有庄存与、宋翔凤、刘逢禄等。清末，维新派首领康有为甚至拿公羊学作为提倡变法的思想武器。《公羊传》在经学史和思想史上曾占有重要地位。

从文学上看，《公羊传》值得注意的主要是其中的历史故事。比较完整的约三十多个，所记史实，有的与《左传》大同小异，有的互有详略，也有的为《左传》所无。这些故事的突出特征是语言更加通俗，描写更加具体，带有口头讲述性质，甚至夹杂一些民间传说的味道。

例如宣公六年，晋灵公谋害赵盾，《公羊传》几乎纯用口语，细节刻画，委曲周详。晋灵公在台上弹人的行为，杀宰夫的手段，都比《左传》写得具体。赵宅行刺一节，刺客隔着窗户居然看清赵盾所食之鱼是昨晚所剩而感其俭，较之《左传》更为夸张，而且显然是作者以齐人眼光看待晋人习俗所致。唐刘知几指出，齐国近海，鱼是普通菜肴，在晋国则视为珍馐，"盖公羊生齐邦，不详晋物，以东土所贱，谓西州亦然,遂目彼嘉馔,呼为菲食"(《史通·语言》)。可见这个细节属于作者的想象。至于灵公命赵盾席间视剑之计,为《左传》所无,讲述逼真,形容有致,使人联想到《水浒传》中林冲误入白虎堂。这些皆属于民间传说中常见的添枝加叶之法。《左传》的写作距故事发生的时代不太远,所以还不太违背历史真实。《公羊传》成书时代靠后,在口耳相传中,有意无意地踵事增华,愈演愈奇。从历史角度看,难免逐渐失真;从文学上说,这正是不断加工再创作的必然现象。明人张宾王很喜欢这篇文章,说"此传字字飞跃,段段精神,叙事如画,摹写如睹,读之津津趣流颐颊"(《周文归》)。清人储欣认为其"叙事手法,继左氏而开龙门"(《公羊传精华》)。

《公羊传》所记故事,大都结构完整,首尾清楚,情节曲折,富于传奇性、戏剧性。例如昭公三十一年邾叔术让国的故事:

当邾娄颜之时,邾娄女有为鲁夫人者,则未知其为武公与?懿公与?孝公幼,颜淫九公子于宫中,因以纳贼,则未知其为鲁公子与?邾娄公子与?臧氏之母,养公者也。君幼,则宜有养者,大夫之妾,士之妻,则未知臧氏之母者曷为者也。养公者必以其子入养。臧氏之母闻有贼,以其子易公,抱公以逃。贼至,凑公寝而弑之。臣有鲍广父与梁买子者,闻有贼,趋而至。臧氏之母曰:"公不死也,在是,吾以吾子易公矣。"于是负孝公之周,诉天子。天子为之诛颜而立叔术,反孝公于鲁。颜夫人者,妪盈女也,国色也。其言曰:"有能为我杀杀颜者,吾为其妻。"叔术为之杀杀颜者,而以为妻。有子焉,谓之盱。夏父者,其所为(颜公妻时)有于颜者也。盱幼,而皆爱之,食必坐二子于其侧而食之。有珍怪之食,盱必先取足焉。夏父曰:"以来,人未足,而盱有馀。"叔术觉焉,曰:"嘻!此诚尔国也夫!"起而致国于夏父。夏父受而中分之,叔术曰不可。三分之,叔术曰不可。四分之,叔术曰不可。五分之,然后受之。

这是一个古老的历史传说,年代、人物都不清楚。作者如实存疑,其口吻与表达方式皆酷似口头讲说。正如孙月峰所指出:"三'未知',如村老语"(《周文归》引)。整个故事十分曲折:颜公肆淫于鲁宫,又纳贼以弑公。孝公年幼,幸为乳母易子得免(这个情节与著名的《赵氏孤儿》相近),鲁大夫负孝公诉于周天子,天子诛颜公而立其弟叔术。颜氏之妻以身悬赏求报夫仇,叔术杀仇者而娶其嫂。生子名盱,与其侄夏父争食而产生矛盾,叔术乃让国于夏父,自己只取土地的五分之一。这个故事为《左传》所无,写得引人入胜,人物关系和事件进程交代比较清楚,叙述层次井然,有条不紊。明人评论说:"叙事详核如话,写景生动如画。此自《春秋》前事,故作传疑语,更娓娓可听。""所谓游戏笔墨,文字逸品。"(《周文归》)

哀公六年,齐陈乞立公子阳生的故事更加有趣:

> 景公谓陈乞曰:"吾欲立(公子)舍,何如?"陈乞曰:"所乐乎为君者,欲立之则立之,不欲立则不立。君如欲立之,则臣请立之。"阳生谓陈乞曰:"吾闻子盖将不欲立我也。"陈乞曰:"夫千乘之主,将废正而立不正,必杀正者。吾不立子者,所以生子者也,走矣!"与之玉节而走之。景公死而舍立,陈乞使人迎阳生于诸其家。除景公之丧,诸大夫皆在朝。陈乞曰:"常之母,有鱼菽之祭,愿诸大夫之化我也。"诸大夫皆曰:"诺。"于是皆之陈乞之家,坐。陈乞曰:"吾有所为甲,请以示焉。"诸大夫皆曰:"诺。"于是使力士举巨囊而至于中霤(室中央)。诸大夫见之,皆色然(惊骇貌)而骇。开之,则闯然(出头貌)公子阳生也。陈

乞曰:"此君也已。"诸大夫不得已,皆逡巡北面,再拜稽首而君之尔。自是往弑舍。

这实际上是一场政治魔术,后来明英宗复辟时搞的东华门之变与此有些相似。《公羊传》把这次争夺君位写得像一出滑稽戏。据《左传》所记,事实上并不如此简单,原本头绪很多,人物关系错综复杂。《公羊传》把大量事件加以简约,省去许多枝节,结构更加紧凑,以陈乞为主角,着重写囊中出人一场,有意耸动闻听,这正是后世历史小说中惯用的手法。文章还使用齐国的方言表现齐国的风俗。如"常之母,有鱼菽之祭,愿诸大夫之化我也",何休《公羊解诂》说:"齐俗,妇人首祭事。言鱼豆者,示薄陋无所有。"徐彦《公羊传疏》说:"行过无礼谓之化,齐人语也……今此陈乞亦以鱼菽之薄物,枉屈诸大夫之贵重,亦是无礼相过之义,故谓之'化我也'。"此外如隐公五年"公曷为远而观鱼,登来之也",何休注说:"登来读言得来。得来之者,齐人语也。齐人名求得为得来。作登来者,其言大而急,由口授也。"可见用方言与口授有关系。

《公羊传》的解经文字,古人亦有好评。晋范宁说它"辩而裁"(《穀梁传集解·自序》),唐杨士勋说"辩谓说事分明,裁谓善能裁断"(《穀梁传疏》)。唐萧颖士说"穀梁师其简,公羊得其核"(《与韦述书》),"核"即精确。试看其对隐公元年"春王正月"四字的解释:

元年者何?君之始年也。春者何?岁之始也。王者孰谓?谓文王也。曷为先言王而后言正月?王正月也。何言乎王正月?大一统也。公何以不言即位?成公意也。何成乎公之意?公将平国而反之桓。曷为反之桓?桓幼而贵,隐长而卑,其为尊卑也微,国人莫知。隐长又贤,诸大夫扳隐而立之,隐于是焉而

> 辞立,则未知桓之将必得立也。且如桓立,则恐诸大夫之不能相幼君也。故凡隐之立,为桓立也。隐长又贤,何以不宜立? 立適,以长不以贤;立子,以贵不以长。桓何以贵? 母贵也。母贵则子何以贵? 子以母贵,母以子贵。

姑且不论这种解释是否符合《春秋》原意,就文论文,应该承认它还是剔抉细密,言之成理的。每层意思皆用问答形式,这是《公羊传》所有解经文字的共同笔法,可能是自设问答以广其意(如《墨子》即是),也可能是当时师生授受的记录衍化而成[1]。这种文体,可以造成不断深入、步步推进的气势。《古文观止》评点这段文字说:"其下字运句,又跌宕,又闲静,又直截,又虚活,不但以简劲擅长也。"

《公羊传》的参考书主要有何休、徐彦《春秋公羊传注疏》、孔广森《春秋公羊通义》等。文学评点本有清王源《文章练要·公穀评》、沈赤然《公羊穀梁异同合评》、高嵣《公羊传钞》、储欣《公羊传选评》、孙综《公羊传选》、民初无名氏《公羊传精华》等。

《穀梁传》也属于今文学派。关于其作者,据唐杨士勋《穀梁传序疏》说是"穀梁子,名俶,字元始,鲁人。一名赤,受经于子夏,为经作传,故曰《穀梁传》。传孙卿,孙卿传鲁人申公,申公传博士江翁。其后鲁人荣广大善《穀梁》,又传蔡千秋。汉宣帝好《穀梁》,擢千秋为郎,由是穀梁之传大行于世"。《汉书·儒林传》说:"瑕丘江公受《穀梁春秋》及《诗》于鲁申公,传子至孙,为博士。武帝时,江公与董仲舒并。"学者认为,同出子夏之说不可信,因为《穀梁传》有些地方针对《公羊传》进行批驳,又有些地方抄袭改编,可能成书比《公羊传》稍后[2]。我们认为,此书也属于集体创作,在长期口耳相授中逐渐积累成书,穀梁氏可能是其中最早或贡献较大的经师。《穀梁传》

在汉初虽得立于学官,但影响不及《公羊传》。

《穀梁传》文字略少于《公羊传》[3]。叙事情节完整,有一定故事性的约十五六则。大都比较简约,有的颇为精彩,某些地方通过细节刻画人物,显得比较突出。如成公元年:

> 季孙行父秃,晋郤克眇,卫孙良夫跛,曹公子手偻,同时而聘于齐。齐使秃者御秃者,使眇者御眇者,使跛者御跛者,使偻者御偻者。萧同侄子处台上而笑之,闻于客;客不悦而去,相与立胥间而语,移日不解。齐人有知之者,曰:"齐之患必自此始矣。"

《公羊传》亦载此事,较为简单。《穀梁传》则极力描摹,故意使用重叠排比句法,强调四位使者的生理缺陷,加深读者的印象;又记述使者受辱之后的反映,以见其怨齐之深,并暗示齐国安排的这场闹剧,是以后招致惨败于鞌的直接原因。这段文字场景热闹,形象突出,后人十分赞赏。

再如昭公四年,楚灵王将杀齐乱臣庆封,把他押到军中示众,说:"有若齐庆封弑其君者乎!"不料庆封却说:"子亦息,我亦且一言。曰:'有若楚公子围弑其兄之子而代之为君者乎!'军人粲然皆笑。"把庆封反唇相讥,士兵们对同样是弑君之贼的楚灵王的嘲笑,描摹得神态活现。《左传》亦载此事,但缺少"军人粲然皆笑"这一点睛之笔,对话也不如《穀梁传》之口语化。

又如僖公元年,鲁国公子友率师与莒国的莒拏作战,"公子友谓莒拏曰:'吾二人不相说(悦),士卒何罪,屏左右而相搏。'公子友处下,左右曰:'孟劳。'——孟劳者,鲁之宝刀也。公子友以杀之。"本来约好徒手搏斗,公子友输了,却拔出刀来杀死对方取胜。寥寥数语,把公子友的狡诈表现得跃然纸上,也反映了古代武士搏斗必须光明正大,恪守信义,不得以暗器伤人的习俗。

有些小故事带有传奇色彩。如文公十一年,记鲁国叔孙得臣败狄于咸。"长狄也,弟兄三人,佚宕中国,瓦石不能害。叔孙得臣,最善射者也,射其目。身横九亩,断其首而载之,眉见于轼。"据范宁《穀梁传集解》:"九亩,五丈四尺","兵车之轼高三尺三寸。"长狄身高竟达五丈多,首长三尺多,真是庞然大物了。可能是根据野史,因而颇具神怪意味。

僖公二年,晋师假虞伐虢,《春秋》三传都有记载,《穀梁传》尤其受推重。谢有炜《古文赏音》说:"一事耳,《左氏》叙得洁简,《穀梁》叙得详尽。献公之虑事,荀息之料事,委曲传出。"《古文观止》独取《穀梁》,并指出:"笔端清婉,迅快无比。中间'玩好在耳目之前'数句,尤异样出色。祸患之成,往往堕此,古今所同慨也。"该文最末一句:"璧则犹是也,而马齿加长矣。"《穀梁传》作荀息语,较《公羊传》之作晋献公语更能传达出这位谋士因料事如神而踌躇满志的情态。七十年代出土的《春秋事语》亦有这个故事,文字接近《穀梁传》。可见穀梁氏所记有所依据。

僖公十年,晋太子申生之死,《左传》、《公羊》分在数处。《穀梁》集中于一段,语言浅近,结构完整,首尾清晰。骊姬之险毒,申生之仁懦,皆栩栩如生。中间写到毒酒毙犬后,"骊姬下堂而啼,呼曰:'天乎!天乎!国,子之国也,子何迟于为君?'君喟然叹曰:'吾与汝未有过切,是何与我之深也!'使人谓世子曰:'尔其图之!'"这一段极其精彩的描述,为《左传》、《国语》所无,可能穀梁氏另有所本。明人孙月峰评点说:"《左》、《国》最详,《公羊》最略。(《穀梁》)此传叙致爽朗,不入儿女喑喁态,故自佳。"(《周文归》引)徐乾学评点说:"委曲周折,语语入情。《左氏》虽深文老笔,似犹逊此一筹。"(《古

文渊鉴》)

《穀梁传》的解经文字,古人亦有好评。晋范宁说:"《穀梁》清而婉。"(《穀梁传集解·自序》)唐柳宗元说:"参之《穀梁》以厉其气。"(《答韦中立论师道书》)宋胡安国说它"辞辩而义精"(《春秋胡氏传》)。试看隐公元年"郑伯克段于鄢"的解释:

> 克者何?能也。何能也?能杀也。何以不言杀?见段之有徒众也。段,郑伯弟也,何以知其为弟也?杀世子母弟目君,以其目君,知其为弟也。段弟也,而弗谓弟;公子也,而弗谓公子,贬之也,段失子弟之道矣。贱段而甚郑伯也。何甚乎郑伯?甚郑伯之处心积虑成于杀也。于鄢,远也。犹曰取之其母之怀中而杀之云尔,甚之也。然则为郑伯者宜奈何?缓追逸贼,亲亲之道也。

这段文字对郑庄公的批判比《左传》、《公羊传》更为严厉,但有些地方也过于深文周纳。如释"克"为能杀,释"于鄢"为"远也","甚之也",都悖于辞意。至于"缓追逸贼"的建议,更是天真得可笑。《周文归》指出:"四字腐甚,若梦然不知公之谋者。"所以古人又认为穀梁氏"失之迂"(王应麟《困学纪闻》卷六)。

《公羊》、《穀梁》的解经文字,都有夹缠重沓的毛病,读起来拗口,文气不畅。从说理文角度来看,远不如诸子散文,后世仿效者甚为少见[4]。

《穀梁传》的主要参考书有范宁集解、杨士勋疏《穀梁传注疏》,钟文烝《穀梁补注》等。文学评点本有高嵣《穀梁传钞》、孙综《穀梁传选》、储欣《穀梁传选评》等。

第二节 《汲冢琐语》、《竹书纪年》

《汲冢琐语》,又称《琐语》,晋咸宁五年(279)出自汲郡魏安釐王(一说魏襄王)墓,由于用战国古文书写,又称《古文琐语》。据《晋书·束晳传》记:出土时有《琐语》十一篇,"诸国卜梦妖怪相书也。"《隋书·经籍志》作四卷,《新唐书·艺文志》同,南宋以后亡佚。清人辑本有洪宣颐《汲冢琐语》(《经典集林》卷九),严可均辑《汲冢琐语》(《全上古三代秦汉三国六朝文》卷十五),马国翰辑《古文琐语》(《玉函山房辑佚书》卷六十三)、王仁俊辑《古文琐语》(《玉函山房辑佚书续编》)。去其重复,共有二十则,较完整者十五六则。所涉史实,上起尧舜,下讫战国初年,可见成书当在战国中期以前,而不得晚于魏襄王之卒年(前296),作者很可能是三晋之史官。

《汲冢琐语》记事以晋国为多,计七则,此外有周、鲁、齐、宋等国之事,可能摘自各国春秋,或采自民间传闻。内容可分为两大类:一类是志怪、占梦、预测吉凶的,如:

> 有飞鸟自西方来,白质,五色皆备,集平公之庭,相见如让。公召叔向问之,叔向曰:"吾闻师旷曰:西方有白质鸟,五色备,其名曰翚;南方赤质,五色备,其名曰摇。其来为吾君臣,其祥先至矣!"
>
> ——《太平御览》卷九百一十七引

反映了当时对某些稀见动物的崇拜。《国语·鲁语上》所记晋国臧文仲使国人祭海鸟爰居,《庄子·至乐》记鲁侯以九韶为乐太牢为膳

奉养海鸟,皆与此相类。又如:

> 齐景公伐宋,至曲陵,梦见有短丈夫宾于前。晏子曰:"君所梦何如哉!"公曰:"其宾者甚短,大上小下,其言甚怒,好俯。"晏子曰:"如是,则伊尹也。伊尹甚大而短,大上小下,赤色而髯,其言好俯而下声。"公曰:"是矣。"晏子曰:"是怒君师,不如违之。"遂不果伐宋。

——《太平御览》卷三百七十八引

这个故事又见《晏子春秋·内篇谏上》,文字稍长。

《汲冢琐语》中记占梦之事尤多,有晋平公梦赤熊、齐景公梦长人是盘庚、智伯梦火、晋冶氏女徒梦乘水等等。预测吉凶的有刑史子臣预言宋景公之死,师旷料知齐君曾与嬖人戏等。与《逸周书》所记师旷预知太子晋年将不永,《左传》记医者预言晋平公不食新麦等相类。这类故事都有一定情节和趣味性,是后世志怪小说的萌芽。

还有一类是古代帝王传闻琐事。如"周王欲杀王子宜咎,立伯服。释虎将执。宜咎叱之,虎弭耳而服"。周宣王后孕不满期月而生子,元史主张弃之,仲山甫主张弗弃,天子乃弗弃。

《汲冢琐语》性质属于"残丛小语",对后世小说是有影响的,但近人似乎不太重视。只有鲁迅《中国小说史略》提到它"甚似小说",陈梦家《六国纪年》说它"实为小说之滥觞也"。四十年来专门的研究论文只有一篇[5]。

严可均《全上古三代秦汉三国六朝文》卷十五辑录《古文周书》二则,自注:"亦汲冢所得。"其中一条记周穆王姜后昼寝而孕,嬖妃越姬窃其子而私育之,以击毙的燕子涂上猪血偷偷放回姜后身边。穆王发现姜后生了个怪物而大恐,占问左史。史良曰:"是谓关亲,将留其身，归于母氏，而后获宁。册而藏之，厥休将振。"王与令尹册而藏之于桴。三月后，越姬死，七天后复活，陈述死后所见说：先君大怒，指责曰："尔夷隶也，胡窃君之子，不归母氏，将置尔大戮！"乃将王子送归其所。故事颇有点像后来宋真宗皇后狸猫换太子的传说。文中提到令尹，为楚国官名，可能是流行于楚国的民间故事。

有趣的是，1986年出土于甘肃天水放马滩一号秦墓（墓主为秦昭王时人）竹简中，也有死而复活的传说。故事梗概：大梁人名丹者，因将人刺伤，被处死。三日后埋葬，三年后复活。之所以复活，是由于丹的主人犀武认为他罪不应死，便向司命之神祷告。司命史叫白狗把丹从墓中掘出，在墓上停了三天，又带丹到北地。四年后，丹能听见狗叫鸡鸣，吃人的饭食，但四肢不能动。丹述说鬼的习惯：墓祭时人不能呕吐，否则会把鬼吓跑；不要把羹汤浇在祭饭上，否则鬼是不肯吃的等等[6]。同类故事在汉代亦有流传，如干宝《搜神记》所记建安时南阳贾偶及武陵妇人李娥，皆死而复活，原因都是司命神弄错了名字。联系到《古文周书》和放马滩秦简，不难发现，汉魏六朝志怪小说之渊源乃在于先秦。

《竹书纪年》是战国时魏国的史书，汉代不见著录。西晋咸宁五年，汲郡人不准盗发魏襄王（一说安釐王）墓，得竹书数十车，束皙、荀勖等人加以整理研究。其中有"纪年"十三篇，所记内容，起自夏禹，继述三代，周宣王以后专记晋国政事，三家分晋以后仅记魏国史实，至魏襄王时称"今上"，止于魏哀王二十年。可知是魏国史官所记之书。书中用夏正纪年，以建寅之月为岁首，用战国古文书写，采取编年体，略前而详后，记事简略，有如《春秋》。又叫《古文纪年》或《汲冢纪年》，郦道元注《水经》，引用此书，始称《竹书纪年》。唐代类书及注释中多有征引，唐末以后逐渐散失，北宋时亡佚大半，南宋仅存三卷。明嘉靖年间又出现两卷《竹书纪年》，内容起自黄帝，近人称《今本竹书纪年》，经清代学者考定，认为是明人范钦伪作。清人辑本有十余种之多，比较好的是朱右曾的《汲冢纪年存真》。近人王国维有《古本竹书纪年辑校》，今人范祥雍有《古本竹书纪年辑校订补》。

《竹书纪年》有重要史料价值。其中有些材料与《左传》一致，有些材料可补《史记》疏误，有些古代传说与儒家说法不同。如"舜囚尧"，"益干启位，启杀之"，"太甲杀伊尹"，"文丁杀季历"等。从文学方面看，值得注意的是其中保存了一些古代神话的片断，可与其他古籍互相参阅。如夏帝胤甲时十日并出。周穆王西征，行流沙千里，积羽千里，至于青鸟所解，征昆仑上，见西王母；东征楚，大起九师，东至九江，叱鼋为梁；南征，君子为鹤，小人为鸮等等。可见先秦这类传说一定很多，因儒家"不语怪力乱神"，所以《春秋》中很少保存。

第三节　《春秋事语》、《战国纵横家书》

七十年代以来，各地先后出土了一批先秦佚书。它们不仅具有珍贵的史料价值，在文学史上也值得注意。下面介绍属于历史方面的几种古籍（属于哲理方面的将在本书第四编中加以介绍）。

帛书《春秋事语》，1973年出土于长沙马王堆汉墓，约四五千字，分十六章，无标题，每章各记一事，互不连贯，不分国别，也不按年代先后，记事最早是鲁隐公被杀，最晚为韩赵魏三家灭智伯，与《左传》起讫年代大体相当，属于春秋时期。此书的写作时代可能在春秋末战国初。十六章文字都不长，先以简单几句叙述事件，然后以较多的文字记当时或后人的评论。重点在于记言，体例与《国语》相近。据学者研究,它属于春秋战国时期教材中"语"的一类,可能是一种较为初级的课本,目的是让初学者通过故事了解一些历史知识,懂得一点政治道理,并掌握一定的语言文字能力,为进入更高学习阶段打好基础[7]。原无书名,整理者根据内容定为《春秋事语》。

书中所记的十六件事,只有第二章燕大夫率师御晋不见于他书,其馀十五事均分别见于《春秋》三传、《国语》或其他子书,互有详略异同,可资比较参考。如第五章,晋人使魏州馀诱随会,《左传》详记其始末,魏州馀(《左传》作"魏寿馀")离秦时,绕朝赠之以策曰:"子无谓秦无人,吾谋适不用也。"这句话在后世颇为传颂,但其谋是什么,左氏未说明。《春秋事语》则明白交代,绕朝向秦伯提出,魏州馀来,是为了骗取随会,不能答应他。又写到魏州馀与随会归晋后,担心绕朝还会出点子危害他们,于是使用反间计,散布谣言说,绕朝知道随会将归晋,托他暗中结好于晋。秦人信之,乃杀绕朝。这一结局为《左传》所无,而与《韩非子·说难》所记绕朝为圣于晋而为戮于秦相合。从故事情节看,这样显得更加丰富完备。又如第十三章宋楚泓之战:

宋荆战于弘水之上,宋人〔既成〕陈矣,荆人未济。宋司马请曰:"宋人寡而荆人众,及未济,请击之,可破也。"宋君曰:"吾闻(之),君子不击不成之列,不童(重)伤,不禽(擒)二毛。"士匽为鲁君(犒)师,曰:"宋必败。吾闻之,兵〔有〕三用,不当名则不克。邦治适(敌)乱,兵之所迹也。小邦〔乱〕,大邦邪(迂)以振之,兵之所□也。诸侯失礼,天子诛之,兵〔之所〕□也。故□□□□□□□于百姓,上下无却,然后可以济。伐,深入多杀者为上,所以除害也。今宋用兵而不〔杀〕,见间而弗从,非德伐回,陈何为?且宋君又不耻全宋人之腹颈,而耻不全荆陈之义,逆矣。以逆使民,其何以济之?"战,而宋人果大败。[8]

对于这件事,《左传》通过子鱼之口,从战争目的就是要消灭敌人的原则出发,对宋襄公的愚昧进行了严厉批评。《公羊传》却称赞宋襄公是"不忘大礼,以为文王之战亦不过此也"。《穀梁传》则尖锐批评宋襄公不知贵时行势,"何以为人"?《韩非子·外储说左上》站在抑儒扬法立场,认为宋国之败乃"慕自亲仁义之祸"。《春秋事语》所记士匄之语不同于其他古籍,持论更高明,反驳更有力。他指斥宋君对敌人讲道义,却忘记了自己战士的牺牲,是一针见血之论,比上述各家更犀利。本章文字大体完整,语言条畅,叙述清晰。全书的风格亦皆朴实无华,不加雕琢,与《国语》文风相近,它们都属于当时浅近的语体文,而有别于《尚书》式的典雅古奥的官方文告。书中还保留了当时的一些口语。如第六章,郑国有人要杀伯有,伯有是个酒鬼,虽然知道风声,"伯有亦弗芒,自归其家,伯有闭室,悬钟而长饮酒"。据学者考证,"弗芒"就是现代汉语中的"不忙"[9]。使用这样通俗的口语,显然有助于表现人物个性。

帛书《战国纵横家书》,1973年出土于长沙马王堆汉墓,共约一万七千馀字,分二十七章,其中有十一章内容与今本《战国策》《史记》大体相同,另外十六章不见于其他古籍。所记史实,大致发生在战国后期,主要是纵横家的言论,所以整理者定名为《战国纵横家书》[10]。该书编写年代可能在秦统一前后,抄录年代可能在汉初高祖或惠帝时。据学者研究,这些资料,大部分为司马迁、刘向所未见,史料价值比《春秋事语》更高。

二十七章文献,包括书信、游说词、对话记录等,大多以记言为主,少数兼记史实,还有记言记事而附议论的。绝大部分无作者或说者姓名,编排次序并不依事实先后。每篇有长有短,内容大体完整,残缺不多。大致可分为三组[11]。第一组是一至十四章,都是关于苏秦的史料,有十二章可能是苏秦写的密信。有人认为,这一组也许就是早已失传的《苏子》的一部分[12]。关于苏秦其人,汉初已有不少传说附会。司马迁说:"世言苏秦多异……异时事有类之者皆附之苏秦"(《史记·苏秦列传》)。所以《战国策》中杂有一些托名苏秦的伪作,年代和人物关系往往矛盾,近人甚至怀疑苏秦其人是否存在。《战国纵横家书》的出土,提供了新的可靠资料,订正了其他古籍的讹误,恢复了苏秦的本来面目,对我们了解这位古代著名外交活动家的思想和事迹,具有重要的意义。这组文章亦颇具特色,处处表现出毫不掩饰的纵横捭阖作风。如第六章:

自梁献书于燕王曰:齐使宋㾗、侯淮谓臣曰:"寡人与子谋攻宋,寡人恃燕、赵也。今燕王与群臣谋破齐于宋而攻齐,甚急,兵率有子循而不知,寡人得地于宋,亦以八月归兵;不得地,亦以八月归兵。"今又告薛公之使者田林,薛公以告臣,而不欲其从己闻也。愿王之阴知而毋有告也。王告人,天下之欲伤燕者与群臣之欲害臣者将成之。臣请疾之齐观之以报。王毋忧,齐虽欲攻燕,未能,未敢。燕南方之交完,臣将令陈臣、许翦以韩梁问之齐。足下虽怒于齐,请养之以便事。不然,臣之苦齐王也,不乐生矣。[13]

苏秦当时实际上是为燕谋齐的间谍,齐王尚未识破,故把燕将攻齐,齐将从攻宋前线撤兵的计划告知苏秦和薛公,苏秦马上密报燕王,劝燕王暂勿攻齐,并且不要把他的身份暴露于人。这封信把苏秦如何向燕王告密、出谋划策,又如何说明处境、企望保全等等心理情状表现得十分真实具体,语言直率,未加修饰,有的话近似面叙,能见出苏秦这个纵横家的本色。

第二组是十五至十九章,每章之末记有该章字数,除第十七章外,均已见于《战国策》或《史记》。第十八章左师说赵太后,是文学史上的名篇。说主《战国策》作"触詟",《史记》作"触龙",清代学者已怀疑《战国策》是连写之误。这次出土的帛书文字与《史记》相同,从而证实了校勘学家的推测。

第三组是二十至二十七章,用字另有特征。前五章见于《战国策》或《史记》,后三章是新发现。如二十五章"李园谓辛梧",史料价值很高,从中可知李园杀春申君后曾为楚相,关于文信侯吕不韦的事迹亦不见他书:

> 将军不见井忌乎。为秦据赵而攻燕,拔二城。燕使蔡乌股符胠壁[14],间赵入秦,以河间十城封秦相文信侯。文信侯弗敢受,曰:"我无功。"蔡乌明日见,带长剑,案其剑,举其末,视文信侯曰:"君曰:我无功。君无功,胡不解君之玺以佩蒙敖、王齮也?秦王以君为贤,故加君二人之上。今燕献地,此非秦之地也,君弗受,不忠。"文信侯敬诺,言之秦王,秦王令受之。与燕为上交,秦祸案还归于赵矣。秦大举兵东面而刬赵,言毋攻燕。以秦之强,有燕之怒,割赵必深。赵不能听,逐井忌,诛于秦。

燕国使者蔡乌威逼文信侯一节,场面惊险,气氛紧张,人物神情毕现。与《战国策》唐雎见秦王、《史记》毛遂说楚王等故事相近。

《战国纵横家书》所表现的思想倾向与《战国策》是一致的,但文章风格却有所不同。很少有《战国策》那种铺张扬厉、排比骈偶的情况,句子大都参差不齐,以达意为宗,不以能文为尚。这表明,《战国策》中一部分骋辞使气的华丽文字,不可能是真实的谈话记录,而是经过修饰加工的作品。

〔1〕 章学诚《文史通义·言公上》说:"《公》、《穀》之于《春秋》,后人以为假设问答以阐其旨尔。不知古人先有口耳之授,而后著之竹帛焉。"沈玉成、刘宁《春秋左传学史稿》第二章《公羊传和穀梁传》说:"口耳之授作为成书的一个阶段,先秦古籍多有其例。但《公》、《穀》的问答体,可以标志师弟授受的记录,而不能以此证明口耳之授。证明口耳相传的主要还是汉人的文字记载。"

〔2〕 参看杨伯峻等著《经书浅谈·〈穀梁传〉出于〈公羊传〉后》。

〔3〕 据《困学纪闻》翁元圻注,《公羊传》约四万四千字,《穀梁传》约四万一千字。

〔4〕 只有唐徐彦《公羊传疏》也采用问答体。

〔5〕 李剑国《战国古小说〈汲冢琐语〉考论》,见《南开学报》1980 年第 2 期。

〔6〕 放马滩秦简文字残缺漶漫,学者解读尚不一致,以上系根据李学勤的文章《放马滩简中的志怪故事》,载《文物》1990 年第 4 期。

〔7〕 参看《文物》1977 年第 1 期,张政烺《春秋事语解题》。

〔8〕 《春秋事语》释文见《文物》1977 年第 1 期,引文同时参照郑良树《春秋事语校释》(见《竹简帛书论文集》),略有校订,假借字改用通行字体。

〔9〕 参看《文物》1977 年第 1 期,张政烺《春秋事语解题》。

〔10〕 关于这批帛书的命名,也有的学者主张作"帛书《战国策》",或"帛书别本《战国策》",参看郑良树《竹简帛书论文集·论帛书〈战国策〉的分批及命名》,中华书局 1982 年版。

〔11〕 以下分组主要参考杨宽《马王堆帛书〈战国策〉的史料价值》,见《文物》1975 年第 2 期。郑良树则主张分为四组或三组。

〔12〕 参看《文物》1974 年第 4 期关于长沙马王堆汉墓帛书座谈会上唐兰的发言,唐氏甚至主张这批帛书就是《汉书·艺文志》所记《苏子》。关于这个问题,郑良树曾提出不同意见。

〔13〕 见《战国纵横家书》,文物出版社 1976 年版,引文将通假字改用今体。下同。

〔14〕 “燕使蔡鸟股符胠壁”,郑良树《战国策研究》附录五《帛书本战国策校释》云“蔡鸟当是燕使者之名”,是。但又说:“符胠亦当为人名,恐是燕国之将军。股,股肱之谓也。壁,壁垒也。”句意谓“燕王使蔡鸟股肱符胠经营壁垒也”。恐非是。按,符,当指信符、符节;壁,当是璧之误。股,大腿也。胠,腋下胁上之间也。句谓蔡鸟藏其符于股,藏其璧于胠。下句“间赵入秦”,意谓秘密地从小路进入秦国。恐被赵国发觉,故匿其见秦之公文“符”与见面礼“璧”。郑释扞格难通。又郑释“秦祸案还归于赵矣”之“祸案”为祸安,复合偏义辞,仅指祸患。极是。

第四编

诸子散文

第十二章 《论语》和《孟子》

第一节 孔子及其教育思想和文艺思想

《论语》是记载孔子及其弟子言谈的一部语录,是反映以孔子为首的儒家学派思想的一部重要著作。

孔子是先秦儒家学派的创始人,我国古代最有影响的思想家、教育家。他名丘,字仲尼,生于公元前551年,卒于公元前479年。祖先是宋国贵族,后来流亡到鲁国。孔子青年时代做过管理仓库和牛羊的小官吏,后来聚徒讲学,受业门人先后多达三千,特出者七十二人。孔子五十岁以后,做过鲁国中都宰,后升任司空、司寇,并在短期内行摄相事。因为和当权的季氏发生矛盾,不得不去职。然后周游列国,到处奔波,直至六十八岁回到故乡。晚年主要从事文化典籍整理工作,据说曾删《诗》、《书》,定《礼》、《乐》,因鲁史记而编《春秋》,尤喜读《易》[1]。孔子在传播古代文化方面有不可磨灭的贡献。

《论语》的作者是孔门弟子及再传弟子。班固《汉书·艺文志》说:"《论语》者,孔子应答弟子、时人及弟子相与言而接闻于夫子之语也。当时弟子各有所记,夫子既卒,门人相与辑而论纂,故谓之

《论语》。"郑玄认为,"乃仲弓、子夏等所撰定"(《经典释文》引)。柳宗元根据书中唯曾参、有若称"子",而推论可能是这二人的弟子所记[2]。从全书的称谓、体例、风格看,并不完全一致,可见不出于一人一时[3]。其成书时代,约在春秋末战国初,据王充《论衡·正说篇》所记,最初记录有数百十篇,汉初亡佚,武帝时犹有三十篇,至东汉初年就只有二十篇或二十一篇。汉代通行的《论语》有三种本子:《鲁论语》为鲁人所传,凡二十篇。《齐论语》为齐人所传,比《鲁论语》多《问王》、《知道》二篇。《古论语》出自汉景帝子鲁恭王刘馀所坏孔宅壁中,字皆战国古文,比《鲁论语》多《从政》一篇,实即《尧曰》"子张问"以下半篇。西汉末年张禹考订三论,以《鲁论语》为准,世称《张侯论》。东汉末年郑玄以《张侯论》为本,参考《古论语》和《齐论语》,为之作注,遂成定本,流传至今,其馀二论亡佚。南宋以后,《论语》与《礼记》之《大学》、《中庸》两篇以及《孟子》合编,称为《四书》,成为人们必读的教科书。

《论语》集中反映了孔子的思想体系。

孔子的政治思想是复周礼,他热切希望回到"礼乐征伐自天子出"的西周时代,不满意当时"礼坏乐崩"的混乱局面,谴责社会生活中各种违礼行为。他的所谓"礼",很大程度上是指封建社会的典章制度和道德原则。但他并非一味守旧,也主张对"礼"加以"损益",即改革。孔子最大的创新是纳仁入礼,他讲"礼",以"仁"为思想基础,所以说:"人而不仁,如礼何?"他讲"仁",以"礼"为政治原则,所以说:"克己复礼为仁。""仁"的概念是春秋时代新的社会思潮的集中概括。孔子对"仁"有许多解释,最基本的意义是"仁者爱人",即把人当人看待。孔子要求:"己所不欲,勿施于人。"即对别人和自己一样,体现了对人格的一定尊重。从"仁"出发,孔子提倡"德治",反对滥用刑罚,过分剥削,尤其反对人殉制度。主张对百姓进行"教化"，"使民以时"，"举贤才"，"举直错诸枉"等等。这些在历史上都有一定积极意义。

孔子首次提出"有教无类"，打破社会等级界限，使教育在一定程度上向群众开放。在教学实践中，他强调"诲人不倦"，"循循善诱"；善于进行启发式教学，注意发挥学生的主观能动性，在学生有问题时才加以指点。教育学生要触类旁通，由此及彼，"举一反三"，"告诸往而知来者"。注意因材施教，常常针对学生的不同情况，给以不同解答。他教育弟子："知之为知之，不知为不知，是知也。"（《为政》）提倡勤学多问，他自己则是"学而不厌"，"发愤忘食，乐以忘忧"，"多闻阙疑，慎言其馀"，"敏而好学，不耻下问"。在他看来，只要善于学习，到处都有老师。"三人行，必有我师焉，择其善者而从之，其不善者而改之。"（《述而》）强调学习与思考结合，而思又以学为基础。要求吸收新知识与复习已有知识相结合，言与行相结合，反对讲空话，只说不做。孔子的许多见解，至今仍然十分有益。

孔子美学思想的核心是美和善的统一，即高尚的内容和完美的形式的统一，而又把善放在首位。《八佾》篇说："子谓《韶》，尽美矣，又尽善也；谓《武》，尽美矣，未尽善也。"据说《韶》是歌颂尧舜之德的古乐，内容形式都好，孔子十分喜爱，在齐闻《韶》，三月不知肉味。《武》是歌颂周武王的古乐，旧说武王以征伐取天下，而不是以揖让得天下，所以孔子以为犹未尽善。这说明，在他心目中，文学艺术首先应在内容上符合崇高的政治伦理要求，不然形式再好也有欠缺。孔子把善放在美之上，并没有放松对美的讲求。他多次讲过："言之无文，行而不远。"（《左传·襄公二十五年》）"文，犹质也；质，犹文也。"（《颜渊》）"质胜文则野，文胜质则史，文质彬彬，然后君子。"（《雍也》）这里的"文"指文饰，"质"指素质。主要是讲人的品德修养问题，也适用于文学艺术上的形式与内容的关系。

孔子文艺思想中最精彩处,是他对诗歌社会作用的中肯概括。《阳货》篇记:

> 子曰:"小子何莫学夫《诗》?《诗》,可以兴,可以观,可以群,可以怨。迩之事父,远之事君,多识于鸟兽草木之名。"

关于"兴",朱熹《论语集注》说是"感发意志",指诗歌具有艺术感染力,能使人振奋精神——这是就读者而言。在别处朱熹又解"兴"为"托物兴辞",指诗歌通过具体的形象的描写,可以引起丰富的联想——似乎兼就作者而言。"可以观",一层意思是"考见得失"(朱熹语)、"观风俗之盛衰"(郑玄语),即文艺能帮助人们认识生活,观察政治得失和社会风尚;另一层意思是可以发现诗人的创作意图和思想倾向。"可以群",是指文艺能团结群众,交流感情,增进友谊。在春秋时代,诸侯国之间的朝聘宴享动必赋《诗》,乃是为了敦友睦邻。社会上的各种宗教祭祀常常伴以民间文艺活动,则含有团结合群的目的。"可以怨",孔安国说是"怨刺上政",即文艺可以对社会政治不良现象进行批评揭露。所谓"多识于鸟兽草木之名",是指文艺有普及知识的教育作用。孔子上述见解,对后世文艺理论影响甚巨[4]。

孔子大力提倡"诗教",把文艺和政治道德结合起来,把推行礼乐教育看成是改良政治、改革社会、陶冶性情的重要手段,把学习礼乐诗歌看成是人的品德修养的基础。他提出,作一个完美的人应该"兴于诗,立于礼,成于乐"(《泰伯》)。孔子把新兴的"仁"的意识注入旧的礼乐形式之中,使之有了更具体的内涵。他说:"人而不仁,如乐何?"(《八佾》)意思是说,离开了仁,礼乐便失去意义。又说:"乐云,乐云,钟鼓云乎哉?"(《阳货》)可见孔子把诗乐的道德教化作用看得十分重要,不赞成把文艺当成纯粹的娱乐工具或装饰性摆设。

由于赋《诗》言志是春秋时期社会交际的重要手段之一,所以孔子一再告诫儿子:"不学《诗》,无以言。"(《季氏》)意即不熟悉《诗三百》,跟人谈话时言辞就不美。又说:"人而不为《周南》、《召南》,其犹正墙面而立也与?"(《阳货》)意即见识闭塞,不可行于世。又说:"诵《诗三百》,授之以政,不达,使于四方,不能专对,虽多,亦奚以为?"(《子路》)要求联系实际,灵活运用诗歌,不光是会背就行了。

孔子的文艺观中有某些重古非今倾向。他一再声称,"恶郑声之乱雅乐也"(《阳货》)。"乐则《韶》、《舞》,放郑声,远佞人。郑声淫,佞人殆"(《卫灵公》)。所谓"郑声",指某些民间音乐和当时广泛流行的新乐,它已为一部分统治者和广大群众所接受。所谓"雅乐",即正统的古典音乐。据说有的人听古乐就昏昏欲睡,说明它已不能满足时代的需要。孔子对古典音乐作过整理、传授、保存的工作,是有功绩的;但他对流行歌曲采取敌视态度,未免与历史背道而驰。后来墨家道家法家都抓住这一点,对他进行猛烈抨击。

第二节 《论语》的文学价值

《论语》是一部以记言为主的语录,但同时具有一定的文学价值。这首先表现在语言艺术方面。

《论语》以当时通俗平易、明白晓畅的口头语言为主,又吸收古代书面语言精粹洗炼、典雅严谨的长处,形成了言简意赅,深入浅出,朴素无华,隽永有味的独特风格。词汇丰富、新鲜、生动、活泼,虚词特别是语气词大量出现[5]。句式灵活多变,舒展自如,长短不拘,有很强的表现力。尤其善于把深邃的哲理凝聚于具体的形象之中,使抽象的说理文字具有某种诗意。如:"岁寒,然后知松柏之后凋也。"

(《子罕》)通过赞扬耐寒的树木,来歌颂坚贞不屈的人格,形象鲜明,意境高远,启迪了后世无数文人的诗情画意。"子在川上曰:逝者如斯夫,不舍昼夜!"(《子罕》)感慨时光流逝,勉励自强不息,蕴涵极深,然而毫无雕饰,经得起反复咀嚼。"饭蔬食,饮水,曲肱而枕之,乐亦在其中矣。不义而富且贵,于我如浮云。"(《述而》)用朴素的笔调,刻画出一个安贫乐道者的心境,平凡而又高雅。

有些话采用"比物连类"的含蓄手法。如:"子贡曰:'有美玉于斯,韫椟而藏诸?求善贾而沽诸?'子曰:'沽之哉!沽之哉!我待贾者也。'"(《子罕》)师生双方皆用隐语,设喻问答,心照不宣,委婉而富于风趣。"不曰坚乎,磨而不磷。不曰白乎,涅而不缁。吾岂匏也哉,焉能系而不食?"(《阳货》)连用三件具体实物,一层进一层地表明自己的政治态度,把微妙的心理寄寓在浅近的形象之中,再辅以重叠反诘的句式,更显出一种无可奈何的苦衷,耐人寻味。

《论语》记录孔子言谈,力求真实地反映出丰富复杂的感情色彩。孔子对他所喜欢的学生,往往用诗一般的语言由衷地赞赏。"贤哉回也!一箪食,一瓢饮,在陋巷。人不堪其忧,回也不改其乐。贤哉回也!"(《雍也》)冉伯牛得了不治之症,孔子无比惋惜。"命也夫!斯人也而有斯疾也!斯人也而有斯疾也!"(《雍也》)这些话,朴素诚挚,出自肺腑。"往复缭绕,情致恳切,意味深长。"(牛运震《论语随笔》)孔子遇到不满意的人和事,批评毫不留情,然而又各有分寸。冉求为季氏聚敛,孔子气愤地说:"非吾徒也,小子鸣鼓而攻之可也。"(《先进》)季氏僭越非礼,"八佾舞于庭。子曰:是可忍也,孰不可忍也!"(《八佾》)愤激之情,溢于言表。"只二句,便有怒气勃勃,斧钺雷霆之声。"(牛运震《论语随笔》)

《论语》的文学价值还表现在人物个性描绘上。

关于孔子的生平事迹,《论语》没有详细记载,因为它不是人物传记，重在记言而略于记行，记小事而不记大事，记片断而不求系统。即使这样，人们从《论语》中仍然可以看出孔子的性格面貌，特别是他那诲人不倦、循循善诱的精神，对学生严肃认真、热情诚恳的态度，处处使人感到如闻如见，可亲可敬。如：

> 子之武城，闻弦歌之声。夫子莞尔而笑曰："割鸡焉用牛刀！"子游曰："昔者偃也闻诸夫子曰：君子学道则爱人，小人学道则易使也。"子曰："二三子，偃之言是也，前言戏之耳。"

——《阳货》

孔子的理想是行礼乐于天下，当他到处碰壁之时，看到学生子游在武城得以小试，既高兴又惆怅，所以开个小玩笑。没想到引起子游的辩驳，孔子马上承认自己刚才说得不恰当。这段对话，把孔子的幽默风趣、坦率豁达，子游的笃信认真，都写得口吻毕肖，跃然纸上。又如：

> 子谓颜渊曰："用之则行，舍之则藏，唯我与尔有是夫！"子路曰："子行三军则谁与？"子曰："暴虎冯河，死而无悔者，吾不与也。必也临事而惧，好谋而成者也。"

——《述而》

孔子最喜欢颜渊，认为只有他能与自己共行藏。性格直率好勇自负的子路不服气，忍不住质问：您如果统率三军，将跟谁在一起？孔子马上把子路顶回去，既指出其缺点，又提出希望。这番话把孔子和子路的性格都写得很逼真。

《论语》写到一些生活片断，反映出孔子与某些人物之间错综复杂的关系,已不是简单的对话,而是具有一定情节和波澜的小故事。

像《先进》篇的"子路曾皙冉有公西华侍坐"章,是《论语》中最长的一章。作者没有简单地抄录孔子和学生们的抽象议论,而是具体地摄下他们随便聊天的生动场景,截取一个真实的生活横断面。一开始,孔子作诱导性启发,希望学生们谈谈自己的政治抱负。"子路率尔而对",直截了当一席话,和盘托出他勇于作为的真实思想。"夫子哂之",婉转而含蓄地表露出孔子对子路不够谦虚的善意批评。接着,冉有、公西华的回答,态度都很谦逊,用语极有分寸,一个侧重政治经济,一个着眼外交礼仪。最有意思是曾皙,一边听别人谈话一边摆弄乐器,当老师问到他时,"鼓瑟希,铿尔,舍瑟而作"。还没开口,那副颇不在乎的神气,已经和前面几个同学形成强烈对比。在孔子再次鼓励之下,曾皙用诗一般的语言,描述自己的理想:"莫春者,春服既成,冠者五六人,童子六七人,浴乎沂,风乎舞雩,咏而归。"轻轻几笔,勾勒出一幅色泽明丽的春游图,把一群活泼的青少年在老师带领下,任和煦的春风吹拂,在沂河边自由自在地游玩歌唱的欢快景象,呈现在读者面前。这种生趣盎然的境界,引起孔子由衷的赞赏。"夫子喟然叹曰:吾与点也!"这段文字,既记言谈,又传神情;既勾勒出不同人物的风貌,又传达出师生间平等和谐的气氛,章法结构也精于剪裁。五个人的言谈,以孔子一人贯穿,前半段处处留下伏笔,后半段以评论补充照应。"冉有公西华二节,文法在中间相对。以子路之'率尔',曾皙之'铿尔'首末相对,哂子路与'与点'之言相对。四段事,三样文法,变化之中又极整齐,真妙文也。"(方存之《论文章本原》)

有些小故事反映了孔子和当权者的矛盾。阳货以陪臣执国命,想拉拢孔子,孔子不屑。阳货利用孔子讲礼的特点,故意送给他一头蒸熟的小猪。孔子不能不还礼,而又不愿见面,专门选择阳货不在家时去答谢,不料半路上碰见阳货。这种巧合的情节,颇具戏剧性。两人的对话完全是个性化的。阳货盛气凌人,一开口就是:"来!吾与尔言!"一副居高临下的训诫口气。他狡猾地抓住孔子宣扬"仁"和汲汲乎从政,连连质问:"怀其宝而迷其邦,可谓仁乎?""好从事而亟失时,可谓知乎?"孔子不加辩解,只是随口答应:"不可。""诺,吾将仕矣。"这种口吻,如实地描状出孔子的尴尬心情,符合当时的环境。孔子虽然讨厌阳货,然而惮于威势,拘于礼节,不便顶撞;而且对方的质问确实不易回答,最好的办法是赶快走开,所以尽量少说,支吾过去了事。作者紧紧扣住双方的身份,取材以小见大,用笔简练传神,是一篇巧妙的特写。

孔子一生栖栖惶惶,始终不得志。于是有人劝慰,有人讥刺,有人嘲笑。《论语》多角度地撷取了社会上的各种反响,有的不仅具备哲理意味,也富于文学色彩。例如《微子》篇的"楚狂接舆歌而过孔子",把孔子比作稀世的凤凰,委婉地劝告说:从政太危险了,还是罢休吧。孔子颇受触动,想跟他说话,他却跑掉了。方存之说:"将狂处描写如生,鸿飞冥冥,偶留鸿爪,不可得而见之也。"(《论文章本原》)长沮、桀溺两位隐者,以避世自居,认为孔子是避人者,借子路问津之机,告诫孔子应该认清人生道路,不要徒劳无益到处奔波。他们说话不多,却寓意深刻而且妙语双关。《论语》"记二人傲睨孤高如画。末记孔子一叹,深情至切"。"二人一讥孔子知津,一以天下滔滔莫非津也,语意极妙。其不告津者,正所以告也"。(《论文章本原》)另一位隐者荷蓧丈人言行更为诡秘:

子路从而后,遇丈人,以杖荷蓧。子路问曰:"子见夫子乎?"丈人曰:"四体不勤,五谷不分,孰为夫子?"植其杖而耘。子路拱而立。止子路宿,杀鸡为黍而食之,见其二子焉。明日,子路行以告。子曰:"隐者也。"使子路反见之,至,则行矣。

——《微子》

丈人不点名地批评了孔子,仅仅三句,简洁尖锐,待客热情,返见竟不知所往,真是个奇人。故事"将隐者身口精神事业风趣况味一一画出"(《论文章本原》)。似乎有意闪烁其词,已经带有一点笔记小说的味道。

《论语》首创语录体,对后世文体有一定影响。稍后有《孟子》,《墨子》中的《耕柱》篇等,《荀子》中的《宥坐》篇等,汉代扬雄《法言》,隋代王通《文中子》皆有意模仿《论语》;宋代程颢程颐的《二程粹言》,朱熹的《朱子语类》,明代王守仁的《传习录》,胡居仁的《居业录》,清代李光地的《榕村语录》等等,与《论语》正是一脉相承的。

后世关于《论语》的注释很多。据学者统计,自汉迄清注《论语》者达六百馀家[6],另据日本学者林泰辅《论语年谱》著录,竟达三千种之多[7]。比较重要的有魏何晏注宋邢昺疏《论语注疏》,宋朱熹《论语集注》,清刘宝楠《论语正义》,近人程树德《论语集释》,今人杨伯峻《论语译注》等。文学评点本有明冯梦龙《论语指月》,清于光华《论语集益》、牛运震《论语随笔》、高玲《批点四书读本》、俞廷镳《四书评本》、张甄陶《四书翼注论文》,民国钱穆《论语文解》、徐树铮《四书评点》,以及今人黄绳的《论语——散文的萌芽》等。

第三节 孟子及其民本思想和文艺思想

孟子名轲,字子舆,邹人,约生于公元前372年前后,死于公元前289年前后[8],祖先是鲁国孟孙氏的后代。孟子年轻时曾受业于孔子之孙子思之门人,后来授徒讲学,带着学生周游列国。先后到过宋、薛、滕、鲁、魏、齐等国,被齐宣王任为客卿,因政见不合,最后回到故乡邹国。这时年已七十馀,政治理想无法实现,只好以著述为事。"退而与万章之徒,序《诗》、《书》,述仲尼之意,作《孟子》七篇。"(《史记·孟子荀卿列传》)今本《孟子》基本内容可能是经过孟子本人和学生一道修订的,当然也有后人增饰的可能[9]。另有《孟子外书》四篇,前人早已指出是伪作[10]。战国中后期,孟子是儒家八派之一,地位并不高,唐以后逐渐受推崇,元文宗时被封为"亚圣",仅次于"至圣"孔子。

孟子思想的精华是民贵君轻论。他在继承前人民本思想遗产的基础上,对君民关系、君臣关系均有精辟的新见解。孟子认为,对一个国家来说,"民为贵,社稷次之,君为轻"(《尽心下》)。这是十分卓越的民本思想。基此,他认为在政治生活中民有重要作用。国君任免或处罚官吏,应以国人的意志为转移。"左右皆曰贤,未可也;诸大夫皆曰贤,未可也;国人皆曰贤,然后察之,见贤焉,然后用之。"对有罪者亦然,"国人皆曰可杀","然后杀之"(《梁惠王下》)。孟子大胆主张,国君犯有严重错误,贵戚之卿可以撤换国君。"君有大过则谏,反复之而不听,则易位。"(《万章下》)这种设想是古代封建贵族民主制的残馀,在西周共和时代曾经实行过;到战国时期,君权大张,民贱君尊,不再提倡了。所以齐宣王听罢勃然变色,很不高兴。孟子还认为,国君如果对臣下不爱护,那么臣民消极怠工,逃跑,反抗,都是正当的。"君之视臣如手足,则臣视君如腹心;君之视臣如犬马,则臣视君如国人;君之视臣如土芥,则臣视君如寇仇。"(《离娄下》)把君臣之间看成在一定程度上相对的平等关系,不存在天生的服从义务和隶属关系。他还认为,残暴的国君不配称之为君。当时有人说汤放桀、武王伐纣是"以臣弑君"。孟子驳曰:"贼仁者谓之贼,贼义者谓之残,残贼之人,谓之一夫。闻诛一夫纣矣,未闻弑君也。"(《梁惠王下》)就是说,推翻独夫民贼是理所当然的。这套理论和坚持"君君臣臣"之道的孔子不同,以致引起后世保守派儒学家的不满[11]。有些封建帝王对此十分恼火[12]。明初,朱元璋曾下令把《孟子》中有关重民、仁政的言论删去八十馀条,所删文句不准用作考试题目,还把孟子牌位从孔庙里搬出去,并且用箭射进谏的大臣[13]。

孟子以重民观念为核心,构成了其"仁政"理论。他告诫统治者,能否得到或保有天下,关键在于是否得到人民的拥护。"得天下有道,得其民斯得天下矣。"(《离娄上》)他再三劝告国君,"保民""若保赤子","勿夺民时","省刑罚","薄税敛","取于民有制"。谴责"虐民"、"残民"和"庖有肥肉,厩有肥马,民有饥色,野有饿莩"的现象。反对"争地以战,杀人盈野;争城以战,杀人盈城"(《离娄上》)的兼并战争。主张改革土地制度,实行井田制,做到"民有恒产",其性质属于劳役地租制,在当时是一种改良,但各国诸侯不肯接受,成了善良的空想。

孟子仁政说的哲学基础是"性善论"和"良知论"。他说:"先王有不忍人之心,斯有不忍人之政矣。"(《公孙丑上》)每个人都具备封建道德基本观念的萌芽:"恻隐之心,仁之端也;羞恶之心,义之端也;辞让之心,礼之端也;是非之心,智之端也。"(《公孙丑上》)四端与生俱来,人人都是相同的。有的未能成为善人,不是人性本质有什么差别,而是由于不去培养扩充这些善端,以致逐渐失去本性。这种看法属于先天道德论。孟子又说"圣人与我同类","人皆可以为尧舜",不承认有先天的等级差别,也具有一定的合理因素。孟子把人的知识和才能说成是先天的,"人之所不学而能者,其良能也;所不虑而知者,其良知也"(《尽心上》)。一切知识的萌芽都在人的内心,而所谓学习,重要的是从内心反求诸己,毋须向客观世界探索真理。

"学问之道无他,求其放心而已矣。"(《告子上》)这是先验论。不过他很注意人的主观能动性,强调理性思维高于感性认识。"心之官则思,思则得之,不思则不得也。"(《告子上》)与墨子的狭隘的经验论正是相对立的。

孟子的文艺观和他的政治、哲学思想有密切联系。

在音乐问题上,孟子认为,人们喜欢音乐的本能与仁义礼智等观念一样,都是植根于人心的。"仁之实,事亲是也;义之实,从兄是也;智之实,知斯二者弗去是也;礼之实,节文斯二者是也;乐之实,乐斯二者,乐则生矣,生则恶可已也。恶可已,则不知足之蹈之,手之舞之。"(《离娄上》)他把人们对音乐的审美要求与道德观念混同起来了;但指出音乐舞蹈是人们感情的自然流露,则是符合实际的。

孟子大力提倡"与民同乐",把这一点作为"仁政"内容之一。他说:统治者独自享乐,不如与民众一起享乐;与少数人享乐,不如与众多的人享乐。"乐民之乐者,民亦乐其乐;忧民之忧者,民亦忧其忧。乐以天下,忧以天下,然而不王者,未之有也。"(《梁惠王上》)这种设想虽然不能实现,却给后人极好的提示。宋代范仲淹的名言"先天下之忧而忧,后天下之乐而乐"(《岳阳楼记》),正与孟子一脉相承。

关于古乐今乐问题,孔子、墨子、荀子都贵古贱今,孟子则认为古乐今乐都一样。齐宣王说:"寡人非能好先王之乐也,直好世俗之乐耳。"孟子说,这没有关系,"今之乐犹古之乐也"(《梁惠王下》)。有人对孟子讲:禹之声高于文王之声,禹传下来的钟,由于人们喜欢演奏,连钟纽都快断了。孟子说:这算什么理由?就像城门口的车辙一样,是因为年代久远的缘故呀!(见《尽心上》)可见他并不承认音乐越古老越好。

对诗书的评论,孟子有两条重要原则。第一是"以意逆志"。他主张,"故说《诗》者,不以文害辞,不以辞害志(或作"意"),以意逆志,是谓得之。"(《万章上》)意思是,不要死抠字眼而误解全句的意思,不要拘泥于个别辞句而曲解作品的整体思想,要从全篇宗旨出发探索作者的意图。他举例说,《云汉》之诗曰:"周馀黎民,靡有孑遗。"如果死抠这句话,岂不是周国没有剩下一个人了? 孟子的意见对于文艺批评有重要意义。第二条原则是"知人论世"。孟子说:"以友天下之善士为未足,又尚论古之人。颂其诗,读其书,不知其人,可乎? 是以论其世也。"(《万章下》)这段话是从如何认识古人角度立论的,完全适用于文艺批评。所谓"知人",就是了解作者的生平和思想;所谓"论世",就是分析作品的时代社会状况。孟子对于《诗经》中的《北山》、《小弁》、《凯风》等篇的分析,都体现了这个原则(均见《告子下》)。"以意逆志"和"知人论世"说受到后世学者的重视[14],至今仍然不失为文学批评的基本方法。

孟子的"知言"、"养气"论,虽然不是直接谈文艺的,但对后世的文学批评和创作均有巨大影响。"知言"即:"诐辞知其所蔽,淫辞知其所陷,邪辞知其所离,遁辞知其所穷。"(《公孙丑上》)它告诉人们,对某些言辞,要善于透过表面现象,揭示其错误本质,不为其所迷惑。"养气"本指个人道德修养,中心是要"配义与道",达到"至大至刚"。后世演变为以气论文,形成系列的文气论[15]。

关于美学问题,孟子明确肯定人有共同的美感。他说:"口之于味也,有同耆焉;耳之于声也,有同听焉;目之于色也,有同美焉。"(《告子上》)孟子又提出真善美相结合的观点,他说:"可欲之谓善,有诸己之谓信(真),充实之谓美,充实而有光辉之谓大,大而化之之谓圣,圣而不可知之之谓神。"(《尽心下》)尽管这里所谈的都是道德品格,但确实是把真善美三个重要美学范畴都提出来了。孟子强调内容与形式的相互作用和必须统一。他举例说:"西子蒙不洁,则人皆掩鼻而过之。虽有恶人(面目丑恶之人),斋戒沐浴,则可以祀上帝。"(《离娄下》)前者说明,太不讲究形式,就会损害本来很美的内容。后者说明,内容好,加上必要的形式修饰,可以弥补其不足。他把内容与形式的互补关系讲得很透,对后世美学理论很有启发。

第四节 《孟子》的论辩艺术

《孟子》文体与《论语》大致相近,都以语录和对话为主。《论语》中独白式语录占总条数三分之二以上,对话不到三分之一。《孟子》有长足的演进。即使是独白,有的篇幅也较长,对话尤多长篇大论,有逐渐向比较成熟的说理文过渡的趋势,文风带有战国中期的特征和孟子本人的个性色彩。

战国中期,游说讲学,互相辩难之风大盛。孟子是当时有名的雄辩家,"外人皆称夫子好辩"(《滕文公下》)。《孟子》七篇论战性强,感情充沛,言辞机敏,气势雄健,锋芒毕露,与《论语》的雍容纡徐风格大有不同。

《论语》记孔子见国君,总是毕恭毕敬,回答问题简单而拘谨。孟子不然,在各国诸侯面前,他往往高谈阔论,纵横捭阖,无所顾忌,有时犯颜诘问,有时因势利导,尤其善于掌握对方心理,从容陈辞,引人入彀,然后步步进逼。几乎无往而不适,大有战国纵横家气概。如《梁惠王上》的"齐桓晋文之事"章,就是最为人称道的代表作之一。

齐宣王想学霸术,向孟子了解齐桓公晋文公的事迹。孟子说:仲尼之徒不讲齐桓晋文之事,要讲就讲王道。齐王问他怎样才可以王天下?孟子说:"保民而王,莫之能御也。"齐王说:像我这样可以保民吗?孟子说:可以。于是他就举齐王不忍以牛衅钟为例,说明"今恩足以及禽兽,而功不至于百姓者",是"不为也,非不能也"。一席话说得齐王十分高兴。这是第一大段,说明行王道并不难。周文麒说:"只开首数行文字,便如生龙活虎,不可捉摸。"(《孟子读法附记》)接着,孟子反问齐王,为什么不行王道呢?是不是要"兴甲兵,危士臣,构怨于诸侯",然后才痛快呢?齐王说不是,"将以求吾所大欲也"。孟子明知所谓"大欲"是什么,偏偏故意发问,齐王笑而不答。孟子还装糊涂:"为肥甘不足于口与?轻暖不足于体与?抑为采色不足视于目与?声音不足听于耳与?便嬖不足使令于前与?"这一系列发问,属于"空中撰设,以廓其势。此文章家故作挪展挑弄处"(牛运震《孟子论文》)。经过一而再地欲擒故纵,敛气蓄势已足,他才挑明:"然则王之所大欲可知已。欲辟土地,朝秦楚,莅中国,而抚四夷也。"一语道破了齐王的隐秘。紧接着指出,"以若所为,求若所欲,犹缘木而求鱼也","尽心力而为之,后必有灾"。齐王不相信。孟子便以邹国与楚国打仗设喻,说明小固不可敌大,弱固不可敌强,齐只有天下的九分之一,以一服八,岂不像以邹敌楚吗?这是第二大段。苏洵评点说:"至此上下之间,呼吸变化,奔腾控御,若捕龙蛇,真至文也。"(见苏洵批点《孟子》)把利害关系分析清楚之后,孟子才提出,还是从根本上着手,发政施仁,那样谁也敌不过你。接下去便大谈实行王道的具体内容,作为第三大段,文势亦由浩瀚奔腾转为平恬清畅。最后再以王道必然胜过霸道作结,与首句照应。这篇文章虽然属于问答体,可是起伏开阖,铺张扬厉,波澜曲折,摇曳多姿,具有步步入胜的情致。牛运震说:"篇中钩勒顿挫,千回百转,重波迭浪,而后归宿于王道。有纲领,有血脉,有过峡,有筋节,意在不使一直笔,又不使一呆笔,读者熟复于此,其于行文之道思过半矣。"(《孟子论文》)

《论语》中有人讥笑孔子,孔子并没有同他们辩论。墨子多次非儒,然而儒家观点皆为引述,批的是死靶子。庄子肆意嘲儒,儒者形象均系虚拟,批的是假靶子。孟子则不同,与他争辩的其他学派墨者夷之,农家许行,言性者告子等,都坚持自己的观点。孟子批驳他们,针对的是活靶子。因而文章显得格外活泼,双方观点鲜明,针锋相对。孟子的诘难解答,深入透彻,很能抓住要害,往往使对方无所逃遁。《滕文公上》的"许行"章是这方面的成功之作。

儒家之徒陈相,遇见农家学派的许行,便弃儒学农,并向孟子宣扬其"贤者与民并耕而食"的主张。孟子先慢慢套问,得知许行虽然吃的是自己种的粮食,而衣服、帽子、炊具、农具等等并非自制而是拿粮食换来的,就问为什么不样样自己去做,还要交换呢?陈相回答:"百工之事固不可耕且为也。"孟子立即抓住这句话反诘:"然则治天下独可耕且为与?"接着再展开论证,指出:有大人之事,有小人之事,"或劳心,或劳力。劳心者治人,劳力者治于人。治于人者食人,治人者食于人,天下之通义也。"又引举历史上尧舜等圣贤之君为例,说明他要考虑和处理国家大事,不可能同时参加劳动。继而大赞孔子,大骂许行,嘲笑陈相弃儒学农是"下乔木而入于幽谷"。可是陈相不服,又宣扬许行的商品价值观,一切货物同量则同价。孟子指出,商品质量不同,价格就应该不同,许行的一套只能导致混乱。孟子强调脑力劳动与体力劳动应该分工,这是对的;但他以社会分工来论证统治者不劳而获有理,在后世产生了不良影响。不过,他用许行的行为反驳许行的理论,确实抓住了要害。文章层层剥笋,处处有一种咄咄逼人的锐气,不但记录了论战双方的观点,而且表现出反复曲折的辩驳过程,是先秦散文中不可多得者。王介山说:"此是一篇大落墨文字,汪洋浩瀚,卓厉雄奇,真是前无古后无今。后世大家能得其似者,独昌黎耳。"(《孟子读法附记》引)

《孟子》里面有一些单纯发表议论,类似长篇独白的篇章,虽然没有标题,但围绕一个中心问题作比较细致的论述,实际上已经是议论散文的雏形。如《告子上》"鱼我所欲也"章,主旨在于论证"义"的价值高于生命,为了坚持正义,人应该有舍生取义的气节。一上来,并没有直接进入议题,而首先从生活中可能遇到的事情取譬:"鱼我所欲也,熊掌亦我所欲也,二者不可得兼,舍鱼而取熊掌者也。"这样开头,给所论述的高深理论增加了通俗性,把一个有关人生价值的重大问题举重若轻地提了出来。按人之常情,在两者不可得兼时,自然会选择更珍贵的东西。于是紧接着入题:"生亦我所欲也,义亦我所欲也。"倘若二者冲突,"舍生而取义"应该是自然无疑的结论。全文就是反复围绕这个道理进行发挥的。接下去作者用排比对应申述,在"欲生"、"恶死"的问题之上,还有一个义与不义的问题,解决这个问题并不难,只要知道有比保存生命避免死亡更有价值的东西——正义存在,人自然会正确处理了。文章这一部分虽然旨在说理,但感情充沛,慷慨高迈,动人心魄。再下面一段,是对不辨礼义、贪图富贵者的谴责,因而语气转入严峻,用反衬和质问的手法写出,表现了一种鞭挞和鄙夷的态度。全文不长,像是不假思考,一笔挥成,在谋篇结撰、用词造句、语调气势上都可以看出精到的安排和功力。徐退山说:"孟子此章,空灵幻动,约指四法,虽一字亦彻通篇,譬如牵一毛而头为之动,不得以一章一句言也。"(见《孟子读法附记》)"舍生取义"的命题,和孔子的"杀身成仁"一道,成了无数志士仁人坚持气节不怕牺牲的誓言。

《孟子》的语言,比起《论语》来,词句更加明快,感情更为强烈,个性极其鲜明。"读其书,想见其人","人品心术正大光明,议论开口见心,更无回互诡谲之谈,行己与人,坦然宽平,虽颦笑不苟,而亦无矫激违情。"(郝敬《读孟子》)有时畅叙志向,光明磊落。如:"天将降大任于是人也,必先苦其心志,劳其筋骨,饿其体肤,空乏其身,行拂乱其所为,所以动心忍性,曾益其所不能。"(《告子下》)有时申述抱负,正气堂堂。如:"居天下之广居,立天下之正位,行天下之大道。得志与民由之,不得志独行其道。富贵不能淫,贫贱不能移,威武不能屈,此之谓大丈夫。"(《滕文公下》)这两段话,集中体现了中国古代知识分子的高尚情操和志趣,是掷地作金石声的千古名言。在行文上,高屋建瓴,气势豪放,酣畅横肆,痛快淋漓之至。是《孟子》中最富于气势并常为人称引的文字。

第五节 《孟子》的比喻和寓言

"孟子长于譬喻"——东汉赵岐早就指出了这一点。据不完全统计,《孟子》全书二百六十章,共使用了一百六十来个比喻。浅近平易,生动活泼,轻快自如,准确贴切。如:"欲见贤而不以其道,犹欲其入而闭之门也";"恶辱而居不仁,是犹恶湿而居下也";"仁之胜不仁,犹水胜火";"古之君子,其过也,如日月之食,民皆见之;及其更也,民皆仰之"等等。对不同谈话对象,孟子总是根据他们的不同身份、爱好,联系切身事例作为比喻。对好战的梁惠王,"请以战喻"。对好乐的齐宣王,"臣请为王言乐"。对带兵的平陆大夫,则以"子之持戟士,一日而三失伍"为比喻。总是恰到好处,拍合本旨,毫无费解和牵强之感。《滕文公下》记:

戴盈之曰:"什一,去关市之征,今兹未能,请轻之,以待来年然后已。何如?"孟子曰:"今有人日攘其邻之鸡者,或告之曰:'是非君子之道。'曰:'请损之,月攘一鸡,以待来年然后已。'如知其非义,斯速已矣,何待来年?"

这个比喻,一针见血地揭示了关市之征和偷鸡一样都是不义的行为,读后令人发笑,又使人深省。由于主体和喻体之间不仅现象类似,而且有内在的本质联系,所以显得格外警策。梁惠王觉得自己政策比邻国好,可是邻国之民不减少,本国之民不增多,他想不通。孟子以临阵逃脱为喻,"或百步而后止,或五十步而后止,以五十步笑百步,则何如?"风趣地说明,梁国的政策与邻国相差无几,本质上都是虐民的,所以不必奢望民之多于邻国。这和偷鸡之喻一样,都具有很强的讽刺效果和批判力度。

《孟子》的寓言数量不多,篇幅不长,但很精彩。既没有《庄子》式的悠谬谲怪的神话幻想,也没有《战国策》那种拟人化的动物故事。他多取材于社会生活,常寄寓深切的讽喻教诲意味。如"齐人有一妻一妾":

> 齐人有一妻一妾而处室者,其良人出,则必餍酒肉而后反。其妻问所与饮食者,则尽富贵也。其妻告其妾曰:"良人出,则必餍酒肉而后反,问其与饮食者,尽富贵也。而未尝有显者来,吾将瞯良人之所之也。"蚤起,施从良人之所之,遍国中无与立谈者。卒之东郭墦间,之祭者乞其馀,不足,又顾而之他。此其为餍足之道也。其妻归,告其妾曰:"良人者,所仰望而终身也,今若此!"与其妾讪其良人,而相泣于中庭。而良人未之知也,施施从外来,骄其妻妾。

——《离娄下》

一个终日在外行乞的齐人,回家却向妻妾吹嘘自己在富贵人家吃够酒肉。作者借以揭露当时一些追求富贵利禄之徒,背地里蝇营狗苟,肮脏丑恶,而在众人面前又自我炫耀,冒充体面,一旦把戏揭穿,人们就会发现他们不过是可悲的骗子。故事所描写的人物具有某种典型意义,角度巧妙,只截取生活的片断,构成一个戏剧性的场面。情节描绘颇为曲折,手法比较高明,语言富于表现力。如"良人者,所仰望而终身也,今若此",最后用半截句,入木三分地刻画出女人失望伤心,呜咽不能言之态。评点家说:"三字顿挫,无限烟波。"(见《十三经评点札记》卷四十五)这个故事很受后世文人重视。南宋吴子良《林下偶谈》卷四说:《孟子》"文法极可观,如齐人乞墦一段尤妙,唐人杂说之类盖仿于此"。明人传奇《东郭记》,清人蒲松龄《东郭萧鼓儿词》,即根据《孟子》改编。

再如"揠苗助长"的故事:

> 宋人有悯其苗之不长而揠之者,芒芒然归,谓其人曰:"今日病矣,予助苗长矣。"其子趋而往视之,苗则槁矣。
>
> ——《公孙丑上》

孟子本意是要说明养生之道,它的客观意义却告诫人们,不要做违背自然规律的蠢事,那样会适得其反。故事首尾完整,只用了四十个字,交代了动机,说明了效果,写了行为,记了言语,显示了神态和口吻,具体而微,精炼之至。又如"弈秋海弈"故事:

> 弈秋,通国之善弈者也。使弈秋诲二人弈,其一人专心致志,惟弈秋之为听;一人虽听之,一心以为有鸿鹄将至,思援弓缴而射之。虽与之俱学,弗若之矣。为是其智弗若与?曰:非然也。
>
> ——《告子上》

这个故事在教育学上有典型意义,说明学习必须专心,老师上课时思想不能开小差,否则就学不进去,成绩肯定不如专心听讲的人。文章对比鲜明,事理切近,意味深长。徐退山说:"幻境幻情,无端变现。引喻法至此神矣!化矣!"(《孟子读法附记》引)

《孟子》散文对唐宋古文运动影响极大。韩愈曾以孟子继承人自居,称赞"孟子醇乎醇者也",这不但指儒家思想而言,也包括文章在内。柳宗元论文,主张"参之孟荀以畅其文"。苏洵平生尤好《孟子》,曾端坐读之七八年,著有《苏批孟子》行世[16]。王安石曾注《孟子》,为文亦学之。南宋以后,《孟子》成为《四书》之一,是学子必读而科举必考的官方教材,其地位是不言而喻的。

《孟子》的最早注本是东汉赵岐的《孟子章句》,后来注家甚多,重要的有朱熹的《孟子集注》,焦循的《孟子正义》,今人新注有杨伯峻的《孟子译注》等。文学评点本很多,如:宋尹焞《孟子解》、明陈深《孟子评点》、冯梦龙《孟子指月》、清路传孔《孟子文解》、牛运震《孟子论文》、王又朴《孟子读法》、周文麒《孟子读法附记》、赵承谟《孟子文评》、王源《文章练要·孟子评》、康濬《孟子文说》、宋燨《孟子文翼》、民国吴闿生《孟子文法读本》、无名氏《孟子精华》等等。

〔1〕 关于孔子事迹,主要参考《史记·孔子世家》。

〔2〕 关于《论语》的作者,不同说法还有很多。如梁皇侃《论语集解义疏序》说:"《论语》者,是孔子没后七十弟子之门徒共所撰录也。"清刘宝楠《论语正义》卷末附录说:"《论语》之作不出一人,故语多重见;而编辑成书,则由仲弓、子游、子夏首为商定。"近人钱穆《论语要略》说:"大抵《论语》所记,自应有一部分为孔子弟子当时亲手所记录者,而全书之纂辑增订,则出七十子之门人耳。"

〔3〕 崔述《洙泗考信录·卷四》说:"唯其后之五篇多可疑者。《季氏》篇

文多俳偶，全与他篇不伦。而'颛臾'一章至与经传抵牾。《微子》篇杂记古今轶事，有与圣门绝无涉者。而'楚狂'三章语意乃类庄周，皆不似孔子遗书……《阳货》篇纯驳互见，文亦错出不均。'问仁'、'六言'、'三疾'等章，文体略与《季氏》篇同，而'武城'、'佛肸'二章，于孔子前称夫子，乃战国之言，非春秋时语。盖杂辑成之者，非一人之笔也。"

〔4〕 关于兴观群怨，各家解释尚多。如《论语注疏》正义曰："《诗》可以兴者，又与说其学《诗》有益之理也。若能学《诗》，《诗》可以令人能引譬连类以为比兴也。可以观者，《诗》有诸国之风俗盛衰，可以观览知之也。可以群者，《诗》有如切如磋，可以群居相切磋也。可以怨者，《诗》有君政不善则风刺之，言之者无罪，闻之者足以戒，故可以怨刺上政。"黄宗羲《汪扶晨诗序》说："昔吾夫子以兴观群怨论《诗》。孔安国曰：'兴，引譬连类。'凡景物相感，以彼言此，皆谓之兴。后世咏怀、游览、咏物之类是也。郑康成曰：'观风俗之盛衰。'凡论世采风，皆谓之观。后世吊古、咏史、行旅、祖德、郊庙之类是也。孔曰：'群居相切磋。'群是人之相聚，后世公宴、赠答、送别之类是也。孔曰：'怨刺上政。'怨亦不必专指上政，后世哀伤、挽歌、遣谪、讽谕皆是也。盖古今事物之变虽纷若，而以此四者为统宗。"王夫之《诗绎》说："'《诗》可以兴，可以观，可以群，可以怨'，尽矣。辨汉魏唐宋之雅俗得失以此，读《三百篇》者必以此也。'可以'云者，随所以而皆可也。于所兴而可观，其兴也深；于所观而可兴，其观也审。以其群者而怨，怨愈不忘；以其怨者而群，群乃益挚。出于四情之外，以生起四情；游于四情之中，情无所窒。作者用一致之思，读者各以其情而自得。"黄、王二氏的发挥，有助于深层的理解。

〔5〕 《论语》语气词用得特别频繁。据中国社会科学院文学研究所计算机室编辑的《论语数据库》（人民日报出版社1987年出版）统计，"乎"出现一百五十八次，"也"五百三十二次，"者"二百一十九次，"矣"一百八十一次。而《论语》全书不过一万五千九百二十一字。郑瑗《井观琐言》卷二说："《论语》无意为文，而自粲然成文，故不厌语助字之多。"

〔6〕 参看黄立振《论语源流及注释版本初探》，《孔子研究》1987年第2期。

〔7〕 见杨伯峻《论语译注》凡例,中华书局1958年出版。

〔8〕 此外,还有主张其生卒年为前370—前289,前390—前305,前385—前304等说法。

〔9〕 关于《孟子》的作者,有几种不同说法。一、孟子本人与弟子共同编定,如《史记·孟子荀卿列传》及《风俗通·穷通》篇是;二、孟子自著,如赵岐《孟子题辞》,赞成者有朱熹、郝敬、阎若璩等;三、孟子死后,弟子万章、公孙丑之徒所作,韩愈、张籍、苏辙、晁公武、崔述等主此说;四、门弟子及再传弟子所录,如宋林之奇《孟子讲义序》说:"(是书)不惟门弟子所录,亦有出于门弟子门人者。""其称'万子'者,则又万章门人之所录。"关于这个问题,杨伯峻《孟子导读》(巴蜀书社1987年版),有比较详细的介绍。

〔10〕 赵岐《孟子题辞》说:"又有《外书》四篇:《性善》、《辩文》、《说孝经》、《为正》。其文不能弘深,不与内篇相似,似非孟子本真,后世依仿而托之者也。"其书唐宋时犹有流传,后来散佚。明末姚士粦传《孟子外书》四篇,内容完整,有马廷鸾序,自称宋熙时子注而由友人吴骞所刊行。清丁杰《孟子外书疏证》、翟灏《四书考异》皆证其伪,其结论已为学术界所公认。

〔11〕 如宋程颐《孟子序》说:"孟子有些英气。才有英气,便有圭角,英气甚害事。"并认为他算不得圣人。

〔12〕 如宋高宗问大臣尹焞曰:"纣亦君也,孟子何谓之一夫?"尹焞对曰:"此非孟子之言,武王誓师之辞也。'独夫受,洪维作威'。"又问"君之视臣如土芥,则臣视君如寇仇",对曰:"此亦非孟子之言,《书》云:'抚我则后,虐我则仇。'"见《四书辑释大成》,北京大学图书馆藏。

〔13〕 见黄廷美《双槐岁钞·尊孔卫孟篇》。

〔14〕 如宋张载说:"古之能知《诗》者,惟孟子'以意逆志'也。"(《张子全书》卷四)清钱大昕说:"古今说《诗》者多矣,吾独有味乎孟氏'以意逆志'之言。"(《虞东学诗序》)清方东树认为"知人论世""为学《诗》最初之本事"(《昭昧詹言》卷一)。清袁枚说:"孟子说《诗》,但云'以意逆志',又云'言近旨远',足矣。"(《随园诗话补遗》卷三)清吴淇说:"《诗》有内有外。显于外者曰文曰辞,蕴于内者曰志曰意。此意字与'思无邪'思字皆出于志,然有辨。思就其惨

澹经营言之,意就其淋漓尽兴言之,则志古(人)之志而意古人之意,故选《诗》中每每以古意命题是也。汉宋诸儒以一志字属古人,而意为自己之意。夫我非古人,而以己意说之,其贤于(咸丘)蒙之见也几何矣。不知志者古人之心事,以意为舆,载志而游,或有方,或无方,意之所到,即志之所在,故以古人之意求古人之志,乃就《诗》论《诗》,犹之以人治人也。""不以文害辞,此为说《诗》者言,非为作《诗》者解也。一字之文,足害一句之辞,于此得炼字之法。""不以辞害意,亦为说《诗》者言。一句之辞,足害一篇之意,可见琢句须工。"(《六朝选诗定论缘起》)王国维说:"善哉,孟子之言《诗》也……顾意逆在我,志在古人,果何修而能使我之所意不失古人之志乎? 此其术,孟子亦言之曰:'诵其诗,读其书,不知其人可乎? 是以论其世也。'是故由其世以知其人,由其人以逆其志,则古诗虽有不能解者,寡矣。汉人传《诗》皆用此法,故四家《诗》皆有序。序者,序所以为作者之意也……及北海郑君出,乃专用孟子之法以治《诗》。其于《诗》也,有谱有笺。谱也者,所以论古人之世也。笺也者,所以逆古人之志也。"(《玉谿生诗年谱会笺序》)

〔15〕 苏辙说:"孟子曰:'我善养吾浩然之气。'今观其文章,宽厚宏博,充乎天地之间,称其气之小大。"(《上枢密韩太尉书》)郝敬说:"七篇之言,近而远,浅而深,疏畅条达而详允精密,不为钩深索隐而肯綮盘错,通会无迹。"(《读孟子》)刘熙载说:"集义养气是孟子本领。不从事于此,而学孟子之文,得无象之然乎?"(《艺概·文概》)

〔16〕 今传本《苏批孟子》,也有人(如《四库全书总目提要》)疑为后世伪托。

第十三章 《老子》和《庄子》

第一节 《老子》

老子是先秦时代杰出的思想家、哲学家,道家学派的创始人。关于老子其人、其书,历来存在不同的说法。司马迁《史记·老子韩非列传》对于老子究竟是谁有四种不同说法,引起后世的争论。但一般倾向于老子即老聃,姓李名耳,为楚国苦县人,大约生活在春秋末期,曾任东周王朝掌管图书的史官,孔子曾多次向他问学,后来他弃官归隐,不知所终。

《老子》一书的撰成时代,也存在不同的意见。一些人认为当系老聃自著,成书于《论语》之前。另一种意见认为《老子》成书于战国时期,应在《论语》、《孟子》之后,甚至在庄子之学大兴之后;还有一种意见说《老子》当成书在秦汉之间。但多数学者认为,在先秦典籍中,如《荀子》、《韩非子》、《吕氏春秋》以及《墨子》佚文,都从不同角度描述了内容大致相同的老子学说,与《老子》一书的内容相符合;同时,《老子》比起《论语》来,思想更成系统,文风亦更加统一,其文体又有与《孙子兵法》相似之处,因此《老子》的成书年代可能晚于

《论语》，当在《孙子兵法》定稿的战国初期。先秦典籍很少由个人执笔写成，多由各学派的后学记录，并加工、补充，经过若干年代才写定，《老子》一书的成书过程当亦大致如此。

今本《老子》全书共五千馀言，故又称《老子五千文》。西汉河上公曾作《老子章句》，将《老子》分为八十一章，称前三十七章为《道经》，后四十四章为《德经》。由此，《老子》又名《道德经》。1973年长沙马王堆三号汉墓出土的《老子》帛书本，却是《德经》在前，《道经》在后，这与韩非子《解老》、《喻老》中先解《德经》后喻《道经》相同。或许《德经》在前、《道经》在后更接近于《老子》一书的原貌。帛书本《老子》不分章，文字与今本稍有出入，有的文字与今本差异很大，虚词不同者有三百多处，如"兮"字均作"呵"，语言也不及今本流畅精练。这说明《老子》一书确曾经过后人的加工润色。

《老子》在哲学史、思想史上对后世有重要影响。它描述了老子完整的哲学体系，为道家思想的代表作之一。老子哲学的最高范畴是"道"，他把"道"看做是宇宙万物的本体。所谓"道生一，一生二，二生三，三生万物"（四十二章），意即天下万事万物皆由"道"派生出来。"道"的特征是"有物混成，先天地生。寂兮寥兮，独立而不改，周行而不殆，可以为天下母"（二十五章）。说明"道"是一种先天地而存在、深邃幽远、"视之不见"、"听之不闻"、"搏之不得"的十分神秘的东西。老子还进一步把"道"的本质概括为"无"，"天下万物生于有，有生于无"（四十章）。"无"既可释为空无所有，又可理解为混沌不清，故而老子之"道"本身就含有向精神客体与物质客体相反两极发展的契机。不过，"道"的观念的提出，在老子说来，虽然触及到世界的本源问题，但更主要是为了说明世界的根本特征或规律是"无为而无不为"的，就是说，是为了深入阐述他的政治观点而提出的。

老子哲学的精髓,在于他的朴素辩证法思想。老子从当时社会的重大变革以及自然科学的知识中意识到一切事物都在人的意识之外不断地发展变化:"物或行或随,或歔或吹,或强或羸,或挫或隳"(二十九章),"天地尚不能久,而况于人乎"(二十三章)。他系统地揭示出相对立的事物和概念都是相互依存的,美恶、有无、难易、长短、高下、刚柔、强弱、胜败、福祸、荣辱、智愚、损益、进退、轻重等,都是对立统一的关系,而且都可能向其相反的方向转变:"祸兮福之所倚,福兮祸之所伏……正复为奇,善复为妖。"(五十八章)老子的辩证法思想,第一次概括总结了自然和社会普遍存在着的矛盾对立现象,对中国古代哲学思维的发展做出了重大的贡献。但也存在着明显的缺陷,他只看到事物的相互转化,看不到转化的条件,因而提出"贵柔"、"守雌"的人生态度,反对刚强和进取:"曲则全,枉则直,洼则盈,敝则新,少则得,多则惑……夫唯不争,故天下莫能与之争"(二十二章)。这种不争、知足、委曲求全、甘居屈辱的思想,对后世有极大的影响。

老子的社会政治观集中体现为主张"无为而治"。"我无为而民自化,我好静而民自正,我无事而民自富,我无欲而民自朴"(五十七章),认为只有摒弃礼乐、政刑、赋税等人为措施,老百姓才能真正安居乐业。无为而治的思想反映了乌托邦式的经济要求和政治愿望。老子对现实社会中的种种不合理有深刻的认识。他尖锐地指出"人之道"与"天之道"的对立:"天之道,损有馀而补不足;人之道则不然,损不足以奉有馀"(七十七章),要求实现天道。他还从剥削者与劳动者的经济利益关系中,发现"民之饥,以其上食税之多,是以饥";"民之轻死,以其上求生之厚"(七十五章),揭示出导致劳动者饥寒交迫的原因,表现了一种反剥削的意识。他还反对诸侯争霸的战争:"兵者不祥之器,非君子之器,不得已而用之……夫乐杀人者,则不可以得志于天下矣。"(三十一章)并且对统治者发出质问:"民不畏死,奈何以死惧之?"(七十四章)这些都反映了老子政治观批判现实的特点。

面对现实社会的重重矛盾,老子认为无论儒家的"礼义"、墨家的"尚贤",还是法家的"法治",都是有为而治,非但无补于世,反而造成"盗贼多有",天下大乱。但他又不可能找到解决矛盾的有效办法,只能超越现实中的"人之道",要求"绝圣弃智"、"绝仁弃义"、"绝巧弃利"(三章),向远古回过头去,在幻想中描绘理想社会的蓝图:

> 小国寡民,使有什佰之器而不用,使民重死而不远徙。虽有舟车,无所乘之;虽有甲兵,无所陈之,使民复结绳而用之。甘其食,美其服,安其居,乐其俗,邻国相望,鸡犬之声相闻,民至老死不相往来。
>
> ——八十章

这是一个没有剥削压迫和战争,也没有人吃人的不合理现象,人人可以安于自己的生活,再不受贫困冻饿威胁的社会;同时又自我封闭,拒绝文明和进步。这种社会模式无疑只能是企图把历史拉向倒退的空想。但作为黑暗、罪恶现实的对照,它又给予后世文学家、思想家不少的憧憬和启迪。

老子的美学观,与其哲学观中"道"的学说和政治观中的"无为"思想有直接的联系。他认为凡是那种"服文采,带利剑"(五十三章)之美,就和一切"有为"的东西一样,只能对人有害,所谓"五色令人目盲,五音令人耳聋,五味令人口爽,驰骋田猎令人心发狂"(十二章),都是说"有为"之美必然损害人的本性。在老子看来,真正的美不在声色、富贵等外在的东西,而只能是自然本身,要通过"见素抱朴,少私寡欲"(十九章)的办法才能体验出来。这样的美,就表现为"大音希声,大象无形"(四十一章)。即是说,最完美的音乐是从没有声音处听到的,最美好的形象是从没有形象之处显现的;一旦有了具体的声音、形象,反而破坏了自然的完美。这就是合乎于"道"的美。老子的这些见解,接触到审美的境界问题,揭示出审美活动中一种超越对艺术的简单感知的审美体验,开了中国古代美学追求自然、"真美"、"意在言外"、"全声之美"等理论的先声,也奠定了与儒家美学双峰对峙的道家美学的基础。

《老子》主要是一部哲学著作,但它在文学史上自有光彩,有独特的艺术魅力。首先,它是以诗的笔触、情致写文,使文章富于诗歌的节奏韵味。句子以三言、四言、五言为主,短促错落,随处用韵,读起来有节奏感。如"天得一以清,地得一以宁,神得一以灵,谷得一以盈,万物得一以生,侯王得一以为天下正"(三十九章),全是整齐的排比句。前五句都用五言,最后一句九言,语气起伏顿挫,而且句句用韵,节奏悦耳,韵律优美。又如:

> 道之为物,惟恍惟惚,惚兮恍兮,其中有象;恍兮惚兮,其中有物;窈兮冥兮,其中有精。其精甚真,其中有信。
>
> ——二十一章

更是以诗歌的旋律对"道"所作的精彩描写。其中隔句用韵,两句一转;笔调亲切深邃,甚至可以使人体味出一种朦胧隐约的诗歌意境来。《老子》中还有大量押韵、重叠往复的章句。如"虚其心,实其腹;弱其志,强其骨"(三章),"甘其食,美其服,安其居,乐其俗"(八十章),读来都有抑扬起落之感,使抽象的理论富有情致和诗意。如：

> 知其雄，守其雌，为天下谿。为天下谿，常德不离，复归于婴儿。知其白，守其黑，为天下式。为天下式，常德不忒，复归于无极。知其荣，守其辱，为天下谷。为天下谷，常德乃足，复归于朴。
>
> ——二十八章

明人钱福已经指出："此章变文叶韵，反复吟咏，亦与《诗》体相关。"（《历子品粹》卷一）又如：

> 众人熙熙，如享太牢，如登春台。我独泊兮，其未兆；沌沌兮，如婴儿之未孩；儽儽兮，若无所归。众人皆有馀，而我独若遗。我愚人之心也哉！俗人昭昭，我独昏昏；俗人察察，我独闷闷。澹兮其若海，飂兮若无止。众人皆有以，而我独顽且鄙。我独异于人，而贵食母。
>
> ——二十章

仿佛一篇诗人的内心独白，倾诉着自己不同凡俗的个性和强烈的孤独感，诗境迷惘恍惚，极有抒情诗的色彩。文中句式结构既像赋体，又像楚辞。对于《老子》文中的韵律之美，清人邓廷桢已颇有体味，他说："诸子多有韵文，惟《老子》独密；《易》、《诗》而外，斯为最古。"（《双砚斋笔记》卷二）

《老子》的语言平直简约而又意旨幽深，常常简短几笔就能点出深意，传达出精奥的道理。如"天地之间，其犹橐籥乎？虚而不屈，动而愈出，多言数穷，不若守中"（五章），意思说天地之间犹如风箱，越空虚就越不会枯竭,越推拉就越能出风,见闻越广就越困穷,不如退而守着自己内心的虚静。把关于虚空的见解喻为风箱,以简洁的语言一层层推出自己的论点,既有一定的形象性,又显得道理玄妙深邃,有很强的说服力和概括力。又如"飘风不终朝,骤雨不终日,孰为此者?天地。天地尚不能久,而况于人乎?"(二十三章)从狂风暴雨的短暂说明人事的转瞬即逝,暴政的难以持久,言简而意赅,含蕴了很深的哲理,又带有浓郁的文学趣味,使人能从鲜明的自然景象中产生联想。《老子》中有一些文字看似平淡质朴,却寄寓很深,耐人寻味。如"天地不仁,以万物为刍狗;圣人不仁,以百姓为刍狗"(五章),只四句,就生动地写出了老子对现实社会的悲愤之情。又如"天下莫柔弱于水,而攻坚强者,莫之能胜,以其无以易之"(七十八章),在这几句简短质朴的话语中,透出一种独到的精神意趣,表达出一种特殊的哲理意识。《老子》中这类简明精深的词语文句,不少成为成语或名句,如"功成而弗居"(三章),"大器晚成"(四十一章),"大巧若拙"(四十五章),"祸兮福之所倚,福兮祸之所伏"(五十八章),"千里之行,始于足下"(六十四章),"天网恢恢,疏而不漏"(七十三章)等。

  《老子》散文的论说艺术也有相当的成就。它往往赋予理论以生动鲜明的形象,将深奥的理论具象化,通过比喻等方法直接深化论点,显得雄辩有力。如为了说明"天道"与"人道"的对立,他说:"天之道,其犹张弓与?高者抑之,下者举之,有馀者损之,不足者补之。天之道,损有馀而补不足;人之道则不然,损不足以奉有馀。"(七十七章)这抑高举下的"天道"精神就借助于"张弓"的比喻论说得十分透辟明晰。同时,《老子》对论说的逻辑性也颇有讲求,往往层层推进、条理分明,如为了论说统治者应处下退让、无为而治,他说:"江海所以能为百谷王者,以其善下之,故能为百谷王……是以圣人处上而民不重，处前而民不害。是以天下乐推而不厌。以其不争，故天下莫能与之争。"（六十六章）这一段从江海善下的自然现象，引出统治者对民必须"下之"、"后之"的原则，再从将会产生的政治效果推出不争而莫能与之争的论点。前人评论说："用三个'是以'，层层起伏，变化不可捉摸。"（《历子品粹》卷一）当然，老子在文学史上的地位，主要是由其精深的辩证法思想和美学体系所奠定的。历代学者对《老子》的文章也颇为赞赏，如刘勰称其"精妙"（《文心雕龙·情采》），薛道衡称"其辞简而要，其旨深而远。飞龙成卦，未足比其精微；获麟笔削，不能方其显晦"（《老子庙碑》）。但总的来说，较之思想与美学成就，其文学成就反倒不那么突出了。

第二节　庄子及其哲学观、政治观和美学观

庄子，名周，战国时宋国蒙（今河南商丘东北）人。生活年代与梁惠王、齐宣王同时，约于公元前369至前283年左右在世，比孟子稍晚而略早于屈原。做过管理漆园的小吏，后一直过隐居的生活。一生贫困，"穷闾陋巷，困窘织屦，槁项黄馘"（《庄子·列御寇》），曾以编草鞋为生，有时还要靠贷粟度日。楚威王听说他是贤才，曾派人以重金请他入朝做国相，但他不愿受官场的羁绊，表示"宁游戏污渎之中自快，无为有国者所羁，终生不仕，以快吾志焉"（《史记·老子韩非列传》）。是一个不愿与统治者同流合污，洁身自好的人物。

《庄子》一书，据《汉书·艺文志》记载，有五十二篇。晋时司马彪注本为五十二篇，又有孟氏注亦五十二篇，陆德明以为即汉志之旧。但其他各家注释《庄子》的篇目则有所不同。如李颐定为三十篇，向秀定为二十六篇，崔譔定为二十七篇等。这些注本后来都相继

散佚,传世的郭象本为三十三篇,其中分为内篇七篇,外篇十五篇,杂篇十一篇。今本《庄子》,即是郭象的整理注释本。唐代尊奉道教,封庄子为南华真人,《庄子》一书又称为《南华真经》。自宋代苏轼怀疑《庄子》中掺有伪作以来,经过历代学者的考证,一般认为《庄子》内篇思想一贯,风格一致,构成比较完整的思想体系,当出自庄子手笔,而外篇、杂篇思想倾向存在一定的差异,且多为对内篇某一思想的演绎、发挥,当为庄子门人、后学之作。但从总的倾向和风格看,内篇与外篇、杂篇基本上仍是统一的,都集中体现了庄子学派的思想。

庄子的哲学主要接受并发展了老子,同时吸收了杨朱"全性保真,不以物累形"(《淮南子·氾论》)、田骈"贵齐"、"因性任物"的思想。庄子继承老子关于天道自然无为的思想,又加以发挥。"夫道,有情有信,无为无形;可传而不可受,可得而不可见,自本自根,未有天地,自古以固存;神鬼神帝,生天生地,在太极之先而不为高,在六极之下而不为深,先天地生而不为久,长于上古而不为老"(《大宗师》)。说明道是超越时空的无限本体,它超乎宇宙万物之上,生出天地万物,而又无所不包,无所不在,表现在一切事物中。它是真实可信的,人们可以得到它,而又不能用感官去察知它,因为它没有形象。然而"道"又不是有意志、主宰一切的至上神,它自然无为,不居功恃巧。庄子的"道"更带有西方哲学那种理念的色彩。

庄子哲学把老子的朴素辩证法加以绝对化,发展为相对主义,相对主义理论的基本思想在于"万物一齐"。他认为,任何具体事物都存在有无、大小、美丑、贵贱、善恶等种种差异,但这些差异只是人们心中的成见,在"道"的面前,它们根本没有一个区分彼与此的界限。《齐物论》说:"物固有所然,物固有所可。无物不然,无物不可。故为是举莛与楹,厉与西施,恢恑憰怪,道通为一。其分也,成也;其成也,毁也。凡物无成与毁,复通为一。"就是说,可与不可,然与不然,成与毁，都是不真实的，以"道"来衡量，它们可以完全等同起来，通为一齐。在庄子看来，甚至一切相反的概念也可以互换："天下莫大于秋毫之末，而太山为小。莫寿于殇子，而彭祖为夭"（《齐物论》）；"万物一齐，孰短孰长？"（《秋水》）庄子的相对主义善于从一切事物中发现矛盾，指出任何事物都是相对的，不稳定的，从而在思想上否定一切，这对反对独断论、解放思想无疑有积极意义。但是这种把矛盾引向单纯否定，认为矛盾的转化是主观任意的，进而取消人类的认识能力，否定客观真理的存在，其结果仍不免陷入另一种片面性，导致虚无主义和诡辩论。

人生观是庄子哲学的重要内容。他关于"道"的学说及相对主义认识论实际都是为了阐述他的人生哲学。庄子生活在战国中后期，与宋国末代暴君宋康王同时，康王杀人如麻，政治极端黑暗。庄子看到，这个社会充满残杀和祸患："方今之时，仅免刑焉。福轻乎羽，莫之知载；祸重乎地，莫之知避"（《人间世》）；"今世殊死者，相枕也；桁杨者（带刑具的），相推也；刑戮者，相望也"（《在宥》）。下层人民生活在这个社会，就仿佛是游于羿射程之内的猎物，被杀是必然的，生存下去却是偶然的，到处都是被残害而死的人们。他认为这个社会完全是荒谬的："窃钩者诛，窃国者为诸侯，诸侯之门，而仁义存焉"（《胠箧》）。并指出仁义道德的虚伪与罪恶只能导致人吃人的结果："夫尧畜畜然仁……后世其人与人相食与！"（《徐无鬼》）庄子的人生哲学就建立在他对社会与人生尖锐对立的揭示、对暴政吃人本质的揭露、对社会戕害人的本性和生命的深刻认识基础上。庄子特别深切地意识到在这个社会中求生存的艰难性，他主张人应该按人类的自然本性去生活，"彼正正者，不失其性命之情"（《骈拇》）；"物物而不物于物"（《山木》），"不以物害己"（《秋水》）；就是说要把人的生死、祸福、贵贱、得失、成败等统统看做是相对的、虚幻的东西,摆脱一切外在的束缚,通过在现实中的"无为"、"无用",使自己获得精神上的自由。这种以轻蔑的态度否定现实生活中的一切,包括宗法、等级、专制的社会体制,肯定人生的无限和自由,在一定的历史条件下有进步意义。但在怎样获得自由的途径上,庄子认为最重要的就是一切听其自然,求得内心的虚静:"安时而处顺,哀乐不能入"(《养生主》),"知其不可奈何而安之若命,德之至也"(《人间世》)。这种虚静要求取消人的一切欲望、情绪,甚至去掉人的知识、能力,泯灭是非之心,对现实采取鸵鸟政策,以内心的虚静超然抹杀外在的一切平与不平,进入"形若槁骸,心若死灰"(《知北游》)的境界。由此,庄子又提出了游世的态度:"唯至人乃能游于世而不僻,顺人而不失己。"(《外物》)所谓游世,就是采取一种无可无不可,与世敷衍的处世方法,"为善无近名,为恶无近刑,缘督以为经,可以保身,可以全生,可以养亲,可以尽年"(《养生主》)。司马彪解释"缘督以为经"说:"缘,顺也。督,中也,顺守中道以为常也。"实际这就是教人如何在社会的夹缝中顺应这个社会的一切,以求生存。这就使得庄子的人生哲学最终失去了与不合理现实进行抗争的积极意义,从理论乃至行动上导致人们逃避人世、抛弃社会责任,甚至瓦解人们的生存意志,使人在沉重的压迫下,安于现状,放弃抗争,有明显的庸人哲学味道。

庄子的社会政治观接受并发展了老子"绝圣弃智"、"使民无知无欲"、"小国寡民"的主张,把重点放在对"民之常性"的肯定上,设想了一个与现实截然对立的社会图景:

> 冬日衣皮毛,夏日衣葛絺;春耕种,形足以劳动;秋收敛,身足以休食;日出而作,日入而息,逍遥于天地之间而心意自得。
>
> ——《让王》

> 夫至德之世，同与禽兽居，族与万物并，恶乎知君子小人哉！同乎无知，其德不离；同乎无欲，是谓素朴。素朴而民性得矣。
>
> ——《马蹄》

这里没有君臣之别，没有苛捐杂税，人人有温饱，人人劳动，不受仁义礼智的束缚，可以任性而生，处处体现出人与人之间自然、纯朴的关系。显然，庄子的理想并不真正要倒退到人兽难分的原始社会去，而是对黑暗现实的某种逆反，反映了下层人民的利益和愿望。正是从这个理想社会出发，庄子又奋力抨击仁义礼智，他认为仁义礼智都是违反人的自然本性的，是一切罪恶之源。"且夫待钩绳规矩而正者，是削其性者也；待绳约胶漆而固者，是侵其德者也；屈折礼乐呴俞仁义以慰天下之心者，此失其常然也"（《骈拇》）。庄子关于人的自然本性与仁义礼智尖锐对立的见解，带有强烈的叛逆精神。在如何恢复人的自然本性上，庄子提出："故绝圣弃知，大盗乃止；擿玉毁珠，小盗不起；焚符破玺，而民朴鄙；掊斗折衡，而民不争；殚残天下之圣法，而民始可与论议……削曾史之行，钳杨墨之口，攘弃仁义，而天下之德始玄同矣。"（《胠箧》）事实上，这种要求抛弃一切文明的办法，在现实中根本不可能，只不过是庄子针对社会不平的愤激之辞罢了。

庄子的美学与他的哲学是交融统一的。"道"是庄子哲学的核心，同样也是他美学思想的核心。庄子从"道"的无所不在，无所不包的自由与无限性出发，认为美就产生于这种无意识、无目的的无为境界中，因而对一切不合乎"道"的人为艺术进行了猛烈的抨击与否定："故纯朴不残，孰为牺尊；白玉不毁，孰为珪璋；道德不废，安取仁义；性情不离，安用礼乐；五色不乱，孰为文采；五声不乱，孰应六律。夫残朴以为器，工匠之罪也；毁道德以为仁义，圣人之过也。"（《马蹄》)所谓牺尊、珪璋、礼乐、文采、六律等,统统是破坏了自然之美的,万物一旦失去"道"所赋予的自由自在的本性,那么,任凭人工如何雕琢也毫无"美"可言。因此,庄子认为只有毁坏一切不合于"道"的人为艺术,才能够有自由无限的"大美":"擢乱六律,铄绝竽瑟,塞瞽旷之耳,而天下始人含其聪矣;灭文章,散五采,胶离朱之目,而天下始人含其明矣;毁绝钩绳而弃规矩,攦工倕之指,而天下始人有其巧矣。"(《胠箧》)音乐、文采、雕刻等一概属于违反"道"的人为艺术,因而一概应予抛弃。只有自然无为之美,才是最高层次的美,才是真正的美。《天道》中说:"夫天地者,古之所大也,而黄帝尧舜之所共美也。"《知北游》说:"天地有大美而不言。"这个天地之大美之所以为美,就在于它充分体现了"道"的自然无为的根本特性,具有最大限度的自由和无限性,是无所比拟之美。庄子对自然无为之美的礼赞,表现了一种对人的精神自由和无限的追求,包含有不受一切利害得失束缚的意思,究其实质,是以人的本性的实现为美,这是庄子美学思想的精髓。同时,庄子还认为美不可言传,而只能意会,人们应该"得意而忘言"(《外物》)。庄子的这一思想似合乎"道"的特点,因为接触到艺术活动中的审美境界,审美感受等问题,对后世美学影响很大。

庄子在论述以自然为美的同时,对凡是合乎"道"的人为艺术,亦给予肯定。在这方面,他认为道和艺术可以相通:"通于天地者德也,行于万物者道也,上治人者事也,能有所艺者技也。技兼于事,事兼于义,义兼于德,德兼于道,道兼于天。"(《天地》)艺术不过是一种"技",在道的面前,它是微不足道的。但是道和技却存在相通之处,通过"技"的创造活动可以体现出"道"来。如《田子方》篇一则寓言说:"宋元君将画图,众史皆至,受揖而立,舐笔和墨,在外者半。有一史后至者,儃儃然不趋,受揖不立,因之舍。公使人视之,则解衣般磅礴臝。君曰：'可矣，是真画者也。'"在画史尚未挥毫之前，就已经判定其画的美与不美了，可见庄子评判美否的标准在于创作者的内心世界，在于其艺术活动是否是一种不受束缚的自由活动。如果与"道"的自由无为精神相悖，自然也就谈不到美。《达生》中又一则寓言"梓庆为鐻"，从艺术品的审美价值与艺术家创作活动的关系，进一步肯定了这种特定的艺术美。庄子认为梓庆所作的乐器鐻是美的，这不仅仅由于它的精巧，更在于梓庆为鐻时，"未尝敢以耗气"，"必斋以静心"，才达到"以天合天"的审美境界。这里提出了构思活动中内心的净化问题，说明要使"技"与"道"相通，就必须经过"忘"的步骤，忘却外在的一切，排斥功利之心。惟其如此，才能创作出体现"道"的美的艺术。因此，庄子并不完全排斥人为的艺术美，关键在于创作艺术品的艺术家能否超出个人的功利目的，全神贯注于自己的艺术活动，能否在精神上与"道"相契合。庄子对"技"的看法，深刻地揭示了艺术创作活动的根本特性，指出艺术活动当不受任何外在因素的束缚，需要有不计功利、专注于艺术的献身精神。所以，在庄子美学思想中，不仅包括否定不合于道的人为艺术，推崇自然之"大美"，也包括肯定合于道的艺术美。

庄子美学强调人的性情的自由抒发和表现，对审美活动和艺术创作的特性有深刻的认识，提倡抛弃雕琢的自然之美，这些都对后世美学产生了深远的影响。

第三节 《庄子》的寓言及其成就

庄子散文的文学成就，集中体现在他的寓言创作上。庄子的寓言在先秦诸子中，不仅数量多，而且艺术性强。《庄子》一书，"寓言十九",全书有近二百则大大小小的寓言,而且都是以"谬悠之说,荒唐之言,无端崖之辞"(《天下》)写成的。庄子往往不是用一种正面阐述或写实的方法来表述他的思想,而是以超现实的虚构、神奇怪异的想象、荒唐无稽的言辞编造虚妄荒诞的寓言故事,将他的真实思想,寄寓在这些虚妄的寓言故事之中。庄子为什么要这样大量地创作和运用寓言呢?《天下》说:"以天下沉浊,不可与庄语",因而只能"以卮言为曼衍,以重言为真,以寓言为广"。"庄语",指庄重严正的文辞;"卮言",指直接议论;"重言",指假托的历史故事和古人的言论,有时也以寓言的面目出现。这说明庄子认识到,以寓言论说思想比抽象的思辨形式具有更大的感染力,更宜于人们理解、接受。同时他又认为自己的哲学博大精深,不同凡响,而在这沉浊黑暗的社会里,又不能用庄正的言辞来表达,因而只能托之于寓言。

庄子寓言故事的内容大致可分为三类。第一类是揭露社会风气的黑暗、恶劣,讽刺统治集团的虚伪、污秽,鞭挞一切对功名利禄的追求的。《列御寇》中的"曹商使秦",写曹商出使秦国,得到秦王的欢心,赏给他百乘车,回到宋国便得意洋洋地跑到庄子面前炫耀,并且以自己的富贵奚落、挖苦庄子的贫困。庄子则以"舐痔得车"作为比喻,辛辣地揭露那些获得荣华富贵的无耻之徒,不过是靠着不择手段、卑鄙龌龊的行径才达到目的的。笔锋犀利尖刻,痛快淋漓。《外物》中的"儒以《诗》、《礼》发冢"就更像是一幅绝妙的讽刺漫画。《诗》、《礼》都是儒家所尊奉的神圣经典,而在庄子笔下,大小儒士都在干着夜半盗墓的勾当。庄子不惜笔墨地细致描绘他们盗墓的丑行,写他们一个在墓坑上惊慌失措地望风,一个在死人身上不停地摸索,得知死人口中有珠,他们竟然念起"诗云""子曰",心里却惦记着快点把珠宝从死人嘴里取出来。这一段绘声绘色、幽默谐谑的描写,深刻揭露了儒家言行的虚伪、悖谬,说明儒家所宣扬的"仁义"、"诗礼"的漂亮帷幕之后,掩盖着的却是儒士的无耻与贪婪。庄子对当时诸侯混战的黑暗、荒谬的社会现实,则以愤激之笔加以嘲弄。《则阳》中的"触蛮之战"说:

> 有国于蜗之左角者曰触氏,有国于蜗之右角者曰蛮氏,时相与争地而战,伏尸数万,逐北旬有五日而后反。

蜗牛已经够渺小,其角更微乎其微,可就在这样小的地盘上,诸侯国还要为相互吞并而残杀,造成"伏尸数万"的惨状。庄子运用幻想、夸张的手法,嘲讽诸侯战争就像在蜗角之中进行厮杀一样荒唐可笑。这类寓言,往往嬉笑怒骂皆成文章,文笔辛辣犀利,锋芒毕露,又能异趣横生,有很强的现实针对性。

第二类寓言表现庄子对理想盛世、理想人物的热烈追求和礼赞,宣扬他关于无所待的自由思想;标举其超凡脱俗的人格精神。这一类寓言,多带有浓厚的神话色彩。《逍遥游》中的"藐姑射之神"即是一篇神话式的寓言:

> 藐姑射之山,有神人居焉。肌肤若冰雪,淖约若处子。不食五谷,吸风饮露,乘云气,御飞龙,而游乎四海之外。其神凝,使物不疵疠而年谷熟……之人也,物莫之伤,大浸稽天而不溺,大旱金石流土山焦而不热。

这个高度理想化的至美神人,不食人间烟火,来去无踪,时隐时现,摆脱了一切尘世的束缚,是庄子超脱世俗的人生观的形象体现,是他绝对自由精神的外化形象。庄子用一种虚幻神秘的笔致勾画神人的形貌,着重渲染他的纯洁、神异、不同流俗,表现出神奇飘逸的特色。

《田子方》写列御寇为伯昏无人表演射箭,技艺十分高超,伯昏无人为考验列御寇的精神境界,"登高山,履危石,临百仞之渊,背逡巡,足二分垂在外,揖御寇而进之"。列御寇见状,吓得伏倒在地上,"汗流至踵"。伯昏无人说:"夫至人者,上窥青天,下潜黄泉,挥斥八极,神气不变。今汝怵然有恂目之志,尔于中(指内心)也殆矣夫。"这篇寓言从正反两个方面宣扬忘我的自由境界,认为人一旦有生死之虑、性命之忧,就会受到极大束缚,惟有像至人那样忘我,才可以上天入地、挥斥八极,获得绝对自由。庄子在描写上运用了高度的夸张,把场面渲染得惊心动魄,有很强的感染力。

第三类寓言阐发庄子处世哲学,多以日常生活中的平常事件,借题发挥,寄寓深刻的哲理。这一类寓言数量最多,意义也最复杂。如《养生主》中著名的"庖丁解牛",写庖丁为文惠君宰牛,动作优美娴熟,刀技精湛,文惠君惊叹不已,于是庖丁大发议论,引出一番宰牛与保养牛刀的宏论。庄子写这个寓言,是以筋骨盘结的牛比喻纷乱复杂的社会,以刀喻人,以刀解牛的过程比喻人在纷乱社会中的处世之径,从而说明养生之道。其中阐发的本是一种混世、游世的消极人生态度,但也透露出在那个黑暗社会里,人们进退维谷、不得不小心翼翼求得生存的真实情境。同时由于庄子能细心观察现实,形象地描绘生活,有时寓言的客观意义与作者的主观意图并不一致。"庖丁解牛"原是讲消极处世哲学的,但客观上却使人们领悟到如何掌握客观规律的问题,从方法论上能给人以启迪。《达生》中"痀偻承蜩"也是如此。孔子与弟子经过树林时,见到痀偻丈人用长竿粘蝉,就像用手拾取一样容易,孔子很惊讶,向他请教。痀偻丈人介绍自己如何经过苦练,使身躯"若厥株枸"、胳膊"若槁木之枝",终于进入全神贯注粘蝉的境界。庄子的本意在于表达"用志不分,乃凝于神"的修身养生之道,但我们却可以通过痀偻丈人的形象和庄子宛然如真的描写领悟出熟能生巧的道理。《列御寇》中的"朱泙漫学屠龙"则写了一个学屠龙的荒唐故事。朱泙漫为学屠龙的技术,耗尽千金家产,花了三年功夫才把技术学成。但世间本无龙,所以他也就最终没有用武之地。这个寓言旨在说明好高骛远、不安于虚静的境界,将受到天道的惩罚,客观上却阐述了学习要有的放矢、要避免盲目性的问题。

有些虚构的庄子言行的故事,目的仅仅在于表达庄子某一哲学思想,也可以视为寓言。如《山木》中"庄子行于山中"一节:

> 庄子行于山中,见大木枝叶盛茂,伐木者止其旁而不取也。问其故,曰:"无所可用。"庄子曰:"此木以不材得终其天年。"
>
> 夫子出于山,舍于故人之家,故人喜,命竖子杀雁而烹之。竖子请曰:"其一能鸣,其一不能鸣,请奚杀?"主人曰:"杀不能鸣者。"
>
> 明日,弟子问于庄子曰:"昨日山中之木,以不材得终其天年;今主人之雁,以不材死,先生将何处?"庄子笑曰:"周将处乎材与不材之间。"

这个故事的目的在于表明庄子企图在社会夹缝中求生存的游世态度,文笔轻松幽默,只用了富于戏剧性的两个小情节就把庄子的思想表达得生动明白。这类寓言,有些是纯粹为了将抽象的理论化为生动的形象而设的。如《齐物论》中的"庄周梦蝶",写庄子梦见自己成了蝴蝶,醒来发现自己分明还是庄周,于是就"不知周之梦为胡蝶与,胡蝶之梦为周与?"庄子称之为"物化"。这里就是要阐述万物齐一,任何事物的存在都是不真的相对主义理论,但因庄子文笔变幻、构思新奇,甚至能写出诗境来,故很为后人称道。宣颖就称其"意愈超脱,文愈缥缈"(《南华经解》)。

庄子是文学史上第一位有意大量创作寓言的作家,也是先秦诸子中寓言成就最高的作家。庄子之前的墨子、同时的孟子也都喜欢运用寓言来说明自己的理论,但他们的寓言多是扩大了的比喻,运用的目的仅仅在于为自己的理论找到一个形象化的补充形式,或者说当做论辩的一种工具,在性质上不属于有意识的文学创造。而庄子则注重以寓言本身来说明问题,以寓言特有的功能来寄托一种思想,使自己的理论以寓言的面貌呈现出来,而不仅仅把寓言作为抽象理论的附庸或例证。这是庄子寓言艺术的突出成就之一。由于寓言具有相对独立性,庄子就能展开笔墨,运用各种艺术手段,创造出一个个文学色彩浓郁、异趣横生的寓言,把自己的思想全部融化在这些扑朔迷离的小故事中。如《达生》中的"桓公见鬼",写齐桓公于泽中见鬼,归来即卧病不起,皇子告敖深知桓公欲称霸诸侯,于是借见鬼大做文章:

> 桓公曰:"然则有鬼乎?"(皇子告敖)曰:"有。沈有履,灶有髻,户内之烦壤,雷霆处之;东北方之下者,倍阿鲑蠪跃之;西北方之下者,则泆阳处之。水有罔象,丘有莘,山有夔,野有彷徨,泽有委蛇。"公曰:"请问委蛇之状何如?"皇子曰:"委蛇,其大如毂,其长如辕,紫衣而朱冠。其为物也恶,闻雷车之声,则捧其首而立,见之者殆乎霸。"桓公辴然而笑曰:"此寡人之所见者也。"于是正衣冠与之坐,不终日而不知病之去也。

寓言的寓意是说,人的精神对人的生命至关重要,既能戕害人,又能起死回生。但庄子却巧妙地虚构了一个田猎见鬼的故事,设计出一段幽默生动的情节,像剥笋一样,通过曲笔层层显露出人物的内心世界,使自己的创作意图通过形象、对话、心理描写显现出来。

其他战国诸子的寓言多取材于人们熟知的日常生活或历史传说,庄子却大量糅合、改造神话传说,把深邃的哲理寓于想象奇幻的寓言之中,创造出千奇百怪的艺术形象,开拓出新的题材领域,撰写了大量神奇莫测的神鬼寓言、动物寓言。如《应帝王》中的"儵与忽为浑沌凿七窍",写中央之帝浑沌对南海之帝儵、北海之帝忽十分友善,儵与忽为报答浑沌的恩德,想到人人皆有七窍以"视听食息",惟独浑沌没有,决定为他凿七窍,"日凿一窍,七日而浑沌死"。庄子吸取了《山海经》中"浑沌无面目"的神话,发挥出惊人的想象力,虚构出儵、忽的故事,说明以人为的创作来改造自然必然会毁灭自然。其思想是保守的,但表现形式却异想天开,新鲜奇特。前人对这则寓言十分赞赏,如刘凤苞说:"险语足以破鬼胆,奇文!妙文!"(《南华雪心编》)《至乐》中的"髑髅"更写了一个荒诞无稽的故事,创造出死亡的世界和鬼的形象:

> 庄子之楚,见空髑髅,髐然有形,撽以马捶,因而问之曰:"夫子贪生失理而为此乎?将子有亡国之事、斧钺之诛而为此乎?将子有不善之行、愧遗父母妻子之丑而为此乎?将子有冻馁之患而为此乎?将子之春秋故及此乎?"于是语卒,援髑髅枕而卧。夜半,髑髅见梦曰:"子之谈者似辩士。视子所言,皆生人之累也。死则无此矣。子欲闻死之说乎?"庄子曰:"然。"髑髅曰:"死,无君于上,无臣于下;亦无四时之事,从然以天地为春秋,虽南面王,乐不能过也。"庄子不信,曰:"吾使司命复生子形,为子骨肉肌肤,反子父母妻子闾里知识,子欲之乎?"髑髅深矉蹙頞曰:"吾安能弃南面王乐而复为人间之劳乎!"

髑髅能与活人对话,已见出庄子构思之奇,更为奇特的是,髑髅竟然宁做鬼,不愿复为人,而且还要大发一番死之快乐的议论,特别当它得知庄子欲使之复生时,反倒"深矉蹙頞",表示出极大的恐惧与厌恶,出人意想,荒诞离奇,形象地反映了庄子认为处于乱世生不如死的厌世思想。

即使一些取材于日常生活体验的寓言,庄子也能以奇异的想象创造出令人惊心动魄的文字。如《外物》中的"任公子钓大鱼",钓鱼本是常见的生活现象,但其鱼竿之长,可以"蹲于会稽,投竿东海",钓饵之多,有五十头犗牛;其鱼一跃,则白波若山,"惮赫千里";其鱼之大,"自淛河以东,苍梧之北,莫不厌若鱼者"。采用了极度夸张的手法加以表现,展现出一个近乎巨人国的世界。庄子寓言中的其他艺术形象如大鹏、小雀、海鳖、井蛙、蝼蚁、蜗牛、鲋鱼、景与罔两,也都是怪怪奇奇,大多是以幻想的形式创作出来的。庄子善于用画龙点睛的方法为人物传神写照,并且把故事写得有声有色、形神毕肖。《外物》中写庄子向监河侯贷粟,监河侯好像很慷慨地说:"诺,我将得邑金,将贷子三百金,可乎?"然而这"将得邑金"四字却活画出见死不救的伪善者的面孔。庄子接着愤愤地讲了一个"斗升之水不肯为",空许"西江之水"去救陷于车辙中的鲋鱼的故事,寥寥几笔就把一位悭吝人形象写得入木三分,跃然纸上。

《庄子》里还有一些篇幅较长的寓言,情节复杂曲折,起伏跌宕,注重写出人物的神情、动作、语言的个性特点和特定的内心活动,被视为开了寓言小说的先河。如《盗跖》写孔子自告奋勇去规劝杀人放火的"大盗"——盗跖,却遭盗跖痛斥,不得不仓惶逃走的故事。情节写得波澜起伏,人物面目逼真。这是孔子求见盗跖的情景:

> 孔子复通曰:"丘得幸于(柳下)季,愿望履幕下。"谒者复通。盗跖曰:"使来前!"

孔子趋而进，避席反走，再拜盗跖。盗跖大怒，两展其足，案剑瞋目，声如乳虎。曰："丘来前！若所言顺吾意则生，逆吾心则死！"孔子曰："丘闻之，凡天下有三德……今将军兼此三者，身长八尺二寸，面目有光，唇如激丹，齿如齐贝，音中黄钟，而名曰'盗跖'，丘窃为将军耻不取焉。"

人物的肖像、动作、语气都写得情貌毕现，足以让人如见其状、如闻其声，而且情节扣人心弦。接着，写孔子遭盗跖当头痛骂，吓得"再拜趋走，出门上车，执辔三失，目芒然无所见，色若死灰，据轼低头，不能出气"。简单几笔，抓住一些微小的细节和人物的神态，就活画出孔子失魂落魄、狼狈不堪的模样。在故事结尾处，又特意写了一段孔子遇盗跖的哥哥柳下惠的戏剧性场面，让孔子心有馀悸地仰天长叹，极为传神。故事篇幅较长，情节腾挪跌宕，首尾相应，极有节奏和波澜，很像后世的短篇小说。

第四节 《庄子》散文的风格特征

庄子散文的风格向来被认为具有"汪洋恣肆"和"恢恑憰怪"的特点。司马迁《史记·老子韩非列传》说："（庄子）善属书离辞，指事类情……其言洸洋自恣以适己。"李白《大鹏赋》赞扬其文章是："吐峥嵘之高论，开浩荡之奇言。"明人罗勉道则将庄子的散文比作天地日月间的"风云开阖，神鬼变幻"，说"古今文士，每每奇之"（《南华真经循本》释题）；清人刘熙载《艺概·文概》评论庄子之文"意出尘外，怪生笔端"，"《庄》尤缥缈奇变"。庄子散文"汪洋恣肆"、"恢恑憰怪"的风格特点表现在文章的构思、意境、笔法、语言等方面：

诡奇怪诞的构思。庄子散文如云中之龙,没有一定的程式,完全打破了一切世俗观念、世俗形象的限制,往往以"意出尘外,怪生笔端"的艺术构思,去表现自己与现实截然不同的哲学精神。在庄子的想象世界,人类社会中一切最常见、最可理解的人情事理都消失了,代之以一系列奇特、新鲜、怪诞的观念和形象。如庄子为表现他那种超凡脱俗的精神境界所虚拟的子祀等的故事:

> 子祀、子舆、子犁、子来四人相与语曰:"孰能以无为首,以生为脊,以死为尻;孰知死生存亡之一体者,吾与之友矣!"四人相视而笑,莫逆于心,遂相与为友。俄而子舆有病,子祀往问之,曰:"伟哉,夫造物者将以予为此拘拘也。"曲偻发背,上有五管,颐隐于齐,肩高于顶,句赘指天,阴阳之气有沴,其心闲而无事。跰𨇤而鉴于井曰:"嗟乎,夫造物者又将以予为此拘拘也。"
>
> ——《大宗师》

人的生死存亡被喻为人的躯体,子舆病得伛偻曲腰,五脏脉管突起,身体变形,竟然会摇晃着走到井口,像鉴赏稀世珍品一样欣赏着自己扭曲的形体,而且那么自得。子祀惟恐他厌恶自己的躯体,可子舆却说:"亡,予何恶!浸假(渐渐地)而化予之左臂以为鸡,予因以求时夜;浸假而化予之右臂以为弹,予因以求鸮炙;浸假而化予之尻以为轮,以神为马,予因以乘之,岂更驾哉!"因病变形不仅没引起子舆的丝毫悲哀,反而诱发了他变为鸡、变为弹、变为轮、变为马的想象,甚至还渴望着这种变,好像惟其如此,才能充分显示人物的不同凡响。同篇"子来将死"的一段描写也有同工之妙。子来"喘喘然将死",子犁"倚其户与之语曰:'伟哉造化,又将奚以汝为?将奚以汝适?以汝为鼠肝乎?以汝为虫臂乎?'子来曰:'……今大冶铸金,金踊跃曰:我必且为镆铘!大冶必以为不祥之金。今一犯人之形而曰:人耳,人耳!夫造化者必以为不祥之人。今一以天地为大炉,以造化为大冶,恶乎往而不可哉!'"子犁的问话已经怪诞无比,子来"铸金"的比喻却更加奇异透脱。类似这样离奇荒诞的想象之辞,以及其中所呈现出的精神境界和意趣,构成了庄子散文诡奇怪诞的特征。庄子笔下,大量的故事、人物都构思独特,《德充符》中写的兀者王骀、申徒嘉、叔山无趾、丑人哀骀它、闉跂支离无脤、瓮㼜大瘿,还有《人间世》中支离疏,《齐物论》中的南郭子綦,《徐无鬼》中那个用斧子砍去郢人鼻尖上的白粉的匠石,都是以想落天外的构思创造出来的一些畸人、怪人。就是庄子理想中的真人、至人、神人等,也不是常人所想象的一切美好东西的化身,而是"其寝不梦,其觉无忧,其食不甘,其息深深,真人之息以踵,众人之息以喉","其心忘,其容寂,其颡(脑门)頯(质朴无华)。凄然似秋,暖然似春,喜怒通四时"(《大宗师》)的怪人。庄子善以精心的构思把这些畸人、怪人写得怪怪奇奇又倜傥潇洒,使得人们公认的圣贤名流也相形见绌。

庄子构思的诡奇,还表现在他常以惊人之笔,抒写自己对社会人生的独特领悟和与世俗完全对立的观念。如《知北游》写东郭子向庄子请教关于"道"的理论,庄子为了说明道的"无所不在",有意不写那些高尚美好的东西,偏偏通过最渺小污秽的"蝼蚁"、"稊稗"、"瓦甓"、"屎溺"加以说明,既让人为其构思的不凡瞠目结舌,又表现出一种无羁无绊的自由精神。《骈拇》篇抨击儒家的仁义道德,庄子却从骈拇枝指、附赘悬疣开篇,把仁义道德说成是人本性之外长出的多馀之物,是残害人的性命之情的,然后引出自己的正面议论,构思也很奇特。庄子还常常从凡人心理的反面落笔,以反常的行为举止表现自己的独特个性。《至乐》写庄子妻死,他认为人之死就像"寝于巨室"一样安然,所以他非但不哭,反而"鼓盆而歌",与常人的行为之间形成极大的反差。

雄奇开阔的意境。庄子很善于把自己对自由无限的追求精神灌注于笔端,以挥洒自如之笔,创造出雄奇开阔的境界,表现自己对广阔天地、绝对自由的向往。《庄子》散文第一篇《逍遥游》就展现了一幅壮阔神奇的画卷:

> 北冥有鱼,其名为鲲,鲲之大,不知其几千里也。化而为鸟,其名为鹏。鹏之背,不知其几千里也。怒而飞,其翼若垂天之云。是鸟也,海运则将徙于南冥。南冥者,天池也。《齐谐》者,志怪者也。《谐》之言曰:"鹏之徙于南冥也,水击三千里,抟扶摇而上者九万里,去以六月息者也。"

几千里大的巨鲲瞬息间就变化为几千里大的大鹏,它振翎展翅冲天而飞,翅膀就像天边垂下的云影,遮天蔽日。它起飞南徙,拍击水面三千里之遥,才乘旋风直上九万里高空。这是多么壮观的景象,多么雄奇的境界!真可谓汪洋恣肆、雄奇变幻,使人体验出庄子内心蕴含着的极大力量和气魄,感受到一种涵盖宇宙的气势。接下去,庄子笔锋一转,是一段关于九万里高空景象的神奇舒缓的描写:

> 野马也,尘埃也,生物之以息相吹也。天之苍苍,其正色邪?其远而无所至极邪?其视下也,亦若是则已矣。

这里以天空高远苍茫的景象渲染大鹏飞翔的雄奇,用笔很轻,却通过对高远壮阔场面的描写,表达了人对宇宙、自然的一种思索,表现了飘逸、洒脱的个性,同时与前文的洋洋洒洒形成动与静的对称,更显出境界的深邃开阔。

《秋水》描写秋水浩荡奔腾、气象万千的景象,也很有意境:

> 秋水时至,百川灌河。泾流之大,两涘渚崖之间,不辨牛马。于是焉河伯欣然自喜,以天下之美为尽在己。顺流而东行,至于北海,东面而视,不见水端。于是焉河伯始旋其面目,望洋向若而叹。

只此淡淡几笔,就把秋日浩荡无崖的大水汹涌澎湃、苍茫磅礴的气势和水天相接的开阔境界写得酣畅浓烈。然而在"万川归之,不知何时止,而不盈;尾闾泄之,不知何时已,而不虚;春秋不变,水旱不知"的大海面前,浩渺奔流的黄河之神竟禁不住也要"望洋兴叹",那么,海的宏阔壮观也就可以想见了。通过秋水的浩大反衬出海的无比深邃、无比广阔,展现出了一幅极富意境与哲理的画面。再如《达生》中写吕梁丈人在"县水三十仞,流沫四十里"的狂涛巨澜中"披发行歌而游于塘下",也写得扣人心弦,雄奇潇洒,充满画意。

变幻神奇的笔法。庄子散文的笔法不拘一格,变化无穷,最为人所称道。清人林云铭评《逍遥游》说:"篇中忽而叙事,忽而引证,忽而譬喻,忽而议论,以为断而非断,以为续而非续,以为复而非复,只见云气空蒙,往返纸上,顷刻之间,顿成异observable观"(《庄子因》)。刘凤苞评《骈拇》说:"至其行文节节相生,层层变换,如万顷怒涛,忽起忽落,极汪洋恣肆之奇,尤妙在喻意层出叠见,映发无穷,使人目光霍霍,莫测其用意用笔之神。"(《南华雪心编》)都指出了庄子散文在体裁和层次变化上的笔法特点。《齐物论》先推出一个"仰天而嘘,答焉似丧其耦"的南郭子綦形象,构成一出精彩的序幕,再用对话串联起对"地籁"的描写,对"大知、小知、大言、小言"彼此争斗不休的精心刻画,引出玄而又玄的"齐物"之论,其中又穿插一个个生动的寓言,最后却落在奇幻无比的"庄周梦蝴蝶"的虚写之辞上。刘凤苞说:"其用笔忽纵忽擒,忽起忽落,节节凌空,层层放活,能使不待齐、不必齐、不可齐、不能齐之意,如珠走盘,如水泻瓶,如砖抛地,乃为发挥尽致也。"(《南华雪心编》)

庄子笔法的抑扬变化,还体现在字法、句法的灵活不拘上。如《天运》开篇一段:

> 天其运乎?地其处乎?日月其争于所乎?孰主张是?孰维纲是?孰居无事推而行是?意者其有机缄而不得已邪?意者其运转而不能自止邪?云者为雨乎?雨者为云乎?孰隆施是?孰居无事淫乐而劝是?风起北方,一西一东,有上彷徨,孰嘘吸是?孰居无事而披拂是?敢问何故?巫咸祒曰:"来,吾语女……"

粗看是连续十五个疑问句,仔细体会可以发现,其文意有两句一组,三句一组,四句一组,起伏跌宕,随处杂出;不同的疑问词、语气词"孰"、"乎"、"邪"、"其",造成了字句的参差起伏,而且在数问之后,又忽然生出"巫咸祒曰"一段作为回答,能给人一种抑扬错落、变化无穷之美。

异趣横生的语言。庄子的语言极其富赡,而又运用自如,富于变化。善于以不同的语言描写事物,刻画形象,进行论辩。无论摹物叙事、抒情议论,都能意到笔随,信手挥洒,形成一种异趣横生的面貌。在庄子笔下,几乎就没有什么难以描写的东西。如《齐物论》对"地籁"的描绘:

> 夫大块噫气,其名为风,是唯无作,作则万窍怒号。而独不闻之翏翏乎?山林之畏佳,大木百围之窍穴,似鼻,似口,似耳,似枅,似圈,似臼,似洼者,似污者;激者,谪者,叱者,吸者,叫者,

謞者,宎者,咬者。前者唱于而随者唱喁。泠风则小和,飘风则大和,厉风济则众窍为虚。而独不见之调调、之刀刀乎?

风是无形、不易把握的东西,但庄子却通过对风所吹过之处,众窍与风声的千差万别的铺写,用丰富多样的词汇加以表现,把风写得有形、有声、有情,给人如在目前、身临其境之感。庄子的叙事性文字则精妙新奇,饶有情趣,带有美感。往往以极经济的笔墨,三笔两笔就传达出极丰富的内容。《秋水》写惠子相梁,惟恐庄子取代自己,庄子给他讲了一个鹓雏的故事:"鹓雏发于南海而飞于北海,非梧桐不止,非练实不食,非醴泉不饮。于是鸱得腐鼠,鹓雏过之,仰而视之曰:'吓!'今子欲以子之梁国而吓我邪!"庄子用鹓雏比喻自己品德的高洁,用鸱喻惠子心胸的卑下,那个"吓"字极生动传神,又有情趣。陆方壶说:"吓,怒其声,恐夺己食也。世道交情,观此可以发一长笑。庄生直为千古写出鄙夫鄙吝之态,只以一字形之,妙哉!妙哉!"(《南华经副墨》)

庄子抒情性的文字常寄寓在貌似平淡的描写中,有时几乎不带任何修饰与雕琢,就能把满腔心绪吐露出来,写得深沉、凄迷,感人心肺。如《山木》描写送人远行的情景:"君其涉于江而浮于海,望之而不见其崖,愈往而不知其所穷。送君者皆自崖而反,君自此远矣。"《则阳》中抒写对故乡的眷念:"旧国旧都,望之畅然,虽使丘陵草木之缗,入之者十九,犹之畅然。"都能把无限的情思完全消融在这几句平淡、朴素的话语之中。

庄子的议论性文字往往融说理于叙事、抒情之中,文势奔腾跌宕,音调铿锵,有一种咄咄逼人的气势和强烈的感染力。如《齐物论》中论述人们不能"丧我"的不幸:"一受其成形,不亡以待尽,与物相刃相靡,其行尽如驰,而莫之能止,不亦悲乎?终身役役而不见其成功,苶然疲役而不知其所归,可不哀邪!人谓之不死,奚益!其形化,其心与之然,可不谓大哀乎?"文中连用了几个反问句来加强文势,其词锋的锐利,情感的沉痛,都足以感染人心。

庄子文笔的风格特点和他的哲学思想有直接关系。庄子追求与"道"相适应的"独与天地精神往来","上与造物者游,而下与外死生、无终始者为友"(《天下》)的绝对自由,这种精神使他可以摆脱现实社会的束缚,突破物与我、时间与空间、自然与社会、人与物、神话与真实等重重界限,以上天入地的气魄和千姿百态的形象、奇幻莫测的构思、汪洋恣肆的语言去表现自己的思想,形成自己独特的风格特点。同时,庄子也和屈原一样,受到荆楚文化和上古神话传说的影响。楚人"信巫鬼,重淫祀"(《汉书·地理志》),楚地风俗"信鬼而好祠,其祀必作歌乐鼓舞以乐诸神"(王逸《楚辞集注》)。庄子散文中常写到鬼的世界、神的形象,还有蜩与学鸠的神情心态,人与鲋鱼交谈对话,蝴蝶化人、人化蝴蝶,连无生命的影子也能像人一样侃侃而谈,这些奇异丰富的想象似都沾染了荆楚文化色彩。上古的神话传说也直接影响了庄子的散文风格。他的一些寓言直接取材于上古神话,更重要的是他丰富生动、上天入地的想象和神奇变幻的浪漫主义风格的形成,也从上古神话传说中汲取了丰富的养料。

第五节 《庄子》散文在文学史上的地位和影响

庄子在文学史上是与屈原并称的作家,世称"庄骚"。他的深刻的哲学思想、强烈的批判现实精神和汪洋恣肆恢恑憰怪的文章风格,开创了不同于儒家的新的文学传统,奠定了他在文学史上的地位。鲁迅说庄子"其文汪洋辟阖,仪态万方,晚周诸子之作,莫能先也"

(《汉文学史纲要》)。金圣叹甚至称《庄子》为"天下第一奇书"。

庄子在文学史上影响极大。许多著名的文学家如阮籍、嵇康、陶渊明、李白、柳宗元、苏轼、辛弃疾、曹雪芹、龚自珍等,都在思想上和艺术上受其濡染。但其影响又呈现出相当复杂的面貌。魏晋之际,社会现实极为动荡、黑暗,人人自危,何晏、王弼注《老子》,兴起玄学之风,倾动一时。一些士族文人以玄谈老庄为事,流入玄虚之境,以超脱现实。在文学上则出现了"理过其辞,淡乎寡味……诗皆平典似《道德论》,建安风力尽矣"(钟嵘《诗品·总论》)的玄言诗,这些反映了庄子影响的消极面。而阮籍、嵇康则主要继承庄子不拘礼教、任性不羁、愤世嫉俗的人格和批判现实的精神,《大人先生传》、《与山巨源绝交书》就表达了对权势利禄的蔑视,对名教礼法的否定。东晋诗人陶渊明从精神、理想、情趣、诗境上颇得益于庄子,他对"复得返自然"的由衷欣喜,对山间田园生活的恬然自乐,对"桃花源"空想社会的向往,以及不为五斗米折腰的人格精神,"乐天安命,知足保和"的人生态度,都可以看到庄子思想的影子。唐代李白更多地与庄子摆脱一切束缚、抗逆现实的精神相承,并吸收庄子"开浩荡之奇言"的艺术风格,其诗多表现对权贵的蔑视,对黑暗现实的憎恶和不傲不屈、追求自由的反抗精神,感情炽烈,想象丰富,气势磅礴,风格豪放,将庄子与屈原所开创的浪漫主义文学推上了新高峰。中唐的柳宗元是一位把庄子等先秦诸子开创的寓言发展为独立的文学样式的作家,他的寓言深得庄子寓言的精神意趣,著名作品《三戒》、《罴说》、《蝜蝂传》写得含意深远,想象奇妙,语言犀利清新又幽默风趣,颇有庄子寓言之风。宋代最透彻理解庄子妙谛的是苏轼。苏轼那种因任自然的旷达与卓尔不群的人格,几乎就是庄子个性的再现。他说:"吾昔有见于中,口未能言,今见《庄子》,得吾心矣。"(见苏辙《东坡先生墓志铭》)苏轼诗词中多流露出一种因缘自适,向山林野趣、佛家禅理求解脱的清旷之气,他的散文则具有"如万斛泉涌,不择地而出"的恣肆自然的特色,都是受庄子影响较深的结果。辛弃疾在屡遭排斥之后,也十分喜读《庄子》。他主要把庄子作为消除心中无限愤慨的排遣,试图从中寻求精神的解脱,故其作品不时流露出人生如梦、壮志难酬的感慨。辛弃疾一些抒写狂放情怀的词作,常与庄子的精神相通。明代李贽、汤显祖、徐渭、袁宏道等人在思想上标举人的真性情,肯定人欲,否定天理,在文艺上主张表现人的纯真的自然本性,揭橥"童心说"、"性灵说"等,但究其思想渊源仍与庄子有着千丝万缕的联系。清代伟大文学家曹雪芹、龚自珍也都从不同的方面接受庄子的影响。《红楼梦》中所表现的对功名利禄的否定,对传统观念的叛逆精神以及对人生的空幻感;龚自珍诗文中对封建社会的批判否定,对人格自由、人生理想的热烈追求,以及他那奇丽壮美的艺术风格,都可以看出受到《庄子》濡染的痕迹。

　　《庄子》一书,历来注本极多。传世最早的注本,有晋郭象的《庄子注》,通行本有清郭庆藩的《庄子集释》和王先谦的《庄子集解》。郭本和王本都大量收入前人的注、疏、音义以及训诂考证、校勘等成果,并附有自己的见解,为研究《庄子》的重要著述。明清时期出现了一些从文章角度评点《庄子》的著作,其中较重要的有明陆方壶的《南华经副墨》,清宣颖《南华经解》、林云铭《庄子因》、吴世尚《庄子解》、胡文英《庄子独见》、王闿运(湘绮老人)《百大家评注庄子南华真经》、刘凤苞《南华雪心编》等。这些书大都逐篇逐段逐句对《庄子》内容加以评述,尤其重视对文章的结构层次、写作技巧、艺术特色的分析,至今仍有一定参考价值。新近出版的论著中偏重于文学的有:李炳海《道家与道家文学》、宋效永《庄子与中国文学》、刘绍瑾《庄子与中国美学》、阮忠《庄子创作论》等。

第十四章 《荀子》和《韩非子》

第一节 荀子的哲学观和文艺思想

荀子名况,汉人因避宣帝讳改称孙卿。赵人,生年不可确考[1],卒年约在公元前238年以后。《史记·孟子荀卿列传》说他"年五十始来游学于齐"。《风俗通·穷通》则说:齐威、宣之世,孙卿有秀才,"年十五始来游学"。至襄王时,孙卿为老师。从其最晚活动推算,"十五游齐"说较合理。在齐国位居列大夫,并三次担任稷下学长——祭酒。曾说齐相而不能用,后遇谗去齐适楚,楚相春申君以为兰陵令,又因谗而游赵。曾聘秦,见昭王及范雎,复为春申君召回,仍任兰陵令。不久,春申君为李园所杀,荀卿乃废,老于楚。主要事迹见《史记·孟子荀卿列传》。荀子平生到处讲学,形成一大学派,治《诗》、《礼》、《易》、《春秋》,弟子有李斯、韩非等。今本《荀子》共三十二篇,除少数篇章外,大部分是荀卿自著[2]。

荀子是先秦时期重要哲学家之一。在天道观方面,他否认有意志有人格能主宰一切的神秘的"天",主张天就是客观存在的物质世界,有其自身运动变化的规律,不因人间统治者的善恶而改变。"天行有常,不为尧存,不为桀亡。"(《天论》)人们只有遵循自然规律,才能得到好的结果;如果违背自然规律,就要遭殃惹祸。他特别强调"明于天人之分",认为天道与人事无涉,社会治乱的根源要从社会本身去找。明确否认鬼神的存在,尖锐批评墨子的有鬼论。荀子着重指出,人应该发挥主观能动性,不要依赖自然,不要迷信上天,而应该利用、控制、改造自然,使之为人类服务。"大天而思之,孰与物畜而制之? 从天而颂之,孰与制天命而用之? 望时而待之,孰与应时而使之?"(《天论》)这种人定胜天的思想,是积极而可贵的。

在人性问题上,孟子主张性善,荀子则主张性恶。孟子所谓性指道德观念,荀子所谓性指生理本能。荀子认为,"目好色,耳好声,口好味,心好利,骨体肤理好愉佚,是皆生于人之性情者也",如果"从人之性,顺人之情,必出于争夺,合于犯分乱理而归于暴"(《性恶》)。所以说人性是恶的。为了避免争夺,圣人制定礼义法度,以陶铸人性,使归于善。所以,善不是"性",而是"伪"——即人为的产物。他认为圣人之性与众人之性本来是一样的,由于行业和习俗的不同才造成差异。普通人只要努力,也可以成为圣人,"涂之人可以为禹"。孟子强调发扬先天固有的良知,着重于主观的修养;荀子强调进行后天人为的改造,着重于社会的教化。他们对人性本质的理解都是唯心的,在今人看来可谓殊途而同归。

在社会观方面,荀子意识到社会性是人和其他动物的根本区别所在,人力不如牛,走不如马,而牛马为人所用,原因即在于"人能群,彼不能群也"。"人何以能群? 曰分。"(《王制》)"分"就是区分。其中,一是社会生产的分工,如农夫、工贾、泽人、山人的分别;二是贫富贵贱的等差,如王、侯、大夫、士等的不同;三是人伦关系的区分,如父子、兄弟、夫妇之别。维持这种分别秩序的总原则就是礼。所以荀子特别强调"隆礼"。荀子的礼,有别于孔子的周礼,而包含着法的内容。他说:"礼者,法之大分,类之纲纪也。"(《王霸》)又说:"由士以上,则必以礼乐节之;众庶百姓,则必以法数制之。"(《富国》)主张礼法并用,互相配合,以便为巩固封建秩序服务。

荀子推崇王道,也不排斥霸道。他针对孟子的"法先王",更强调"法后王"。孟子所谓先王是指尧舜,荀子的后王则指西周帝王。所以他有时也称赞"先王"。孟荀二人实质上都是托古改制,而非真正复古,并无根本分歧,不过荀子的革新色彩较为鲜明些。在君臣关系上,荀子主张君主集权制,强调对百姓要"严刑罚以戒其心",但又认为不能过分。他最早提出载舟覆舟以比喻君民关系,说:"君者,舟也;庶人者,水也。水则载舟,水则覆舟。"(《王制》)这些观点,对后世有一定影响。

在文学艺术问题上,荀子有许多重要见解。他强调"言必当理","凡知说,有益于理者为之,无益于理者舍之"。所谓"当理",也就是"心合于道,说合于心",否则,"凡言不合先王,不顺礼义,谓之奸言"。这是后世文学批评中"明道"、"载道"说的滥觞。荀子十分重视言辞技巧,要求"谈说之术,矜庄以莅之,端诚以处之,坚强以持之,譬称以喻之,分别以明之,欣欢芬芗以送之"(《非相》)。认为言论应该有文采,内容形式并重,"文理情用,相为内外表里"。既反对"言无用而辩"的诡辩学派,也批评"好其实不恤其文"的墨家学派。荀子的《乐论》,就是专门批判墨子的《非乐》的。他认为:"夫乐者,乐也,人情之所必不免也,故人不能无乐。"认为艺术产生于人们感情的自然流露,艺术的社会作用很大,"其感人深,其移风易俗,故先王导之以礼乐,而民和睦"(《乐论》)。艺术可以使"民齐而不乱",从而征诛揖让,莫不服从,兵劲城固,敌国不敢侵犯。荀子指出,墨子只看到艺术消费的一面,而忽视其积极的社会效益。他还强调,乐必须与"道"、"礼"结合,"以道制欲,则乐而不乱;以欲忘道,则惑而不乐",与其"隆礼"、"明道"观点是一致的。

第二节 《成相》和《赋篇》

荀子不仅是思想家,也称得上是文学家。他的《成相》和《赋篇》,已经是严格意义上的纯文学作品。

《成相》是荀子采用当时民间说唱文艺形式写成的一首政治抒情诗。"相"是一种古代乐器,也叫"拊"。《尚书·皋陶谟》:"抟拊琴瑟以咏。"郑玄注:"抟拊以韦为之,装之以糠,形如小鼓,所以节乐,一名相。"韦即牛皮,以之缝成鼓形,里面装糠。奏乐唱歌时,击相以为歌声之节,有如现代说大鼓书时击鼓为演唱伴奏一样。原用于庙堂雅乐之中,后来民间仿效,徒歌无乐击物以为节拍也叫做相,如舂米人结合杵声唱歌即是。《礼记·曲礼》:"邻有丧,舂不相。"郑玄注:"相,谓送杵声。"再进一步演变,这种有简单节拍的民间歌辞便叫做"成相辞",有如后世的渔鼓词、莲花落之类。"成"有奏的意思。这种民间文艺形式,秦汉时期颇为流行。《汉书·艺文志》著录有《成相杂辞》十一篇,可惜早已失传。1975年出土于湖北云梦睡虎地秦墓的竹简中,有一篇《为吏之道》,其中有八首韵文,句式竟与《荀子·成相》完全一致,足可证明《成相》是学习民间文艺而创作的[3]。

《成相》篇共有五十六节,每节都是五句,第一、二句各三字,第三句七字,第四句四字,第五句七字,除第四句外,每句押韵。如:

> 请成相,世之殃,愚暗愚暗堕贤良。人主无贤,如瞽无相何怅怅。

请布基,慎圣人,愚而自专事不治。主忌苟胜,群臣莫谏必逢灾。

"请成相"是开场词,有如后世说快板之第一句常用"打竹板……"而"请布基"、"请牧基"等则多用于两节之间文义转折时,以变换歌声与情调,类似现代说唱文学中的习惯套语,其确切文义已难详究。这些形式上的特征,在今天某些地方的民间文艺中仍然保留着[4]。

从内容看,《成相》篇大约作于荀子晚年废居兰陵期间。这时他已多次遭受谗毁排斥,政治上踢踏不得志,理想和抱负无法实现,楚国的政治腐败使他越来越感到厌恶。满腹牢骚,一腔忧愤,都借助于民间流行的通俗文艺形式来抒发表达。全诗分为三大段。第一大段主要论为政之本在辨贤奸,隆礼明法,用贤则治,用谗则乱。第二大段列举正反两种历史经验教训,痛陈是非反易,贤奸倒置为害之烈。第三大段正面阐述他一系列政治主张。全诗以政治主题贯穿始终,说理深刻,抒情激切,举引典型事例二十馀起,具体而警策。文辞质朴,不加雕饰,音节铿锵,抑扬顿挫,不用语气词,而有声韵之美。这样的长篇政治诗,不但在先秦时期独树一帜,在后世也不可多得。

《赋篇》可能作于春申君第二次召荀卿之时。赋的本来含义,一是赋诵之赋,即今之朗诵;二是赋比兴之赋,是《诗经》的三种不同表现手法之一,主要特征是铺张敷陈。后来逐渐发展成为"铺采摛文","体物写志"的一种新文体。一般认为荀子《赋篇》的出现具有开创新体的意义。

据《汉书·艺文志》,荀卿赋原有十篇,现存仅"礼"、"智"、"云"、"蚕"、"箴"五篇和"佹诗"、"小歌"共七部分。五篇赋构成一组,形式基本相同,都是先问后答,前半段以四字句形容描状,后半段用反诘句和直陈句解释说明。其中最生动的是《箴赋》：

> 有物于此，生于山阜，处于室堂。无知无巧，善治衣裳。不盗不窃，穿窬而行。日夜合离，以成文章。以能合纵，又善连衡。下覆百姓，上饰帝王。功业甚博，不见贤良。时用则存，不用则亡。臣愚不识，敢请之王。王曰：此夫始生钜其成功小者邪？长其尾而锐其剽者邪？头铦达而尾赵缭者邪？一往一来，结尾以为事，无羽无翼，反复甚极。尾生而事起，尾邅而事已。簪以为父，管以为母。既以缝表，又以连里，夫是之谓箴理。

这是一种非诗非文的新体裁，通篇用韵而又略有变化，句子整齐而又间以错落。对箴（针）的形体和作用，用夸张而委婉的笔法加以充分摹写，处处采用拟人方式或状以他物，事事紧扣特征，往往妙语双关，逗人揣摩猜测，意趣盎然，最后才点明题旨，有如后世之灯谜。其他如《蚕赋》、《云赋》，都是如此。至于《礼赋》、《智赋》，所赋为抽象概念，主要手法是把礼和智比譬成具体事物。从内容看，与荀子隆礼、重智的思想是一致的。从形式看，与"云"、"蚕"、"箴"三赋一样，都是"遁词以隐意，谲譬以指事"。故古人以为属于"谐隐"、"隐书"一类。

《赋篇》之末附有"佹诗"。"佹诗"意即讥评讽刺之诗，它体现了荀子对于当时社会政治的批判。一开头就是"天下不治，请陈佹诗"，接着历数种种黑暗混浊现象，进行控诉："道德纯备，谗口将将。仁人绌约，敖暴擅强。天下幽险，恐失世英。螭龙为蝘蜓，鸱枭为凤凰。"其思想情绪和屈原的《离骚》、《九章》相通。不过，荀子对未来还是充满希望，相信"千岁必反，古之常也。弟子勉学，天不忘也。圣人共（拱）手，时几将矣"。这和屈原由绝望而殉国略有不同。整个"佹诗"虽以诗命名，但句子于整齐中又稍见参差，用韵时有变换，仍然属于赋体。

最末是"小歌",作用和楚辞的"乱曰"以及《九章·抽思》篇末的"少歌"一样,是"乐章结奏之名",即尾声,用来总述前意,与"佹诗"应是一个整体。全部用四字句,而以"矣"、"也"为句尾,抒情色彩极浓郁。这首歌又见于《战国策·楚策四》和《韩诗外传》,文字稍有出入,因附在荀卿答春申君书之后,并标名"赋曰",所以有人把这首小诗称之为《遗春申君赋》,可见当时的诗和赋尚无绝对界限。

第三节　《荀子》的议论散文

除《成相》、《赋篇》以及六篇语录外,《荀子》其馀二十四篇,基本上属于专题性议论散文。

论旨明确、绵密、严谨,是《荀子》议论散文的显著特色。

《荀子》的议论散文,都有明确的论旨,突出的中心,而且用概括性的标题点明主题。如《劝学》论学习,《修身》论道德修养,《非十二子》评论各家学说,《王制》、《王霸》阐述政治思想,《君道》、《臣道》论述君臣纲纪,《富国》讨论经济问题,《议兵》议论军事,《性恶》专谈人性论等。在《荀子》以前,《老子》没有标题,《论语》、《孟子》往往撮取首章首句二三字为题,与全章内容并无联系。《墨子》开始出现标题,但那是墨家后学缀集时追加的。《庄子》某些标题含义至今费解。《荀子》首次以极简明的两个字揭示每篇中心思想,全文主旨令人一目了然,显示出作者已有自觉的写作目的。古人说:"自有《乐论》、《礼论》之类,文遂有论。"(陈骙《文则》)这一点在中国散文发展史上尤其值得注意。

《荀子》的议论散文,不再是零散缀合的片言只语,大多是立意统一、体制宏博的长篇巨制,不但结构完整,全面系统,而且气势磅礴,论证严密。有的文章,往往开宗明义,就提出最主要的论点,然后从各个角度,反复推详,步步深入,显示出综合性、总结性的气派。像《劝学》篇,一开始就从总体上说明学习的重要性,接下去四段,从正反两面论述学习的具体作用。再下面几段,论述学习中种种应注意的事项,最后归纳到学习态度上,必须坚持不懈,坚定不移。脉络分明,首尾贯通,浑然一体。有的文章则先分后合,逐段立论,鳞次栉比,井然有序,如《王制》篇。有的文章先立后破,有驳有论,萦回往复,渊雅繁富,如《富国》篇。而像《解蔽》、《正名》诸篇,剖析哲理,精微透辟,有不少见解,属于独知独见之学,发前人所未发,至今仍然闪烁着真理的光芒。

富于文采,讲究修辞,是《荀子》议论散文的又一特色。

荀子特别重视"譬称以喻之"的修辞艺术。他不仅随手拈取个别事例作为比喻,而且往往引类联翩,一举就是一大串。不但用于解释,而且据以说理,比喻即是论据,寓议于喻,喻议结合,深入浅出,生动具体,使读者既在思想上得到启发,也在情绪上受到感染。如《劝学》一篇,用喻竟达四十多个,有的整段都是比喻。如:"青,取之于蓝,而青于蓝;冰,水为之,而寒于水。木直中绳,𫐓以为轮,其曲中规,虽有槁暴,不复挺者,𫐓之使然者也。故木受绳则直,金就砺则利,君子博学而日参省乎己,则知明而行无过矣。"这是以自然物理为喻,从正面说明学习可以提高人的知识能力。紧接着说:"不登高山,不知天之高也。不临深谿,不知地之厚也。不闻先王之遗言,不知学问之大也。"这是从日常生活体验出发,从反面说明不学习就不知道事物的底蕴。"骐骥一跃,不能十步。驽马十驾,功在不舍。锲而舍之,朽木不折。锲而不舍,金石可镂。蚓无爪牙之利,筋骨之强,上食埃土,下饮黄泉,用心一也。蟹六跪而二螯,非蛇蟺之穴无可寄托者,用心躁也。"这是以正反事例对比,说明无论主观条件好坏,只要坚持不懈,用心专一,就能取得好成绩。这篇文章,充满谆谆劝勉之情,激人奋发,历来备受推重。有些警语,如"青出于蓝","锲而不舍",言简意赅,凝聚着精湛的哲理,后来变为成语,沿用至今。

《荀子》的语言,颇异于《论语》《孟子》《墨子》,已经脱离了在记录口语基础上加工的阶段,开始有意识地追求文采,讲究修饰。全书随处可见整齐对称的排比和骈偶,其运用之频繁,方式之多样,手法之娴熟,在先秦散文中是首屈一指的。如《天论》篇:

> 强本而节用,则天不能贫;养备而动时,则天不能病;修道而不贰,则天不能祸。故水旱不能使之饥,寒暑不能使之疾,祆怪不能使之凶。
>
> 本荒而用侈,则天不能使之富;养略而动罕,则天不能使之全;倍道而妄行,则天不能使之吉。故水旱未至而饥,寒暑未薄而疾,祆怪未至而凶。

两段文字,义理一正一反,字句工整相对,而一段之内,又叠用一连串并列句,排比与骈偶结合,显得紧凑绵密,详赡恳挚,而富于气势,美于诵读,便于记忆。

荀子是赋家,他的议论散文,也每每夹有韵语,有的句子和诗赋几乎难以区别,如:

> 井井兮其有理也,严严兮其能敬己也,介介(原文作"分",从王念孙校改)兮其有始终也,厌厌兮其能长久也,乐乐兮其执道不殆也,炤炤兮其用知之明也,修修兮其统类之行也,绥绥兮其有文章也,熙熙兮其乐人之臧也,隐隐兮其恐人之不当也。
>
> ——《儒效》

句法显然仿效《老子》，与《楚辞》某些地方亦相似。荀卿在楚国多年，曾深受当地文化影响，当是环境熏陶所致。

以上情况说明，荀子已经在有意追求散文语言的音乐美和节奏感以及句子整齐匀称等形式美。这是他所要求的"语言之美，穆穆皇皇"（《大略》)理论的具体实现。

《荀子》的议论散文，代表先秦议论散文的成熟。从《荀子》开始，议论散文才正式成为独立的文体，构成文学散文中的一个部类。后世常见的论说文体，既不是《论语》、《孟子》式的，也不是《老子》、《庄子》式的，而是从《墨子》开始，到《荀子》成熟，再经过《韩非子》以及汉代的贾谊等人的发展，而后绵延下来的。

关于荀子文章的特色，郭沫若做了简短的概括。他说："荀子的文章颇为宏富……他以思想家而兼长于文艺，在先秦诸子中与孟轲、庄周可以鼎足而三，加上相传是他的弟子的韩非，也可以称之为四大台柱了。孟文的犀利，庄文的恣肆，韩文的峻峭，单拿文章来讲，实在是各有千秋。"(《十批判书·荀子的批判》)

《荀子》的注本，有唐杨倞《荀子注》，清王先谦《荀子集解》，近人梁启雄《荀子简释》等。文学评点本则有明孙矿《荀子评注》，金堡、范方《荀子评》，王道焜、钟人杰《评注荀子》，清朱骏声《荀子校评》等。

第四节　韩非的政治思想和文艺思想

韩非出身韩国贵族，约生于公元前 280 年[5]，死于公元前 232 年，为人口吃，不善于言辞，却擅长写文章。他和李斯都是荀卿的学生,李斯自以为不如韩非。战国末年,韩国日益削弱,韩非很着急,曾多次上书谏韩王,而不为用,于是发愤著书。今本《韩非子》五十五篇,除个别文章为门徒所记,少数几篇疑为他人著作窜入外[6],大都出自韩非本人之手。其书传到秦国,秦王政读了《孤愤》、《五蠹》等文章,十分赞赏。李斯告诉秦王,那是韩非所作。秦王于是发兵攻韩,韩国派韩非为使者至秦,被秦留下。李斯、姚贾出于嫉妒,说韩非心向韩国,不会为秦所用,不如以过诛之,秦王乃下之于狱。李斯又派人送毒药令韩非自杀。不久秦王后悔,下令赦免,可是韩非已经服毒而死。

韩非是先秦法家的主要代表。在政治思想方面,他继承了商鞅的"明法",申不害的"任术",慎到的"乘势",把这三者结合起来,集其大成,为建立中央集权的统治提供了一整套理论武器。

所谓"法",指的是国家的成文法令。韩非认为,治国应有明确的法令,必须不分贵贱,一律遵守。"法不阿贵,绳不挠曲。法之所加,智者弗能辞,勇者弗敢争。刑过不避大臣,赏善不遗匹夫"(《有度》)。行法应该少赏重罚,严刑峻法。在他看来,天下很少有自直之箭,自圆之木,也很少有自善之民,一定要用法来约束人,才能使之就范,决不依赖说教。治国必须"远仁义"而"服之以法",刑罚比仁义更能使人少犯错误。"严家无悍虏,而慈母有败子"(《显学》)。所谓"术",指的是君主驾驭群臣的权术、手腕。韩非主张知人善用,使人尽其材,还要听言察实,因事责功。要采取各种办法防止企图实行"奸"、"劫"、"弑"的大臣,除公开的法令之外,还要有隐蔽手段,可以采取人质、禁锢以及派特务、间谍进行监视、暗杀等活动。所谓"势",指的是君主的权势地位。在韩非看来,牢牢掌握政权是至关重要的。尧如果是匹夫,就不能治三家;桀为天子,则可以乱天下,这就是势在起作用。人主如果失势,就会像飞龙失去云雾一样成为任人摆布的蝼蚁。所以他积极呼吁实行君主集权,"事在四方,要在中央。圣人执要,四方来效"(《扬权》)。还主张把权力和法令结合起来,以增强其权威性。在中国两千多年的古代社会中,君主集权制度是行之有效的。但是韩非过于崇拜权力,强调生杀予夺集于一人之身,既否认尊重民意的必要,也不承认统治阶级内部的有限民主。这就必然导致专制独裁的寡头政治。

在哲学上,韩非把老子"玄之又玄"的"道",解释成为存在于万物之中的客观规律。他说:"道者,万物之所然也,万理之所稽也。"(《解老》)天地、日月、五行、四时等自然现象以及各种社会活动,无不受"道"的支配,肯定了"道"的物质性。他还指出,"道"是可以为人所认识的,"今道虽不可得闻见,圣人执其见功以处见其形"(《解老》)。这就解除了老子的"道"的神秘性,使之成为可以理解与掌握的东西。韩非还坚决反对崇拜鬼神和卜筮占星择日之类迷信活动,具有一定的无神论思想。

韩非认为,社会历史是不断进化的。上古是构木为巢钻木取火的时代,中古是鲧禹治水的时代,近古是汤武征诛的时代,当今是"争于气力"的时代。历史条件不同,治国的方法也就各异。所以:"圣人不期修古,不法常可,论世之事,因为之备。"(《五蠹》)这种历史进化论是韩非鼓吹法治、提倡革新的理论基石,也是他批判儒墨复古的思想武器,在一定程度上是符合社会发展方向的。

韩非文艺思想的特点是重质轻文,强调实用,反对雕饰。他认为,事物之美,不在于形式,而在于内容。美的东西不需要修饰;需要修饰的东西本质上就是不美的。"礼为情貌者也,文为质饰者也。夫君子取情而去貌,好质而恶饰。夫恃貌而论情者,其情恶也;须饰而论质者,其质衰也。何以论之?和氏之璧,不饰以五采;隋侯之珠,不饰以银黄。其质至美,物不足以饰之。夫物之待饰而后行者,其质不美也。"(《解老》)他举出秦伯嫁女,妾美于公女,主人爱妾而贱公女;楚人卖珠,椟美于珠,郑人买椟而还珠两个例子,来说明过分讲究形式,反而有害于内容。基于这种理论,韩非对礼乐文化采取批判态度。对于言辞辩说,他在《难言》中提出了十几条原则,极力批评"华而不实"、"虚而无用"、"夸而莫测"、"近世谀上"、"诞而诡躁"等等现象。不过,他并没有忽视语言艺术,《说难》《难言》等篇对这方面都有足够的论述。此外,关于绘画,韩非提出了著名的画犬马最难画鬼最易的见解。"客有为齐王画者,齐王问曰:'画孰最难者?'曰:'犬马最难。''孰易者?'曰:'鬼魅最易。夫犬马,人所知也,旦暮罄于前,不可类之,故难。鬼魅,无形者,不罄于前,故易之也。'"(《外储说左上》)他还指出真正的艺术必须符合客观实际,必须在现实生活中去检验其真伪美丑。那种向壁虚构,无中生有的东西,乃是最省力最没有价值的。

第五节 《韩非子》的政论散文

《韩非子》的文章,大部分是政论文,内容丰富,体裁多样,有长篇政论,短篇杂文,驳难式的史论,纲目体的经说,以及问答体、书信体等等。它们既吸收了诸子散文的经验,又具有韩非自己的特色。

《五蠹》集中表现了韩非的社会政治观点。《五蠹》之名系仿效《商君书·靳令》中的"六虱",许多见解和商鞅的《画策》、《开塞》相近。文章批判当时盛行的"崇古"、"法古"思潮,指斥"学者"(儒家)、"言谈者"(纵横家)、"带剑者"(游侠)、"患御者"(逃避兵役者)、"商工之民"是社会的五种蠹虫,强调发展变革,反对因循守旧,这无疑是进步的。但他却走向极端,鼓吹"明主之国,无书简之文,以法为教；无先王之语，以吏为师"，导致文化上的专制主义和政治上的强权主义。文章恣纵直捷，凌厉陡削，波澜壮阔，激切负气，语挟风霜，居高临下，危言耸听，颇有些法家专断峻刻的作风，和《墨子》的质朴，《庄子》的谲怪，《荀子》的浑厚都不相同。

《说难》是专门研究游说之术的论文。一开始就点破题目，但却故意采取迂回的路线，"凡说之难，非吾知之有以说之之难也，又非吾辩之能明吾意之难也，又非吾敢横佚而能尽之难也。凡说之难，在知所说之心，可以吾说当之"。再三蓄势之后，才进而揭出，掌握对方的不同心理，从而因势利导，是游说成功的关键所在。接着，列举言说中的十二个具体问题，又提出针对上述问题而采取的十五种进言方法，再用郑武公伐胡、宋人疑邻、弥子瑕失宠等故事，说明"非知之难"，"处知则难"，与首段照应。最后以龙喉下有逆鳞不可婴，比喻人主不可犯其怒作结。文章分析缜密，论证严谨，行文明白敷畅，而又峰峦迭起，对国君性格的解剖尤其入微，逆鳞之喻，更是绝妙。

《孤愤》主要写有治国才能的法术之士与窃居要位的重臣的矛盾。深刻揭露了"当涂之人"营私舞弊，藉权固势，使人主受蒙蔽的弊端。例如，群僚百官不通过他们就得不到提升，外国诸侯不走他们的后门就办不成事，左右近习不巴结他们就不能接近君王，文人学士不阿谀奉承就找不到进身之阶。结果内外上下都给"重臣"们抬轿子，于是"人主愈蔽而大臣愈重"。文章写得最为淋漓的是智法之士的遭遇。他们"处势卑贱，无党孤特"，空怀富国强兵、澄清吏治的壮志，却徒然被当权贵族所嫉害，不是被诬陷死于"公法"，就会被暗杀死于"私剑"，招致悲惨的结局。这正是战国时期许多法家人物命运的概括，也交织着韩非本人的不幸，悲愤激越之情溢于言表。

《韩非子》有些短文，类似后世的杂感。主旨简洁明了，论议开门见山，首尾一气贯穿，虽不如长篇大论之引人注意，但也活泼有趣。如

《大体》篇,论述人君应该淡然闲静,因天命,持大体,守成理,反映了道家思想对他的影响。语言铿锵,文字流畅,读来朗朗上口。又如《忠孝》篇,认为尧舜禹汤等圣贤烈士都是不忠不孝不仁不义之人,唯有"尽力守法专心事主者为忠臣"。思想偏激,见解奇特,深为后世儒者所诟病,却对某些叛逆者和异端思想家有所刺激。其放言恣意,诡词巧辩,给后人开拓了思路。后世如嵇康、柳宗元、李贽等都受其影响。

韩非把《左传》中的"君子曰",发展为有目的有意识的驳难体史论。如《难一》、《难二》、《难三》、《难四》,这四篇文章实为一大组,共二十八个短篇,每篇各自独立,其格式都是先举史实,后发议论。作者并不是以史学家的严肃态度对历史人物作客观的评价,而是带着法家的鲜明倾向性借题发挥,以阐扬自己的政治主张。例如《难一》:"靡笄之役,韩献子将斩人,郤献子闻之,驾往救之。比至,则已斩之矣。郤子因曰:'胡不以徇(示众)?'其仆曰:'曩不将救之乎?'郤子曰:'吾敢不分谤乎?'"《左传》、《国语》对此一致肯定,韩非却提出批评。他认为,如果韩献子所斩是有罪之人,"则不可救。救罪人,法之所以败也"。因而不存在分谤问题。如果是无罪的,则不可劝之以徇,既斩不辜,又重言以徇,"不足以分斩人之谤,而又生徇之谤"。纯然从严刑峻法的原则出发,以法为衡量是非的唯一准绳。驳难丝丝入扣,有如老吏断狱,无可逃遁。韩非这种辩难文体,对后世影响甚为深远。如东汉王充《论衡》中的《问孔》、《刺孟》,唐柳宗元的《非国语》,宋苏洵的《管仲论》,苏轼《东坡志林》中的《平王》、《范蠡》,吕祖谦的《东莱博议》等,都有效法韩非的痕迹。

《韩非子》中有少数韵文,如《主道》、《扬权》,无论文字、句式、韵律、结构,都已经是成熟的新型文体。这两篇文章皆通篇用韵,或每句押,或隔句押,或多句押,自由换韵。《主道》长达八百五十馀字,首尾打成一片,句子大体整齐,而又以杂言错综其间,带有苍古的雅致。《扬权》长达一千三百馀字,绝大部分是四言,节奏感更强,用韵更有规律,而且使用大量形象化的比喻。如:"主失其神,虎随其后。主上不知,虎将为狗。主不早止,狗益无已。虎成其群,以弑其母。"以"虎"、"狗"喻奸臣,"母"喻国君,都显得妥帖、准确,形象鲜明,寓意深刻。有时还运用象征手法,近乎隐语,颇有些《周易》卦爻辞的味道。如:

　　一栖两雄,其斗嗷嗷。豺狼在牢,其羊不繁。一家二贵,事乃无功。夫妻持政,子无适从。为人君者,数披其木,毋使木枝扶疏。木枝扶疏,将塞公闾,私门将实,公庭将虚,主将壅围。数披其木,无使木枝外拒。木枝外拒,将逼主处。

运用各种比喻,反复强调强化君主集权防止大臣专权的重要性,极其生动、警辟。

韩非的散文,得到后世(尤其明清)一些文学评论家的欣赏[7]。

第六节　《韩非子》的寓言故事

在韩非之前,寓言故事都是零散地存在于诸子散文或历史散文之中,充当说理的一种手段或叙事的一个部分。到韩非手里,开始有系统的收集整理,而后分门别类编辑成为各种形式的寓言故事集。像《内外储说》、《说林》、《喻老》、《十过》等篇即是。这几篇共有寓言故事二百七十馀则,占《韩非子》全书三百一十馀则故事的百分之八十七,其馀不到四十则故事散见于其他各篇。这种现象说明,韩非已经把写作寓言摆在重要地位。从此以后,中国古代寓言不再是陪臣附庸,而上升为强宗大国,进入了新的发展阶段。

《韩非子》的寓言,最精彩的首先是那些嘲笑愚人的滑稽故事和带有箴诫性的民间传说。它们大多是在人民群众口头流传的基础上记录和再创作的结果,有一些可能是韩非匠心独运创造的。其中人物大都无名无姓,描写的现象虽然在社会生活中确实存在,但并非真实的记载。故事情节基本上出于虚构,或者经过大胆夸张。作家的目的并不在于如实地再现生活,而在有效地表现思想。因此,它们是抽象思维的具体化,是理性与形象的有机统一,具有深刻的哲理性和尖锐的讽刺性,闪烁着智慧的光芒。有些故事,形象大于思维,客观意义往往超出作家的主观意图,具有不朽的魅力,一直被认为是古代寓言的代表作。例如:

> 楚人有鬻盾与矛者,誉之曰:吾盾之坚,物莫能陷也。又誉其矛曰:吾矛之利,于物无不陷也。或曰:以子之矛陷子之盾,何如? 其人弗能应也。
>
> ——《难一》

韩非曾两次运用这个寓言来批驳儒家。它客观上阐明了一个重要的哲学命题:两种互相否定的说法不能同时成立,肯定一个必然否定另一个;如果同时承认它们,就会使思维陷入自相矛盾,无法自圆其说。这是对形式逻辑三大规律之一的矛盾律的天才概括。又如:

> 宋人有耕田者,田中有株,兔走触株,折颈而死,因释其耒而守株,冀复得兔。兔不可复得,而身为宋国笑。
>
> ——《五蠹》

这体现了作者对偶然与必然的关系的深刻理解。兔走触株是极偶然现象,那位宋人却当成经常发生的必然规律,结果当然是可笑的。韩非意在批判"以先王之政治当世之民"的保守主义者,读者却可以从中得到不要墨守成规、死抱老经验不放等教训。

《说林上》记:鲁人善织屦,其妻善织缟以为冠,他们打算跑到越国谋生。而越人都是光脚不穿鞋,披发不戴帽的。于是有人预测这位鲁人将无事可干,挨饿受穷。这就告诫人们,凡事要从实际出发,扬长避短,否则就会碰壁。

韩非的许多寓言,给迷信书本、崇拜教条的本本主义者以辛辣的嘲讽。如:

> 郑人有且置履者,先自度其足,而置之其坐,至之市而忘操之。已得履,乃曰:吾忘持度。反归取之。及反,市罢,遂不得履。人曰:何不试之以足?曰:宁信度,无自信也。

——《外储说左上》

这种宁可相信尺码而不肯信自己脚的愚人,不但古代有,现代也存在。而像"郢书燕说"一类望文生义、穿凿附会的书呆子,直到如今也并没有消失。

对于当时社会上流行的种种"愚诬"、欺骗行为,韩非鞭挞不遗余力。如"滥竽充数"中不学无术混在乐队里吃大锅饭的南郭先生,教燕王学不死之道,学生未到先生已死的假神仙,自称能在棘端雕成母猴却拿不出刻削刀具的骗子(均见《外储说左上》),作者都让他们原形毕露,大出其丑。这些寓言,形式十分简短,结构极为紧凑,语言凝炼犀利,很能发人深思。有时让你会心地微笑,有时则让人嗤之以鼻。手法和现代的漫画、相声有相通之处。

《韩非子》中有大量历史故事,作者不像其他先秦诸子那样仅仅作为例证和借鉴,而是根据现实的需要,按照古为我用的原则,有目的地改编历史,重新塑造古人,并且用艺术化的方法去补充编排历史的细节。于是这些历史故事,不再是确凿可靠的信史,而成为历史寓言,有的甚至含有历史小说的因素。

例如孔子在《韩非子》中,竟然以法家面貌出现。一次鲁国积泽大火,将殃及国都,众人尽逐兽而不救火,鲁哀公问计于孔子。孔子说:"事急,不及以赏……请徒行罚。"于是下令:"不救火者比降北之罪,逐兽者比入禁之罪。"令下未遍而火已救(见《内储说上》)。又一次,子路为郈令,以其私粟饷筑长沟之工人。孔子竟覆其饭,毁其器,训斥说:"夫礼,天子爱天下,诸侯爱境内,大夫爱官职,士爱其家,过其所爱曰侵。今鲁君有民而子擅爱之,是子侵也,不亦诬乎?"(《外储说右上》)孔子上述观点,纯属法家理论,没有半点儒家味道。宋人王应麟已看出,这是"法家侮圣言"而"托于仲尼"。此外,《韩非子》中的商汤、文王、叔向等人物形象,竟都是惯于耍弄权术的老手,与儒家所记大相径庭。这种现象,从思想史看,是儒法两家激烈斗争的反映;从文学史看,是历史故事向历史寓言、历史小说转化的起步。

《韩非子》有些历史故事的细节描写十分精彩,富于戏剧性,显然是作家夸张渲染甚至虚构想象的产物,未必有多少历史依据。《内储说下》所记"晋平公炮人辩炙有发"故事,就是从《晏子春秋》"晏子谏杀养马人"学来的,但是更见匠心。一开始就突出平公之盛怒,他下令"趋杀炮人,毋有反令",气氛十分紧张。接着写炮人呼天,自请三罪。戛然一转,出乎读者意料。晏子的谏辞正言若反,主要从对国家的政治影响着眼。炮人的自讼则紧紧抓住眼前的三条明显的矛盾:"臣刀之利,风靡骨断而发不断";"桑炭炙之,肉红白而发不焦";"炙熟,又重睫视之,发绕炙而目不见"。如此不合情理,言之凿凿，足见有人陷害，然而却以反语出之。后来李斯的《狱中上二世书》就是模仿这种笔法。

此外如"扁鹊见蔡桓公"（《喻老》），旨在证明"图难于其易，为大于其细"的哲理。作者详细叙写扁鹊初见、再见、复见以及最后一见时蔡桓公的不同反映，步步深入，蓄气为文，最后故作惊人之笔："扁鹊望桓侯而还走"，因为这时桓公的病已深入骨髓，不可救药了。这个故事有意追求耸人听闻的言语动作而又极力加以渲染，很有些小说的味道，是不能当做真实历史看待的。

《韩非子》的注本中，较好的是清末王先慎的《韩非子集解》以及今人陈奇猷的《韩非子集释》、周勋初修订的《韩非子校注》。文学评点本有明门无子《韩子迂评》，沈津《韩非子类纂》，无名氏《韩非子评林》（明刊本，日本《尊经阁文库》藏），凌瀛初《韩非子评注》，孙𨥆《韩非子批点》，张榜《韩子纂》，赵如源、王道焜《合校评点韩非子》，清张道绪《韩非子选》，日本藤泽南岳《评释韩非子全书》（明治十七年刊本）等。

〔1〕 有主张约生于公元前313年、335年、336年等不同说法。多数学者主张不得早于前298年。

〔2〕《大略》、《宥坐》、《子道》、《法行》、《哀公》、《尧问》等六篇语录体文章，学者一致认为是荀子门人所纂述。《议兵》记临武君与孙卿议兵于赵王前，《儒效》篇有孙卿子对秦昭王问，《强国》篇有孙卿对应侯问，这几篇当是他人所记录。有人认为《仲尼》篇观点与全书体系矛盾，可能是其他学派著作窜入。

〔3〕 如："凡戾人，表以身，民将望表以戾真。表若不正，民心将移乃难亲。操邦柄，慎度量，来者有稽莫敢忘。贤鄙既治，禄伍有续孰乱上？"（见《睡虎地秦墓竹简》，文物出版社1978年版）后世亦有仿作，如元钱天祐《叙古颂》（见《永乐大典》古字号卷10888）。

〔4〕 参看杜国庠《杜国庠文集·论荀子的〈成相篇〉》、方孝博《荀子选·

成相篇》附录:《关于成相辞的名称来源及在文学史上的地位》。

〔5〕 韩非的生年,陈千钧主张在韩釐王初年(公元前294年以后),见《学术世界》一卷二期《韩非新传》。陈奇猷主张在韩襄王十四年(公元前298年前后),见《韩非子集释》附录《韩非年表》。

〔6〕 关于今本《韩非子》部分作品的真伪,历代学者曾提出怀疑。不少人指出:《初见秦》的内容又见于《战国策·秦策》,首句为"张仪说秦王曰",肯定不是韩非所作,但也不一定出于张仪,而可能是范雎或蔡泽所作。《存韩》前段明言为韩客所上书,后半段为李斯驳书。《有度》言及荆、齐、燕、魏之亡,《饰邪》言及赵、魏之亡,皆韩非死后事。《饬令》与《商君书·靳令》内容大同小异,这几篇很可能是他人的作品而为《韩非子》编者所附录。有的篇章可能是弟子所记述(如《问田》),还有的篇章像是未定稿、素材或写作提纲,与先秦其他古书多有重复。《四库全书总目提要》认为,"疑非所著书本各自为篇,非没之后,其徒收拾编次以成一帙,故在韩在秦之作均以收录,并其私记未完之稿亦收入书中。名为非撰,实非非所手定也。"

〔7〕 如明张鼎文《校刻韩非子序》说:"其书出自先秦,载古人事多奇倔,后世儒者赖以为据。古今学官列于诸子,与经史并行。其文则三代以下一家之言,绝有气力光焰。秦王读之,已有'寡人得见斯人死不恨矣'之叹。况千载之下,举业害文,大伤气格,学士选其近正者读之,未必不如更帜易令,登陴一鼓,以助三军之气也。"

明王世贞《合刻管子韩非子序》说:"韩非子,韩之疏属公子也,有所著述以发其蓄,而鸣其不平。其于文也,峭而深,奇而破的者也,能以战国终者也。"

明陈深《韩子迂评序》说:"今读其书,上下数千年,古今事变,奸臣世主,隐微伏匿,下至委巷穷间,妇女婴儿,人情曲折,不啻隔垣而洞五脏……非死至今,千八百年矣,而书不磨灭。唐宋以来,病其术之不中,黜而不讲。故其文字多舛驳而不雠,市亦无售。近世之学者,乃始艳其文词,家习而户尊之,以为希世之珍。"

明门无子《刻韩子迂评跋》说:"余晚年最爱韩子,论事入髓,为文刺心。求之战国之后,楚汉之先,体裁特异,余甚珍之。"

明茅坤《韩子迂评后语》说："其书二十卷,五十三篇,十馀万言。纤者,钜者,谲者,奇者,谐者,俳者,欷歔者,愤懑者,号呼而泣诉者,皆自其心之所欲为,而笔之于书,未尝有所宗祖其何氏何门也。一开帙而爽然,眘然,赫然,渤然,英精晃荡,声中黄宫,耳有闻,目有见。学者诚以严威度数为表,慈悲不忍伤人为实,而以观其权略之言,则可藉以整世而齐民,如执左契而无难矣。"

明汤宾尹《历子品粹·读韩非子》说："读其书,文机鼓舞,笔端有舌,老于人情世故,一切病根利害,都被说破……无纤毫尘障气,治文家祖得此法,笔必不窘,词亦迎眸。"

第十五章 《晏子春秋》和《吕氏春秋》

第一节 《晏子春秋》及其民本思想

《晏子春秋》亦名《晏子》,是春秋时齐国著名政治家晏婴的言行录和故事集,也是我国古代第一部以写人为轴心的传记作品。

《晏子春秋》书名最先见于《史记》。司马迁说"吾读管氏《牧民》……及《晏子春秋》",又说"其书世多有之"(《史记·管晏列传》),可见其在西汉前期作为专书已流传甚广。1972年山东临沂银雀山汉墓中出土《晏子》残简,今本八篇皆有发现,可以肯定它是先秦时代的作品。晏婴作为受到人民尊敬的政治家,死后人们收集其材料,追记其政绩,这样就产生了《晏子春秋》。其书大概编成于战国中期。书中没有战国后期诸子铺张扬厉的习气,从其地名、风俗、方言等特点看,作者应为齐人;又多次称扬田氏,预言田氏将得齐,因此可能成书于田氏代齐之后的一段时期[1]。西汉后期,刘向曾整理过《晏子春秋》,将原先各种版本的三十篇、八百三十八章去其重复,定为八篇、二百一十五章。其后刘歆《七略》、班固《汉书·艺文志》以及《隋书》、《旧唐书》的《经籍志》都曾著录。

《晏子春秋》主要反映了春秋战国时代勃兴的"民本思想",代表了新社会思潮中卓有远见之士对人民地位与作用的再评价,从而折射出那段历史的时代精神。书中通过晏婴等人的言论和活动,旗帜鲜明地提出"以民为本"的思想,是在人文意识方面最有价值的新思维。如《内篇问下》记载晏子说:"卑而不失尊,曲而不失正者,以民为本也。"全书有三分之二以上的篇幅,谈及"民"或有关"民"的问题,把端正统治者对人民的态度以及采取优待人民的措施作为开明方针揭示出来,放在最显要的地位。

　　《晏子春秋》记载了晏婴对人民的力量与作用的清醒评估。他认为"民"是国势强劲的根本因素,只有"能爱邦内之民"、"重士民之死力者",才能够"威当世而服天下"(《内篇问上》一)。唯有"国安民和,然后可以举兵而征暴"(《内篇问上》三)。认为"民"跟治乱息息相关,如果失去民心,就非常危险:"乱纪失民,危道也"(《内篇谏下》十二)。他主张统治者必须审时度势,紧紧依靠人民,凭借人民力量才可以办成各种事情:"谋度于义者必得,事因于民者必成。"(《内篇问上》十二)强调国君要"先民而后身"、"薄于身而厚于民";"勿与民为仇","无得罪于民"。多次直指齐景公陷民之过,警告说:"君得罪于民,谁将治之? 敢问:桀纣,君诛乎,民诛乎?"(《内篇谏上》十三)意为若得罪于国民,人民就会像推翻夏商末代暴君那样推翻齐国统治,"民诛"惨剧就会重演。

　　《晏子春秋》鲜明地提出"爱民"的口号,反对不择手段虐害百姓。《内篇问下》记载叔向与晏子论德行,晏子明确提出:"意莫高于爱民,行莫厚于乐民。"把"爱民"意识注入伦理观念,看做最高的道德标准和行为规范。又认为"意莫下于刻民,行莫贱于害身",对残害人民的行为表示极端的痛恶。此外他提出"安民"、"富民"、"惠民"、"利民"、"顺民"、"乐民"等建议,与"爱民"相表里,将"爱民"

口号具体化。指出像田氏那样对人民"慈惠"的人将拥有齐国。"公弃其民,而归于田氏……今公室骄暴,而田氏慈惠,其爱之如父母,而归之如流水,欲无获民,将焉避之?"(《内篇问下》十七)获得人民就可以获得政权,这是春秋时期从人文角度对政权观念的最高层次的认知,是《晏子春秋》为统治者提供的直观的然而却是最重要的理性思考。

于是,晏子提出一系列以"爱民"为特点的政治措施。他主张对人民实行比较宽松的政策,保护人民,薄敛节用;反对"穷民财力",浪费奢靡。强调统治者应"俭于藉敛,节于货财,作工不历时,使民不尽力,百官节适,关市省征,山林陂泽,不专其利,领民治民,勿使烦乱,知其贫富,勿使冻馁,则民亲矣"(《内篇问上》二十六)。就是要放松政权约束,关心民瘼,与民同利。提出征取民间财物要有节制,应"权有无,均贫富,不以养嗜欲"(《内篇问上》十一)。他要求齐景公"法圣王之节俭",做到"上下同乐",经常毫不容情地批评景公穷奢极欲,不关心百姓死活,"费财乏民","为上而忘下,厚藉而忘民"。说齐景公"府粟郁而不胜食,又厚藉敛于百姓,而不以分馁民……委而不以分人者,百姓必进自分也"(《内篇谏下》十九),向腐朽的统治者鸣响警钟:不可对平民百姓过分压榨,否则其财物将被百姓"自分"。他又主张省刑宽禁,实行礼治和法治;反对滥施刑罚,残民以逞。"其政:刻上而饶下,赦过而救穷。不因喜以加赏,不因怒以加罚,不从欲以劳民,不修怒而危国。"(《内篇问上》十七)要求用"礼"来影响人民,认为"礼"是"民之纪";同时严格法治,"刑罚中于法"。多次指责齐景公治国无道,严刑滥罚,搞得齐国"踊贵而屦贱","藉重而狱多,拘者满圄,怨者满朝"。为此他坚决拒绝任治狱之官,反对齐景公暴戾恣睢,杀人任情,谏诛骇鸟野人,谏诛醉而犯景公所爱之槐者,谏囚斩竹者,谏诛搏治之兵等等,目的都在于实现"爱民"。

《晏子春秋》所反映的以"爱民"为主旋律的观念,是春秋战国磅礴而起的"民本"思潮的一部分,有的可能属于晏婴本人的意识,有的则是记述者所附益。其薄敛节用的思想与墨子的主张比较接近;"民诛"和"上下同乐"的说法与孟子的思想有相似之处;主张"礼"与"法"兼用,则是荀子的礼法合一理论的先声。这些意识,代表了社会转型期关于调整政权与人、人与人的总体社会关系的积极见解。

第二节　晏子艺术形象的塑造

　　《晏子春秋》是我国古代第一部全书以描述一个人为中心的传记文学作品。它围绕晏婴的生平活动,塑造了具有多重性格特征的艺术形象晏子,最早在写人的领域表现出独特的成就。

　　晏婴在齐国历史上是与管仲齐名的杰出政治家,历事齐灵公、庄公、景公,辅佐朝政五十馀年。《左传》对晏婴的政绩有许多生动的记载,有的事迹与《晏子春秋》相似。《晏子春秋》以掇拾晏婴的轶闻遗迹为主,写成二百多则故事。这些故事围绕晏婴一人为轴心,各篇互相独立,又互为补充,从不同的方位和视角显示了晏子的形象。手法是因事以见人,既继承了《国语》、《左传》等著作注重历史真实的优点,又吸收民间传说中善于夸张遥想的长处。那些记述晏婴重大政治活动的内容可能来自《齐春秋》,大多符合历史真实,细节则多少经过特写式的修饰加工;有的则属于民间传说性质,如"御者之妻"、"北郭骚"、"二桃杀三士"等,不能完全视为信史。这种对历史真人综合使用多种手段着意塑造的结果,使晏子的形象呈现出某种艺术上的审美特质,不同于自然记叙的实录。

　　《晏子春秋》通过记述重大历史事件和许多生活琐事,运用典型事件和生活细节，层层渲染和刻意描绘了晏子这个忧国忧民的社稷重臣。他一心为国，高瞻远瞩，胸怀磊落，生活俭朴。《内篇杂上》记载崔杼弑齐庄公，是齐国历史上的大事。晏子在政变发生之后既不殉庄公死，也不逃，亦不归。他认为："君民者，岂以陵民？社稷是主……君为社稷死则死之，为社稷亡则亡之。若君为己死而为己亡，非其私昵，孰能任之？"既不盲从荒淫的昏君，也不支持弑君的乱臣，表现出忠于国家社稷的独立操守。崔杼弑君，用武力胁迫将军大夫参加他的叛乱同盟：

> 为坛三仞，坎其下，以甲千列环其内外，盟者皆脱剑而入。唯晏子不肯，崔杼许之。有敢不盟者，戟钩其颈，剑承其心，令自盟曰："不与崔、庆而与公室者，受其不祥。言不疾，指不至血者死！"所杀七人。次及晏子，晏子奉杯血，仰天叹曰："呜呼！崔子为无道而弑其君，不与公室而与崔、庆者，受此不祥！"俛而饮血。崔杼谓晏子曰："子变子言，则齐国吾与子共之；子不变子言，戟既在脰，剑既在心，唯子图之也！"晏子曰："劫吾以刃，而失其志，非勇也；回吾以利，而倍其君，非义也……今婴且可以回以求福乎？曲刃钩之，直兵推之，婴不革矣！"

崔杼利诱威胁，剑戟加身；晏子大义凛然，坚贞不屈，义正辞严，使得崔杼终不敢加害。出门之后，车夫吓坏了，想要驱车赶快跑掉。晏子泰然自若，抚其手曰："徐之！疾不必生，徐不必死！"按辔成节而去。矛盾骤起，情节跌宕，气氛紧张。在激荡的形势下，晏子如中流砥柱般的形象，被凸现了出来。

晏子身为齐相，是功业赫奕的三朝元老，却谦恭克己，自奉甚薄，过着清淡俭朴的日子，与他的职权地位很不相称。《晏子春秋》有近二十章记述晏子的生活,关于他自甘淡泊的传奇性描摹甚多。他穿的是"缁布之衣,麋鹿之裘",吃的是"脱粟之食,五卵、苔菜而已",乘的是"栈轸之车,而驾驽马以朝"(《内篇杂下》十二、十九)。齐景公屡次要给他封邑、车马、衣裘、千金之赐,他都谢绝了。他的住宅近市,"湫隘嚣尘,不可以居",景公多次要为他更换,他都不肯。他身居一人之下,万民之上,却有极难能可贵之处,不嫌妻老,不娶公女,不纳私奔,君有赏赐,必以分人。在他的周济之下,"父之党无不乘车者,母之党无不足于衣食者,妻之党无冻馁者,国之闲士待臣而后举火者数百家"(《内篇杂下》十二)。景公要赐平阴和棠邑给他作禄邑,晏子坚决拒绝。

> 公曰:"然则曷以禄夫子?"晏子对曰:"君商渔盐,关市讥而不征;耕者十取一焉;弛刑罚——若死者刑,若刑者罚,若罚者免。若此三言者,婴之禄,君之利也。"
>
> ——《内篇杂下》十六

晏子示意景公:只要对人民实行三项宽松政策,就可以算作给予俸禄了。可见他力辞俸邑,躬行节俭,是考虑国民百姓。从这里可以透视出他灵魂的高尚,克己为民,与其一贯"爱民"的意识相契合,使他的形象放射出特殊的光彩。

《晏子春秋》有时拾取某些具有典型对比特征的事件,衬托出晏子谦恭下士、举贤任能等可贵品质;以众星拱月之笔,行旁衬反托之妙,某些反面或次要人物,与晏子形象相比显得卑微猥琐。比如晏子御者之妻要求与丈夫离异,因为她亲见晏子长不满六尺,相齐国,名显诸侯,却非常谦虚,"观其出,志念深矣,常有以自下者";但是她那个丈夫"身长八尺,乃为人仆御",却"意气扬扬,甚自得也"。后来御者接受批评,变得谦损自抑了,晏子得知,就举他为大夫(《内篇杂上》二十五)。这是通过他人眼光比较,侧面衬托出晏子谦恭下士的雅度。《内篇杂上》十二还描写了一个典型故事:齐景公半夜找人饮酒,先到晏子家,"晏子被玄端,立于门曰:'诸侯得微有故乎?国家得微有事乎?君何为非时而夜辱?'"景公说要与他共"酒醴之味",晏子不肯。于是景公又到司马穰苴家,司马穰苴披甲操戟问:"诸侯得微有兵乎?大臣得微有叛者乎?君何为非时而夜辱?"司马穰苴亦不肯与饮,景公又转到梁丘据家。梁丘据"左操瑟,右挈竽,行歌而出",乐滋滋地迎接景公。晏子和司马穰苴,一个是心系国事的政治家,一个则是随时准备战斗的军事家;景公与梁丘据,则是只图寻欢作乐的昏君佞臣。从这件事中,四个人的形象都得到了个性化的呈现。

晏子又是一个充满睿智的诤臣。《晏子春秋》抓住一些偶然、巧合的时机,表现晏子善于讽谏的超人智慧。他对国君的讽谏权变多样,必要时婴鳞直谏,面折廷争,有时又迂回出击,运用策略,正言反说,欲抑先纵。如齐景公所爱之马死,欲诛养马圉人,晏子故意说,让我数落他的罪过,就对圉人说:"使公以一马之故而杀人,百姓闻之,必怨吾君;诸侯闻之,必轻吾国。汝杀公马,使怨积于百姓,兵弱于邻国,汝当死罪!"(《内篇谏上》二十五)表面上责备圉人,实际批评景公。手法颇似《国语·晋语》记叔向谏晋平公杀竖襄事。晏子以踊贵屦贱谏景公省刑更为有名:

公笑曰:"子近市,识贵贱乎?"对曰:"既窃利之,敢不识乎!"公曰:"何贵何贱?"是时也,公繁于刑,有鬻踊者。故对曰:"踊贵而屦贱。"公愀然改容。公为是省于刑。

——《内篇杂下》二十一

晏子因景公"繁于刑",刖人之足甚多,所以答以"踊贵屦贱",使景公愀然震动。旁敲侧击,表现了晏子善于策略地选择机会,巧下针砭,收到讽谏之效。

晏子还是才辩卓荦的外交家。他多次出使晋、楚、吴、鲁,均不辱使命,在唇枪舌剑的场合表现非凡。《晏子春秋》抓住典型场面,利用夸张屈曲的笔调,描写晏子面对吴王、楚王的执意挑衅,睿智超群,相机反击,捍卫了齐国的尊严。晏子与楚王的几场斗智写得尤为精彩。晏子出使楚国,楚王用晏子长得矮小的特点当众侮辱他,特意开了个小门,要他从小门进入。晏子并不马上翻脸,而是巧妙地按入乡随俗的原则提出责问:出使狗国才从狗门入,难道楚国是狗国吗?委婉却严厉地斥责了对方。楚王没占到便宜,又使人伪为齐盗:

酒酣,吏二人缚一人诣王。王曰:"缚者曷为者也?"对曰:"齐人也,坐盗。"王视晏子曰:"齐人固善盗乎?"晏子避席对曰:"婴闻之,橘生淮南则为橘,生于淮北则为枳,叶徒相似,其实味不同。所以然者何?水土异也。今民生长于齐不盗,入楚则盗,得无楚之水土使民善盗耶?"

——《内篇杂下》十

果树异地则变味虽是古人的误解,但晏子利用它作类比,反客为主,先迂回后出击,反而辛辣地嘲讽了楚国才是专出盗贼的土壤,赢得了外交斗争中的这一回合,表现了他超凡的机敏与雄辩。

《晏子春秋》作为传记文学还有许多不成熟之处,如材料琐碎分散,仅能视为小故事,缺乏组织整理,有重复、堆砌现象;信史与民间传说杂糅,使晏子形象不够统一,甚至记录了一些有损于晏子形象的内容。不过,全书还是达到了为晏子立传讴歌的目的。《四库全书总目提要》说它"虽无传记之名,实传记之祖",是符合实际的。

阅读《晏子春秋》,可参看孙星衍《晏子春秋音义》、张纯一《晏子春秋校注》、吴则虞《晏子春秋集释》等书。

第三节 《吕氏春秋》及其杂家思想

《吕氏春秋》是我国古代第一部有组织有计划集体编撰的大型学术著作,主编者是吕不韦。

吕不韦(前290？—前235),卫国濮阳(今河南濮阳)人。秦庄襄王时,曾任丞相,封文信侯。庄襄王死,太子政(即后来的秦始皇)立,吕不韦被尊为相国,号称"仲父"。吕不韦先后掌握政权十三年,在秦国奉行耕战拓地的政策,对秦国的强大做出贡献。吕不韦执政后期,用重金招揽人才,组织编撰《吕氏春秋》。司马迁说:"当是时,魏有信陵君,楚有春申君,赵有平原君,齐有孟尝君,皆下士,喜宾客,以相倾。吕不韦以秦之强,羞不如,亦招致士,厚遇之,至食客三千人。是时诸侯多辩士,如荀卿之徒,著书布天下。吕不韦乃使其客人人著所闻,集论以为八览、六论、十二纪,二十馀万言。"(《史记·吕不韦列传》)这就是《吕氏春秋》的编撰过程。成书时间应为公元前241年[2]。写定以后,"暴之咸阳市门,悬千金其上,有能增损一字者与千金"(高诱《吕氏春秋序》),是吕不韦自信无懈可击的一部著作。

《吕氏春秋》体制庞大、新颖,创造了崭新的构架系统,是我国第一部有严密体系的书籍,实为后世类书的鼻祖。全书分为"十二纪"、"八览"、"六论"三大部分。所谓"十二纪",就是按春夏秋冬四季顺序来编排内容,每一季又分孟、仲、季三纪,每月一纪;每"纪"有五篇文章,纪首为月令,共六十篇(实为六十一篇,季冬纪附有《序意》一文)。论文的思想内容以四季相配,各有侧重。春纪以论生为主,夏纪以谈乐为主,秋纪以讲兵为主,冬纪以言死为主。纪体以十二月为纲,分类论理,在生、死、乐、兵的大范围内充实杂家多侧面的哲学意识与政治主张。尽管十二月与事理原本并无必然联系,但这是一种"天人合一"意识,这样组织材料,编排纲目,可以看出作者力图为复杂繁芜的思想内容设计合宜的新构架的匠心。"八览"是八组专题论文,每一"览"下有八篇文章,共六十四篇[3],"六论"是六组专题论文,每组又有六篇文章,共三十六篇。这样,全书共有文章一百六十篇,是一部十七万三千多字的巨著。从总体结构上看,显得整齐划一,有纲有目,杂而不乱。从各篇体制看,也体现了拓新的特点。其一是篇目定数。全书一百六十篇的题目一律为两个字,而且全部以意名篇。其二是篇幅短小。一般都是几百字,最短的《不二》篇只有一百六十多字,较长的如《本味》、《慎大》也不足千字。每编只论一个问题,集中而完整。几个单篇组合起来,就形成某种思想的系列。如《劝学》强调学习的重要性,《尊师》论求师的途径,《诬徒》讲授学习方法,《用众》谈取长补短的学习技巧。四篇细论四个问题,综合起来就是教育思想的系列。其三是篇意相承。"纪体"之间以十二月令串通一线,形成十二组互有关联的论题。篇与篇之间,有的互为表里,有的后篇是前篇的续笔,有的数篇连贯而起,每一纪一览都有一个大的内容系列。其四是论法一致。类似韩非《内外储说》的说理方法,一篇之中大抵分为议论和故事两个部分。有的篇章如《有始览》七篇全用互见法,各篇所引证的史实故事,只简举事名,而略去具体内容,以"解在乎××"的形式见于其他篇,与《韩非子》文中"其说在××"的形式相似。这样可以避免书中征引史料的重复。这种分见他篇的互见法后来为《史记》所继承[4]。

《吕氏春秋》一书是先秦思想文化的总结。战国末期,天下已出现趋于统一的形势,延绵二百年的九流十派的大辩论已经发展到综合总结的阶段。当时墨家提出"尚同";法家提倡"一",即统一;孟子主张天下"定于一";儒家公羊派提倡"大一统";《吕氏春秋》正是顺应当时政治上、思想上要求统一趋势的产物。在《序意》篇里,吕不韦谈到编撰《吕氏春秋》的目的,是参考天、地、人一切"治乱存亡"、"寿夭吉凶"的经验,使执政者去掉"私视"、"私听"、"私虑",达到"智公"。即撷取各家学说的精华,取长补短。正如《用众》篇所说:"善学者,假人之长以补其短,故假人者遂有天下。"反映出杂家企图为政治的统一而统一百家思想的尝试。《吕氏春秋》是吕不韦三千门客中的一些文士所作,这些人来源复杂,各家各派都有,这就决定了《吕氏春秋》是一部兼收并蓄的"杂学"之书。《汉书·艺文志》说:"杂家者流,盖出于议官。兼儒墨,合名法,知国体之有此,见王治之无不贯,此其所长也。"所谓"兼儒墨,合名法",恰恰概括出杂家在思想方面博采诸家的特点。

于是,阴阳、儒、道、墨、法、名、兵、纵横、农等各家思想在书中共处一炉,杂然并存。阴阳学说地位尤为显著,被用作"十二纪"的纲。这种学说的核心是"天人合一",强调"五行"与社会政治之间的联系。《名类》篇说"凡帝王者之将兴也,天必先见祥乎下民"。接着谈黄帝、禹、汤、文王等土、木、金、火、水特征的显现及所尚颜色,记载邹衍五德终始的学说相当完整:

  黄帝之时,天先见大螾大蝼,黄帝曰"土气胜",土气胜,故其色尚黄,其事则土。及禹之时,天先见草木秋冬不杀,禹曰"木气胜",木气胜,故其色尚青,其事则木。及汤之时,天先见金刃生于水,汤曰"金气胜",金气胜,故其色尚白,其事则金。

> 及文王之时,天先见火,赤乌衔丹书集于周社,文王曰"火气胜",火气胜,故其色尚赤,其事则火。代火者必将水……

阐明了"五德转移,治各有宜,而符应若兹"的"天人感应"思想,牵强附会地把政治与"天道"联系起来。"八览"第一篇《有始》,谈宇宙天地自然,"十二纪"的首篇谈十二月令和人事的互相适应,都是阴阳意识的反映,目的是使"天道"为政治服务。这种意识不久为董仲舒所接受并大加发挥。

儒家思想在书中占较大比重,十二纪中"夏纪"的儒家意识最为集中。《劝学》、《尊师》、《诬徒》以儒家师道观论"忠孝"、"理义"、"尊师",列举许多"圣人"尊师事例,说明师生相互关系等问题。《大乐》、《适音》、《音初》等篇阐发儒家的"礼乐"思想,论述政治与音乐的关系。此外,《精通》、《务本》、《孝行》等篇论"事亲"、"交友"、"贵德"、"敬长"、"慈幼"以及民本思想,表现了典型的儒家等级伦理观。《精通》篇说国君"以爱利民为心"。《孝行》篇大讲"务本":"所谓本者,非耕耘种植之谓也,务其人也。"说明编撰者荟萃了儒家学说中某些富有社会政治意义的成分。

道家思想贯穿全书始终,特别是"春纪"里的文章几乎都以道家意旨为主。《本生》、《重己》、《贵生》等篇,论"全性之道"、"全德之人"、"贵生之术"、"养生之道"以及"重生"、"知本"、"无为"、"归朴"等道家观念。《贵生》篇提到"全生为上,亏生次之,死次之,迫生为下"。《论人》篇主张归朴:"适耳目,节嗜欲,释智谋,去巧故,而游意乎无穷之次。"有些命题或话语直接照录老庄。如《制乐》篇"祸兮福之所倚,福兮祸之所伏",《君守》篇"不出于户而知天下"、"其出弥远者其知弥少"等等。反映了战国末期道家思想的影响相当广泛。

《吕氏春秋》多次称扬儒墨"显学",墨家思想在书中也有所反映。《侈乐》篇阐述了墨子"非乐"的思想,批评"不知和乐之情,而以侈为务"者。《节丧》、《安死》篇阐发了墨家"节葬"、"节用"的思想,指出"先王之葬必俭、必合、必同"。《当染》篇直接照录《墨子·所染》篇,主张要接受良好的社会浸染。

法家思想在《吕氏春秋》中屡有论述,主要是关于实施法、术、刑赏等问题。《去私》、《禁塞》、《义赏》等篇主张重视刑赏。特别是《察今》篇,充满新颖的改革意识,强调变法和厚今薄古。主张不囿于先王成法,而只学习他们制定法律的方法,"察今则可以知古,古今一也"。提倡按照当时实际情况来变法:"世易时移,变法宜矣。"这是总结战国以来涌起的改革热而做出的结论。

此外,还有名家的"正名",兵家的战略战术,纵横家的"善说",农家的"先务于农"等思想。各家系学说虽然颇不相同,甚至互相抵牾,却又同列一书,形成一个"兼听杂学"的糅合体。反映了编著者企图兼收并蓄,却又没有加以消化以形成新理论的特征。

《吕氏春秋》里面最突出的进步意识是"一",即统一。《不二》篇提出"一则治,异则乱;一则安,异则危";《执一》篇主张"天子必执一,所以抟之也",即从学术思想到政治都应统一,这是顺应大一统潮流要求的呼声。不过,《吕氏春秋》作为先秦诸子总结性的著作,又有明显的折衷主义倾向,而导致其任何主张都不够彻底。它在思想上多综合而少创新,构成了它先天的局限性[5]。

第四节 《吕氏春秋》的故事和寓言

《吕氏春秋》发扬了战国中期以后优秀的散文著作以大量比喻故事帮助说理的传统,在作类比推理的同时,故事、寓言层见叠出。

一篇之中,故事、比喻、类推、议论有机结合,错综成文,使文章兴象玲珑,相映增辉,意致深婉,明朗犀利。和《庄子》、《战国策》、《韩非子》一样,它记录和保存了大量故事与传说并形成自己的特色。据统计,全书载录完整的故事达三百四十则以上。

《吕氏春秋》的故事也表现出杂取诸家的趋势。它们大多摘引于先秦各种书籍,如《国语》、《左传》、《墨子》、《庄子》、《晏子春秋》、《战国策》等。许多是历史上实际发生过的事,有一些是上古神话传说,少数为虚构的故事,属于寓言。全书每一篇文章虽短小,通常有三四个完整的故事,有时多至六七个。《淫辞》篇七百字,就有六个完整的故事。有的文章议论文字往往较少,不少是由意义相近的一串故事联缀而成,因逻辑层次清楚,并无堆砌饾饤之感。

在内容上,《吕氏春秋》的故事分别反映各学派的思想主张,表现了为不同家系所用的特点。不同的故事协同论证不同流派的学说,以佐证儒家、道家、法家观点的为最丰富。某些重要历史人物在不同篇章反复出现,担任作用不同的主人公,甚至互相抵牾。少数故事重见,如吴起受王错之逸而离西河,就同见于《长见》和《观表》篇。这是由论证思想的需要决定的。

表现儒家意识的故事,主要在于佐证儒家的礼乐主张、等级观念、民本思想等。有些记载孔子及其弟子的活动,反映了典型的儒家意旨。例如《异用》篇一则:

> 孔子之弟子从远方来者,孔子荷杖而问之曰:"子之公不有恙乎?"搏杖而揖之,问曰:"子之父母不有恙乎?"置杖而问曰:"子之兄弟不有恙乎?"杙步而倍之,问曰:"子之妻子不有恙乎?"故孔子以六尺之杖谕贵贱之等,辨疏亲之义。

孔子用手杖来表示不同的"礼",今天看来近乎可笑,但却表现了"贵贱之等"、"疏亲之义"。"荷杖"、"搏杖"、"置杖"、"杕步"几个不同动作,细致地区分出对不同人物对象的礼节差等,很符合儒者鼓吹的尊卑长幼、上下亲疏那一套等级观念。

表现道家思想的寓言故事,多为论证"无为"、"无名"、"贵己"、"贵生"、"归朴"等主张,有的直接抄录自《庄子》等道家书籍。故事的风格,也带有道家奇谲古怪,无所羁勒的特点,切近《庄子》中某些"重言"故事。如《贵生》篇:

> 鲁君闻颜阖得道之人也,使人以币先焉。颜阖守闾,鹿布之衣,而自饭牛。鲁君之使者至,颜阖自对之。使者曰:"此颜阖之家邪?"颜阖对曰:"此阖之家也。"使者致币,颜阖对曰:"恐德缪(谬)而遗使者罪。不若审之!"使者还反审之,复来求之,则不得已。

颜阖穿着粗陋的鹿布衣,做着"饭牛"的贱活,鲁君的使者送上礼物请他出仕,结果他却使了一个金蝉脱壳之计逃之夭夭,颜阖的安贫与机智,在这则短短的故事中得到生动的表现。成功地宣扬了道家"重生"、"尽天年"和敝屣名位富贵的意识。

表现法家意识的故事大都显得新颖锐利,反映了法家信赏必罚、厚今薄古和变法改革的主张。如《察今》篇中的"刻舟求剑"寓言,呼吁政策法令应随着形势的发展而变化,否则一味困足固守,就会变得像涉江的楚人那样可笑,反映了法家政治鼎新的意识。《慎小》篇记述吴起置表取信的故事:

> 吴起治西河,欲谕其信于民,夜日置表(柱子)于南门之外,

令于邑中曰:"明日有人偾南门之外表者,仕长大夫!"明日,日晏矣,莫有偾表者。民相谓曰:"此必不信。"有一人曰:"试往偾表,不得赏而已,何伤!"往偾表,来谒吴起,吴起自见而出,仕之长大夫。夜日又复立表,又令于邑中如前。邑人守门争表,表加植,不得所赏。自是之后,民信吴起之赏罚。

吴起为树信于民,选择了放倒柱子这件极易办到的事,着意渲染其不可信,而终于有信,出人意表。后来商鞅在搞改革之前,也模仿了这种"取信"的做法,同样宣扬了法家"信赏"的主张。

有些故事反映墨家、名家、兵家、纵横家的学说。还有相当部分故事五光十色,难以简单归入哪一家系。都充满生活的哲理,给人以启迪与思考。大多有波折,有冲突,富于理趣和韵味。如《去尤》篇有名的"人有亡铁者":

人有亡铁(斧)者,意其邻之子:视其行步,窃铁也;颜色,窃铁也;言语,窃铁也;动作、态度无为而不窃铁也。扣其谷,而得其铁。他日复见其邻之子,动作、态度无似窃铁者。

这则寓言,看似荒唐,却含蕴深刻,目的是批判主观臆想者的虚妄。亡斧者疑神疑鬼,斧子找到前后心理的变化写得极其真切,揭示入木三分。这类故事,其韵趣不光来自于故事情节,还来自故事本身的比兴意味,即对生活情理的深层折射。

《吕氏春秋》记录了一些上古历史传说和神话,使人们可以窥见上古先民生活的鸿爪泥迹,具有珍贵的史料价值。比如《古乐》篇记载远古葛天氏之乐:"三人操牛尾,投足,以歌八阕。"原始人类手拿牛尾,投足歌舞的情景如竹影镜花,隐约可见。同篇朱襄氏作五弦瑟、黄帝令伶伦作律、陶唐氏作舞等,对于艺术史研究有一定参考意义。《音初》篇记录有娀二女的神话,与《诗经》中"天命玄鸟,降而生商"的神话有些联系,《吕氏春秋》将它"人化"了,以致改造成为北音起源的传说。

《吕氏春秋》在思想史、文学史上地位和影响都颇为卓著。西汉司马迁写《史记》就曾"取式《吕览》,通号曰纪"(刘勰《文心雕龙·史传》)。东汉高诱认为它"大出诸子之右"(《吕氏春秋序》),明方孝孺指出"其书诚有足取者"(《逊志斋集·读〈吕氏春秋〉》),清章学诚说"吕氏将为一代之典要"(《文史通义·言公上》),汪中认为它是后世类书之祖,"为后世《修文》、《御览》、《华林》、《编略》之所托始"(《述学·吕氏春秋附考》)。在文学史上,也受到注意,如明清评点派就多有好评[6]。

关于《吕氏春秋》的参考书,有东汉高诱注《吕氏春秋》、许维遹《吕氏春秋集释》(文学古籍刊行社1955年出版)、陈奇猷《吕氏春秋集释》(四册,学林出版社1984年出版)、张双棣等《吕氏春秋译注》(上下册,吉林文史出版社1986年出版)。文学评点本有明焦竑、翁正春集评《吕氏春秋评林》、黄甫龙《吕氏春秋汇评》、李鸣春《批点吕氏春秋》、清张道绪《吕氏春秋选评》等。

〔1〕 关于《晏子春秋》的作者和成书时代,有几种不同说法。《隋书·经籍志》、《旧唐书·经籍志》、《直斋书录解题》均题为晏婴作。柳宗元《辨晏子春秋》认为是齐国晏子之徒所作,梁启超《汉书艺文志诸子略考释》认为是汉初人伪作,管同《因记轩文初集》认为是六朝人伪作,今人吴则虞《晏子春秋集释前言》认为是齐博士淳于越之流写于秦统一之后,高亨、董治安认为成书于战国时期。参看谭家健《晏子春秋简论》《北京师范大学学报》1982年第2期。

〔2〕 参看陈奇猷《吕氏春秋校释》附录《〈吕氏春秋〉的成书年代与书名的

确立》。

〔3〕 今本为六十三篇,据清人卢文弨说,《有始览》脱去《廉孝》一篇。

〔4〕 参看章沧授《论〈吕氏春秋〉的文学价值》,《文学遗产》1987年第4期。

〔5〕 参看牟钟鉴著《〈吕氏春秋〉与〈淮南子〉研究》。

〔6〕 明人朱君复在《诸子斟淑》中提出:"今其书广引博譬,美疵居半,所谓披沙拣金,往往见宝。如《圜道》、《荡兵》、《精通》、《审分》等篇,奇肆恢宕,直逼非子矣。孙文融云,李斯为文信舍人,或者《吕览》佳篇,多出斯手耳。"——当然,这只是猜测。

第十六章 《周易》、《礼记》、《孝经》

第一节 《周易》

《周易》,最初简称为《易》,旧列儒家五经之首[1],分为《易经》和《易传》两大部分。

《易经》原为卜筮之书,是古代原始迷信活动的记录,大约产生于西周初年,作者可能是一些以占卜为职业的巫师[2]。《易经》最基本的要素是"--"、"—"两个符号,分别代表阴阳。由阴阳而组成八卦。它们是:☰乾、☷坤、☵坎、☳震、☴巽、☲离、☶艮、☱兑。八卦互相重叠,组成六十四卦。每卦有卦画、卦名、卦辞。一卦有六爻,每爻有爻辞。爻分为阴(--)、阳(—),经文以"九"表示阳爻,以"六"表示阴爻。六爻的顺序是从下往上数。如《泰》卦:

☳(卦画),泰(卦名),小往大来,吉,亨(卦辞)。初九,拔茅茹以其汇,征,吉(爻辞)。九二(爻辞从略),九三(爻辞从略),六四(爻辞从略),六五(爻辞从略),上六(爻辞从略)。

卦辞比较简单,仅说明题义。爻辞是各卦内容的主要部分。卦辞爻辞虽然只有三言两语,甚至几个字,却包含了某种生活经验和哲理。有的是古代社会生活的片断,例如:"突如其来如,焚如,死如,弃如。"(《离》九四)"艮其背,不获其身;行其庭,不见其人。"(《艮》卦辞)"困于石,据于蒺藜,入于其宫,不见其妻。"(《困》六三)这些话反映了古代部落战争中的某些情景:一次突然的袭击,房屋被烧,人被杀死,尸体被抛弃。路人经过院子,看不见人。有的人逃在山岩或丛林中困守,回到家中,妻子已被抢走。虽然情节不全,但也能见出某种场面和气氛。有的爻辞可能是民间歌谣,如:"鸣鹤在阴,其子和之。我有好爵,吾与尔靡之。"(《中孚》九二)以鸟鸣起兴,像是宴会中的祝酒歌。"明夷于飞,垂其翼。君子于行,三日不食。"(《明夷》初九)可能是描写旅途劳苦的歌谣。"女承筐,无实。士刲羊,无血。"(《归妹》上六)记青年男女合作剪羊毛的情景。"羝羊触藩,不能进,不能遂。"(《大壮》上六)写公羊的头碰到篱笆墙,进退两难的狼狈相。"屯如,邅如,乘马班如。匪寇,婚媾。"(《屯》六二)"乘马班如,泣血涟如。"(《屯》上六)"贲如,皤如,白马翰如。匪寇,婚媾。"(《贲》六四)这三首短歌,记骑马抢亲情景,有声有色地反映了古代氏族社会抢婚的遗俗。有些卦爻辞采用暗喻手法,如:"眇能视,跛能履,履虎尾,咥人,凶。"(《履》六三)说明做超越自己能力的事是会闯祸的。这种象征手法,可以有较大的灵活性,便于占筮者把问卜者的遭遇、身世、命运联系起来加以附会,并做出各种各样的解释和推断,因而在《易经》中使用较多。有些卦爻辞像群众格言,如:"无平不陂,无往不复。"(《泰》九三)说的是变化的哲学,没有绝对的平,一切都是往复循环的。"三人行则损一人,一人行则得其友。"(《损》六三)是旅途结交的经验:一个人需要朋友,两个人容易团结,三个人却会破坏平衡。这些话,都极其深刻精辟。有些话还透露出当时新的政治观念。如："井渫不食，为我心恻，可用汲。王明，并受其福。"（《井》九三）君王贤明，便可得福。司马迁在《屈原贾生列传》中曾引用，并很有感慨地说："王之不明，岂足福哉！"类似例子不在少数。当然，卦爻辞都还比较零碎，不成其为文章，只能说其中包含某些文学因素。

《易传》大部分已经是具有相当水平的哲理散文。

《易传》包括七种十篇，即：《彖传》上下、《象传》上下、《文言》、《系辞》上下、《说卦》、《序卦》、《杂卦》，合称《十翼》或《周易大传》[3]。作者相传是孔子，经后人研究，它不是一人一时所成，大致出于战国后期儒者之手，有的甚至可能写于汉初[4]。《易传》已没有宗教意味，而是阐扬哲理。它对《易经》的解释，既有探赜索隐的合理发挥，也有望文生义的牵强附会。语言通畅流利，运用了大量对偶句、排比句，吸收了许多格言谚语。文体散韵结合，利于诵读，便于记忆，有很多警句成为后世的常用成语，在思想史和文学史上都有一定的影响。

《彖传》。解释六十四卦的卦名、卦义和卦辞，不及爻辞，写作时代早于《十翼》中其他各篇。从用韵看，不同于《诗经》，而接近于《楚辞》、《老子》、《庄子》，可能出于战国中期南方的儒者。《彖传》与《象传》最初都是单独成篇的，东汉以后才把它们分别附在有关经文之下。《彖传》所论多为治国安邦齐家修身之道，命意较为明晰，不像卦辞那样晦奥。有些条目已不仅限于依经作解地注释，而是自成篇什的短文。如《乾》卦彖辞：

> 大哉乾元，万物资始乃统天。云行雨施，品物流形，大明终始，六位时成，时乘六龙以御天。乾道变化，各正性命，保合大和乃利贞。首出庶物，万国咸宁。

作者先从自然现象讲起,最后联系社会。承认事物变化的普遍性,而又希望今后不再变。中心思想是"保合大和乃利贞",意即达到高度的和谐而得守其正,也就是调和一切矛盾。

《象传》。其中"大象"解释每卦含义,指示人们仿效事物的变化而行动;"小象"专门解释爻辞,写作时代当晚于《彖传》,可能在战国后期。文字大都短小精悍,有不少警句。如:"天行健,君子以自强不息。"(《乾》象辞)"多识前言往行,以蓄其德。"(《大畜》象辞)有的象辞采用形象化的比喻,如:"大人虎变,其文炳也";"君子豹变,其文蔚也;小人革面,顺以从君也。"这是解释《革》卦的"九五"爻和"上六"爻的两条象辞,说明上层人物政令如虎,鲜明威猛;中层的"君子"执行政令如豹纹之灵活多样;下层"小人"表面顺从而已。这反映出当时政治关系的一个侧面。两爻连起来组成排偶,形象生动,表达紧凑有力。

《文言》是两篇短文,分别解释《乾》、《坤》两卦的意义,可能写于战国晚期。其中所引"子曰",不一定是孔子的话。文辞流畅,语言纯熟,是很好的哲理散文。如:

> 同声相应,同气相求;水流湿,火就燥;云从龙,风从虎。圣人作而万物睹:本乎天者亲上,本乎地者亲下,则各从其类也。

前六喻说明某些以类相从的自然规律,后面引申出结论,把社会现象分为"亲上"、"亲下"两大类,不免牵强。但其对仗极为工整,被视为后世骈文的胚芽。

> 积善之家,必有馀庆;积不善之家,必有馀殃。臣弑其君,子

弑其父，非一朝一夕之故，其所由来者渐矣，由辩之不早辩也。

这段话反映了事物由来有渐的朴素辩证法思想。前四句可能是民间谚语。清人阮元对《文言》十分推崇，其《文韵说》认为，"孔子自名其言《易》者曰《文（言）》，此千古文章之祖。《文言》固有韵矣，而亦有平仄声音焉……'云龙风虎'一节，乃千古宫商翰藻奇偶之祖。'非一朝一夕之故'一节，乃千古嗟叹成文之祖"（《揅经室续集》卷三）。

《系辞传》总论《易经》的基本观念如何普遍地应用于自然和社会，属于通论性质，并非专门解释某一卦，所以单独成篇。内容复杂，文字较长，被认为是《易传》的最主要部分。作者可能是战国晚期人。文章气势磅礴，颇有战国时代特色。如开头一段：

> 天尊地卑，乾坤定矣；卑高以陈，贵贱位矣；动静有常，刚柔断矣；方以类聚，物以群分，吉凶生矣；在天成象，在地成形，变化见矣。是故刚柔相摩，八卦相荡，鼓之以雷霆，润之以风雨；日月运行，一寒一暑。乾道成男，坤道成女。乾知大始，坤作成物。乾以易知，坤以简能。易则易知，简则易从。易知则有亲，易从则有功。有亲则可久，有功则可大。可久则贤人之德，可大则贤人之业。易简而天下之理得矣。天下之理得，而成位乎其中矣。

作者把自然秩序说成是社会秩序，再用附加上社会伦理意义的自然关系，倒过来论证社会上封建等级关系的合理性，这当然是唯心的，不过文字还是很精彩。开头连用五个"矣"字句铺底，然后用"是故"推出下文，直到"一寒一暑"，都是讲自然现象。接着"乾道成男"以下转向人事，一连六句，句句紧密衔接，如环相套，依次递进，最后归结于贤人之德业，结尾落实到"易"的实用。末句"成位乎其中"与首句"乾坤定矣"遥相呼应,形成浑然整体。其中声韵铿锵的排句,若放在后世骈文辞赋之中,是看不出多少区别的。

《系辞下》有一大段记述人类文明进化史,从庖牺氏作八卦网罟,神农氏教耕种市易,说到黄帝尧舜作舟楫,服牛马,为弓矢。"上古穴居而野处,后世圣人易之以宫室,上栋下宇,以待风雨,盖取诸《大壮》。古之葬者,厚衣之以薪,葬之中野,不封不树,丧期无数,后世圣人易之以棺椁,盖取诸《大过》。上古结绳而治,后世圣人易之以书契,百官以治,万民以察,盖取诸《夬》。"这种"观象制器"说当然是本末倒置的,但也曲折地反映了历史发展的过程,是一篇简明扼要的社会史论文,对后世影响甚大,有些话至今仍然常被学者称引。

刘勰《文心雕龙·丽辞》篇对《文言》和《系辞传》十分重视。他说:"《易》之《文》、《系》,圣人之妙思也。序《乾》四德,则句句相衔;龙虎类感,则字字相俪;乾坤易简,则宛转相承;日月往来,则隔行悬合;虽句字或殊,而偶意一也。"他举的就是上面所引的排偶例子。类似的文句还有不少。

《说卦传》写作较晚,有人认为或许在秦末汉初。它主要解释八卦所代表的方位和事物[5],以及所体现的原理和变化等等。如:"天地定位,山泽通气,雷风相薄,水火不相射,八卦相错。数往者顺,知来者逆,是故易逆数也。雷以动之,风以散之,雨以润之,日以烜之,艮以止之,兑以说之,乾以君之,坤以藏之⋯⋯动万物者,莫疾乎雷;挠万物者,莫疾乎风;燥万物者,莫熯乎火;说万物者,莫说乎泽;润万物者,莫润乎水;终万物始万物者,莫盛乎艮。故水火相逮,雷风不相悖,山泽通气,然后能变化,既成万物也。"认为各种物质的互相作用是形成世界的根源,具有一定合理因素。语句整齐,叙写清楚,是较好的说明文。

《序卦传》是解释六十四卦编排次序所包含的哲理的,多联系物理人事立论,如:"有天地然后有万物,有万物然后有男女,有男女然后有夫妇,有夫妇然后有父子,有父子然后有君臣,有君臣然后有上下,有上下然后礼义有所错。"这种认识大致符合社会发展的轨迹,并含有相反相成的辩证法思想。文字明白流利,比《彖辞》好懂得多,所以有人怀疑它和《杂卦传》都是汉初的作品。

《杂卦传》解释各卦之间的关系以及刚柔对立的意义,常用一两个字或短语说明每一卦的本质。不按卦序,所以叫"杂卦传"。文章很短,仅六十九句,几乎通篇用韵。如:

> 《乾》刚,《坤》柔,《比》乐,《师》忧。《临》、《观》之义,或与或求。《屯》见而不失其居,《蒙》杂而著。《震》起也,《艮》止也。《损》、《益》衰盛之始也。《大畜》时也,《无妄》灾也,《萃》聚而《升》不来也。

多数句子以"也"字结尾,亦颇有趣。宋人林子良《林下偶谈》说:"欧公作《滁州醉翁亭记》,自首至尾多用'也'字,钱公辅作《赵州并仪堂记》,亦是此体。盖出于《周易·杂卦》一篇。"这样联系未免牵强,但《杂卦》文体确实有些特殊。

《易传》中有些地方涉及到"文"、"言"、"辞"等问题,虽然不是专门论述文学艺术的,但却被历代文学理论家经常引用,对后世文学有一定的影响。

《易传》认为,言辞是表现人们的思想感情的,"情见乎辞"。不同的人在不同条件下的思想感情,在其言辞中会有不同的表现。"将叛者其辞惭,中心疑者其辞枝,吉人之辞寡,躁人之辞多,诬善之人其辞游,失其守者其辞屈。"(《系辞下》)这种看法颇有道理,是对孟子"知言"说的发展。

《易传》强调，统治者的言论应该慎重，应多从政治和道德上考虑。"君子进德修业。忠信所以进德也；修辞立其诚，所以居业也。"（《文言》）"君子居其室，出其言，善则千里之外应之，况其迩者乎？居其室，出其言，不善则千里之外违之，况其迩者乎？言出乎身，加乎民，行发乎迩，见乎远……言行，君子之所以动天地也，可不慎乎？"（《系辞上》）所谓"言"、"辞"，著之于书也就是文章。

《周易》讲究"取象"，即借助具体形象说明某种哲理，这和文艺的形象化手法有相通之处。《易传》中关于这方面的论述很多，如《系辞上》说："圣人立象以尽意，设卦以尽情伪，系辞焉以尽其言。"《系辞下》说："其称名也小，其取类也大，其旨远，其辞文，其言曲而中，其事肆而隐。"虽然说的是《易经》的写作特点，其原则也适用于文学创作，与文学作品用语言来表现形象时的以小见大、以少总多的特点，是相通的，所以很受后世文艺家的重视。司马迁曾用来评价屈原，刘勰在其《文心雕龙》的《物色》、《总术》、《宗经》、《神思》、《诠赋》等篇中对上述原则多有阐发。后来释皎然、司空图、严羽、刘熙载等人又不断发展。所以清人汪师韩在解释《系辞》上述语句时说："可与言《诗》，必也通于《易》。"（《诗学纂闻·四美四失》）章学诚《文史通义·易教下》也说："《易》象通于《诗》之比兴。"当代文论家对此有很多解说[6]。

《系辞上》提出了"书不尽言，言不尽意"的问题，这种观念又见于《庄子》，到魏晋时期发展为著名的"言意之辨"，虽然主要在于哲学领域，但其影响所及，对后世文学、绘画、书法、音乐等艺术创作都有普遍的启发。

历代解释《周易》的著作不下千种，自汉至宋有所谓"两派六宗"[7]，其中比较重要的注本有《周易注疏》（魏王弼注，唐孔颖达疏）、唐李鼎祚《周易集解》、宋朱熹《周易本义》、今人闻一多《周易义证类纂》、李镜池《周易通义》、高亨《周易古经今注》等。

第二节 《礼记》

《礼记》，汉以后为儒家"五经"之一[8]，是不同类型的文章和资料的汇编。各篇写作年代不一，多数可能出自战国儒者之手，少数内容也许是秦汉之际所增益，而编定成书则在西汉。由于大部分与礼有关，所以叫做《礼记》[9]。收在《十三经注疏》中的今本《礼记》四十九篇，为汉宣帝时戴圣所辑，又叫《小戴礼记》，以区别于其叔父戴德所辑的另一本八十五篇（实存三十九篇）的《大戴礼记》[10]。

《礼记》大多是议论文和说明文，只有《檀弓》篇具有故事情节。

檀弓是鲁国人。因为《檀弓》第一章即檀弓讥公仲仪子非礼，遂以名篇。有的学者以文中多赞美子游，认为可能是其门人所作，也有人认为为子游门人之后人所作，写定大约是在战国中期。今本《檀弓》分上下两篇，由七八十个小故事和对话组成。内容涉及春秋战国风俗习惯、思想文化、社会制度等诸多方面。有些片断，形式简短，含义深刻，语言精粹，有的还是传诵千古的名作。例如"苛政猛于虎"：

> 孔子过泰山侧，有妇人哭于墓者而哀。夫子式而听之，使子贡问之，曰："子之哭也，壹似重有忧者。"而曰："然，昔者吾舅死于虎，吾夫又死焉，今吾子又死焉。"夫子曰："何为不去也？"曰："无苛政。"夫子曰："小子识之，苛政猛于虎也。"

这个故事表达了儒家反对横征暴敛苛政扰民的仁政思想，饱含血泪沉痛控诉统治阶级对劳动群众的残酷压迫,其程度之烈有过于虎。同时说明,四海之大,除虎狼所居之外,难找无苛政之地,反映出暴政为害之广。情节虽然简单,思想却极深邃。后世有许多文人从这里生发出无限感慨。柳宗元《捕蛇者说》惊叹:"孰知赋敛之毒,有甚于是蛇者乎!"就是从此蜕化而来。

有些故事对当时流行的厚葬现象尤其是人殉制度提出严厉批评,表现了可贵的人道主义精神:

  陈乾昔寝疾,属其兄弟而命其子尊己曰:"如我死,则必大为我棺,使吾二婢子夹我。"陈乾昔死,其子曰:"以殉葬,非礼也,况又同棺乎!"弗果杀。

这比《左传》所记魏颗不以父妾殉葬的态度更坚决,他不管父亲的遗嘱是"治命"还是"乱命",不合理就不执行。

《檀弓》的故事大多是在对话体基础上发展而成的,有的已经比较注意描写环境和具体细节,以揭示人物独特的精神气质和思想品格,这是它在艺术上的进步。

例如"曾子易箦",通过曾子临终前坚决撤换季氏所赠卧席这件小事,表现他持身诚笃严守礼制一丝不苟的精神。作者首先铺叙当时环境:"曾子寝疾。病,乐正子春坐于床下,曾元、曾申坐于足,童子隅坐而执烛。"多人环坐守候,说明病情危重。接着写天真的侍童看见漂亮的席子随口说了一句:"华而睆,大夫之箦与!"乐正子春马上制止,却让曾子听见,"瞿然曰:呼!"只四字,病人受惊的心情,无力的语气,便跃然纸上。无知的童子竟又重述一遍。于是曾子便挣扎着说:"然。斯季孙之赐也,我未之能易也。元!起易箦。"曾元说:"夫子之病革矣,不可以变,幸而至于旦,请敬易之。"曾子不答应,又说:"君子之爱人也以德,细人之爱人也以姑息。吾何求哉!吾得正而毙焉,斯已矣!"曾氏兄弟只好从命。结果,"反席未安而没"。文章从小见大,于细微处看出精神;以客衬主,从气氛中显示性格。古人说它"行文精妙","针线细密","神情宛肖,姿态横生"(余自明《古文释义》)。

"杜蒉扬觯"也是一篇名作。主题是写宰夫杜蒉批评晋平公饮酒作乐非礼。文章从叙事开始,"知悼子卒,未葬。平公饮酒,师旷、李调侍,鼓钟"。寥寥几笔,勾画背景。"杜蒉从外来,闻钟声,曰:安在?曰:在寝。杜蒉入寝,历阶而升。酌,曰:旷饮斯!又酌,曰:调饮斯!又酌,堂上北面坐,饮之。降,趋而出。"这一系列责人和自责的举动,都不说明为什么,自布疑阵,等待平公上钩。果然,平公把杜蒉唤回,询其三酌何故。这时他才回答:执政大臣之丧在堂,不应作乐。师旷身为太师,不以告,是失职;李调身为侍臣,为一饮一食而忘君之过,是徇君;自己身为宰夫,而参与谏诤防闲之事,是侵官。所以三人都应受罚。无一言及平公而其过自见。他说完后,平公不得不承认"寡人亦有过焉",并甘愿饮酒受罚。作者采用欲擒故纵之法,旁敲侧击,诱敌深入。开始处处设伏,中间层层剥笋,意到气足,自然结穴,最后还有回波荡漾。故事又见于《左传·昭公九年》,然其详于说理而略于叙事,不如《檀弓》之曲折腾挪。

"不食嗟来之食"是着意刻画人物的力作。

齐大饥,黔敖为食于路,以待饿者而食之。有饿者,蒙袂辑屦,贸贸然来。黔敖左奉食,右执饮,曰:"嗟!来食!"扬其目而视之曰:"予唯不食'嗟来'之食,以至于斯也。"从而谢焉。终不食而死。

这是一位骨气奇高的志士,宁可饿死,不肯接受带有鄙视的恩赐。文章先述境况,次写人物,蒙袂二句,只八字,而饿者之饥渴疲累之态毕现。接着写施舍者的高傲声气,如闻如见。"扬其目"句是画龙点睛之笔。"予唯不食"十三字,字字掷地有声,使饿者形象顿时显得高大,黔敖在他面前黯然失色。人物性格在正反抑扬的强烈对比和尖锐冲突中放射出夺目的光彩。

有的故事,不仅写人物外露的品德性格,而且揭示出内心复杂的感情活动。如:

> 孔子既得合葬于防,曰:"吾闻之,古也墓而不坟。今丘也,东西南北之人也,不可以弗识也。"于是封之,崇四尺。孔子先反,门人后。雨甚,至,孔子问焉曰:"尔来何迟也?"曰:"防墓崩。"孔子不应,三。孔子泫然流涕曰:"吾闻之,古不修墓。"

孔子一生,四处飘零,以致父母长期分葬,心里十分难过。好不容易才得合葬于防,他又是一个恪守礼制的人,不愿徇情逾制。墓刚筑完就坏了,于心不忍,又不能修,理智和感情发生矛盾,有说不出的悲伤。文章再现了孔子这种微妙的心理,"叙事琐细处俱有妙文","至意深情,当熟读微吟,向无字中领会"(孙邃人《檀弓论文》)。又如:

> 孔子哭子路于中庭。有人吊者,而夫子拜之。既哭,进使者而问故。使者曰:"醢之矣。"遂命覆醢。

子路是孔子最亲近的弟子,死于孔悝之乱,被卫人剁成肉酱。孔子非常伤心,不忍再见家中的酱缸,以免产生刺激和联想。文章写得"辞婉而惨"(谢枋得批点《檀弓》),没有写孔子一句话,只从最后四个字中，便可以看出他心中翻腾着激动的浪花。

《檀弓》运用语言的艺术水平很高，言近而旨远，自然而精练，历代论者赞誉甚多，有人甚至认为某些篇章与《左传》、《国语》记同一事，而又有过之者。如：

> 晋献文子成室，晋大夫发焉。张老曰："美哉轮焉！美哉奂焉！歌于斯，哭于斯，聚国族于斯。"文子曰："武也得歌于斯，哭于斯，聚国族于斯，是全要领以从先大夫于九京也。"北面再拜稽首。君子谓之善颂善祷。

春秋时期的世家大族，大多崇尚宫室，奢侈靡费，以致不保宗庙者往往而有。张老之言，前二句美其今，后三句祝其后，似勉似讽，寓规于颂，抑扬唱叹。文子就赞作答，添接一解，似喜似骇，危悚警策。以"哭于斯"入颂词，以"全要领"、"入九京"为祷词，尤为出人意表。结句四字双收点题，更觉简劲无比。"文止八十馀字，却有起有结，有案有断，波澜意趣，无不天成，较左盲殊为简峭。"（余自明《古文释义》）"左盲"指《国语·晋语八》所记故事，主旨相近，内容少有差异，然而命意太显，用语太直，远不如《檀弓》之婉转蕴藉。其他如"太子申生之死"、"重耳对秦客"、"赵文子观于九原"等篇，也很受古文家推重[11]。

除《檀弓》外，《礼记》中还有一些在后世发生过重大影响的文章。如《礼运》、《中庸》、《大学》、《学记》、《乐记》等。

《礼运》篇。大约是战国末年或秦汉之际儒者所作，假托孔子与子游问对。其中提出了"天下为公"的口号，把没有私产，人人劳动，共同幸福的大同世界作为人类社会的最高理想：

> 大道之行也,天下为公,选贤与能,讲信修睦。故人不独亲其亲,不独子其子;使老有所终,壮有所用,幼有所长,矜寡孤独废疾者皆有所养;男有分,女有归。货,恶其弃于地也,不必藏于己;力,恶其不出于身也,不必为己。是故谋闭而不兴,盗窃乱贼而不作,故外户而不闭,是谓大同。

篇中还认为天下为家的"小康之治",是进入大同之前的低级阶段。这种理想对于后世思想家如康有为、孙中山等都有极大的鼓舞,是研究我国古代空想社会主义的珍贵史料。文章写得雍容大雅、气势充沛。

《中庸》篇。相传作者是孔子之孙孔伋(子思),但其中提到"今天下车同轨,书同文,行同伦",可见该文成于秦统一以后,或许经过思孟学派的加工。主要内容是肯定"中庸"为道德行为的最高标准,"中也者,天下之大本也;和也者,天下之达道也"。认为不偏不倚是道德行为的最高准则。把"诚"看成世界的本源,并提出"博学之,审问之,慎思之,明辨之,笃行之"的学习过程和认识方法,是一篇从语录体过渡到专论体的哲学论文。从宋代的程颐、朱熹开始,把它与《论语》、《孟子》、《大学》并列,合编为《四书》。

《大学》篇。旧说是曾参所作,有人认为可能出自战国晚期荀子一派儒者之手。文中提出了"明明德"、"亲民"、"止于至善"三个纲领,和"格物"、"致知"、"诚意"、"正心"、"修身"、"齐家"、"治国"、"平天下"八个条目作为士大夫为人处世的目标,而且把个人修养的高低看成政治好坏的关键。南宋以后,这一系列概念成为理学家讲伦理、哲学、政治的基本口号。这篇文章语言流畅,结构比较严谨,已是成熟的专论体议论文。

《学记》篇。作者不详,主要记述秦以前贵族的教育制度、教学内容和方法,阐述了"学然后知不足,教然后知困"、"教学相长"、循序及时、长善教失等教育经验,提出"独学而无友则孤陋而寡闻",同学间应该互相观摩等学习方法。分析精辟,文字简括,是一篇相当完整系统的教育学论文,在中国教育史上有重要价值。

《乐记》篇。一说是孟子再传弟子公孙尼子所作,后来被荀子摘录而为《乐论》;另一说认为是荀子门人发挥其师说而成。我们倾向于后者。它不是一篇文章,而是由十一个短篇所组成的有系统的专著。主要阐述艺术的产生"其本在人心之感于物也",艺术的美感作用在于以情动人,"乐也者,情之不可变者也;礼也者,理之不可易者也"。"情深而文明,气盛而化神,和顺积中,而英华发外"。艺术的社会功能可以"移风易俗",使人"皆安其位而不相夺",达到"天下皆宁",这就叫"致乐以治心"。《乐记》比荀子的《乐论》,突出了诗、乐、舞三位一体的关系,"诗言其志也,歌咏其声也,舞动其容也。三者本于心,然后乐气从之"。强调音乐创作不可以弄虚作假,"唯乐不可以为伪"。明确主张礼乐为封建等级制度服务,要求体现儒家的伦理原则。"声音之道,与政通矣。""乐者,通伦理者也。"《乐记》是先秦儒家美学思想的总结,对中国文化史影响甚大。

《礼记》的参考书主要有:东汉郑玄注、唐孔颖达疏《礼记注疏》、清朱彬《礼记训纂》、孙希旦《礼记集解》等。

《礼记》一向与《周礼》、《仪礼》合称"三礼"。

《周礼》是周代的职官志,其中有中央王朝各职能部门的人员和职责的规定,还有关于政治经济制度的阐释。原有六大部分:天官、地官、春官、夏官、秋官、冬官。后来冬官亡佚,以《考工记》补充。作者旧说是周公,当代学者认为,可能是战国后期儒者根据某些史料和儒家理想对西周官制加以追拟的产物。《周礼》对中国历代官制的设置很有影响。其中《考工记》的文字明晰,颇为后世文章家所称道。

《仪礼》是先秦时期上层社会各种礼仪形式的规范和节目进程表。今存十七篇,概括起来,主要是冠、婚、丧、祭、饮、射、朝、聘八类。可能成书于战国初、中期,对秦汉以来的中国社会生活、风俗习惯、伦理道德、人际交往等许多方面有广泛的渗透,是了解中国古代文化的重要典籍之一。不过,由于典章制度距离久远,文章十分难读。只是其中有些祝辞(见《士冠礼》和《士昏礼》),多四言句,或韵或散,斐然可观。

第三节 《孝经》

《孝经》是一部儒家经典。

关于它的作者,历来说法不一。司马迁、班固说是孔子(见《史记·仲尼弟子列传》及《汉书·艺文志》),这显然与事实不符,因为《孝经》中处处称"子曰",又多次称曾参为"曾子",还引用了《孟子》、《荀子》的话。两晋以后有人说是曾子,这与《礼记》和《大戴礼记》中所记曾子论孝的观点不合,甚至互相抵触,无法解释。朱熹说是曾子门人所作(见《孝经刊误》),还有人说是子思所作(见王应麟《困学纪闻》)、孟子所作(见《古史辨》第四册,王正己《孝经今考》),清人汪中认为,《孝经》当作于《吕氏春秋》之前,因为《吕氏春秋》中的《察微》篇曾明确征引《孝经》,《孝行览》有一段文字与今本《孝经》相同。所以他说,"则《孝经》为先秦古籍明"。今人伏俊连认为《孝经》的编定者是曾参的学生,成书在《论语》之后,《孟子》之前[12]。我们认为,其说可取。书中所谓"子曰"、"曾子曰"都未必真的出自孔子、曾子，因为在战国后期假托圣言以立己意的风气十分普遍，不必拘泥。

今本《孝经》约一千八百字，分为十八章[13]。

《开宗明义第一》，假托孔子与曾子问对，讲"孝"是"德之本"，"夫孝，始于事亲，中于事君，终于立身"。这就是孝道的基本目的所在。《天子章第二》、《诸侯章第三》、《卿大夫章第四》、《士章第五》、《庶人章第六》，分别讲天子、诸侯、卿大夫、士、庶人之孝。六章实际上是一整段，只不过分为六小节，依不同人的不同地位分别言之，每节文字都不长。

《三才章第七》，讲"孝，天之经也，地之义也，民之行也"。天地人即三才。《孝治章第八》讲"明王以孝治天下"。《圣治章第九》讲"圣人之德无以加于孝"。《纪孝行章第十》，讲孝子事亲有五道："居则致其敬，养则致其乐，病则致其忧，丧则致其哀，祭则致其严。五者备矣，然后能事亲。事亲者，居上不骄，为下不乱，在丑（众）不争。居上而骄则亡，为下而乱则刑，在丑而争则兵。三者不除，虽日用三牲之养，犹为不孝也。"这段文字较好地概括了儒家孝道的基本纲领。

《五刑章第十一》，讲"五刑之属三千，而罪莫大于不孝"。《广要道章第十二》，讲礼乐是推广孝的"要道"。《广至德章第十三》，讲孝悌和做臣属的关系。《广扬名章第十四》，讲移孝作忠，"君子之事亲孝，故忠可移于君；事兄悌，故顺可移于长；居家理，故治可移于官。是以行成于内，而名立于后世矣"。《谏诤章第十五》，讲臣子可以谏诤于君父，勿使陷于不义。故当不义，"则子不可以不争于父，臣不可以不争于君。故当不义，则争之。从父之令，又焉得为孝乎？"这和后世提倡的愚忠愚孝显然不同，不失为《孝经》中的积极因素。

《感应章第十六》，讲孝道无所不通。《事君章第十七》，讲君子如何事上。"进思尽忠,退思补过,将顺其美,匡救其恶,故能上下相亲也。"《丧亲章第十八》,讲孝子丧亲之道。

以上各章次序,有的看不出什么联系,而且不无重复。杨椿说,"其中名言至理颇多,游辞晦语浮而不实泛而不切者亦有之"(《孟邻堂文钞》)。陈允元说,"其文简质,不若他经之崇宏"(《经义考》卷二百三十引)。陈骙说:"《孝经》之文,简易醇正,蕴圣人之气象,揭《六经》之表仪。"(《文则》)从文字来看,各章也还明白清晰,通畅易懂,无艰深佶屈之弊,辞简义浅,便于儿童初习。采用问答之体,但并非语录性质,句子整齐,显然经过一些修饰加工。每章之内,层次分明,条理井然,颇见章法。有十一章最后引"诗云"作结,这种写作习惯,《荀子》已开其端。至于各章小标题,有的取首节首句二字为题,有的并不切合章旨,也许是汉初人所加。

由于中国封建社会长期以宗法制为特征,以血缘关系为社会联结的基本纽带,所以孝道特别受到重视。许多王朝都声称以孝治天下,《孝经》也就成为宣扬孝道的基本教科书。汉代自惠帝以后,各代皇帝谥号皆加"孝"字。汉文帝时,于国学置《孝经》博士,设专科教授。后来郡国之学规定儿童自识字后,即读《论语》和《孝经》。历代不少皇帝还亲自讲解《孝经》。晋元帝撰有《孝经传》,晋孝武帝有《总章馆孝经讲义》,梁武帝、简文帝都撰有《孝经义疏》(以上各书皆佚)。唐玄宗所撰《孝经注》一直流传至今。唐时《孝经》列入《十二经》,宋以后列入《十三经》。清初科举考试规定,"论"题须从《孝经》出,后来才增为除《孝经》之外《五经》各出一题,可见其重视程度。

〔1〕 最早将《周易》列为儒家经典的是《庄子·天运》篇:"孔子谓老聃曰:丘治《诗》、《书》、《礼》、《乐》、《易》、《春秋》六经。"《礼记·经解》篇、《淮南

子·泰族训》、董仲舒《春秋繁露·玉振》篇、《史记·太史公自序》皆提到"六经"。东汉班固《汉书·艺文志》的《六艺略》将"六经"次序改为《易》、《书》、《诗》、《礼》、《乐》、《春秋》。汉武帝以后出现"五经"名称,东汉末有"七经",唐有"九经",宋以后有"十三经"。自东汉以迄于明清,均以《周易》列为首位。这大概是因为传说伏羲作八卦,《周易》之写作被认为最古老之故。

〔2〕 关于《易经》的产生时代和作者,历来有不同说法。《易传·系辞下》说:"易之兴也,其当殷之末世,周之盛德邪?当文王与纣之事邪?"用疑问语气提出,表示尚不能肯定。《史记·日者列传》说:"自伏羲作八卦,周文王演三百八十四爻而天下治。"扬雄《法言·问神》篇说:"《易》始八卦,而文王六十四。"王充《论衡·对作篇》说:"《易》言伏羲作八卦,前是未有八卦,伏羲造之,故曰作也。文王图八,自演为六十四,故曰衍。"东汉郑玄、唐孔颖达认为文王演卦辞,周公演爻辞。当代学者认为,《易经》不是一人一时之作。至于成书时代,或主张殷周之际(如任继愈主编《中国哲学史》第一册);或认为作于西周初年(如杨伯峻《经书浅谈·周易》);或主作于西周末年(如《中国大百科全书·中国文学卷》"周易"条);或主张是春秋战国之际的作品(如郭沫若《青铜时代·周易之制作时代》)。

〔3〕 早期的《周易》,经和传是分别成书的,并没有混合在一起。从东汉末年郑玄开始,才把《彖》和《象》分别编入经中。现在我们所见的《周易》,每一卦的卦辞后面都跟着有"彖曰"和"象曰",每一爻的爻辞后面都跟着"象曰",《文言》附在乾卦和坤卦之后,其馀数篇,因为带有通论性质,没有和卦辞、爻辞合在一起,而附在全书之末。

〔4〕《史记·孔子世家》说:"孔子晚而喜《易》,序《彖》、《系》、《象》、《说卦》、《文言》。"所谓"序"即整理。此说长期为后世信从。至宋,欧阳修作《易童子问》,提出许多疑点,说明《易传》是孔子以后的作品。继而有许多学者进一步研究。多数人主张出于战国后期,是当时儒生解释《周易》文章的选辑。20世纪70年代,长沙马王堆汉墓发现了古本《易传》帛书,与今本有所不同。李学勤等学者据而论证《易传》之一部分可能作于春秋末战国初,与孔子不无关系。此说尚在讨论中。

〔5〕 古人认为八卦代表许多事物并各代表一个方位。最主要的是：乾为天，西北；坤为地；震为雷，东方；巽为风，东南；坎为水，北方；离为火，南方；艮为山，东北；兑为泽，西方。郑玄解释说："坤不言方者，所言地之养物，不专主一也。"(《周易正义》引)然而，按《说卦》方位的分工，坤似应代表西南。

〔6〕 值得注意的是钱锺书的观点。其《管锥编》第一册第二条谈到："按《系辞上》：'圣人有以见天下之赜，而拟诸形容，象其物宜，故谓之象。'是'象'也者，大似维果所谓以想象体示概念。盖与诗歌之托物寓旨，理有相通。故陈骙《文则》卷上丙：'《易》之有象，以尽其意；《诗》之有比，以达其情。文之作也，可无喻乎？'章学诚《文史通义》内篇一《易教》下：'象之所包广矣，非徒《易》而已……《易》象虽包《六艺》，与《诗》之比兴，尤为表里。'然二者貌同而心异，不可不辩也……《易》之有象，取譬明理也，'所以喻道，而非道也'(语本《淮南子·说山训》)。求道之能喻而理之能明，初不拘泥于某象，变其象也可；及道之既喻而理之既明，亦不恋着于象，舍象也可……词章之拟象比喻则异乎是。诗也者，有象之言，依象以成言，舍象忘言，是无诗矣；变象易言，是别为一诗甚且非诗矣……苟反其道，以《诗》之喻视同《易》之象，等不离者于不即，于是持'诗无达诂'之论，作'求女思贤'之笺；忘言觅词外之意，超象揣形上之旨，丧所怀来，而亦无所得返。以深文周内为深识底蕴，索隐附会，穿凿罗织……自汉以还，有以此专门名家者。洵可免于固哉高叟之讥矣。"

〔7〕 《四库全书总目·经部·易类》说："汉儒言象数，去古未远也。一变而为京(房)、焦(赣)，入于禨祥。再变而为陈(抟)、邵(雍)，务穷造化，《易》遂不切于民用。王弼尽黜象数，说以老庄。一变而胡瑗、程子(颐)，始阐明儒理。再变而李光、杨万里，又参证史事，《易》遂日启其论端。此两派六宗，已互相攻驳。"

〔8〕 汉武帝设"五经博士"，其中的《礼经》，指《仪礼》。晋以后，《礼记》升为经。唐太宗命孔颖达等编《五经正义》，其中有《礼记正义》。宋以后，《五经》中之《礼经》皆指《礼记》。随着儒学的发展，《礼记》在封建时代的地位逐渐超过《仪礼》、《周礼》，仅次于《论语》而比肩于《孟子》。

〔9〕 《礼记》中有一部分文章很明显是对《仪礼》的解释，如《冠义》、《昏

义》、《乡饮酒义》、《射义》、《燕义》、《聘义》等等,所以有人认为《仪礼》是"经",而《礼记》是"传"。不过,《礼记》中还有不少篇章不是解释《仪礼》甚至不是直接谈礼的,《仪礼》与《礼记》之间的关系并不完全等同于《易经》和《易传》的关系。

〔10〕《大戴礼记》不在《十三经》中,现有三十九篇,内容比《礼记》驳杂,旧说是戴圣编选《礼记》后的剩馀,实际情况并非如此。其中有的篇章与《小戴礼记》相同,有的与其他古籍如《逸周书》、《荀子》、贾谊《新书》、《淮南子》等大同小异。唯关于曾子言论的十篇不见他书,可能是曾参学派的佚文。朱熹说:"《大戴礼》无头,其篇目缺处皆是元无,非小戴所去取。其间多杂伪,亦有最好处。然多误,难读。"(《经义考》卷一三八引)

〔11〕 历代评点《檀弓》的著作很多,主要有:宋谢枋得《檀弓解》、明杨慎《檀弓丛训》、徐昭庆《檀弓通》、林兆珂《檀弓述注》、姚应仁《檀弓原》、陈广野《檀弓辑注》、牛斗星《檀弓评》、清孙邃人《檀弓论文》、张习孔《檀弓问》、民初无名氏《檀弓菁华》等,皆着重从辞章角度评析《檀弓》。

〔12〕 参看《孔子研究》1994年第2期,伏俊连《〈孝经〉的作者及成书时代》。

〔13〕 另有《古文孝经》,二十二章,孔安国传,亡于梁乱,唐以前传入日本。清雍正十年(1732),日本太宰纯刊刻《古文孝经》孔传,此书复传入中国,收入《知不足斋丛书》。当时中国学者群起指斥,认为孔传是伪书,日本传来的孔传是伪中之伪(见丁晏《孝经征文》附《集先儒说辨古文孔传之伪》、《日本〈古文孝经〉孔传辨伪》)。近数十年,日本和中国学者对《古文孝经》进一步研究,相继发现古写本多件。其中最早的是1983年出土于日本岩手县水泽市胆泽城遗址的漆纸文书《古文孝经》写本,共二百二十八字,分属《士》、《庶人》、《孝平》、《三才》四章,据研究是八世纪中至后叶所抄写。此件的发现,进一步证明《古文孝经》不是伪造(参见《文史》二十三辑胡平生《日本〈古文孝经〉孔传的真伪问题》;《孔子研究》1988年第4期李学勤《日本胆泽城遗址出土〈古文孝经〉论介》)。

第十七章　墨家、前期法家和其他道家著作

第一节　《墨子》

《墨子》是先秦墨家学派著作的汇编。

墨家学派创始人墨翟,鲁人(另说宋人或楚人),约生于公元前468年左右,死于公元前376年左右[1],活动期在孔子之后,孟子之前。他年轻时做过木匠,并曾学儒,后另立学派,自称奉行大禹遗教,生活十分刻苦。他和孔子一样,一生东奔西跑,到处宣传游说,曾一度担任宋国大夫,更多的时间以教育为业。墨家学派实际上是一个有组织的社会团体,纪律严格,领袖称"巨子",代代相传。墨翟即第一代巨子,跟随墨翟的信徒达一百八十人,大多来自下层。墨子有时推荐弟子出去做官,或参加防御战争。他们都非常勇敢,不怕牺牲。墨学在战国中期与儒学势均力敌,并称"显学",长期互相攻讦。战国后期分为三派,有相里氏之墨,相夫氏之墨,邓陵氏之墨,各立门户。秦汉时沦为游侠,后世愈来愈衰微。

《墨子》一书并非墨子自著,是其门人后学所记录编撰的。全书

共有五十三篇,依现存篇目次序,大致可分为五组:

一、《亲士》、《修身》、《所染》、《法仪》、《七患》、《辞过》、《三辩》七篇,内容是"尚贤"、"节用"、"非乐"等主张之"馀义",可能作于《尚贤》等篇之后。《所染》中提到宋康王之灭,事在公元前 284 年,其写定当不会早于此时[2]。

二、《尚贤》、《尚同》、《兼爱》、《非攻》、《节用》、《节葬》、《天志》、《明鬼》、《非乐》、《非命》、《非儒》等二十四篇,是墨家的代表作。按照体例,每篇均有上中下,应为三十三篇。现在不足,盖是佚去。同题三篇内容大同小异,当是墨家三派分别记录传授所致。其写定并汇编于一处,当在三派并行一段时期之后。

三、《经》上下、《经说》上下、《大取》、《小取》六篇,后人称为《墨经》或《墨辩》,主要内容是逻辑学和自然科学,文字费解,素称难读。目前大多数学者认为是后期墨家所作,其思想较前期有所发展。

四、《耕柱》、《贵义》、《公孟》、《鲁问》、《公输》五篇,大部分是语录,与《论语》、《孟子》体例相近,其中对墨门众弟子皆尊称"子",对禽滑釐称"子禽子",可见最早是三四传弟子所记。

五、《备城门》以下十一篇,专讲防御战术技术和守城器械,属于军事学著作,文学性很差,其中杂有阴阳五行思想和宗教迷信成分,有些官职和号令采用秦国后期制度,当是战国晚期所作。

所以,从总体上看,《墨子》写定并集结成书当在《孟子》之后。

《墨子》思想反映了当时小手工业者的要求。其学说的目的性非常明确。《墨子·鲁问》说:"凡入国,必择务而从事焉。国家昏乱,则语之尚贤、尚同。国家贫,则语之节用、节葬。国家喜音湛湎,则语之非乐、非命。国家淫僻无理,则语之尊天、事鬼。国家务夺侵凌,则语之兼爱、非攻。"这就是所谓墨家十大纲领,核心在最后两项。

墨子认为,社会混乱人民困苦的根源在于"交相恶",因此他提倡"兼相爱,交相利","有力者疾以助人,有财者勉以分人,有道者劝以教人"(《尚贤下》)。所有的人都互相帮助,天下就会太平。从"兼爱"出发,墨子认为战争对人民危害最大,对社会生产和财富损害最严重,因此他主张"非攻",反对不义的侵略战争和兼并,却支持正义的防御战争和诛伐无道。为了实现"兼爱",他主张"尊贤",提倡"官无常贵,而民无终贱。有能则举之,无能则下之"(《尚贤下》)。即使"农工商肆之人",也可以做官。在行政上他主张"尚同",统一思想,统一政令,"上之所是,必皆是之;上之所非,必皆非之",逐级上同,最后使"天下之百姓,皆上同于天子",而天子必须上同于"天志"(《尚同上》)。从节约社会财富出发,墨家提倡"节用"、"节葬",反对儒家的久丧、厚葬和繁饰礼乐,对贵族们的奢侈浪费加以抨击。墨子力主"非乐",是以"尚用"、"先质后文"的美学思想为基础的。"子墨子之所以非乐者,非以大钟鸣鼓琴瑟竽笙之声以为不乐也,非以刻镂文章之色以为不美也"(《非乐上》),而是因为追求音乐享受费财误事,影响统治者的政事,荒废劳动者的生产,而又不能解决战争和贫穷等问题,无益而有害。墨子把文艺和政治的关系看成完全对立的,甚至认为政治越开明文艺就越简单,看不到二者之间互相促进的作用[3]。他们还过分强调内容,完全否定形式,认为"文"会害"用"[4]。这些观点显然是片面的。不过,墨子基本上是从维护劳动群众利益出发,站在小生产者立场对奴隶制旧文化进行批判,正面主张强本节用,尚有某些可取之处。

墨子的认识论属于唯物论的经验论。他认为,"闻之见之,则必以为有;莫闻莫见,则必以为无"。据此,他反对儒家的命定论,质问说:"自古以及今,生民以来者,亦尝见命之物,闻命之声者乎?则未尝有也。"(《非命中》)墨子还提出检验真理衡量是非的三条标准,即

"本"、"原"、"用"三表:"本"就是"上本之于古者圣王之事"——考察过去的历史记载,即间接经验;"原"就是"下原察百姓耳目之实"——即以广大群众的直接经验作为依据;"用"就是"发以为刑政,观其中国家百姓人民之利"——通过社会实践效果来检验。这是很可宝贵的。但由于他片面强调感性认识,轻视理性思维,往往把错误的传闻和幻觉现象也当成真理。由于古书记载说有鬼,社会上往往传说有人见过鬼,于是他便承认鬼神确实存在。

墨家学派在逻辑学上有突出的贡献。他们提出了"类"(事物和概念的类别)、"故"(充足理由)、"悖"(自相矛盾)等重要逻辑学范畴。还提出了"辟"(譬喻)、"侔"(比较)、"援"(引证)、"推"(归纳推理)等论证方法。《墨经》在这方面的见解尤其精辟、丰富。

《墨子》的文章,虽然"意显而语质"(《文心雕龙·诸子》),但在先秦散文发展史上却是不可缺少的一环,有一定承前启后的作用,体现了从语录体到专论体的过渡。如《尚贤》等二十四篇文章,多由墨子的若干段语录连缀组合而成。每一篇中各段语录之间有一定的联系,不像《论语》、《孟子》那样仅仅是随便凑集。其连缀方式,或自设问答,或假设反对派的诘难,然后分别引"子墨子曰"一一解答。而且每篇皆有中心思想,用鲜明的标题予以揭示,不像《论语》、《孟子》那样只是撷取首章首句二三字为题。

《墨子》文章皆有头有尾,结构完整,层次分明,章法井然,已经有意识地在论说文中运用形式逻辑。如《非攻上》即主要采用类比法展开驳论,从"今有一人,入人园圃,窃其桃李"说起,然后,再讲"攘人犬豕鸡豚者"、"入人栏厩,取人马牛者"、"杀不辜人也,扡其衣裘,取戈剑者",对这些人,"天下之君子,皆知而非之,谓之不义",至于"大为攻国,则弗知非,从而誉之,谓之义。此可谓知义与不义之别乎?"由小到大,由近及远,层层推进,把问题依次上升到一定公理范畴之内,这叫做"知类"。下面又从杀一人,必有一死罪;杀十人,有十罪;杀百人,有百罪;攻人之国,杀无数人,反谓之义,岂不荒谬?从道义上进一步判决提倡攻战者有罪。最后批评天下君子分不清义与不义之别,陷入自相矛盾的境地。这叫做"悖"。文章概念清晰,推理严密,矛盾律运用十分娴熟,论证一环套一环,只要承认第一步,就不能不承认第二步、第三步,直至使人完全信从。明人范介卿指出,"墨子作文最长于辩驳,铺叙词说,情意兼到,所以一洒篇章,历历动人"(《金卫公汇选·墨子》)。

《墨子》文章尤长枚举归纳推理。如《所染》篇,作者先以染丝于苍则苍、于黄则黄作比喻,然后由染丝联系治国,分类列举,舜、禹、汤、武所染皆贤臣,故"王天下","功名蔽天地";桀、纣、幽、厉所染皆佞人,故"国残身死,为天下僇";齐桓、晋文、楚庄、吴阖闾、越勾践所染皆君子,故霸诸侯;范氏、中行氏、知氏、吴夫差、中山尚、宋康王所染皆小人,故宗庙覆灭。说明所染与政治关系极大。最后由治国推论交友亦有所染。文章既有"辟"——以物喻人,又有"侔"——正反对照,还有"援"——引证历史,而通篇都是"推"——主要是从个别到一般的归纳推理,也包含从一般到个别的演绎推理。无论从形式逻辑和文章技巧来讲,《所染》篇都是十分出色的。至于"三表法"的具体运用,《墨子》书中更是随处可见。

《公输》篇尤其值得注意。其中心思想是反对以大欺小的侵略战争,基本观点是"非攻"的具体化,艺术技巧比较成熟,已经是曲折完整的故事。公输盘为楚设云梯以攻宋,墨子从远道赶来加以劝阻。开始他故设圈套,出重金请公输盘杀人,公输盘说"吾义固不杀人"。墨子马上抓住这句话加以批评,指责他攻宋是"不杀少,而杀众"。接着见楚王,设喻说,有人舍其文轩而窃人敝舆,舍其锦绣而窃人短褐,舍其粱肉而窃人糟糠,此何故也?楚王说,"必为窃疾矣"。墨子于是指出,以有馀之楚攻不足之宋,正与有窃疾者同。楚王无话可说,就让公输盘与墨子比赛攻守之术。

> 子墨子解带为城,以牒为械。公输盘九设攻城之机变,子墨子九距之。公输盘之攻械尽,子墨子之守圉有馀。公输盘诎,而曰:"吾知所以距子矣,吾不言。"子墨子亦曰:"吾知子之所以距我,吾不言。"楚王问其故。子墨子曰:"公输子之意,不过欲杀臣。杀臣,宋莫能守,可攻也。然臣之弟子禽滑釐等三百人,已持臣守圉之器在宋城上,而待楚寇矣。虽杀臣,不能绝也。"

公输盘故弄玄虚,吞吞吐吐,暗含杀机。墨子洞悉一切,偏不肯说破,双方都在卖关子;待到楚王发问,读者也急于想知道结局时,才亮明底牌,揭穿公输盘的阴谋,同时交代早有对策。这样富于腾挪的戏剧性情节,在先秦诸子散文中实为罕见。

《公输》篇对墨子的形象精心刻画,不仅描状其能言善辩,机敏老练,善于以理折人的高度智慧,而且着力展现其深谋远虑,不怕牺牲,安排周到,敢于以实际行动制止侵略的非凡胆略。最后,用归宋遇雨守门人不纳只好躲在门楼下过夜作尾声,烘托出墨子有大功而不居的利他主义和无私品德,使形象显得更加平凡而伟大。这些都出于有意识的勾画,非简单的自然记录可比。

《公输》篇的语言和《墨子》其他各篇有所不同。喜欢夸张形容,铺陈排比,颇有纵横家味道。尤其双方对答言辞,如短兵相接,句句锋利,步步紧逼,近乎辩士口吻,带有战国后期文章特色。

墨子救宋故事,在当时和后世很有名。《战国策·宋策》、《吕氏春秋·爱类》以及《尸子》都有记载,文字均不如《墨子》生动。后来又见于汉人的《淮南子·修务》、晋人葛洪的《神仙传》、唐人余知古的《渚宫旧事》等书。鲁迅还据以改编为历史小说《非攻》,赋予新的意义。

《耕柱》、《贵义》、《公孟》、《鲁问》四篇中,也有些机敏有趣的对话。如:

> 子夏之徒问于子墨子曰:"君子有斗乎?"子墨子曰:"君子无斗。"子夏之徒曰:"狗豨犹有斗,恶有士而无斗矣。"子墨子曰:"伤矣哉!言则称于汤文,行则譬于狗豨,伤矣哉!"
>
> ——《耕柱》

抓住对方不恰当的比譬反唇相讥,犀利尖刻之极。此外,像《鲁问》篇的墨子与公输盘辩论舟战之钩强与义之钩强孰利,墨子与吴虑辩以耕织劳人与以道义说人孰为优长,墨子假公尚过说越王用其道而辞其封地,《贵义》篇墨子驳楚王诬墨学为"贱人之所为",《公孟》篇墨子驳公孟子"君子必古言服然后仁"等等,都是很好的说理论难文章,风格与《孟子》颇为相近。

《墨子》注本较完备的有清人毕沅《墨子注》、孙诒让《墨子间诂》、近人吴毓江《墨子校注》,新近研究著作有杨俊光《墨学新论》、孙中原《墨子通论》、谭家健《墨子研究》等。

第二节 《管子》

《管子》是管仲学派的著作集,不是管仲自著,可能出自战国中后期以齐国稷下为中心的一批学者之手。他们或搜集管仲佚文遗事,或采录齐国官私记闻,或假托管仲名义著书立说,或兼取稷下各派讲学资料,混合编辑成这部规模巨大的文献。由于管仲是齐国最著名的历史人物,书中思想和行事多与他有一定联系,故名曰《管子》。秦汉之际,不断有人补充增益。司马迁曾看到其中一些篇章。到刘向整理图书时,共有各种版本计五百六十四篇,去其重复,得八十六篇。今本与之篇数相同,只是其中十篇有目无文,实存七十六篇。分为《经言》九篇、《外言》八篇、《内言》七篇、《短语》十七篇、《区言》五篇、《杂言》十篇、《管子解》四篇、《轻重》十六篇。其中最早的资料可能来源于春秋末年,最晚的可能写于汉初,大部分当作于战国中后期[5]。

《管子》的思想,以学派而言,以法家为主,也有道家、名家、兵家、阴阳家和少量儒家、墨家的成分。以性质而言,以政治、经济为主,兼及哲学、军事、法律和自然科学。《管子》保存了丰富而珍贵的资料,是研究先秦学术的一座宝库。

《管子》的文体,大部分是议论文和说明文,有单篇的,也有复合的(大题之下分若干小题),少数有韵。还有一部分是记叙兼议论,或故事和对话的混合。文章风格和文字水平很不一致,不像其他子书那样经过长期师生传授加工修饰,而保持着原始状态。

从文学角度看,《管子》中最使人感兴趣的是那些历史传说和寓言故事。其中关于齐桓公任用管仲成就霸业的事迹写得较为具体,《大匡》篇几乎是一篇齐桓公本纪。某些情节吸收了《左传》和《国语》的资料,而又加以补充和系统化,《史记·管仲晏婴列传》即以《管子》为基础。其基本事实大致可信,但有些情节和场面描写显然经过夸张。有些历史故事带有一定政治训诫意义,是统治经验的总结。如《小称》篇:

> 桓公、管仲、鲍叔牙、宁戚四人饮。饮酣,桓公谓鲍叔牙曰:

> "盍不起为寡人寿乎?"鲍叔牙奉杯而起曰:"使公毋忘出如莒时也,使管子毋忘束缚在鲁也,使宁戚毋忘饭牛车下也。"桓公避席再拜曰:"寡人与二大夫能无忘夫子之言,则国之社稷必不危矣。"

居安思危,千万不要忘记艰难时刻,这是一条很重要的教训,所以不久就被《吕氏春秋·直谏》篇吸收,刘向《新序·杂篇》也曾引述。

同篇又记,管仲临终前劝桓公远易牙、竖刁、堂巫、公子开方,桓公接受他的意见。可是,逐易牙而味不至,逐竖刁而宫中乱……桓公只好让他们回来。一年之后,四人作难,围公一室不得出。结果桓公活活饿死,陈尸十一日不得葬。这个故事在先秦西汉时很有名,常常被人引以为戒。

有一类是反映经济活动的故事,集中在《轻重》篇,多属权谋诈术之类,主要讲如何运用经济手段操纵国际国内市场,控制货物贵贱轻重,而后买进卖出,达到政治和经济目的。如《轻重戊》:

> 桓公曰:"鲁、梁之于齐也,千谷也,蜂螫也,齿之有唇也。今吾欲下鲁、梁,何行而可?"管子对曰:"鲁、梁之民俗为绨,公服绨,令左右服之,民从而服之。公因令齐勿敢为,必仰于鲁、梁,则是鲁、梁释其农事而作绨矣。"桓公曰:"诺。"即为服于泰山之阳,十日而服之。管子告鲁、梁之贾人曰:"子为我致绨千匹,赐子金三百斤,什至而金三千斤,则是鲁、梁不赋于民,财用足也。"鲁、梁之君闻之,则教其民为绨。十三月,而管子令人之鲁、梁。鲁、梁郭中之民,道路扬尘,十步不相见,继绮而踵相随,车毂齺骑,连伍而行。管子曰:"鲁、梁可下矣。"公曰:"奈何?"管子对曰:"公宜服帛,率民去绨,闭关,毋与鲁梁通使。"公曰:

"诺。"后十月,管子令人之鲁、梁。鲁、梁之民,饿馁相及,应声之正(同征),无以给上……鲁、梁人籴十百,齐粜十钱……二十四月,鲁、梁之民归齐者十分之六。三年,鲁、梁之君请服。

这是一场经济战。有意破坏邻国独立自主的经济体系,使之畸形发展,成为单一的依赖性的原料供给地,然后突然停止其原料进口,造成对方的经济危机,最后使之屈服。同篇中的"谋莒"、"谋楚"、"谋代",都是采取这种手段。

在国内也采取各种办法干预经济活动,以达到某种目的。《轻重丁》记:

桓公曰:"粟贱,寡人恐五谷之归于诸侯,寡人欲为百姓万民藏之,为此有道乎?"管子曰:"今者夷吾过市,有新成囷京(粮仓)者二家,君请式璧而聘之。"桓公曰:"诺。"行令半岁,万民闻之,舍其作业而为囷京以藏菽粟五谷者过半。

这是利用政治表彰的办法鼓励存粮。有时还采取措施干扰集市贸易以抑制商业,加强农业。如有意剪除道旁树荫,使行人无法逗留,促使集市早散;以及引污水流入村镇之屠场酒馆,吸引鸟类,分散人的注意力,迫使商人急于脱手等等,都是这方面的例子。它们反映了战国后期的社会经济,体现了自觉运用经济规律的聪明智慧,叙述亦尽情在理。在其他先秦著作中,还很难找到这样生动的材料。所以不论从经济史还是文学史来看,都是值得重视的。

有一些小故事,并没有多少政治或经济用意,但也活泼有趣。如《小问》篇记:桓公使管仲求宁戚,宁戚只说了一句:"浩浩乎!"管仲不明白,吃饭时还在想。婢女问他想什么,管仲说:不是小丫头所应该知道的。婢女说：您不要看不起年纪小的和身份贱的,从前国子没有换牙就参战立功,百里奚饭牛而相秦国。管仲乃告以故。婢女说："《诗》有之：'浩浩者水,育育者鱼。未有室家,而安召我居。'宁子其欲室乎？"像是隐语或猜谜。后世笔记小说中常有,在先秦散文中是不多见的。

《管子》的议论文中亦不乏佳篇。如《牧民》篇提出"礼义廉耻,国之四维","仓廪实则知礼节,衣食足则知荣辱"等观点,在后世很有影响。还有一些哲理文和政论文,散韵结合,音韵铿锵,很有文采,如《心术》、《白心》、《内业》、《四称》等是,明代文人对这些文章十分赞赏[6]。

《管子》有唐人尹知章注,清人戴望《管子校正》,近人有郭沫若等的《管子集校》、赵守正《管子通释》等,文学评点本有明朱长春等辑评《管子》。

第三节 《商君书》、《慎子》、《申子》

《商君书》是一部记述商鞅思想的著作。

商鞅(约前 390—前 338 年)是战国中期著名政治改革家,本名公孙鞅；后来被秦孝公封于商,号商君,故史称商鞅。他自幼学刑名之术,约于公元前 365 年左右,投奔魏国国相公叔痤门下,任中庶子。公叔痤曾向魏王推荐委以国政,没有被任用。公叔痤死后,适逢秦孝公下令求贤,公孙鞅因而离魏至秦,说以强国之术,孝公非常高兴,任命他为左庶长,定更法之令,两度实行变法。主要内容包括：废除奴隶主贵族世袭制,以军功授官爵；废除分封制,推广郡县制、什伍制；废除井田制残馀,开阡陌封疆,允许土地自由买卖；发展农业,抑制工商业;禁毁《诗》、《书》,实行法治教育等等。"行之十年,秦民大说(悦),道不拾遗,山无盗贼,家给人足。"(《史记·商君列传》)孝公升任商君为大良造(即丞相)。再过若干年,秦国越发富强,周天子致胙于孝公,诸侯皆来朝贺。商鞅又率兵大败魏军,虏其大将公子卬,逼使魏国割西河之地求和。经过这样一系列政治、经济、军事活动,秦国终于一跃而为七雄之首。商鞅为相期间,执法严厉,曾经处罚犯法的太子及其师傅公子虔,得罪了宗室贵戚。孝公死后,太子继位,公子虔立即给商鞅加上谋反的罪名,予以追捕,车裂于咸阳。商鞅死后,他所倡导的改革并没有停止,而是依旧继续下来。这就为后来秦始皇统一中国奠定了坚实的基础。

今本《商君书》二十四篇,不全是商鞅自著,而是以他为代表的这个学派的著作汇编。其中少数出于商鞅本人之手,多数是其学生或后学所作,但都可以看成是商鞅学派思想的反映。至于全书的编定时代,有人以所涉史实推测,大致在秦昭王晚年,即公元前251年左右。也有人主张至迟在秦始皇统一中国之前[7]。

《商君书》记录了商鞅变法的基本理论和主要政策。商鞅把人类历史划分为上中下三世,认为社会制度是随着时代的变化而变化的,没有固定不变的"法"和"礼"。客观情势变化了,政策也要随着变化。这种历史观是他"变法"的理论基础。提倡严刑峻法,加强暴力统治,是贯穿《商君书》的中心思想。他主张在全国颁布统一的法律,使百姓人人知法,不敢违犯。不论平民、贵族,只要触犯刑律,就依法治罪。大力加强农战是商鞅的基本国策。鼓吹君权至上,歧视劳动人民,推行愚民政策,在书中也有突出的表现。

《商君书》的文章体裁,除《更法》、《定分》两篇采用对话形式外,其余都是专题议论文。篇目可能是后加的,有些篇章乃摘取首句二字为题,有几篇多用"臣闻"云云,而且称谈话对方为"王",像是商

鞅向秦孝公上书言事的口气,全书各篇大都比较简短。语言整齐紧凑,峭拔峻洁,有时带些剧谈雄辩的味道。如《更法》篇:

> 三代不同礼而王,五霸不同法而霸,故知者作法,而愚者制焉;贤者更礼,而不肖者拘焉。拘礼之人,不足与言事;制法之人,不足与论变……前世不同教,何古之法?帝王不相复,何礼之循?伏羲、神农教而不诛,黄帝、尧、舜诛而不怒。及至文、武,各当时而立法,因事而制礼。礼法以时而定,制令各顺其宜,兵甲器备,各便其用。

几乎全用骈偶排比,琢句工劲而又长短错落,文气充沛。前几句曾被赵武灵王引用来驳斥保守派(见《战国策·赵策四》)。

为了说明问题,《商君书》偶尔撷取社会生活中某些具体现象作为比喻或例证,都能密切配合本旨,有效地表现其法家的思想观点。如《定分》篇:

> 法令者,民之命也,为治之本也,所以备民也。为治而去法令,犹欲无饥而去食也,欲无寒而去衣也,欲东(而)西行也,其不几亦明矣。一兔走,百人逐之,非以为兔也。夫卖者满市,而盗不敢取,由名分已定也。故名分未定,尧、舜、禹、汤且皆如鹜焉而逐之;名分已定,贪盗不取。

"逐兔"一例,充分体现了所有权和一切法权在社会生活中的重要作用,其中包括了极其深刻的政治经济学和法学原理。用极平常的事实说明极普遍的规律,表现出作者敏锐的观察力,这个故事很快就在社会上流传并被其他学者所引用[8]。

《商君书》文章的风格，有的简峻朴质，有的浅白流畅，不大一致。其组织结构，不如《荀子》、《韩非子》那样严密完整，个别篇章残缺不全，有的是分割或拼凑而成，少数内容互相重叠、抵牾，显然不出一人之手。但有的文章也颇具功力。如《垦令》篇，提出开垦荒地促进农业生产的二十条措施，每段都以"则草必垦矣"作结，无头无尾无具体论证，像是汇报提纲或法令方案。又如《赏刑》篇，开宗明义列出"一赏，一刑，一教"三项纲领（"一"是统一之意），然后逐一论析，最后一段收束。开阖起结，最为清晰。《徕民》篇用"齐人有东郭敞者"的寓言以增强说理的效果和形象性。《算地》篇论述规划全国土地，充分利用地力，调动民众从事农战的意义和方法，笔力风格，布置错综，俱似《管子》。明人汤宾尹说："读其书，想见其一时权变之术。先立机干，不区区组织间，散而不乱，详而有体，雄才大略具见。"（《历子品粹》）

《商君书》有严万里校本，近人朱师辙有《商君书解诂定本》，王时润有《商君书集解》，今人高亨有《商君书注释》，皆可参考。

《慎子》作者慎到，赵之处士，大约与孟子同时。齐宣王时，曾与彭蒙、田骈、邹衍、淳于髡等并游稷下。《史记·孟子荀卿列传》说他"学黄老道德之术"，"著十二论"，《汉书·艺文志》著录《慎子》四十二篇，列在法家，现皆散佚。今本为清人钱熙祚所辑，共得七篇。明末有一部《慎子内外篇》，显系杂抄各书凑成，学术界已确认是明人慎懋赏所伪托。

《慎子》七篇的思想体系基本上属于法家。据韩非说，先秦法家有三派：商鞅用法，慎到任势，申不害言术。关于"势"的学说，正是《慎子》独到之处。其基本观点是：

> 腾蛇游雾,飞龙乘云。云罢雾霁,与蚯蚓同,则失其所乘也。故贤而屈于不肖者,权轻也;不肖而服于贤者,位尊也。尧为匹夫,不能使其邻家;至南面而王,则令行禁止。由此观之,贤不足以服不肖,而势位足以屈贤矣。故无名而断者,权重也;弩弱而矰高者,乘于风也;身不肖而令行者,得助于众也。
>
> ——《威德》

这段话曾被韩非的《难势》篇引用,文字大同小异。主要说明权势的重要性,而不赞成儒、墨的"尚贤"主张。文章连连设喻,形象生动,举例贴切。明人陈懿典说:"文自奇特,且有感慨跌宕之势,愤激之词。"(《诸子折衷》引)其中"尧为匹夫"一段,正是社会生活中极常见的现象,作者从中悟出道理,有力地证明权力作用大大超过道德。

如果一味任势,必然会造成独裁专制。为了防止这种现象,慎到提出一种类似"公天下"的思想。《威德》篇又说:

> 古者立天子而贵之者,非以利一人也。曰天下无一贵,则理无由通,通理以为天下也。故立天子以为天下,非立天下以为天子也;立国君以为国,非立国以为君也;立官长以为官,非立官以为长也。

这是针对君权神授说和君主把天下国家当成私产的情况而发的,也是概括了古代氏族公社历史经验的结果,在当时和后世都是难能可贵的。论述一反一正,逐次演绎亦颇有力。

今本《慎子》虽非全璧,但文笔还算通俗流利,论析较为切理近情,而不像商鞅那样专断,韩非那样峭崛[9]。

《申子》是申不害的著作。

据《史记·老子韩非列传》说："申不害，京人也，故郑之贱臣，学术以干韩昭侯。昭侯用为相，内修政教，外应诸侯十五年。终申子之身，国治兵强，无侵韩者。申子之学，本于黄老，而主刑名。著书二篇，号曰《申子》。"其活动大约与商鞅、慎到同时。

《申子》一书唐时即已亡佚，清人严可均从《群书治要》等书中辑录《大体》、《君臣》两篇及其他佚文若干条，收在《全上古三代秦汉三国六朝文》卷四中，又有马国翰辑本，收在《玉函山房辑佚书》中。

据韩非说："今申不害言术而公孙鞅为法。术者，因任而授官，循名而责实，操生杀之柄，课群臣之能者也，此人主之所执也。"（《定法》）也就是后世所谓"人君南面术"。今本《申子·大体》篇基本上体现了这一特征。如：

明君如身，臣如手。君若号，臣如响。君设其本，臣操其末。君治其要，臣行其详。君操其柄，臣事其常。为人臣者操契以责其名，名者天地之纲，圣人之符，则万物之情无所逃之矣。故善为主者，倚于愚，立于不盈，设于不敢，藏于无事，窜端匿疏，示天下无为。是以近者亲之，远者怀之……危者覆，动者摇，静者安。名自正也，事自定也。是以有道者，自名而正之，随事而定之也。鼓不与于五音而为五音主，有道者不为五官之事而为治主。君，知其道也；臣，知其事也。十言十当，百为当者，人臣之事也，非君人之道也。

可见其曾受道家和名家影响。《韩非子》亦有《大体》篇，则是在申不害基础上的发挥。

从《申子》残篇已难窥其原貌。其文风简劲有力，不事藻饰，大致与《慎子》相近。两书皆有《君臣》篇,所以后人往往把他们看成一个学派。

第四节 《鹖冠子》、《文子》、黄老帛书

《鹖冠子》,《汉书·艺文志》列在道家,班固自注说作者是"楚人,居深山,以鹖为冠"。可能是武人,曾游赵,后隐于楚。其活动年代,当在赵武灵王后期至赵惠文王时期,即公元前310年至公元前260年之间。其书真伪,唐以后意见不一。柳宗元、晁公武、陈振孙、王应麟等认为是后人依托。韩愈、陆佃、宋濂、纪晓岚认定不伪。还有一些人以为真伪相混。当代一些学者将新出土的马王堆汉墓帛书与《鹖冠子》对照,发现不少语句相同,思想体系相近,从而确认其为先秦古籍[10],定稿时间当在战国末年。

《鹖冠子》属于道家中的黄老学派。其中《学问》篇曾用"九道"来概括所谓"圣人"的全部学问:"一曰道德,二曰阴阳,三曰法令,四曰天官,五曰神征,六曰伎艺,七曰人情,八曰械器,九曰处兵。"这实际上就是《鹖冠子》的基本思想体系。它以道家学说为本旨,但不排斥儒墨;讲究刑名法术,而又信从阴阳五行、天文术数,对军事问题尤感兴趣。今本十九篇,言兵者五篇,占全书四分之一。喜谈兵事正是晚周诸子的普遍风气。

《鹖冠子》的文章,古人评价不一。刘勰《文心雕龙·诸子》篇说:"鹖冠绵绵,亟发深言。"韩愈很欣赏《博选》篇和《学问》篇,说"余三读其辞而悲之"(《读〈鹖冠子〉》)。柳宗元、晁公武则斥之为"鄙言"。宋濂说:"其书晦涩,而后人又杂以鄙浅言。读者往往厌之,不复详究其义。"(《诸子辩》)明人汤宾尹说:"其人亦埋名遁影,

好自洁修者也。及其文则烂然一禀于玄矣。其意玄意也,其语玄语也,其解玄解也,不与庸谈伍,故苦心力索乃尔。骤而观之,端倪莫测;徐而索之,玄机透露。其老庄教门,而列华(列子、子华子)丰度乎?"(《历子品粹·读鹖冠子》)明人黄道周说:"今人争尚《鹖冠子》,惟知为奇言奥旨。"(《鹖冠子评注》引)我们认为,《鹖冠子》文章虽然比不上庄、孟、荀、韩等大家,但毕竟成一家之言,自具特色,披沙简金,往往见宝,可取之处还是不少的。例如《博选》篇:

> 君也者,端神明者也;神明者,以人为本者也;人者,以圣贤为本者也;圣贤者,以博选为本者也;博选者,以五至为本者也。故北面而事之,则伯己者至;先趋而后息,先问而后默,则什己者至;人趋己趋,则若己者至;凭几据杖,指摩而使,则厮役者至;乐嗟苦咄,则徒隶之人至矣。故帝者与师处,王者与友处,亡主与徒处。

主旨是强调尊重人才,礼贤下士,提倡博选。这些思想至今仍有现实意义。文章层次清楚,推论严密,纲目井然,有条不紊。韩愈特别赞赏其"五至"之说。王世贞指出,"此论深入物理,曲尽事情,最有跌宕处,三复便得之"(归有光《诸子汇函》卷七)。焦竑指出:"把常理来说,有不求奇而奇处,而文字递下,有一泻千里之势。"(《历子品粹》卷八)"北面而事之"等数句,是郭隗说燕昭王的话,见于《战国策》、《吕氏春秋》、《荀子》和马王堆帛书《称》篇,可见是当时名言,流传甚广。

再如《学问》篇,一开头就提出,圣人学问,"阖棺而止",即学无止境。末段又说,只要成材,总有用时。"贱生于无所用。中河失船,一壶(瓠)千金。"韩愈非常喜欢这几句话。吕补说:"此篇问答,

超伟奇绝,可珍可爱,条列有法,词简意尽。"(《二十九子品汇集释》卷十三)

《鹖冠子》有一部分文字用韵,比较多的是《世兵》,最精彩的是下面一段:

> 水激则旱,矢激则远。精神回薄,振荡相转。迟速有命,必中三五。合散消息,孰识其时?至人遗物,独与道俱,纵驱委命,与时往来,盛衰死生,孰识其期?俨然至湛,孰知其尤?祸乎福之所倚,福乎祸之所伏。祸与福如纠缠……一目之罗,不可以得雀;笼中之鸟,空窥不出。众人唯唯,安定祸福。忧喜聚门,吉凶同域。失反为得,成反为败……至得无私,泛泛乎若不系之舟。能者以济,不能者以覆。天不可与谋,地不可与虑。

这段文字集中体现了道家学派不为物累,任其自然的旷达人生观,不少词句非常警辟,曾为贾谊《鹏鸟赋》所吸收。

《鹖冠子》多数是专题议论文,有七篇是问答体,主要记庞煖与鹖冠子对话。庞煖答卓襄王(疑是赵悼襄王)、武灵王问,有可能即是谈话记录。其中《世贤》篇颇为生动。全文以医病比喻医国,认为治病者"不任所爱,必使旧医",治国者也应该"不用亲戚,而必使能",特别提倡防患于未然。

> 王独不闻魏文侯之问扁鹊耶?曰:"子昆弟三人,其孰最善为医?"扁鹊曰:"长兄最善,中兄次之,扁鹊最为下。"魏文侯曰:"可得闻耶?"扁鹊曰:"长兄于病视神,未有形而除之,故名不出于家。中兄治病其在毫毛,故名不出于间。若扁鹊者,镵血脉,投毒药,副肌肤间,而名出闻于诸侯。"魏文侯曰:"善。"

这实际上是则寓言,包含着深刻的哲理。说的是最高明的医生治病于未形之前,然而其声名往往不彰。弦外之音是治理国家以及办任何事情都应该把隐患消灭在无形之际,然而这种工作的效果和成绩并不能立即为人们所认识。这就需要领导者有长远的战略眼光,讲究宏观效益,而不能急功近利,头疼医头,脚疼医脚。文章语言浅近,风格平易,与其他各篇之奇奥晦涩有所不同。和《韩非子·喻老》中的"扁鹊见蔡桓公"有异曲同工之妙,而命意似乎更深一层。

《鹖冠子》注本有宋陆佃《鹖冠子解》和近人吴世拱《鹖冠子注》。

《文子》是一部道家学派的著作,历代学者多视为伪书。1973年在河北定县八角廊村西汉墓中发现了竹简本《文子》,二千七百九十字,共九章,与今本相同的六章[11],学者据此确认此书属于先秦古籍,但后人有所窜改。

《文子》的作者,旧题周辛计然撰。有人说计然是晋人,字文子,曾师事老子,故其书名曰《文子》。有人说计然是越国范蠡的老师。从今本内容看,这些说法难以成立。我们认为,此书大概是战国时期道家门徒为解释阐扬老子之学而作,故被古人说成"大概《道德经》之义疏尔"(宋濂《诸子辩》)。它以道家思想为主体,同时吸收战国后期法家、名家、阴阳五行家以及儒家、墨家的一些观点。书中有不少文句,为当时其他著作所常见,马王堆汉墓的黄老帛书中有二十二处与《文子》相近,可见它们是同一时代的产物。至于书中提到的孔子、平王、文子问老子,那不过是作者的假设,和当时其他道家著作往往假设黄帝、尧、汤等人问道一样,是不能据为信史而认定其写作年代的。

今本《文子》十二篇,每篇由若干段"老子曰"组成。开头摘录老子的话,接着是作者的发挥。有些老子之言见于今本《道德经》,多数则不知出处,未必真的属于老子。而在竹简本中,有些"老子曰"则径作"文子曰",足见本来是"夫子自道",后人为故神其说而有意改动了。

《文子》的文章,多数是比较完整的哲理论文,每篇皆有中心思想和明确的标题。语言洋洋洒洒、整齐流畅,所以《文心雕龙·诸子》篇说:"情辨以泽,文子擅其能。"行文大部分是散句,间或用韵。如《道原》篇:

> 夫道者,高不可及,深不可测。苞裹天地,禀受无形。原流泏泏,冲而不盈。浊以静之,徐清施之,无穷无所,朝夕表之。不盈一握,约而能张,幽而能明,柔而能刚。含阴吐阳,而章三光。

还有些片断近乎诗歌,如:

> 忽兮怳兮,不可为象兮! 怳兮忽兮,用不诎兮! 窈兮冥兮,应化无形兮! 遂兮通兮,不虚动兮! 与刚柔舒卷兮,与阴阳俛仰兮!

都是对"道"的解释形容。

颇具特色的是《上德》篇,几乎是格言谚语集锦。所采资料甚广,有的来自先秦诸子,如:

> 非规矩不能定方圆,非准绳无以正曲直,用规矩者亦有规矩之心。太山之高,倍(背)而不见;秋毫之末,视之可察。竹木有

火,不钻不熏;地中有水,不掘不出。矢之疾,不过二里;跬步不休,跛鳖千里;累块不止,丘山从成。临河欲渔,不若归而织网。

有些话显然脱胎于《孟子》、《荀子》、《庄子》,还有一些可能是流行于当时的名言。《淮南子·说林》、刘向《说苑·谈丛》体例亦与此类似,可能受到《文子》的启发。

今本《文子》有许多文句与《淮南子》相同,有些学者认为是《文子》抄袭《淮南子》,有些学者则持相反意见。清人孙星衍将两书文字做了具体比勘(见《问字堂集》卷四《文子序》),今人熊铁基将两书思想进行对照(见熊著《秦汉新道家略论稿》),唐兰也将《文子》与黄老帛书文句加以比较(见唐兰《马王堆出土〈老子〉乙本卷前古佚书之研究》附录),他们的结论都是《淮南子》袭用《文子》。我们认为这种意见是有道理的。

《文子》注本有元杜道坚的《文子缵义》以及今人李定生、徐慧君的《文子要诠》(1988年,复旦大学出版社)。

黄老帛书,指1973年长沙马王堆汉墓出土的《经法》、《经》、《称》、《道原》四篇先秦佚书[12]。从思想体系看,它们皆属黄老学派,是比较完整的著作,具有"因阴阳之大顺,探儒墨之善,撮名法之要,与时迁徙,因物变化"(司马谈《论六家要旨》)的后期道家特点。据学者研究,其著作时代当为战国中后期。这批佚书的发现,为研究先秦思想史和文学史提供了新的资料。

《经法》约五千字,包括《道法》、《国次》、《君正》、《六分》、《四度》、《论》、《亡论》、《论约》、《名理》九篇文章,各篇皆有中心,而全文的主旨不外提倡农战,强调法治,主张统一。

《经》约四千五百馀字,共十五章,各有标题,主要讲刑名和阴阳

刑德之说,大多采取黄帝与力黑、果童、太山之稽等人问答的形式,其中记述了一些神话传说。如《五正》篇:

> ……黄帝于是辞其国大夫,上于博望之山,谈卧三年以自求也。单(战)哉,阉冉乃上起黄帝曰:"可矣,夫作争者凶,不争者亦无成功,何不可矣。"黄帝于是出其锵钺,奋其戎兵,身提鼓枹,以遇蚩尤,因而擒之。帝著之盟,盟曰:"反义逆时,其刑视之蚩尤,反义倍宗,其法死亡以穷。"

《正乱》篇亦记:

> ……太山之稽曰:"可矣。"于是出其锵钺,奋其戎兵,黄帝身遇蚩尤,因而禽之,剥其皮革以为干侯,使人射之,多中者赏。劗其发而建之天,名曰蚩尤之旗。充其胃以为鞠,使人执之,多中者赏。腐其骨肉,投之苦醢,使天下噍之。

这些神话传说反映了远古部族战争的残酷性,皆不见于其他古籍。此外,还有黄帝四面,傅一心(《立命》),远古大庭氏之时,"不辨阴阳,不数日月,不志四时,而天开以时,地成以财"(《顺道》)等传说的片断,可与其他古籍相参证。

《称》篇约一千六百字,汇集许多类似格言的话。

《道原》主要论述"道"的性质以及如何掌握运用,约四百六十字,是一篇很成熟的韵文。语言以四言为主,杂以五言六言,文字清晰流畅,朗朗上口,内容与《韩非子·解老》中关于"道"的解释相近。如:

恒无之初,迵同太虚。虚同为一,恒一而止。湿湿梦梦,未有明晦。神微周盈,精静不熙。故无有以,万物莫以。故无有形,大迵无名。天弗能覆,地弗能载。小以成小,大以成大。盈四海之内,又包其外。在阴不腐,在阳不焦。一度不变,能适蚑蛲。鸟得而飞,鱼得而流(游),兽得而走。万物得之以生,百事得之以成。人皆以之,莫知其名。人皆用之,莫见其形。一者其号也,虚其舍也,无为其素也,和其用也。是故上道高而不可察也,深而不可测也。显明弗能为名,广大弗能为形,独立不偶,万物莫之能令。

关于"道"的解释,秦末汉初许多学者写过文章,除《庄子·大宗师》、《韩非子·解老》外,还有《文子》的《道原》,《尹文子》的《大道》,《鹖冠子》的《道端》,陆贾《新语》的《道基》,《淮南子》的《原道》等,比较这些文章思想观点的异同,文字风格的变化,对于先秦学术文化的探究是有意义的。

〔1〕 关于墨子的生卒年,有几种不同说法:孙诒让主前468—前376(《墨子年表》),梁启超主前468或458—前390或382(《墨子年代考》),钱穆主前470—前390(《先秦诸子系年》),侯外庐等主前490—前430(《中国思想通史》第一卷)。

〔2〕 参看《中州学刊》1983年第4期,谭家健《〈墨子〉在先秦散文史上的地位》。

〔3〕 《墨子·非乐上》说:"民有三患:饥者不得食,寒者不得衣,劳者不得息,三者民之巨患也。然即当为之撞巨钟,击鸣鼓,弹琴瑟,吹竽笙,而扬干戚,民衣食之财将安可得乎?即我以为未必然也……是故子墨子曰:为乐非也。今大钟、鸣鼓、琴瑟、竽笙之声既具矣,大人锈然奏而独听之,将何乐得焉哉?其说将必与贱人不与君子。与君子听之,废君子听治;与贱人听之,废贱人之从事。

今王公大人惟毋为乐,亏夺民之衣食之财,以拊乐如此多也。是故子墨子曰:为乐非也。"

《墨子·三辩》篇说:"子墨子曰:昔者尧舜有茅茨者,且以为礼,且以为乐。汤放桀于大水,环天下自立以为王,事成功立,无大后患,因先王之乐,又自作乐,命曰《护》,又修《九招》。武王胜殷杀纣,环天下自立以为王,事成功立,无大后患,因先王之乐,又自作乐,命曰《象》。周成王因先王之乐,又自作乐,命曰《驺虞》。周成王之治天下也,不若武王;武王之治天下也,不若成汤;成汤之治天下也,不若尧舜。故其乐逾繁者,其治逾寡。自此观之,乐非所以治天下也。"

〔4〕 参看《韩非子·外储说左上》所记楚王与田鸠关于墨子何以"言多不辩"的辩论。

〔5〕 关于《管子》的著作时代,历代学者意见不一。1972 年在山东临沂银雀山汉墓中发现了《管子》残篇,可证该书大部分作于先秦。

〔6〕 如明人汤宾尹说:"其意确,其词核,其步骤闲雅而不乱。有味哉!其言之也……诵其文词,殆想见其雄才大略云。"(《历子品粹·读管子》)

〔7〕 关于《商君书》的作者及年代,学者看法颇不一致。最近,郑良树在其《商鞅及其学派》(台湾学生书局 1987 年版)中做了细致的考辨,认为《垦令》、《境内》、《战法》、《立本》等篇为商鞅本人所作,其馀可分为五组,是五个不同时期不同作者所作。其说可备参考。

〔8〕 《吕氏春秋·慎势》引作"慎子曰",《尹文子·大道上》引作"彭蒙曰",二人都在商鞅之后。

〔9〕 《文心雕龙·诸子》说:"慎到析密理之巧。"《周氏涉笔》说:"稷下能言者,慎到最为。屏去谬妄,剪削枝叶,本道而附于情,立法而责于上,非田骈、尹文之徒所能及。"(《慎子内外篇》附《慎子评语》引)

〔10〕 参看《考古学报》1975 年第 1 期,唐兰《马王堆出土〈老子〉乙本卷前古佚书之研究》及其附录;《淮阳师专学报》增刊《活页文史丛刊》第 121 期,李学勤《新发现帛书与秦汉文化史》;《江汉考古》1982 年第 2 期,李学勤《马王堆帛书与〈鹖冠子〉》;《江汉论坛》1986 年第 2 期,谭家健《〈鹖冠子〉试论》。

〔11〕 参看《文物》1995 年第 12 期《定州西汉中山怀王墓竹简〈文子〉释

文》及校勘记。

〔12〕 《经》,帛书释文刚发表时称为《十大经》,后改为《十六经》。最近,裘锡圭教授主张仍作"十大"为当(见裘锡圭《古代文史研究新探》第571页注①,江苏古籍出版社1992年出版)。李学勤教授进一步论证"十六"应作"十大",并认为"十大"是章题,"经"是篇题,全篇共有十五章,而不是十四章(见李学勤《马王堆帛书〈经法·大分〉及其他》,载《道家文化研究》第三辑,上海古籍出版社1993年出版)。我们赞成裘、李二位教授的意见,并据以改正。

第十八章　兵家、名家著作

第一节　《孙子兵法》、《孙膑兵法》

《孙子兵法》又名《孙子》,是春秋末期孙武的军事理论著作,是他杰出的战略战术思想的光辉总结。

孙武是我国古代著名的军事理论家,生卒年不详,大约与孔子同时,齐国乐安(今山东惠民)人。由于齐国内乱,逃到吴国,被吴王阖闾重用为将,协助吴王图霸,严格训练部队,并指挥吴军对楚作战。于公元前506年,攻入郢都。北威齐晋,名显诸侯。相传曾著兵书十三篇[1]。今本《孙子兵法》,后世曾有人怀疑是其后代孙膑所著。1972年在山东临沂银雀山西汉墓中同时发现了《孙子兵法》和《孙膑兵法》两种竹简,证明他们二人各有兵书。

今本《孙子兵法》共十三篇,每篇皆以"孙子曰"开头。竹简本十二篇,有五篇开头是"孙子曰",其馀因简残而未见。另有木牍五篇,是《孙子兵法》以外之佚文。其中《黄帝伐赤帝》亦以"孙子曰"开头,《吴问》、《见吴王》两篇采用第三者记叙体。从这种写法看,不大可能是孙武本人所作,也许是其门徒或后人根据他的底稿或谈话记录整理加工而成,这是春秋战国时期著述的一般习惯。从文章结构看,今本《孙子兵法》较之《老子》有所发展。其最后定稿可能在《老子》稍后,《孙膑兵法》之前。

《孙子兵法》贯穿着宝贵的唯物主义精神和朴素的辩证法思想。孙武认为,战争的胜败,不取决于天意、鬼神、星辰运行变化,而决定于人事。人事之中主要有五个因素:"一曰道",即道义;"二曰天",即天时;"三曰地",即地利;"四曰将",即指挥员的素质;"五曰法",即法令、制度等等。其中最重要的是"道"。孙武特别强调了解敌我双方实际情况,"知彼知己,百战不殆","不知彼,不知己,每战必败"(《谋攻》)。这句话是常青的真理。对战争诸方面的对立的矛盾,孙武做了精辟分析,利害、主客、众寡、强弱、攻守、进退、虚实等等,不仅互相依存,而且可以转化。他要求"立于不败之地","致人而不致于人","有备无患"。对敌人,要"攻其无备,出其不意"。强调战场情况变化无穷,最重要的是因地因时制宜,灵活运用战略战术。他讲的是军事学,但同时具有方法论意义,故为后世哲学、政治、外交乃至企业家所重视。其书很早就被介绍到世界各国,成为全人类的共同财富。

作为散文,《孙子兵法》写得相当成功。宋人黄震说:"若孙子之书,岂特兵家之祖,亦庶几乎立言之君子矣。诸子自荀、扬外,其馀浮词横议者莫与比。"(《黄氏日抄》)明人汤宾尹说:"其文字约而庄,简而郁,篇篇之中,俱成一家。素吾儒阅其文,潜其义,施之文场驰骤,亦自是笔阵莫敌,其补讵浅鲜哉!"(《历子品粹》卷十一)

《孙子兵法》采用了一些类似诗歌的韵语,以适应军事指挥员记忆诵读的需要。如:"微乎!微乎!至于无形;神乎!神乎!至于无声。"(《虚实》)"利而诱之,乱而取之,实而备之,强而避之,怒而挠之,卑而骄之,佚而劳之,亲而离之,攻其无备,出其不意。"(《计篇》)

"故用兵之法,高陵勿向,背丘勿逆,佯北勿从,锐卒勿攻,饵兵勿食,归师勿遏,围师必阙,穷寇勿追。"(《军争》)

《孙子兵法》大多数文句属于散体,但明显地趋向整齐,尤其爱用排比句法,进行铺陈叙说。如:"用兵之法,有散地,有轻地,有争地,有交地,有衢地,有重地,有圮地,有围地,有死地……散地则无战,轻地则无止,争地则无攻,交地则无绝,衢地则合交,重地则掠,圮地则行,围地则谋,死地则战。"(《九地》)分述九种境遇及其战术,先三字句,再五字句,又四字句,排比之中又有变换,虽然多次重叠,并不显得絮烦、单调。

"凡用兵之法,全国为上,破国次之;全军为上,破军次之;全旅为上,破旅次之;全卒为上,破卒次之;全伍为上,破伍次之。是故百战百胜,非善之善者也;不战而屈人之兵,善之善者也。"(《谋攻》)双层排比,形成上策下策的鲜明对照。

"声不过五,五声之变,不可胜听也;色不过五,五色之变,不可胜观也;味不过五,五味之变,不可胜尝也;战势不过奇正,奇正之变,不可胜穷也。"(《兵势》)三句排比,反复强调,章法有如《诗经》。

《孙子兵法》喜欢采用生动具体的比喻,使其理论通俗易懂,使抽象玄奥的兵法能为将士所掌握。这就为它的文章增加了形象性,使之具有一定的艺术感染力。如:"故善用兵者,譬如率然。率然者,常山之蛇也,击其首则尾至,击其尾则首至,击其中则首尾俱至。"(《九地》)这个比喻精确而形象地说明了兵力部署上的互相支援照应关系,后世兵家都津津乐道。又如:"兵之所加,如以碫投卵者,虚实是也。"(《兵势》)"始如处女,敌人开户,后如脱兔,敌不及拒。"(《九地》)"其疾如风,其徐如林,侵掠如火,不动如山,难知如阴,动如雷霆。"(《军争》)这些话,由于概括精辟、形容生动,后来成为军事史上的名言。从语言艺术看,也是节奏紧凑、简劲隽永,经得起玩味的。

作为说理文字,《孙子兵法》比《老子》显得更细密、完整,更有条理性,许多篇章已经显示出作者讲求布局谋篇的结构艺术。如《军争》:

> 故三军可夺气,将军可夺心。是故朝气锐,昼气惰,暮气归。故善用兵者,避其锐气,击其惰归,此治气者也。以治待乱,以静待哗,此治心者也。以近待远,以佚待劳,以饱待饥,此治力者也。无邀正正之旗,无击堂堂之阵,此治变者也。

明人苏濬说:"治气、治心、治力、治变,此四样眼目分晓有体。"(《历子品粹》卷十三)[2]《孙子兵法》最常用的就是这种有纲有目、条分缕析的论述方法。

今本《孙子兵法》十三篇,每篇都有标题,它们是全篇的中心思想,整个议论都紧紧围绕中心而展开。例如《虚实》篇,康海指出,"通篇总一避实击虚之意,而析以敌为我击,则以先处战地而佚,因敌变化,其玄若神也。此文首尾唤应,较它篇更句句精密。"(《历子品粹》卷十三)他篇亦多如此。

《孙子兵法》的文字尽管古人颇为欣赏,但是曲高和寡,后世学步者并不多。正如宋人李涂《文章精义》所说:"《老子》、《孙武子》一句一理,如串八宝,珍瑰间错不断,文字极难学,唯苏老泉数篇近之。"苏洵说,他的《权书》正是有意模仿《孙子》的。然而,那已是更完整的专题军事论文了。

《孙子兵法》有曹操等十一家注和今人郭化若等的译注本多种。最新的有吴九龙主编的《孙子校释》、吴如嵩的《孙子兵法新论》等。

《孙膑兵法》是战国中期军事家孙膑的著作。

孙膑是孙武的后代,齐国阿(今山东阳谷东北)人,大约与商鞅、孟轲同时。曾与庞涓同学兵法,后涓为魏惠王将军,忌其才能,诱至魏,借故处以膑刑(去膝盖骨),故称孙膑,后经齐国使者秘密载回,因将军田忌而见齐王,任为军师,两次协助田忌攻魏,采取"围魏救赵"和"添兵减灶"等办法,先后大败魏军于桂陵和马陵,生擒庞涓,因而名显天下。有兵法传世,《汉书·艺文志》曾著录,称《齐孙子》(孙武之作称《吴孙子》),后来失传,《隋书·经籍志》已不见著录。1972年在银雀山汉墓竹简中重新发现。

竹简本《孙膑兵法》共十六篇,其思想显然继承而又发展了孙武,文体与《孙子兵法》稍有区别。

第一篇《禽庞涓》属于记叙文,主要情节与《史记》、《战国策》大体相同,但也有不同之处。《史记》说庞涓在桂陵之役后十三年的马陵之役中战败自杀,竹简本则说"击之桂陵,而禽庞涓",似以简本为是。

其馀各篇,有三篇是对话体,记孙膑与齐威王、田忌谈话,不仅记录问对,也能传达口气和神情。有三篇是语录体,由若干段"孙子曰"的简短语录组成。其中《八阵》篇说明"王者之将"应具备的条件,文字清晰,语言简劲。如:

> 孙子曰:智,不足将兵,自恃也。勇,不足将兵,自广也。不知道,数战,不足将兵,幸也。夫安万乘国,广万乘王,全万乘之民命者,唯知道。知道者,上知天之道,下知地之理,内得民之心,外知敌之情,阵则知八阵之经,见胜而战,弗见而诤,此王者之将也。

还有八篇是长篇独白,皆以"孙子曰"开头,其中《兵情》以矢喻士卒,弩喻将帅,射者喻君主,认为只有三者协调,才能胜敌。行文先设总纲,然后分论,比拟贴切,条理清楚。

《孙膑兵法》校注本有邓泽宗《孙膑兵法注译》和张震泽《孙膑兵法校理》。

与《孙膑兵法》同时出土的还有十五篇论兵论政的专题论文,作者尚难确定。其中《十阵》篇论述战斗队形,先列十阵之名目,然后逐一分论十阵之方法,写法与《孙子兵法》中的《地形》、《九地》有些相似。又有《五名五恭》篇,前半段论述用五种不同方法对付五种不同的敌军,是《孙子兵法》《谋攻》、《计篇》中某些观点的发挥。后半段论述军队进入敌境时,"恭"、"暴"两种手段要交替使用,则为《孙子兵法》中所未见。语言亦清峻条畅。又如《将义》篇,提出将帅必须具备义、仁、德、信、智等品质,显系《孙子兵法·计篇》所谓"将者,智、信、仁、勇、严"的阐发。五段皆用排比,每段又都用顶针格,井井有条。又《将失》篇,列举将帅失利的种种情况:

> 将失:一曰,失所以往来,可败也。二曰,收乱民而还用之,止北卒而还斗之,无资而有资,可败也。三曰,是非争,谋事辨讼,可败也。四曰,令不行,众不一,可败也。五曰,下不服,众不为用,可败也。六曰,民苦其师,可败也。七曰,师老,可败也。八曰,师怀,可败也。九曰,兵遁,可败也……

一连举出三十二项"可败也",写法与《韩非子·亡征》一连列数四十七项"可亡也"相同。此外,《雄北城》将难攻的"雄城"和易攻的"北城"进行对比,《奇正》篇论述奇正的相互关系和变化,以及如何运用奇正原则克敌制胜,都深入细致,充满辩证法。文章技法,也显得比较成熟。

第二节 《吴子》、《尉缭子》、《六韬》

《吴子》相传是战国前期军事家吴起的著作。

吴起(?一前381年),战国时卫人,曾从学于曾参。初仕鲁,继而仕魏,魏文侯任为将,攻秦,拔五城,为西河守以拒秦。文侯死,遭陷害,奔楚,初为宛(今河南南阳)守,不久任令尹,辅助楚悼王实行变法,楚国因而富强。由于触犯权贵利益,悼王刚死,吴起即惨遭宗室大臣杀害。

吴起与孙武齐名,他的著作在战国末年即为兵家所重视。《汉书·艺文志》著录《吴子》四十八篇,后散佚。《隋书·经籍志》作一卷,宋晁公武《郡斋读书志》作三卷,谓唐陆希声类次,凡六篇。今本作一卷六篇,篇目与之相合。有人以其中个别名物乃后世所有,而疑为伪书。当代学者根据新近考古发现,证明伪书之说不能成立[3],但不否认个别地方经过后人加工修改[4]。

《吴子》的文体为语录体,类似《论语》、《孟子》。今本六篇,每篇由若干段语录辑合而成,多者十来段,少者四五段,每段文字不长,或为对话,谈话对象为魏文侯、武侯;或为独白,段首称"吴子曰"。从行文口气看,作者不像吴起本人,也许是其门客弟子所记录,但其思想无疑属于吴起。六篇皆有明确的中心思想,并用标题加以概括。《图国》记述吴起治理国家的主张,《料敌》论述如何分析和掌握敌情,《治兵》讲如何管理和训练军队,《论将》讲选择将帅的标准和要求,《应变》是关于战术问题的论述,《励士》讲如何激励战士奋勇作战。编辑者主导思想明确。

《吴子》语言平易,文字清晰,条理井然,常用四言整齐文句,但韵语不多,比《孙子兵法》更接近口语。有的片断,不但见解精辟,而且描述生动,颇有情致。如:

> 武侯尝谋事,群臣莫能及,罢朝而有喜色。起进曰:"昔者楚庄王尝谋事,群臣莫能及,罢朝而有忧色。申公问曰:'君有忧色,何也?'曰:'寡人闻之,世不绝圣,国不乏贤,能得其师者王,能得其友者霸。今寡人不才,而群臣莫及者,楚国其殆矣。'此楚庄王之所忧,而君悦之,臣窃惧矣。"于是武侯有惭色。
>
> ——《图国》

主旨是告诫国君要善于发挥群臣的作用,不能陶醉于自己比别人高明。后来,《荀子·尧问》、《吕氏春秋·骄恣》、《新序·杂事一》、《法言·寡见》,都曾引述这个故事。

吴起很重视军队的训练和纪律,他认为:

> 夫人常死其所不能,败其所不便。故用兵之法,教戒为先。一人学战,教成十人。十人学战,教成百人。百人学战,教成千人。千人学战,教成万人。万人学战,教成三军。以近待远,以佚待劳,以饱待饥,圆而方之,坐而起之,行而止之,左而右之,前而后之,分而合之,结而解之。每变皆习,乃授其兵,是谓将事。
>
> ——《治兵》

这段话中的思想和文字显然都受到《孙子兵法》的影响。又如:

> 吴子曰:夫鼙鼓金铎,所以威耳。旌旗麾帜,所以威目。禁令刑罚,所以威心。耳威于声,不可不清。目威于色,不可不明。心威于刑,不可不严。三者不立,虽有其国,必败于敌。故曰:将之所麾,莫不从移;将之所指,莫不前死。

——《论将》

条分缕析,层次分明,语言整饬,果决有力。类似这样的段落,书中随处可见。

从北宋以后,《吴子》与《孙子兵法》、《六韬》、《司马法》、《三略》、《尉缭子》、《李卫公问对》合称《武经七书》,成为军事教科书。唐以后《吴子》即介绍到日本,十八世纪传到欧洲,至今仍受到各国军事理论家的重视。

《吴子》有唐陆希声注和台湾学者傅绍杰的《吴子今注今译》,李硕之、王式金《吴子浅说》等。

《尉缭子》二十四篇,作者尉缭,一说是战国中期梁惠王时人,书中第一篇《天官》即尉缭答梁惠王问,其他各篇常用"臣"为第一人称,故有人推测也许是在他和梁惠王谈话记录基础上整理而成的。一说是秦始皇时大梁人,曾游秦,为秦谋统一,被封为最高军事长官"国尉"(见《史记·秦始皇本纪》)。这两个尉缭相距百年,不可能是一个人。当代学者多以为是梁尉缭所作[5]。过去有人以其文气不古而疑为伪书,1972年山东临沂银雀山西汉墓中发现竹书六篇,与今本《尉缭子》相同,伪书之说随即动摇[6]。

《尉缭子》的军事思想继承而发展了《孙子兵法》,他认为战争的胜败取决于国家是否有良好的政治制度,只有国家富足安定,才能"战胜于外","威制天下",决不能迷信鬼神术数。他说:"举贤任能,不时日而事利；明法审令，不卜筮而获吉；贵功养劳，不祷祠而得福。"(《战威》)他甚至怀疑上天是虚无缥缈的，往古的帝王也不可作为榜样，必须依靠自己的力量："苍苍之天，莫知其极。帝王之君，谁为法则？往世不可及，来世不可待，求己者也。"(《治本》)尉缭还吸收了商鞅的观点，十分重视"农战"，强调加强战备和刑赏。《战威》篇说：

> 地所以养民也，城所以守地也，战所以守城也。故务耕者民不饥，务守者地不危，务战者城不围：三者先王之本务。本务者兵最急，故先王专于兵。有五焉：委积不多则士不行，赏禄不厚则民不劝，武士不选众不强，器用不备则力不壮，刑赏不中则众不畏。务此五者，静能守其所固，动能成其所欲。

这段话，论证严密，环环相扣，层次清晰，语言整洁，内容和形式都是可取的。

《尉缭子》主张将帅与士卒同甘共苦，严格要求自己，要做到"暑不张盖，寒不重衣，险必下步，军井成而后饮，军食熟而后饭，军垒成而后舍，劳佚以身同之。"(《战威》)还要求培养雷厉风行的战斗作风，"一人之兵，如狼如虎，如风如雨，如雷如霆，震震冥冥，天下皆惊"(《武议》)，思想和语言都脱胎于《孙子兵法》。尉缭还认为，军队不能扰民虐民，"兵之所加者，农不离其田业，贾不离其肆宅，士大夫不离其官府。""不攻无过之城，不杀无罪之人。夫杀人之父兄，利人之货财，臣妾人之子女，此皆盗也。"(《武议》)这些都发前人之未发。

《尉缭子》虽有不少整齐的句子，但主要是散体，韵语少见，风格显得持重严肃。讲军令军制的篇章占全书的三分之一，属于说明文，虽然清楚,但缺乏文采。刘勰《文心雕龙·诸子》篇说:"尸佼尉缭,术通而文钝。"可能是指这一部分而言。

《尉缭子》新注有华陆综《尉缭子注释》、李解民《尉缭子译注》等。

《六韬》旧题太公望撰,历代学者多认为是后人伪托。西周初期当然不可能出现那样的著作,但其成书至迟也不会晚于战国末期。因为1972年在山东临沂银雀山西汉墓中已发现有竹简本《六韬》残简五十四支,与今本中的《文韬》、《武韬》、《龙韬》内容相合,从而可以肯定《六韬》是一部先秦古籍,成书当在战国后期[7]。书中多次提到"引兵深入诸侯之地","以弱击强者,必得大国之与,邻国之助",列国纷争的特点很突出。既讲车战,又讲骑战;既讲仁义道德,又讲法术刑名、阴阳五行。这些都是战国后期思想界的特点。可能是战国末年兵家学派借用太公望问答方式而撰写的一部兵书。

今本《六韬》六十篇,分为《文韬》、《武韬》、《龙韬》、《虎韬》、《豹韬》、《犬韬》六组。每篇一题,均为太公答文王、武王问。主要讨论军事问题,许多地方吸收了《孙子兵法》的观点,如强调"击其不意,攻其无备"(《临境》),提倡"火攻"、"用间"、"料敌"等等。有的则取自《尉缭子》,如主张将帅与士卒同甘苦以及"勿杀降卒"等等。还有不少见解与《吴子》相近。其书分析论证较上述三书更为详明,有不少符合军事科学的思想。宋人叶适《习学纪言》说:"自《龙韬》以后四十三篇,条画变故,预设方御,皆为兵者所当讲习。《孙子》之论至深不可测,而此四十三篇繁悉备举,似为《孙子》义疏也。"后世把它列为《武经七书》之一,不是没有道理的。

书中讨论政治问题,亦不乏真知灼见。如多次提到:"天下非一

人之天下,乃天下人之天下",即经常为后世称道。又说:

> 同天下之利者,则得天下。擅天下之利者,则失天下。天有时,地有财,能与人共之者,仁也;仁之所在,天下归之。免人之死,解人之难,救人之患,济人之急者,德也;德之所在,天下归之。与人同忧同乐,同好同恶者,义也;义之所在,天下赴之。凡人恶死而乐生,好德而归利,能生利者,道也;道之所在,天下归之。

——《文师》

这些见解包含着合理因素,显然是受儒家思想影响所致。

《六韬》文字通俗浅显,接近口语,而又经过修饰,略为整饬,偶有排句,但并不故意追求对仗。它既不属于《孙子兵法》那样的格言体,又不同于《吴子》那样的语录体,也有别于《尉缭子》那样的专论体,是问对形式向专论发展的过渡形态。全书体例框架完整系统,超过上述各书。谭献《复堂日记》称赞说:"《六韬》虽不出太公,要为古籍,精密深至,古制古言,可窥寻也。"

《六韬·文伐》篇中还提到,太公为了搞垮殷纣,建议文王阴赂其左右,辅其淫乐,养其乱臣。这些阴谋诡计曾受到后世"诬圣"之责,其实战国时期类似传说颇多。如《逸周书·酆保》记文王对殷王搞阴谋诡计,《韩非子》记周文王勾结费仲,奉玉版以事纣,《管子》记汤结女华以为阴,事曲逆以为阳,都属于此类。这些不同于后世儒家学派的观点,正好证明这些书是先秦古籍。

《六韬》新注有盛冬铃《六韬译注》以及孔德骐《六韬浅说》。

第三节 《尹文子》、《公孙龙子》、《尸子》

《尹文子》旧列名家,作者尹文,战国时齐人,大致活动在宣王、湣王之际,曾游稷下,与宋钘等齐名。其书自宋明以来,或疑为东汉、魏晋人依托,最近已有文章辩驳[8],认为可能是尹文草创而在战国后期经过补充加工的一部书。今本仅一卷,分《大道》上下两篇。思想特征是以名家为主,综合道法,也不排斥儒墨。学术路线是自道以至名,由名而至法。其上继承和改造了《老子》,其下启发了荀子、韩非。

《尹文子》今存二篇,不像是完整的专题论文,似乎是语录和故事的凑集,各段自成起讫,互相并无联系。从文学上看,《尹文子》的价值主要在于寓言故事。如《大道上》:

> 宣王好射,悦人之谓已能用强也,其实所用不过三石。以示左右,左右皆试之,中关而止,皆曰:"不下九石,非大王孰能用是?"宣王悦之。然则宣王用不过三石,而终身自以为九石。三石,实也;九石,名也。宣王悦其名而丧其实。

这是对好虚名而不务实际,喜欢阿谀奉承者的最好讽刺,后来又被采用于《吕氏春秋·壅塞》篇。又如:

> 齐有黄公者,好谦卑,有二女,皆国色。以其美也,常谦辞毁之,以为丑恶,丑恶之名远布,年过而一国无聘者。卫有鳏夫,时冒娶之,果国色。然后曰:"黄公好谦,故毁其子不姝美。"于是

争礼之,亦国色也。国色,实也;丑恶,名也。此违名而得实矣。

《尹文子》主张,"善有善名,恶有恶名","不可相乱"。故意谦卑自损和喜欢戴高帽子都名不副实,会造成不良后果。明人许应元说:"(宣王)悦誉,(黄公)好谦,喻名实也。数段引证,各极其趣,而词气激扬,亦深有裨于世教者。"(《二十九子品汇释评》)

楚人担山雉者,路人问:"何鸟也?"担雉者欺之曰:"凤凰也。"路人曰:"我闻有凤凰,今直见之,汝贩之乎?"曰:"然。"则十金,弗与。请加倍,乃与之。将欲献楚王,经宿而鸟死。路人不遑惜金,惟恨不得以献楚王。国人传之,咸以为真凤凰,贵,欲以献之。遂闻楚王,王感其欲献于己,召而厚赐之,过于买鸟之金十倍。

故事旨在说明:虚伪的东西在特定的条件下也可能弄伪成真。下面一则故事用意恰恰相反:

魏田父有耕于野者,得宝玉径尺,弗知其玉也,以告邻人。邻人阴欲图之,曰:"怪石也,蓄之弗利其家,弗如一复之。"田父虽疑,犹录以归,置于庑下。其夜玉明,光照一室。田父称家大怖,复以告邻人。曰:"此怪之征,遄弃,殃可销。"于是遽而弃于远野。邻人无何盗之,以献魏王。魏王召玉工相之。玉工望之,再拜而立,敢贺曰:"王得此天下之宝,臣未尝见。"王问价,玉工曰:"此玉无价以当之,五城之都,仅可一观。"魏王立赐献玉者千金,长食上大夫禄。

《尹文子》认为,天下万物皆有是非,分清是非十分重要,然而"是虽常是,有时而不用",如宝石诬为怪石就是;"非虽常非,有时而必行",如山鸡讹为凤凰就是。"故用是而失有矣(如田父),行非而得有矣(如路人)。是非之理不同,而更兴废,翻为我用,则是非焉在哉!"作者对于当时社会上是非颠倒的现象十分不满,所以极力主张正名实以定是非。这两则寓言都写得曲折尽情,已不限于简单比喻说明,而成了可以独立的故事。其他先秦寓言,多把愚者当成讽刺对象,这两则寓言却充满了同情,而把矛头指向欺骗者,含有深刻的哲理意味。

《大道下》篇的两则寓言更加有趣:

> 庄里丈人字长子曰"盗",少子曰"殴"。盗出行,其父在后追呼之曰:"盗!盗!"吏闻,因缚之。其父呼殴喻吏,遽而声不转,但言:"殴!殴!"吏因殴之,几殪。

读来令人忍俊不禁,说明表示事物名称的概念和语句,一定要准确清楚,不能和其他概念混淆或产生歧义,使人误会为别的意思。不能把自己所理解的特殊概念混同于社会所使用的通常概念,如"盗"、"殴"之类就是教训。这已经涉及名词概念必须服从于社会,也就是语言的社会性问题了。

> 康衢长者字僮曰"善搏",字犬曰"善噬"。宾客不过其门者三年,长者怪而问之,乃实对,于是改之,宾客复往。

这和上述故事殊途而同归。"善搏"、"善噬"的名称也可能符合僮与犬的实际,但产生的社会效果不好。说明名词概念不但要反映主体特征，也要适应客观环境。

这两则寓言，显然都是作者为了解释其理论而有意创作的，作者把名实关系结合到日常生活中来，使这个先秦时期争论不休的问题，具有更广泛的现实意义。"庄里丈人"、"康衢长者"都是虚构的人物，故事情节亦未必实有其事，却显得夸张而不失真，尤其是把老翁呼儿气急败坏说不出话来的情状刻画入微，宛然如见，在先秦寓言中是不可多得的。《尹文子》的文章受到后世的好评[9]。

《尹文子》新注本有历时熙的《尹文子简注》。

名家学派的代表作是《公孙龙子》。作者公孙龙，战国赵人，大概生活在赵武灵王、惠文王至孝成王时期，是赵国贵族平原君门下很受优待的宾客，曾为平原君划策，并交游各国诸侯。晚年被废，不知所终。

今本《公孙龙子》共六篇。第一篇《迹府》，是弟子们纂集的公孙龙事迹汇编，属于记叙文，其中有的片断颇为生动。如孔子之孙孔穿不同意公孙龙的白马非马论，希望他放弃观点，则孔穿愿为弟子。公孙龙反驳说：

> 且白马非马，乃仲尼之所取。龙闻楚王张繁弱之弓，载忘归之矢，以射蛟兕于云梦之圃，而丧其弓。左右请求之。王曰："止。楚人遗弓，楚人得之，又何求乎？"仲尼闻之曰："楚王仁义，而未遂也。亦曰人亡弓，人得之而已，何必楚？"若此，仲尼异楚人于所谓人。夫是仲尼异楚人于所谓人，而非龙异白马于所谓马，悖。先生修儒术而非仲尼之所取，欲学而使龙去所教，则虽百龙，固不能当前矣。孔穿无以对焉。

他抓住孔子曾经区分楚人和人这两个概念的不同,为自己的白马非马论辩护,又利用孔穿是孔子之孙这一关系反唇相讥,虽然不免牵强,却机警有风趣。

其馀五篇,为公孙龙自著,皆以"论"为文章标题,以对话为表达方式,主客连续问答,就一些哲学概念和命题反复论争,发微探賾,言简意奥,思辨性极强。如第二篇《白马论》,是公孙龙的代表作。文中写道:

> 马者,所以命形也;白者,所以命色也。命色者非命形也。故曰:白马非马。

说白马不是一般的马,并不错。但他把抽象的马的概念当做独立存在,认为只有抽象的马才是真正的"马",而白马、黄马、青马都不是马。这就割裂了一般与特殊的辩证统一关系,否认共性即存在于个性之中。无色之马在现实生活中是不存在的,所以,当公孙龙骑着白马过关,硬说"白马非马"而不想缴纳马税时,关吏无论如何也不让他通行(见《韩非子·说林》)。这虽然可能出于虚构,但反映了现实生活对诡辩论者的严峻批判。

第三篇《指物论》,讨论物质与意识的关系问题,第四篇《通变论》,表述了公孙龙的变化观和方法论;第六篇《名实论》,提出"正名"原则,是其哲学纲领所在;第五篇《坚白论》,提出"离坚白"的观点,使公孙龙成为这个学派的代表。其中说:

> 视不得其所坚,而得其所白者,无坚也;拊不得其所白,而得其所坚者,无白也。

公孙龙把事物的属性看成是依赖于人的感觉而存在的,从而否认事物属性的客观自在性。在他看来,眼只能见白而不见其坚,坚就不存在;手只能感到坚而不觉其白,白就不存在。因此,坚石与白石是分离的。他不知道,事物的各种属性是统一于事物的本身而不可分割的,世界上根本不存在只有硬度没有颜色或只有颜色而没有硬度的石头。人的知觉具有对五官感觉的综合能力,大脑完全可以通过手和眼提供的不同信息得出结论:这是一块既硬且白的石头,只有傻瓜和瞎子才会当成两件东西。公孙龙的这个命题,理所当然地受到古今哲学家的批评[10]。

公孙龙的理论,无疑属于诡辩论。不过,他居然能把明明违背常识的观点讲得振振有辞,这就使得不少古人为之惊叹不已。明人宋濂说:"予尝取而读之,白马非马之喻,坚白异同之言,终不可解。后屡阅之,见其如捕龙蛇,奋迅腾骞,益不可措手。甚哉!其辩也。"(《诸子辨》)纪昀也说:"义虽恢诞,而颇博辩","持论雄赡,实足以耸动天下。"(《四库全书总目提要》)

诡辩论固然是错误的,但却往往是正确认识的先导,所以在哲学史上也不是完全没有意义。尤其是《公孙龙子》所采取的问答式的文体和辩难式的手法,进一步发展了《论语》式的语录体和《孟子》、《庄子》式的论辩体;到了后世,特别是魏晋南北朝时期,甚至演变成说理文中一种十分流行的方式。

谭戒甫《公孙龙子形名发微》搜罗甚详备。《公孙龙子》的新注有栾星的《公孙龙子长笺》、庞朴的《公孙龙子研究》等。

《尸子》,作者尸佼。"晋人也,名佼,秦相卫鞅客也。卫鞅商君谋事,画计,立法,理民,未尝不与佼规之也。商君被刑,佼恐并诛,乃逃入蜀,自为造此二十篇书,凡六万馀言,卒,因葬蜀。"(《史记集解》

引刘向《别录》)《汉书·艺文志》有《尸子》二十篇,南宋以后散佚,清人章宗源、孙星衍辑集为二卷,稍后汪继培又加以删订,上卷定为十三篇,下卷为佚文数十则,约一万二千馀字。孙星衍认为,"其书出周秦之间"(《尸子集本叙》)。我们认为,其书主要出自尸佼,可能经过周秦之间学者的加工补充。

《尸子》的思想倾向类似杂家。以崇尚儒家为基础,以仁义忠信为主调,常常称引孔子,有时甚至尊为"夫子",有些地方又宣扬墨家、名家的观点。《广泽》篇总括当时学术说:"墨子贵兼,孔子贵公,皇子贵衷,田子贵均,列子贵虚,料子贵别囿,其学之相非也数世矣,而已皆弇于私也。"认为他们其实是一致的,不应该互相非难。这和《吕氏春秋·不二》篇的意见相近,反映了战国末期思想意识要求统一的趋势。从这点看,《文心雕龙·诸子》篇所谓"尸佼兼,总于杂术"的评价是符合实际的。

以文章而论,其中佳言卓论,雄词华章往往散见。明王俊川说,其书"秦火之烬仅存者,予爱其精深宏博,光辉焕烨,亦可充味古者之一脔尔"(归有光《诸子汇函》卷九)。

首章《劝学》,就是一篇谈学习和修养的好文章。开头一段便十分精彩:

> 学不倦,所以治己也;教不厌,所以政人也。夫茧,舍而不治,则腐蠹而弃;使女工缫之,以为美锦,大君服而朝之。身者,茧也,舍而不治,则知行腐蠹,使贤者教之,以为世士,则天下诸侯莫敢不敬。是故子路,卞之野人;子贡,卫之贾人;颜涿聚,盗也;颛孙师,驵也:孔子教之,皆为显士。夫学,譬之犹砺也。夫昆吾之金,而铢父之锡,使干越之工,铸之以为剑,而弗加砥砺,则以刺不入,以击不断;磨之以碧砺,加之以黄砥,则其刺也无

前,其击也无下。自是观之,砺之与弗砺,其相去也远矣。今人皆知砺其剑,而弗知砺其身。夫学,身之砺砥也。

连用譬喻,叠引例证,恳切笃实,形象屡现,思想和语言文采皆可与《荀子·劝学》媲美。

有些历史故事和民间传说,文字虽然不长,但意蕴深刻,见解精辟,很能发人思考。如《贵言》篇:

范献子游于河,大夫皆在。君曰:"孰知栾氏之子?"大夫莫答,舟人清涓舍楫而答曰:"君奚问栾氏之子为?"君曰:"自吾亡栾氏也,其老者未死,而少者壮矣,吾是以问之。"清涓曰:"君善修晋国之政,内得大夫,而外不失百姓,虽栾氏之子,其若君何?若不修晋国之政,内不得大夫,而外失百姓,则舟中之人,皆栾氏之子也。"君曰:"善哉言!"明日朝,令赐舟人清涓田万亩。

政治清明,内外同心,即使有少数敌人,并不可怕;政治混乱,上下离心,那么到处都会出现敌人。故事把这个道理讲得简单明了,透彻警策。

下卷有些片断,也相当精彩。如:

有医竘者,秦之良医也,为宣王割痤,为惠王治痔,皆愈。张子(即张仪,秦惠文王时为相)背肿,命竘治之,谓竘曰:"背非吾背也,任子制焉。"治之,遂愈。竘诚善治疾矣,张子委制焉。夫身与国亦犹此也,必有所委制,然后治矣。

"委制"也就是放权、信任,让对方大胆处置的意思。这个故事所包含的哲理十分朴素,具有普遍性,即使在今天仍有启发意义。

旧列先秦子书的还有属于名家的《邓析子》和属于纵横家的《鬼谷子》。古代不少学者疑为伪托,也有人主张是先秦古籍。我们认为,其中某些观点可能是先秦遗留,但全书尚不易断定。而且,文字均艰涩难读,谈不上什么文学性。解放后二书俱曾出版,近来也有一些文章引用。

〔1〕 孙武事迹主要见于《史记·孙子吴起列传》。

〔2〕 明人钱福指出:"孙子之文,有精华,有关节,有眼目,有处置,有馀波照应,起伏分段,难以具述。"(《历子品粹》卷十三引)

〔3〕 如郭沫若《青铜时代·述吴起》据《吴子·治兵》篇有"左青龙,右白虎,前朱雀,后玄武"是袭用《曲礼》或《淮南子·兵略训》,"用知四兽为物,非吴起所宜用。故今存《吴子》可断言为伪。以笔调觇之,大率西汉中叶时人所依托。"李学勤根据20世纪70年代湖北随县擂鼓墩曾侯乙墓中所发现的一具漆衣箱,盖上绘有青龙、白虎,及二十八宿名称,从而指出:"至于青龙、白虎、朱雀、玄武四神,长期以来被指为汉代较晚才产生的。擂鼓墩这具二十八宿漆箱的发现,足以纠正流传的错误观念。"(李学勤《东周与秦代文明》,文物出版社1984年版)孙开泰《〈吴起兵法〉考辨》(《吴起传》附录)据此对郭说进行了反驳。

〔4〕 参看《湘潭大学学报》1985年第2期、《湖南师大学报》1986年第2期、《思想战线》1987年第3期有关《吴子》真伪的讨论文章。

〔5〕 华陆综《尉缭子注译》(中华书局1979年出版)前言认为作者是梁惠王时尉缭,并列举了三条理由。李解民《尉缭子译注》(河北人民出版社1992年出版)持相同意见。我们认为,今本第十三篇至第二十二篇多言军令军制,具体详明,似属国尉职掌,有可能出自秦尉缭之手,后人又将两部分合而为一。

〔6〕 李学勤说:"临沂银雀山竹简里又有兵书《尉缭子》,和今本对照,多有异同。细加考察,得知今本《尉缭子》文字不类古书,是该书传授者以当时通

行文体加以改易的结果。"(见孙开泰《吴起传》李学勤序,北京出版社 1991 年出版)

〔7〕 孔德骐《六韬浅说》(解放军出版社 1987 年出版)盛冬铃《六韬译注》(河北人民出版社 1992 年出版)方克《中国军事辩证法史》(先秦)(中华书局 1992 年出版)均持此说并有论证。李学勤说:"近年在山东临沂银雀山西汉墓发现的竹简有《六韬》,河北定县八角廊西汉墓竹简亦有与(《汉书·艺文志》所载)《太公》有关书籍,证明《六韬》是先秦古书,不过是经后人重新编辑的。"(见孙开泰《吴起传》李学勤序)

〔8〕 参看《文史哲》1984 年第 4 期,胡家聪《〈尹文子〉和稷下学派——兼论〈尹文子〉并非伪书》。《东岳论丛》1984 年第 6 期,周立升、王德敏《尹文子哲学思想初探》。又,周文《〈尹文子〉非伪析》,见《中国逻辑史论》,辽宁教育出版社 1988 年出版。

〔9〕 刘勰《文心雕龙·诸子》说:"辞约而精,尹文得其要。"汤宾尹《历子品粹·读尹文子》说:"《尹文子》之文,大都以铺叙取胜。其叙事详,其区段饬,而起结断案,俱井井可观,词属大羹玄醴,而味颇隽永。故观之者亦入眼而不烦,投胸而不厌。至其步骤节奏,则斤斤于程度间,盖文之有体段者也。"

〔10〕 汉人王充《论衡·案书篇》说:"公孙龙著坚白之论,析言剖辞,务折曲之言,无道理之较,无益于治。"元人吴莱《读公孙龙子》说:"公孙龙盖有审于是,而言之或过,是以颇滞于析辞而反暗于大礼,察焉而无用,辩焉而不急。"(见《渊颖吴先生集》卷六)

第 五 编

屈原和楚辞

第十九章　楚文化与楚辞的产生

第一节　楚人、楚国与楚文化

楚辞是公元前四世纪产生于我国南方楚国的一种新诗体。它是战国时代楚文化高度成就在文学方面的集中体现，是先秦时代与中原文化相对的南方文化长期发展的硕果。

中国古代江、汉流域，本为多民族杂处之地，史书统称之为"荆蛮"或"楚蛮"[1]。西周初年，芈姓氏族兴起，"或在中国，或在蛮夷"。周成王时，封芈氏后人熊绎于楚蛮，居丹阳（今湖北秭归东南），始立为国[2]。熊绎及其后世熊渠是江、汉流域最早的开发者。《左传·昭公十二年》载楚右尹子革曰："昔我先王熊绎，辟在荆山，筚路蓝缕，以处草莽。跋涉山林，以事天子。"荆山，在今湖北西部，武当山东南，汉江西岸。熊渠当周夷王之时，"甚得江、汉间民和"，趁王室衰微，"乃兴兵伐庸、杨粤，至于鄂"，并立其三子为王，"皆在江上楚蛮之地"。至春秋之世，熊通伐随，开濮地，与周室抗衡，自立为武王。其子文王，迁都于郢，"楚强，陵江、汉间小国，小国皆畏之"。"于是楚地千里"[3]，已成为独霸南方的大国。兹后历经成王、庄王、灵王等而入战国之世,楚已成为席卷南土、问鼎中原的极强盛的国家。《战国策·秦策》称"楚苞九夷,又方千里",九夷,指东方各部族。《战国策·楚策》载苏秦说楚威王曰:"楚天下之强也……西有黔中、巫郡,东有夏州、海阳,南有洞庭、苍梧,北有陉塞、郇阳,地方五千馀里。"楚之疆域,虽时有得失,但据考察其鼎盛时期地跨今十一省,兼县三百馀,为战国时代最大之国。

关于芈姓楚族源于何方,迄无定论,暂可存疑。屈原《离骚》自称"帝高阳之苗裔",《史记·楚世家》称"楚之先祖出自帝颛顼高阳,高阳者,黄帝之孙"。语涉神话传说时代事,难以稽考。但楚族早与中原有关系,据载楚之一支"昆吾氏,夏之时尝为侯伯",夏亡后,"彭祖氏,殷之时尝为侯伯"。其"季连"一支之后裔,曾事周文王、成王。周成王"封熊绎于楚蛮,封以子男之田"[4]。楚蛮指江汉地区,当时为所谓九黎、三苗居住地域。其后,该地区在芈姓氏族的统治之下,不断向四周开拓,除灭掉了殷、周以来许多附近的小国以外,还东向百越,西向巴蜀,南服黔、滇诸蛮,楚遂成为古代南方一个多民族杂居的大国。

"人类历史是在人种、语言和文化的属性上不同的各民族集团的接触与混合的历史"[5]。芈楚最早具有或吸收的是夏、商、周的中原文化,在江、汉建国并开拓领域以后,与南方各土著民族相交往,不可避免地互相吸收、融合,而在千百年的历史长河中,逐渐创造了富有特点的代表南方文化系统的楚文化。从所谓"楚人"的构成来说,它包括所谓"九夷八蛮",即南中国诸多部族、民族,如越、巴、苗、濮、氐、羌等,它们在芈氏之族的统治下融合成被北方称做为"荆蛮"的强大的楚民族,建立了强大的楚国家。而所谓楚文化,不是单一的芈姓氏族的文化。芈姓氏族最早与夏、商、周接触,因此受到夏文化、商文化、周文化的影响。这从五十年代中期在信阳长台发现的大批楚文竹简就可以证明。据考察这些竹简上的楚文与甲骨、金文及其他六国文字同属一个系统。但楚文化又是多元的，独具色彩的，它是在博取、吸收南方土著文化的过程中形成的，诸如百越文化、夷濮文化、氐羌文化、巴蜀文化、苗蛮文化，均曾成为构成楚文化的因子，因此，楚文化除与中原文化有着不可分割的联系外，它的变异性极为突出，呈现出强烈的地方色彩。

春秋战国时期，楚文化已形成自己的特色，特别是进入战国时期以后，楚文化已发展到很高的水平。除先秦古籍的记述以外，近年来考古发掘的楚文化资料也证明了这一点。1978年夏，从湖北随县城郊擂鼓墩发掘了一座战国早期大型墓葬——曾侯乙墓。墓中出土了青铜器百馀件[6]。这些青铜器物造型复杂，纹饰精美，独具风格。特别引人注目的是六十四件、分层悬挂的编钟。这套乐器经演试，发音准确，音域宽广，音色优美。编钟分上中下三层，上层钮钟十九件，主要用来定调；中层甬钟三十三件，为主要演奏部分，有三个半八度音阶；下层甬钟十二件，体大壁厚，主要起和声作用。乐器的先进，说明乐理的精湛，音乐的发达，同时也表现了当时铸造工艺的超凡水平。另外，1973年在湖南长沙出土了一幅罕见的帛画，长三十七点五厘米，宽二十八厘米。这幅画在细绢上的驭龙图，极富动感和想象力。"画幅中舆盖飘带、人物衣着飘带和龙颈所系缰绳飘带，拂动方向一致，都是由左向右，表现了风动的方向，反映了画家状物的细致精确。"[7]这些出土文物给我们提供了辉煌灿烂的楚文化的实物资料，也向我们展示了与楚辞文学息息相关的某些艺术实景。

楚文化有着不同于中原地区的文化特点，是有其地理和民俗方面的原因的。《汉书·地理志》云：

楚有江、汉川泽山林之饶；江南地广，或火耕水耨。民食鱼

> 稻,以渔猎山伐为业,果蓏蠃蛤,食物常足。故呰窳偷生(应劭注曰:"呰,弱也。言风俗朝夕取给偷生而已,无长久之虑也。"),而亡积聚,饮食还给,不忧冻饿,亦亡千金之家。信巫鬼,重淫祀。而汉中淫失(佚)枝柱,与巴、蜀同俗。

> 巴、蜀、广汉本南夷,秦并以为郡,土地肥美,有江水沃野,山林竹木疏食果实之饶。南贾滇、僰僮,西近邛、莋马旄牛。民食稻鱼,亡凶年忧,俗不愁苦,而轻易淫泆,柔弱褊厄。

战国时期的楚国,占有以江、汉、沅、湘地区为中心的南方的广大领土。《汉书》简要记述了它的地理、物产、民生和民俗情况。江南土地肥沃,气候适宜,物产富饶,相对说来比北方人民取生要容易。楚统治者虽较多地学习、吸收中原文化,但大多数土著民族居民尚保存了某些氏族社会遗习,所谓"轻易淫泆",是说他们还未尝全部接受宗法制度,在包括男女交往在内的社会生活中,还不像北土受到那样多的宗法礼俗的束缚。特别在宗教方面,"信巫鬼,重淫祀",说明原始"巫风"还在盛行,这对楚文化是有重要影响的。蛮俗遍布,巫风盛行,熏染了整个楚文化,故后世有"巫楚文化"之称。

古代人们的宗教观念和信仰,对于民俗和文化艺术有巨大影响。楚人的宗教是一种泛神论的多神教,这种宗教不仅与当时北土周人的重庙祭、祀祖先神不同,而且与中原地区单纯崇拜自然物本身的宗教习俗也不同,它是由所谓巫觋降神,"民神杂糅"、"民神同位"的方式来进行宗教活动的[8]。而所崇拜的神灵,多为把山川薮泽、日月星辰拟人化,不仅神具有人性,人也可以具有神性。人神可以往来,可以爱恋。宋朱熹在论屈原《九歌》时说:"昔楚南郢之邑,沅湘之间,其俗信鬼而好祀。其祀必使巫觋作乐,歌舞以娱神。蛮荆陋俗,词既鄙俚;而阴阳人鬼之间,又或不能无亵慢淫荒之杂。"[9]在这种带有原始宗教性质的巫风影响下,产生了许多想象丰富而奇特的神话,从而衣被了楚国的绘画、音乐、歌舞,以至于文学创作。正是巫楚文化的特点孕育形成了具有特殊风貌的楚辞作品。在《离骚》中,诗人想象自己驱策风云,麾使龙凤,令月神望舒前导,叫风伯做后卫,上天下地,在想象的世界中穿行、翔舞,把人间和神界合为一体,将现实和幻想熔为一炉。在《九歌》中,更借神曲写南浦美人,写恋爱心理、情态,写人间的诸多美好感情。借讴歌神灵,赞美了楚地大自然的秀丽风光。《天问》和《招魂》,也以神话为素材、背景,特别是《招魂》一篇,除神怪百出的描写外,连其构思的形式,呼唤的语吻,也来源于巫俗、巫语。前人评楚辞"笔有化工,思入玄妙,故能神怪百出"[10]。这种神怪百出、出神入化的幻想境界,正是楚辞浪漫主义文学的特征,是有异于当时中原文化的巫楚文化的产物。

当然,楚文化虽有其地域性、特殊性,但与中原文化也不是绝缘的。特别是作为楚统治集团的芈姓氏族,早就与中原的夏、商、周有所来往接触。如前面所述,楚先世在夏、殷朝皆曾为侯伯,夏灭殷亡,均与其同命运;西周时又受封子男之田,立国于蛮楚。从屈原作品看,诗中对禹鲧治水、启与益争国、浞娶纯狐、浇求丘嫂、少康逐犬、女岐缝裳等夏初之传说、史实,都有论及,而楚辞作品中称"启《九辩》与《九歌》"(《离骚》),"启棘宾商,《九辩》、《九歌》"(《天问》)。所谓《九歌》、《九辩》,即为传闻中之夏代古乐。对于殷代史实,屈原作品中亦有反映,如对殷代祖先契的母亲简狄之传说,即在《离骚》、《天问》中提到。对于殷之先王王亥、王季、王恒、昏微等历世史实,儒书阙而不详,而于《天问》中却有所记载,并在近代发现的甲骨文中得到证实[11]。《离骚》中还记述了商汤、殷高宗武丁与其臣子伊尹(挚)、傅说的故事,说明殷史在楚的遗存。楚之于周交往关系更为密切,屈原作品对周初文王与吕望的故事及吕望佐武王克商的故事有所称述,而《史记·楚世家》中还记有周太史入楚,楚昭王向之问吉凶的事[12],另外还有多处记载楚人引用《诗三百》篇中的诗句以言事、见志[13]。古代太史是掌握图书文献的文化人,《诗经》是中原文化的重要典籍,故楚有周太史佐政,楚人习周诗,正说明文化方面来往、交流的密切。另外,《孟子》还记载楚人爱慕北方文化,而特至北方求学的事:"陈良楚产也,悦周公仲尼之道,北学于中国。北方之学者,未能或之先也。"(《滕文公上》)战国之世,合纵连横,列国间交往频繁,士人亦四方流动,各国的物质文明就更有利于楚人广泛吸收,如屈原在《九歌》、《招魂》等楚辞作品中,有对秦弓吴戈、齐缕郑绺、吴歙蔡讴,以至郑卫妖玩、晋制犀比(棋具)等的种种描述,正说明了这一点。

因此,楚文化既是南方诸民族日益融汇的土著文化,也包括了北土中原文化对它的渗透和影响,至少对于芈姓楚国统治者、贵族来说,他们的统治经验、知识构成,是与中原先进文化有着不可分割的联系的。从伟大诗人屈原的作品来看,他既吸收了楚俗、楚地民间文学(包括楚地神话和民歌)的丰富营养,又在历史传统、政治思想和理想方面,深深打着中原文化思想的烙印。只有这样看,对于伟大诗人屈原的出现及其伟大楚辞作品的丰富性、复杂性,以及所达到的辉煌成就,才能做出全面的解释。

刘勰《文心雕龙·辨骚》篇论到屈原和楚辞作品出现时曾说:"自《风》、《雅》寝声,莫或抽绪,奇文郁起,其《离骚》哉!固已轩翥诗人之后,奋飞辞家之前,岂去圣之未远,而楚人之多才乎!"既称《离骚》("楚辞"的代称)为不同于"《风》、《雅》"的"奇文",是"楚人之多才"的创造,同时也说是对北方"诗人"(《诗经》诗篇的作者)和"圣"(圣人、圣学)的继承。刘勰还指出楚辞有四事同于经书,有四事异于经书,"故论其典诰则如彼,语其夸诞则如此。固知楚辞者,体宪(一作慢)于三代,风杂(一作雅)于战国,乃《雅》、《颂》之博徒,而词赋之英杰也"。所谓"体宪于三代",是指楚辞有取法三代典籍,对夏、商、周三代思想有所继承的一面;"异于经书"的部分,主要是指出语"夸诞",即指楚辞中运用神话传说和屈原的所谓"狷狭"的个性等方面。刘勰的评论分析,某些具体所指,虽仍可商榷、研究,但说屈原在楚辞创作中,对中原文化有所吸收和继承,同时又有楚人和楚地神话的强烈的特色,无疑是符合实际的。

第二节 楚辞文体的来源、名称和结集

《诗经》的作品主要产生在北方黄河流域,其中虽有某些不知名的文人作品,但多数是流传于中原地区的四言体的民歌,其写作年代大致为西周初年至春秋中叶。此后诗坛却沉寂下来,直至战国中晚期,一种比《诗经》作品更富有个性、充满激情和想象力、结构宏伟、句式新颖灵活的新型诗体出现了,这就是产生于南方长江流域楚地的"楚辞"。屈原是楚辞的奠基者和代表作家,是楚辞体诗歌的创始人。但屈原的这项新创造也不是凭空产生的,文学史上,一种文体的产生,一种艺术形式和现象的出现,绝非偶然,必有它赖以产生的基础,也就是必然有所继承,有所取鉴。

"楚辞"这一新文体是如何产生的,其来源是怎样的呢?

从楚辞体的艺术形式特色来看,它与楚地的原始神话和巫觋、工祝的有关宗教活动有着密切的关系。从现存的屈原作品看,他的诗歌创作除《九章》以外,其他如《九歌》、《招魂》、《离骚》、《天问》等,无不在这方面有着鲜明的烙印。

楚人信神好巫，直到屈原时代流传和保存下来的神话都是比较多的。神话和古老的宗教信仰巫术，其本质意义本来是不同的，前者产生于原始初民对大自然的幼稚解释和幻想，表达了人类征服自然的愿望，后者则产生于人类某些超自然的幻想，企图依靠某种神秘的手段（符咒、降神、占卜等）和仪式，来驱鬼降神，以达到祈福消祸的目的。但两者又有某些共同的基础，即同是原始幼稚思维的产物，都是把自然意识化、人格化，即同为万物有灵论。这样巫术往往利用和凭借某些神话而施展，神话又借巫术得以生存和流传。可以说作为原始宗教信仰的巫术是对神话的消极延伸，而作为"不自觉的艺术方式"而存在的古代神话，又往往给巫术活动带来某种文化、文学色彩。当时楚地的巫俗、巫文化正是这样。屈原的《九歌》就是吸取楚地民间的神话故事，并利用祭歌的形式写成的一组光怪陆离、优美动人的抒情诗。诗中写神巫扮做群神形象进行歌舞，把自然之美与人的情致合而为一。《九歌》正是诗人屈原借用巫俗、巫歌而创作出来的别具一格的杰出作品。屈原的《招魂》一诗，更是直接仿效楚地巫觋招魂词的形式写成的。诗中对上下四方的描绘，充满了奇异的神话色彩，从素材到形式以至诗的句型、语气，都深深打上了楚地巫风的烙印。诗人的代表作长诗《离骚》，是一首叙写自己的政治遭遇和倾诉自己爱国情怀的政治抒情诗。但诗的构思和全诗结构却十分奇特。作为抒情主人公的诗人自我形象，似乎就具有神性，带有神话色彩。诗中写他是神话传说中的帝颛顼高阳氏的后裔，并起表字为"灵均"[14]。为了显示身心的圣洁，他取江离、薜芷为衣，纫秋兰为佩；朝饮坠露，夕餐秋菊；步马兰皋，驰止椒丘。特别是诗中写他一次向重华陈词，两次向神巫（灵氛、巫咸）询占问卜，三次上天下地地神游。其中不仅吸取了许多神话人物、神话故事，而且直接与宗教巫事活动形式有着密切关系。我们纵观《离骚》这篇长诗，它起伏的文理，铺陈的手法，宏伟的结构，正是由这种带有巫术性质的活动连组而成的。屈原作品中独具特色的长诗《天问》，由一百七十二个问题组成，其中有对宇宙底蕴的探求，有对国家历史的回顾和问难，有对善恶是非的追究，他采用了大量的神话资料，以至使得这首长诗成了研究中国古代神话的重要文献。有人还推测《天问》的这一奇特形式，正与古代的"卜问"形式有关，是由占卜时所提问题的语言演化而成的。从以上种种考察看来，如果说没有古楚的巫术和神话，楚辞的艺术形式的某些重要特点就不复存在[15]。当然，楚辞的创始者屈原，并不是神巫或一定是宗教的信仰者，如在《九歌》中诗人叙写了一系列灵光飞扬的神的形象，但其基调却是他们的挫折和哀怨，而并非在崇拜他们的神通。请看诗人笔下，湘江之神因相爱而又不得欢聚而愁苦；"山鬼"女神因充满了失意而悲哀；"河伯"因为不能长久地与"美人"聚合而烦恼；大司命、少司命因离居和"生别离"而伤感；威武的日神和自由飞腾的云神也因"将上"、"顾怀"而"低徊"和"太息"。诗人在吸取和结撰这些神灵的故事时，显然另有心态而非宗教崇拜。在长诗《离骚》中，诗人写自己"叩帝阍"求"佚女"，但他们却表现出对正义者的冷落。写从灵氛问卜，巫咸占词，却又因不合自己的爱国初衷，而在行动上弃绝了卜筮者的劝告。《天问》采取了仰天而问的形式，但表现出来的是怀疑，是理性的探索精神。《招魂》采取的是巫习中招魂词的形式，但显然别有寄托。由此种种看来，屈原楚辞作品中的神话和巫觋、工祝的种种宗教活动，只不过是构成其文学创作的素材，是作为文学表现手法的利用而已。黑格尔说："如果哲学家运用神话，那大半由于他先有了思想，然后去寻求形象，以表达思想。"[16]与屈原同时代的楚地哲学家庄周，他的深邃的哲理，往往就是借助于许多诡奇的神话人物和神话故事结撰为寓言来表达的。同样，诗人屈原为倾诉自己的爱国情愫，为了表达其对美好事物和理想的追求,特别是为了表现自己的心理创痛和波折,也同样吸取了楚地神话和某些宗教活动方式来结撰自己的作品,从而使楚辞作品充满了激情和想象力。楚辞作品的奇特的构思,宏伟的结构,华丽的词采,新颖的语言形式,构成了它完全不同于《诗》的显著艺术特征。所谓"夫屈子以穷愁之志,写忠爱之诚,而创'骚体'。或寓意鬼神,或寄情草木,怪奇诡异,莫可端倪"。[17]楚辞创始于屈原,是他以独创的精神吸取巫俗文学而加以改造,使其完全摆脱了宗教性,化腐朽为神奇,成为一种体裁宏伟并带有强烈个性和充满浪漫主义精神的新文学,新诗体。

楚辞的产生与楚地的乐曲和民歌也有着密切关系。在春秋战国时代,楚国的音乐和民歌被称为"南音"或"南风",楚汉之际则称做"楚声"或"楚歌"。战国时代,属于楚国地方特有的乐曲如《涉江》、《采菱》、《劳商》、《九辩》、《九歌》、《薤露》、《阳春》、《白雪》等名目,我们还可以从楚辞作品中看到。这些所谓"南音"的声调如何,已很难详知,但从屈原袭名所创作的《九歌》、《涉江》和楚辞派作家宋玉所写的《九辩》来看,其篇章体制均是比较长大的。特别是与北土的乐歌《诗经》作品相比,更显示出其宏伟繁复。古代诗乐不分,屈原的楚辞作品是否入乐,已难详考,但它的产生和体制的形成受到当时楚乐曲的影响,是肯定的。我们从现存的屈原作品来看,长诗《离骚》篇末有"乱",《涉江》、《哀郢》、《怀沙》、《招魂》篇末也有"乱",《抽思》有"少歌",有"倡",有"乱"[18]。有人考证《九歌》组诗也有"乱"。所谓"乱"是音乐的专名,是指乐曲终了时的结尾部分,即尾声。朱熹注"乱,乐节之名";蒋骥云:"乱者,盖乐之将终,众音毕会,而诗歌之节,亦与相赴,繁音促节,交错纷乱,故有是名耳。孔子曰:洋洋盈耳,大旨可见。"至于"少歌"(洪兴祖《考异》:"少一作小"),王逸注:"小吟讴谣,以乐志也。"朱熹云:"少歌,乐章音节之名也。"

"倡",王逸注曰:"起倡发声,造新曲也。"朱熹云:"倡亦歌之音节,所谓发歌句者也。"可知"乱"、"少歌"、"倡"均为乐曲上的专用名词,屈原的楚辞体创作正是袭乐曲体制而有这些名称[19]。屈原作品中的"乱"词,有长有短,《离骚》的"乱"四句,《哀郢》的"乱"六句,《抽思》、《怀沙》之"乱"各二十句,《招魂》的"乱"十五句。"乱"的乐声今日既不可知,而从文理上看,这些作品中的"乱"词,确有"所以发理词旨,总撮其要"的性质。屈原的楚辞作品被汉代人称为"赋","不歌而诵谓之赋"(《汉书·艺文志》),即朗诵诗的意思。屈原的作品创作,虽受楚地乐曲、乐章的影响,估计已不入乐可歌,据有人推测,屈原作品中特地把音乐上的用语"乱"字标出来,或者是为了表示这一部分是要长咏或要歌唱的。总的说来,楚乐曲虽然不传,但屈原楚辞的产生和形成,仍受其影响是可以肯定的。

另外,将新型诗体楚辞与《诗经》作品相比较,除了上述的一些艺术形式上的特征有所不同外,最为明显的是句式、语调方面的不同。《诗经》作品主要为四言体,篇幅不大,以重章叠句的形式构成。屈原的楚辞作品则为长句,并大量使用"兮"字语气词;特别是后者,几乎成为楚辞体最明显的标志。当然,我们从北方诗歌的《诗经》作品中,也可以看到带"兮"字的诗句,但从"兮"字使用的频率和特殊性上说,"兮"字的使用仍为楚辞体的重大特征。在现存的屈原楚辞作品中,除了《天问》、《招魂》(《招魂》主要用楚方言"些"作为禁咒语气词,比较特殊)以外,均广泛地使用了"兮"字,而且有多种位置和意义。楚辞作品中"兮"的位置有的置于每句的中间,如《九歌》;有的置于上下句的中间,如《离骚》和《九章》的主要篇章;有的置于下句末,如《橘颂》。三种类型中只有《橘颂》与《诗经》略同。在楚辞中"兮"字既起着表情作用,又有着调整节奏的功能。而像在《离骚》、《九章》等散文化长句较多的诗篇中,后者的作用是主要的。林庚先生在其《楚辞里"兮"字的性质》一文中,曾把《诗经》中用"兮"字的情况与楚辞相对比,认为楚辞中某些句式,如"名余曰正则兮,字余曰灵均","朝搴阰之木兰兮,夕揽洲之宿莽","复白以为黑兮,倒上以为下"等等,实际上是起着句读的作用。这一意见是颇值得重视的[20]。因为楚辞的句式一般是两句为一小节,构成上下对称性的长句,正需要上下句之间稍加停顿,以增强诗歌的节奏感。另外,闻一多先生还归纳出"兮"字在《九歌》中的各种用法和性质,如"采芳洲兮杜若","观流水兮潺湲","兮"字有"之"字意;"传芭兮代舞","兮"字有"以"意;如"带长剑兮挟秦弓,首身离兮心不惩","兮"字有"而"意;如"芳菲菲兮满堂,五音纷兮繁会","兮"字有"然"意;"采薜荔兮水中,搴芙蓉兮木末","兮"字有"于"意等等[21]。这说明屈原楚辞体作品,不仅多用"兮"字形成特征,而且还在许多方面增加了它的用途(句读、节奏、代替某些虚词起语法作用),这是屈原的创造,是楚辞所独有的。但屈原楚辞作品的这一特征,仍然是有所承袭和取鉴的,其对象就是流传于楚地的民歌。

先秦北土中原地区的民歌,赖《诗经》的编集而得以大量保存,而南土民歌却没有这么幸运,它们大多已流失不传[22],只在某些古文献中偶有保留而已。

如刘向《说苑·善说》篇中所载的《越人歌》(《古谣谚》作《越人拥楫歌》):

今夕何夕兮搴舟中流,今日何日兮得与王子同舟。蒙羞被好兮不訾诟耻,心几烦而不绝兮得知王子。山有木兮木有枝,心说(悦)君兮君不知。

《吴越春秋》卷三载有《渔父歌》:

　　日月昭昭乎侵已驰,与子期乎芦之漪。日已夕兮予心忧悲,月已驰兮何不渡为?事寝急兮当奈何!芦中人,芦中人!岂非穷士乎?

《孟子·离娄上》载有《孺子歌》(一作《孔子听孺子歌》、又作《沧浪歌》、《渔父歌》):

　　沧浪之水清兮,可以濯我缨。沧浪之水浊兮,可以濯我足。

刘向《新序·节士》篇中所载《徐人歌》:

　　延陵季子兮不忘故,脱千金之剑兮带丘墓。

以上这几首歌均为春秋时期产生于楚地的民间歌诗。《越人歌》据载是楚国王子鄂君子皙乘船在越溪游乐,船家女拥楫而歌,歌的是越音,鄂君子皙听不懂,召人译为楚语和楚歌形式。《渔父歌》据载是伍子胥亡楚奔吴至江边,藏深苇中,渔父"歌而呼之"所唱。《孺子歌》见于《孟子》,且述有孔子赞美解释之词,应为春秋时期作品。《徐人歌》据载是徐人为称赞吴公子季札讲信义,不忘故诺而唱。这几首诗均篇幅不长,但在语言形式、造语风韵上,都与北土之歌显著不同,而与晚出的屈原楚辞体诗歌相接近,从而可知楚辞体的形成与这类楚地歌诗的密切联系。前人似也已认识到这点,宋朱熹说《越人歌》"特以其自越而楚,不学而得其馀韵",又说《九歌》中"沅有芷兮澧有兰,思公子兮未敢言。荒忽兮远望,观流水兮潺湲"一章,"其起兴之例,正犹《越人歌》"。沈德潜称《越人歌》末句与《九歌》中"思公子兮未敢言""同一婉至"。王国维称《沧浪歌》(即《孺子歌》)"已开楚辞体格"。

一个伟大的作家的创作,一种新文体的形成,往往是复杂的,是受到多方面影响和启发的结果;而一个作家往往会做多方面的尝试。例如屈原的《橘颂》、《天问》篇,它的基本形式是采用《诗经》的四言句式加以重叠而成,明显受到北方诗歌代表《诗经》的影响,当然这在楚辞中不占主导地位。另外,"楚辞"是在我国文学史上散文文学空前发展的时期诞生的,因此,它也不能不受到这一散文高潮的影响。鲁迅先生就曾指出:"(楚辞)形式文采之所以异者,由二因缘,曰时与地……而游说之风浸盛,纵横之士,欲以唇吻奏功,遂竞为美辞,以动人主……馀波流行,渐及文苑,繁辞华句,固已非《诗》之朴质之体式所能载矣。"(《汉文学史纲要》)这是说,战国时代纵横家铺叙辞采的言辞和当时记载这些辞令的"繁辞华句"的散文作品,对屈原楚辞的形成也有影响。实际上,当时郁然勃兴的散文,无论从闳阔的篇章,汪洋恣肆的气势,自由灵活的句式,还是从接近口语的虚词之运用,对于屈原"楚辞"体作品的形成发展,其启发和推动意义都是不应忽视的。

拿"楚辞"和《诗经》比较,就会发现它们之间的不同和楚辞表现出来的明显进展。如《诗经》中的诗多以四字句为定格,篇章比较短,风格比较朴素;"楚辞"就不同了,诗的结构、篇幅扩大了,句式参差错落,更富于变化,而感情的奔放,想象的丰富,文采的华美,风格的绚烂,都与《诗经》作品有显著不同。一般说来,《诗经》产生于北方,代表了当时的中原文化;而"楚辞"则是南方楚地的乡土文学,是我国南方文化高度发展的结晶。《诗经》还只是我国历史早期的文学作品,主要属群众性集体创作,它虽然经过加工写定,但大体仍保存原来浓厚的民歌色彩;而"楚辞"则属于屈原的创造,是诗人吸取民间文学的营养加以创造性的提高的结果。"楚辞"的产生,在我国文学史上,具有划时代的重大意义。

"楚辞"这一名称,按其本义来说,是楚人或楚地的歌辞的意思,表明是一种具有浓厚地方色彩的新诗体。宋代研究楚辞的学者黄伯思曾解释说:"盖屈、宋诸'骚'(指楚辞体作品),皆书楚语,作楚声,纪楚地,名楚物,故可谓之'楚辞'。"(《校定楚辞序》)鲁迅在《汉文学史纲要》中也说:"战国之世……在韵言则有屈原起于楚,被谗放逐,乃作《离骚》。逸响伟辞,卓绝一世。后人惊其文采,相率仿效,以原楚产,故称'楚辞'。"(第四编《屈原及宋玉》)这样的说明和解释无疑是正确的。但楚辞虽产生于战国时代的屈原及其后学宋玉,而当时却未见"楚辞"这一名称。先秦时代的诗歌,或称"诗",称"歌",称"颂",但没有"辞"的称谓。在屈原作品中,作为文体讲,也是这样。如《九歌·东君》"展诗兮会舞",《招魂》"造新歌些",《九章·抽思》"道思作颂",而没有提到"辞"。至于某些地方出现"辞"字,也只是作为"言辞"或"辞令"讲,如《离骚》"济沅湘以南征兮,就重华而陈辞"(《考异》"辞"一作"词")。《九章·惜往日》"听谗人之虚辞"等,均与文体无涉。而作为文体之称的"楚辞",约起于汉初。汉初,崇尚楚文化,称楚音乐为"楚声",如"高祖乐楚声";称楚舞蹈、民间歌诗为"楚舞"、"楚歌",如"为我楚舞,吾为若楚歌";从而在文学方面称屈原的诗体作品为"楚辞"。《史记·酷吏列传》:"买臣以'楚辞'与助俱幸。"买臣指朱买臣,助指庄助,他们都是武帝时人,这是最早出现的"楚辞"名称。

"楚辞"在汉代一般又被称为"赋",司马迁在《史记·屈原贾生列传》中,称屈原"乃作《怀沙》之赋"。又说:"屈原既死之后,楚有宋玉、唐勒、景差之徒者,皆好辞而以赋见称。"班固在《汉书·艺文志》中设"诗赋略",也称"屈原赋二十五篇"。因此,在文学史上便有了"屈赋"、"骚赋"以至"楚赋"等名称。实际上,汉人把以屈原为代表的楚辞体作品称为"赋",把楚辞和汉赋混淆起来是不恰当的。"楚辞"是战国时代产生在楚国地区的一种新诗体,而"汉赋"却是适应汉代宫廷需要而发展起来的一种半诗半文或称带韵散文的作品。两者是完全不同的文体。如赋一般是用主客问答体敷演为叙事的形式,它不是抒情,而是铺陈辞藻,咏物说理。楚辞作品则不同,它虽然也富于文采,描写细致,也往往含有某些叙事成分,但它却是以抒发个人感情为主的作品,是诗歌的形式。刘熙载在其《艺概》一书中论到楚辞和汉赋之别时说:"楚辞按之而逾深,汉赋恢之而弥广。"又说:"楚辞尚神理,汉赋尚事实。"(卷三)所谓"按之而逾深"和"尚神理",正是指楚辞中所含之情和所具有的诗歌韵味说的;所谓"恢之而弥广"和"尚事实",正是指汉赋以铺陈写物、叙述事实为主说的。因此,汉赋实际上更接近于叙事散文的特点。晋代挚虞在《文章流别论》中说"今之赋,以事形为本",也是说的这种情况。这可以说是"楚辞"和"汉赋"的根本区别。至于从作品地方色彩和形式(结构、句式、押韵规律)上看,两者的区别也是明显的。汉代人把辞、赋归为一类,大约有两方面的原因:一是辞、赋相对于"诗三百篇"和汉乐府诗来说,同属于"不歌而诵"的不入乐的作品;二是汉赋的产生和发展,曾受到楚辞的直接影响,所谓"拓宇于楚辞"(刘勰《文心雕龙·诠赋》)。但把辞和赋两类不同的文体混淆起来,则是当时在文体分类上不精确的地方,实际上是不科学的。

六朝时文学评论家开始注意到这个问题。刘勰在《文心雕龙》中,除《诠赋》篇外,另立《辨骚》一篇。萧统在《昭明文选》中,也把"赋"和"骚"分为两门,他们都把屈原楚辞体的代表作《离骚》突出出来,作为楚辞体文学的代称。从此,在文体分类上,人们又习惯于称"楚辞"为"骚",或"骚体"。

今传楚辞作品的最早编集者是西汉刘向。东汉王逸《楚辞章句》是现存最早的流传注本,其序中说:"逮至刘向,典校群书,分为十六卷。"刘向是古文献的整理者,也是楚辞体作品的爱好者和仿作者,其所编纂的十六卷包括屈原和宋玉的作品,以及汉代贾谊、东方朔、庄忌、王褒、刘向等仿"楚辞"体作品。王逸撰《章句》时,又附加上自己创作的《九思》一篇,为十七卷。历代著录及《楚辞》传本,均题为刘向辑,清代《四库全书总目提要》称:"裒屈、宋诸赋,定名《楚辞》,自刘向始也。"屈原等作品有"楚辞"之称,并非始于刘向,但他保存了汉人所传的屈、宋作品,并署为书名,这样"楚辞"作为文体之称也就被确定而流传下来。宋代洪兴祖依王逸《章句》作《补注》,后来,这二者便合在一起而流传。对后世影响很大的宋朱熹《楚辞集注》本,也是根据王逸本。但是,据考证,现在《楚辞》的篇目次第,已非王逸之旧,是经过宋人重新编定的刘向、王逸的本子[23]。

〔1〕 在古文献中,"荆"与"楚"或单用,或连用,或互用,从而引出后世许多对荆、楚之称名实的考证。如荆为州而楚为国说,先荆后楚说,荆为周人贬称说,荆、楚同义说,荆、楚本为两个不同方国说等等。按从今存古文献来看,"荆"之称较早,最早指南方荆山地区,《禹贡》列其为古"九州"之一。荆,本为草木丛生的意思,在中原人眼里南方一带地区草木茂盛,尚属未曾开发的草莽之地,故称为"荆"。同时又称该地区的土著民族为"荆蛮"或"蛮荆"。西周时芈姓氏族"或在中国,或在蛮夷",成王时则正式受封于南方荆地,开发荆山,降服蛮夷,这时开始有"楚"的名称。从字义讲,"楚",《说文》也释为"丛木,一名荆也",荆、楚实际同义,故唐孔颖达《春秋左传正义》云:"荆、楚一木二名,故以为国号,亦得二名。"但荆先楚后,芈姓氏族立国于荆,故可称"荆楚",在中原人看来楚居蛮地,或亦蛮夷化,故有时又称之为"楚蛮"。

〔2〕〔3〕〔4〕 见《史记·楚世家》。

〔5〕 勃罗姆列伊《现阶段的民族学》,载《民族译丛》1979年第3期。

〔6〕 见《湖北随县曾侯乙墓发掘简报》,载《文物》1979年第7期。

〔7〕 见《新发现的长沙战国楚墓帛画》(湖南省博物馆),载《文物》1973年第7期。

〔8〕 参见《国语·楚语下》。

〔9〕 见《楚辞集注》。

〔10〕 清陈本礼《屈辞精义·略例》。

〔11〕 参见王国维《殷卜辞中所见先公先王考》,见《观堂集林》。

〔12〕 《史记·楚世家》载:"(昭王)二十七年春,吴伐陈,楚昭王救之,军城父。十月,昭王病于军中,有赤云如鸟,夹日而蜚。昭王问周太史,太史曰:'是害于楚王,然可移于将相。'"

〔13〕 见《左传》文公十年、成公二年、襄公十二年、昭公七年、二十四年等。

〔14〕 《大戴礼记·五帝德》:"颛顼,黄帝之孙,昌意之子也,曰高阳……乘龙而至四海,北至于幽陵,南至于交趾,西济于流沙,东至于蟠木。动静之物,大小之神,日月所照,莫不祗励。"灵均,王逸注:"灵,神也。"

〔15〕 据1965年、1977年出土的江陵望山一号和江陵天星观一号楚墓中的竹简看,当时楚国的卜筮之风是很盛的,从卜筮记录的内容看,有的问政治前途如"侍王"是否顺利,职位是否可得,以及忧患吉凶等。参阅湖北荆州博物馆《江陵天星一号楚墓》(《考古学报》1982年第1期),《战国楚竹简概述》(《中山大学学报》1978年第4期)。

〔16〕 《哲学史讲演录》第一卷,商务印书馆1959年版。

〔17〕 清代高钟《楚辞音韵·自序》。

〔18〕 有人认为《礼魂》乃《九歌》组诗之"乱"。清屈复《楚辞新注》:"此篇乃前十篇之乱辞也。《九歌》总一乱辞。观东方朔《七谏》、王褒《九怀》、王逸《九思》,皆诸篇之后总一乱词,祖三闾之例也。"

〔19〕 前人解"乱",除从乐章角度外,还有的从篇章结构和内容的角度加以解释的,如王逸注:"乱,理也,所以发理词旨,总撮其要也。"《国语》韦昭注:

"其辑之乱,凡作篇章,义既成,撮其大要,为乱辞。"另外戴震等人亦持是说。这一说法,多从"乱"字的本义立论,从文辞的内容着眼,不符合实际。《论语》:"师挚之始,《关雎》之乱。"《乐记》:"始奏以文,复乱以武。"注:"文谓鼓也,武谓金也。""治乱以相,迅疾以雅。"疏云:"治乱以相者,相即拊(乐器);乱,理也,言治理奏乐之时,先击相也。"又云:"雅,乐器名也。舞者迅急,奏此雅器以节之。"可知"乱"应为乐曲的专名。

〔20〕《楚辞里"兮"字的性质》,载《诗人屈原及其作品研究》,上海古籍出版社1981年版。

〔21〕《怎样读〈九歌〉》,《闻一多全集》内《神话与诗》,开明书店1948年版。

〔22〕《诗经》广采西周至春秋中叶的四方列国之"风",独无"楚风"。或以为《诗经》中的"二南"(周南、召南)即江、汉之歌。关于"二南"的地域,旧有二说,郑玄《诗谱》云:周召者,《禹贡》雍州岐山之阳,地名,今属右扶风美阳县。文王受命,作邑于丰,乃分岐邦。周召之地,为周公旦、召公奭之采地。据此,则所谓"二南"乃在今陕西境,仍属北土。另一说,《韩诗序》云:"其地在南郡南阳之间。"(《水经注》卷三十四末段引)陈乔枞《韩诗遗说考》:"《楚地记》:'汉江之北为南阳,汉江之南为南郡。'胡征士虔曰:'案汉南郡,今湖北荆州府荆门州及襄阳、施南、宜昌三府之境。南阳,今河南南阳府汝州之境。'"按"二南"二十五篇诗中,有许多诗句言及地名,"在河之洲"(《关雎》),"江之永矣"、"汉有游女"(《汉广》),"遵彼汝坟"(《汝坟》),"江有汜"、"江有沱"(《江有汜》),由此可知,"二南"应是指河南、湖北、巴蜀等地的歌诗。但它们在形式上同他书所载的楚歌不似,这大约与周太师的收编有关。周太师是列国诗歌的收集者,他们有选汰、加工的权力。南阳、南郡地区广大,民族杂处,所收或仅为近于中原地区的歌诗,故"二南"所收诗并非具有"楚蛮"色彩的楚歌,反近于"郑风"。

〔23〕宋晁公武《郡斋读书志》、陈振孙《直斋书录解题》均著录有称为古本的《楚辞释文》一卷,宋洪兴祖《楚辞补注》也附有《楚辞释文》的目录,其篇目编次与晁、陈二氏所著录者相同。宋以来,《楚辞章句》的篇目次序,是以作者的年代先后为序,而《楚辞释文》则非是。据近人余嘉锡考证,《楚辞释文》为南唐

王勉所作,今已亡佚,宋代已流传很少。据今人汤炳正考证判断,从汉代直到唐代,原本《楚辞章句》的篇次,跟《楚辞释文》是相同的;而唐代到宋初,则新旧两本并行;宋以来则新本通行古本完全失传。宋代以来通行的以时代先后为篇次的《楚辞章句》,据晁、陈二氏并朱熹《楚辞辨证》说法,是始于宋代天圣年间的陈说之。因此,我们今天所读的《楚辞》,就是经过宋代陈说之重新编定的刘向、王逸的本子。

第二十章　屈原的生平和作品

第一节　屈原的时代和生平

屈原,名平,字原。关于他的生平事迹,司马迁《史记·屈原贾生列传》是主要史料,另外《史记·楚世家》和刘向《新序·节士》篇亦有所记述。他的生卒年代,由于记载不详,很难确定,大约生于楚宣王三十年,即公元前 340 年,死于楚顷襄王二十二年,即公元前 277 年[1]。

屈原所处的时代是战国中后期,正是我国古代社会大变革的关头。从这时的社会情势看,一是各诸侯国兼并战争空前激烈,重新统一的局面即将出现;一是变法运动正在当时各主要国家相递进行。这两者从性质上看,激烈的兼并战争是针对敌国的,是为了保国和争雄于天下;变法革新是针对国内旧贵族、旧制度的,是为了刷新政治,争取民心,力图富强。而后者实际是前者的基础,两者是紧密关联的。屈原生活在当时的楚国,正处在这一时代激烈的潮流之中。

各国的变法革新运动是由春秋末年开始的,至战国时期则更为扩展开来。早在春秋时代鲁宣公就采取"初税亩"制度,以增加国家收入,实际上是局部性的制度变革。战国时首先实行变法的是魏文侯支持下的李悝,他主张"食有劳而禄有功",以代替旧贵族的世卿世禄制度。又主张"尽地力之教",开荒生产,充实国力。接着韩昭侯用改革家申不害为相,加强了政权。齐国的田氏,打击旧贵族,并于公元前386年代姜姓为国君,更为强盛。楚国的变法也发生较早,公元前383年楚悼王任用吴起推行变法,其锋芒直向旧贵族,"强兵,改国俗,励耕战"等一系列措施,曾一时使"诸侯患楚之强"。但不久楚悼王死,旧贵族势力复辟,杀吴起,改革归于失败,楚国亦由此而衰弱。这是屈原诞生约四十年前的事。在吴起变法二十馀年以后,秦孝公立,下令招士求贤,商鞅说孝公以"强国之术",得到孝公信任,于公元前359年开始变旧法创立新法,其主要内容是废除无军功的旧贵族的名位,限制他们的特权,废井田,承认土地私有,奖励耕战,统一法令。行之十年,秦民大悦,乡邑大治,国家富强。孝公死后,商鞅虽被害,但新政大部分相沿不变,秦遂成为占据西北大部地区和中原一带的强国。风行于当时的变法活动,是当时一种进步的政治改良运动。其主要性质是,限制和打击旧贵族的腐朽势力,澄清吏治,逐步变革落后的生产关系,发展生产,富国强兵,以达到存君兴国,以至于雄踞天下和统一天下的目的。

与这种风行各国的变法运动同时进行的,是各诸侯国之间的十分激烈的兼并战争。经过长期以来的兼并,由春秋时代百十个国家变为只剩下了齐、楚、燕、韩、赵、魏、秦七个大国,出现所谓"七雄并峙"的局面。而在"七雄"之中,又以西方新兴的秦国、人口众多疆域广阔的楚最为强大,它们互相抗衡,都有统一中国的可能[2]。所以当时有"纵合则楚王,横成则秦帝"(《战国策·楚策》)的说法,意思是说,如果楚国能够成功地联合东方各诸侯国抗秦,那么便可以称王于天下,如果秦国能够离间楚与诸侯各国的关系,孤立楚国,那么秦就可以在天下称帝。这说明秦、楚是左右当时局势的两个重心。历史的发展已提出统一的要求,并出现了统一的趋势,而统一中国的大业,非秦即楚,可知当时秦、楚两国之间的斗争是非常激烈的。

屈原生活在楚怀王、顷襄王时期,正是秦国积极向外扩张,采取远交近攻策略,决心灭楚的时候。当时七国的位置是秦居西,燕居北,齐在东,楚在南,魏、韩、赵则处于中部。早在商鞅变法以后,秦即定策先击败逼近秦境的魏国,占据黄河、函谷的天险,为出兵灭六国做准备。在前340年至前328年间,秦果数次出兵击魏,逼魏向东迁都大梁,完全占有了魏在黄河以西的土地。此后,秦又出函谷关击韩,并不断侵袭赵国,占领了赵国的不少城邑。此时,六国曾用苏秦"合纵"之策,企图联合对秦。但由于六国间存在着矛盾,互相并不信任,几次合纵也未曾阻止住秦兵的进攻,首次以赵王为纵长,后又推楚怀王为纵长,均先后被瓦解而击败。前316年,秦派司马错先后伐蜀、灭巴,巴、蜀之地被侵占,构成了对楚国的致命威胁。在这种情势之下,楚国显然应该刷新内政,富国强兵,并与其他国家建立巩固的同盟,特别是与富庶强大的东邻齐国结盟,以有效地抵抗秦国。但这时的楚国政治却被一些毫无政治远见,只知苟安享乐的腐朽贵族集团所把持。楚怀王为了挽救楚王朝日趋衰败的危机,也曾一度倾向于变法改革,但他内受旧贵族的包围和抵制,外受强秦诡计的诱惑,很快动摇倒退而失败。前299年(怀王三十年),怀王被骗入秦,并于两年后客死于秦。顷襄王继位,旧贵族代表子兰当政,将楚国弄得更为昏天暗日,形成了"群臣相妒以功,谄谀用事。良臣斥疏,百姓心离,城池不修"(《战国策·楚策》)的局面。屈原是一位"博闻强志,明于治乱"的政治家,也是一位有理想、有远见和持正不阿的爱国志士。他出于对祖国的热爱,为了祖国的前途,而与那班误国、昏聩的腐朽贵族斗争了一生。

屈原是与楚王同姓的贵族。屈原的先人屈瑕是楚武王（熊通）的儿子，封于屈地，因以为氏[3]。战国之世，楚公族中以屈、景、昭三氏为最通显。早年，屈原以贵族身份，任三闾大夫之职。"三闾之职，掌王族三姓，曰昭、屈、景。"（王逸《离骚序》）主要负责公族子弟的管理和教育。大约由于诗人品德和才学的优异，而受到楚怀王的拔擢和信任，不久即被任命为左徒（仅次于令尹，相当于副宰相）的要职[4]。《史记》上记载，他这时"入则与王图议国事，以出号令；出则接遇宾客，应对诸侯"。在他任职期间，楚国的政治和外交都取得了一些成就。例如他对内主张"举贤授能"，刷新政治，并奉命起草"宪令"，为国家的富强而立法，限制旧贵族的权益。又曾东使于齐，主张合纵抗秦，收复祖国失地。显然这对于楚国的前途都是有利的，至关重要的。可是屈原的政治主张和政治才能，特别是他果于执法的精神，却遭到旧贵族势力的忌恨和反对。他们处心积虑对屈原横加诬陷，离间屈原和楚怀王的关系，终于使昏庸的楚怀王"怒而疏屈平"。屈原遭到排挤，不得再参预重大国事。关于这件事，《史记·屈原贾生列传》中是这样记载的："怀王使屈原造为宪令，屈平属草稿未定，上官大夫见而欲夺之，屈平不与，因谗之曰：'王使屈平为令，众莫不知，每一令出，平伐其功曰，以为非我莫能为也。'王怒而疏屈平。"关于"夺稿"的事，后人曾有过许多不同的解释，但可以肯定，上官大夫所以谗毁屈原，绝不能只归为争宠害能的行为，应看做是屈原和腐朽贵族势力的一场政治斗争。屈原在政治上是主张举贤授能的，即《离骚》中所谓"举贤而授能兮，循绳墨而不颇"。而所谓"宪令"，就是国家的根本大法。举贤授能的制度是与"世卿世禄"的制度相对立的，而屈原所草拟的"宪令"，肯定要对旧贵族的某些特权加以约束和限制，这样就必然引来旧贵族的强烈反对。屈原在《惜往日》一篇作品中曾有这样的一段追述，描写了当日的情形：

惜往日之曾信兮,受命诏以昭时。奉先功以照下兮,明法度
之嫌疑。国富强而法立兮,属贞臣而日娭。秘密事之载心兮,虽
过失犹弗治。心纯庞而不泄兮,遭谗人而嫉之。

从这段文字来看,屈原在楚怀王当政期间,确曾参预机密,主持过促使政治革新的变法活动,从而证明《屈原贾生列传》所载屈原草拟宪令一事是可信的。但关于"宪令"的具体内容,史传未载;屈原的政治主张,在他的《离骚》等作品中虽有所反映,但也仅依稀可知。而这段话中的"奉先功以照下兮,明法度之嫌疑"一语,却给我们提供了了解屈原变法主张的重要线索。所谓"奉先功",应是指楚国先人历史上曾经有过的政治活动和所取得的功业。而在楚国历史上,最有名的就是屈原生前不久的楚悼王(前401—前381)时期的吴起变法。关于吴起变法的具体主张和政绩,在一些古文献中有较全面的记述,归纳起来主要是:一、改革世卿世禄制度,限制和废除贵族某些特权,"废公族疏远者","使封君之子孙,三世而收爵禄";二、罢除无能无用之冗官,选贤授能,"罢无能,废无用,捐不急之官";三、明法令,"塞私门之请","禁游客之民,精耕战之士"改变国俗民风;四、抵制纵横游说之士,"破横散纵,使驰说之士无所开其口",定楚国之政。如果把上述吴起的政治主张,与屈原作品中所透露出来的所谓"美政"理想,以及他在从政活动中的某些作为相对照,就不难发现其相同或相通之处。吴起变法曾一度使楚强盛,"兵震天下,威服诸侯"。但他触犯了楚国旧贵族势力,"故楚之贵戚尽欲害吴起"。果然,楚悼王死后,吴起被害,新法废弃;迨怀王即位,楚国已复陷入复旧的局面[5]。因此,屈原的所谓"奉先功以照下","造为宪令",进行政治革新,史书虽记述欠详,但据此殆可推知大概。但由于旧贵族

势力的顽固和强大,屈原与吴起同样遭到了失败的命运。贵族群小们的谗毁("众女嫉余之蛾眉兮,谣诼谓余以善淫")以及楚王对刷新国家政治所表现的反复无常("荃不察余之中情兮,反信谗而齌怒","初既与余成言兮,后悔遁而有他"),改革终于失败了,而屈原被疏。改革的这一挫折,使反动的旧贵族势力重新左右了楚国,这一失败可以说关系着整个楚国的命运。

果然,屈原在政治上失势以后,楚国的局势起了很大变化。当时,楚怀王宠姬郑袖和大臣靳尚等旧贵族集团人物,完全包围了楚王,而且更加肆无忌惮地胡为起来。他们甚至接受秦国的贿赂,公开地出卖楚国的利益。《史记·屈原贾生列传》对这一时期发生的事曾有比较具体的记载,简括地说,就是昏庸、贪利的楚怀王,因受秦国派来的使臣张仪的政治欺骗,而与齐绝交,结果楚国孤立。怀王曾愤于受秦国的愚弄,两次伐秦,都遭到惨败。第一次楚攻秦,战于丹阳(今陕西汉中市南郑区),楚国大败,损兵八万多人,大将屈匄被俘,秦国夺去了楚汉中六百里国土;第二次楚王竭尽全国兵力击秦,又大败,而且韩、魏也来袭击楚国后方,楚只得退却。经过这两次失败,楚国国势大为削弱。怀王这时虽又有过联齐的活动,但受到腐朽旧贵族的干扰,始终没有成功。相反,怀王晚年,受到旧贵族的怂恿,又去与秦讲和,结果被秦扣留,终于死在秦国。

怀王囚秦之时,顷襄王继立,任用旧贵族子兰为令尹,继续对秦执行投降政策。结果秦国不断削弱楚国,顷襄王十九年(前280),秦军伐楚,又夺去上庸和汉北一带地方。二十一年,秦将白起攻下郢都,楚军全部溃散,顷襄王逃往陈城(今河南淮阳)。楚国从此一蹶不振,直到公元前223年为秦所灭。

这就是楚国后期的一段历史。屈原死在楚国最后覆亡以前,但楚国的这段极为悲惨的衰败史,是他亲眼目睹以至亲身经历的。

据史传记载,并证之屈原的作品,屈原一生屡遭变故,主要是在怀王朝,遭谗后被疏,失去了怀王的信任,被免掉了"左徒"的官职。并一度被排挤出朝廷,离开郢都到汉北去流浪。另外,是在顷襄王朝,遭到更大迫害,被放逐于江南,直至死去[6]。屈原的作品,除他早年所写的《橘颂》以外,都是在他蒙冤被疏以后,以及遭迁逐期间写的。

屈原最初曾受到楚王的信任,为了振国兴邦,实行"美政",而"竭忠尽智,以事其君",从事救亡的革新活动。但却"信而见疑,忠而被谤",遭谗被疏。他满怀"存君兴国"之志,却唤不醒昏庸之主,眼看楚国兵挫地削,危亡无日,自己却竟被疏失位,救国无门。这对于忧国忧民的一位爱国志士来说,能无怨乎?于是他的满腔热情变成了无比的悲伤与愤慨,从而写下了震古烁今,历史上最为有名的长诗——《离骚》。诗中有云:"余既不难夫离别兮,伤灵修之数化",又云"曾歔欷余郁邑兮,哀朕时之不当;揽茹蕙以掩涕兮,沾余襟之浪浪"。这时他面临着各种诱惑和选择,或放弃理想,避世远祸,逍遥自适;或离开楚国乡土,到他国去做客卿,这在当时所谓"楚材晋用"的风习下,也是可以的。但他不肯放弃理想和责任,更不肯弃国出走,而是决心与祖国共命运。在长诗的最后,他说:"既莫足与为美政兮,吾将从彭咸之所居!"《离骚》正是诗人蒙冤被疏以后,蕴藏着爱国激情,饱含血泪写成的一首悲伤怨愤之歌,读之令人摧肝裂胆,惊心动魄。

屈原既黜,由郢都溯江北上,流浪于汉北,《抽思》一诗的"倡"辞中说:"有鸟自南兮,来集汉北;好姱佳丽兮,牉(分离)独处此异域。"鸟是屈原自比,美人则指怀王,可知《抽思》是此时所写。诗中他指责了楚怀王的虚骄自用和性格多变,并抒写了远离国都的痛苦:

> 望孟夏之短夜兮,何晦明之若岁?惟郢路之辽远兮,魂一夕而九逝!

一方面表现了诗人度日如年的痛苦,同时也表达了他对于祖国不能须臾忘怀的感情。诗中还有这样的诗句:

> 愿摇起而横奔兮,览民尤以自镇。

意思是说,他本来是可以逃开这块使他受难的国土而去自寻出路的,但一看到人民所遭受的苦难,而又强行冷静下来,感到绝不能离开。诗人把爱国和同情人民的苦难遭遇结合在一起,是深刻而感人的。这首诗是以这样的诗句结束的:

> 道思作颂(即作歌),聊以自救兮。忧心不遂,斯言谁告兮?

心系君国,而又无从诉告,烦冤愁苦,无以自解,这正是他此时流浪在外时的主要心情。

怀王三十年,秦昭王于大败楚军以后,要求怀王"会武关,面相约,结盟而去",怀王欲往,恐受秦的欺骗;不去,又怕触犯了秦国之怒,是而犹疑不决。据记载,这时屈原已回郢在朝,于是他与大臣昭睢皆阻楚王前往,认为"秦虎狼,不可信",认识到这不过是秦的骗局,不如"发兵自守"。但以怀王幼子子兰为一方的对秦妥协派,却亟劝怀王前行,说"奈何绝秦欢心"。结果,耳软心活的怀王终听信了子兰等人的话而往秦国。终不出屈原、昭睢所料,怀王至武关,就被秦裹挟至咸阳,待楚王如蕃臣,并以割地相要挟,楚王不许,结果被拘留于秦。

这时，楚国内部发生了危机、混乱。楚大臣欲立当时在国内的怀王儿子为君，而昭睢又出来反对，结果将质于齐的太子横接回，"立为王，是为顷襄王"。顷襄王三年，怀王卒于秦国。

对于怀王末年的这一变故，在屈原看来，乃是一桩丧君辱国惨痛无比的事，从而他对劝楚王入秦的祸首子兰等人十分愤恨，结果遭到子兰的迫害。子兰唆使上官大夫进谗言于顷襄王，而流放屈原于江南。从屈原的作品看，屈原这次被流放的时间很长，在极端困苦、彷徨中走了很多地方，未得生还。屈原首先从郢都顺江而下到了陵阳（今安徽青阳县南），停了一个时期又溯江而上到达了辰阳。后又南折入溆浦（辰阳、溆浦均在今湖南沅陵一带），不久下沉入洞庭湖，渡湘水而达汨罗。屈原在这期间，虽然一直煎熬在极端痛苦的生活中，往返走了许多路程，但他忧国忧民的心志始终未变。就在屈原渡湘水到达汨罗附近，时当顷襄王二十一年（前278），秦将白起率大军打进了楚国，拔郢都，烧楚先王陵墓。这一重大事变，使诗人屈原感到一切希望都破灭了。他不忍见自己祖国为秦所灭，不忍见自己的家乡父老遭亡国之难，为了殉于自己的理想，表明自己至死不离祖国的决心，大约于次年，即顷襄王二十二年，投汨罗江自杀了。在他临死前所写的绝命辞《怀沙》中，他再一次揭露了楚国"变白以为黑兮，倒上以为下；凤皇在笯（竹笼）兮，鸡鹜翔舞"的黑暗现实，同时冷静而严肃地说："知死不可让，愿勿爱兮。明告君子，吾将以为类兮"，"民生禀命，各有所错兮；定心广志，余何畏惧兮"。这说明屈原的死，不单纯出于感情上的激愤，也是出于自己的理智。他和那个黑暗的社会既然不能调和，而国破家亡的现实更使他无路可走，就只有以一死来表明自己的志向，来殉于自己的国家了。《怀沙》首句记述时令："滔滔孟夏兮，草木莽莽。"这和后世传说他死在五月初五是颇为接近的。屈原的一生是悲剧的一生，但他留下的充满美好理想和爱国激情的伟大诗篇,却永远为后人所传诵;他在人民的心目中获得了永生。

第二节　屈原的作品

一　《离骚》

《离骚》是屈原的代表作品,是卓绝古今的一篇宏伟壮丽的政治抒情诗。全诗三百七十三句,二千四百多字,从篇幅的宏阔看,也是我国古典诗歌中少有的。诗人屈原的这篇不朽之作,震古烁今,千百年来深深地震撼着人们的心灵,成为我国诗歌史以至世界诗史上,最为激动人心而具有"永久魅力"的篇章。

诗题《离骚》二字,司马迁说:"《离骚》者,犹离忧也。"(《史记·屈原贾生列传》)班固《离骚赞序》说:"离,犹遭也;骚,忧也,明己遭忧作辞也。"把"离"释为"遭",是因为"离"通"罹",即遭受的意思。东汉王逸说:"离,别也;骚,愁也。"(《楚辞章句·离骚序》)认为离骚即离别的忧愁之意。将"离"解作离别,与司马迁同。《离骚》原文中有"余既不难夫离别兮,伤灵修之数化",上句说离别朝廷被疏远,下句说失去楚王的信任而愁苦、忧伤。可知释《离骚》为别忧或别愁,还是符合全诗的思想内容的。不过古、今人还有另一种解释,即认为"离骚"二字用的乃是楚语,项安世说:"《楚语》伍举曰,德义不行,则迩者骚离,而远者距违。韦昭注曰:骚,愁也。离,畔也。盖楚人之语,自古如此。屈原《离骚》,必是以离畔为愁而赋之。"又解释"畔"字说:"畔谓散去,非必叛乱也。"(《项氏家说》)王应麟说:"伍举所谓'骚离',屈平所谓'离骚',皆楚言也。扬雄为《畔牢愁》,与

《楚语》注合。"(《困学纪闻》)游国恩先生认为"离骚"是楚曲名,"我以为《离骚》可能本是楚国一种歌曲的名称,其意义则与'牢骚'二字相同。《楚辞·大招》有'伏羲驾辩,楚劳商只'之文,王逸注云:'驾辩、劳商,皆曲名也。''劳商'与'离骚'为双声字,或即同实而异名。"(《楚辞论文集》)楚辞是方言文学,而《楚辞》作品中本有用古歌曲为篇名的,如《九歌》、《九辩》等都是。况且《离骚》原文中还保留有"乱曰"(歌曲尾声)的歌曲形式,故这一见解值得重视。

关于《离骚》的写作年代,有人认为是屈原前期楚怀王当朝时作,有人认为是屈原在顷襄王朝再放江南时的作品。司马迁在《屈原贾生列传》中将《离骚》的写年系于"王(怀王)怒而疏屈平"之后,即认为《离骚》是屈原在楚怀王朝因谗被疏之后所写。班固《离骚赞序》记说亦同。我们从作品本身考察,诗中主要写的是他早年急于报国的心情和被楚王疏远后的苦闷,并未及怀王晚期秦楚交兵、怀王客死等时事;更未写到自己被流放的遭际。诗中说"何离心之可同兮,吾将远逝以自疏"。如果屈原此时已被流放,就不能说将"自疏"。流放,是一种刑罚,是完全被迫的、获罪服刑的性质。而屈原这里所说的"自疏",却正是与"王怒而疏屈平"相应的口气,犹言楚王既与我不能同心,疏远我,不信任我,那么我也就将不勉强合作相处而自我远离。这虽带有无可奈何的性质,但仍有个人意志、意向在内。由此可证,《离骚》应是诗人前期任左徒时,遭谗被疏之后所作。

《离骚》是一首规模宏伟的长诗,既具有诗人自传的性质,又具有某些幻想性的浪漫主义色彩,全诗感情回环激荡,撼人心魄。

汉司马迁在解释屈原写作《离骚》时说:

屈平正道直行,竭忠尽智,以事其君,谗人间之,可谓穷矣。信而见疑,忠而被谤,能无怨乎?屈平之作《离骚》,盖自怨生也。

这是对诗人写作《离骚》缘由的说明,也是对长诗《离骚》感情基调的论释。屈原为了振兴邦国,实行"美政",竭忠尽智,报效君王,但却"信而见疑,忠而被谤";他满怀"存君兴国"之志,却遭谗被疏,救国无门,这对于一位忠心耿耿、忧国忧民的爱国志士来说,能无怨乎?《离骚》正是诗人蕴含着满腔爱国激情,饱含着血泪写成的一首忧伤怨愤之歌。

贯穿于《离骚》长诗中的"情",即司马迁所说的"怨"情,更确切地说就是一股忠怨之情。忠怨之情是长诗《离骚》的一条主线,而从全诗的结构上看,则可以分为两大层次,即从开篇到"岂余心之可惩",是诗篇的前半部分,这一部分主要写诗人矢志报国、高洁自守所遇到的矛盾和不公正的待遇,充分表现了抒情主人公与楚国黑暗现实的冲突;从女媭的责难,即"女媭之婵媛兮,申申其詈予"至篇末,则主要写诗人遭谗被疏以后,继续求索的精神和所引动的内心冲突,以及最后的抉择。从创作手法来说,前半部分虽然也有艺术夸张,并运用了许多象征手法,但基本上是诗人现实生活的经历,是实写;而后半部分,则主要把炽烈的感情化为超现实的想象,表现了诗人内心世界的冲突,表现了一个苦闷的灵魂,上天下地的求索精神。

首先看《离骚》的前半部分。

长诗《离骚》的开端就是很奇特的。

  帝高阳之苗裔兮,朕皇考曰伯庸。摄提贞于孟陬兮,惟庚寅吾以降。皇览揆余初度兮,肇锡余以嘉名。名余曰正则兮,字余曰灵均。

诗人首先以十分庄重而自矜的口吻,追述了自己的先祖、家世,即高贵的出身,以及自己奇异的生辰和美名。"高阳",是古颛顼帝的称号,在传说中楚国的先祖是五帝中的颛顼。颛顼的子孙后裔中,有一个名叫熊绎的,周成王时受封于楚。春秋时期,楚武王熊通的儿子瑕,封于楚境屈地,因以地名为氏。后来姓氏不分,故出现了姓屈的一支。屈原上溯先世,乃与楚王同宗。屈原为什么要这样来表白呢?王逸说:"屈原自道本与君共祖,俱出颛顼胤末之子孙,是恩深而义厚也。"(《楚辞章句·离骚》)后人又发挥说:"首溯与楚同源共本,世为宗臣,便有不能传舍其国,行路其君之意。"(清张德纯《离骚节解》)可知,屈原强调说明自己与楚王本属同宗之亲,其意思在说明,他对于楚国的存亡,对于存君兴国负有义不容辞的责任。接着他又叙写了自己生辰的奇异,以及父亲加予他的美名。前者与写他的家世一样,表现他的尊贵不凡,继而又借用美名来写他的性格、理想和灵性。总之,这起始的八句,感情是肃穆的,含蕴是深邃的,为他一生的自尊自爱自重定下了基调,也为全诗的体制结构了框架。清顾天成《离骚解》云:"首溯其本及始生月日而命名命字,郑重之体也。"

接着,诗人表白了自己的品德、才能,并以万分急迫的心情表达了自己献身君国的愿望:

> 纷吾既有此内美兮,又重之以修能。扈江离与辟芷兮,纫秋兰以为佩。汨余若将不及兮,恐年岁之不吾与。朝搴阰之木兰兮,夕揽洲之宿莽。日月忽其不淹兮,春与秋其代序。惟草木之零落兮,恐美人之迟暮。

诗人说他既有先天赋予的华盛美质,又注意加强修养,增长才能。但他十分焦虑,一方面担心时光飞驰,自己为国家做不成事业;又担心楚王("美人")守旧因循,使政治不能革新,耽误了楚国的前途。两个"恐"字,充分表达了诗人为祖国前途而焦虑,为祖国前途而担忧的急迫心情。于是他劝告楚王珍惜年华,丢弃秽恶的行为,改变因循守旧的态度,在他和其他贤臣的帮助下,像骑上骏马一样,使楚国得到迅速的振兴:

> 不抚壮而弃秽兮,何不改乎此度?乘骐骥以驰骋兮,来,吾导夫先路。

接着他列举了历史上历代兴亡的事例,并表示决不怕艰难险阻,要帮助楚王做一位楚国的中兴之主:

> 岂余身之惮殃兮,恐皇舆之败绩。忽奔走以先后兮,及前王之踵武。

所谓"前王",是指楚国开国时的三个英明君主(熊绎、若敖、蚡冒)。意思是说,他要竭尽全力辅佐楚王,使日益衰败的楚国,重新振兴,恢复到开国盛世的那种局面。

但诗人这一片为国的赤忠之心,并没有得到应有的理解和支持,相反却因触犯了守旧贵族的利益,招来了接踵的迫害和打击。贵族群小们嫉妒他,围攻他:"众女嫉余之蛾眉兮,谣诼谓余以善淫";楚王听信谗言也不再信任他:"荃(指楚王)不察余之中情兮,反信谗而齌怒";他为实现理想而苦心培植的人才也变质了:"冀枝叶之峻茂兮,愿俟时乎吾将刈;虽萎绝其亦何伤兮,哀众芳之芜秽。"当诗人回顾这些的时候,便抑制不住满腔愤怒的感情,向腐朽反动势力进行了猛烈抨击。他痛斥贵族群小们:"众皆竞进以贪婪兮,凭不厌求索;羌内恕己以量人兮,各兴心而嫉妒。"他还大胆地指责楚王反复无常,不可依靠:"初既与余成言兮,后悔遁而有他;余既不难夫离别兮,伤灵修(指楚王)之数化!"最后,诗人以坚持理想、绝不妥协的誓言,结束了自己对这一段政治生活的反思:

> 民生各有所乐兮,余独好修以为常;虽体解吾犹未变兮,岂余心之可惩!

表示他要永远坚持自己的道路,忠于理想,虽惨遭不幸,也绝不改变初衷,要誓死保持自己人格的清白。

但黑暗的现实与诗人爱国理想的不可能实现构成了冲突。诗人于是感到苦闷、孤独、愤懑,以至强烈的失望,从而将诗人由现实逼入幻境。"路曼曼其修远兮,吾将上下而求索",由此,诗歌转入了第二部分。

坚贞的灵魂需要战胜诱惑。与常人一样,在失败的极端痛苦中,诗人的内心矛盾也激烈异常。在自己的理想不被理解,且惨遭迫害的情况下,还应不应该坚持自己的处世原则和生活态度? 在不被自己的祖国所容的情况下,应不应出走远逝,到他国寻求知音,展示自己的才能抱负? 诗人通过女媭、巫咸、灵氛这些虚构的人物,以及他们的劝说,把自己的内心冲突和抉择形象化了,从而向我们展示出了一个经过炼狱的考验,而更加洁白无疵的伟大的灵魂。

女媭用"鲧婞直以亡身"的历史悲剧来规劝他,劝他放弃执守,与世浮沉。这与诗人"依前圣以节中"的坚持真理的态度是矛盾的,实际也是对诗人既往斗争生活的否定。这一内心冲突是激烈的。这个矛盾怎样解决呢?他需要历史的反思,需要公平的仲裁。于是他借"就重华而陈辞",重温了夏、商、周历代的兴亡史,并以壮烈的心情回顾了前朝那些为正义而斗争者的命运。这种再认识不仅增强了他原有的信仰和信念,同时更激发起他继续奋斗的勇气和宁死不悔的壮烈胸怀:

> 瞻前而顾后兮,相观民之计极。夫孰非义而可用兮,孰非善而可服? 阽余身而危死兮,览余初其犹未悔。不量凿而正枘兮,固前修以菹醢。

战胜了世俗的诱惑,他的内心世界得到了暂时的平衡。于是他在新的认识的基础上,满怀激情地进行了新的"求索"。这样诗篇又展现了一个再生的灵魂为实现理想而顽强追求的动人情景。诗中写他不顾天高路远,驾飞龙,历昆仑,渡白水,登阆风,游春宫,上叩天门,下求佚女,他在求索什么呢? 他要唤醒楚王,他要挽救国运,他要寻求再次献身于祖国事业的机会。但楚国的现实太黑暗了,他遭到了冷遇,受到了戏弄,结果以困顿、失望而告终:

> 世溷浊而嫉贤兮,好蔽美而称恶。闺中既已邃远兮,哲王又不寤。

诗人完全陷入到绝望的悲哀之中:"怀朕情而不发兮,余焉能忍与此终古!"

　　诗人本是把自己的命运完全与祖国贴在一起的,他赤忠为国,但却"方正而不容",那么他还有什么出路呢? 出路是有的,那就是去国远逝,去求得个人的安全和前途。这无论从当时"楚材晋用"的风习上看,还是从诗人自身的才能和现实处境上看,似乎都是可以理解的了。于是出现了第二、第三个诱惑。

索藑茅以筳篿兮，命灵氛为余占之。

占之的结果，是告诉他在楚国已无出路可言，劝他离开是非颠倒的楚国，去寻求自己的未来。"思九州之博大兮，岂唯是其有女？曰：勉远逝而无狐疑兮，孰求美而释女？何所独无芳草兮，尔何怀乎故宇？"但做出这样的抉择，对诗人来说毕竟太重大了，使他"欲从灵氛之吉占兮，心犹豫而狐疑"。于是又出现了巫咸的劝说，巫咸不但同样劝他出走，而且还从历史上贤才得遇明圣的事例，启发他趁年华未晚而及时成行："及年岁之未晏兮，时亦犹其未央。恐鹈鴃之先鸣兮，使夫百草为之不芳！"女媭的忠告，灵氛的劝说，巫咸的敦促，既代表了当时的世俗人情之见，无疑也是诗人在极度彷徨苦闷中内心冲突的外现，也就是坚定或动摇两种思想斗争的形象化。屈原要把自己思想感情考验得更坚定，就得通过这种种诱惑。于是在诗中诗人假设自己姑且听从灵氛的劝告，"吾将远逝以自疏"，决心去国远游。可是正当他驾飞龙、乘瑶车，奏《九歌》，舞《韶》舞，在天空翱翔行进的时候，忽然看到了自己的故乡楚国。也就是看来一切矛盾、冲突行将结束的时候，一切又都重新开始：是就此远离开这黑暗的毫无希望的祖国呢，或是毫无希望地留下来？诗人深沉的爱国情志再次占了上风，"仆夫悲余马怀兮，蜷局顾而不行"，诗人终于还是留了下来。他明知楚国的现实是那么黑暗，政治风浪是那么险恶，实际上他也吃尽了苦头，但他不能离开灾难深重的祖国，哪怕是在幻想中也不能离开。这样，诗人又从幻想被逼入现实，悲剧性的冲突不可逆转地引导出悲剧性的结局。他热爱楚国，但楚王误解他，不能用他，楚国的群小凶狠地迫害他；他想离开楚国，这又与他深厚的爱国感情不能相容。最后，只能用死来殉他的理想了：

　　　　既莫足与为美政兮,吾将从彭咸之所居。

　　总之,《离骚》是一部以忠怨之思为主题的回旋曲。钱锺书先生在《管锥编》中分析《离骚》的情思和结构说:"弃置而复依恋,无可忍而又不忍;欲去还留,难留而亦不易去。即身离故都而去矣,一息尚存,此心安放?""宁流浪而犹流连,其唯以死亡为逃亡乎?故'从彭咸之所居'为归宿焉。"这是诗人屈原个人的悲剧,也是时代的悲剧。屈原是我国文学史上出现的第一个伟大爱国者的艺术典型,他用自己生命所谱写的诗篇,如日月丽天,光照后世,成为我们民族的伟大精神财富而万世永存。

　　与长诗丰富的内容和深刻的思想相联系的,是它的高超的、独创性的艺术表现力。关于它的艺术特色和艺术成就,可以分成如下几个方面来说明:

　　(一)楚辞出现以前,中国诗歌还基本上属于群众性的创作,一般说来,它们内容比较单纯,句式和篇幅也比较短,特别由于是集体创作,因而还缺少全面反映诗人性格的作品。何其芳在《屈原和他的作品》一文中评论说:"《诗经》中也有许多优美动人的作品,不能说那些作品没有作者的个性的闪耀,然而像屈原这样用他的理想、遭遇、痛苦、热情以至整个生命在他的作品上打上了异常鲜明的个性的烙印的,却还没有。"屈原出现以后,中国文学史上才出现了伟大诗人的名字,出现了集中反映诗人全部思想感情和个性的诗篇。屈原的《离骚》塑造了一个纯洁高大的抒情主人公的形象,通过这篇富有鲜明个性特点的诗篇,使我们看到了一个充满爱国激情,具有崇高政治理想和峻洁人格的庄严而伟大的诗人塑像。正是这样,诗人屈原本身,就成为我国文学史上一个伟大的艺术形象,不朽的爱国诗人的典型,对于后世产生无限的感召力。正是在这个意义上,我们说诗人屈原是我国文学史上的第一个伟大诗人,屈原作品在中国文学历史上,具有划时代的意义。

(二)《离骚》是一篇积极浪漫主义的作品。它吸取了我国古代人民口头创作——古代神话的积极浪漫主义精神,并发展到了非凡的高度。浪漫主义作为一种创作方法,它不是按照现实的本来样子去描写现实,而是更多地表现作者由于社会现实的刺激而迸发出来的激情,表现作者对理想的强烈追求和反抗现实的叛逆精神。而屈原的伟大作品《离骚》正具有这样一些显著特征。前面讲到,《离骚》一诗按照它的篇章结构,可以分为前后两个部分。《离骚》的前半部分,着重于诗人对于自己的经历和遭遇的描写,但就是在这部分,诗人在表现手法上也不是完全实写的,而是把自己生活感情上的经历集中表现为一种善与恶、美与丑、光明与黑暗的不可调和的斗争,以新奇的比喻,夸饰的描写,表现善与美的崇高,恶与丑的卑鄙龌龊,表现了光明与黑暗的势不两立,从而把一个时代的面貌整个呈现出来,启发人的认识,给人以正确的爱憎,激励人的心灵。

在长诗《离骚》的后半部分,诗人更是完全采用幻想的形式,虚构的境界,写出了他深刻的内心世界。诗中用上天下地的描写,希望和失望的回旋反复,尽情地吐露了诗人的苦闷,表现了诗人周围环境的黑暗和冰冷,表现了卓绝的苦斗精神。在这一部分,诗人特地从神话传说中汲取丰富的形象,通过自己奔放不羁的想象把它们组织在一起,构成了层出不穷的生动情节和美丽的画面。在诗人的笔端,羲和(日神)、望舒(月神)、飞廉(风伯)、丰隆(雷师)以至凤凰、飞龙都供他自由驱使;县圃、崦嵫、咸池、天津、不周(皆神话中地名),都是他所到的地方,其想象之大胆、丰富,古今罕见。特别值得注意的是,诗人运用大量的古代神话传说而又并不受原来故事的拘束,也就是说,那些故事在《离骚》中并不是一般地当做什么"典故"来使用,那些神话中的神和神物,是作为活生生的形象参与着诗人神游天国的活动。这说明诗人已通过一番自由想象把原有的神话结撰成新的情节,并使它服从于一个新的抒情主题,成为表达诗人思想感情总的艺术构思的一部分。这种表现手法,无疑使幻想更加自由。如诗歌的最后一段,写他驾着鸾皇、凤鸟飞向天空,一路车马喧阗;当转道昆仑,行经流沙,指向西海时,突然驻足在楚国的上空不忍离去,把全诗推向高潮,有力地表现了诗人的爱国思想和情操。这样的艺术效果,如果不借助于神话并把神话素材加以重新改造和构思,是很难达到的。

　　文学上的浪漫主义实际有两种:一种是消极浪漫主义,一种是积极浪漫主义。前者利用幻想、虚构以至神秘主义来歪曲现实,粉饰现实,引导人与现实中不合理的事物妥协或者逃避现实;后者虽然同样带有幻想、夸大和奇特的色彩,但在根本内容上仍然是真实地反映了现实,引导人正确地认识现实,特别是唤起人们对于现实中的不合理事物的反抗。屈原的作品正是后者的范例,是我国文学中积极浪漫主义传统的远祖,这是十分珍贵的。

　　(三)《离骚》在诗歌形式和诗歌语言上也有很大的创造。《离骚》的形式是吸取和借鉴南方楚地的民间歌曲而成,但他又吸收了当时蓬勃发展着的新体散文的笔法,打破了《诗经》的四言形式,把诗句加长,结构扩大,既增加了内容容量,又增强了表现力。全诗把事实的叙述、慷慨的抒怀和幻想的描写,以及某些故事性情节等交织在一起,波澜壮阔而又完美生动。《离骚》采用了大量的方言口语入诗,用得最普遍的"兮"字(古读如"呵"),便是在当时民间诗歌,特别是楚地民歌中经常出现的口语,这一语词既增强了诗中咏叹的抒情气氛,又极大地增强了诗句的节奏性和音乐美。此外,《离骚》整篇文采绚烂、比喻丰富；全诗每一部分都感情充沛、优美动人，合起来又是一个结构宏伟、和谐完美的艺术巨制，艺术感染力是非常强烈的。

鲁迅在《汉文学史纲要》中评论屈原的《离骚》："逸响伟辞，卓绝一世……较之于《诗》，则其言甚长，其思甚幻，其文甚丽，其旨甚明，凭心而言，不遵矩度……其影响于后来之文章，乃甚或在《三百篇》以上。"（第四编《屈原与宋玉》）鲁迅高度肯定了《离骚》的思想艺术的卓越成就，与《诗经》相比较，说明两者在创作方法、艺术风格、形式特点方面的不同，并认为它把我国的诗歌艺术向前推进了一步。

二　《九歌》

《九歌》是屈原吸取楚地民间神话故事，并利用民间祭歌形式写成的一组风格清新优美的抒情诗。

《九歌》名称古老，最早来源于神话传说。《山海经·大荒西经》云："开（指夏启，汉人避景帝讳改）上三嫔于天，得《九辩》、《九歌》以下。"郭璞注："皆天帝乐名也，开登天而窃以下用之也。"这是古代关于文艺起源的神话。这里的"九"，含有九天之乐的意思。另外，《九歌》之名还两见于《离骚》，一见于《天问》，都是承这一神话传说而来。从屈原《九歌》来看，也取材于神话，写的是诸神的故事，袭用古《九歌》之名，也是很自然的。

屈原《九歌》共包括十一篇作品，其篇目和次第为：《东皇太一》、《云中君》、《湘君》、《湘夫人》、《大司命》、《少司命》、《东君》、《河伯》、《山鬼》、《国殇》、《礼魂》。《九歌》既名为"九"，为何是十一篇呢？后人有许多不同的解释，迄无定论[7]。关于屈原《九歌》的创作，东汉王逸以为是诗人根据南楚沅、湘间"俗人祭祀之礼，歌舞之乐"（《楚辞章句》）重新创作。朱熹则以为在民间祭歌的基础上加以修改加工,所谓"蛮荆陋俗,词既鄙俚","故颇为更定其词,去其泰甚"(《楚辞集注》)。而二者对于当时南楚沅、湘之间的信鬼好祀以及歌舞娱神的习俗皆有描述,同时都认为诗中有所寄寓,所谓"上陈事神之敬,下见己之冤结,托之以风谏"(王逸);"因彼事神之心,以寄吾忠君爱国眷恋不忘之意"(朱熹)。

屈原的《九歌》,或写祭神的场面,或写诸神的故事,确与楚地的宗教和祭祀有关。战国时代楚国的风俗非常迷信鬼神,宗教性的祭祀活动在民间普遍流行,所以《汉书·艺文志》说:"楚人信巫鬼,重淫祀。"同书《地理志》上也说:"楚地家信巫觋,重淫祠。"所谓"淫祀"、"淫祠",当包括两方面的意思:一是滥祭,即所祭的神灵众多,也就是带有泛神论的色彩;二是祭祀时的场面、规模都比较大,不是简单的行礼、祈祷就作罢,而是用巫觋来主祭和参加滥祭鬼神。巫觋本是一种职司降神,扮演神,并以歌舞娱神的专门职业者。每当祭祀时,他们就穿上礼服,或各种表示神灵身份的道具,扮演故事,唱歌跳舞以"娱神",替人们祈福、禳灾,求得保佑。泛神论是原始的一种宗教信仰,但实际也包含和保留了一些关于日月山川等自然界的神话故事,是很好的文学素材。屈原的《九歌》各篇,描写的正是这些巫歌巫舞的场面,他不是为祭祀而作,而是吸取了其中的某些神话故事,以至巫歌的辞采,采用了某些祭奠形式,写下了表达自己爱国热忱的新诗(如《国殇》)[8]。从《九歌》的整体来看,它是一组具有楚地民间巫文化色彩,以楚神话为题材(《国殇》除外)的瑰丽诗篇。各篇在写法上也不雷同,有的单纯写祭神的场面,写神的降临和对神的礼赞;有的写娱神时所演出的神话故事,其中包括情节和对话,以至心理描写。各篇随着内容,即所刻画的神灵艺术形象的不同,在感情上有的肃穆,有的高亢悲壮,有的低回而缠绵悱恻,但从性质上讲,它是"就当时祀典赋之,非祠神所歌也"(戴震《屈原赋注》)。

《九歌》作品的思想内容,有一部分是写人们对天神的热烈礼赞的,如《东皇太一》、《东君》、《云中君》等。从性质讲,这类诗与《诗经》中的《颂》诗相近,但蕴含的思想和艺术风格却迥然不同。

　　《东皇太一》是《九歌》的首篇,全篇共十五句,却极为成功地写出了一次祭礼的盛况,以及这次祭礼所特有的严肃而热烈的气氛。

> 吉日兮辰良,穆将愉兮上皇。抚长剑兮玉珥,璆锵鸣兮琳琅。瑶席兮玉瑱,盍将把兮琼芳。蕙肴蒸兮兰藉,奠桂酒兮椒浆。扬枹兮拊鼓,疏缓节兮安歌,陈竽瑟兮浩倡。灵偃蹇兮姣服,芳菲菲兮满堂。五音纷兮繁会,君欣欣兮乐康!

　　这篇诗曾被疑为是整个祭神典礼的"迎神曲"[9],但从本篇的内容看,它写的只是众神中的一神,被祭的神只是"东皇太一",与后面各篇诸神的描写并无联系,因此迎神曲的说法,难以成立。只是这首诗确有它的特殊性。这首诗叙写了祭神的场面、盛况,但受祭的神并没有出场,这就与后面诸篇不同。

　　究其原因,《九歌》中的其他一些篇章,所描写的乃是诸如日、云、山、川等自然神,而东皇太一却是属于凌驾于自然神之上的所谓"上皇"尊神。自然神产生于万物有灵论,即泛神论,而作为皇天上帝的所谓宇宙大神,却是经过人们头脑进一步抽象化的产物,一般说来,它往往是地上君主的投影。在人们的心目中,它创造一切,统治一切,占有一切,因此,它具有无上神威,但从形象来说,它又带有笼统性。古人对这种神往往表现为崇敬有馀,而亲切不足。它带给人们更多的是神秘感、威严感,而不像自然神那样具有生动、鲜明的个性和丰富的人情味。但《东皇太一》一诗,却以特有的艺术手法为我们再现了古代祭礼的隆重场面,表达了古代楚地人民虔诚的宗教感情,以及当时人民企图通过娱神活动而获得安宁、幸福生活的愿望。

这首诗从选日择辰举行祭典写起,形象地再现了一场具有原始气息的宗教祭礼的全过程。读这首诗的时候,我们似乎自己也亲临现场,看到了主祭者的服饰动作,闻到祭坛前供品的馨香,观赏到动人的乐舞,同时,随着诗中对祭礼进程的描写而感情起伏。宗教观念是不可取的,但通过初民的这种活动,我们领略到他们所特有的心态和愿望,感受到他们对美好生活的憧憬和需求。

《九歌》所颂赞的神明主要是自然神,这些描写自然神的作品,往往表现了人们对于某些自然现象的细致观察,表现了人们对于大自然的热爱和歌颂,同时也凝聚着人民在现实生活中一些美好的愿望。例如《东君》一篇是歌颂太阳神的,这位太阳神在诗中被描写成人世间光明的象征,它雄伟壮丽、瑰丽多姿,而且具有除暴安良的正义感。它既具有自然界中太阳的素质,又具有人世间英雄的性格。且看它开头一段对日神出场形象而生动的描写:

> 暾将出兮东方,照吾槛兮扶桑。抚余马兮安驱,夜皎皎兮既明。驾龙辀兮乘雷,载云旗兮委蛇。长太息兮将上,心低回兮顾怀。

这里所描写的日神出现的情景,宛然是对自然界旭日东升的壮丽图景的描摹:一轮红日从东方升起,投射出最初的一缕阳光,随着它的徐徐到来,黑夜开始退去,大地一片光明。沉寂的大地好像一下苏醒过来,沐浴在万道霞光之中。由此可见,所谓日神的形象完全是人们从对太阳的千百年观察中概括出来的,是人们在想象中把自然物加以人格化的结果。另外,在诗中还特别描写了日神在经过长空将隐没时,手举长矢射天狼星的情节("青云衣兮白霓裳,举长矢兮射天狼")。天狼星,在古代传说中认为是主掠夺的恶星,日神以它特有的威力,帮助人民去灾降福;显然这里面凝聚着人民的愿望。《九歌·东君》这样一类作品,与其说是颂神的祭歌,不如说是倾注了诗人理想的、对于光明对于正义的赞歌,是对于某些英雄性格的礼赞。

《九歌·云中君》是写云神的,也是一篇十分美丽的诗篇:

浴兰汤兮沐芳,华采衣兮若英。灵连蜷兮既留,烂昭昭兮未央。謇将憺兮寿宫,与日月兮齐光。龙驾兮帝服,聊翱游兮周章。灵皇皇兮既降,猋远举兮云中。览冀州兮有馀,横四海兮焉穷。思夫君兮太息,极劳心兮忡忡。

这首诗是写人们在祭云神时出现的场面和感情。这位高洁、美丽的云神,无疑正是自然界云的化身。天空的浮云,洁白明丽,有时化为云锦,霞光灿烂,但又倏忽明灭。在高空中,它与日月齐辉,而周流往返;又无所不到,无所不在。正是出于这样的印象和感受,铸成了人们关于自然神——云神所特有的形象。人们对于云神的礼赞,除表现了人们对自然美的感受以外,大约还由于云与行雨有关,风调雨顺,才会带来丰收的年景。

《九歌》中除了这样一些礼赞神明的作品外,更多的是一些描写神与神、人与神相恋爱的作品。在古代民间神话传说中,本多有这方面的内容,屈原则又根据民间恋歌的思想和艺术风格对它们做了加工改写,使它们成为一些十分优美动人的爱情歌曲。

《湘君》、《湘夫人》,是《九歌》中写得非常优美而又富于故事情节的诗篇。湘水,是楚境中的一条大河,沿岸风景秀丽,关于它定然会有许多美丽的神话传说。一般认为湘君和湘夫人是一对配偶神。旧说一般又认为与帝舜的传说有关。湘君,指舜;湘夫人即舜妃娥皇、女英。但历来的解释也不尽相同[10]。我们从作品内容看,它写湘水水神的一段美丽的恋爱故事是无疑的。

《湘君》、《湘夫人》旧标为两篇,认为各写一神。但从作品的内容和结构看,实为一诗的两章;前章写湘水女神湘夫人思念恋人湘君,久候不至;后章则着重写湘夫人对湘君望而不至,从而在痴迷中产生湘君到来的幻觉。在结构上,前后章大体相同,尾声文字亦复相似,实际采用的是一诗两章的回环复沓形式,表现了同一主人公的活动和思想情绪的递进[11]。

诗的前章写湘水女神思念湘君,驾舟浮沅湘,至洞庭湖畔相会,但湘君久未至,她责备他为什么留在洲中不肯到来("君不行兮夷犹,蹇谁留兮中洲?")。于是她驾起桂舟去迎接他,吹起排箫来召唤他。她心想湘君大约已经驾着飞龙来了,正在横渡大江呢!谁知这只是自己一片痴情产生的幻想,他并没有来,"横流涕兮潺湲,隐思君兮陫侧",她在失望的痛苦中落泪了。于是接着写湘夫人对湘君起了怀疑:

> 桂櫂兮兰枻,斲冰兮积雪。采薜荔兮水中,搴芙蓉兮木末;心不同兮媒劳,恩不甚兮轻绝。石濑兮浅浅,飞龙兮翩翩。交不忠兮怨长,期不信兮告余以不闲。

她怀疑湘君和他"心不同","恩不甚",她埋怨他"交不忠",更怨愤他不来践约反而用"告余以不闲"来欺骗和支吾自己。最后,她毅然把爱人赠给她的定情之物玦(环形有缺口的玉饰)、佩(佩玉)抛入江心,以示决绝。但她又徘徊江边不忍离去,因而宽慰自己说:"时不可兮再得,聊逍遥兮容与。"实际上仍存一线希望,等候湘君的到来,其缠绵悱恻、欲罢难休之情,跃然纸上。

诗的后一章,写女主人公在无限的愁思中,似乎看到了"帝子"(湘君)的身影远远地飘然而至。于是她登高翘盼,并打算张设起帷帐迎接,共度佳期。但久候之中,何曾见到夫君的身影?"沅有芷兮澧有兰,思公子兮未敢言",在极度相思而又无由表达的痛苦中,出现在她眼前的是许多不合常理的幻景:"鸟何萃兮蘋中,罾(鱼网)何为兮木上","麋何食兮庭中,蛟何为兮水裔(岸滩)"。她已经陷入到一片精神恍惚之中了。就在这心神迷乱的状态之下,女主人公似乎远远听到了所爱之人对她的召唤:"闻佳人兮召予,将腾驾兮偕逝。"于是她想象在水中筑起华丽的"荷屋"、"庑门",并用各种香花佳木装饰得五彩缤纷,迎接夫君来一起享受。但诗的结尾却一下跌转,她的爱人实际并没有来,这一切只不过是湘夫人自己的一片痴情所产生的幻影而已。整个诗篇宛如一首情思缠绵的梦幻曲。

《九歌·山鬼》,写的是一位山中女神的爱情故事。古今都曾有人认为诗中所写的女神或许就是传说中的巫山神女瑶姬,如清代顾天成《九歌解》说:"楚襄王游云梦,一妇人名曰瑶姬。通篇(按即指《山鬼》)辞意,似指此事。"今人郭沫若根据诗中"采三秀兮於山间"一句,认为"於"、"巫"古音通转。山鬼即宋玉《高唐赋》中所写的巫山神女。因文献不足,此也只能聊备一说。我们从《山鬼》一诗所写的内容看,她倾慕爱情,追寻配偶,可知必包含着一段动人的爱情故事,只是具体、完整的故事内容已不能详知了。诗中着重描写的,只是其中一个感人的片断,即女神赴约不遇,失恋后悲哀不已的情景。全诗以抒情为主,兼有一定的情景描写和情节进展,特别是比较细致地刻画了人物的心理,把一个多情女子在追求爱情时的一往情深和自信,以及在爱情受挫时特有的心理波折和苦恼,都刻画得淋漓尽致,十分感人。

诗是按照女主人公的出场赴约、等待相会、久候不至而陷入失望

痛苦之中这样三个层次来写的。首先写山中女神的出场:

若有人兮山之阿,被薜荔兮带女萝。既含睇兮又宜笑,子慕予兮善窈窕。乘赤豹兮从文狸,辛夷车兮结桂旗。被石兰兮带杜衡,折芳馨兮遗所思。余处幽篁兮终不见天,路险难兮独后来。

诗中写在幽静的山谷里,仿佛有个人影("若有人")闪现出来。她用山中的芳香花草做妆扮,薜荔为衣,女萝为带,显得既美丽,又芳洁。而她的面容和仪态也秀丽可爱,两目含情,喜笑盈盈,体态窈窕,充满着少女的情思和青春光彩。她此时正满怀自信,"子(你)慕予兮善窈窕",想到如果恋人这时看到自己,正不知会怎样的爱慕和倾倒。诗中还写她用山兽为驾,用山木为车,采一把山中的香花作为馈赠情人的礼物,这一切又都表现了她作为一位山中女神所特有的威严和爱好。"余处幽篁兮终不见天,路险难兮独后来",这两句是写她在赴约时匆忙赶路中的心理活动。她渴望与久思的情人早些会面,但却路险难行,于是她不由得埋怨起自己的居处来,她住在深山幽谷之中,每次出来要穿过遮天蔽日的山林,越过艰难险阻的峡谷,是多么的不易! 同时更使她忐忑不安的是,她的迟来会让对方久等,那会让自己感到抱愧和内疚;也许她还在担心由此会引起对方的不快和误解。这正是一位热恋中的女子所特有的心理。

第二层则接着写女神来到了约会地点,却未见爱人到来时的焦虑情景:

表独立兮山之上,云容容兮而在下。杳冥冥兮羌昼晦,东风飘兮神灵雨。留灵修兮憺忘归,岁既晏兮孰华予!

女子手持打算送给情人的香花,从不见天日的丛林峻岭中赶来,却不见所思,于是她登上山巅,居高远望,急切地盼望情人的到来。"表独立兮山之上,云容容兮而在下",她像一座雕像一般一动不动地伫立在山巅,脚下是一片变幻不定的茫茫云海。这时的天气,也正如她的心情,逐渐阴沉起来。弥漫的浓云,遮住天光,白昼如晦;阵阵的东风,夹着雨点,向她身上飘洒下来。这凄风苦雨,更加深了她的美人迟暮之感。"留灵修兮憺忘归,岁既晏兮孰华予",她憧憬着长久的幸福,想到这次相会,她将要加倍地体贴对方,使对方感到安乐,永不离去;因为她已感到年华易逝,青春难再了。

第三层则写女神因恋人久候不至而陷入了失望痛苦之中:

> 采三秀兮於山间,石磊磊兮葛蔓蔓。怨公子兮怅忘归,君思我兮不得闲。山中人兮芳杜若,饮石泉兮荫松柏,君思我兮然疑作。雷填填兮雨冥冥,猨啾啾兮狖夜鸣。风飒飒兮木萧萧,思公子兮徒离忧。

虽然女神的意中人仍没有来,但对幸福的憧憬和对对方的一片痴情,却使她想不到,或者虽然已经想到但又本能地加以抗拒这一现实——对方已经忘记了她,她被抛弃了。"采三秀兮於山间,石磊磊兮葛蔓蔓",她徘徊于山石磊磊、葛藤蔓蔓的山间,用采撷稀有难寻的仙草("三秀"即灵芝草)来消磨时光,继续等待。"怨公子兮怅忘归,君思我兮不得闲",她开始埋怨公子,感到怅然若失,但她并不愿离去。她相信对方是思念她、爱她的,只是由于"不得闲"而未能即刻来相会。正是在这样的自我宽慰之下,她仍然苦苦地等待。她采芳,饮泉,孤独地栖息于松柏之下,时光在流逝,但爱人始终没有来到。任何为其开脱的所谓理由都站不住脚了,"君思我兮然疑作",

对于对方的爱情她怀疑了,一种使她难以承担的痛苦顷刻间向她袭压过来。

夜幕降临了,雷声滚滚,大雨滂沱,猿声凄厉,落木萧萧,女神的一片痴情得不到应有的回报,"思公子兮徒离忧",她感到不平,感到孤寂无告,从而陷入到极度哀伤忧愤之中。

《山鬼》作为一篇优美的神话题材作品,艺术上是高超的。诗中写山鬼这一山中女神,犷野中带着娟秀,无疑这正反映着我国南方秀丽山林的特征,是作者所感受到的自然美的性格化。同时我们在这位山中女神身上,从她的情感、心理和身世遭遇方面,又可以感受到人世间的浓厚生活气息,感受到她正是人世间一个性格高洁美丽多情的女子的形象。因此,诗中的女主人公——山鬼这一形象正具有着自然美和社会美的双重特征,是一个有着丰富内涵的浪漫主义艺术形象。

作为一个山中之神的形象,诗中对她的描写始终以自然山林为背景,连她的衣食居处,以及寄托和表达感情的方式,也无不与山林的风光、品物息息相关。她薜荔为衣,女萝为带,居住在幽深的、不见天日的竹篁之间。出行时以香木为车,乘赤豹而从文狸;饮的是山泉之水,栖息于松柏古木之下。她采撷山中的芳香花卉以为馈赠爱人之物,连象征着她爱情不遂和痛苦情绪的也是"石磊磊"、"葛蔓蔓",是山中变幻莫测的风雷云雨和凄厉的木萧猿哀。总之,处处使我们感到她的山中女神的身份。但诗中对于她身世遭遇的描写,丰富的内心世界的刻画,又无疑会使我们联想到这正是人世间的一位寂寞忧伤,渴望爱情而又遭遇不幸的少女。正是这样,她又使我们感到亲切动人,令我们产生同情心,从而产生了艺术认识社会的作用和价值。对自然美进行捕捉和深刻揭示,并将其作为象征手段,来雕塑出个性鲜明的人物形象,暗示出人世间的真、善、美,这是包括《山鬼》

一诗在内的《九歌》神话诗的艺术特点,也是其具有非凡的艺术魅力和取得巨大成功的原因。

当然,我们这还只是就《九歌·山鬼》一诗总的浪漫主义精神和特点说的。如果细绎全诗,在艺术方法方面,它还有许多值得细加品评和称道的地方。诗中的女主人公是一位美丽深情而又所遇不偶的苦恋者的形象。诗中首先写她"既含睇兮又宜笑,子慕予兮善窈窕",她是那样的青春焕发,充满了对爱情的自信。接着写她"折芳馨兮遗所思","路险难兮独后来",表现她对爱情的渴望和急切的追求。总的说来,这是写她在赴约时的欣喜之情。但对方未能守信,失约未来,"留灵修兮憺忘归,岁既晏兮孰华予",她的自信心开始动摇了,一种被抛弃的预感涌上心头。既而"君思我兮不得闲","君思我兮然疑作","思公子兮徒离忧",则标志着女主人公感情起伏不定以及心理递进的变化的三个层次。始而为了自我宽慰而故意为对方开脱,再而疑信交并,最后不能不接受对她来说是十分残酷的现实,她的幸福理想破灭了,炽热的爱火被冰冷的现实窒息了,她整个身心陷入凄凉与孤独之中。这里把一个苦恋者的心理变化,写得曲折、深微、真实动人。

《山鬼》一诗中对景物的描写也是很有特点的。它一方面表现出山中女神活动的特殊背景,一方面又是诗中塑造主人公艺术形象时寄情寓意的媒介。如诗中写女神赶至会面地点,怀人而不遇时,她独立山巅,思绪万千,"表独立兮山之上,云容容兮而在下。杳冥冥兮羌昼晦,东风飘兮神灵雨",云雾在她的脚下奔腾汹涌,天色阴霾无光,东风又飘洒下寒冷的雨滴。它们全都是景物,又无不是比兴。它们烘托渲染着气氛,寄寓着女主人公此时此刻的无限哀愁。全诗的结尾,写女神的失恋被弃,更是风云突变,"雷填填兮雨冥冥,猿啾啾兮狖夜鸣。风飒飒兮木萧萧,思公子兮徒离忧",雷雨交加,狖鸣猿哀,情与景在动荡不安的气氛中交汇成片,真是音繁绪乱,惆怅难言。古人说:"凡言情至者须入景,方得动颜。"(陈祚明《采菽堂古诗选》)情与景的互相交叉、融汇,极大地增强了诗歌的表现力和感染力,取得了动人心魄的艺术效果。

《国殇》是《九歌》中具有特殊风格的一篇。它以激越的感情,壮烈的战斗场面描写,歌颂了楚国卫国将士们的英雄气概。诗歌一开始就描写一场残酷的战斗正在十分激烈地进行:

> 操吴戈兮被犀甲,车错毂兮短兵接。旌蔽日兮敌若云,矢交坠兮士争先。

诗的开头写楚军的装备和威严,接着写激烈的战斗开始了,战车相摩,短兵相接,旌旗蔽空,敌若云屯。在箭如雨发的激战中,楚方的将士冲锋陷阵,毫不畏惧,争先恐后地与敌人搏斗。楚方是在众寡悬殊的形势下进行这场战斗的,接着描写了敌人的猛烈进攻和楚方的失利:"凌余阵兮躐余行,左骖殪兮右刃伤。"楚军的人马伤的伤,亡的亡。但将士们却不肯后退一步,而是"援玉枹兮击鸣鼓",把战鼓擂得更响。他们以视死如归的决心,与敌人奋战到底,至死不放下武器,至死也不屈服:"出不入兮往不返,平原忽兮路超远;带长剑兮挟秦弓,首虽离兮心不惩!"

全诗结尾,诗人以极大的敬意礼赞了这些勇武刚毅,为国捐躯的英雄:

> 诚既勇兮又以武,终刚强兮不可凌。身既死兮神以灵,魂魄毅兮为鬼雄。

这虽是一次失利的战斗,但写得激昂壮烈,正气凛然,充满了爱国主义、英雄主义精神,诗中为爱国者树立了英雄群像,读来令人敬仰,激人心志;其风格亦刚健质朴,雄浑悲壮,有强烈的艺术感染力。

《九歌》除上述《国殇》一篇外,都是神话题材作品,充满了浪漫主义色彩。诗中所描写的各类云、日、山、川之神,其生活环境,容貌体态,无不符合它们作为各类神格的身份特点,如写日神:"青云衣兮白霓裳,举长矢兮射天狼",以云为衣,霓为裳,耀武长空,完全是一副潇洒而又威严的日神气概。写河伯:"与女游兮九河,冲风起兮水横波;乘水车兮荷盖,驾两龙兮骖螭",完全是水神的环境,水神的性格。写云神则是"与日月兮齐光","览冀州兮有馀,横四海兮焉穷?"又是一种高处天际,广被原野,纵横飘动,变化莫测的样子。特别是写山中女神:"乘赤豹兮从文狸,辛夷车兮结桂旗。被石兰兮带杜衡,折芳馨兮遗所思",乘赤豹驾的车子,后有文狸做随从。又以辛夷香木为车,编桂枝为锦旗。披香带翠,折花山间,正是山中自然风貌的拟人化。这些,如果没有对自然环境、自然属性的细致观察和极为丰富的想象,是刻画不出来的。但这些神话故事中的神,虽然作为神灵、神物而具备神的特质,但却又不荒诞无稽,光怪不伦,这是因为作者在不同程度上又都赋予了他们以人的特征、人的性格。写他们也跟人一样有欢乐和悲哀,有对爱情的追求,有失意的烦恼,而且把这些感情很细腻地表达出来,具有人间的生活气息,从而令人觉得这些神都非常可亲,他们的英雄业绩使人钦佩,他们的某些遭遇也很值得同情。实际上,是人的生活与想象中神的特征相结合,表达的还是人的思想感情和理想愿望。由此亦可知,《九歌》中的神已与原始神话中的神有所不同,原始神话中的神,如我们讲原始时代文学时所述,它们或反映人对自然界的幼稚解释,或表达着原始人企图征服自然、支配自然的愿望。他们对自然界的"人化",纯粹产生于对自然界的无知,以至不能正确认识。但屈原《九歌》中的作品,已经与这一性质有了某些差别,它基本上是借助于神话形式的艺术作品,它的任务是对自然特征做审美的概括,并把自然作为一种象征手段,来反映社会生活,表达某些社会意识。

在艺术手法上,作者还善于把周围的景物、环境气氛和人物的思想感情融合起来写,因而构成情景交融的意境,其中有一些片断是长期为后人所传诵的。例如《湘夫人》中:

帝子降兮北渚,目眇眇兮愁予。袅袅兮秋风,洞庭波兮木叶下。

写湘夫人在等候湘君前来相会,而湘君却迟迟未至,湘夫人陷入痴迷的幻觉之中。这是开头的几句,用简单的几笔,首先勾勒出一幅湖畔清秋的景色:习习不断的秋风,吹起洞庭湖水粼粼的波澜,枯黄的树叶在秋风中片片飘落,伫立在水边的主人公正在极目远望,她在一种迷惘中,似乎看到自己向往的人,正飘然下降到水边上。在这幅清秋候人的画面上,可以感到深秋的凉意和感情上的寂寞,又有一种说不出的惆怅凄迷情调。而这也正为全诗写爱情的不顺利创造了悲凉的气氛。寓情于景,从写景转入抒情,写得那样密合无间,单纯自然,无怪乎成为千古传诵的名句。又如《山鬼》一诗,则用深山中的雷雨交加、猿声啾啾的夜景,来渲染山林女神因失恋而激起的愁苦悲愤感情,更是名文妙笔,极为生动感人。

《九歌》的诗歌语言,以情味悠深见长。它往往十分单纯自然,而又非常优美和极富含蕴,令人有谈之不尽、味之无穷之感。如《九歌》各篇都有许多名句,《东皇太一》中"灵偃蹇兮姣服,芳菲菲兮满堂",写祭神典礼上神巫起舞,香气四溢的场景,宛若目睹。《云中君》中"浴兰汤兮沐芳,华采衣兮若英","览冀州兮有馀,横四海兮焉穷",形象而传神地写出了天空云锦的美丽高洁,自由博大。《大司命》中"纷总总兮九州,何寿夭兮在予。高飞兮安翔,乘清气兮御阴阳",充分显示了执掌寿夭大权者的尊贵、高傲和威严。《少司命》中"竦长剑兮拥幼艾,荪独宜兮为民正",少司命是主子嗣之神,他一手威严地高举长剑,一手又慈爱地拥抱幼儿,正是一位英姿飒爽的儿童保护神的形象。《国殇》中的"首虽离兮心不惩","魂魄毅兮为鬼雄",英雄的悲壮慷慨之气,震慑千古。《九歌》篇章中更有不少深刻地抒写爱情和表现契阔离合深沉情思的名句,如:"思夫君兮太息,极劳心兮忡忡"(《云中君》),"心不同兮媒劳,恩不甚兮轻绝"(《湘君》),"沅有芷兮澧有兰,思公子兮未敢言"(《湘夫人》),"满堂兮美人,忽独与余兮目成","悲莫悲兮生离别,乐莫乐兮新相知"(《少司命》)等等,浓郁的感情,浪漫的气息,深刻复杂的心理,都用十分简洁的语言生动地表现了出来,成为诗中的警策,而久为传诵。特别是《国殇》结尾的"乱辞"《礼魂》[12],更为优美奇绝:

> 成礼兮会鼓,传芭兮代舞,姱女倡兮容与。春兰兮秋菊,长无绝兮终古。

它描写典礼完成时的场面,表达了对美好未来的憧憬和绵绵无绝进行祭祀的愿望。只短短五句话,二十七个字,便把礼成时的热闹气氛和人们虔诚的心愿完全表达了出来。刚一宣告礼成,鼓声立时汇然而起,众女子手持鲜花,相互传递,并轮番起舞,同时歌声宛转,悠扬不绝。其热闹的气氛、五彩缤纷的场面,令人宛如目睹。结尾两句,用春兰、秋菊来形容季节岁月的更换,再用"长"、"无绝"、"终古"三个近义词,一层深一层,组成一句,强调先烈英魂长在,祭祀亦将永无绝期的心愿与期望的感情。总的说来,《九歌》的多数篇章大抵语言精美、韵味隽永,是我国抒情艺术的珍品。

三 《九章》

《九章》中包括九篇作品,依照王逸《楚辞章句》的次序,是《惜诵》、《涉江》、《哀郢》、《抽思》、《怀沙》、《思美人》、《惜往日》、《橘颂》、《悲回风》九篇。《九章》这个名称,与《九歌》、《九辩》等借用古曲名不同,它是标明了实际篇数的。《九章》中作品后人有疑其一部分为伪作,较早的是曾国藩,认为《惜往日》为"赝作"(见《求阙斋谈书录》卷六)。随后吴汝纶除同意曾氏说法外,又举出《悲回风》一篇亦为后人伪作(见《古文辞类纂》)。近人陆侃如、冯沅君则提出《惜诵》、《思美人》、《惜往日》、《悲回风》为伪作(见《中国诗史》)。游国恩先生则不同意这些说法,分别做了考辨(见《楚辞论文集》)。

《九章》中的作品,并不是屈原一时一地之作,它原是单行的散篇,后人因其内容、形式大致相似,集为组诗,冠以《九章》之名。《九章》的名称最早见于西汉刘向文中,其《九叹·忧苦》云:"叹《离骚》以扬意兮,犹未殚于《九章》。"一般认为,《九章》是刘向最初编辑《楚辞》时加上去的。

《九章》中除《橘颂》一篇大约是诗人屈原的早年作品外,其他各篇均为屈原两次流放时所作。这些诗多是纪实之辞,真实地记述了屈原流放期间的生活经历和感情。

《橘颂》在《九章》中是一首内容和风格比较特殊的诗,诗人借着夸赞橘树,表白了自己的人生理想,情调十分开朗乐观,没有失意的悲愤情绪,形式上又基本是四言一句,而且"兮"字放在句尾,说明诗人创造的"楚辞"体,这时还在探索和形成中,所以后人多认为它是屈原早期作品。

"橘"是长江流域楚地的特产,"颂"是歌颂或颂赞的意思。从文体说,这是一首咏物诗。它以拟人化的手法,对橘树斑斓夺目的外表和坚定不移的美质做了热情的歌颂,认为它可以作为自己的师表,实际上是诗人对高尚人格的肯定和歌颂,也是诗人对自己理想的抒写。诗中写道:

> 后皇嘉树,橘徕服兮。受命不迁,生南国兮。深固难徙,更壹志兮。

诗中赞美橘树是天地间的"嘉"树,"嘉"在何处呢?那就是"受命不迁"、"深固难徙",它生长在"南国",就扎根于自己的故土,难以再把它移栽到别处去。据传说,橘生于南方而不能移栽,过淮河就变为枳而失味。显然,这里寄托了诗人自己眷恋故国乡土的情怀。不仅如此,诗人还接着赞颂了橘树有"廓其无求"(心怀广大,没有世俗的追求)、"苏世独立,横而不流"(清醒地独立于世上,绝不随同流俗)和"秉德无私"(坚持美德,毫无私念)等各种美质,因而诗人表示要以橘树作为良师益友和学习的榜样。很明显,诗人是把橘树作为一种高尚人格的象征,把橘树的某些特质和诗人自己的品格、理想糅合在一起,寄自己的情志胸怀于橘树的形象。诗人颂橘,也正是自颂。这首诗立意高远,构思巧妙,语言优美,对后世咏物诗很有影响。

《九章》中的《哀郢》是一首有代表性的作品。这首诗作于顷襄王二十一年(前278)秦将白起攻克郢都(今湖北江陵)以后[13]。当时楚王仓惶东迁,百姓四处逃亡,在这国破家亡的时刻,屈原百感交集,写下了这篇悲愤填膺的哀歌。所谓"哀郢",就是哀悼郢都的沦亡。诗一开头就描写了诗人见到的郢都百姓因避难而四散逃亡的荒乱景象:

> 皇天之不纯命兮,何百姓之震愆?民离散而相失兮,方仲春而东迁。

诗人呼号苍天,责问它为什么向老百姓发怒降灾,造成人民妻离子散,四处逃亡的惨状。诗人责难的是天,实际上也问的是人,是对楚国腐朽统治集团罪恶的责问。因为他早就预料到,那班腐朽贵族们胡闹下去是一定会亡国破家的。而这时果然国家颠覆,"皇舆败绩"。诗中记述他是在甲日这一天的早晨离开郢都的,"去故乡而就远兮,遵江夏以流亡。出国门而轸怀兮,甲之朝吾以行"。他实际上就是逃亡人群中的一员。接着他以特别沉重的心情写出了他对郢都的系念,说他每走一步都感到牵肠挂肚的悲伤:"望长楸而太息兮,涕淫淫其若霰。过夏首而西浮兮,顾龙门而不见。"他迈着迟缓沉重的脚步,一步一回首,当郢都最高的树木和城门都已在视野中消失时,他伤心的泪水为之飞洒下来,心情恍惚迷离,简直不知往何处去落脚:"心婵媛而伤怀兮,眇不知其所蹠。顺风波而从流兮,焉洋洋而为客。"本来是自己的故都,自己的国土,现在反而不能安居,敌人反客为主,占领了楚国,而楚国的国人,却失去了家乡无处托身,到处流落为客。沉痛地写出了国破家亡的悲哀。他登上一处高地远眺:"登大坟以远望兮,聊以舒吾忧心。哀州土之平乐兮,悲江介之遗风。"本想借以舒忧,但他想到这大片富饶可爱的土地和世代居住在这里有着古朴之风的众多百姓,即将遭到敌人的蹂躏,内心感到万分的痛苦和哀伤。这时他想到那些腐朽贵族们的误国罪行:"外承欢之汋约兮,谌荏弱而难持",他们平时只会巧言令色地在国王面前献媚,而当国难临头,却没有一个是有才能、有气节的人,完全是些靠不住的软骨头。他指责楚王不辨贤愚美丑,以致把国家糟蹋成这个样子。诗人最后在"乱"辞中悲痛地写道：

> 鸟飞反故乡兮，狐死必首丘。信非吾罪而弃逐兮，何日夜而忘之！

他说飞鸟还知道最后返回故林，狐狸临死还把头冲着它生身的小山，我的确无罪而遭放逐，日日夜夜怎能忘记故都家园？表现了他深切恋念故土，希望终将有一天洗清冤屈，返回郢都，重振家邦的愿望。

《九章》中的又一篇有代表性的作品是《涉江》。《涉江》这首诗着重记述了诗人被放逐江南的历程和心情。从诗中，我们可以具体了解到诗人这次被放逐的地区和所行的路线。他渡过长江，经过鄂渚（今湖北武昌），来到洞庭湖地区；然后又上沅水（在湖南西部），经枉陼（今湖南常德南）、辰阳（今湖南辰溪西），入溆浦（今湖南西部有溆浦县）。这是有关诗人晚年被流放所经历地区的重要线索，它出于诗人自己的记述，当然是可靠的。又从诗人在诗中的具体描写中，可以看到诗人这次所到达的流放地区，是十分僻远、荒凉的，处境是十分凄苦的。但诗中所充溢着的情绪，却是不屈不挠的。

诗歌一开始，就写他被放逐的原因和绝不屈从于流俗的坚贞态度：

> 余幼好此奇服兮，年既老而不衰。带长铗之陆离兮，冠切云之崔嵬。被明月兮佩宝璐。世溷浊而莫余知兮，吾方高驰而不顾。

诗人写他之所以不被国人了解，遭受弃逐的厄难，不是由于别的，而是因为"幼好奇服"，"年老不衰"。诗人用身披长剑、头戴高冠的奇伟装束和带明珠、佩宝玉的华贵服饰来象征自己不苟世俗的性格和品德。但正是由于诗人有这种耿介性格和高洁操守,而不被混乱污浊的社会所理解,他表示"吾方高驰而不顾",要高蹈不顾,永远坚持自己的理想,绝不回头。接着他幻想自己乘龙驾马,去寻古帝重华(帝舜)同游于天上,以至"与天地兮同寿,与日月兮齐光"。《九章》中的作品本多纪实之辞,《涉江》一诗又是写他放逐生活中最凄苦的一段经历,但诗的开始却采用了与《离骚》相类似的浪漫主义手法,表现他的极端苦闷,欲忍不能的感情。

第二段开始写他渡江南下的情景:

乘鄂渚而反顾兮,欸秋冬之绪风。步余马兮山皋,邸余车兮方林。乘舲船余上沅兮,齐吴榜而击汰。船容与而不进兮,淹回水而凝滞。朝发枉陼兮,夕宿辰阳。苟余心之端直兮,虽僻远其何伤!

在叙述弃逐经历时,他写出了十分复杂矛盾的心情。他登上鄂渚,回头遥望故乡,对着秋冬的寒风叹息;来到水边高地,他步马缓行,不忍骤然离去;渡沅水时,他徘徊在回流中停留不前。他的心情是如此的迟疑,几乎是时时回首,步步生哀,表现了诗人对故都的无限依恋之情。在这种情况下,诗人觉得只有自己的一颗"端直"的心,犹堪自慰,说:"苟余心之端直兮,虽僻远其何伤?"

接着诗人写出他被放逐之地的恶劣环境:"深林杳以冥冥兮,乃猿狖之所居。山峻高以蔽日兮,下幽晦以多雨;霰雪纷其无垠兮,云霏霏而承宇。哀吾生之无乐兮,幽独处乎山中。"他的独步行程和人生命运似乎都到了山穷水尽的地步,但诗人是如何想的呢?他说:"吾不能变心而从俗兮,固将愁苦而终穷!"他觉得这是他早有思想准备的事；为了坚持理想，也是他心甘情愿的事。他是这样自觉而透悟地承受着加在他身上的这一切非常人所能承受的折磨和苦难。

这首诗所表现出来的诗人艰苦卓绝、矢志不渝、坚持理想的精神，是如此的动人心弦，感人肺腑。

《九章》中的《惜诵》、《抽思》、《怀沙》等作品，也都是屈原被放逐时写的政治抒情诗，它的强烈的政治性与抒情意味与《离骚》基本一致。但《九歌》中的作品除少数片断外，采用幻想、夸张的手法较少，主要是纪实之辞。清陈本礼在分析《九章》这组诗时说："盖《离骚》、《九歌》犹然比兴体，《九章》则直赋其事，而凄音苦节，动天地而泣鬼神，岂寻常笔墨能测？朱子浅视《九章》，讥其直致无润色。而不知其由蚕丛鸟道巉岩绝壁而出，而耳边但闻声声杜宇啼血于空山夜月间也。"(《屈赋精义》)《九章》主要是用直接倾泻的方法来表现其复杂的心曲和凄苦忠怨的感情，读之裂人肺腑，令人落泪。《九章》的语言生动形象，情味悠长。篇章结构跌宕有致，语气随着诗人感情的起伏而变化，有时激情滚滚，有时凄苦低吟，有时缠绵悱恻。往往在一首诗中，也不断起伏变化，如同江流河涌，有浪峰也有波谷，有平缓也有陡峭。诗人感情的节奏，形成了诗歌内在的节奏，而深深地打动着读者。诚笃的爱国思想、优美的情志与感情的力度相结合，是《九章》这组诗歌的主要特色。

四　《天问》

《天问》是一篇规模宏大、体制瑰奇的长诗。全诗三百五十馀句，一千五百多字，全采用问句体写成。其内容，从邃古之初宇宙洪荒写起，其中神话传说杂陈，历代兴亡并举，宏览千古，博大精微。古来就被推许为"千古万古至奇之作"（清刘献庭《离骚经讲录》）。但也被认为是楚辞中最为难解之作，所谓"其创格奇、设问奇、穷幽极渺奇、不伦不类奇、不经不典奇……一枝笔排出八门六花,堂堂井井,转使读者没寻绪处,大奇大奇!然不得其解,便是大闷事。"(清夏大霖《屈骚心印》)对这样一篇难解的作品,古今学者歧见纷呈,莫衷一是。

最早对这首诗进行解释的是东汉王逸《楚辞章句》,他认为这是诗人屈原的一首"渫愤懑,舒泻愁思"之作,其写作的缘起是屈原放逐在外,"见楚有先王之庙及公卿祠堂,图画天地山川神灵,琦玮僪佹,及古贤圣怪物行事","因书其壁,呵而问之",遂成此诗。所谓《天问》,即"问天",向天发问之意。他还认为,正因为《天问》是题壁之作,经楚人"共论述之"而成,所以文义顺序有些凌乱。据古、今人考证,古代庙堂确常画存诸如古神话以及古代历史人物和故事的画卷,屈原"周流罢倦,休息其下",因受其启发或有所感触而写诗,也是可能的。

《天问》一诗的文义或有某些"不次序",但从整体上看,其内容层次还是分明的。全诗可分为前后两大部分:首问天地开辟、天象地理等有关大自然方面的传说,也就是大自然的形成史;次问人事,即夏、商、周三代兴衰的历史,并及于楚祖先;末尾缀之以诗人对自己身世遭遇的感叹。总的来看,这正是一首咏史性质的作品,也就是说是一首"述往事,思来者"的咏史诗。至于诗中列问了许多神话、传说,这被后世视为荒诞不经、琦玮僪佹的故事,在上古却正是被人们信以为真的,是被作为史来看待的。

既然是咏史诗,为何又取名《天问》呢?这是因为古代认为"天者,万物之总名也"(《庄子》郭象注)。天是无所不包的,既包括自然,也包括人事。又认为天是一切的主宰,"天者,统理万物"(《周礼》郑玄注)。正如游国恩先生说:"天统万物,无所不包,一切天文地理人事纷然杂陈,变幻莫测的现象,都可以统摄于天象天道之中,所以名曰'天问'。"(《楚辞论文集》)那么,"天问"就是仰天而问,是就自然和人类历史的探究。

从《天问》的整个内容看,如前所述,它是一篇别开生面的咏史之作,前半部分,自"遂古之初,谁传道之"至"羿焉彃日,乌焉解羽"凡一百一十二句,是自然史方面的传说。在这部分,诗人就天地的开辟,日月的运行,大地的形状,川流的走向,以及鲧禹治水的故事等等,一一发问,它为我们再现了一个璀璨无比的神话世界,而其中通过诘问所流露出来的,则是诗人对宏观宇宙的思考,是对古信仰的怀疑,表现了他那不同流俗的批判意识。

全诗的后半部分,自"禹之力献功,降省下土四方"至"易之以百两,卒无禄",凡二百四十五句,为人世间历代兴亡史,无论在篇幅上、立意上,都可以看出它是全诗的骨干。诗人在这部分中,陈事见理,对夏、商、周三代所以兴,所以亡,通过对一些历史事件的发问,表述了自己的观点,并通过对历史的反思,流露出对楚国前途的强烈忧患意识,这正是全诗的主题思想所在。最后,全诗以楚国的现实和自己的处境作结,对楚国当权者的倒行逆施,表示了无限愤慨。

司马迁说:"余读《离骚》、《天问》、《招魂》、《哀郢》,悲其志。"(《史记·屈原贾生列传》)司马迁将《天问》看做屈原仅次于《离骚》的伟大作品,并称"悲其志",其"志"何在?显然是指屈原在这首鸿篇巨制的咏史诗中所表现出来的大胆寻求真理的精神,特别是诗人那种企图通过探寻历史兴亡之故,以为楚鉴的苦心孤诣和一片爱国情怀。这正是《离骚》中"路曼曼其修远兮,吾将上下而求索"的继续,是"恐皇舆之败绩"的隐忧之深刻化。

关于《天问》的写作年代,一般均认为作于屈原放逐时期,但具体年代已难确考。诗尾云:"伏匿穴处,爰何云?荆勋作师,夫何长?"前句是指屈原远放在荒野之中的处境,下句是说楚国若能兴师振邦,国运怎能不长久?下文又说:"悟过改更,我又何言","吾告堵敖以不长",应正是对顷襄王的口气,此诗或作于顷襄王时诗人流放之初。

《天问》的前部分,是就自然界发问,是关于宏观宇宙和宇宙观的问题,内容十分丰富,涉及范围极广。从顺序和所包容的问题看,大致可以分为四个层次:(1)关于天地开辟、宇宙本源的问题("邃古之初"至"何本何化");(2)关于天体结构和日月星辰的问题("圜则九重"至"曜灵安藏");(3)关于鲧、禹治水的问题("不任汨鸿"至"禹何所成");(4)关于大地及四方灵异的问题("康回冯怒"至"乌焉解羽")。其发问的对象和性质,主要是对古代关于自然界的神话和传说的诘难和质疑。

诗人在长诗《天问》中,首先就宇宙之初,天地形成以前的景象发问:

> 曰:邃古之初,谁传道之?上下未形,何由考之?冥昭瞢暗,谁能极之?冯翼惟象,何以识之?

在宇宙大地的诸多问题中,最难使人理解的莫过于它的始原问题。太古洪荒天地未辟的时候,是个什么样子?上古传说中把它想象为明暗不分,空阔无垠的浑沌状态。诗人简练地把它形容为"冥昭瞢暗","冯翼惟象"(冯,饱满充盈的样子;翼,伸张而又浮动的状态),即明者不明,暗者不暗,一切朦朦胧胧,难以名状,而又充满生气。对天地未形的这一想象和描述,既含有哲理的推测,又具有生动宏大的气势。但诗人却以反问的口吻,分别提出问题。邃古之初,天地未辟,尚没有人类,诗人用"谁传道之"(是由谁传述下来的呢)一语发问,十分雄辩有力。下面又用"何由考之"(怎么能知道的)、"谁能极之"(谁能研究清楚)、"何以识之"(如何来识别)等不同的问句,分别加以追问,表现出一种睿智而又穷究底里的气势。

下边则对宇宙的结构、天体的运行发问:

圜则九重,孰营度之?惟兹何功,孰初作之?斡维焉系,天极焉加?八柱何当,东南何亏?

他问:据说天有九层,是谁有这样大的神功来营造?天如覆盖,是怎样被系而不坠的?据说有八柱擎天,其位置在哪里?地倾东南又是怎么回事?

接下又问到日月星辰的布局和运行变化:

日月安属?列星安陈?出自汤谷,次于蒙汜,自明及晦,所行几里?夜光何德,死则又育?厥利维何,而顾菟在腹?

日月星辰是怎样各得其位,陈列在天的?传说太阳晨出于汤谷,夜息于蒙汜,一天要赶多少路程?月亮为何能缺而又圆,死而复生,怎么会有个"顾菟"(蟾蜍)在腹?接下还问了风神伯强住在何处,从哪里为大地吹来苏醒万物的"惠风"?天门如何一开一张,构成天明天晦等等。诗人仰首云天,对着广漠无垠的天宇一一发问,把我们带入到一个光怪陆离的古神话世界,其中充满着先民们的无数美丽的奇思遐想;同时诗人又对当时这些传说表示不满足,提出种种怀疑,显示出一种大胆的科学探索精神。

在古传说中,鲧禹治水,重建大地,是一桩惊天动地的大事,诗人用很长的篇幅就这一神话传说的神奇内容——"鲧何所营,禹何所成",予以发问。就现存古文献来看,关于鲧禹治水的传说记载十分零散,说法也不尽相同。因此,我们对诗人一些发问的用意,已很难确断,但从字里行间,却流露出诗人对这一神话传说在情理上的怀疑和不解,如对鲧的被害("顺欲成功,帝何刑焉")、禹的降生("伯禹腹鲧,夫何以变化")和治水的神奇("应龙何画,河海何历")等等。虽然如此,诗人却将这一传说故事中的神奇伟功一一写出,再现了古人在战胜自然灾害中曲折艰难的历程,及丰富的想象力。

继鲧禹治水的故事之后,诗人又转向关于大地的问题。诗人针对古传说中关于大地四方的许多奇闻异说一一发问,如问到传说中有所谓神人出入的昆仑"悬圃",它究竟坐落在何处?哪里有日照不到的地方,何处冬暖,何处夏凉?哪里有石树成林,哪里的怪兽能语?哪里有不死之人?一蛇吞象是怎么回事?等等。古代关于大地四方的传说很多,而且怪怪奇奇,想象丰富。诗人把它们采撷入诗,一一发问,表示出一种怀疑求实的精神。

对于天地万物的疑问和探索,早在原始时代就已经开始了,由于知识水平的限制,他们通过想象和幻想,编织了许多神话传说故事加以解释,但这些都远非科学的。随着人类文化的发展,关于宇宙天地、大自然中的诸多问题,又成为哲人重新思考的问题,如在先秦哲学中,管子著《水地篇》,以水为万物之本源和生命的原始;著《四时篇》,以阴阳解释天地四时的运行,万物蕃息的原因。齐国的邹衍,推论"至天地未生,窈冥不可考而原也"。并倡九州之外,还有"大九州"之说。《庄子》里记载有个叫黄缭的人,曾向惠施问过"天地所以不坠不陷、风雨雷霆之故"。这都说明随着社会的发展,知识的进步,对客观世界的再探讨、再认识,已成为一股思潮。屈原的《天问》,也正是此时的产物。但是,产生于原始时期的诸多神话,作为人类认识史初始阶段的产物,作为启人想象的浪漫主义素材,却不失其崇高博大的美学意义。诗人屈原在《天问》中,把众多的危奇瑰丽的神话组织在一起，构成一幅远古人类所描绘的宇宙大自然形成史的长篇画卷，同时以提问的方式，对宏阔浩渺的宇宙和纷繁的大自然，进行了自己的思考，既具有哲理意义，又具有文学性。

宇宙的奥妙、远古的世界，固然是令人难解莫测的，但人间的兴衰祸福，在诗人看来却是有迹可寻的。在长诗的后半部分，诗人的如椽巨笔，开始由鸿蒙洪荒的神话时代，转到人间的历史。当然，在上古人民看来，人类各民族的起源也离不开神灵世界，都有一个神奇的传说，如神禹与涂山女匹合而有启，简狄（有娀氏女）吞食上帝送来的玄鸟蛋而生契，有邰氏女因受上帝所感而降下周始祖后稷（这些在长诗《天问》中也都写到），以此说明他们都有神的血统，都是上帝的子孙。但他们为什么又有更替兴亡呢？这就正是诗人所要探寻的问题，实际也正是诗人深怀着对楚国现实的忧患感所要总结的历史经验教训。诗人在这方面所持的观点，或者说所总结出来的道理，集中地说就是"天命反侧，何罚何佑"，就是"厥严不奉，帝何求"。在诗人看来，天命是无常的，罚佑是无定的。如果一个君王放纵自己、律身不严，祈求上帝也是无用的。在这里诗人既承认天命、上帝的存在，又强调了人为、人事，这种有条件的天命论，正是诗人屈原用以评断历史，总结历史教训，并用以抨击楚国现实的武器。

春秋战国时代，随着社会的变革和发展，人们的自然观、社会历史观都有所变化和进步。在自然观方面，人们开始用实际生活经验和萌芽的科学，来怀疑神话传说的可靠性，如孔子的"不语怪力乱神"、对上古神话的怪诞性加以有意的修正，都表现了这种观念。在社会历史观方面，一些进步人物的思想，虽然不完全排斥"天命"，但在天与人的关系上，则开始以重人、重民的观点，来隐蔽地转移天命决定论。具体到统治天下的问题，便是《左传》所说的"皇天无亲，唯德是辅"（僖公五年），《荀子》所说的"修道而不贰，则天不能祸"

(《天论》)。这一观点,屈原在长诗《离骚》中也同样明确表示过:"皇天无私阿兮,览民德焉错辅;夫唯圣哲以茂行兮,苟得用此下土。"意思是说,上天对一个在位者或一个王朝的辅佐,不是无条件的,而是要看他的德行如何来决定。这无疑是对旧有天命论的修正,而强调了人的行为、活动的责任性。《天问》中说:

皇天集命,惟何戒之?受礼天下,又使至代之?

大意说,上天赐命给一个王朝,为何又时时警告它,使它有所戒惧?把天下交给他治理,为什么又让另一个王朝取代它?这就是诗人屈原在长诗《天问》咏史部分所要探讨和陈述的问题。诗中依次对夏、商、周(至幽王)的历史做了回顾和反思,对其治乱兴亡的缘故加予提问,特别是对于败身亡国之君的情况做了含意深永的陈述。

诗的后半部分,据古人和近人考证,可能有些错简的地方,但整个说来是次序分明的。按其所叙内容,大致也可以分为四个层次:(1)关于夏王朝的历史("禹之力献功"至"而黎服大说");(2)关于殷商王朝的历史("简狄在台"至"其罪伊何");(3)关于周王朝的历史("争遣伐器"至"卒无禄");(4)关于楚国的现状和诗人的忧心。

首先,诗人对夏王朝的兴衰起伏,以至最后终为汤所灭,做了一连串发问。在传说中,夏后启乃神禹之子,代伯益而有国。但他因偷天乐耽于享乐,而终被后羿所代替。后羿本是受天之命来拯救夏民的,但不久就因贪于女色、迷于田猎而遭寒浞的暗算而惨死。浞传其子寒浇,浇也因淫乱,与嫂私通而被少康所杀。关于夏王朝前期的这段历史,《左传·襄公四年》有所记述,诗人在《离骚》中也曾提到("启《九辩》与《九歌》兮,夏康娱以自纵"以下十句)。而在长诗《天问》中,诗人更以提问的方式,对这些因纵欲而遭祸之君的历史原委，一一做了发问，特别是论到后羿之亡的时候，诗中这样写道：

> 帝降夷羿，革孽夏民；胡射夫河伯，而妻彼雒嫔？冯珧利决，封豨是射；何献蒸肉之膏，而后帝不若？

后羿秉天意而代启拯民，得天下后，他却夺人之妻，又恃强迷于田猎。虽然他用上美的肥肉献给上帝，上帝并不满意，而至终使他灭亡了。显然，这里所表达的意思是所谓天佑天罚，并不是无条件的，而是以其行为的善恶为转移的。换句话说，就是"应之以治则吉，应之以乱则凶"（《荀子·天论》），后羿的败亡完全是他胡作非为的结果，说到底是咎由自取。

诗中论到夏桀灭亡的时候，也表达了同样的思想：

> 桀伐蒙山，何所得焉？妺嬉何肆，汤何殛焉？……缘鹄饰玉，后帝是飨；何承谋夏桀，终以灭丧？帝乃降观，下逢伊挚。何条放致罚，而黎服大说（悦）？

夏桀伐蒙山，得到妺嬉，于是放荡无忌地迷恋女色，虽然他也曾用玉饰的宝鼎祭飨上帝，但是上帝还是另有选择，使贤臣伊尹辅助成汤，放夏桀于鸣条，有夏灭亡，而成汤却受到黎庶百姓的拥戴。

在反思殷、周王朝历史的时候，诗人的注意力仍主要集中在盛衰、兴亡的大事上：

> 授殷天下，其位安施？反成乃亡，其罪伊何？

前句问殷王朝是怎样得天下而兴的，下句问殷王朝又是以何罪失天下而亡的？殷兴于成汤伐夏桀,而诗中特别强调了汤求贤臣伊尹的故事。周之兴在武王伐纣,诗中也特别提到文王在市井得贤臣吕望为辅佐的故事:

> 师望在肆,昌何识？鼓刀扬声,后何喜？武发杀殷,何所悒？载尸集战,何所急？

传说中,吕望(即吕尚,姜太公)本隐在屠肆,被文王姬昌发现,而举为辅臣,也正是《离骚》中所提到的:"吕望之鼓刀兮,遭周文而得举。"这无疑是说国家之兴离不开贤臣,只有举贤授能才能安天下。反过来,诗中对于殷纣的覆亡是这样发问的:

> 彼王纣之躬,孰使乱惑？何恶辅弼,谗谄是服？

据《史记·殷本纪》记载,纣王"知足以距谏,言足以饰非","好酒淫乐,嬖于妇人,爱妲己,妲己之言是从"。可知纣王乃是个拒谏饰非,刚愎自用,迷恋女色的昏君。这里所问的正是:纣王那个人是谁使他惑乱误国的？他为何竟憎恶辅国大臣却去信用谗佞之人？接着诗中举出了他如何残害忠良、任用小人的实例:

> 比干何逆,而抑沉之？雷开何顺,而赐封之？何圣人之一德,卒其异方？梅伯受醢,箕子佯狂。

据《史记·殷本纪》:"王子比干谏弗听。比干曰:'为人臣者不得不以死争。'乃强谏纣。纣怒曰:'吾闻圣人心有七窍。'剖比干观其心。箕子惧,乃佯狂为奴,纣又囚之。"《吕氏春秋·行论》篇:"昔者纣为无道,杀梅伯而醢之。"亲女色、用小人、杀忠臣、害贤良,竟弄得满朝正直之士到了非死即狂的地步,从而"何亲就上帝罚,殷之命以不救",也就是必然的了。

对于周朝,诗人问了周昭王溺于玩好,远游南土,寻求白雉,船沉而不返的事("昭后成游,南土爰底?厥利惟何,逢彼白雉?");问到周穆王巧于贪求,周游天下,不理国政的事("穆王巧梅,夫何为周流?环理天下,夫何索求?"),对他们的行径都加以指责。最后,问到西周的亡国之君幽王:

> 妖夫曳衔,何号于市?周幽谁诛,焉得夫褒姒?

褒姒是幽王的宠妃。传说当时有两个妖人,曾献美女褒姒给幽王,幽王"见而爱之,生子伯服,竟废申后及太子,以褒姒为后,伯服为太子"(《史记·周本纪》),从而朝政昏乱,幽王后为犬戎所杀。这样说来,西周之亡,也是亡于所谓的"女祸"。诗人在长诗中,还问到了夏、商、周三代历史中的许多细节,有些由于文献缺佚,已难尽解。但归纳起来主要问的都是兴衰存亡之事,而特别又集中在对亡国败身之君的陈述上,在诗人屈原看来,一个有位者或一个王朝之衰亡,不外是杀害贤良,耽于游乐,溺于女色,这些祸身亡国之由,正是诗人总结出来的历史教训。

但是,诗人写长诗《天问》,其思想感情之所系,最终是在现实,是在楚国。当时,诗人因正道直言,不见容于朝廷,被斥在外,眼看楚王朝君昏臣暗,国事日蹙,大厦将倾,一场国破君亡的悲剧就要发生了。他独立于苍茫的天地之间,寻往事,思来者。在他看来,历代兴亡之迹,凿凿可鉴,而他所尽忠的楚王,却如此倒行逆施,毫不醒悟。于是他心情激越,在进谏无路、救国无门的情况下,问天,问地,问历

代人事沧桑。但他又失望地感到,他的喋喋多言又有谁会来听从呢?在诗的最后,诗人写道:

> 薄暮雷电,归何忧?厥严不奉,帝何求?伏匿穴处,爰何云?荆勋作师,夫何长?悟过改更,我又何言?

诗中写天届薄暮,雷鸣电闪,天愁地惨,一场惊天动地的暴风雨即将来临了。这是诗人当时写作此诗时的情景,应也是诗人对楚国现实的感受。因此他说,已到这种地步,自己放归而一去不返,还有何可怕的呢?楚王不知自尊和严于律己,只是求上帝又有何用呢?如今自己被斥在外,荒居独处,还能说些什么呢?楚国若真能兴师振邦,国运怎能不长久?楚王只要知道悔悟,改弦更张,我又有何可说?诗人在极端忧苦矛盾的心情之下,对君国仍表露出一片忠贞拳拳之心。最后,诗人用这样三句话结束了全诗:

> 吾告堵敖以不长,何试上自予,忠名弥彰?

旧注:楚人谓早死的或未成君的国君曰敖,这里代指行将危亡的楚王朝。这结尾的三句大意是说,我曾经告知过,任此君昏臣暗下去,楚之国运将不会长久,这本属我的告诫之言,怎知却将被我不幸而言中,结果使我落了个大大的忠名而已。屈复说:"犹言使国家得败亡之实祸,而使我得忠谏之虚名,痛愤极矣。"(《楚辞新注》)吴世尚说:"结言及此,可谓长歌当哭矣!"(《楚辞疏》)诗人的这一自嘲口吻,实包含了无限的辛酸血泪。

综观长诗《天问》,它是一首以咏史为内容,而史与论兼备,情与理相融的作品。它的宏富的内容和对宇宙的探索、历史的反思,表现了诗人博大精深的思想和追求真理的精神，也表现了诗人企图挽狂澜于既倒、积极救亡的爱国热忱。而它在艺术上的独创，在中国诗歌史上更是绝无仅有。从体制的宏伟，风格的雄奇说，在屈原作品中，它可与《离骚》并驾，若鸟之双翼，若车之二轮；而其形式的奇特，结构的新颖，可以说更比《离骚》而过之。长诗《天问》，从首至尾全用问句结撰而成，照常理说，极易呆板、平直，难以取得艺术上的效果。但诗人却以惊人的艺术天才，极文理、语句之变化，使全诗奇矫活脱，一气呵成，令人读起来，了无阻梗，绝不板直、枯燥。

从句式上说，长诗《天问》采取的基本上是四言句，使全诗显得古雅而节奏急促有力；同时篇中又杂用若干五言句、七言句，以舒缓语气，令人读起来更富有抑扬顿挫之感。从问句的构成和安排说，有时一句一问，有时两句或三句、四句一问；特别是在问语的语助词上，更根据所问问题的内容和角度不同，而极其变化之能事。粗加统计，篇中所用的疑问词就有"何"、"胡"、"焉"、"孰"、"几"、"谁"、"安"等多种，使语句圆转灵活，而气又充沛。明代蒋之翘在《七十二家评楚辞》中，曾引明孙𡹬评论楚辞《天问》的话说："或长言，或短言，或错综，或对偶，或一事而累累反复，或联数事而熔成片语。其文或峭险，或澹宕，或佶屈，或流利，诸法备尽，可谓极文之变态。"实际上如从长诗《天问》的整体来看，雄肆怪伟，奇矫活脱，应是它语言、风格的主要特色。《天问》不仅是中国诗史上的一篇罕见的浪漫主义杰作，也是世界诗歌艺术宝库中的珍品。

五 《招魂》

《招魂》是屈原另一篇十分有特色的诗篇。关于《招魂》的作者和写作的目的，历来有种种不同的说法。司马迁《史记·屈原贾生列传》的赞语说："余读《离骚》、《天问》、《招魂》、《哀郢》，悲其志。"

承认《招魂》一诗是屈原作品。但是,王逸《楚辞章句》却说:"《招魂》者,宋玉之所作也。"并说宋玉所招的魂,是屈原之魂。关于作者问题,《史记》记载较早,还是应相信司马迁的话,承认《招魂》是屈原的作品[14]。

关于《招魂》的主旨,除旧说宋玉招屈原魂外,还有屈原招怀王魂和他自招两说。细绎文意,本篇殆为诗人自招之词。屈原遭谗被逐,流放在外,忧心愁苦,彷徨山泽,不得归宿。他尝写其魂魄失守的迷乱心态说:"惟郢路之辽远兮,魂一夕而九逝。"又说"愿径逝而不得兮,魂识路之营营"(《抽思》)。《涉江》诗中写诗人孤身处于渺无人烟、未开辟的遐荒之中,感到"迷不知吾所如",想来正是在这种烦冤瞀乱、愁叹苦神的情境下,写下了这篇作品。清代林云铭云:"古人招魂之礼,为死者而行。嗣亦有施之生人者。屈原以魂魄离散而招,尚在未死也。"(《楚辞灯》)古代招魂是一种民俗,不专施于死者,也施于生者,对于某种受惊、受害以至远行归来的人,也行招魂之礼。如谢灵运《山居赋》的"招惊魂于殆化,收危形于将阑"和杜甫《彭衙行》的"暖汤濯我足,剪纸招我魂"等语句中,还可以看到这种招生魂的遗风。又从《招魂》一诗开首自叙和篇末"乱辞"来看,都用"朕"、"吾"等字,是第一人称,即屈原自称口吻。诗中一再赞颂楚国的富庶、可爱,同时又用极其夸张的笔触,铺写上下四方的危险和可怕,其中也正含蕴着《哀郢》一诗中的"鸟飞反故乡兮,狐死必首丘"的意思和感情。因此,本篇不仅为屈原所自作、自招,同时还是一篇屈原寄托自己爱国情思之作。

《招魂》的结构开始是序言,接着写招魂词,最后有"乱辞"作结束。招魂词是全文的主体,它的写法是"外陈四方之恶,内崇楚国之美",以极殷切、深情的口吻,劝诫魂灵不要到天上、地下或四方去,认为还是楚国最美好,可以作为最后的归宿。如它写东方:

> 魂兮归来,东方不可以托些!长人千仞,惟魂是索些。十日代出,流金铄石些;彼皆习之,魂往必释些。归来归来,不可以托些。

东方是这样,而南方、西方、北方,无不如此,都存在着非常可怕的事物,存在着极大的危险。就是连天上也去不得,它描写天上的情景是:

> 魂兮归来,君无上天些!虎豹九关,啄害下人些。一夫九首,拔木九千些。豺狼从目,往来侁侁些;悬人以娭,投之深渊些;致命于帝,然后得瞑些。归来归来,往恐危身些!

就连人们经常幻想的天堂也这样可怕,其他地方就更可想而知。总之,"天地四方,多贼奸些",而唯一美好、可以安身的地方,还是楚国。接着它用铺陈的手法,描写了楚国衣食之美,歌舞之乐,认为它才是最值得留住的地方。由此可知,这首诗虽用幻想的手法写成,所曲折表达的仍然是对楚国的热爱,对自己祖国乡土的眷恋。也就是说与屈原一贯的爱国主义思想是一致的。

这首诗在艺术构思和艺术手法上十分新奇,它与《离骚》一样,吸取了许多古代神话材料,构成了一篇极富浪漫主义色彩的奇文。另外,全诗除了前序、后乱之外,中间全部每隔一句用一个"些"字做语尾。"些"字和"兮"字都是楚国方音,而用"些"字做语尾,本来又是楚国巫觋禁咒语中的旧习惯,屈原既假托巫阳来招魂,所以就索性完全遵守着巫祝招魂词的形式,并完全采用他们的语调。这种体裁,与前边所介绍的《天问》一样,都是我国文学史上所罕有的。

另外,《招魂》中关于上下四方的描写很有层次和特点,虽然描写的都是幻想中的情景,但也符合各方的地理特点。如说东方"流金铄石",这是古人认为日居东方,必然特别炎热;南方"雕题黑齿","雕题"指"文额","黑齿"指用漆把牙齿染黑,都是传说中南方野蛮人的特殊装饰;特别是写到西方,就说那里"流沙千里","五谷不生","求水无所得";讲到北方则是"增冰峨峨,飞雪千里",天气严寒,不能久留等等,这些描写都相互区别而比较符合自然情况。诗篇中关于描写楚国宫廷建筑、饮食、歌舞的段落,作者采用了排比铺叙的手法,辞藻异常华丽丰富。例如其中写宫室的建筑:

> 高堂邃宇,槛层轩些。层台累榭,临高山些。网户朱缀,刻方连些。冬有突厦,夏室寒些。川谷径复,流潺湲些。光风转蕙,泛崇兰些。

这里把堂轩台榭的结构、雕饰,以及环绕在周围的美丽风光都极有层次地写了出来,流动而不呆板,细致而不碎杂;又如写歌舞奏乐的场面:"竽瑟狂会,搷鸣鼓些。宫庭震惊,发《激楚》些。吴歈蔡讴,奏大吕些。士女杂坐,乱而不分些。"更是有声有色,形象生动,令人如适逢其会,身临其境。这种夸张铺叙的写法和华丽的文采,对后来的汉赋有很大影响。

全诗结尾的"乱辞",是紧接着全诗铺叙描写之后的主观抒情,首先写自己在春天,却被放逐在江南杂草丛生、水泽相连的旷野,他不由得又回忆起过去曾与楚王在云梦地区打猎的情形,但那已经是很久以前的事了。最后他以哀伤的情绪写下了这样几句诗句:

> 朱明承夜兮时不可以淹,皋兰被径兮斯路渐。湛湛江水兮

上有枫,目极千里兮伤春心。魂兮归来哀江南!

这里是说,日夜更代,时光如飞般地过去,皋兰被径,天涯芳草已遮断我的归路,春景虽佳,却徒增我的伤怀。这里蕴含着自己既不愿出国远走,但国内又无出路的绝望感情。最后以"魂兮归来哀江南"一声长叹,抒发了对祖国和自己命运的无限愁思,从前边的幻想境界,又回到了现实。

《招魂》这首诗,确是一首在构思和写作方法上都有一定创新的作品。楚国是一个巫风很盛的国家,流传着现在我们看来荒唐的风俗。但伟大诗人屈原却利用当时流传的形式,把一些带有迷信色彩的民间作品加以改造,用旧形式表达新的内容,赋予新的意蕴,前边讲到的《九歌》是一例,而《招魂》则更是突出的例子。这是不能不使我们感到钦佩的。

第三节　屈原在文学史上的地位和影响

屈原是我国文学史上第一位伟大诗人,屈原及其作品的出现,造就了我国诗歌史上的一个全新的时代——诗歌从集体歌唱到个人独立创作的新时代。屈原还创造了全新的诗歌样式,他的作品有伟大的独创性。他在采用当时我国南方楚地民歌的基础上,创造了一种崭新的文学体裁——"骚体"。这一新诗体比起《诗经》来,无论在篇幅上、句法上、表现方法上,都有了许多发展,大大扩充了诗歌表现力。屈原正是运用这一新的诗歌形式,驰骋他的丰富的想象,倾注了他的炽热感情,写出了《离骚》和其他一些伟大不朽的诗篇,展示出中国文学史上第一个丰满的具有鲜明个性的抒情形象,这一切创造在诗歌史上都是空前的,对我国文学的发展产生了极大的影响。

但屈原对后代的影响,最重要的还是他的思想追求。屈原首先是作为一个伟大的爱国者、爱国诗人为后世所景仰。他那深厚执着的爱国热情,在政治斗争中坚持理想、宁死不屈的精神,给后世作家做出了示范。千百年来,在反抗强暴、维护正义、维护祖国利益和尊严的斗争中,人们总是记起屈原,并从他那里获得鼓舞和力量。屈原的精神和品质,他那用整个生命写成的激动人心的诗篇,滋育了一代又一代的进步作家,可以毫不夸张地说,我国文学史上有成就的作家,很少有不受到屈原影响的。

汉初贾谊在政治斗争中失败后,被谪迁长沙,当他经过汨罗江时,有感于自己和屈原有相似的遭遇,写了一篇很沉痛的《吊屈原赋》,一方面对屈原进行悼念,引屈原为自己的知己;一方面学习屈原的创作精神,对是非不分、美丑不辨的黑暗现实做了大胆的揭露和鞭挞。伟大的史学家和文学家司马迁更是对屈原敬佩之至。他曾亲访屈原的遗迹,搜罗诗人的史料,在《史记》中为诗人立传。在《屈原贾生列传》中,他不仅记载了诗人的事迹,而且对诗人"正道直行"的品德和不与黑暗妥协的斗争精神加以热情的歌颂,正确地评价了屈原在历史上的崇高地位。他说:"余读《离骚》、《天问》、《招魂》、《哀郢》,悲其志。适长沙,观屈原所自沉渊,未尝不垂涕,想见其为人。"(《史记·屈原贾生列传》)他同情屈原的遭遇,也继承了屈原的精神。据司马迁自己说,他在遭冤屈受刑以后,就是在"屈原放逐,乃赋《离骚》"(《报任安书》)等榜样的激励下,发愤著书,最后完成了巨著《史记》的写作的。《史记》是一部历史散文著作,它寄托着作者的理想,洋溢着作者爱憎分明的感情和追求真理的精神,这也正是屈原伟大精神的继承。故前人曾说:"学《离骚》得其情者为太史公"(刘熙载《艺概》),而鲁迅先生更直接推许《史记》一书为"无韵之

《离骚》"(《汉文学史纲要》)。两汉以后,屈原精神在许多作家身上得到进一步发扬。唐代伟大诗人李白和杜甫,都景慕屈原之为人。李白蔑视权贵,反抗现实的精神,特别是他诗歌的浪漫主义精神,乃是屈原创作的继承和发展。在《江上吟》一诗中,李白推崇说:"屈平词赋悬日月,楚王台榭空山丘。"用鲜明的对比肯定了屈原的不朽。他还有意识地学习屈原积极浪漫主义的创作方法,李白的诗篇,也是大量罗织神话传说、历史人物、日月风云等入诗,构成一幅幅雄奇壮美的图画。他的《梁甫吟》:

我欲攀龙见明主,雷公砰訇震天鼓,帝旁投壶多玉女。三时大笑开电光,倏烁晦冥起风雨。阊阖九门不可通,以额叩关阍者怒。

用攀龙游天,叩阍不开,表现自己的被冷遇,表现自己上天下地的求索精神,明显地呈现出学习《离骚》的痕迹。伟大诗人杜甫的爱国忧民的精神,也与屈原有着继承关系。他对屈原十分尊崇,曾说:"若道士无英俊才,何得山有屈原宅。"(《最能行》)又在他著名的《戏为六绝句》中说:

不薄今人爱古人,清词丽句必为邻。窃攀屈宋宜方驾,恐与齐梁作后尘。

这里是说:屈宋的作品与历代著名作家的作品一样,都是有文采的;但是杜甫认为,屈宋的作品却最值得重视,值得学习,这是因为他们同时也具有充实的思想内容;如果只重视文采,恐怕就会步齐梁形式主义诗风的后尘了。这是杜甫对自己学习楚辞作品的深切体会。

此外，我国历代诗人、作家，在遇到民族压迫的关头，总是写出慷慨激烈的爱国篇章。还有许多作家，在黑暗的政治时代，坚持理想，坚持斗争，崇尚节操，不隐瞒自己的爱憎，甚至在政治斗争中牺牲了他们的生命，为我国古代文学历史增添了光彩。这种伟大的精神，我们都可以在屈原身上追溯其源。

即使在现代，屈原及其作品也仍然有巨大影响。"五四"前后，鲁迅艰苦地为中华民族的发展探索方向。1926年出版《彷徨》时，他引录《离骚》中的诗句作为书前的题辞：

> 朝发轫于苍梧兮，夕余至乎县圃。欲少留此灵琐兮，日忽忽其将暮。吾令羲和弭节兮，望崦嵫而勿迫。路曼曼其修远兮，吾将上下而求索。

可以看出屈原的爱国主义和不倦地追求真理的精神，对于当时鲁迅的战斗是有力的精神武器。

在中国历史上，屈原可以说是受到最普遍敬爱、纪念的诗人。他甚至影响到中国的民俗，据传屈原是在农历五月初五日投江自沉的，在他逝世不久，民间就开始以独特的民族形式来纪念他，那就是每年在端午节包粽子、划龙船。关于这项风俗，古书上曾有清楚的记载：

> 屈原五月五日投汨罗而死，楚人哀之，每至此日，以竹筒贮米，投水祭之……世人作粽，并带五色丝及楝叶，皆汨罗之遗风也。
>
> ——《艺文类聚》引《续齐谐记》

> 屈原以五月望日赴汨罗，土人追至洞庭，不见。湖大船小，

莫得济者。乃歌曰:"何由得渡湖!"因而鼓棹争归,竞会亭上,习以相传,为"竞渡"之戏。其迅楫急驰,棹歌乱响,喧振水陆,观者如云。诸郡皆然,而南郡、襄阳尤甚。

——《隋书·地理志》

而实际上这一风俗,二千多年来至今未衰。这足以说明屈原在我们民族历史上的地位和他不朽的影响。

屈原作品的伟大艺术成就的影响也是巨大的。刘勰《文心雕龙·辨骚》说:"故其叙情怨,则郁伊而易感;述离居,则怆怏而难怀;论山水,则循声而得貌;言节候,则披文而见时。是以枚、贾追风以入丽,马、扬沿波而得奇。其衣被词人,非一代也。故才高者菀其鸿裁,中巧者猎其艳词,吟讽者衔其山川,童蒙者拾其香草。"这一段话是说,屈原作品的伟大艺术成就对后代有着久远而广泛的影响。如它的善于沉吟咏怀,善于刻画山水、时令,以及它的宏伟构思,华章美辞,无论是对后世的文学高才,还是对初学的童蒙,都有所启示,都提供了可供学习的榜样。刘勰的这一说明,无疑是符合事实的,但屈原对后代的影响还远不止此,特别是他没有说到他在我国文学发展中的主要影响。

屈原在艺术上的最伟大的成就和影响,首先是他继《诗经》以后,以积极浪漫主义的创作方法,为我国文学开辟了另一影响深远的传统,从而丰富了我国文学的艺术表现力。《诗经》和屈原作品是我国文学史上最早出现的两个巍然矗立的高峰。但《诗经》更多地是以民歌的风格和现实主义手法成为后人学习的榜样;屈原的作品却更多地是以大胆的幻想和想象,诗人的文采和夸张的手法,即浪漫主义手法"衣被词人"。屈原的楚辞作品出现以后,"风"和"骚"就成为我国古人对诗歌所悬出的两个最高标准。屈原作品作为我国积极浪漫主义的开端,对我国古代诗歌的发展具有特殊重要意义。

在诗歌艺术表现手法上,屈原发展了《诗经》的比兴手法,对我国诗歌民族艺术特色的形成做出了贡献。我国古代诗歌在艺术构思和表现手法上的主要特点是所谓"触物以起情"和"索物以言情",总括起来也就是借物抒情。这一手法和特点,前人在研究《诗经》时已有所发现,把它概括为"比兴"。比兴手法确是《诗经》许多民歌的特点,也是由《诗经》最早开创的。《诗经》中的比兴往往只是一首诗中的片断,大都比较单纯,用以起兴和比喻的事物还是独立存在的客体。但屈原作品使比兴手法得到了变化发展。首先,它开始把物与我、情与景交融起来,扩大了诗歌的境界和表现力。因此,屈原作品中的比和兴,不再是简单的以某物比某物,或触物以起兴,而更多的是把物的某些特质与人的思想情感、人格和理想结合起来,融为一体,使物具有象征的意味,使情具有更具体的附着和寄托。如屈原作品中,以鲜花香草表示高洁,用高冠奇服表示超俗,用高丘求女表示追求,这就不是简单的比喻或触物起兴,而是一种象征,一种寄托或寄寓。从形象本身看来,它是虚构,是想象,从所表达的内容、思想情感来说,又完全是现实的。这就开辟了后世的所谓"寄情于物"、"托物以讽"的表现手法,对我国古代文学,特别是诗歌创作有着极大影响。例如张衡的《四愁诗》、曹植的《美女篇》、杜甫的《佳人》,以及许多咏史、咏怀、感遇、游仙的诗篇,都是直接、间接受到屈原这种作风的启发的。朱自清先生就说过:"咏史、游仙、艳情、咏物……这四体的源头都在王注《楚辞》里。"(《诗言志辨》)

另外,前边已经讲到,楚辞体(骚体)是由屈原创造出来的一种新的文学样式,但楚辞体这一文体的出现,在文学史上的意义还不仅在这一文体的本身,还在于它为后世古典诗歌的主要形式五、七言诗的产生起到了重要作用。我国古典诗歌最早成熟的是《诗经》中的四言诗。而后随着社会生活和语言的发展而逐渐演化出五、七言的形式,并成为汉以后诗歌的普遍常用的体制。而五、七言的产生是有一个酝酿阶段的,这期间屈原的楚辞和两汉的民间乐府歌辞,曾起到极其重要的推动作用。屈原楚辞体诗歌一方面吸取了当时楚地的民歌俗曲的形式,在语言句式上又是创造性地吸收和融汇战国时代新兴散文语言的成果。因此,它本身虽不定型,却是一次诗体的解放,是破旧立新,为新的诗歌形式创造了条件,为五、七言诗的产生铺平了道路。具体到楚辞作品本身来说,它不仅有某些现成的五言句或七言句,更在于它除两字顿的节奏外,大量地创造和使用了三字顿的节奏。三字顿节奏的出现,是使四言诗可以向五、七言转化的契机。因此可以说,"楚辞"是最早打破四言句式的诗歌作品,在它参差不齐的各种句式中,包括了五、七言诗的胚模,给后人以无穷的启发。

〔1〕 关于屈原的生卒年,史书上没有记载。对于他的生年,后世主要是根据《离骚》中的"摄提贞于孟陬兮,惟庚寅吾以降"这句话加以考证,但看法不尽相同。此处生年采用的是郭沫若说(见《屈原研究》)。此外尚有主生于楚威王元年,即公元前 339 年(见浦江清《屈原生年月日的推算问题》);生于楚宣王二十七年至三十年之间,即公元前 340 年前后(见游国恩《楚辞论文集》);生于楚威王五年,即公元前 335 年(见林庚《诗人屈原及其作品研究》);生于楚宣王十七年,即公元前 353 年(见胡念贻《屈原生年新考》)等说法。关于屈原卒年的看法亦不尽相同。除郭说外,尚有卒于楚顷襄王二十二年,即公元前 277 年(游国恩);卒于顷襄王三年,即公元前 296 年(林庚);卒于顷襄王十年以前,即公元前 290 年左右(陆侃如)等说法。近今又有卒于顷襄王三十年之后(章培恒《关于屈原生平的几个问题》)、卒于顷襄王十六年或十七年,即公元前 283 年或 282 年(潘啸龙《关于屈原自沉的原因及其年代》)等说法。此略依游国恩说。

〔2〕 楚自东周以来,尽吞江夏诸姬之国,至楚威王时期,广开疆域。《淮南子·兵略》称:"昔者楚人地,南卷沅、湘,北绕颍、泗,西包巴、蜀,东裹郯、邳,

颖、汝以为洫,江、汉以为池,垣之以邓林,绵之以方城,山高寻云,溪肆无景。"此说并不完整,实际在战国中期,楚疆域已北至中原河南、山东一带,东至海滨吴、越(江苏、浙江)之地;南至云、桂(云南、广西);西达陕西、四川,地跨今之十一省,为战国版图最大的国家。又据考证,当时七国人口总计二千万左右,楚独当五百万,人口最多。

〔3〕《史记·楚世家》:"熊绎当周成王之时,举文、武勤劳之后嗣,而封熊绎于楚蛮,封以子男之田,姓芈氏,居丹阳。"据此,楚本姓芈,屈原何以与楚王族为同姓?据王逸《离骚》注引《帝系》云:"熊绎事周成王,封为楚子,居于丹阳。周幽王时,生若敖,奄征南海,北至江、汉。其孙武王求尊爵于周,周不与,遂僭号称王。始都于郢,是时生子瑕,受屈为客卿,因以为氏。"又《元和姓纂》:"屈,楚公族,芈姓之后。楚武王子瑕食采邑于屈,因氏焉。屈重、屈荡、屈建、屈平并其后。"

〔4〕《史记·屈原贾生列传》未载屈原曾官三闾大夫。但据《楚辞·渔父》篇、王逸《离骚序》,均称屈原曾为三闾大夫(又刘向《新序》称"同姓大夫")。关于"三闾大夫"的职掌,王逸云:"三闾之职,掌王族三姓,曰昭、屈、景。屈原序其谱属,率其贤良,以厉国士。"据此,三闾大夫乃属管理王族、教育王族子弟之官。司马迁只说屈原于怀王朝任"左徒",屈原任三闾大夫之职,大约应在任左徒之前。屈原《橘颂》一诗,一般肯定系屈原早年之作,并为屈原托物自况之辞。其中云"年岁虽少,可师长兮",当即指其教育公族子弟说的。又《离骚》一诗作于任左徒遭谗被疏之后,其中追叙早年时情况,曾有"滋兰"、"树蕙"等为国培育人才之文。可知屈原任三闾大夫,乃在任左徒之前。

〔5〕关于吴起变法的具体记载,分别见《韩非子·和氏》篇、《史记·孙子吴起列传》、《史记·范雎蔡泽列传》、《吕氏春秋·贵卒》篇等。

〔6〕关于屈原被疏和放逐问题,学术界有不同看法,主要集中在屈原在怀王朝是被疏,还是被流放。按《史记·屈原贾生列传》记述"(怀)王怒而疏屈平",下文又有"屈平既绌"、"是时,屈平既疏,不复在位,使于齐"的记述。在这三处中,两处写的是"疏",一处写的是"绌"。疏,即疏远的意思;"绌"同"黜",贬斥、废退的意思。这是屈原在怀王"竟死于秦"之前遭遇的叙述,可知

屈原在怀王朝并无流放之事。迨顷襄王立,子兰为令尹,"卒使上官大夫短屈原于顷襄王,顷襄王怒而迁之",这才遭受放逐。也正符合班固在《离骚赞序》中所述:"屈原初事怀王,甚见信任。同列上官大夫始害其能,谗之王,王怒而疏屈原……至襄王,复用谗言,逐屈原在野。"屈原在怀王朝时被疏,失去"左徒"官位;襄王朝被放逐于荒僻的江南,是符合实际的。

〔7〕 历来对《九歌》名意的理解,有"九"为虚数和实数两种意见。虚数说者认为古人言"九",有代表多数之意,《九歌》并不一定限定九篇,如清人马其昶云:"盖《九章》九篇,《九歌》十一篇,九者数之极,故凡甚多之数,皆可以九约之,文不限于九也。"(《屈赋微·前序》)早在马氏以前,明人杨慎、清人汪中,已有所论,近人陆侃如、马茂元亦承其说。主"九"为实数说者,认为《九歌》既名为"九",理应包括九篇作品。但怎样才符合九篇之数,又有合篇说、误编说两种。主合篇说者,有人认为《山鬼》、《国殇》、《礼魂》当合为一篇(清林云铭《楚辞灯》);有人认为《湘君》、《湘夫人》应合为一篇,《大司命》、《少司命》应合为一篇(清王邦采《屈子杂文·九歌笺略》)。主误编说者,认为《九歌》名"九"而今十一篇,乃是后世编集者错编造成的。如明代陆时雍称"《国殇》、《礼魂》不属《九歌》。想当时所作不止此,后遂以附歌末"(《楚辞疏》),后清徐焕龙《楚辞洗髓》、李光地《楚辞注》亦承其说。近人刘永济则认为《国殇》即屈原之《招魂》,《礼魂》为其"乱辞",均为误编入《九歌》中者(《屈赋通论》)。

〔8〕 王逸、朱熹以来,均认为《九歌》原为楚地沅、湘之间的民间祭歌,是供祭礼上演唱的歌舞曲,经屈原重写或加工改写而成。正是基于这一观点,而产生了《九歌》是古代歌舞剧的说法,如王国维在《宋元戏曲考》中就称《九歌》"盖后世戏剧之萌芽"。闻一多在《九歌古歌剧悬解》中,就将《九歌》作为唱辞,并作为表演形式,排列为一种多幕剧。实际上,从《九歌》诸篇的内容看,它只是记叙了祀神典礼的仪式(如《东皇太一》)和祀神的歌舞场面(如《云中君》、《东君》、《国殇》、《礼魂》),以及祭者和观者的感受和祝愿(如《东皇太一》:"君欣欣兮乐康。"《云中君》:"思夫君兮太息,极劳心兮忡忡。"《东君》:"羌声色兮娱人,观者憺兮忘归。"等等)。因此,《九歌》实是一组赋事兼抒情的诗歌作品,并非歌舞场上供演唱的唱词。清戴震就曾对《东皇太一》、《国殇》等篇加注说:

"故屈原就当时祀典赋之,非祠神所歌也。""歌以吊之,通篇直赋其事。"(《屈原赋注》)关于《九歌》文体的性质,可参阅《中国文化研究》总第七期(1995年"春之卷"),褚斌杰《屈原〈九歌〉文体研究》一文。

〔9〕 见《闻一多全集》卷一《什么是九歌》。

〔10〕 关于"二湘"的解释,异说颇多。王逸认为湘君,指湘水神,男性。湘夫人,指传说中帝尧女,即舜之妻娥皇、女英。韩愈、洪兴祖、朱熹等人认为湘君、湘夫人分别指舜之二妃,湘君为尧之长女娥皇,湘夫人为次女女英。王夫之认为湘君、湘夫人为配偶神,与舜二妃等事无关。

〔11〕 此采林庚先生说,见《诗人屈原及其作品研究》中《湘君湘夫人》文。上海古籍出版社1981年版。

〔12〕 对《礼魂》的解释,旧说颇为分歧。或以为是"礼善终者"(宋洪兴祖《楚辞补注》),或认为是前十章所通用的"乱辞"或"送神曲"(王夫之《楚辞通释》、屈复《楚辞新注》),闻一多则认为《东皇太一》为迎神曲,《礼魂》为送神曲。这些解说无形中皆将"礼魂"改为"礼神"。按《礼魂》紧接于《国殇》篇,"国殇"是指为国捐躯者,故"礼魂"应是指礼"国殇"之魂,而不应妄改礼"神"。神,本应无生无死,不存在什么"魂"的问题。故《礼魂》应为《国殇》篇之"乱辞"。

〔13〕 《哀郢》作年,意见颇有分歧。明汪瑗《楚辞集解》认为作于顷襄王二十一年,秦昭王派白起破郢之时。他说:"此郢乃指江陵之郢,顷襄王之时事也。"证之诗题"哀郢",并诗中开首所记,本诗应作于是年。

〔14〕 关于《招魂》为屈原所作的意见和考证,首见明黄文焕《楚辞听直》,后林云铭《楚辞灯》、蒋骥《山带阁注楚辞》等均将《招魂》归为屈原所作。近世郭沫若、游国恩等人也同意这一说法。郭沫若在《屈原研究》中说:"所叙的宫廷居处之美,饭食服御之奢,乐舞游艺之盛,不是一个君主是不够相称的。"如王逸所说的为宋玉招屈原魂,是说不通的。因此,《招魂》的作者定为屈原,已渐被公认。

第二十一章 宋玉和其他楚辞作家

第一节 宋玉的生平和创作

宋玉是紧踵伟大诗人屈原之后,享有盛名美誉的作家。由于他的辞赋创作,承袭屈原而又独具成就,有着不可泯灭的地位,故历史上每以"屈宋"联骈并称,所谓"屈宋逸步,莫之能追"(刘勰《文心雕龙·辨骚》),"屈平联藻于日月,宋玉交彩于风云。"(《文心雕龙·时序》)

关于宋玉的生平事迹,史料极少而甚分散,除司马迁《史记·屈原贾生列传》曾附及数语外,自汉迄唐的一些著作中,如刘向的《新序》、王逸的《楚辞章句》、《韩诗外传》卷七、《水经注》卷二十八、《襄阳耆旧传》卷一和《北堂书钞》卷三十三等仅偶有片断的记述。这些资料虽或有传说轶闻性质,但对我们了解宋玉其人其事,均有不同程度的参考价值。综合各方面的资料,其大致生平情况如下:

宋玉,战国时楚国鄢都(今湖北宜城)人。生卒年已不能确考。大约生于楚怀王十年(前319)前后。爱国诗人屈原出仕怀王,为了刷新政治,振兴楚国,曾网罗培育人才。宋玉早年曾师事屈原,与唐勒、景差同辈。宋玉出身低微,有才学而不能从俗。屈原遭谗被逐,宋玉曾企图靠同学朋友出仕,顷襄王仅以为"小臣"。宋玉主要生活于顷襄王时期,当时强秦压境,国土沦丧,楚国朝不保夕。宋玉尝在顷襄王面前谈说利害,陈述计划,但顷襄王终不见察。他虽常侍顷襄王左右,但"好乐爱赋"的顷襄王只欣赏他的"识音而善属文",只不过把他视为一个"词臣"而已。有时他在赋作中微作讽喻,但终不能有大建树。有人嘲笑他时,他曾以鲸、凤、玄蝯(猿)自喻,认为自己"处势不便",而难以较功量能,施展抱负。又称自己"曲高和寡"而难以被人了解。晚年时期,受奸佞谗害,离开宫廷,生活困顿。他忠君爱国之心不改,始终系念君国的安危,渴求得到楚王的信任,但君门九重,关梁不通,忠悃难伸,回归无望。面临悲惨的处境,他持守高洁,"食不偷而为饱兮,衣不苟而为温",表示"宁穷处而守高",而不乐"浊世而显荣"(《九辩》)。约卒于顷襄王末年至考烈王初年(前262)前后,年约六十岁。四十年后,楚为秦所灭。

关于宋玉的作品,《汉书·艺文志》著录十六篇,无具体篇目。《隋书·经籍志》著录《宋玉集》三卷,《旧唐书·经籍志》和《新唐书·艺文志》分别著录《宋玉集》二卷。至《宋史·艺文志》已失载,其失传大约在南北宋之交。而现可见署名宋玉的作品,王逸《楚辞章句》载《九辩》和《招魂》两篇,萧统《文选》载《风赋》、《高唐赋》、《神女赋》、《登徒子好色赋》、《对楚王问》以及《九辩》(五章)和《招魂》。无名氏《古文苑》载《笛赋》、《大言赋》、《小言赋》、《讽赋》、《钓赋》、《舞赋》六篇。另外,清严可均所辑《全上古三代秦汉三国六朝文》又增辑《高唐对》一篇。

以上除《昭明文选》所载与《楚辞章句》所载有两篇重出外,迄今所见署题宋玉的作品共计十四篇。不过对上述作品的真伪问题,古今一直有所争论。关于《招魂》一篇,现在比较公认当依司马迁《屈原贾生列传》所著录,为屈原作品。《文选》所载五篇,除《对楚王问》一篇,可能是后人对宋玉辞令的记叙(亦收入刘向《新序》)外,其他未可轻疑。《古文苑》所收六篇,问题较多,待考[1]。现在我们研究宋玉,就其可靠性和重要性来说,有他的楚辞体作品《九辩》和赋体作品《风赋》、《高唐赋》和《神女赋》等。

第二节　宋玉的楚辞体作品《九辩》

宋玉"好辞而以赋见称",他学习屈原,雅好楚辞,但他的楚辞体作品,今仅存《九辩》一篇。《九辩》之名正如屈原的《九歌》一样,是当时流传在楚地古乐曲的名称。"辩,犹遍也,一阕谓之一遍。盖亦效夏启《九辩》之名,绍古体为新裁,可以被之管弦。其词激宕淋漓,异于风雅,盖楚声也。"(王夫之《楚辞通论》)《九辩》之名,在《离骚》、《天问》中都引做古曲之名,亦可证。宋玉创作《九辩》的时间,大约在顷襄王之末,诗人已属晚年,如诗中有"岁忽忽而遒尽兮,恐余寿之弗将","岁忽忽而遒尽兮,老冉冉而愈驰"等诗句,正可断其创作时期。

《九辩》一诗虽向以"悲秋"而闻名,但其性质却正与屈原的《离骚》同,是一首政治抒情诗,是一首抒写诗人伤时忧国,怀才不遇,老而无成,报国无门的悲怨之曲。这首诗写于诗人遭受排挤,被迫离开宫廷,远走他乡的羁旅之中。诗中说"贫士失职而志不平",他的出走,或并不与屈原一样是遭罪被逐,但也是怀忠被污的结果("窃不自聊而愿忠兮,或黕点而污之","纷忳忳之愿忠兮,妒被离而鄣之")。在离朝之际,他为楚王的不明而怨尤,为群小当道而愤慨,为国运的阽危而忧虑,为自己的怀才不遇而不平,为自己垂暮之年的困顿沦落天涯而倍感凄凉。在百感交集之中,写下了这样一篇"凄怨之情,实为独绝"的长诗。

诗的一开始,就以凄怆的秋气笼罩全篇:

悲哉,秋之为气也!萧瑟兮草木摇落而变衰。憭栗兮若在远行,登山临水兮送将归。

泬寥兮天高而气清,寂寥兮收潦而水清。憯凄增欷兮薄寒之中人。怆怳懭悢兮去故而就新,坎廪兮贫士失职而志不平。廓落兮羁旅而无友生,惆怅兮而私自怜。

燕翩翩其辞归兮,蝉寂漠而无声;雁廱廱而南游兮,鹍鸡啁哳而悲鸣。独申旦而不寐兮,哀蟋蟀之宵征。时亹亹而过中兮,蹇淹留而无成。

过去在解释"若在远行"、"送将归"时,多认为是比喻,说是以行人的凄凉和离别的愁绪来比喻秋天给予人的萧瑟悲凉之感,或解释"送将归"是送走一年的年华。但细审语气,觉得都不够圆满。从下节的"怆怳懭悢兮去故而就新"和后面的"去乡离家兮徕远客,超逍遥兮今焉薄"来看,应该说这两句是诗人的纪实之词,是说正当草木萧瑟、满目悲凉的秋季,自己却不得不弃家远行。亲人们登山临水送了一程又一程,这时也将依依不舍地归去了。接着,诗人又以空旷的秋空、寂寥的秋水为背景,写出了自己凄凉远行的悲哀和孤独的处境——一个失去了职位的贫士,不得不漂泊到远方去谋生,生活是那么孤苦零丁,连一个知己也难遇到。我们从"憯凄增欷兮薄寒之中人"、"惆怅兮而私自怜"的诗句中,真仿佛看到形容憔悴的诗人,独立于苍茫凄凉的秋色之中,一声声发出沉重的叹息。然后诗人又用归燕,寂寥的寒蝉,以及大雁、鹍鸡、蟋蟀的悲鸣等秋景秋声为衬托,表达他的沉痛落寞之感,哀叹自己人已过中年,但却岁月蹉跎,一事无成。

但诗人的坎坷不遇,事功不遂,身老无成,毕竟是社会的黑暗现实造成的,因此,他出于切身的体会和感受,对于君愦臣奸、是非颠倒的楚朝廷的政局做了积极的、有力的揭露,并表现了他对贤能政治的向往。如他形容当时朝廷上群小当权、堵塞贤路,说"岂不郁陶而思君兮,君之门以九重。猛犬狺狺而迎吠兮,关梁闭而不通"。说楚王不辨贤愚,但知任用那些肥头大耳的贵族,而使真正的贤才无所适从,避而不出:"谓骐骥兮安归?谓凤凰兮安栖?变古易俗兮世衰,今之相者兮举肥!骐骥伏匿而不见兮,凤凰高飞而不下。"在这种举世混浊、是非颠倒、黑白不分的情况下,诗人将何以自处呢?他说:

何时俗之工巧兮,灭规矩而改凿!独耿介而不随兮,愿慕先圣之遗教。处浊世而显荣兮,非余心之所乐。与其无义而有名兮,宁穷处而守高。

在浊世之中,他要遵循先圣的遗训懿范,宁愿穷处守节以自高,而不愿与世俗同流合污,决不浊世显荣,欺世盗名。当然为了坚持操守,也是要付出代价的,他说:"食不偷而为饱兮,衣不苟而为温。窃慕诗人之遗风兮,愿托志乎素餐。"又说:"无衣裘以御冬兮,恐溘死不得见乎阳春。"这种不慕富贵,不畏饥寒,甚至自知会困顿而死,而仍然洁身自好,绝不向黑暗势力屈从的精神,正是他从前辈诗人那里继承而来的,在这点上,宋玉正是屈原光辉精神的继承者,正可与屈原相比驾。

特别是诗中写他身在困厄之中,对君国的前途还表现出殷切的担忧:

> 众踥蹀而日进兮,美超远而逾迈。农夫辍耕而容与兮,恐田野之荒秽。事绵绵而多私兮,窃悼后之危败。

工谗之人,奔走钻营,日益进身朝中,贤能之士得不到信任和任用,远离朝廷。由于剥削过重,农夫辍耕,生产遭到破坏,而田野荒芜。更可危的是国事多私,百弊丛生。他担心这样下去,国家将危亡无日了。他还针对楚王的不明治国之道说:

> 尧舜皆有所举任兮,故高枕而自适。谅无怨于天下兮,心焉取此怵惕。乘骐骥之浏浏兮,驭安用夫强策?谅城郭之不足恃兮,虽重介之何益?

他认为只有像尧舜等贤明的君主那样,举贤授能,修明政治,才能高枕无忧,安豫无事。而迷于"强策",依恃武力是无济于事的。这种对贤能政治的追求,对国家前途的关注和隐忧,正是爱国思想的流露。由此可见,宋玉所感慨的怀才不遇,"志不平",并不只是局限于对个人穷通的不满,而是出于关心祖国命运,因有志难骋,有才难施,报国无门而悲怨。这与屈原的怨情也是相通的。

纵观《九辩》这首长诗,乃是以个人抒情为基础,将身世之感、怨刺之情、家国之痛相融而并出之,从而构成了它的深切而感人的思想内容,同时也是它的思想性之所在。

宋玉也是屈原艺术的继承者。从《九辩》这首长诗看,他多袭用屈原作品的辞意、词语以及语句,在结构上宏伟恣肆,着重描写心情上的波折,大大增加了诗篇的感情色彩,特别是结尾"愿赐不肖之躯而别离兮,放游志乎云中"一段,更明显地是摹仿《离骚》的神游境界,并借幻想表现诗人最终不忘现实的执着。

但《九辩》在艺术上绝不仅仅停留在模仿屈原,而是自有它的独特的创造。

《九辩》作为一首抒情长诗,首先它在抒情诗的艺术手法上有很大开拓。它的抒情不取直抒胸臆,而是通过自然景物的描绘,制造一种气氛,创造一种意境,从而发抒自己的感情,展示自己的情愫。全诗以秋景、秋色、秋声、秋容为衬托,把萧瑟冷落的秋气与自己的哀怨之情,以至对君国末世的感受交织在一起写出,从而增强了诗歌艺术表现力,提高了抒情效果。例如全诗的起始,即以"悲哉,秋之为气也"一语开端,这一来自心底的惊呼,使凄怆悲凉的秋气,笼罩全篇,构成了动人心魄的力量。接着诗人一层递一层地铺写了满目凄凉的秋之画面:风吹草木,萧瑟变衰;天高气清,旷荡空虚;江河水落,清冷静寂;薄寒袭人,令人欷歔。这对于一个踌躇于人生坎坷旅途的人,何以自遣! 往下诗人又写了一系列暮秋景色:紫燕辞归,寒蝉无声,大雁南去,秋虫悲鸣。因之使他黯然心伤,通宵无眠。于是情随景发,而感叹岁月无情,人生悲苦,虽人过中年,而蹉跎无成。诚如王夫之《楚辞通释》中所说:"此章以秋容状逐臣之心,清孑相若也,寂漠相若也,惨栗相若也,迟暮相若也。《九辩》之哀,此章为最,不待详言所以怨,而怨自深矣。"在这段以后,诗人还多次写到秋景秋情,如"皇天平分四时兮,窃独悲此凛秋。白露既下百草兮,奄离披此梧楸","秋既先戒以白露兮,冬又申之以严霜。收恢台之孟夏兮,然欲傺而沉藏","皇天淫溢而秋霖兮,后土何时而得干? 块独守此无泽兮,仰浮云而永叹","靓杪秋之遥夜兮,心缭悷而有哀。春秋逴逴而日高兮,然惆怅而自悲"。全诗把苍凉的秋景和诗人失意悲凉的心情熔铸在一起,互相映衬。因情而写景,托景以抒情,结果情因景而愈加浓烈,景因情而倍增凄凉,从而极含蕴而深刻地写出了抒情主人公的悲剧命运和哀怨的心情。所谓"迁客自怜之情,适与风景相会,益动其悲"(王夫之《楚辞通释》)。

诗人的这种对秋容、秋景的描写,以及强烈的悲秋情绪,不仅是出于个人身世之感,同时透露了对时代、对社会、对政治环境的感受。宋玉的时代,楚国已属危邦末世,一片衰败景象。这也正如秋之来临,萧杀寒凉,有不复振起之象。宋代朱熹就曾据此分析说:"秋者,一岁之运,盛极而衰,肃杀寒凉,阴气用事……有似叔世危邦,主昏政乱,贤智屏绌,奸凶得志,民贫财匮,不复振起之象。是以忠臣志士,遭谗放逐者,感事兴怀,尤切悲叹也。"(《楚辞集注》)清王夫之亦据此发挥说:"放逐之臣,危乱之国,其衰飒辽戾,皆与秋而相肖,故《九辩》屡以起兴焉。"又说:"主昏国危,如秋欲暮,感此百忧俱集。"由此可见,诗人成功地运用了"景生情,情生景",缘情写景,因景生情的手法,为诗歌创造出一种情景相化相生而极为丰富的艺术境界,它给人所带来的联想和想象,及其体味无穷的感染力,远胜过《诗经》中的那种传统的比兴手法,对屈原作品中单纯运用香草美人以寓情的手法也是一个发展。正是由于宋玉这篇《九辩》,通篇写秋气写秋景,又通篇寓悲凉寓哀愁,感慨情深,使读者感到秋景即悲愁,从而铸成了"宋玉悲秋"的典故,并对后世文人创作产生很大影响,成为历代"悲秋"主题的滥觞。

其次,宋玉的《九辩》还显露出铺叙写物,状物细微的特点。如他在诗中写凄凉的秋景时,则依次写归燕、寒蝉、大雁、鹍鸡、蟋蟀,抓住自然界生物的秋季特征,加以铺张敷陈的描写。又在后文写秋天的落木景象时,既加铺叙又刻画细致入微:

叶菸邑(枯萎暗淡)而无色兮,枝烦挐(纷乱)而交横。颜淫溢而将罢(疲,无生气)兮,柯(粗枝)仿佛而萎黄。萷櫹椮(高秃)之可哀兮,形销铄而瘀伤(伤痕)。

写寒秋中的树木,对其枝条叶干的颜色、形状,以至神态做这样周到而不厌其详的描绘,真可谓"极声貌以穷文",这在宋玉以前还少有出现,在文学表现手法上是一种新探索和新发展。

《九辩》在语言上,也有它的特色。它继承了屈原开创的楚辞体(骚体)的艺术特色,如结构巨丽,曼声长吟,文辞秀美,同时还有所发展。如文中往往连用许多近义词,构成排句来刻画景物或抒写心理,皆能曲尽其妙;或穷形尽相,淋漓尽致,或缠绵悱恻,低回欲绝,说明了用词的丰富和精细。在句法形式上,它比屈原的楚辞表现得更加灵活,有二字、三字、六字、七字、八字、九字,以至十字、十一字句不等,随着感情的流动、变化,而疾徐相间、跌宕起伏。而开端的一句"悲哉,秋之为气也",直把散文句式入诗,且连出四句而音节、句型各不相同,节奏铿锵,文气充沛,叩动读者心弦,读后令人有回肠荡气之感。同时它还吸取了民间诗歌多用双声、叠韵和重言叠字的特点,据统计全诗用双声词和叠韵词近五十个,叠字数目亦相仿,从而读来音韵谐美,绘声绘色,悦耳动心,情味悠长。特别是全诗结尾的一段:

> 愿赐不肖之躯而别离兮,放游志乎云中。乘精气之抟抟兮,骛诸神之湛湛。骖白霓之习习兮,历群灵之丰丰。左朱雀之茇茇兮,右苍龙之躍躍。属雷师之阗阗兮,通飞廉之衙衙。前轻(一作轾)辌之锵锵兮,后辎乘之从从。载云旗之委蛇兮,扈屯骑之容容。计专专之不可化兮,愿遂推而为臧。

在十八句诗中,竟一连用了十二个叠字,有力地渲染了作者幻想游于云中时,群神毕至,前呼后拥,车马喧阗的威武场面、高贵气派和热烈气氛,令人直有恍如身临其境之感。而其音响之复沓,节奏之鲜明,又不能不使人佩服作者之才情及其在驾驭文字上的高超本领。在这一大段神游天宇的精心铺叙之后,作者则以"赖皇天之厚德兮,还及君之无恙"一语作结,作者对君国的系念,逼使他由幻想再步入现实,这与《离骚》的结尾寓意相同。

尽管宋玉的《九辩》在思想境界上,在作者理想破灭时所产生的愤激抗争之情上,还难与屈原的伟大思想和诗篇并肩,但他对黑暗现实的不满,身遭迫害的不平和怀才不遇的哀怨,以及他的卓越才情,还是感染了后代许多诗人。唐代伟大诗人杜甫就曾产生共鸣,他在《咏怀古迹》组诗云:"摇落深知宋玉悲,风流儒雅亦吾师。怅望千秋一洒泪,萧条异代不同时。"仰慕追思之情,溢于言表,可说是极有分量的赞歌。鲁迅先生也说《九辩》"虽驰神逞想不如《离骚》,而凄怨之情独绝"。(《汉文学史纲要》)在文学史上,宋玉的《九辩》实为紧承屈骚之后的又一篇长篇抒情杰作。屈原之后与宋玉同时代的一些楚辞作家的作品大都泯灭不存,唯独宋玉《九辩》一诗却受到历代传诵,这绝不是偶然的。

第三节 宋玉的赋体作品

宋玉"好辞而以赋见称",是我国文学史上赋体文学的开创者,并留下了一些广传后世的名篇,其主要代表作品有《风赋》、《高唐赋》、《神女赋》等。

首先谈他的《风赋》。《风赋》载于《文选》,归为"物色"类。实际上这是一篇因风设譬,揭露社会问题的讽谏作品。赋中写楚顷襄王游于兰台之宫,披襟当风,称说这样令人快活的风可以与庶人共享。侍从在旁的宋玉则回答说:"此独大王之风耳,庶人安得而共之?"这引起楚王的不解和不快,认为风乃是"天地之气",属自然现象,是"不择贵贱高下"的。于是宋玉做了如下的解说:当风起于"青蘋之末"继而飘回于山野之间的时候,确乎是自然现象,本无什么不同。但它落入人间以后,旋即分化为性质完全不同的两种风了。一种是"乘凌高城,入于深宫"的风,它是洁净的,清爽的,带着园林草木的芳香,它"清清泠泠,愈病析酲。发明耳目,宁体便人",给人以舒适,有益于健康。这是只有国君才能独享的风,是谓"大王之雄风"。另一种风,则是吹进"穷巷之间","瓮牖"之室的风,它"骇溷浊,扬腐馀",挟着灰尘,带着垢物,散发出腐臭之气,它"驱温致湿"、"生病造热",令人痛苦,损人健康,甚至使人伤痛万状,"死生不卒"。这是平民百姓所遭受的风,是谓"庶人之雌风"。

宋玉对"风"的这种雌、雄之论,显然是别有寓意的。楚王居于深宫之中,过着豪华享乐的生活,于披襟当风之际,却自以为与民同乐。宋玉却偏偏向他展示出人世间的两种生活图景,特别是将当时一般百姓们悲惨愁冤的处境揭示出来,说给楚王听,这无疑是对民间疾苦的同情,也是对楚王的讽刺与讽谏。《文选》(五臣注)吕向曰:"时襄王骄奢,故宋玉作此赋以讽之。"北宋苏辙在其《黄州快哉亭记》中有云:"玉之言,盖有讽焉。夫风无雌、雄之异,而人有遇不遇之变。楚王之所以为乐,与庶人之所以为忧,此则人之变也,而风何与焉!"借风以寓意,托辞以讽谏,揭示社会的贵贱不齐,苦乐不均,是宋玉的立意所在,也是这篇赋的主旨。

这篇赋采用了主客问答的方式,铺陈写物的手法,并寓以谲谏,完全是一篇典型的赋体作品。在艺术技巧方面,这篇赋亦颇具特色。如在构思上,它托风写物,设风为雌雄,然后随着风的脚步,写出两个世界:进入深宫内苑的风所经所历是"邸华叶而振气,徘徊于桂椒之间,翱翔于激水之上,将击芙蓉之精,猎蕙草,离秦衡,概新夷,被荑杨。回穴冲陵,萧条众芳。然后徜徉中庭,北上玉堂。跻于罗帷,经于洞房",完全是一派富丽豪华气象;而风吹过普通百姓的贫窘陋巷时,则是"堀堁扬尘,勃郁烦冤,冲孔袭门,动沙堁、吹死灰,骇溷浊、扬腐馀,邪薄入瓮牖,至于室庐",完全是一片令人目不忍睹的凄惨景象,用此强烈的对照,说明统治者和庶民所过的生活真有天堂、地狱之别,从而深刻地揭露出社会的苦乐不均和不平。

状物形象、生动,《风赋》是有名的。所谓"古来绘风手,莫如宋玉雌雄之论"[2]。风本是无形无影之物,描摹起来是很难的。《风赋》作者却骋其才情,通过对风所经历之处外物的种种情态变化,风的声音、风给人带来的感受等等的描写,使人如临其境,如见其形。如赋中有一段文字专门状风之初起,到狂风大作,到最后又悄然消失的情景:"夫风生于地,起于青蘋之末。侵淫谿谷,盛怒于土囊之口。缘泰山之阿,舞于松柏之下。飘忽溯涝,激飏熛怒。耾耾雷声,回穴错迕。蹶石伐木,梢杀林莽。至其将衰也,被丽披离,冲孔动楗。眴焕粲烂,离散转移。"写风之初起只是微动叶梢,进入谿谷则渐盛大,逼入山口,则变得暴烈。待进入山林时,则飞扬飘荡,撞物有声,以至石滚木折,不可阻挡。但风势过后,其力渐衰,大地又显出明丽色彩,然后更加细弱,微风四散转移,以至于无。作者把风的起、盛、猛、衰的变化过程,写得层次分明,而又生动传神。同样给人留下深刻印象的是,赋中有几处描写风的临降,却又形容不同。写楚王披襟当风时,说"有风飒然而至",以表示不期而遇的惊喜之情;写风生于天地之间时,说"天地之气,溥畅而至",以形容其广博周遍,畅行无阻,无所不至;写庶人之风时,说"塕然起于穷巷之间",以形容其壅塞蕴积,不能轻快畅行。行文精细,用词恰当,增加了艺术表现力。

在语言上,《风赋》采用散韵兼行,以大致整齐的韵语,铺陈写物,又用散句掺入其间,充其气势,华美而又铿锵有力。文中用主客问答方式,楚王与宋玉凡四问四答,处处紧扣,层层推进,而使文章逐渐展开,题旨毕现。最后写完"庶人之风",则突然而止,不赘一词,既笔墨经济,又耐人寻味,启人深思。这都表现出作者的匠心。李商隐在《宋玉》一诗中写道:"楚辞已不饶唐勒,风赋何曾让景差。"他显然是把《风赋》赞为宋玉之代表作的。

下面谈宋玉的《高唐赋》和《神女赋》。这两篇赋相互联结而又相对独立,内容是叙写宋玉伴楚顷襄王游云梦,并引出一段夜梦神女的故事。两赋各有侧重,《高唐赋》主要写神女所居的环境,着重铺写了巫山的景观;《神女赋》则全写神女的来去和神态风貌。关于这两篇赋的性质和主旨,历来有不同的理解,主要有讽喻说,认为是谲谏楚王淫乐的;影射说,认为是隐喻作者君臣不遇的;男女情悦说,认为是写男女佚荡情思的等等。纵观两赋的内容,恐并无多少深刻的寓意,也没有着意在宣扬什么,作者只不过借楚国的一个神话传说,在《高唐赋》中描绘了楚地巫山壮美的自然景观;在《神女赋》中,塑造了一个艳丽多情的女子形象,是两篇难得的美文。至于宋玉作这两篇赋的缘由,其实与后世汉赋作家写大赋一样,是为了娱悦君王。宋玉侍顷襄王,"王以为小臣",其身份是个文学侍从之臣。"玉识音而善属文","襄王好乐爱赋"(《襄阳耆旧传》)。宋玉常陪君王游宴,作赋以为娱乐,正是他分内的事。当然,这并不妨碍他创作出来的美文,具有重要的文学价值。

《高唐赋》、《神女赋》各冠有一篇散体序文,序文以顷襄王与宋玉一问一答的方式,道出了宋玉写作这两篇赋的缘起。《高唐赋》序文,写顷襄王与宋玉共游云梦,远望高唐台馆有云气直上,变化无穷,顷襄王问"此何气",于是宋玉向顷襄王讲说了楚先王与巫山神女相遇的故事。楚顷襄王表示亦欲前往一游,问巫山高唐山川之情状,并令玉赋之,于是引出一篇洋洋洒洒的高唐之赋。

赋的正文部分,以大量篇幅铺写了巫山的伟峨,峡谷的险峻,水势的浩大,山林的丛茂,以及怪石奇花与鸟兽虫鱼等奇丽的大自然景观,文章极尽穷形尽相之妙与词采音声之美。如开始的一段写俯视峡谷之所见:

> 登巉岩而下望兮,临大阺之稽水。遇天雨之新霁兮,观百谷之俱集。濞汹汹其无声兮,溃淡淡而并入。滂洋洋而四施兮,蓊湛湛而弗止。长风至而波起兮,若丽山之孤亩。势薄岸而相击兮,隘交引而却会。㟽中怒而特高兮,若浮海而望碣石。礫磥磥而相摩兮,巆震天之礚礚。巨石溺溺之瀺灂兮,沫潼潼而高厉。

这里呈现的是一幅壮美飞动的画面:大雨过后,百谷涨满,涧水奔流;长风忽至,波高浪涌,水石相击,泡沫飞扬,震天有声,使人直有身临其境之感。为了进一步烘托出这一自然奇观的威慑力量,文中接着还描写了在水势湍急、石破天惊的惊恐下,猛兽奔驰、飞禽伏窜、水虫尽暴的场面,更给人增加了一种惊心动魄之感。

赋中描写登至山顶时,则又另是一番风光景色:

> 上至观侧,地盖底平。箕踵漫衍,芳草罗生。秋兰茝蕙,江离载菁。青荃射干,揭车苞并。薄草靡靡,联延夭夭。越香掩掩,众雀嗷嗷。雌雄相失,哀鸣相号。王雎鹂黄,正冥楚鸠。姊归思妇,垂鸡高巢。其鸣喈喈,当年遨游。

高山平顶,地势开阔,芳草萋萋,花香鸟语,别是一种清新幽美的境界。

为了全面地铺写出高唐山川物色的风貌,作者采取了从多种视角来观照对象的方法。起篇只用了"惟高唐之大体兮,殊无物类之可仪比;巫山赫其无畴兮,道互折而曾累"四句作为总冒,下面就从空间的移动,从不同视角来捕捉景物:

登巘岩而下望……中阪遥望……仰视……俯视……上至观侧……

这种仰视俯察、遥望近观的多视角的写法,无疑给作者的尽情铺写带来了方便,更重要的是它可以表现出山川景物整体而多变的美,使描写对象在广阔的空间得到充分的展示。宋玉创造的这一赋体结构,被后世汉赋家所吸取继承,几乎成了写作散体大赋作品的模式。

《高唐赋》是一篇描写山川胜境的美文,也是我国最早出现的一篇以大自然为独立审美对象的山水文学作品。

《神女赋》与《高唐赋》蝉联相接,《高唐赋》已介绍了巫山神女的传说,但所赋的是神女之所居,只铺叙了巫山的自然环境,《神女赋》则对神女展开了正面描写。

所谓"巫山之女",是在楚人中流传颇广的一个神话传说。《襄阳耆旧传》载:"赤帝女曰姚姬,未行而卒,葬于巫山之阳,故曰'巫山之女'。"(《文选·高唐赋》李善注引)关于这则神话性质和来源,近人闻一多先生曾有过详细的考证,认为宋玉与楚顷襄王出游之云梦,乃楚之高禖,为男女幽会祷子之所。而这位高禖神,即传说中的楚始祖,因带有母系社会烙印,故为一女性神[3]。当然,神话故事的原型,并不等于就是宋玉笔下的故事。神话在传说中会逐渐有所演变,作家摄取为题材时会另有立意和渲染。宋玉《神女赋》中所描写的神女形象,是一个既美丽多情,又庄重自持、以礼自防的有着高贵身份的美女形象。

　　作为一篇专注描写美丽女子的作品,《神女赋》写得非常细腻入微,情韵婉转,生动清新,富有艺术魅力。如果说以大自然为描摹对象的《高唐赋》,曾运用开拓广阔空间的艺术构思、多方位的描写,全面而成功地再现了高唐山川的雄姿伟观,那么《神女赋》则用细致的笔触,明丽的色彩,动静兼具的描写,以及富于情节性的构思,活脱地塑造出一个姣丽多姿,情思绵绵,而又超尘绝世的美女形象。

　　《神女赋》与《高唐赋》相似,赋前有一段散体序文,以主客问答方式,叙说作赋的缘起。文中写宋玉为楚王赋高唐之事后,其夜则梦与神女相遇,因此告王,王问"其梦"、"其状",宋玉则先答梦境的经过,次言神女之状,王令宋玉"赋之",于是引出一篇闳侈丽衍的《神女赋》[4]。

　　赋的正文,首先盛赞神女的"其象无双,其美无极",然后则从体貌、仪态、举止、情思等各个方面,对神女之美做了具体形象的描绘。

　　先写她的玉颜、明眸、蛾眉、朱唇之美:

　　　　貌丰盈以庄姝兮,苞温润之玉颜。眸子炯其精朗兮,瞭多美而可观。眉联娟以蛾扬兮,朱唇的其若丹。

接着又写她幽静闲雅的风度和婆娑绰约的神志仪态:

　　　　素质干之酖实兮,志解泰而体闲。既姽嫿于幽静兮,又婆娑乎人间。宜高殿以广意兮,翼放纵而绰宽。动雾縠以徐步兮,拂墀声之珊珊。

当我们读至最后两句的时候,真宛如一位超尘绝世的美女,披着如雾般的轻纱,衣履拂阶,窸窣有声,徐步姗姗地向我们走来。

后文,从"望余帷而延视兮,若流波之将澜"以下,则着意写女神的进退举止,并通过她的举止,写她的情思,写她复杂的内心世界。文中写当女神走进室内望见帷帐时,她秋波暗转,脉脉多情。但旋即奋袖正衣,又表现出"踯躅不安"。她意似靠近而又远去,好像要来而又回转,"意似近而既远兮,若将来而复旋",表现得惴惴不安。对方向她表示惓惓之意,她则以节操自许,终不情愿:"怀贞亮之絜清兮,卒与我分相难。"可是下文写她在嘉辞应对之际,感情又一再起伏不定,始则"精交接以来往兮,心凯康以乐欢",继而"含然诺其不分兮,喟扬音而哀叹",末则"颊薄怒以自持兮,曾不可乎犯干"。这一欢,一叹,一怒,十足表现出一个女子在情与礼的冲突中,一波三折的内心世界。

最终,"欢情未接,将辞而去",但在临行未行之时,神女复又表现出恋恋不舍和无限的深情美意:"似逝未行,中若相首。目略微眄,精彩相授。志态横出,不可胜记。"但终于还是"神女称遽",匆匆而去了。最后,则以男主人公对她的追念结束。

读宋玉的《神女赋》,很容易使我们联想到屈原《九歌》中那些人神恋爱的故事。只是宋玉笔下的神女,平添了以礼自防的沉重,更带有某些上层社会妇女的色彩。但从艺术上说,作者对神女容颜、情志、动作等各个细节的刻画,则更为周到、细致和丰富,这无疑是个进步。

宋玉是中国文学史上的一位重要作家。他继承了屈原的光辉传统,运用"楚辞"的文学形式,创作了杰出的诗篇《九辩》;同时,他还开创了"赋体"这一新的文学形式,并以不易企及的才华,为这一文体的发展奠定了基础。

第四节　唐勒赋的发现

据记载,除宋玉以外,楚国在屈原之后还出现了唐勒、景差等作家。司马迁在《屈原贾生列传》中写道:"屈原既死之后,楚有宋玉、唐勒、景差之徒者,皆好辞而以赋见称。"据班固《汉书·艺文志》著录,唐勒有赋四篇,但可惜并未流传下来。郦道元《水经注》卷二十一《汝水注》曾引:"唐勒《奏土论》:'我是楚也,世霸南土,自越以至叶垂,弘境万里,故号曰万城也。'"《奏土论》除这几句外不见他处,盖亦早已失传。

1972年,考古工作者于山东临沂银雀山西汉早期墓葬中,发现有唐勒赋残简二十馀枚,经整理,其文如下:

> 唐勒与宋玉言御襄王前,唐勒先称曰:人谓造父登车揽辔,马协敛整齐调均,不挚步趋……。(0190)马心愈也安劳,轻车乐进,骋若飞龙,免若归风,反骀逆骀,夜走夕日而入日……。(0204)月行而日动,星跃而玄运,子神奔而鬼走,进退屈伸,莫见其墳埃均□……。(0403)袭□,缓急若意,□若飞,免若绝,反趋逆□,夜起夕日而入日蒙汜,此□……。(0493)……胸中,精神俞六马,不叱嗜,不挠指,步趋□……。(0917)……千里。今之人则不然,白笏坚。(1628)……知之,此不如望子华大行者。(1717)……不能及。造父趋步,□御者屈……。(1739)……□□□□□驾下作千。(2630)……行雷雷奥□□□□。(2790)……□不伸,发敝……。(2853)……虑发□□竟反趋……。(3005)……君丽义民……。(3150)……入

日上皇故……。(3454)竟之疾速……。(3561)……论义御……。(3588)……御有三,而王良造……。(3656)去衔辔,撤……。(3720)覆不反□……。(3828)……□女所□威滑□……。(4138)……实大虚通道。(4233)弇脊……。(4239)……□若□……。(4244)……反趋逆……。(4283)……笪靾马……。(4741)……自驾车,莫……。[5]

由于是残篇断简,保存得极不完整,故对这篇赋很难做准确的理解。

"唐勒"二字,简中原作"唐革",古代革、勒相通。

关于唐勒的生平活动和创作情况,留下来的资料很少,归纳《史记》、《汉书》和今所传宋玉作品所提及者,大致可知:唐勒,楚国人,著名赋家,后于屈原,而与宋玉、景差同时,位在大夫之列,实为文学侍从之臣。曾随楚顷襄王游阳云,并作辞赋以供戏玩。因与宋玉有隙,在楚王前曾诋毁过宋玉。其作品被后人认为与宋玉等人共同继承屈原的"从容辞令",而"终莫敢直谏",以致"竞为侈丽闳衍之辞,没其讽谏之义"。属于"丽以淫"的辞人之赋。

唐勒赋残简,未署篇名,赋的开端称"唐勒与宋玉言御襄王前",作品的内容也是论御(赶马车)的,参照宋玉赋各篇命名的情况,或可称作《御赋》[6]。"御"是当时重要的技能,所谓"六艺"之一。先秦诸子中常有论御的文字,但多为以御为喻,用来比喻治国、修身、为学等等。不过用同样的比喻,所宣传的观点并不相同。今人研究者曾发现,唐勒《御赋》与《淮南子·览冥训》中的有关文字很相似,是知该赋曾被《淮南子》改写征引,两相对照,这对于补足赋中的若干残句,使之连贯可读,是有作用的,但并不能确定《御赋》的观点,因为《淮南子》的材料杂取各家,但它惯会加以改造以为己用,观点并不一定承袭唐勒。从现存唐勒赋的残文看,其中先描写造父御术之精，后又称"今之人则不然"，又有"御有三"、"论义御"云云，其中心思想显然也是以御者之术为比喻，纵谈治国之道的。

从艺术特点来看，残篇虽非全貌，但文字描写还是十分生动的，如形容车马的驰骋之状、速度之快："轻车乐进，骋若飞龙，免若归风"，"月行而日动，星跃而玄运，子神奔而鬼走，进退屈伸，莫见其墤埃均"，以至借神话以驰骋其想象："夜起夕日而入日蒙氾（神话传说中的日落处）。"在篇章结构上，则使用多种对比的方法展开论点。如文中的造父之御和今人之御是正反比；所谓"御有三"，当是三个不同层次的对比；所谓"唐勒先称"，后当有"宋玉后称"云云，是不同观点的对比。其手法正与宋玉的《风赋》、《登徒子好色赋》，以及《大言赋》、《小言赋》相近。从体制上看，它采取主客辩难的形式，散韵兼用的句式，铺张扬厉的修辞技巧，已是一篇典型的散文赋。

这篇赋与众多先秦古籍如《孙子兵法》、《孙膑兵法》、《墨子》、《管子》等同时出现于汉初墓葬中，其年代的真实性是无可怀疑的。战国时代会不会有散体赋形式出现，曾是研究者判断宋玉赋真伪问题的论据之一。唐勒赋的被发现，则对断定今传宋玉赋的真实性增加了有力的证据。

宋玉和唐勒，都是继屈原之后，"祖屈原之从容辞令"，"好辞而以赋见称"的作家。他们把屈原所创"楚辞"的形式发展为"赋"的形式，影响以后数百年。他们的这种开创之功，在文学发展史上的地位，是不可泯没的。

〔1〕 关于宋玉作品真伪问题的争议和考辨，可参考胡念贻《宋玉作品的真伪问题》（见《中国古典文学论丛》，古典文学出版社1957年版）、姜书阁《宋玉及其辞赋考辨》（见《先秦辞原论》，齐鲁书社1983年版）等文。

〔2〕 见元郭翼《雪履斋笔记》。

〔3〕 见《高唐神女传说之分析》。

〔4〕 关于《神女赋》的人称问题,《文选》录《神女赋》序文中作"其夜王寝,果梦与神女遇",是谓"王梦",从而与后文不通。宋沈括《梦溪笔谈·补笔谈》卷一曾加辨证说:"'王'字乃'玉'字耳。'明日以白玉者','以白王'也。王与玉字误书之耳。"其说甚是。明张凤翼也说:"此乃玉梦,非王梦也。旧作王梦,则于下'若此盛矣'处不通。且'白'应体贴未有君白臣之理。"(见陈第《屈宋古音义》卷三引)

〔5〕 关于唐勒赋的整理和考释,分别见《银雀山汉简释文》(吴九龙释,文物出版社《秦汉魏晋出土文献丛书》1985年版)、《〈唐勒赋〉残篇考释及其他》(谭家健,《文学遗产》1990年第2期)等文。此处引文据谭家健辑录。又赵逵夫《屈原与他的时代》(人民文学出版社1996年版)《论义御》亦有校补。

〔6〕 汤漳平《论唐勒赋残简》(《文物》1990年4月号)认为依据此赋内容应该命名为《御赋》,赵逵夫《唐勒〈论义御〉与由楚辞向汉赋的转变——兼论〈远游〉的作者问题》(见《屈原与他的时代》,人民文学出版社1996年版)认为此赋应该命名为《论义御》。李学勤则怀疑此赋作者是宋玉。

附 编

秦国文学

第二十二章　李斯和其他秦国散文

第一节　李斯的生平及其散文成就

秦始皇嬴政于公元前221年统一中国，废封建，立郡县，并进行一系列制度改革，建立了我国历史上第一个中央集权制的大帝国。从中国政治史上看，秦王朝是一个极具建树的朝代，但它又是一个短命的朝代。自嬴政并六国，一海内，自称为始皇帝，至秦二世三年（前207）秦亡，前后仅历时十五年。其败亡之因多端，主要是它对人民实行了残暴统治政策，包括在思想文化方面，实行了许多极端措施，如焚书坑儒。秦以暴力取天下，又以暴力治天下，从而激起人民的强烈反抗。如果说秦王朝在政治制度改革、制度设置方面，对后来历史发展还是有进步作用的话，那么在文化史上，它带来的只是一次浩劫。据著录，秦文学只有始皇命秦博士作《仙真人诗》和秦时杂赋九篇（前者见《史记·秦始皇本纪》，后者见《汉书·艺文志》），但均已亡佚不传。故鲁迅说："由现存而言，秦之文章，李斯一人而已。"

李斯，楚国上蔡（今河南上蔡）人。早年曾为郡小吏，后从荀卿学帝王之术。荀卿是战国末年集大成的学者，虽称儒家但已带有法家思想倾向,李斯与著名法家韩非子俱出其门下,他们皆从法术思想方面接受并发展了荀卿学说。因此,从李斯的政治主张和政治实践来看,他实际是个法家学者和政治家。

李斯于公元前247年学成入秦,投吕不韦门下为舍人,吕不韦很赏识,任为郎,得以会见秦王。秦自孝公任用商鞅变法以来,国势日强,早已威压六国。秦王嬴政即位后亦早有成帝业之雄心。于是李斯向秦王陈说了当时"诸侯服秦,譬若郡县"的有利形势,劝说秦王抓住时机,削弱六国,以一统天下。于是秦王乃拜李斯为长史,后又用李斯的计谋,收买或刺杀六国的名士,离间六国君臣之间关系。李斯由是更得秦王的赏识,擢拜为客卿。也就在此时,韩派水工郑国假称助秦修水利,而实际在阴谋削弱秦国国力的案件被发觉了。秦宗室大臣便借机倡议驱逐他国来的所有客籍人士,说"诸侯人来事秦者,大抵为其主游间于秦耳,请一切逐客"。秦王接受了这一建议,下逐客令。时李斯亦在被逐之列。这一人才政策,显然是十分荒谬的。李斯急上书秦王,陈述了"逐客"的危害,很有说服力地驳斥了"一切逐客"的错误。秦王因李斯的上书而悔悟,取消了逐客令,派人把已上路的李斯从骊邑追回,派其使韩,继续得到重用,官至廷尉。

秦王嬴政二十六年(前221),秦兵灭掉了最后的一个诸侯国——齐国,从而结束了长达数百年的诸侯分争的局面,天下归一,秦王自称为"始皇帝"。秦灭六国建立统一的帝国是符合历史发展潮流的,但在政治制度上如何使之巩固下来,还是一个新课题。秦王朝中的守旧派仍主张分封制,而具有政治远见的李斯则极力主张改革,实行郡县制。郡县制的设立,是中国政治史上一件划时代的创举,是一项进步的措施,李斯参与创建,是有历史功劳的。

始皇三十四年,齐人淳于越又向秦王提出恢复分封制的建议,并倡言"事不师古而能长久者,非所闻也"。这时李斯已任丞相,他在上书中，除斥守旧派的言论为"道古以害今，饰虚言以乱实"外，为了杜绝一切反秦意识，还提出了禁私学、除诗书的主张："臣请诸有文学《诗》、《书》百家语者，蠲除去之。令到满三十日弗去，黥为城旦。所不去者，医药卜筮种树之书。若有欲学者，以吏为师。"始皇采纳这一意见，实行了"焚书坑儒"的政策。这一极端的文化专制主义政策，造成了中国文化史上的一场空前浩劫，李斯对此是难逃历史罪责的。

李斯作为秦始皇的辅佐、政治家，对秦制的建立是起了全面的、重大的作用的。例如秦为了建立统一大帝国而实行了许多重要措施，"明法度，定律令"，"车同轨，书同文"，以及统一全国度量衡等，都是由李斯参与制定和推行的，这不仅在当时而且对后世历史的发展也是有进步作用的。李斯还劝导始皇封禅泰山，巡狩四方，以显示威德，这在当时是有镇抚六国旧贵族和巩固国防（"外攘四夷"）的政治意义的。秦始皇曾东巡至泰山、之罘（在今山东烟台北）、琅琊（在今山东胶州市境），南至会稽（今浙江绍兴），所到之处，立碑刻石，而其碑文多出李斯之手。

始皇三十七年（前210），秦始皇巡守西还时，猝死于沙丘（今河北广宗西北）。秦二世继位，用赵高计诛杀诸公子、公主。又广为聚敛，作阿房宫，治驰道，追求淫乐。于是各地起义军相继而起，李斯虽上书劝谏，而二世不听，反欲责李斯不能禁乱之罪。这时赵高为了独揽朝政，逞其野心，故意挑拨二世与李斯的关系，使李斯失去信任。最后终设计诬李斯与他的儿子李由谋反，将其收捕入狱，腰斩而死。

李斯不仅能理政，还精书法，善文章。他现存文字主要有《上书谏逐客》、《上书对二世》、《狱中上书》等四五篇，另有较完整的刻石碑文五篇，以及其他零散文字（见严可均辑《全上古三代秦汉三国六朝文》）。其中以《上书谏逐客》为最有名。此文写于秦王政十年（前

237),后世选本又称为《谏逐客书》。

作者针对当时秦宗室大臣"请一切逐客"的错误论调,抒发了自己的意见,是一篇带有驳议性质的政论文。

文章以"臣闻吏议逐客,窃以为过矣"一语开端,起始便接触本题,亮明态度,警动读者,置对方以被驳斥的地位。故宋人李涂《文章精义》中说:"文字起句发意最好,李斯上秦始皇逐客书起句,至矣尽矣,不可以加矣。"

接着作者便议论风发地论述了对方的"过"在何处。首先作者以秦国的历史事实为根据,列述了秦先世四君(穆公、孝公、惠王、昭王)皆因任用外籍人才,而取得丰功伟绩,从而作者说:"由此观之,客何负于秦哉!向使四君却客而不纳,疏士而不用,是使国无富利之实,而秦无强大之名也。"用具体事实为"客"摆功,从而也就驳斥了逐客之错误,揭露了逐客"为过"。

既而铺陈地写出了秦国宫廷中藏纳的各种宝物、玩好,役使的各地美女,以至所演奏的许多乐曲,都是从异国采聚来的。作者设问说:"若是者何也?快意当前,适观而已。"把异国所产的珍品美物,聚集来供我所用,本无可厚非,实际上秦国也是这样做了。但作者笔锋一转,指斥秦在人才问题上却倒行逆施,实行为渊驱鱼,为丛驱雀的错误政策,"不问可否,不论曲直,非秦者去,为客者逐",这岂不是"所重者在乎色乐珠玉,而所轻者在乎人民"吗?这哪里是欲"跨海内,制诸侯"所应当实行的政策呢?作者上述的一大段议论,说理中含有讽刺,更增加了文章的力度。

最后,作者从纳客和逐客的不同后果立论,特别剖析了实行"逐客",会给秦国带来的严重危害。文章说:

今乃弃黔首以资敌国,却宾客以业诸侯,使天下之士退而不敢西向,裹足不入秦,此所谓"藉寇兵而赍盗粮"者也。夫物不产于秦,可宝者多;士不产于秦,而愿忠者众。今逐客以资敌国,损民以益仇,内自虚而外树怨于诸侯,求国无危,不可得也。

作者认为实行错误的逐客政策,无疑正如拿武器和粮食去资助敌人,其结果必将导致秦政权的危亡。这种振聋发聩的警告,不能不使秦王为之警动,从而听从他的意见,撤销错误的"逐客令"。

李斯的这篇上书,也是极富文采的。如文中写到秦王赏爱异国之珍玩、美女等一段:

今陛下致昆山之玉,有随和之宝,垂明月之珠,服太阿之剑,乘纤离之马,建翠凤之旗,树灵鼍之鼓。此数宝者,秦不生一焉。而陛下悦之,何也?必秦国之所生然后可,则是夜光之璧不饰朝廷,犀象之器不为玩好,郑卫之女不充后宫,而骏良駃騠不实外厩,江南金锡不为用,西蜀丹青不为采。所以饰后宫、充下陈、娱心意、悦耳目者,必出于秦然后可,则是宛珠之簪、傅玑之珥、阿缟之衣、锦绣之饰不进于前,而随俗雅化,佳冶窈窕赵女不立于侧也。

这一大段文字,罗列了各种珍玩、器物以及美女,并在玉、珠、剑、马、旗、鼓以及美女之前,都精心加上光彩照人的修饰语,写得花团锦簇,耀人眼目。陆机《文赋》云:"理扶质以立干,文垂条而结繁。"理与文并茂,正使李斯的这篇上书,富有了强烈的文学特征。从文章风格上说,李斯这篇散文论据充分,说理周密,继承了荀子散文的优点。而在铺叙写物、抑扬开合方面,又有纵横家的气势。这对汉初贾谊、晁错等的政论文,是有影响的。又由于他在文中多用排句、对偶,对骈体文的产生亦曾起到影响,故后世评文者曾许它是"骈体初祖"(李兆洛《骈体文钞》卷十一)。

另值得提到的是李斯为秦始皇巡游各地时所撰写的碑文。这些碑文当时称作"刻石",现存者计有《绎山刻石》、《泰山刻石》、《琅琊台刻石》、《之罘刻石》、《碣门刻石》、《会稽刻石》等。这些刻石不仅为李斯所撰,而且均为李斯所书写。从内容看,主要是歌颂秦始皇诛灭六国、统一天下的历史功绩。如有名的《会稽刻石》首先歌颂了秦始皇统一天下的功业:"皇帝休烈,平一宇内,德惠修长。卅有七年,亲巡天下,周览远方。遂登会稽,宣省习俗,黔首斋庄。群臣诵功,本原事迹,追首高明。"接着歌颂了秦统一后在厉行法治和整齐风俗上所取得的成效,最后以"从臣诵烈,请刻此石,光垂休铭"作结。全文采取三句一押韵的形式,语约义丰,声调铿锵,具有一种浑朴、清峻的风格。刘勰说:"始皇勒岳,政暴而文泽。"(《文心雕龙·箴铭》)鲁迅评说:"质而能壮,实汉晋碑铭所从出也。"(《汉文学史纲要》)从碑铭文体来说,李斯的刻石为我国古代纪功碑文奠定了基础。

第二节 石鼓文、诅楚文、新发现的秦国文书

一 石鼓文

石鼓文,是中国现存最早的刻石文字。石共十枚,形状似鼓,每石各刻四言诗一首。总字数在七百以上,现存仅二百七十二字。唐初发现于陕西凤翔,杜甫、韦应物、韩愈皆有诗题咏。原石历尽沧桑,现保存于北京故宫博物院。其制作年代,唐人以为在周文王或宣王时,宋人以为在秦始皇之前,经近代和今人研究,公认为东周刻石。

郭沫若主张刻于春秋初期秦襄公时，唐兰主张刻于战国时期，李学勤主张诗作于春秋初而石刻于春秋末。石鼓字体为秦始皇统一以前的大篆，即籀文，在书法史上有重要地位。

石鼓文的内容主要是歌咏秦君游猎情况，因而也有人称之为"猎碣"。各诗原无标题，后人依《诗经》体例，取其起首二字作为篇名。其先后次序，研究者排列不一。依郭沫若意见，《汧沔》第一，称道汧源之美与游鱼之乐。汧源乃秦襄公旧都，周平王时，襄公曾攻戎救周，盖自此出师，故首叙其风俗之美以起兴。《霝雨》第二，追叙初自汧源出发攻戎救周时事。《而师》第三，追叙凯旋时事。《作原》第四，叙作西畤时事，先辟原场，后建祠宇，更起池沼园林以供游玩。《吾水》第五，叙作畤既成，将畋游以行乐。《车工》第六，叙初出猎时情景。《田车》第七，叙猎之方盛。《銮敕》第八，叙猎之将罢。《马荐》第九，叙罢猎而归时途中所遇之情景（此石今已一字无存）。《吴人》第十，叙猎归献祭于畤。现将《车工》全文引录如下：

> 吾车既工，吾马既同。吾车既好，吾马既𩢷。君子员猎，员猎员斿。麀鹿速速，君子之求。𠨢𠨢角弓，弓兹已持。吾驱其特，其来趩趩。趩趩夒夒，即吾即埶。麀鹿速速，其来大㹭。吾驱其朴，其来趩趩，射其豜独。[1]

此诗先夸其车马，继叙秦君出猎逐鹿，射获一群又一群正在飞奔中的公鹿，兴奋之情溢于言表。从这首诗可以看出，石鼓文属于四言诗，其遣词造句叠字用韵以及反复咏叹的情调、朴茂和顺的风格，都与《诗经·国风》中的《秦风》及《小雅》中的《车攻》诸诗相近。有的词句可能是当时俗语，故在《诗经》中常见。石鼓文为十首，与《小雅》、《大雅》以十首为"一什"的章法恰恰相同，恐亦非偶合。

关于石鼓文的作者,郭沫若认为可能是周室东迁之后,一部分太史之类人员留下做了秦国的官,为秦襄公司笔札,故做出与西周王朝格调相同的诗。

石鼓文不仅提供了一批未经后人改动的秦国古代文学作品的宝贵资料,而且更进一步证实了《诗经》的时代性和真实性,为研究《诗经》确立了可靠的参照系。

二 诅楚文

诅楚文,是战国时期秦国刻石文字。原有三石,宋初先后在凤翔、朝那湫、洛阳等地方发现,欧阳修、苏轼均曾记载。原石久已不存,拓本以元至正中吴刊本最全。其内容为秦王历数楚王种种罪恶,祈求天神制克楚兵,复秦边城,故后世称之为《诅楚文》。当时是祠后埋入地下或沉于水中的。据宋代欧阳修及今人郭沫若等考证,当为秦惠王与楚怀王相争时事(也有人主张为秦昭王与楚顷襄王时事)。三石分别祠三神:一巫咸,二大沈厥湫,三亚驼。除所祠神名外,三石文字基本相同。现引录《大沈厥湫文》全文如下:

> 又秦嗣王,敢用吉玉宣璧,使其宗祝邵鼛,布憝告于丕显大神厥湫,以底楚王熊相之多罪。昔我先君穆公及楚成王,是戮力同心,两邦若一,绊以婚姻,祚以斋盟,曰叶万子孙,毋相为不利。亲仰大沈厥湫而质焉。今楚王熊相,康回无道,淫夸甚乱,宣侈竞从,变输盟约,内之则暴虐不辜,刑戮孕妇,幽约敓鹼,拘围其叔父,置诸冥室椟棺之中。外之则冒改厥心,不畏皇天上帝,及大沈厥湫之光列威神。而兼背十八世之诅盟,率诸侯之兵以临加我,欲划伐我社稷,伐灭我百姓,求蔑废皇天上帝及大神厥湫之机。再变而为祠、圭玉、牺牲。遂取吾边城新郢及鄀、长、敓,

吾不敢曰可。今又悉兴其众，张矜部弩，饬甲底兵，奋士盛师，以逼吾边境，将欲复其凶求。唯是秦邦之赢众敝赋，輶輶栈舆，礼叟介老，将之以自救也。亦应受皇天上帝及大沈厥湫之禨灵德赐，克剂楚师，且复略我边城。敢数楚王熊相之背盟犯诅，著诸石章，以盟大神之威神。

这是一篇成熟的散文，语言简洁流畅，叙述清晰生动。一开头就点明祀神的目的，接着揭出秦楚两国先王曾在神前结盟，世世友好，互不侵犯。如今楚王却违背盟约，对内暴虐，对外侵略，伐我社稷，灭我百姓，取我边城，我正奋力自救。最后希望大神赐福显威，克翦楚师。全文结构完整，层次井然，首尾贯通，气势充沛。中心是揭露楚王无道，句句如老吏断狱，无可辩驳，颇富于鼓动性。苏轼等学者认为，其事实不见史籍，可能是夸大其辞以谩神。其实，古代所有讨伐敌人的檄文，焉有不夸大其辞的？此文盖其嚆矢。至于是否有根据，文献已不足征。反正楚怀王本来就是昏暴之君，在国内的那些罪恶，并非不可能；在国与国之间的关系中，究竟谁是谁非，那就很难说了。不管怎样，这篇文章，在先秦散文中是属于成功之作。

与之相近似的有《左传·成公十三年》的"吕相绝秦"。其中有晋国写给秦国的绝交信，也首先说明秦晋两国最初如何相好，"戮力同心，申之以盟誓，重之以婚姻"，这样的句子与《诅楚文》竟然相同。接着历举秦晋间发生的六次战争，都是秦国无理而晋国无奈。其中有些话如："殄灭我费滑，散离我兄弟，挠乱我同盟，倾覆我国家"，"阙翦我公室，倾覆我社稷，帅我蟊贼，以来荡摇我边疆"。句法与命意均与《诅楚文》一致。不同的是，绝交信是先笔之于书而后宣之于口的，所以文长而铺排酣畅，风格委婉，绵中有刺；《诅楚文》是祠之于神而后刊之于石的，所以文短而紧凑扼要，笔调严谨，刚毅沉雄。

按时代论,《诅楚文》在"吕相绝秦"之后二百五十年,写作时是否参考过当时的外交档案呢? 据《尚书·金縢》篇记,古代王室祭祷天地神祇,要查阅藏于"金縢"中的历史资料。由此可以推知,《诅楚文》的作者很有可能见过"吕相绝秦"的文字材料。

三 新发现的秦国文书

1975年,湖北云梦睡虎地秦代墓中发现了大批竹简,经整理研究,有十种古籍,最早的可能写于秦昭王后期,最晚的可能写于秦始皇三十年。其中有编年记、郡守文告、历书、法律文书等等。最令文学史研究者感兴趣的是一种供学习为官吏者使用的政治教材:《为吏之道》。该书后半部附有八首韵文,其格式竟与《荀子·成相》篇完全一致,有些近似于今之渔鼓词。如:

> 凡治事,敢为固,遏私图,画局陈棋以为藉。宵人愳心,不敢徒语恐见恶。
> 凡戾人,表以身,民将望表以戾真。表若不正,民心将移乃难亲。
> 操邦柄,慎度量,来者有稽莫敢忘。贤鄙既乂(治),禄位有续孰瞖(乱)上?
> 邦之急,在体级,掇(缀)民之欲政乃立。上无间隙,下虽善欲独何急?
> 审民能,以任吏,非以官禄使助治。不任其人,及官之瞖(乱)岂可悔?
> 申之义,以击畸(邪),欲令之具下勿议。彼邦之倾,下恒行巧而威故移。
> 将发令,索其政,毋发可异使烦请。令数究环,百姓摇贰乃

难请。

听有方,辨短长,蚩造之士久不阳。[2]

清代及近代学者曾经提出,《成相》篇是仿效当时民间歌谣而写成的政治抒情诗。但缺乏实例,无法类比。《为吏之道》的发现,证实了这种推测。说明当时这种民谣形式十分流行,已被用来编写培训官吏的歌诀,以利理解和记诵。云梦旧属楚,荀子曾为楚相春申君门客,完全可能接受楚国地方通俗文艺形式的影响。

如果再作些考察,还可以发现这种民谣形式的源和流。《老子》二十八章有:

知其雄,守其雌,为天下谿。为天下谿,常德不离,复归于婴儿。

知其白,守其黑,为天下式。为天下式,常德不忒,复归于无极。

知其荣,守其辱,为天下谷。为天下谷,常德乃足,复归于朴。

显然是采用近乎《成相》篇的民间歌谣形式。老子是楚人,或许是荀子的先驱。

《汉书·艺文志》著录有《成相杂辞》十一篇,可惜早已失传。但西汉前期的楚声歌曲也有与之相近的形式。如《汉书·外戚传》所记刘邦姬戚夫人舂歌曰:

子为王,母为虏,终日舂薄暮,常与死为伍,相离三千里,当谁使告汝。

据《礼记·曲礼》:"邻有丧,舂不相。"郑玄注:"相,送杵声。"可知"舂歌"与"成相"是同一性质的劳动歌谣。

又如,汉乐府中的《相和歌》古辞有《平陵东》:

> 平陵东,松柏桐,不知何人劫义公。劫义公,在高堂下,交钱百万两走马。两走马,亦诚难,顾见追吏心中恻。心中恻,血出漉,归告我家卖黄犊。

据余冠英先生《乐府诗选》的意见,"相和歌是汉人所采各地的俗乐,大约以楚声为主,歌辞多出民间"。而这种首尾相接的顶针格和富于顿挫感的句式正是当时民间说唱文学的共同特征。《老子》二十八章、《荀子·成相》都采用了这种形式。直到如今的快板书依然如此,可见其源远流长。

《为吏之道》的前半部分大多以四言为主,而且有韵。如:

> 施而喜之,敬而起之,惠以聚之,宽以治之,有严不治。与民有期,安驷而步,毋使民惧。疾而毋谋,简而毋鄙,当务而治,不有可改。劳有成既,事有几时。治则敬自赖之,施而息之,犊而牧之,听其有失,从而则之;因而征之,将而兴之;虽有高山,鼓而乘之。民之既教,上亦毋骄。孰道毋治,发政乱昭。安而行之,使民望之。道易车利,精而勿致。兴之必疾,夜以接日。观民之作,罔服必固。地修城固,民心乃守。百事既成,民心既宁,既毋后忧,从政之经。

这种句式与《老子》、《孙子兵法》、《管子·版法》、《韩非子》中的《扬权》、《主道》以及新发现的秦代字书《苍颉篇》等相似,可见是当时文坛风尚所致。《为吏之道》的思想观点有的接近法家和道家,也有与儒家典籍《礼记》相通之处。这正符合当时诸子百家互相吸收的时代潮流。此书不避秦始皇讳,可能写于昭襄王末年或孝文王、庄襄王时期,这时的思想文化政策还是兼容并包的。

《睡虎地秦墓竹简》中还有一种题为《封诊式》的法律文书,是对案件进行调查、检验、审讯等程序的文书程式。其中列举了一些案例,如杀人、上吊、被盗等等,文字通俗质朴,不加修饰。如某甲报告丙口舌有毒,讯丙时的供辞说:

> 外大母同里丁坐有宁毒言,以三十岁时迁。丙家即有祠,召甲等,甲等不肯来,亦未尝召丙饮,里即有祠,丙与里人及甲等会饮食,皆莫肯与丙共杯器。甲等及里人弟兄及他人知丙者,皆难与丙饮食。

这段文字很可能是当时的口语,与《为吏之道》之整炼用韵迥然不同。这些文献对研究先秦通俗文有一定参考价值,说明当时不同风格的文章是同时并存的。也为我们研究后世通俗文字(如南朝任昉《奏弹刘整》之类讼辞)提供了参照系。

睡虎地四号秦墓中还出土了一批木牍,其中有两封我国最早的家信。其一是署名"黑夫"和"惊"二人写给兄弟名"中"者的,其二是"惊"一人写给"中"的。写信的时间是秦王政二十四年,即公元前223年。第一封信的内容如下:

> 二月、辛巳,黑夫、惊敢再拜问中,母无恙也?黑夫、惊无恙也。前日黑夫与惊别,今复会矣。黑夫寄益就书曰,遗黑夫钱,

母操夏衣来,今书即到。母视安陆丝布贱,可以为裙襦者,母必为之。今与钱偕来。其丝布贵,徒以钱来,黑夫自此布此。黑夫等直佐淮阳,攻反城久,伤未知也。愿母遗黑夫钱勿少。书到皆为报,报必言相家爵来未来?黑夫其未来状。[3]

这两封信都是秦军进攻楚国反城(方城)之战的兵士的家书,反映了当时的战争侧面、兵士生活和安陆一带的经济状况。在第二封信中还一一问候姑姐等人安好,表现了亲属间的关心。两信的文字都朴素无华、通俗易懂,为我们了解秦代口语化的文章以及追溯六朝通俗家书的渊源提供了新的资料。

〔1〕 引文见郭沫若《石鼓文研究·诅楚文考释》,科学出版社1982年版。其中假借字、异体字,皆依郭说改为通行体。以下引文同。

〔2〕 引文见《睡虎地秦墓竹简》,文物出版社1978年版。原假借字一律改用今体。

〔3〕 引文见《云梦睡虎地秦墓》,文物出版社1981年版。

后　记

　　中国文学有着悠久的历史,先秦文学则是它辉煌的开端。但先秦文学作为古代文学发生发展的起始阶段,也表现出一些特殊性,那就是往往文、史、哲不分,具有文化的综合形态。先秦文学的主要样式是诗歌和散文,而在散文领域中,文学和非文学的界限往往不清。如当时大量的诸子文、史传文,显然与后世纯审美性的文学散文有异,从根本上说,应属于思想学术著作。但从另一角度来看,由于这些散文的作者,讲修辞,重文采,甚至善于调动各种形象化的手段来记事说理,从而使这些论著不同程度地具有某些文学因素,甚至充盈着较为浓厚的文学色彩。因此,无论从这些作品的本身看,或是从文学历史的发展看,都不能轻易地排斥,而应承认是具有早期特征的我国古代散文,而予以充分研究和重视。正是基于这一认识,本书对于先秦散文扩大了论列范围,做了一些新的开掘,以显示当时散文的丰富性和巨大成就。

　　其次,由于时代久远,先秦文学往往牵涉到许多古文献学上的问题,如作家作品年代的考订,真伪的辨别,在这些方面我们也勉力做了一些研究,除吸收前人的一些意见外,还力图利用近年来的考古新成果,作一些新的考察。

　　另外,先秦文学应断限于秦统一以前,考虑到秦王朝年代短,内容不多,而现存作品除秦刻石外都作于统一以前。经编委会协商,特将秦国文学辟一编附属于本书之后。

本书是分别由多位同志勉力完成的。执笔情况大致如下：

先秦文学概说，由褚斌杰、郑君华执笔。

文学艺术的起源和上古歌谣，屈原和楚辞，宋玉和其他楚辞作家，秦代文学的李斯部分，由褚斌杰执笔。

上古神话传说，《山海经》和《穆天子传》，由李少雍执笔。

《诗经》部分，由章必功执笔。

甲骨卜辞和铜器铭文，《尚书》，《晏子春秋》和《吕氏春秋》，由郑君华执笔；其中《尚书》部分，由王蒨做了补充。

《春秋》和《左传》，由孙绿怡执笔。

《老子》和《庄子》部分，由王景琳执笔。

《国语》和《战国策》，其他历史著作，《论语》和《孟子》，《荀子》和《韩非子》，墨家、前期法家和其他道家著作，兵家和名家著作，《逸周书》、《周易》、《礼记》、《孝经》，以及石鼓文、诅楚文、新发现的秦国文书，由谭家健执笔。

本书初稿完成后，曾承蒙曹道衡、沈玉成两先生精心审阅，提出了许多中肯、宝贵意见，对于本书的修订和提高，起了很大作用。另外本书由策划到完成，还多承邓绍基先生的热诚关心。对此，我们一并表示衷心感谢。

本书由褚斌杰、谭家健共同主持，并定稿。郑君华协助做了不少工作。

书中肯定有不少缺点、错误，恳请专家、读者不吝指正。

褚斌杰　谭家健
1995年4月20日

The History
of Literature
Before
the Qin Dynasty